幽默的小笑话，让你轻松一整天；
轻松的小笑话，让你快乐一整年；
快乐的小笑话，让你幸福一辈子。

史上最强笑话王

大全集

一笑 编著

中国华侨出版社

北京

图书在版编目（CIP）数据

史上最强笑话王大全集/一笑编著. —北京：中国华侨出版社，2011.4（2023.10重印）
ISBN 978-7-5113-1289-1

I.①史… Ⅱ.①一… Ⅲ.①笑话–作品集–世界 Ⅳ.①I17

中国版本图书馆CIP数据核字（2011）第039356号

史上最强笑话王大全集

编　　著：一　笑
责任编辑：姜　婷
封面设计：王明贵
文字编辑：文　娟
美术编辑：宇　枫
经　　销：新华书店
开　　本：1020毫米×1200毫米　　1/10开　　印张：36　　字数：650千字
印　　刷：唐山楠萍印务有限公司
版　　次：2011年7月第1版
印　　次：2023年10月第5次印刷
书　　号：ISBN 978-7-5113-1289-1
定　　价：59.80 元

中国华侨出版社　北京市朝阳区西坝河东里77号楼底商5号　　邮编：100028
发行部：（010）88866779　　　　传　真：（010）88877396

如发现印装质量问题，影响阅读，请与印刷厂联系调换。

前言
PREFACE

　　笑话是一门引人发笑的艺术。它短小精悍、言简意赅、精炼含蓄、发人深省且具有强烈的艺术感染力，往往选取生活中一个典型集中的小镜头，反映事物本质，并且有鲜明深刻的主题和思想倾向。从结构上看，笑话尽管短小，但结构完整，简单的情节有头有尾，有铺垫，有高潮。矛盾发展到尖锐之处在高潮中突然刹住，令人捧腹大笑，产生强烈的喜剧效果。

　　笑话的表现方式为幽默。生活中，我们经常会笑，幽默就是一种逗我们开怀的方法。而笑话是人们智慧的结晶，它往往以奇巧的方式来表达人们对生活的认识和感受，人们在出乎意料的笑意中品味出一种深长悠远的人生哲理。

　　经常运用幽默是一种个性的表现，能反映出你的开朗、自信和智慧。在生活中，一个幽默的人、善于讲笑话的人，会显得更博学、更睿智、更深刻、更亲切、更有影响力。

　　笑话，可以拉近人与人之间的距离；笑话，可以破解人与人之间的隔阂；笑话，可以让你我的生活充满乐趣；笑话，可以吸引异性的目光，获得异性的青睐；笑话，可以培养自信心、表达能力和幽默感；笑话，可以使聚会永不冷场，让你成为闪亮的明星；笑话，可以令客户对你刮目相看，提升业绩；笑话，能缓解紧张情绪，轻松应对各类考试；笑话，也可以维持良好的情绪和心境，祛病延年；笑话，还可以在旅途中消闲解闷，解除疲劳。此外，笑话还有一个奇特之处，当与人无意中引起冲突，这时，一个幽默的笑话是一种风趣、温和的批评。笑话并非一味荒唐，而是一种生活智慧，是对生活的洞察。用幽默的笑话点缀我们的生活，幸福和快乐将持久一生一世。

　　也许你现在一无所有，别急，先读点笑话，让自己幽默起来，幸福便会从此开始。本书精选了史上最强笑力、最多笑点的笑话，共分为各大网站论坛爆笑集、风靡校园的"笑事故"、饮食男女的爆笑生活、看了又看的生活段子四辑，讲述了各种各样的可笑之事，描摹了形形色色的可笑之人。集可读性、趣味性、幽默性于一体。这些让你笑到大汗淋漓、冷到全身冻结、笑到面部抽搐的极品笑话或讽刺诙谐，或滑稽夸张，使广大读者在笑声中度过美好的时光，领略最"饕餮"的欢乐盛宴、最丰盛的放松大餐！

　　生活在社会节奏快速、竞争日益激烈的今天，工作、学习、生活的压力从四面八方向你涌来，我们忽略了很多，也失去了很多……那么就让书中幽默风趣、令人回味的笑话来放松你太过紧张的神经吧！不论是地铁、公交、步行，还是饭后、睡前……能让你在信手翻启间、开怀一笑时，得到身心的彻底放松、心绪的怦然萌动、情感的欣然释放！

　　幽默的小笑话，让你轻松一整天；轻松的小笑话，让你快乐一整年；快乐的小笑话，让你幸福一辈子。

　　如果不明白我们在笑什么，你也别太莫名其妙，马上捧起本书，一起笑吧！

目 录
CONTENTS

第四辑　看了又看的生活段子

第一辑

各大网站论坛爆笑集

开心网最具恶搞精神的真心话

Q：有没有想到一个人你就想哭？
A：有，债主。

Q：现在有人追你吗？
A：有，我欠她30块钱……

Q：你偷看过别人的隐私吗？
A：我明抢……

Q：和你做朋友，最起码的标准是什么？
A：得是人。

Q：有人默默地暗恋着你，你知道后会动心吗？
A：我觉得我会变心。

Q：半夜遇见劫匪，他说不唱歌不让你走，你会唱什么？
A：好汉歌。

Q：说真的，你整过容吗？
A：我肚子是隆的。

Q：冬天，多久洗一次澡？
A：冬天，洗一次澡。

Q：你觉得你本人好看，还是照片好看？
A：关灯好看。

Q：雀斑、高度近视、大饼脸、象腿、粗腰，让你选一个当老婆，你会选择？
A：我会选择男人。

Q：刘翔：中国的速度！姚明：中国的高度！你：中国的？
A：重量。

Q：有没有一个人，让你一想到，心里就酸酸的？
A：有，卖糖葫芦的那个……

Q：你爸爸突然对你说，你比李嘉诚有钱，你会说什么？
A：爸，该吃药了。

Q：抽烟的男人有味道，还是喝酒的男人有味道？
A：不洗澡的有……

Q：海边，有只海龟翻不过来身，你会怎样做？
A：拎起来，回家煮汤……

Q：每天让你挣扎的事情是什么？
A：便秘。

Q：对联：找工作找好工作，找老公找好老公，横批？
A：做梦。

Q：公交车上你睡着了，醒来后想的是什么？
A：啊……我还活着吗？（因为我是司机）

Q：爱一个人怎么表达，能得到她的芳心？
A：花钱如落花流水去……

Q：你身上哪些部位被人赞美过？
A：指甲，小时候门卫赵大妈老夸我："哟，这孩子的指甲长得真像刘德华的！"

Q：身上最刻骨铭心的那道伤疤是怎么来的？
A：出生的时候那个狠心肠的医生剪的。

Q：眼泪要流出来的时候不想被别人看见，你会怎么做？
A：用手捂着别人的眼睛。

Q：你心目中最想养的宠物是什么？
A：奥特曼。

Q：放弃一个人，想忘记，最有效的方法是？
A：研究奥特曼。

Q：独自走在路上，一位异性跑来问你："这是地球吗？"你怎么回答？
A：如果是美女的话，我会说："我爱你，火星人！"如果是恐龙的话，我会说："哪来的，滚回哪儿去！"

Q：我很乖，我很听话，知道你现在有男/女朋友，但是我会等你，你会要我吗？

A：会等死的，乖，回家吧。

Q：如果你另一半的前任死了，你另一半在你面前痛哭，你如何反应？

A：抛出三尺白绫，道一声："你不如随她/他去了吧。"

Q：如果你相爱多年的恋人碰到比你更优秀的，然后离开了你，这证明什么？

A：爱情其实就是一种猿粪（缘分）！

Q：一个人动不动就去星巴克，抱个笔记本一坐一下午，你怎么看？

A：总比抱笔记本坐永和豆浆强。

Q：有人对你说，我家冲马桶都用矿泉水，你怎么回应？

A：我们家用法国白兰地冲马桶，这样我们的金马桶才不会生锈！

Q：达·芬奇密码上面是什么？

A：达·芬奇账号。

Q：双胞胎，哥哥叫天龙，弟弟叫啥好？

A：八部。

Q：北京小吃名字最奇特的一个，表现一种动物的状态，在北京很多地方都有卖的！你猜？

A：孔雀绿。

Q：如果有一天你突然消失，你觉得会有人疯狂地找你吗？

A：如果我还欠着银行的房贷和车贷……

Q：现在的你，100米能进13秒吗？

A：自由落体？

Q：玩开心网你偷到的最值钱的是什么？

A：网吧的鼠标。

Q：给你5000万让你演《红楼梦》中的角色，你演什么？

A：我演女娲补天留下来的那块石头。

Q：女人"胖"叫丰满，"瘦"叫骨感，"高"叫亭亭玉立，那"矮"该怎么形容呢？

A：精加工。

Q：如果你媳妇把你8000块钱一斤的大红袍都煮了茶叶蛋了，你怎么办？

A：把茶叶蛋全吃了气死她。

Q：男生给女生每天发100多条短信，但是电话很少，说明什么？

A：他的套餐是动感地带的不是神州行。

Q：有个问题困扰我十几年了，小龙人的妈妈究竟是谁？

A：就不告诉你，就不告诉你，就不告诉你。

Q：相亲时，女方对你说："你没房没车来相什么亲？"你怎么回答？

A：献爱心来了。

Q：大年三十全市突然停电，你怎么办？

A：点上蜡烛，继续看春节联欢晚会。

Q：如果吃了我，你能长生不老，你会怎么办？

A：得买个冰柜去……一顿可吃不完。

Q：如果有一天你死了，在奈何桥碰见了熟人，你说什么？

A1：呦，你也死了啊？

A2：还没吃早饭吧？走，我请你喝孟婆汤去……

Q：吃火锅时，朋友把咬了口却发现没熟的食物又丢回火锅继续煮，你会？

A：捞起来咬一口，"哦，真的没熟啊！"再扔进去。

Q：交了6个男朋友，情人节该怎么过？

A：一起吃火锅吧。

Q：杨过没有车，小龙女为什么还腻着他呢？

A：谁说没车？他一直用雕牌！

Q：心情不好时，见了100万RMB（人民币）。会好点儿吗？

A：心情是好了，心脏病犯了。

Q：小偷无德偷走井盖，公司老总不小心跌入其中，你刚好路过，你会怎么做？

A：先找东西盖起来。

Q：有人瓜子脸，有人鹅蛋脸，有人国字脸，你的脸像什么？

A：汽车人……变形！

Q：如果有一天你被一道闪电劈中，你觉得接下来最有可能发生什么？
A：接下来的事情……我是不知道了！

Q：男人什么时候最有味道？
A：踢球之后，洗澡之前。

Q：你会闪婚吗？
A：我会闪腰。

Q：人一生里有比死亡更糟的事情吗？
A：自杀未遂，又未遂，还未遂，再未遂……

Q：你认为世上最动听的三个字是什么？
A：开饭啦！

Q：坐在奔驰里哭，坐在自行车后座笑，你选择怎样的人生？
A：坐奔驰里哭，当我从车窗看到在自行车后座笑的那人，我又破涕为笑了。

Q：赚钱开心还是花钱开心？
A：赚自己的，花别人的，开心！

Q：相不相信会有某个人一直默默关注、在乎着你，但是都只是默默而已？
A：有不少呢，小区保安、片儿警、便衣、写字楼里的监视器、马路上的几万个摄像头……

Q：给你1亿，让你从2楼跳下去，你愿意吗？
A：请先把1亿堆在楼下，我马上往上跳。

Q：白床单，白被子，白枕头，白拖鞋意味着什么？
A：白大夫，就是要你白！

Q：后来你终于在眼泪中明白……
A：隐形眼镜要常换。

Q：为什么你敢把自己的相片在开心网上公开？
A：知耻近乎勇。

Q：周杰伦打你一耳光，你什么反应？
A：快使用双节棍！

Q：用四个字形容自己的长相！
A：不提也罢。

Q："路上行人欲断魂"上句是什么？
A：满街汽车醉醺醺。

Q："唰"的一下！我就站在你面前，深情地望着你，你会怎么办？
A：你又吓我！

Q：第一想到的饮料，一样的就结婚吧！
A：可乐。喝个饮料，用不着结婚这么夸张吧？

Q：歇斯底里地对着大海喊三声！你想喊什么？
A：我是神经病！

Q：你兜里只有两块钱，怎么解决三餐？
A：买个破碗，蹲街边。

Q：上帝给你四个选择：吸血鬼、天使、恶魔、精灵，你会选择做哪个？
A：上帝。

Q：陌生人在门外说："我是收电费的，快开门"，你该怎么回答？
A："等会儿，我们这儿正打劫呢……"

Q：我智商测出来75，我男朋友说我弱智，不要我了，55555……
A：我认为这是开心网上最真实的一句"真心话"。

Q：如果有人看了你的照片后，说："好丑！"
A：总比说"好可爱的猴子"要好吧！

Q：月薪1200元，买什么车好？
A：买副象棋吧，有4个车呢！另外还有4个宝马。

Q：养了10年的宠物和交往1周的恋人，必须舍弃1个，你选什么？
A：舍弃宠物吧，把它送给恋人！

Q：如果哪天你碰到阿拉丁神灯，你会问他索取什么愿望？只有一个哦！
A：今后谁在跟你要愿望，你就把他变成神灯！

Q：结婚用什么车娶亲最cool（酷）？
A：布加迪威航开路，阿斯顿马丁摄像，齐柏林DS8护航，新郎新娘骑驴。

Q：你花心吗？
A：以前别人都是用感叹号问我。

Q：恋人从山顶上跳下去了，跟你说 16 年后再来此相聚。你咋办？

A：我变鬼也会记住你的！

Q：小龙女可以 7 年不见杨过，你能吗？

A：我可以一辈子不见杨过。

Q：上海如果再下半年的雨，你想怎样？

A：改行养鱼。

Q：将来老了，你希望死在老伴的前面还是后面？

A：旁边。

Q：你自己在一个黑屋子里，有个声音对你说"我是鬼……"你会怎么办？

A：能借个火儿吗？

Q：老王一天要刮四五十次脸，脸上却仍有胡子。这是什么原因？

小王每天要数 10 万块钱，可她一个月就 1000 块钱工资！

Q：你去银行打劫，银行的工作人员却忙得没空理你，你怎么办？

A：笨啊，先去打劫个号！

Q：原来爱情中最可贵的三个字不是"我爱你"，而是？

A：早上好。

Q：你快死的时候，你的爱人深情地趴在你身上痛哭，你最想对她说？

A：等我把 QQ 密码告诉你，你再哭。

Q：甲：我一刀只杀一人。乙：我杀人只需一刀。问：甲乙谁厉害？

A：甲属于偏执型，乙属于狂躁型，都病得不轻。

Q：天上同时掉下个王力宏和 500 万，你选择哪个？

A：做人要对得起良心啊！先打 120，然后再捡 500 万。

Q：用四个字形容一下你的开车水平？

A：交警无语。

Q：想吻对方，你会怎么说？

A：此时无声胜有声。

Q：1 级痛是被蚊子咬，20 级痛是生孩子，42 级痛是什么？

A：42 级痛：生双胞胎的时候被俩蚊子咬。

Q：如果某男生不抽烟，不喝酒，不打架，不谈恋爱，不打麻将，不玩游戏，不熬夜，理三块钱的头发，你觉得是个好男人吗？

A：那他每天在做些什么？难不成天天都在理发？

Q：奶奶，你听我说！请接下一句。

A：奶奶耳背，你大点儿声！

Q：一个人对你说："我吃的盐比你吃的饭还多！"说明什么？

A：他口重。

Q：铁放在外面会生锈，那金子呢？

A：产生罪恶。

Q：来个棘手的，我突然吻了你一下，你会怎么做？

A：花两个小时洗脸……

Q：爱情和现实掰手腕谁会赢？

A：手腕。

Q：假如我被人绑架了，绑匪打电话给你，问你要赎金，你怎么办？

A：我给双倍赎金，请撕票。

Q：你觉得你身上最值得保持的品质是什么？

A：将错就错。

Q：你会不会觉得一个人逛街很傻！

A：一个人在电脑前趴一整天不傻吗？

Q：一张桌子有 4 个角，砍去 1 个角，还剩几个角？

A：谁砍的？我看你想挨一脚了。

Q：写下今天你想对自己说的一句话。

A：不可以这么帅！

Q：半夜，恋人致电说"我刚杀人了，尸体在我家"，你怎么办？

A：你先睡一会儿，我马上就来。

Q：在我买的房子的花园里居然挖出了一具尸体，我该怎么办？要不要报警？

A：继续挖，下面还有兵马俑。

Q：说一个虐待自己最残忍的方式?
A：一人吃掉 KFC（肯德基）全家桶。

Q：不论男女! 你一人能做出 6 道家常菜 1 个汤吗?
A：报一下我的菜单：西红柿炒鸡蛋，大葱炒鸡蛋，水煮鸡蛋，煎鸡蛋，荷包蛋，鸡蛋羹，西红柿鸡蛋汤。

Q：又一个分橙子的问题，上次掐死了几个小朋友，实在不好意思，这次不会了。问：10 个橙子分给 3 个小朋友，怎么分?
A：3 个小朋友每人一个。我吃 7 个。小朋友吃多了橙子会上火的。

Q："轻轻地，我走了"的下一句是?
A：你忘了冲水!

Q：你的肚脐眼好看吗?
A：虽然叫眼，但是它不会看。

Q：晚上，正在洗澡，突然发现，多了一只手在帮你搓澡! 你?
A：偷偷把它的手表和戒指撸下来。

Q：一觉醒来，你发现自己长了一对翅膀，你会怎么做?
A：申请国家一级保护动物。

Q：你有三个好朋友，在同一天里，一个结婚，一个葬礼，一个出国，你去参加哪一个?
A：结婚还可以再婚，出国的还能回来。烧成灰的可就不能恢复了。

Q：你在坐公交，忽然你身边的人看了你一眼，然后吐了，你咋办?
A：果然好定力! 一般人看到我是直接晕过去的。

Q：十瓶啤酒下去，你会怎样?
A：再让它们上来。

Q：让你用手捏着一只蟑螂 10 分钟，给你一万元，干吗?
A：如果你允许我把手伸到你嘴里 10 分钟，我会退还你 5000 元。

Q：一关系较好的异性朋友，在你面前吃掉了两个全家桶，你啥想法?

A：尝试让他挑战 5 个全家桶，并申报吉尼斯纪录。

Q：你坐过最拉风、最刺激的车是什么车?
A：前后刹车都坏掉的自行车。

Q：说实话我和蒙奇奇（玩具）放在一起，你要我还是要蒙奇奇?
A：虽然不知道蒙奇奇为何物，但我还是选择蒙奇奇。

Q：别上网查，直接说出 LV 的中文名字。
A：驴（注：应为路易·威登的缩写）。

Q：一顿晚饭吃一碗凉皮，一碗炒面，一个汉堡，一个砂锅，一个夹馍，一碗稀饭，8 串烤筋，多吗?
A：是饭前吃还是饭后吃啊?

Q：去相亲，对面那女的咧嘴一笑，脸上好厚一块粉掉下来了，我该怎么办?
A：您太客气了，第一次见面就送粮食。

Q：知道女生送男生打火机的含义吗?
A：请用你的烈火，燃烧我的干柴吧!

Q：在北京，工作太难找了，我准备回乡下种田，临走前你有要对我说的吗?
A：我送你离开，千里之外，你别再回来。经济危机，或许不该，太天真的期待。

Q：情侣两个都在 QQ 上，但是双方都不说话已有 10 分钟，说明什么?
A：老板在旁边。

Q：公交车上一男的踩了你的脚，对你说"我是周杰伦"，你的反应?
A：快使用双节棍，哼哼哈兮。

Q：两个人同时在追你，生日那天一个送的是 180cm 的泰迪；一个送的是 3000 元 CHANEL（香奈儿）的名片夹，二选一的话偏向谁?
A：要看哪个可以无理由退货了。

Q：如果你在图书馆看书，正入迷时，对面的异性用脚碰了你三次，你会怎么做?
A：踩住。

Q：美国的首都是哪个城市，80% 的人都会答错哦?
A：纽约。——我是来帮忙凑足那 80% 的。

Q：小时候遭受过最大的三件罪是啥？

A：第一次偷吃药丸中毒，第二次偷吃药丸中毒，最后一次偷吃药丸中毒。

Q：有本事，把你已知的自己最严重的三个缺点都说出来！

A：虚伪（或曰谦虚），没头脑（或曰诚实），固执（或曰坚持真理）。

Q：距世界末日还有 7 秒钟，你想做的最后一件事？

A：收菜。

Q：当恋人 / 老公从熟睡中突然抱住你说："我喜欢你，你喜欢我吗？"你怎么办？

A：不要惊醒他，轻声问："我叫什么名字啊？"

Q：我们宿舍四个人，一个打呼噜，一个磨牙，一个说梦话，我在干吗？

A：你不是在磨刀吗？

Q：车展会上，跑车和车模，你只能选一样领回家，纠结中……

A：跑车养不起，车模更养不起，默默地路过……

Q：你认为性感和可爱能并存吗？

A：性感跟可爱并不是矛盾体，比如说葫芦兄弟，我就觉得既性感又可爱。

Q：长得漂亮，专一，会做饭，脾气好，会心疼人的女孩还有吗？

A：废话当然有，现在就在我后边看我玩真心话呢！

Q：如果我去参加相约星期六，你会来做我后援团吗？

A：你上相约星期六，我给你上天涯直播去。

Q：你相信男人有时候会很可爱吗？

A：有很多男人还在装可爱。

Q：一个奇丑的异性问你，我长得怎么样？你怎么回答？

A：很特别，很有个性，到国外说不定可以做名模。

Q：女友撒娇地跟你说："人家是你的优乐美嘛！"你怎么回答？

A：我已经喝完了，你可以走了，老板再来一瓶雪碧。

Q：忘记一个人最好的方法是什么？别和我说是时间！

A：把自己砸成失意。

Q：每人选一种水果作为武器来打架，你会选什么？

A：榴莲。

Q：一个人对你忽冷忽热，爱玩消失，你怎么办？

A：让他永远消失。

Q：我把一只蟑螂和一条蛇放在你床上！你会先扔啥？

A：扔你。

Q：凌晨 7 点，有陌生来电：我是肯德基老爷爷。你怎么想？

A：爷爷，我想吃麦当劳。

Q：有人对你说"突然很想你"，怎么回答？

A：你怎么知道我在听这首歌。

Q：如果你见到你爱人同异性拖手行街，你会怎么做？

A：哎呀！老公，阿姨来了，也不给我介绍一下。

Q：觉得世上最没用的三个字是什么？

A：最没用。

Q：那最最温暖的三个字呢？

A：最温暖。

Q：有人把一千多克拉钻石扔在你脸上，怎么办？

A：马上捡了就跑。

Q：有个喜欢你的异性对你说："你很像我以前的恋人。"你怎么回答？

A：你很像我以前甩掉的人。

Q：你叫我滚！我滚了。你叫我回来！如何回答？

A：我滚远了。

Q："真正爱你的女人，是舍不得花你钱的。"你同意吗？

A：叫我老婆看见非劈了你不可！

Q：推荐一个开心网里娶了她会很幸福的好女人。
A：作为一个"模范气管炎"，当然要回答是偶家小红。

Q：情侣约会，去KFC吃饭，两人吃了150元（没有外带），算多吗？
A：马兰拉面消费150元我才会景仰。

Q：如果现实生活中，你可以领养一个卡通人物，你会领养谁？
A：皮卡丘，听说它是吃屎的。

Q：歹徒的头钻进你家窗户，准备爬进来时，你敢用铁棍在他头上猛打吗？
A：我装死。

Q：朋友一起出去玩，天很晚了，你会允许自己的老公送其他女人回家吗？
A：依对方的姿色而定。

Q：80后看的第一部美剧是什么？
A：汤姆和杰瑞。

Q：老公月薪1000元，上交500元；若后来挣10000元，该交给老婆多少？
A：9500元。

Q：你爸偷偷告诉你："其实我们家财产上亿。"你说了哪四个字？
A：我亲爸啊！

Q：如果有一天，开心网里的好友全部相约在一处见面，你会期盼吗？
A：不期盼，我偷菜太多，怕变成声讨大会。

Q：恋人背叛了你，新欢比你穷、比你丑、比你矮、比你胖，你会反思吗？
A：不会，我认为他在自暴自弃。

Q：开心网里特讨厌一人，碍于情面又不能删怎么办？
A：我就每天偷他家的菜和猪，都要偷第一份，再敲锣打鼓通知其他人来偷。

Q：很黑叫"墨墨黑"，那很白叫什么呢？
A：皓皓白。

Q：电梯里很静，只有你和老板（你单位最高领导）俩人，你想说点啥？
A：老板，您也亲自坐电梯呀！

Q：一条蚯蚓无聊，它把自己切成22段，它想干吗？
A：其实它在学数学，像我们就是数脚趾，它就数自己的段数。

Q：半夜一个厉鬼对你说："跟我走吧！"你只能回答一个字，你说啥？
A：切。

Q：领导说："月薪5万，一个月只休1天。"你怎样回答？
A：全月不休，6万成吗？

Q：每人进来撒个谎，看谁的牛？
A：我从来不撒谎。

Q：一天早上，你在校门口碰到死去多年的同学，你怎么办？
A：打声招呼："听说你死了啊？"

Q：我唱："我头上有只角，一只角。"你有啥反应？
A：你角上飘撮毛，一撮毛。

Q：情敌系列：情敌某天说要和你单独谈谈，你去吗？
A：去！打扮得花枝招展地去！

Q：把我删了有十块钱，你愿意把我删了吗？
A：删了加，加了删，删了加，加了删，删了加，加了删，删了加，加了删，删了加，加了删，删了加，加了删，删了加，加了删，删了加，加了删，删了加，加了删。

Q：假如有一天你遇见外星人了，你第一句话要对他说什么？
A: Can you speak Chinese（你能说中文吗）？

Q：有比死更冷的东西吗？
A：死了放在冰棺里。

Q："爷爷想起妈妈的话，闪闪的泪光……"歌名是什么呀？
A：《听妈妈的话》。

Q：有人骂"你有病吧"，你怎么说？
A：没有，你呢？

天涯上最雷人的经典语录

☆我抽的不是烟，是寂寞！

☆别在我的坟前哭，脏了我轮回的路。

☆我这人从不记仇，一般有仇当场我就报了。

☆已经将整个青春都用来检讨青春，还要把整个生命都用来怀疑生命。

☆是这样的张总，你在家里的电脑上按了CTRL+C，然后在公司的电脑上再按CTRL+V是肯定不行的。即使同一篇文章也不行。不不，多贵的电脑都不行。

☆自己选择45°仰视别人，就休怪他人135°俯视着看你。

☆你攒够四块五，我也攒够四块五，我们就可以去民政局结婚了。

☆曾以为我是那崖畔的一枝花，后来才知道，不过是人海一粒渣。

☆现在你骂我，是因为你还不了解我，等你以后了解了我，你一定会动手打我的。

☆《石头记》告诉我们：凡是真心爱的最后都散了，凡是混搭的最后都团圆了。

☆如果你不是经常遇到挫折，这表明你做的事情没有很大的创新性。

☆肉的幻想，白菜的命。

☆你这个人那么爱占便宜，假如拿人家的真手短的话，你早就高位截瘫了！

☆过往的人啊，不要为我的死悲伤，如果我活着你们谁也活不了。

☆我没认识你之前，我真没发现原来我有以貌取人这毛病。

☆"你喜欢我天使的脸孔，还是魔鬼的身材？""我就喜欢你这种幽默感。"

☆梦，遗落在草原上。月，经常挂在天上。

☆"恋"是个很强悍的字。它的上半部取自"变态"的"变"，下半部取自"变态"的"态"。

☆这姑娘，穿的是真清凉，长的是真败火。

☆不要说别人脑子有病，脑子有病的前提是必须有个脑子。

☆等余震的心情，就像初恋的少女等情人，既怕他不来，又怕他乱来。

☆我能抵抗一切，除了诱惑。

☆别人都说我长得天生励志！

☆说假话总会被人揭穿，戴假发总会被风揭穿。

☆人干点好事总想让神鬼知道，干点坏事总以为神鬼不知道，我们太难为神鬼了。

☆真不好意思，让您贱笑了。

☆雷锋做了好事不留名，但是每一件事情都记到日记里面。

☆骗子太多，傻子明显不够用了。

☆以前，世界这么乱，小女子怎么混呢？现在嘛，小女子这么乱，世界怎么混呢？

☆我有一颗水晶般的心，可他们以为它是玻璃。

☆每个成功的奥特曼背后都有一个默默挨打的小怪兽。

☆好女人就像汽油，一旦拥有就有动力；坏女人就像气囊，一旦用上就有危机。

☆什么是好男人？好男人就是能欺骗女人一辈子的男人。

☆心碎了一太平洋。

☆寂寞就是有人说话时，没人在听；有人在听时，你却没话说了！

☆时间是最好的老师，但遗憾的是——最后他把所有的学生都弄死了。

☆男人的话就像老太太的牙齿，有多少是真的？！

☆2008 太不正常了，一切都不正常！在这个关键时刻，中国男足挺身而出，向全世界证明：中国男足还是正常的！

☆你给了我两个选择，却是一个结局。

☆你这个给过我承诺的人，最终却也只留给我一个灿烂的表情，而非灿烂的一生。

☆告诉你别逼我，你要是再逼我，我就装死给你看！

☆他说："你会找到一个比我更好的人。"我微笑说："但我不会再对人这么好了。"

☆生存是什么？生存就是不择手段的活着。

☆现在不玩命，将来命玩你。

☆砍头算什么，脑袋掉了不过碗大的疤，18年后老子又是一条僵尸……

☆麻烦你给我称两块钱不锈钢飞镖，这是我的8级刺客证书……

☆一分钟有多长？这要看你是蹲在厕所里面，还是等在厕所外面。

☆我爸说过的最让我感动的一句话："孩子，好好学习吧，爸以前玩麻将都玩儿10块钱的，现在为了供你念书，改玩儿1块钱的了……"

☆不是你不笑，一笑粉就掉！

☆善良就是别人挨饿的时候，我吃肉不吧嗒嘴。

☆好久没有人把牛皮吹的这么清新脱俗了！

☆倒霉是一种永远也不会错过的运气。

☆你瞎了眼啊？这么大的盾牌你看不见，偏偏要把石头朝我脑袋上扔！

☆偶尔幽生活一默，你会觉得很爽，但生活幽你一默就惨了。

☆我最想做你的一颗牙齿，因为这样至少你没有我的时候，你会疼！

☆这么不要脸，这么没心没肺，你的体重应该会很轻吧？

☆对你微笑，纯属礼貌。

☆地铁上的广告：挤吗？买辆车吧！出租车上的广告：堵吗？坐地铁吧！

☆我允许你走进我的世界，但绝不允许你在我的世界里走来走去。

☆不要迷恋哥，哥只是个传说，哥行走江湖太久，也就有了传说。

☆男人膝下有黄金，我把整个腿都切下来了，连块铜也没找着！

☆打算理发了，甩刘海甩的我脖子都崴了。

☆得知你过得不好，我也就安心了。

☆天赐你一双翅膀，就应该被红烧……

☆垃圾中的战斗机，极品中的VIP（意为贵宾、贵客）！

☆根本不必回头去看咒骂你的人是谁？如果有一条疯狗咬你一口，难道你也要趴下去反咬他一口吗？

☆人又不聪明，还学别人秃顶。

☆给我一个支点，我把邻居那小子的汽车翘到沟里去，省得他见我就按喇叭。

☆众人石化、风化，以及火化鸟。

☆知道真相的，永远是八卦的人。

☆听说他找女朋友了，我那个心碎啊，感觉像是站在萧条的风中碎了一地，然后被清早扫地的大妈扫走。

☆苍天啊，大地啊。感觉我这些年来的暗恋，完全就是迅雷不及掩耳盗铃之势如破竹篮打水一场空了。

☆我当时简直是中石化中石油！

☆他喜欢在学校里用刘德华＋谢霆锋＋江华的姿势走路，然后惹来一群人想要狂K（揍）他。

☆他看上去风光，其实很不幸，他的不幸在于，炒股炒成股东，炒房炒成房东，泡妞泡成老公。

☆她脸上的表情瞬间冻结，不是鸡冻不是鸭冻不是鹅冻不是禽类冻，是果冻——果断地冻结。

☆我听到她瞬间变了声调，就仿佛听到了变形金刚变形的声音。

☆她有一种气势，可以在决斗前就把对方的血先放掉半格。

☆我就石化了，然后被原子弹轰炸了一百遍啊一百遍，心中顿时烟尘漫天、红尘滚滚。

☆可以小小的歪一下楼不？比萨斜塔不也是世界遗产吗？

☆我哥就用目光把我刺杀了一亿个轮回，从石器时代轮回到社会主义时代。我感觉自己在他的目光中千疮百孔，慢慢崩析瓦解。

☆长得好看了不起啊，你去市场买菜，卖菜大妈也不会多给你几斤白菜！

☆一只河蟹横着爬过来冷冷道："你找夹吗？"

☆所谓美女三分长相七分打扮；所谓气质三分才气七分装蒜；所谓温柔三分忍让七分压抑。

☆两样东西阻碍了中国男足冲出亚洲——他们的左脚和他们的右脚……

☆男人戒烟就跟女人减肥一样，永远都有明天。

☆威斯特年画——唯一登上美国《科学》杂志的中国年画！

☆我对上帝说我渴了，于是上帝给了我一大堆杯具（悲剧）……

☆如果你有本事脱掉女人的衣服，那就应该有本事帮她穿上婚纱。

☆据国家统计局统计，2007年中国同比没有增长的有：工资，空气。

☆不怕讨债的是英雄，就怕欠债的是真穷。

☆2007年中国股民真实写照：辛辛苦苦两三年，一夜回到解放前，宝宝飚泪把戏演，南海剧组狂搂钱！

☆"嫦娥一号"发回来的照片不是假的——因为市面上还没有发现月球的年画！

☆脑袋空不要紧，关键是不要进水。

☆男人之间最沉重的话题就是说到自己的女人，而男人之间最轻松的话题，就是说到别人的女人。

☆英雄不问出路，流氓不看岁数！

☆天亮睁开眼，还活着，真好；天黑闭上眼，能睡觉，值了！

☆男人的使命神圣而坚定：一是保卫祖国！二是听自己女人的话！

☆幸福是个比较级，要有东西垫底才感觉得到。

☆女人分结婚与不结婚两种，男人分自愿结婚与被迫结婚两种。

☆装傻这事，如果干得好，就叫大智若愚；木讷这事，如果干得好，就叫深沉。

☆什么是浪漫？就是明知她不喜欢你，依然送99朵玫瑰花给她。什么是浪费？就是明知她喜欢你，还送99朵玫瑰花给她。

☆有钱的捧个钱场，没钱的回家取点钱来捧个钱场。

☆男人和老婆的关系再差，和岳母的关系也是好的；女人和老公的关系再好，和婆婆的关系也是差的。

☆男人最怕被别人说小，女人最怕被别人说老。

☆你瞧你吧！看背影急煞千军万马；转过头吓退百万雄师。

☆有时候，我们对别人的小恩小惠感激不尽，却对亲人一辈子的恩情视而不见。

☆语文考试应该取消作文，因为我们人生第一次撒谎都是从作文开始的！

☆昨天半夜，我遇到两个推销员，他们问我："要钱还是要命？"

☆我不会讲话，一见人多就结结巴巴，像羊拉屎一样，不合你的味道请多多包涵。

☆股票赔的只能扮超人出去打劫了！

☆俗话说：你笑，全世界都跟着你笑；你哭，全世界只有你一个人哭。

☆只有骗子是真的，因为只有假的才永远假不了！

☆我和妻子已经18个月没说话了，我没机会打断她。

☆某鲜花店的广告：今日本店的玫瑰售价最为低廉，甚至可以买几朵送给太太。

☆洗澡是屁股享福，脑袋吃苦；看电影是脑袋享福，屁股吃苦；听你讲话是脑袋、屁股都吃苦。

☆今天看书，看到康熙皇帝在二十三岁的时候已经贵为一国之君，绩伟功丰，我很沮丧；但又看到同治皇帝在二十三岁时已经死四年了，我平衡了。

☆人生原本赤裸裸，这就是传说中的哥。

☆哥不是不懂感情，因为感情伤害太多。

☆哥回忆太多，只剩下饥饿。

☆哥不求名利，只求下一顿午餐是什么。

☆哥行走在人群，却像是走在沙漠。

☆哥红遍网络，可网络不属于哥。

☆锄禾日当午，弯弓射大雕。

☆我为人很低调。

☆没有钱，没有权，再不对你好点，你能跟我？

☆（股票）死了都不卖。

☆吃自助的最高境界：扶着墙进，扶着墙出。

☆拿份报纸上厕所，俺是读书人。

☆要我扫地就绝对不刷碗，要我刷碗就绝对不扫地，两样一起做？你当我是外星人啊！

☆修养的艺术，其实就是说谎的艺术。

☆如果领导下个月再不给我加薪，我就辞职，辞职前再给他送两条中华，抽死他。

☆女人一定要对自己好一点。一旦累死了，就有别的女人花你的钱，住你的房，睡你的老公，还打你的孩子。

☆我就算是一只癞蛤蟆，我也决不娶母癞蛤蟆。

☆开车无难事，只怕有新人。

☆你的丑和你的脸没有关系……

☆我爱你！关你什么事？

☆下辈子我还找你，因为除了我，你是最傻的。

☆争吵的时候，男人和女人的区别像是步枪和机关枪的区别。

☆男人们幻想着我，我幻想着天堂。

☆当头晕的时候我终于明白了什么叫爱情。

☆爷爷都是从孙子走过来的……

☆老天，你让夏天和冬天同房了吧？生出这鬼天气！

☆鸟大了什么林子都有。

☆女人拥有无数个QQ号，只为了调戏一个男人；男人常用一个QQ号，上面加满各种各样的女人……

☆人生啊，不能在一棵树上吊死，要在附近几棵树上多死几次试试。

☆黑夜给了我一双黑色的眼睛，可我却用它来翻白眼。

☆人不能无耻到这种地步。

☆这个世界上我只相信两个人：一个是我，另一个不是你。

☆铁杵能磨成针，但木杵只能磨成牙签，材料不对，再努力也没用。

☆如果回帖是一种美德，那我早就成为圣人了。

☆人生不能像做菜，把所有的料都准备好才下锅。

☆听说女人如衣服，兄弟如手足。回想起来，我竟然七手八脚的裸奔了20年。

☆穿别人的鞋，走自己的路，让他们打的找去吧。

☆不怕虎一样的敌人，就怕猪一样的队友！

☆夏天就是不好，穷的时候我连西北风都没得喝……

☆我也曾有过一双翅膀，不过我没用它在天上翱翔，而是放在锅里炖汤……

☆我不是随便的人，我随便起来不是人。

☆看得我眼花缭乱，笑得我花枝乱颤。

☆骑白马的不一定是王子，他可能是唐僧；带翅膀的也不一定是天使，他可能是鸟人。

☆怀才就像怀孕，时间久了才能让人看出来。

☆难道全世界的鸡蛋联合起来就能打破石头吗？所以做人还是要现实些……

☆没什么事不要找我，有事更不用找我。

☆你以为我会眼睁睁地看着你去送死吗？我会闭上眼睛的。

☆锻炼肌肉，防止挨揍！

☆天使之所以会飞，是因为她们把自己看得很轻……

☆我想早恋，但是已经晚了……

☆为配合今年中国计划生育工作的胜利完成，本人决定暂时不和异性朋友接触，谢谢合作。

☆别人都在装假正经，所以我只好假装不正经。

☆没见过这么恶心的学校——把期中考试订在5月8日。

☆我被人投诉了！客户说我给他的mp3文件没有图像。

☆其实我是一个天才，只可惜天妒英才。

☆男人分两种，一种是好色，一种是十分好色；女人也分两种，一种是假装清纯，一种是假装不清纯。

☆现实的社会，毁了我一个做好人的机会！

☆以后不要在我面前说英文，OK？

☆名花虽有主，我来松松土。

☆有钱男子汉，没钱汉子难。

☆我以为我颓废，原来我报废了。

☆问世间情为何物？圣人答曰："废物。"

☆思想有多远，你就给我滚多远。

☆你不能让所有人满意，因为不是所有的人都是人。

☆不在课堂上沉睡，就在酒桌上埋醉。

☆啥时硬件也可以COPY（复制）就好了！

☆日出只要在日落前出现就好，上课只要在下课前到达就好。

☆男人的谎言可以骗女人一夜，女人的谎言可以骗男人一生!

☆鸳鸯戏水,都淹死;比翼双飞,都摔死。

☆我的爱人都叫我第三者!

☆喜欢是淡淡的爱,爱是深深的喜欢。

☆我妈脚崴了,花巨款给她买了一根嵌银丝的檀木手杖,把她心疼得拿着手杖追着我满世界打。

☆数钱数到手抽筋,睡觉睡到自然醒!

☆有钱人终成眷属。

☆早餐里吃到刷锅的金属丝很正常,这正说明我们后勤是严格按照先刷锅后做饭的顺序操作的……

☆那天过马路,想着事情,没看红绿灯。一辆车戛然停在我身边。接着我听到一声亲切的问候:"忙啥呢?投胎啊?"

☆早知道他不是好东西,就是忘了说了。

☆一女奇丑,嫁不出去,希望被拐卖。终于梦想成真,却半月卖不出去。绑匪将其送回,她坚决不下车,绑匪一咬牙一跺脚:走,车不要了。

☆昨天梦见上帝说可满足我一个愿望,我拿出地球仪说要世界和平,他说太难,换一个吧,于是我拿出你的照片说要这人变漂亮,他沉思了一下说,拿地球仪我再看看。

☆我很帅但我却很无奈,她很丑但她却很抢手!

☆除了帅以外,已具备一个帅哥所具备的一切素质!

☆发自己的财,让别人嫉妒去吧!

☆浑浑噩噩的活着像在蛋里,所以叫混蛋。

☆如果我是你的话,你一定要提醒我哟。

☆说的是什么并不重要,重要的是谁说的。

☆打死我也不说,你们还没使美人计呢!

☆钱对你真的就那么重要吗?讲了3个多小时了一分钱都不降。

☆你进外企我当工人,因为那天是监考老师量多的日子,坐我前面不动了!命呀!

☆起那么早干吗?酒吧还没开门呢!

☆一觉醒来,天都黑了。

☆我要是做了人事部经理,第一件事就是提拔自己做老总。

☆这位兵哥哥疯了。因为自从他听说了"秀才遇到兵,有理说不清"以后,就老是只动嘴不动手了。

☆问题的答案很简单,就是要找到原因。

☆恐龙灭绝跟你有关系吗?有关系吗?如果你不跟本姑娘去看电影的话就有关系!

☆小孩子能吃多少?又不是自助餐。

☆啊!我在梦里叫她的名字?肯定是做噩梦了!

☆我每天除了吃饭的时间全在减肥,你还说我没有毅力?

☆吃好喝少,不要乱搞!卡可多带,现金要少。

☆要么好好活着,要么赶紧去死吧。

☆一山不能容二虎,除非一公和一母。

☆时间过得真快,还有一年就到冬天了。

☆笑一笑,裤子掉!

☆成都有一家标明"西北风味"的拉面馆子,没有喝过西北风的同学可以去尝尝。

☆走别人的路,让别人无路可走。

☆午夜12点准时下线,否则公主就会变回灰姑娘。

☆想吃饼,就把馒头拍扁;想吃面条,就把馒头用梳子梳;想吃汉堡,就把馒头切开夹菜吃……

☆长得真有创意，活得真有勇气！

☆如果我每回考试都能PASS（通过）的话，还要提倡什么素质教育？

☆丑，但是丑的特别，也就是特别的丑。

☆喝白酒一斤，我绝对没感觉，因为喝半斤就已经喝死了。

☆我就像一只趴在玻璃上的苍蝇，前途一片光明，而我却找不到出路。

☆男人长得帅有个屁用呀？到银行能用脸刷卡吗？

☆在傻瓜眼里，聪明人的聪明一文不值。

☆工资是死的，要让工资对得起上班，就只好少上班了。

☆独守空房，让人只能浪费；妻妾成群，让人懂得节俭。可是我现在，却在终日浪费中向往节俭。

☆我的原则是：客观地看待事物，主观地看待自己。

☆从天堂到地狱，我路过人间！

☆活了二十多年，没能为祖国、为人民做点什么，每思及此，伤心欲绝。

☆让我感谢你，赠我空欢喜。

☆金钱不能买到一切，但能买到我；暴力不能解决一切，但能解决你。

☆随着守门员的一声哨响，比赛结束了……

☆你的就是我的，我的就是我的。

☆我本有心向明月，奈何明月照沟渠。

☆我妈过生日，送脑白金还不如送两块大梁骨煮煮吃，至少还能当下酒菜。

☆别人的失败就是我的快乐。

☆我是变态人里最正常的，是正常人里最变态的。

☆为朋友两肋插刀，为女人插朋友两刀。

☆我不在江湖，但江湖中有我的传说；我身在江湖，但江湖里却没有我的传说。

☆漏洞与补丁齐飞，蓝屏共死机一色！

☆空白是白色的吗？

☆长得丑的女孩子我一般不甩她，但你是个例外。

☆你也不理我，我成狗不理了！

☆孔雀拼命开屏，却露出屁股！

☆生，容易。活，容易。生活，不容易。

☆毕业的时候，要在寝室立块碑来纪念我的青春。

☆想污染一个地方有两种方法：垃圾或是钞票！

☆不吃白不吃，吃了也白吃，白吃谁不吃。

☆比你帅的统称为帅哥。

☆打死你我也不说。

☆念了十几年书，还是幼儿园比较好混！

☆连广告也信，读书读傻了吧！

☆RPWT＝人品问题。

☆戒烟容易，戒你太难！

☆再过几十年，我们来相会，送到火葬场，全部烧成灰，你一堆，我一堆，谁也不认识谁，全部送到农村做化肥。

☆孟母三迁的故事其实说明她是有个好儿子，如果换了我，搬100次家也没用！

☆不吃饱哪有力气减肥啊？

☆球进了，是守门员把球踢进的。

☆睡眠是一门艺术——谁也无法阻挡我追求艺术的脚步。

☆奈何桥上的老婆婆都卖上了百事可乐，你叫我怎么能忘记你？

☆洗脸只洗脸颊，刷牙只刷门牙。

☆怎么死的？还不是穷死的。

☆早起的鸟儿有虫吃，早起的虫儿被鸟吃。

☆叶子的离开是因为风的追求还是树的不挽留？

☆废话是人际关系的第一句。

☆我朋友在他女友手机里的名字是"他"，后来他们分手了，就变成了"它"……

☆我的领带又找不到了，是不是你昨天又没有找到抹布？

☆参加选美的那些女人，都找不到好男人，因为好男人都结婚了，比如我。

☆可以不好好学习，但决不能不好好复习。

☆我不想娶老婆，老婆却娶了我。

☆如果我做了皇帝，就封你当太子！

☆只要锄头舞的好，哪有墙脚挖不倒？

☆我宁愿你抱着别的女人想我，也不愿你抱着我想别的女人。

☆QQ上多了，什么企鹅没见过？

☆不怕美女把我当色狼，就怕丑女把我当流氓。

☆天上掉钞票我不会弯腰，因为天上连馅饼都不会掉，更别说掉钞票了。

☆你还是让我跪搓板吧，跪电暖气实在受不了啊。

☆东边日出西边雨，导师无情我有情。

☆天哪！我的衣服又瘦了。

☆我和你不一样，因为我是人。

☆动物的种类在减少，人的种类在增加吗？

☆我身边的朋友们啊，你们快点出名吧，这样我的回忆录就可以畅销了……

☆我假装为老板工作，老板假装付给我薪水。

☆水能载舟，亦能煮粥！子在船上曰："有船多好！"

☆我喝水只喝纯净水，牛奶只喝纯牛奶，所以我很单纯……

☆网络就像是监狱，本来是偷了个钱包进来的，等出去的时候就什么都学会了。

☆鄙视我的人这么多，你算老几？

☆系统居然怀疑我灌水，我身边又没有水龙头。哦……明白了，身上有一个……

☆人不怕死，但是最怕不知道怎么活！

☆金钱不是万能的，有时还需要信用卡。

☆人总要犯错误的，否则正确之路人满为患。

☆见到我以后你会突然发现——原来帅也可以这样具体呀！

☆承诺就像"你好"一样，经常说却很难做得到！

☆当我看见美女的时候，首先摸摸兜里，看看有没有钱！

☆人生没有彩排，每天都是直播；不仅收视率低，而且工资不高。

☆能用钱解决的问题都不是问题，可问题是我是穷人。

☆春天到了，小树发芽了，股市也跟着变绿了。

☆人家有的是背景儿，而我有的只有背影儿。

☆唯女人与英雄难过也，唯老婆与工作难找也。

☆不要整天抱怨生活，生活根本就不会知道你是谁，更别说它会听你的抱怨。

☆是金子总要发光的，但是当满地都是金子的时候，我自己也不知道自己是哪颗了。

☆在此呼吁大家，学会修自己的笔记本……嗯，学会修自己的笔记本是很重要的……从前有个人，他不会修自己的笔记本……后来的事情大家都知道了。

☆姐不是广场上算卦的，唠不出那么多你爱听的嗑。

☆只知道钢的人，难免会被折断；只有柔的人，到头来终是懦夫！

☆找一个像EXCEL一样的男朋友——想隐藏就隐藏，想筛选就筛选，想删除就删除，一个不高兴，嘿，我还就不保存了。

☆不是故事的结局不够好，而是我们对故事的要求过多。

☆爱情就像两个拉着橡皮筋的人，受伤的总是不愿意放手的那个。

☆问一同事："你买了中石油吗？"
同事说："呸！你才买了中石油呢。你们全家都买了中石油，还买了中石化！"

☆中午在食堂叫了两个菜。吃第一个我震撼了：世界上还有比这更难吃的菜吗？吃第二个我哭了……还真有啊……

☆谎言与誓言的区别在于：一个是听的人当真了，一个是说的人当真了。

☆老鼠一发威，大家都是病猫。

☆春天我把玉米埋在土里，到了秋天我就会收获很多玉米。春天我把老婆埋在土里，到了秋天我就会……被枪毙！

☆现在找对象一定要看仔细一些，因为现在不男不女的人太多了！

☆听君一席话，省我十本书！

☆0岁出场亮相，10岁天天向上。20岁远大理想，30岁发奋图强。40岁基本定向，50岁处处吃香。60岁打打麻将，70岁处处闲逛。80岁拉拉家常，90岁挂在墙上！

☆蚊子咬你之后真的很气愤，但是更气愤的是，它咬了你，你却找不到它！

☆我们产生一点小分歧：她希望我把粪土变黄金，我希望她视黄金如粪土。

☆早晨赖床，遂从口袋里掏出6枚硬币：如果抛出去6个都是正面，我就去上课！思踌良久，还是算了，别冒这个险了……

☆我花8万买了个商周陶罐，昨儿到《鉴宝》栏目进行鉴定，专家严肃地说："这哪是商周的？这是上周的！"

☆我能容忍身材是假的，脸是假的，胸是假的，臀是假的！但就是不容忍钱是假的！

☆士为知己者装死，女为悦己者整容。

☆千万别等到人人都说你丑时才发现自己真的丑。

☆征婚启事：要求如下，A活的，B女的。

☆给点阳光我就腐烂。

☆摇啊摇，摇到奈何桥。

☆命运负责洗牌，但是玩牌的是我们自己！

☆问：你喜欢我哪一点？
答：我喜欢你离我远一点！

☆你快回来，我一人忽悠不来！

☆跌倒了，爬起来再哭！

☆世界上难以自拔的，除了牙齿，还有爱情。

☆吾生也有涯，而吃也无涯。

☆年轻的时候，我们常常冲着镜子做鬼脸；年老的时候，镜子算是扯平了。

☆拍脑袋决策，拍胸脯保证，拍屁股走人。

☆我们走得太快，灵魂都跟不上了……

☆不要和地球人一般见识。

☆小时候我以为自己长大后可以拯救整个世

界，等长大后才发现整个世界都拯救不了我……

☆有钱的都是大爷！但是欠钱不还的更是！

☆生前何必久睡，死后自会长眠……

☆钻石恒久远，一颗就破产！

☆和谐校园里，骑自行车的也许是位博导，而开奔驰的则可能是个后勤……

☆是金子，总会花光的；是镜子，总会反光的……

☆明星脱一点就能更出名，我脱的光光的却被抓起来了！

☆看一漂亮MM，苦无搭讪办法，路旁一砖头，拣起，上前，"同学，这是你掉的吧？"

☆别和我谈理想，戒了！

☆玫瑰你的，巧克力你的，钻石你的。你，我的！

☆所谓惊喜，就是你苦苦等候的兔子来了，后面跟着狼！

☆什么是幸福？幸福就是猫吃鱼狗吃肉，奥特曼打小怪兽！

☆俩农夫吹牛，A："俺们农场的鸡，吃的都是茶叶，下的全是茶叶蛋。"
B："有嘛啊，咱农场给鸡吃钱包，让它下荷包蛋。"

☆蟑螂都不怕蟑螂药了，我们却连维生素都搞不定！

☆别以为穿着脏衣服就可以做污点证人；别以为穿着木制拖鞋就可以做木屐证人……

☆事业是国家的，荣誉是单位的，成绩是领导的，工资是老婆的，财产是孩子的，错误是自己的。

☆凤凰重生就是涅槃，野鸡重生就是尸变。

☆如果有一天我变成流氓，请告诉别人，我纯真过……

☆老子不但有车，还是自行的……

☆大部分人一辈子只做三件事：自欺、欺人、被人欺。

☆为了避免家庭暴力，于是我决定不结婚！

☆迅雷不及掩耳盗铃，以不变应万变不离其宗，成事不足挂齿，此物最相思风雨中，一屋不扫何以扫天下无敌，东边日出西边雨一直下，举头望明月几时有，呆若木鸡毛当令箭，杀鸡焉用牛刀小试，锋芒毕露春光，围魏救赵宝奎，Very good bye，八格牙鲁冰花，一泻千里共婵娟……

☆又美丽、又纯洁、又温柔、又性感、又可爱的处女，就像鬼魂一样，男人们都在谈论它，但从来没有人亲眼见过……

☆记得小学老师骂我："我一巴掌把你踢出去！"当时我想笑却不敢笑。现在，是敢笑却不会笑了……

☆如果幸福是浮云，如果痛苦似星辰。那我的生活真是万里无云，漫天繁星……

☆人生的悲惨在于：辛辛苦苦的做了一晚上内容香艳的美梦，第二天早上醒来居然全都记不起来了！

☆父亲问我人生有什么追求？我回答金钱和美女，父亲凶狠地打了我的脸；我回答事业与爱情，父亲赞赏地摸了我的头。

☆记得刚毕业不久的一天，女友给我发了一条短信："我们还是分手吧！"我还没来得及伤心呢，女友又发来一条："对不起，发错了。"这下可以彻底伤心了……

☆在街上看美女，目光高一点就是欣赏，目光低一点就是流氓。

☆孩儿他娘，咱这辈子还有很多事要做呢，别耽误工夫和我玩捉迷藏了，赶紧蹦出来吧！

☆女人一生喜欢两朵花：一是有钱花，二是尽量花！

☆这个世界不公平就在于：上帝说："我要光！"于是有了白天。美女说："我要钻戒！"于是她有了钻戒。富豪说："我要女人！"于是他有了女人。我说："我要洗澡！"居然停水了！

☆真不明白，女孩买很多很多漂亮衣服穿，就是为了吸引男孩的目光。但男孩想看的，却是不穿衣服的女孩。

☆不怕被人利用，就怕你没用。

☆不蒸馒头争口气行吗？

☆要在江湖混，最好是光棍！

☆不要和我比懒，我懒得和你比！

☆别人的钱财乃我的身外之物。

☆女为悦己者容，男为悦己者穷！

☆人生的最大遗憾莫过于错误地坚持了不该坚持的，轻易地放弃了不该放弃的……

☆明月几时有，把酒问青天，青天说：我这么忙，哪有时间理你，自己看天气预报去……

☆有时在食堂排队打饭时，最大的欣慰不是前面的人越来越少，而是后面等的人越来越多。

☆酒，装在瓶里像水，喝到肚里闹鬼，说起话来走嘴，走起路来闪腿，半夜起来找水，早上起来后悔，中午酒杯一端还是挺美。

☆我问一个在深圳工作了20年的朋友："如果你死后，你的墓志铭打算写点啥？"他说："我解决了住房问题！"

☆那天看到一位大妈在烧纸，边烧边嘟囔着："收到了全都买基金吧！"

☆学问之美，在于使人一头雾水；诗歌之美，在于煽动男女出轨；女人之美，在于蠢得无怨无悔；男人之美，在于说谎说得白日见鬼。

☆诸葛亮出山前，也没带过兵！凭啥我就要工作经验？

☆本人 made in china（中国制造），出厂日期1981 年 × 月 × 日，长 180cm，净重 67kg。采用人工智能，各部分零件齐全，运转稳定，经20多年的运行，属信得过产品。该产品手续齐全，无限期包退包换。现因发展需要，诚招志同道合者共同研制开发第二代产品，有意者请联系！

☆干掉熊猫，我就是国宝！

☆问世间情为何物，不过一物降一物。

☆如果中了 1000 万，我就去买 30 套房子租给别人，每天都去收一次房租。

☆上帝欲使人灭亡，必先使其疯狂；上帝欲使人疯狂，必先使其买房。

☆大师兄，你知道吗？二师兄的肉现在比师傅的都贵了。

☆任盈盈教令狐冲弹琴，后来她爱上了令狐冲；岳灵珊教林平之武功，后来她爱上了林平之；小龙女教杨过武功，后来她爱上了杨过；老顽童教瑛姑武功，后来他爱上了瑛姑；但是，怎么没有一个教我课的女老师或是女助教爱上我呢？

☆爱一个人就是在拨通电话时，忽然不知道说什么好，原来只是想听听那熟悉的声音，原来真正想拨动的只是自己心底深处的一根弦。

☆老虎不发威，你当我是 hellokitty 啊！小驴不发威，你以为我是史努比啊！

☆来瓶 82 年的矿泉水！

☆学士上面是硕士，硕士之后是博士，博士后面还有博士后，那博士后后面呢？如果你够勇敢再读两年那就是勇士，再读 5 年是壮士，再读 7 年是烈士，烈士以后呢？教育部会推出圣斗士，读满两年是青铜的，5 年是白银的，7 年是黄金的。毕业后愿意再读上去的女孩，有机会考出雅典娜！

☆今天你醒来，枕边躺着一只蚊子，旁边有一封遗嘱：我奋斗了一晚，你的脸皮厚的让我无颜活在这个世上。主啊！宽恕他吧，我是自杀的！

☆上班无聊吗？抛硬币玩吧，正面就上网，反面就睡觉，竖起就工作，倾斜就努力工作，摔粉碎了就申请加班，如果摔出两枚，那就天天摔！

☆同志们：别炒股，风险太大了，还是做豆腐最安全！做硬了是豆腐干，做稀了是豆腐脑，做薄了是豆腐皮，做没了是豆浆，放臭了是臭豆腐！稳赚不亏呀。

☆我终究没能飙得过那辆宝马，只能眼看着它在夕阳中绝尘而去，不是我的引擎不好，而是我的车链子掉了。

☆通知：近来秋寒已至，请同志们做好防御工作，有老公的抱老公，有老婆的抱老婆，暂时没有的请抱暖水瓶，实在没有暖水瓶的，请抱煤气罐（注意要点燃）。请勿乱抱鸡鸭等动物，以防禽流感。该南飞的南飞，该换毛的换毛，实在不行的就冬眠。

☆天使与魔鬼把我拿去拔河玩。

☆每天早上起床都要看一遍"福布斯"富翁排行榜，如果上面没有我的名字，我就去上班。

☆上帝说：出门不要忘记带伞，一会儿我要浇花。

☆天涯是我家，翻页靠大家。

☆只要身边的人有一颗言情的心，您就不用愁您的人生不狗血。

☆鸳鸳相抱何时了，鸯在一边看热闹。

☆昨天，系花对我笑了一下，乐得我晚上直数羊，一只羊，两只羊，三只羊……

☆走，MM，咱们化蝶去……

☆将薪比薪。

☆天塌下来你顶着，我垫着！

☆我的 ID 是假冒的，大家不要相信我是骗子。

☆干掉鸟人我就是天使！

☆好好活着，因为我们会死很久！

☆我这个人最老实，从不说谎话。这句除外。

☆别洗它，要不是这些泥，这破车早就散架了。

☆春天是感冒和感情高发的季节。有人不小心感冒了，有人不小心恋爱了，我属于前者。

☆宁愿相信世间有鬼，也不相信男人那张破嘴！

☆解释就是掩饰，掩饰就是确有其事，从来不跟蛤蟆讲大海的故事。

☆我是胖子，不是粗人。

☆解释就是掩饰，掩饰就是讲故事……

☆鱼说："我时时刻刻把眼睛睁开是为了在你身边不舍离开。"

水说："我终日流淌不知疲倦是为了围绕你，好好把你抱紧。"

锅说："都快熟了，还这么多废话。"

☆年轻只有一次，青春不能重来。所以要百无禁忌、潇洒颠覆全世界，搞怪要彻底，破坏要有力，闯祸走专利，装乖走绝技，整人靠天分，被整看缘分。

☆人要是无聊啊，鼻涕泡都能拿来玩会儿。

☆怎么给 MM 过一个难忘的生日？先把她暴揍一顿，然后把广州最贵楼盘的房产证送上，保证既难忘又惊喜！

☆减肥彻底失败了——转行给老公踩背松骨……

☆男人与牙刷——我绝不与人共用！

☆清明节那天，我在路上捡到一厚厚的钱包。大喜，打开一看，竟全是纸钱！

☆最丢脸是和几个同学讨论薪水，原以为他们说的是年薪，后来才发现他们说的都是月薪……

☆连贝克汉姆都不知道，你还有什么资格敢跟我谈篮球！

☆请你们尽快解决你市农产品过剩的问题，今天演讲时大家朝台上扔的西红柿少说也有 200 多斤。

☆"友谊第一，比赛第二"，比如说，举行婚礼时新郎和新娘总要手拉着手。

☆有些父母表现得好像就没有孩子一样；有些孩子则表现得好像就没有父母一样。

☆凡事不要期望过高，否则就会像气球那样充气太多会爆炸，而我就是那种最便宜最不经吹的小气球。

☆一个受过教育的笨蛋是多么可怕的笨蛋啊！

☆本人年方二十三，人见人爱，花见花开，车见车爆胎！每次行走街上，不是帅哥回头，就是美女跳楼！

☆什么世道啊这是，人活得像狗，狗活得像人。

☆理论上咱们都是文明人，给点面子啊。

☆小样，见了我还不自刎！

☆再丑也要谈恋爱，谈到世界充满爱。

☆穷当然可以开心，不过有钱可以更开心。

☆我有一条很酷的迷你裙，可惜我的腿不够迷你。

☆当我死了以后，我要时常记起活着时的快乐。

☆我喜欢的女孩要像黛玉一样有才气，像宝钗一样懂事，像可卿一样漂亮，像湘云一样豪爽，像李纨一样忠贞，像探春一样能干，像凤姐一样精明，还要像元春一样有福气，呵呵！

☆噢耶！一般很正常，有时发点神经。

☆和我比温柔那是找抽！

☆把你栽到花盆里让你也知道知道什么是植物人！

☆我把你的话放到油锅里可以炸出油来，哈哈！

☆本人纯属虚构，如遇在线，实属见鬼！

☆我视金钱为粪土，父母视我为化粪池！

☆把地球揍成方的！

☆作为一只禽兽，我深感压力很大……

☆你有什么不开心的事？说出来让大家开心一下。

☆生活像场《夜宴》，但是《十面埋伏》。

☆宝贝儿，等发工资了我就带你去洗澡！

☆我是穷人，请勿盗墓！

☆穷也要站在地主堆里！

☆招聘会上，一美女大老远的向我打招呼："呵呵！又是你啊！"寡人哭笑不得。

☆看到一毛钱，还用痛苦么？直接丢给旁边乞讨的哥们，让他郁闷去吧……

☆屁眼里夹5分钱，机关枪都扫不下来的主。

☆有的人，做面膜的时候，比真人好看多了。

☆当初我降临人世的时候，上帝许诺说要把他最美丽的女儿嫁给我。我左右顾盼，上下求索，等了21年了，还没见到仙女的影子。我很郁闷，于是跑去问上帝。上帝说："你急什么？我都还没女朋友呢！"

☆生活这条狗啊，追的我连从容撒泡尿的时间都没有！

☆小李上去了，秋千下来了——一个身材有点肥的朋友荡秋千的遭遇。

☆我从前是个胖子，现在和所有躺着的人一样有骨感！过年过节记得给我烧些美女图片啊！

☆人见人落泪，鬼见鬼瞌睡。天使见了直反胃。丫头，你长的违章了……

☆两只鸳鸯同命鸟，一对蝴蝶可怜虫。

☆你以为你是街边臭豆腐呀，说正宗就正宗！

☆我说：我怎么感谢你好呢？我娶你吧！
你说：你怎么可以恩将仇报呢？

☆你长成这样还要不要人活啦？

☆亲人之间，谈到钱就伤感情；情人之间，谈到感情就伤钱。

☆毁灭友情的方式有许多，最彻底的一种是借钱。

☆森林这么大，我竟然找不到吊死的一棵树！

☆到了聪明人都无计可施时，笨人想出来的法子一定最有用！

☆有钱的人怕别人知道他有钱，没钱的人怕别人知道他没钱。

☆像我这种牛人，想找个人佩服一下的时候，我就去照镜子。

☆博客圈就是把吐的口水所含成分差不多的人聚集在一个圈里吐。

☆这社会对我不太客气。

☆男人要有钱，和谁都有缘。

☆试金可以用火，试女人可以用金，试男人可以用女人。

☆每当自己错过一个女孩，我就在地上垒一层砖，于是，这世界便有了长城。

☆再给我 50 年时间，我保证让你见识什么叫老不正经。

☆我都不泡你了，你又何苦泡我。

猫扑上最让你喷饭的经典语录

☆本来我不开心，现在开心了。

☆现在泡 MM，德智体，美与劳，钱与貌，车与房，必须样样具备。

☆在下无权无势，无钱无貌，无依无靠，无色无味，无以为报，唯有以身相许！

☆"我很丑，但是我很温柔。""你很温柔，但是你很丑。"

☆据说四川那里的人特别喜欢吃辣椒，什么东西都喜欢加辣椒。所以在四川，买瓶纯净水就可以当防身武器，一有什么情况不对，拧开瓶口就可以当辣椒水使用。

☆空气中的氧气已经被我们的臭鞋臭袜电离成了臭氧。

☆孔子读书"三月而不知肉味"，我们读书也一样的"三月不知肉味"，不过孔子是因为太投入，而我们是因为学校的肉本来就没有肉味。

☆如果说良药苦口，那么我们饭堂的饭菜包治百病。

☆我们学校的女生，号称回头率100%——见到她们，100%的人会把头转开。

☆在马路边捡到一分钱，要上交给警察叔叔手里边，这是原则；但捡到十块钱，这已经超出了原则的范围了。

☆就算是金属，也会出现金属疲劳的时刻，何况是柔软的心。

☆根据脸红定理，如果你看一个人时不脸红，那么对方就要被你看得脸红。

☆我孤独寂寞空虚无聊忧郁郁闷哀伤失落难过悲哀苦闷压抑……

☆我是人证，你是物证。人证物证俱在！

☆据说酒后会乱性，难怪最近茅台和五粮液都涨价了。

☆你是怎么想的？哥德巴赫猜想……

☆我国是一个资源缺乏的国家，特别是美女资源。

☆生是你家的债权人，死是你家的讨债鬼……

☆你要一个肩膀，我就给你依靠；要两个肩膀，那我就给你拥抱；要四个肩膀，那我就给你当被子；要好多好多个肩膀，那我只能给你找小白脸了。

☆爱情是感情战胜理智的产物，当理智恢复了，爱情也就不存在了。

☆女孩子的初吻都是被男人强夺走的，而那男人收获的，除了她的初吻，还有附送的一巴掌。那么，接下来我们男人怎么办呢？关于这个问题，我们亲爱的上帝曾经作过一个精彩的解答。上帝说：如果有人打了你的左脸，那么把右脸也送过去……

☆他唱歌简直就是小鸟在唱歌一样好听，不过那只小鸟是乌鸦。

☆问世间帅为何物，直教人以身相许。

☆插队？开什么玩笑，插队也得排队呢！

☆饭堂最经典的名菜是"胡萝卜皮炒胡萝卜肉"。

☆有人说药品的说明书和它的作用是没有任何联系的，名不符实，这纯粹是污蔑。因为有一次我肚子疼去看医生，那位医生竟然给我开了感冒药，结果我马上就感冒了。

☆在大学，爱情是一门必修课，如果你没有通过，毕业后那么你就要重修。

☆单身守恒定律：单身的总量总是保持不变的，单身既不会凭空产生，也不会凭空消失。它只会从一个人的身上，转移到另一个人的身上。

☆人类社会发展有很多问题，但归根到底只有三个：长相问题、纯洁问题和人品问题。任何不解的事情，包括《十万个为什么》里面找不到答案的，都可以在这三大问题中找到答案。

☆一个人不帅，可以赞他有气质；要是他连气质都没有，还可以赞他有性格；如果他连性格也没有，还可以赞他有意思……但是他连意思都没有，那就只好赞他可爱了。

☆长相决定命运，难怪我命运如此坎坷。

☆现在的人穿衣，不是为了保暖，而是为了关键时刻有衣可脱；现在的人同居，不是为了结婚，而是为了不用结婚。

☆不怕一万，就怕四十分之一。

☆上次我和一个叫"美的传播使者"的猫扑网友见面，自从那次见面以后，我从此对一切丑的东西都有了免疫力。

☆有翅膀的不一定是天使，还有翼龙。

☆你要相信，相信我们会像童话故事里，青蛙和恐龙是结局。

☆网络上的流行爱情有很多版本：有的是帅哥和恐龙的爱情，那叫 KB（恐怖）片；有的是青蛙和美女的爱情，那叫爱情片；有的是青蛙和恐龙的爱情，那叫纪录片；有的是帅哥和美女的爱情，这是科幻片；如果是男人和男人的爱情（特别在游戏中），这就是伦理片了。

☆ MM（美眉）才是我们上猫扑的终极目标，将 MM 的观赏价值转化为使用价值才是我们上猫扑的终极追求。

☆红颜祸水本来是个并列性词语，红颜是指女人，祸水是指男人，红颜祸水其实是女人男人的意思。

☆鲜花之所以会插在牛屎上，是因为牛屎很有营养。

☆如果有一天真的男女平等了，我想高兴的不是女人，而是我们男人。

☆男人的形象只有一个用处：泡 MM。所以一旦 MM 泡到手，这位 MM 将会很悲哀地发现，这个男人再无形象可言。

☆就算是绝缘体，也存在着击穿电压。

☆"你相信一见钟情不？"
"我当然相信了，每次见到美女，我都会对她一见钟情的。"

☆"弱水三千，只取一瓢"的原因只有一个：这个瓢足够大。

☆中国研究出了一种飞镖，射程达 10 千米。唯一遗憾的是，它需要在 1 万米高空的飞机上发射。

☆有的女孩子贪小便宜，穿的是廉价衣鞋，喷的是廉价香水，因此她们省了钱的同时却牺牲了色相。

☆为什么就算是在大冬天，女孩子穿再短的裙子也不怕冷？因为男人的眼睛会加热，并且加热功率和裙子的长度成反比。

☆别老问别人为什么不愿意理你，不愿意跟你说话，因为太稀罕你而不愿意搭理你现实吗？你信吗？

☆万水千山总是情儿。

☆路漫漫其修远兮，不如我们打的吧。

☆我不同意你的观点，但我誓死捍卫不让你说话的权利。

☆一件不想被人脱下的衣服不是一件好衣服。

☆千里马常有，而母千里马不常有。

☆我朦眉眷眼地走了，正如我挤眉弄眼地来。

☆中国有风险，投胎需谨慎。

☆我为你大爷感到悲哀。

☆早年间，刚入行，向一前辈高人请教软件应用问题，此君曰：这可是我压箱底儿的绝技，不传男不传女，就传你。

☆"如果你老婆和你情人同时掉进水里，请问你是再找一个丰满型的还是娇小型的？"
"还找不会游泳的。"

☆我觉得全世界的熊全都一个熊样。

☆扯上了二斤红头绳，把那喜儿扎起来。

☆世界上有10种人，懂二进制和不懂的……

☆不用怀疑，我就是你梦中的穷人。

☆你没事儿老梦我干吗，我忙你不知道吗？

☆说吧，你是想死呢，还是不想活了？

☆接下来为您表演家传绝技，大石碎胸口。

☆一失足成千古风流人物。

☆昨天中午跟同事在食堂吃饭的时候讨论我们几个的身高：我被冠以夜用加长型，她自己是日用的，旁边一个1.5米多的同事说"那我呢，我是啥？"我俩异口同声地说："你是护垫。"

☆小时候我们把玩具当朋友，长大了朋友拿我们当玩具。

☆人生就像卫生纸，没事尽量少扯！

☆如果你看到面前的阴影，别怕，那是因为你的背后有阳光！

☆最穷无非讨饭，不死终会出头。

☆在任何状况下，不能玩弄别人，玩人必被人玩。

☆你再有心眼，也不是最厉害的那个。

☆唾沫是用来数钞票的，而不是用来讲道理的。

☆请专心致志地打你的酱油。

☆地球上只有一个我，所以大家也要爱护我！

☆开心了就笑，不开心了就过会儿再笑。

☆名花有主，锄头无情……

☆迄今为止，地球仍在我的脚下。

☆男人都喜欢江山，是因为他们觉得只有整个江山才能让他们的女人心动。

☆我要跟机器猫或剪刀手爱德华玩剪刀、石

☆头、布，非要让它们输得倾家荡产！

☆今天带着家人去金山城市沙滩游泳，主要是陪孩子去玩沙子。正在堆沙的过程中，远处高台上的救生员（指挥员）用高音喇叭喊上了：带孩子的家长请注意，请看管好自己的小孩，特别是带着自己的孩子又带着别人老婆的，请不要把自己的孩子扔在一边，我看得出来的！

☆这个信息泛滥的时代，你还要以掌握更多信息为荣吗？我早就以什么都知道为耻了！

☆ A：你是我的小天使吗？
　 B：是。
　 A：啊！我终于找到你了！满足我一个小愿望好吗？
　 B：去，就你事儿多。

☆你我皆烦人，剩在人世间。

☆弄一MSN机器人，光会说句："是吗？"就足够，别人说什么都这句，绝对聊遍天下无敌手。

☆一天到晚想死的鱼。

☆挣的是卖白菜的钱，操的是卖白粉的心。

☆这么个时代，这么个世界，不得个抑郁症什么的，你都不好意思见朋友。

☆我可好玩了，不信你玩玩。

☆对不起，你拨打的用户已结婚。

☆当时间和耐心都已变成奢侈品，我们只能靠星座了解彼此。

☆看中美网民网上活动对照表，我的理解是，人家是在网上生活，我们是在网上逃避生活。

☆漫漫人生路，总会错几步。

☆你有权保持不沉默，但我们很快会让你沉默的。

☆三分天注定，七分靠打扮。

☆公司的无耻程度总是超出员工的想象。

☆早晨在路上见一车，车后贴一标，标上一句话：驾校除名，自学成才。

☆与有趣人，做无耻事。

☆一日早朝，王安石出列："臣有奏……（以下省略1万字）"

刚说完身后跪下一片叫道："臣沙发。""臣板凳。""臣地板。""臣顶。""臣也顶。"

最后几人面带笑容不语，神宗见状怒击龙椅："不许纯表情回帖。"

☆好难，不跟女斗。

☆一人眼力不好，某日，买了只活鸡，提着回家。狭路之上，迎面走来一人，手里托块儿豆腐。眼看越走越近，便对那人说："小心点儿啊，这肥油别蹭我身上。"对面那人闻听，瞧他一眼，说："呵，就您这眼神儿还玩儿鹰呐？"

☆"喂，印钞厂陈书记吗？我订的纯金名片是中分的，对……对……像《赤壁》里的周瑜，不要像诸葛亮。"

☆绅士无非就是耐心的狼。

☆老鼠嘲笑猫的时候，身旁必有一个洞。

☆男人：二十岁的时候，是半成品；三十岁的时候，是成品；四十岁的时候，是精品；五十岁的时候，是极品；六十岁的时候，是样品；七十岁的时候，是纪念品。

☆一颗将爆的炸弹比一颗已爆的炸弹要KB（恐怖）得多。

☆状态是干出来的，而不是等出来的。

☆道歉是为将来再次冒犯打下伏笔。

☆所谓儿童不宜，其实就是大人们令人感动地把犯错误的危险留给了自己。

☆你想以40km/h的速度开车到80岁，还是以80km/h的速度开车到40岁？

☆山盟海誓是一种经常让高山和海洋领受尴尬的重量级承诺。

☆不要同一个傻瓜争辩，否则别人会搞不清到底谁是傻瓜。

☆现在女孩身上衣服件数越多，反而露得越多；衣服件数越少，反而露得越少！人家文院女生身上莫名元素一大堆，还露着大腿呢；咱们工院女生就外套＋裤子，两件就把全身裹了个严严实实！

☆就因为你，青岛海域都出现大海怪了！

☆我都不好意思抓你了，你怎么还好意思偷呢？

☆很高兴，又凑够1.5块，终于又能上网了！

☆宁可高傲的发霉，不去卑微的恋爱！

☆去爱吧，如同没有受过伤一样；歌唱吧，如同没人聆听一样；跳舞吧，如同没人欣赏一样；工作吧，就当没有工资一样；生活吧，就当今天是末日一样。

☆这辈子，你是来放债的还是来还债的？

☆男人是用来靠的，所以要可靠；女人是用来爱的，所以要可爱。

☆男人喜欢听话的女人，但男人若是喜欢一个女人，就会不知不觉听她的话。

☆用iphone的人都有个共同点：就是不好意思说不好用。

☆孟姜女哭倒长城干红，白娘子水漫金山词霸。

☆作为一名烟客，必须具备三个条件：烟、打火机及抽烟时露出的那种无耻神韵！

☆很黑的深夜，我突然想要学习，可是当我找到蜡烛的时候，天已经亮了……

☆我把一万句誓言装在机枪里向你扫射，你倒在血泊中，浑身镶满了丘比特的子弹！

☆我费尽千辛爬上梯子的顶端，却发现梯子搭错了墙头……

☆现在的导师都不叫导师，也不叫老板，叫科研包工头！

☆扛一面顶风的大旗，上写两个大字：好人！

☆一妇女拿假钞去买早点，小贩恼了："大姐，你给假钞也就算了，那起码是张印的，你这张钞票居然是画的！退一万步说，画的也就算了，你给画一张十块的、五块的都行，你还给画张七块的！七块就七块吧，最起码也得画彩色的啊，居然用铅笔，算了，黑白就黑白的好了，可不能用手纸画啊！手感太差了，就算是手纸你也得用剪子把边剪齐了啊，这个用手撕的，毛边太夸张了，行，毛边我也忍了，可你也撕个长方形啊，这个三角形就太说不过去了。"

☆球形也是一种身材！

☆上联：金沙江，嘉陵江，黑龙江，江江可投！
下联：实验楼，教学楼，宿舍楼，楼楼可跳！
横批：空前绝后

☆上联：爱国爱家爱师妹！
下联：防火防盗防师兄！
横批：恋爱自由

☆大龄未婚男女像是坐巴士坐过了站。有时是因为巴士上的座位太舒适了，简直不愿下车；有时是因为不认识自己该下的站台。终身不结婚的男女呢？他们是巴士司机。

☆示爱者是动物，被爱者是植物。如果爱被拒绝，离开的当然是动物，因为植物是不会生出脚来跑路的。

☆一未婚女子感叹：为什么成熟的男人、好男人全成了人家的老公，没结婚的男人没一个像样的？有人提醒她："妻子们培养好丈夫都是自产自销，没有男人能自学成材。"

☆一分儿钱一分儿货，稀饭吃了不经饿！

☆如果照镜子要上税，恐怕有些女人会破产。

☆为评选出本年度听众最喜爱收听的无线电节目，国家广播电视局采取随机电话访问的方式，历时3个月，调查了10000个家庭，其中对于"请告诉我您现在正在听什么节目？"的回答出现惊人的一致，约80%的答案为"正在听老婆唠叨"。

☆男人赚钱后想和老婆离婚，男人赚不到钱老婆想和他离婚。

☆女人攒私房钱是为了将来花在老公身上，男人攒私房钱是为了将来花在其他女人身上。

☆男人最傻的时候是第一次穿西装上班的时候，女人最傻的时候是第一次穿吊带裙上街的时候。

☆女人单位发了1000块钱，她会告诉男人发了1000块钱，告诉自己的朋友发了500块钱；男人单位发了1000块钱，他会告诉女人发了500块钱，告诉自己的朋友发了1500块钱。

☆不想变形的金不是好钢。

☆传说有一种食物，吃了能让人精神振奋，满身大汗！没错！这就是麻辣烫！

☆我是一庸人，我盼望着天上能够掉馅饼，掉到我嘴上，可偏偏掉下来的是铁饼，而且砸在我脸上，天啊！疼啊！

☆一个不久前结婚的男同学说："常在厨房混，哪能不切手？"

☆不高不矮不胖不瘦不三不四，没前没后没脸没皮没心没肺。

☆本人因生活极度贫困，长期代写小学寒、暑假作业，替小学生欺负其他同学，并承接以下业务：苦力搬运，钳焊，水电，瓦工，砸墙打地洞，通厕所下水道，Vb、C++、NET，Java，asp，汇编，flash，论文代写，四六级替考，办证……

☆我的心跳在第五肋间左锁骨中线内5cm处为你搏动。

☆武功再高干不过菜刀，轻功再高飞不过小鸟！

☆我最近真的很忙，甚至一天都很难保证有16小时的睡眠！

☆生平三大恨，一恨身材不够惹火，二恨没泡过帅哥，三恨一堆单词都长得差不多！

☆我希望有一天能用鼠标双击我的钱包，然后选中一张100元，按住"ctrl＋c"接着不停的"ctrl＋v"……

☆老师："如何分辨章鱼的手和脚？"
学生："放个屁给它闻，会捂住鼻子的就是手，其他的就是脚。"

☆桌上的灰怎么不见了？上面还记着电话号

码呢……

☆本人立志统一全人类，请大家投我一票！

☆面容很憔悴，一脸旧社会。

☆曹操墓里惊现两个头盖骨，经考古学家鉴定，其中一个是曹操的，另一个是曹操小时候的。

☆我最恨别人用鼠标指着我的头。

☆友情提示：由于此用户的签名太过于个性而被系统自动屏蔽！

☆这年头，随便发句信息都能挖出一两个隐身滴！

☆只要有电，我就在线。

☆北京的交通差点饿死人！

☆机主已成仙，有事请求签。

☆这是一个KB的故事，当你在半夜12点的时候穿着黑色的衣服对着镜子用梳子梳12下就会看到头皮屑！

☆幸亏在物价上涨前吃胖了，HOHO。

☆如果不出现意外，相信你和我聊不到三句半，一定会被我的人格魅力所征服，脑海里顿时产生给我写情书的冲动。我劝你还是省省吧，我的108个电子邮箱都被美女们的情书撑爆了，已经没有你的空间了。

☆你怎么知道我这葫芦里卖的是什么药呢，难道你就是传说中的葫芦娃？

☆主持人采访一对双胞胎，问其中一个："你几岁啦？"对方回答，然后主持人转过去又问另一个："你呢？"

☆今天是植树节，咱也买点葱回家种！

☆周一早晨的微积分课上，很多同学都在打盹，教授见此不由感慨道："经过周末两天的休息，大家现在都很累了……"

☆小时候，她父母始终相信女大十八变，丑小鸭会变白天鹅！
长大后的某天，爸爸很专注地看着她，然后语重心长地说："孩子，你还是用功读书吧……"

☆今天是3.14，圆周率节，所以要吃派……

☆有人向我挑战说：你放马过来。我不回话，只是疾驰而去，然后马后炮打倒他。

☆虽然你是暴牙！别自卑，暴牙很好！暴牙可以刨地瓜，下雨可以遮下巴，喝茶可以隔茶渣，野餐可以当刀叉，你说暴牙是不是顶呱呱！

☆ A：最近忙什么呢？
B：最近在搞学术！
A：学术是谁？

☆在气象台实习终于知道"明日降水概率为30%"是怎么算出来的了！台长在办公室里找了10个人问："同意明天下雨的请举手"，结果3个人举起了手……

☆我装了一个一寸的显示器，这样可以使我的错误看起来小一些。

☆这年头还整天挂QQ的人，除了上班没事做，就是下班没人爱的人……

☆女，喜甜食，甚胖！该女有一癖好：痛恨蚂蚁，见必杀之。问其故曰：这小东西，那么爱吃甜食，腰还那么细！

☆以前叫"偷坟掘墓"，现在叫"考古科学"！

☆你刷牙我不管你，但是你告诉我，我的洗面奶哪里去了！

☆把你的脸盆交出来！大爷我要洗裤头了。

☆有一只羊在唱歌：把你的心我的心串一串，串一个羊肉串，再串个羊肉串……

☆ 2012如果地没有裂，楼没有倒，厕所没有爆，路人甲没有跑，我会在2013年1月4日（爱你一生一世），这个千古难寻的大日子里，和我爱的人走进婚姻的殿堂！

☆刚上大学，我们怀着憧憬看了《奋斗》，当我们踟蹰的时候，我们看了《我的青春谁做主》，就当我们即将豁然开朗的时候，一部《蜗居》把我们全拍死了。绝望中，我们看了《2012》，顿时淡定了。买什么房子啊，早晚要塌的！

☆"原来你就是传说中的290？！"

"290是啥？"

"290就是250+38+2。"

☆主持人：你叫什么名字呀？

4岁小孩：×小雨。

主持人：为虾米叫小雨捏？

4岁小孩：生我那天，下，下雪了。

主持人：那为虾米不叫小雪捏？

4岁小孩：你们家老爷们儿叫小雪啊？

主持人：……

☆我想有一所房子，面朝大海，春暖花开，4M宽带，能叫外卖，快递直达，不还房贷。

☆据说某公司招聘，先把收到的一大堆简历随机扔掉一半，因为他们的招聘理念是"我们不要运气不好的人"。

☆我终于知道苏格拉底为什么死了，因为雅典人被他永无止境的"为什么"唠叨烦了，最终集体投票把他和谐了。

☆就算生活只是个杯具，我也要做个官窑上品青花瓷杯具。

☆清华女人就是专业，今儿在C楼听见一个女的打电话："刚开始你把我当氧气，后来当空气，再后来当二氧化碳，现在已经把我当一氧化碳了，你什么意思！"

☆同济大学老师："08级的男同学你们不要着急，你们未来的老婆现在还在中学蹦跶着呢……成功人士平均比配偶大12岁，这样算来你们很多人未来的老婆还在小学一年级蹦跶着。所以说现在养的那是别人的老婆！"

☆刷牙是一件悲喜交加的事情，因为一手拿着杯具，一手拿着洗具（喜剧）。

☆我们小学毕业非典了，我们初中毕业禽流感了，我们高中毕业甲流了，我们大学毕业2012了。

☆后轮爱上前轮，却知道永远不能和她在一起，于是他吻遍了她滚过的每一寸土地。

☆人生最大的悲哀就是：新欢变成旧爱，冲动变成习惯。

☆有一句说一百句的是文学家，这叫文采；有一句说十句的是教授，这叫学问；有一句说一句的是律师，这叫谨慎；说一句留一句的是外交家，这叫严谨；有十句说一句的是政治家，这叫心计。

☆复习=不挂科，不复习=挂科，所以，复习+不复习=不挂科+挂科，提公因式、（1+不）复习=（不+1）挂科，约分，所以，复习=挂科！真理诞生了！

☆新世纪女性：上得了厅堂，下得了厨房，写得了代码，查得出异常，杀得了木马，翻得了围墙，开得起好车，买得起新房，斗得过二奶，打得过流氓……

☆只要半个平方米的价格，日韩新马泰都玩了一圈；一两个平方米的价格，欧美列国也回来了；下一步只好策划去埃及南非这些更为神奇的所在……几年下来，全世界你都玩遍，可能还没花完一个厨房的价钱。但是那时候，说不定你的世界观都已经变了。

☆一日早晨，某医院聘请武林高手在教医生学习抗暴擒拿手。

☆拥挤的公交车上，一对亲热的男女在互相喂臭豆腐。

☆这天，一个文学爱好者问我《诗经》是谁写的。我给他说是李白，他说我还以为是鲁迅呢！

☆乞丐下班，拿出车钥匙开走了标致307。

☆一厕所搞优惠，一日之内上5次厕所，免费送纸巾一包。

☆一马屁精，给老板开车门，正巧老板自己推开车门，正中此人，掉牙齿两颗。

☆一店打折：老婆跟人跑了，小老板甩货凑路费！隔壁店见状，马上打出：路见不平，甩货支援隔壁的！

☆一拉琴的老艺人收摊，只拿在自己盒内的钱币，对扔在盒外的钱分文不取。

☆一80岁左右老妪，手提6桶10Kg的超市打折菜油健步如飞。

☆拥挤的公交车站，一壮汉在一群老翁太婆中杀开一条血路，第一个冲上了公交汽车。

☆一个19岁的孩子根据电线杆上的老中医地

址寻踪而去，一看医生，惊奇地说道："王大叔，你不卖饲料了？"

☆公交车上，一少妇在给孩子喂奶，一男正面对该妇女在打电话，商量吃饭事宜，说道高兴之处，怪笑曰："我也想吃！"得大力耳光一个！

☆一个男人问街边小姐："包夜多少钱？"

小姐回："200元。"

再问："是不是怎么样都行？"

小姐回："是！"

男的大喜："今晚你帮我到火车站排队买票去！"

☆妈妈当年和蔼地对我说："乖孩子，学会了这个本领啊，你就一辈子都饿不死了。"于是妈妈教了我怎样吃饭。

☆要换笔记本了——以前那台开机就要5分钟，要知道电池只支持到3分钟！

☆菜刀在手，问天下谁是英雄！

☆昨天问一炒股朋友："最近股市暴跌了，睡眠怎样？"

他说："像婴儿般睡眠。"

我说："不愧是高手！这都能睡得着！"

他沉默半晌道："半夜经常醒来哭一会儿再睡。"

☆中国吃文化：谋生叫→糊口，岗位叫→饭碗，受雇叫→混饭，花积蓄叫→吃老本，混得好叫→吃得开，占女人便宜叫→吃豆腐，女人漂亮叫→秀色可餐，受人欢迎叫→吃香，受人照顾叫→吃小灶，不顾他人叫→吃独食，受人伤害叫→吃亏，女人嫉妒叫→吃醋。

☆禁止英文缩写，那以后U盘不能叫U盘了，

得叫"通用串行总线接口的无需物理驱动器的微型高容量移动存储盘"。

☆大学生之《陋室铭》：分不在多，六十则行；书不在读，能抄则赢。日晤周公，夜谈爱情。吃穿问父母，出入坐计程。谈笑皆游戏，往来一大群。可以呼友朋，摔酒瓶。无学习之天分，无读书之闲情。晚上网吧睡，白天街上行。老师云："何用之有？"

☆你活到哪个证上了？

准生证→出生证→独生证→身份证→学生证→学位证→毕业证→暂住证→未婚证→结婚证→房产证→驾驶证→行驶证→献血证→健康证→工作证→保险证→医保证→下岗证→失业证→上岗证→职务证→资格证→荣誉证→通行证→残疾证→退休证→老人证→死亡证。

☆有一种感觉总在失眠时，才承认是"相思"；有一种缘分总在梦醒后，才相信是"永恒"；有一种目光总在分手时，才看见是"眷恋"；有一种心情总在离别后，才明白是"失落"。

☆小时候，老师告诉我：人的体内都有一个勤奋小人和一个懒惰小人，当你犹豫不决时他们就会打架。小学时勤奋小人经常把懒惰小人打得落花流水，初中时就打成平手了，到高中时就是懒惰小人经常获胜了。可是到了大学我忽然发现他们不打架了，勤奋小人被打死了！

☆某女对某男说道："你的脸比陈世美还美，你的眼比诸葛亮还亮，你的情比关云长还长，你的诺言比孙悟空还空！"

☆一日，将单车停在一个车棚里，回来时候车没了。只看到车锁被丢在一边，锁没坏，还能用，我觉得车锁扔掉实在可惜了，于是顺手将车锁锁在别人的自行车上就心理平衡地走了……

豆瓣上冷死人的经典回复

楼主问：平安夜你给女友花了多少钱？有种进来晒晒！

楼主说：要实事求是！我自己花了两千五！给她买了一件 scat 的外套一千八！一瓶 Dior 香水五百多，外加吃东西买花买烟火买小礼品，总共两千五百大洋！你们呢？

回帖：没赶上平安夜，她是后半夜来找我的。她穿着一件 scat 的外套一千八！喷的 Dior（迪奥）香水大概五百多，还带了好多小礼品。我还是比较高兴的，于是掏了一百九十作为房费……

楼主：（"神五"上天的时候）这有什么好庆贺的啊？人家美国几十年前就上去了。

回帖：女人几万年前就会生孩子了，可当初你妈把你生出来的时候一样很开心！

楼主：有些女人喜欢穿暴露的衣服的原因是什么？

回帖：是为了接受更多的日光照射。

楼主：敢问大家每次坐马桶便便后怎么擦 PP 啊？

回帖：便后吹下口哨，邻居的大黄狗就会跑过来。

楼主：思想被污染的人，看什么都 H。

回帖：本人走路看到块砖头都会踢翻辨识下性别。

楼主：怎么样让男朋友讨厌我，主动和我分手。有没有智商高点儿的办法？

回帖：床下面放个小箱子，里面放些散钱几个鸡蛋。

楼主：一直不懂那么紧身的体操服是从哪穿上去的呀？还有男队自由体操项目那条短裤里是什么样的啊？

回帖：楼上的们不知道表瞎说，大家都知道，体操过程中最怕其他物品或者衣物勾挂到什么影响平衡——哪怕衣物的弹性也容易给运动员的动作带来阻碍从而影响成绩，国家体育总局针对这个问题联合多部门进行了公关，最后还是决定不穿，用无害油彩涂抹成衣服的样子，这件事情大家不要到处瞎传，免得在心理上给运动员造成压力。

楼主：同学都说我是校花，那我就来秀下自己，大家说好看吗？

回帖：花有很多种，有玫瑰、月季、牡丹，也有狗尾巴花，楼主应该属于后一种。你知道你们校的同学为什么甘心选你当校花么？因为以后女生可以对老公说："我比我们学校的校花漂亮……"男生可以说："我女友比我们学校的校花漂亮……"

楼主：广东一帅哥（谁不服气和他比比）。

回帖：第五神兽出现了。

楼主：司马光为什么不往缸里扔石头，让水面上升，他不就能喝到水了？

回帖：看见楼主，我在智商上的优越感油然而生，难道楼主的意思司马光砸缸是因为要喝里面的水？怕里面的人不死，再补块石头？太有才了。

楼主：前女朋友的妹妹喜欢上我怎么办？

回帖：她妹妹几岁啊？喜欢你还是喜欢你买的糖葫芦啊？

楼主：一个男生每天都和我说晚安，有什么暗示吗？

回帖：这男的有点闷骚，想追女生又不敢，只好说些擦边球的话来试探你。建议楼主一直不动声色，静观其变，憋疯他。

楼主：如果你的 GF（女友）睡着了，或者你半夜醒来了，你会不会偷偷地亲吻一下她的嘴唇或者脸庞？

回帖：建议大家不要轻易尝试此动作。我偷偷亲自己熟睡的 MM，MM 迷迷糊糊地说：表哥别闹，我老公在呢！

楼主：我没有钱，我不要脸。谁唱的？

回帖：不是很清楚，反正现在就是看到你在唱！

楼主：没有女朋友，衣服哪个帮我洗啊？

回帖：专业家政、钟点工、兼职陪床等，竭诚为您提供服务，电话：×××××××

楼主：我是什么神？

回帖：很明显，你是瘟神！

楼主：大灰狼为什么要爱小绵羊？
回帖：很明显，狼的肚子饿了！

楼主：中了 500 万以后怎么办？
回帖：挤公共汽车去领奖，先抽出两元收好，准备买下期彩票，验验看有没有假钞，把公园的草地包下来。

楼主：爱我的人和我爱的人有什么区别？哪个更好些？
回帖：一个总在伤害你，一个总被你伤害。看着办吧……

楼主：惊天发现！所有带摄像头的手机（不用上网）都可以免费收看电视！方法如下：
1. 打开手机。
2. 进入照相功能。
3. 打开电视机。
4. 打开自己想要的台。
5. 把摄影头对着电视机。
6. 这样就可以看到手机屏幕上在播放电视节目啦！
回帖：哈哈哈哈，俺们村就有几个像楼主这样的有才人聪明人，能告诉我你是怎么从精神病院跑出来的吗？

楼主：老公很变态，就在昨天的公车上，他在我身旁又放了个惊动众人的 P（屁），然后对我怒斥：你注意点儿影响！崩溃中……
回帖：你老公属臭鼬的？心智不成熟，可以到幼儿园回炉！

楼主：去旧迎新，小女子我疯狂自拍迎春！
回帖：我的妈呀，我手贱，我已经好久没骂人了，非要逼着群众说脏话是不？

楼主：暖羊羊是只母羊吗？
回帖：只有公羊才关心。

楼主：记得小学一年级的时候，在作文《我的理想》中写到长大了我要当一名坐家，我哭了，因为儿时的梦想终于成真了，成为了一名宅男。
回帖：这算什么？我上学前班的时候写《我的理想》，我写我要当一名湿人，结果当天晚上就实现了。

楼主：每个人都想追求美女，当你追到后却感觉也就那么回事！
回帖：我就是想知道到底怎么回事？

楼主：为什么生下的孩子要跟父亲一个姓？
回帖：迷惑傻男人的，以为贴上标签就是你生产的！

楼主：我 PS 完图放电脑里怎么传上来啊？
回帖：拿电脑去修，自然有人给你发。

楼主：北京欢迎你竟然没有杰伦！这是为什么？这么重要的歌竟然没有他！
回帖：又不是残奥会主题歌，要大舌头干什么？

楼主：我高考考砸了，比平时低 30 分。
回帖：你考了负 30 分？

楼主：护士长算是高干吗？
回帖：不算，要能护市长才算！

楼主：意甲是韩剧，英超是美剧，德甲是大陆剧……
回帖：中超是悲剧。

楼主：我们学校一哥们跳楼了，我怎么办啊？他还欠我 200 块钱呢？
回帖：少年放高利贷 200 元逼死同学。青少年犯罪呈多样趋势。

楼主：为什么有的人翻动纸张或者数钱的时候喜欢舔下手指？这样感觉很脏啊！
回帖：狮子喜欢到处撒尿来宣布对地盘的占领。

楼主：我和我学校的女生关系都很暧昧，头痛啊！自己班的和其他班的都比较暧昧，怎么办啊？
回帖：看心理医生，您的妄想症得治！

楼主：我最近喜欢上一外文系的女生，可是别人说她有男朋友，我该怎么办？
回帖：追她男朋友，让她伤心欲绝，然后你就主动过去安慰她。完美的计划啊。

楼主：为什么每个女的经过我身边都有一阵香味？
回帖：楼主想告诉别人他是属狗的。

楼主：有喜欢篱笆女人和狗的吗？
回帖：我喜欢女人，不喜欢篱笆，更不喜欢狗。

楼主：我想说一个不是秘密的秘密，大家想知道吗？

回帖：你知道事情的真相了？

楼主：说说你为什么抽烟？
回帖：为了等一个劝我戒烟的女人。

楼主：请教各位，为什么每次打完篮球，头会痛啊？
回帖：楼主你的名字叫做篮球吧！

楼主：等以后老了，挂了，QQ怎么办？
回帖：代代留传，太阳多多。

楼主：谁知道世界上为什么会分男人和女人？
回帖：为了证明1+1也是可以不等于2的！

楼主：2008年获奖小小说《好悬》（仅40余字）老王提前下班回家，发现老婆和单位书记偷情，吓得老王赶紧跑回单位。叹道："好悬，差点被领导发现早退！"
回帖：楼主，恭喜你躲得快，脑子反应灵活。

楼主：有人给我介绍一对象，他爸爸是局长，叔叔在外贸部工作，舅舅在香港当经理！我该怎么办？
回帖：条件真不错啊，那你打算跟哪个结婚呢？

楼主：今天上午多架飞机在咱上空频繁飞过，谁知道怎么了，是不是要打仗了？
回帖：建议交警大队拦下查下，是否证照齐全，否则罚款处理。

楼主：上过厕所的都进来——你觉得公厕还有必要增加哪些物品？
回帖：顶一下吧！既然你说上过厕所的都进来，那我要是路过不进来多没面子啊，长这么大也不能让人家说没上过厕所啊！

楼主：我的狗喜欢上猫怎么办？
回帖：从此抓耗子不再是多管闲事！

楼主：第一次坐飞机，怎样才能装出经常坐的样子？

回帖：借一套飞行服还是四杠的，然后上飞机安检完了快跑，尽量跑到第一个上，然后乘务长会向你问好："欢迎乘坐本次航班！"你上来一句："一会儿给我送杯咖啡。"然后直接走向驾驶舱，一般驾驶舱门关着的，右手边有密码锁，你按下：000000密码就进去（一般密码不会换），看到里面机组，打招呼，然后告诉驾驶舱左边座位的哥们：你给我下来，老子今天飞……然后就进入准备程序，拿出快速检查单，一项一项读，让右座的烧饼执行，做得很老成的样子。最后用呼叫器让空姐进来给你送水，送咖啡，她一般会微笑的接受……不过最后要是被机场公安抓了，别说我告诉你的啊！

楼主：手机进水，被老婆放微波炉里烘干，没事吧？
回帖：真羡慕你啊！娶到了一个像爱迪生一样的发明家啊，这辈子你该享福（哭）了哦！恭喜！

楼主：哪里可以买到吹不灭的蜡烛啊？大家帮帮忙啊，急！朋友愚人节的生日，而且本命年，想给他一个难忘的生日，拜托大家告诉我一下哪里可以买到那种吹不灭的蜡烛，谢谢了！
回帖：我觉得你还是买个手电筒比较好点。

楼主：这年头那些戴手表的人是不是脑子进水了？
回帖：戴一块表的没进水，戴三块表的肯定进水了。

楼主：飞机场没收的打火机到哪里去了？
回帖：楼主难道不知道飞机现在的燃料是液化气吗？

楼主：通过矿泉水喝死人事件，可以看到中国的食品安全堪忧，矿泉水也能喝死人？不是有QS（Quality Safety，质量安全）标志吗？
回帖：弱弱的问一下，QS是不是去死的意思？

百度知道真的什么都知道

提问：显示器画面不停地轻微抖动，有什么办法？

回答：你也不停地抖动，当你的频率和振幅与显示器画面一致时，你就感觉不出来了。

提问：为什么我玩 3D 游戏时会头晕？

回答：

1. 小脑不发达。

2. 大脑不发达。

3. 大小脑都不发达。

提问：最简单的长寿秘诀是什么？

回答：

1. 保持呼吸，不要断气。

2. 披上龟壳。

提问：巫师为什么要骑扫把不骑板凳呢？

回答：因为骑扫把比骑板凳帅多了，而且遇到敌人（强大的，自己打不过）就可以伪装成扫地工！

提问：我的电脑里有病毒，我应该买什么杀虫剂好？

回答：

1. 什么都不用，你可以一个月不开机，把病毒饿死在里面。

2. 光饿死还不够，万一病毒太饿了爬出来感染别人的电脑怎么办！不光要不开机饿死它，还要拿个袋子把电脑密封起来，给它断水断粮断空气才行。

3. 用妇炎洁吧，洗洗更健康。

4. 用妇炎洁不行啊，如果电脑是男性怎么办？其实应该用汰渍。

5. 好像楼上的全都不厚道，电脑病毒是不能用杀虫剂的，你把电脑带到防疫站给医生去打一针就行了，以后每年打一针就能彻底防止病毒入侵了。

提问：我爱的人名花有主！爱的人惨不忍睹！为什么这样啊？

回答：

1. 虽然名花已有主，偶尔也可去松松土。

2. 虽然看来不忍睹，闷热也可来解解暑。

提问：为什么天津工业大学的上空那么多乌鸦啊？

回答：因为乌鸦也要混文凭啊。

提问：手机掉进茅坑怎么办？

回答：先蹲下抢占茅坑位置，然后思考是否要它及其如何打捞啊。

提问：怎样可以一口吃两个鸡蛋？速回答，谢谢！一次吃一个是我的极限，我想突破极限，战胜自我！

回答：超越梦想，一起飞，我们需要真心面对……我要和你一起突破极限，找个漏斗，生鸡蛋两个，磕碎扔到漏斗滑进嘴。

提问：我想开个食品方面的公司或店面，能帮我想个好名字吗？谢谢哦！我家在扬州！

回答：扬州炒饭。

提问：如何挖别人墙脚？

回答：夜已深，适合私奔，名花虽有主，锄头更无情，只要锄头舞得好，哪有墙脚挖不倒！

提问：电视机老是出现男女乱搞的画面！

回答：你家电视什么牌的？我也去买！

提问：如何练成天马流星拳？

回答：

1. 燃烧吧，你的小宇宙。

2. 大话西游里的一句台词说的好："老婆，出来陪我看神仙！"

最佳答案：已经有人练成功了！这是心得！全文如下（略）。

提问：怎样可以最有效地瘦臀？

回答：蹭树。

提问：为什么好马不吃回头草？

回答：因为马儿拉屎在后面拉。

提问：如何除掉烦人的狗？我家附近有人养狗，且不管它随便跑，经常晚上在我家门口拉屎，有没有办法不让它在我家拉屎，或神不知鬼不觉地把它弄死且没人知道。

回答：

1. 和主人说没用，我告诉你个好主意。每次狗拉屎的时候，你去偷看，等狗发现了你在偷看，它会害羞的，就再也不敢到你家门口拉屎了。

2. 给它买一台计算机，然后教它上网，它就没空去你家门口了。

提问：怎么驱赶蚂蚁？
回答：

1. 在寝室门上贴上"戒严"或者"查封"等字样，造成寝室已经停止营业的假象。

2. 买个食蚁兽回来不就结了。

3. 播放张楚的歌曲《蚂蚁》30遍。

4. 把这个问题贴到蚁巢门口，难死它们！难不死的也会被这个悖论折磨死。

5. 养些白蚁，让他们种族歧视，自相残杀。

提问：怎么样才能在街上捡到更多的钱？
回答：

1. 把自己的钱包丢在地上就可。

2. 钱不是捡来的，也不要低头走，钱是天上掉下来的，要时刻抬头看。

提问：为什么月亮不围着太阳转？
回答：因为月亮已经围着地球转了。

提问：刘关张三结义供的是谁？
回答：

1. 皇天后土。

2. 炎黄二帝。

3. 桃子。

提问："实在难以置信"用英语怎么说？经常在电影里听到，"安宝累宝宝"或者"挠怕司宝"这两句怎么写？准确的意思是什么？
回答：应该是这样才对：unbelievable（安宝累宝宝）难以置信！ notpossible（挠怕司宝）不可能！这一句的语气比上面那个更强烈些。

提问：为什么人会怕高，而鸟却不会？
回答：

1. 人知道掉下来是什么滋味，但鸟不知道。

2. 鸟在飞翔的时候，从来没有顾虑，它不会惦记自己的翅膀。而人总是想得太多，负重太大。

提问：超人的内裤为什么总是穿在外面？
回答：

1. 穿在里面了，谁知道你是超人？

2. 蝙蝠侠，内裤套头了；蜘蛛侠，内衣外穿了；超人怎么能不走时尚路线呢？他就内裤外穿了……

提问：市场上有增肥药吗？吃什么东西能胖一点？越简单越好！
回答：有，只要一会儿就马上变肥。方法是找个马蜂窝，用手伸进去搅拌两下，呵，只要一会儿，保证肥得连老妈都不认识你了。

提问：向高手请教，抢银行什么枪合适，还有枪在哪儿买，AK-47多少钱一把？知道的说一下。谢谢！
回答：有经验的都不在这里，不过你试着抢一下就会见到他们。

提问：请举一些化学造福人类的例子。
回答：

1. 近一个世纪以来，化学对人类社会所作出的最卓越的贡献大约有：合成纤维、染料、石化、制药、化肥、合成材料等。

2. 原子弹。没有不"服"的。

提问：一个智力问题。228的后面是什么？103的后面是什么？85的后面是什么？3个答案都一样！给我答案就好。
回答：的。

提问：明星要吃饭上厕所吗？
回答：

1. 当然不用，明星吃饭叫"用餐"。明星上厕所叫上"洗手间"。所以不用"吃饭"和"上厕所"。

2. 没看见的就当没发生。

提问：如何才能忘记一个人？
回答：左手拿红线，右手拿黑线，把红线和黑线接入220V电压中，就可以忘了。

提问：怎样洗衣服干净？
回答：勤洗。

提问：谁能形容一下CPU、内存和硬盘的关系？
回答：你是CPU的话，内存就是碗，硬盘就是锅。你吃饭时直接用碗，但是东西是从锅里盛出来的。

最强悍的淘宝评价解释

·差评·

商品名称：野生榛子

差评详情：榛子壳很硬，吃完这一斤，我的牙都快掉了，为了增加重量多收邮费，还往箱里塞一块破铁。

解释：你细看那块铁，中间是否有个螺丝，再往下看，是不是中间有条缝，沿着这个缝用力分开，这块破铁就是给你夹榛子壳用的特制钳子！

商品名称：益达口香糖

差评详情：我要的是口香糖，但结果送来了一块白乎乎的东西，甜死，无法吃。

解释：晕死，那是我送你的白巧克力啊，口香糖包在下面报纸里面呀，不会扔垃圾桶了吧？快去找找。

商品名称：水晶球

差评详情：球球挺好，照片上的底座为啥不给我？

解释：冤枉！那是我LG（老公）的烟灰缸。

商品名称：精美欧洲进口巧克力

差评详情：巧克力晚了3天才到，而且到的时候都碎了，害我跟男友吵了一架。

解释：打是亲，骂是爱，实在不行下脚踹。

商品名称：马鞭草——瘦身，治疗头痛

差评详情：为什么你的马鞭草和别人家的不一样？

解释：为什么你和别人长的不一样？

商品名称：闹钟/床头钟/圆形饼干钟表

差评详情：由于频频上当，好久都没有在网上购物了，这次还是忍不住，买了这块表，结果又上当了。你们究竟在干什么？

解释：马三立说了："逗你玩！"

商品名称：个性相册制作（制作周期约为一周）

差评详情：一周后才收到，"我等到花儿也谢了"——张学友。

解释：一周后才做完，"我哭到长城都倒了"——孟姜女。

商品名称：彩票中奖宝典

差评详情：书上第一页不是说"读完此书，必中百万"吗，我怎么连尾奖都没中啊？

解释：你肯定没认真看完过，书的最后一页是这样写的"若要成就百万梦想，就得不惜一切代价！"放心吧，你的付出一定会有回报的，不是不报，只是时机未到！

商品名称：耐克休闲短裤40元包邮

差评详情：质量有严重问题，才穿一周，那天放屁不小心，裤裆就被撑破了！

解释：谁叫你不小心轻放啊！再说这么便宜肯定不能同正品比了，并且包运费40（事实）都摆在眼前了，你要我怎么说呢？

商品名称：欧诗漫—30g珍珠水嫩保湿眼霜

差评详情：怎样退货？

解释：冤枉啊，拍下后，款都没有付，我都没发货，谈什么退货？

商品名称：痔疮栓

差评详情：货到的时候，我的痔疮已经好掉了！

解释：多好的疗效，听说你买我的药，痔疮都吓没了。

商品名称：皇冠周杰伦《叶惠美》韩国版……

差评详情：搞了好久才明白是韩文的，如果一开始说得清楚些更好。

解释：朋友，你拍下就是韩国版，当然是韩文的。这样一个差评，未免太过分了。

商品名称：夏天适用时尚提包

差评详情：卖家服务不好，虽然我知道你很忙，但每次也不必和我说话如此简单吧，不是嗯，就是好，一个字一个字地说，太不尊重人了，所以给个差评。

解释：呸！

商品名称：512M金士顿内存条

差评详情：东西能用，只是你除了"哦"之外，能否讲回答点别的？

解释：嗯。

商品名称：130万像素视频头

差评详情：发货就发货，还留言"沙有哪啦"，老子要抗日！

解释：救命哪。

商品名称：秋水伊人夏裙（最新到货）

差评详情：穿上后大家都说像大妈，根本没有商品图片上那个女的好看。

解释：你不像大妈，你是天使，只是降临到地上的时候头先着地了，要不然穿什么都好看。

商品名称：粉色纯棉短袖 T 恤

差评详情：该宝贝质量太差，刚上身十分钟就烂了。

解释：这是撕的吧，你和老公打架了？告诉他撕女人衣服不好啊！

商品名称：实体店推荐超级舒适内衣

差评详情：根本不适合贴身穿着，皮肤会有刺痒感觉，怎么处理？

解释：痒就挠呗。

商品名称：平绒修身长裤热卖精品

差评详情：裤子上有一块类似于鼻涕的东西，恶心死我了，快过年了就不跟你们换了，你们的效率太差了。

解释：这应该不是鼻涕，而是做工时用的胶，再说即使是鼻涕也没什么，正常情况下，人的鼻腔黏膜时时都在分泌黏液，正常人每天分泌鼻涕约数百毫升。如果感冒时候分泌的就更多，每人每天每时每刻记得都在流鼻涕，它时刻都在陪伴着我们。如果你能理解请帮我把差评改过来，谢谢。

商品名称：文玩核桃 019 号东北楸子

差评详情：我说实话是冲着价格来的，以为卖的贵点东西能好一些。是的，核桃外形都很好，而且比市场上的要干净，但是全没有开口，还很硬，我把榔头都用上了，结果砸开里面那么小的仁儿。

解释：冤枉！这就是拍下不联系的后果，这叫文玩核桃，是放在手里玩的，不是吃的！

商品名称：夏季促销超低价长裤玫红

差评详情：你发的货和图片不一致，裤腰不正，腿也歪。

解释：你更不咋地，良心不正，嘴也歪。

商品名称：夏季商务超薄全棉袜子

差评详情：袜子上有一个很大很大的洞。

解释：每只袜子都会有这个大洞啊，没有洞你怎么能穿进去？

商品名称：防风保暖口罩

差评详情：质量不是很好，而且套在耳朵上的橡皮筋很紧，耳朵被勒到有点招风。

解释：你娶媳妇得注意了，你耳根有点软。

商品名称：多功能单肩情侣包

差评详情：太让我失望了，出了问题也不找找原因，我在淘宝买的东西太多了，这次算我运气不好吧，唉，我可是淘宝的 VIP 顾客。

解释：这么便宜的东西给差评，请你把 VI 这两个字母去掉吧。

商品名称：有趣发声玩具熊

差评详情：也不发声啊，但是也不好看，宝宝一点儿不喜欢，熊的屁股后面有个黑色的块块像粘上去的一样，好像是人家玩过的。

解释：那个黑色抠开啊，塞进去一节五号电池，它就发声了。

商品名称：宠物玩具：硬质实心骨头

差评详情：我家小狗不咬，不知道为什么。差评。

解释：狗和人一样有自己的喜好，狗不喜欢就不咬它了，你不喜欢就来咬我了。

商品名称：冲冠大创反季促销超可爱手套

差评详情：事到如今，我实在不知道说什么好……我真是非常生气……但是，唉，算了，不过我以后不会再来找你了。尽管这次的事件开始是因我而起，最终也解决了，但是还是不知怎么说好。这中间给我添的麻烦真是不少。而且有点生气的是你总是不积极联系我，总是等我问了才告诉我。希望以后对别人不要这样，算了，我们无缘。

解释：你把话说明白些，不就是一双手套吗，说得像分手似的，谁和你有缘啊。

商品名称：休闲男式春装长袖五钻热卖

差评详情：衣服和图片上相差太远，很大，袖子相当长。我是比较矮小的人，这样子，基本上不能穿了，回家又被老婆骂了一顿，实在是很气愤，我也经常在网上买衣服的，第一次给店家差评，因为第一次遇到这样的情况，实在情非得以啊。

解释：难道我穿越到宋朝了？武大郎哥哥你好，我非常同情你。

商品名称：狗狗细小病毒试纸

差评详情：我反复多次用该试纸进行检测，并没有任何颜色的显示，这是否说明试纸没有任何作用而我买了假货呢？您又不承认是假货，那么我为什么无法检测狗狗是否感染了犬瘟病毒?

解释:不用测了,已经转移到你身上了。

商品名称:朝鲜风味牛板筋

差评详情:欠的小咸菜为啥不给?

解释:什么时候欠你小咸菜了?我看你是欠揍!

商品名称:除痣灵:点痣药水一点即没

差评详情:老板的服务是不错,可是退再多的钱,也换不回来我的损失,到现在鼻子上还留了个坑!

解释:退钱了还给差评,这个坑留对了,因为你真是坑人。

商品名称:真空包装正宗羊肚丝

差评详情:根本咬不动,吃一次就跟打仗一样,咬得腮帮子疼,一袋……三天才嚼完,什么个屁产品。

解释:屁你都能嚼三天。佩服。

商品名称:时尚羊皮单肩挎包

差评详情:咳咳,您给卖家打了差评,需要说明原因哦,"加上去"后点击下方的"提交评价"按钮,该评价生效。试试。

解释:晕,要试就试好评,试差评干什么,你需要好好学习淘宝知识了!

商品名称:wow(World of Warcraft,魔兽)金币甩卖,闪电发货

差评详情:发货慢,态度极其恶劣,不知道你有没有听过顾客是上帝这句话!

解释:你是上帝,你回天上去吧,人间不适合你。

商品名称:时尚视觉大码女装

差评详情:收到货就付钱,我这人一向如此,但东西不敢恭维,拿到手后想用清水冲一冲,一放进水里,水就变黑了;冲洗了一会儿后,水面上居然浮出一层黑色的絮状物来。

解释:然后接下来水里又钻出来两个吸血鬼向您尖叫是吧,我看您是鬼片看多了。

商品名称:印花达人休闲式外衣(绿色)

差评详情:不说花多少钱吧,这衣服要多难看有多难看,不光我一个人看着难看,别人看我穿着也说难看!

解释:人挑衣服,衣服也挑人,如果您的气质稍差,麻烦以后选平民款式,谢谢。

商品名称:断码小童装可爱外套灯芯绒双层带帽

差评详情:没有同情心,没有耐心,没有爱心,这样的服务,我怎么放心?

解释:我现在闹心!

商品名称:自动发货Q币10个100元(非官方充值)

差评详情:从头到尾没有理过我一句,哪怕一个字也好。

解释:滚。

商品名称:限量款玫瑰花缩口单肩包白菜价

差评详情:味道太大了,以前也买过包包有味道,但是风吹吹就没有了,这个的味道怎么也不掉,问店主就答复让我再吹吹风,再问就让再吹吹,多吹几次,汗……

解释:还是没吹到时候吧。再吹吹看。

商品名称:精品真皮男士自动扣皮带

差评详情:这个差评给定了,图和货严重不符,售后不解决,如果你电话骚扰我,我就报警。

解释:看你吓那样吧,懒得理你都。

商品名称:纯羊毛衫可机洗

差评详情:这是什么羊毛啊,黄一块,黑一块的,大家请慎重!

解释:这是杂交的吧,电视上看草原的羊是有这样子的。

商品名称:休闲米奇印花运动裤

差评详情:天哪,我裤子今天刚一穿,就半个小时不到,裤裆一直破到大腿最下面,怎么会有质量这么差的裤子,想找卖家都没在线只好差评!愤怒,从来没给过卖家差评。

解释:哈哈,走光了吧,没想到本产品还开发出新闻娱乐功能了。

商品名称:春秋装百搭长袖上衣

差评详情:有腰围明显变大,是比较胖的人穿过的,这样做就对不起你的三皇冠了。

解释:MM你是否搞错了呢,你在三皇冠那里买的,怎么能给我们差评呢?我们现在还是一皇冠呢,但愿我们能早日达到三皇冠。

商品名称:高档夹棉外套H4006黑蓝送礼品

差评详情:天哪,哪来的礼品,衣服是别人穿过的,口袋里还有别人的东西,什么破玩意啊!

解释:口袋里的就是礼品,谢谢。

商品名称：实物拍摄小奶牛短款长袖 T 恤

差评详情：衣服质量贼差！线头贼多！包装贼差！衣服贼脏！

解释：讹钱不成，贼喊捉贼！

商品名称：时尚条纹纯棉高弹力强力推荐

差评详情：这个不值 90 块吧。

解释：这件衣服的价钱是 78，不是 90，谢谢！

商品名称：天然淡水珍珠项链

差评详情：哼！

解释：哼哼！怕你呀。

商品名称：清脂减肥胶囊 400mg×60 粒

差评详情：骗人，我拍的是一瓶。他却发一颗，哪有吃 1 颗就减肥的，纯属欺诈！

解释：哦，对不起！到昨天我才知道，我用的这个快递业务员是属耗子的！

商品名称：中药美颜纤体粥

差评详情：完全没有效果！

解释：完全没说实话！

商品名称：考拉玩具树袋抱抱熊

差评详情：邮寄单上名字写错了。

解释：晕，这样也给差评，那我就多写几遍好了。

商品名称：中式淑女唐装折扣特价

差评详情：这么久了，还是不理我，只好给你个差评啦！

解释：冤哪，我生病住院了，刚刚从医院回来，看来又得住院去了。

商品名称：莱挺宝天然丰胸美

差评详情：此广告与实际效果不相符，请大家擦亮眼睛。

解释：此评价与实际情况不相符，请大家擦亮眼睛。

商品名称：草本配方，安全减肥

差评详情：实际服用的情况与网上的描述根本不一样，也没有说明书上的效果，服用后心慌，厌食，睡不着，一点儿没作用。

解释：撒谎！副作用和描述完全吻合！

商品名称：韩国时尚最新款式性感 MM 上衣

差评详情：不错，我喜欢！

解释：难道你老公不喜欢吗？

·中评·

商品名称：玛姬儿纯棉压缩纸膜

未使用支付宝成功交易。

中评详情：没什么。

解释：没什么是什么！什么是没什么！没什么给中评做什么！什么什么人！狂晕！

商品名称：耳饰–小鸟耳钉

中评详情：好评点了怎么没反应，试试中评可以不。

解释：怎么可以这样啊，哎，你的电脑可以升级啦！（非常非常郁闷）。

商品名称：镀白金项链 9 元

中评详情：我女朋友的评价是"一般"。

解释：你给她买个钻戒看看！

中评详情：我没买。

解释：唉！

中评详情：一般。

解释：两般。

商品名称：带核话梅 500g

中评详情：怎么脆梅变话梅了呢？和我要的完全不相符哦。

解释：大概时间长干了吧，一样的，也好吃的。

商品名称：都市丽人白色风衣（送××游园票）

中评详情：怎么游园票只限两人啊，全家去就得三个人，跟朋友怎么也得四个人，你这不存心让我为难吗！

解释：我可都是为你着想啊，怕你们三个人去了玩斗地主，四个人去了打麻将，还怎么游园啊！

商品名称：正宗美国山核桃

中评详情：不是说了圆通吗，干吗你还寄申通啊？

解释：啊？这都行！当时我以为你是提醒我注意，不要把你的名字"袁通"写错了！

中评详情：手机回复不了

解释：你手机回复不了也怪我。

中评详情：货到及时，但就是态度不够好。

解释：晕，你付的是平邮的钱，我还给你快递了，你还想要什么样的态度，是不是还需要给你大老远的端茶送水你才满意？

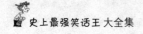

·好评·

商品名称：精美欧洲进口巧克力

好评详情：态度不好，东西还行。

解释：我什么时候对你态度不好了？莫名其妙！是不是要我说我爱你觉得态度才好啊？

商品名称：JINHAI 包包

好评详情：老板性欲很好，发货也很快。要买就要找这样的卖家！哈哈！

解释：我的咯姐姐，是信誉好不？差之毫厘，谬之千里呀！

商品名称：产品施华洛世奇水晶

好评详情：东西收到，非常满意！有个问题：包装里的一次性打火机是怎么回事？送我的吗？我不吸烟。

解释：嘘，小声点。某人从下午开始就在家里找呢。正好帮他戒烟。估计是他帮着包装的时候不小心掉里面的……

商品名称：城市达人时尚服饰

好评详情：我花 39 买的衣服，挂牌上却标的是 18！心里有点不舒服，本来想给个中评的，但想想还是算了，做生意也不容易。我没别的要求，希望卖家给个合理的解释。

解释：请你看仔细了，那是 $18，美金，不是 RMB。

商品名称：精美挂坠

好评详情：哥哥你包得好结实啊！害偶拆了半天！

解释：哎呀，我不包结实点怎么对得起妹妹啊！要不到时候说我省胶纸太小气了，哈哈！

商品名称：洗浴用品三件套

好评详情：花 4 元钱买的 DD 平邮，卖家却自己倒贴 5 元钱快递过来，还亲自打长途询问。这是什么精神啊！Communist 精神嘛！

解释：偶实在是没时间去邮局……汗。

最新楼主与暴强回复

楼主：其实牛顿只是幸运地发现万有引力定律，要是早生三百年，我也可以！

暴强回复：的确是幸运儿，因为砸到他脑袋上的是苹果，而砸到可怜楼主脑袋上的不是榴莲就是椰子……

楼主：新买了一处庄园，有多大说出来吓死你，我开车绕一圈足足用了两个半小时！

暴强回复：嗯，以前我也有这么一辆破车。

楼主：每天对着单位那群白痴说话让我感到前途很渺茫……

暴强回复：幸福吧你，因为对牛弹琴并不可怕，可怕的是一群牛每天对着你弹琴！

楼主：听到一特好听的歌，只记得歌词好像是"一个芝麻糕，不如一针细"，求歌名啊！

暴强回复：你可知 Macau，不是我真姓。

楼主：该死的理发店把我头发剪坏了！大家出点损招，要求破坏性越大越好，动静越小越好，因为是我一个人去。

暴强回复：半夜三更，月黑风高，静静地、轻轻地，一个人吊死在理发店门口……

楼主：今天他山盟海誓说我是他生命中的一部分，我是他身体中的一部分，如果没了我他就活不下去啦！

暴强回复：我前男友也是这么说的，后来我才知道我是他盲肠、阑尾、仔耳、六指这类可有可无的玩意儿！

楼主：在村头发现个大坟，偷偷刨了一个月刨出个不知道值不值钱的碑，请天涯牛人们帮忙翻译下上面的字。

暴强回复：盗墓者请自重，本人是穷死滴！

楼主：脸和身上突然长出好多雀斑，请问这是怎么回事？（附图）

暴强回复：哎呀妈呀，吓死我了！楼主一脸的美人痣，满身的守宫砂。

楼主：是中国人就抵制《古惑仔》之类的烂片，因为这种烂片很容易就把小孩教坏！

暴强回复：晕！像楼主这样的看《鼹鼠的故事》都会去学盗墓……

楼主：为什么金嗓子喉宝总请足球明星为其代言？

暴强回复：外国球星温馨提醒大家—骂中国男足时请用金嗓子喉宝！

楼主：大家知道，从六教东侧往北的路是个下坡路，刚才我来时突然遇见一可爱的MM骑车直冲而下，并高呼"太爽了！"引来不少行人侧目。现在回想起来，MM甜美的声音真是让人回味啊。她喊爽的原因似乎有以下理由：

1.刚考完试，心情不错；

2.做完一天功课，我们尽情来欢乐！

3.由于是下坡，所以冲下去时清风迎面扑来，所以感觉很爽；

4.MM刚好看见我这个帅哥，一时激动得无法表白，只好大呼其爽；

5.大家补充……

暴强回复：明天我就把这丫头的车座再装回去！

楼主：为什么警察抓坏人时总要鸣警笛？难道不怕坏人大老远就听到跑了？

暴强沙发：上级单位来检查之前一般都会事先通知下级单位的……

楼主：今天去看 × 小区的房子感觉不错，不过听说那里以前是个坟场，大家说我还要不要买啊？

暴强回复：买呀，说不定搬进以后可以交到更多的"新朋友"。

楼主：MM发来"想、恨、忍、真、我、爱、情、你、没、世、今、一、在、活、生、为、乐、有、好、快、过、不"，并让我用这22个字组成一句话，大家帮帮我！

沙发（标准答案）：在今生没有快乐过，真不想为情忍恨活一世，我好爱你！

暴强回复：上联：忍恨活一生，你我不在，下联：为情过今世，快乐没有，横批：好想真爱！

楼主：我把我家的狗给揍了！地震它也不告诉我，平时叫得那么欢，刚才地震时竟像没事似的在窝里睡觉！

暴强回复：唉，毕竟不是亲生的……

楼主：各位达人来说说《诛仙》里的经典语录吧。我先来：天地不仁，以万物为刍狗。

暴强回复：这是老子说的！鉴于楼主的文化程度顺便解释一下，这个"老子"不是本人，而是指我国古代一位著名思想家。

楼主：大家一起818你收到过的最BH的礼物吧。

暴强回复：当年有一个我感觉很不错的GG，他从未向我表白过，可又若有若无的和我玩着暧昧。

有天深夜，他突然开车从几百里外的单位赶回来，直接开到我家楼下说想和我出去兜风，第二天一大早他还要赶回去上班。

他把车开到僻静处突然停下来，偶紧张，他该不会要表白吧？安静了好久，忽然他说要给我看一样东西，说着去开尾箱，偶又一次紧张，心想该不是999朵玫瑰吧？正面红耳赤含羞带怯之际，他他他……他居然拿出一根警棍深情地对偶说："你不是说你没看见过警棍吗？我特意带回来给你看的。"

555，从此一刀两断！因为我一辈子都不会忘记——一个大好月圆之夜，一对青年男女，在幽静的柳树下，共同欣赏一根警棍……

楼主：大家说我长得像不像伍佰？

暴强回复：只有一半像！

楼主：你是国奥男足的吧！

暴强回复（版主）：该用户已被注销ID。理由：骂人也该有个限度！

楼主：中国足球出线，打一歌曲名？

暴强回复：《神话》。

楼主：汪汪汪

暴强回复：乖儿子。

楼主：太阳出来了，我的蝙蝠翅膀和蹄子消失了，后面长出了白色的羽毛。

暴强回复：然后你变成了一张洁白的卫生巾。

楼主：看人家这电脑，人才呀！

暴强回复：有汽车"劳斯莱斯"的味道了。继续，最好CPU也手工锤一个出来！

楼主：晚上和MM发短信，MM回过来：如果我举办比武招亲，你会不会来参加呀？我就装作

又睡着了。MM这样是不是喜欢上我呢？苦恼啊，我这么单纯的小男生，还不知道什么是爱呢？只能理解到喜欢。

暴强回复：楼主睁开眼睛发现自己躺在病床上：

"我这是怎么啦？"

"你受伤了，别乱动。"

"我记得我去参加比武招亲并且马上要得到了绣球。"

"嗯，你接到的是铅球。"

楼主：老师是个40多岁而且比较丑的中年妇女。我交作业的时候，她在上网，偷偷地看了她的网名。竟然叫……天仙妹妹！

暴强回复：你老师居然是我网友。

楼主：好多女孩子一看到我就变得好淑女，不知道为什么？

暴强回复：吓着了吧？

楼主：说说你看到的经典的笑话！

暴强回复：做了好几个月的皮肤护理，在这个帖子里看了一会儿，皱纹全都回来了。

楼主：有一牛人发一帖，然后马上就用自己的ID疯狂回复自己的帖子：

自己回帖1：楼主太有才了！

自己回帖2：楼主说得不错，挺有道理的！

自己回帖3：楼主真是太牛了，好崇拜你！

暴强回复：好歹你也换个ID啊！

楼主：大便时最痛苦的是发生什么事情？

暴强回复：是没带纸吗？错，是带了纸而用不上。

楼主：22岁的我被小朋友叫"阿姨"，难道我真的那么老啊？郁闷！

暴强回复：你妹妹的小孩叫你那才叫郁闷呢。

楼主：今天我学车被教练骂死了，有没有人安慰一下我啊？

暴强回复：我就是那个教练，你今天一上车就坐在挡位上不停的换挡。

楼主：坐火车的时候手里拿本什么书才显得你有品位？是动车哦！

暴强回复：不知道，一般我拿着"铁道游击队"去买车票的时候人家都送张机票给我。上车后才把"铁道游击队"拿出来，面对惊恐的车长要很亲切地说："别怕，俺们刚接受'Z'字

头的训练，'C'字头的车，暂时还拿不下来。"

楼主：你临死的遗言会是什么？
暴强回复：能不能换个医生再试试，我觉得我还可以再抢救一下。

楼主：杀人灭口时说什么最酷？
暴强回复："1+1等于几？"

楼主：男人要乳头干什么用？
暴强回复：那是为了分清正面和反面……

楼主：不想吃天鹅肉的癞蛤蟆不是好癞蛤蟆！
暴强回复：吃了天鹅肉的癞蛤蟆还是癞蛤蟆。

楼主：假如没有盗版，世界将怎样？
暴强回复1：世界没有盗版，我就没法回帖。
暴强回复2：昨天买了一张盗版的XP系统光盘，上面赫然写着：版权费我们早在清朝就已经付过了，请您放心使用。

楼主：美女紧急求助：怎样让大排不硬？做红烧排骨每次都很硬，怎样才能达到酒店的标准呢？
暴强回复1：晕，我看成怎样让大便不硬了……罪过……
暴强回复2：我比大家好点，我看错两个字：怎样让排便不硬！
暴强回复3：我昨天已经看到这帖进来一次了，今天还是看错！我服了我自己……

楼主：你希望在你的葬礼上放什么歌曲？
暴强回复1：常回家看看。
暴强回复2：其实不想走。
暴强回复3：死了都要爱。
暴强回复4：今天是个好日子。

出师表之网站加薪版

臣某言：网站上市未半，而中道停止；今天下千站，个个疲敝，此诚危急存亡之秋也。然有钱之人，不投于内；各种开支，不停向外者：盖电子之商务，欲求之于网络也。诚宜开张思路，以雪亏本之耻，恢弘上市之气；不宜妄自菲薄，引喻失义，以塞二板之路也。网内网外，不属一体；工资待遇，不宜异同：若有风险投资，及为借壳者，宜告天下，论其英姿，以昭 CEO 英明之至；应宜广告，使内外皆知也。总裁、经理、董事长、网管、总监等，此皆心腹，志虑忠纯，是以高薪聘请以建公司：愚以为网站之事，事无大小，悉以咨之，然后施行，必得裨补阙漏，有所广益。内容编辑，只看文笔，稍通软件，试用之期三月，拷贝剪贴曰"能"，要从传统媒体挖来：愚以为内容之事，事无大小，悉之做，必能使风格多样，内容丰富也。亲物质，远精神，此网站所以兴隆也；亲精神，远物质，此国企所以倾颓也。网友聊时，每与臣论此事，未尝不欢呼雀跃于论坛也！配送、仓储、秘书、司机，此悉不必招聘之人也，愿 CEO 炒之、忘之，则网站之隆，可计日而待也。

臣本粗人，躬做策划，苟全性命于书店，不求闻达于网络。总裁不以臣卑鄙，猥自枉屈，三千元之一月工资，谘某以 IT 之事，由是感激，遂随总裁以驱驰。后值评比，受任于广告之际，奉命于拉票之间：尔来二十有一天矣。总裁知某谨慎，故项目许某以市场也。受命以来，夙夜忧虑，恐付托不效，以伤网站之名；故四处广告，深入网民。今大局将定，票数未足，当亲率三军，广而告之，先发伊妹，再上复旦，灌水链接，引入本栏：此某所以为金钱而做本职之工作也。至于编程作图，老狗为博，则技术设计等之任也。愿网民多投我们网站一票，不效则扣臣工资，以省网站经费；若无人气上升，则是设计、制作等之咎，与臣无干。总裁亦宜自谋，以融入风险，趁机上市，深追中华新浪。臣不胜受恩感激！

今当加薪，临表脸红，不知所云。

第二辑
风靡校园的"笑事故"

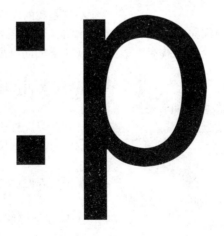

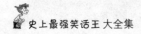
80后的作文必杀技

☆同学们看着清洁的教室，擦着额头上的汗水笑了……

☆问："小朋友，谢谢你，你叫什么名字？"
  答："我叫红领巾。"
  点评：此为黄金必杀句，此句一出，无人能敌。

☆小明，小红，小刚，小李，小 ×……

☆今天天气晴朗，万里无云，我们来到了 ×× 公园春游。首先映入眼帘的是假山。在夕阳的余晖下，我们依依不舍地离开了 ××，我会永远记得这快乐而有意义的一天！

☆我爱我的家，更爱我伟大的祖国！

☆望着缓缓升起的红旗，我的崇敬之情油然而生。

☆买东西的时候阿姨多找了 2 角钱。低头看到胸前飘扬的红领巾，就退回去了。我低下头，发觉胸前的红领巾更加鲜艳了。

☆今天是我第一次洗衣服，今天是我第一次洗碗，今天是我第一次叠被子，今天是我第一次……

☆在我的记忆里，有这样一段故事有如最亮的星星一般……

☆我的脚像灌了铅一样……

☆下课了，有的……有的……还有的……我们的课余生活是多么的丰富啊！

☆一天，小强走在上学的路上。
  一天，王老师骑车在下班的路上。
  一天，××××××××× 的路上。
  又是 ××× 的一天……。

☆红的像火，粉的似霞，白的胜雪！

☆举例子：牛顿、爱因斯坦、居里夫人、爱迪生——让老师吐血的举例四大名人。

☆不经历风雨，哪得见彩虹？若非一番寒彻骨，哪得梅花扑鼻香？

☆怀念我们的老师……

☆今天是教师节，老师们是蜡烛，燃烧自己，照亮别人。
  他们是"灵魂的工程师"。
  古诗云："春蚕到死丝方尽……"
  那天，小王老师使尽了全身的力量给我们上最后一节课……
  可是小王老师只教了我们一个学期就患癌症死去了……我们是多怀念他啊……
  （为了感人，很多老师就这样患绝症死了）

☆今天路上捡了 1 毛钱，交给了警察叔叔。
  心里别提有多高兴了，老师也表扬了我，乐得我一蹦三尺高。

☆在灯光下，看着妈妈的白发，我泪流满面，我一定要……
  （80后的妈妈们基本30多岁就都长白发了）

☆小红是我的同桌，清秀的眉毛下一双水灵灵的大眼睛，仿佛会说话一般……
  （小学的同桌都经过非主流 PS 过）

☆教室里静得连掉根针都能听见。

☆秋高气爽，丹桂飘香，在一阵热闹的锣鼓声中，我们迎来了学校的第 N 届运动会。

☆某位哲人说："失败乃成功之母。"

☆ A 和 B 是好朋友。有一次，考试时 A 要 B 把答案给自己看，但是 B 想到了老师的教育，想到了胸前鲜艳的红领巾，坚持住了原则，不肯把答案给 A。A 很生气，俩人闹别扭了，再没说过一句话。又考试了，关键的时刻！A 忘记带尺了(或橡皮擦等物)，正急得像热锅上的蚂蚁！只见坐到前面的 B 默不作声地毅然把新买的尺（或橡皮等）掰成两半，给了 A 一半！A 感动得热泪盈眶，想到自己的作为，想到红领巾，领悟了！俩小朋友又成了最好的朋友！

☆想起来高中有一同学很厉害，上课打牌被发现后被要求写检查。第二天，其他打牌的人在班上念过检查后，他走上讲台："俗话说'天有不测风云，人有旦夕祸福'，我昨天上课打牌被老师发现了……"我们老师当场闷掉！那位老兄现在在上导演系，不知怎么样了，大学的老师是否扛得住？

☆有个同学作文总是习惯用象声词开头，例如"咚咚咚，一阵鼓声传来"，"啦啦啦，一阵歌声传来"等等，实在是未见其人，先闻其声，寒！

☆我和同学某某某一起骑车出门玩，他的气门芯坏了，我就把我的拔下来给他装上，我俩一起高高兴兴骑车回家了。

☆运动会100米终于开始了，同学们像一只只脱缰的野狗奔了出去。

☆我因病故在教室里……

☆长城长啊长，真长。

☆运动场上彩旗飘。老少爷们儿扔飞镖。你一镖，我一镖。肠子肚子满天飘！

☆我小学的时候，那时的作文很习惯写好人好事。于是老是有人写捡到钱。于是，有人为了夸大自己的功绩，写在公园捡到1亿元，都是10元人民币的，厚度有一语文书（四年级的）那么厚，老师当场念出来，那同学估计是巨寒。

☆老大娘拿出4张500元的人民币。

☆我有个同学，他长得不高也不矮，在1.76米以上，1.78米以下……

☆经典句子，每人都写过：今天天气真好，晴空万里，天上飘着朵朵白云……

☆我小的时候写日记，老师规定要200字以上，当时四人一组，有小组长检查字数，我同组的一位仁兄写道："今天妈妈让我出去买菜，我问多少钱一斤，卖菜的说5分，我说：真便宜呀真便宜，真便宜呀真便宜……"组长数了数还差4个字，于是仁兄又在后面加了一句，真便宜呀。

☆我的老师长得有点胖，头大大的，眼睛大大的，鼻子大大的，连嘴巴也是大大的。老师对人很和蔼，他戴着一副变色眼镜，就好比是一只大熊猫一样……

☆大家还记得小学时候的《小蝌蚪找妈妈》吗？当时老师让我们模仿这个写一篇关于妈妈的作文……有个同学是这样写的："我的妈妈雪白的肚皮，鼓鼓的眼睛……"

☆以前偷看一女生作文，最寒的是："假如我以后当护士，我会像情人一样对待病人。够敬业哈！"

☆一姐妹的小侄子，用"崭新"造句："一个崭新的植物人诞生了！"（赵本山的功劳）真人真事，绝对原创。

☆我来到电视机前把电视机打开了！

☆这同学写道："国强（我的一个同班男同学）坐在凳子上，大大的屁股就像地里的南瓜，衣服下面露出一大截儿内裤"老师在上课时读了出来，还说这同学描写得生动，下课后这同学被那同学打……

☆三年级的时候，有一次是其他老师代课，要我们写一篇《我家的一角》。于是就写：我家的一角很漂亮，又圆又亮，是一只马桶。"

☆在一个伸手不见五指的晚上，池塘的蝌蚪在晒太阳！

☆日记
第一天：今天我到妈妈单位玩，玩得好高兴呢。
第二天：昨天我到妈妈单位玩，玩得好高兴呢。
第三天：今天我又想起前天我到妈妈单位，玩得很高兴。

☆同学的名句：天上大雁miemie（咩咩）地飞过；圆圆的月亮像弯弓。

☆老师叫用"更……更……更……"造句。我同学写道"安尔乐卫生巾更干、更爽、更安心"。

☆最真实的事：小学时同桌造的句。老师要求我们用"果然"这词来造句，我那同桌就写："我三个月没洗澡，身上果然臭了。"

爆笑高考经典作文语录

☆ High 翻校园的 2006 天津卷《愿景》

尽管司马迁多次遭受宫刑，但他忍受住一次又一次的痛苦，还是以顽强的毅力写出了伟大的《史记》。

点评：一次又一次？司马爷爷你那里难道是春风吹又生？

☆有人说人生有三大恨事：一恨鲫鱼多刺，二恨海棠无香。三恨我忘了，不过我想，第三恨应该是：三恨愿景泡汤。

点评：虽然很押韵，但我不用 Baidu 就能告诉你这话是张爱玲说的，最后一恨是：《红楼梦》是个大坑……

☆没有愿景，就像投不了胎的野鬼一样。

没有愿景，就像孤魂野鬼一样没有归宿。

没有愿景的生活就像没有放味精的菜一样，可吃但不鲜。

一个没有愿景的人，就像没有脊柱一样，直不起腰，挺不起背，只能匍匐在人生之路上，阳光照不到他身上，幸运女神也不会眷顾这样的人。

点评：愿景啊，你居然比空气还重要！我一直都没发现的说……

☆我的爸爸就像亲人一样爱我。

点评：敢情你老是你爸爸从垃圾箱里捡来的？

☆太阳离我们越来越近，像一个金黄的油饼。

点评：这位同学……你没吃早饭就来考试的是吧？可怜……

☆我希望有一条健康的双腿，一个智慧的大脑……

点评：你果然需要有一个智慧的大脑……

☆有一种自卑叫自信，有一种跌倒叫爬起。

点评：这位同学是苏格拉底转世吗？

☆没有自尊的脖子，无法支撑自信的头颅。

点评：我想知道怎样的脖子叫做"有自尊的脖子"！

☆没有背景，就奔前景。

点评：乍一看不知道在说什么，仔细一想似乎有点针砭时弊的意思……但再想又不知道他确切要说什么……难道只是为了押韵？

☆眼睛为什么长在两边，因为它是用来向前看的。

点评：同学你的逻辑是超越我的理性范围之外的……

☆人生就像一杯白开水，平平淡淡的；但又像一杯加了糖的白开水，甜甜的；也像一杯加了盐的白开水，咸咸的。

点评：这……还是白开水吗？

☆孟德斯鸠出身贵族世家，虽然从小过着安逸的生活，但他看着天空变化的云，突然做了一个震惊历史的决定，——那就是投身到资产阶级的革命洪流中去。

点评：原来孟老师夜观天象忽然大彻大悟……

☆人命诚可贵，爱情价更高；若为生死故，两者皆可抛。

点评：8HD（"不会地"的意思）啊！你不能因为人家裴多菲过了 50 年的著作权保护期就这样糟践人家……

☆俗话说："人有多大胆，地有多大产。"土地如此，人何以堪？所以我们更应对未来怀有远大的前景。

点评：我无语了……这位同学你到底要说什么？

☆进入高三，我就过上了"起得比鸡早，睡得比狗晚，吃的比猪差，干得比牛多"的日子。虽然我吃的比猪好多了，但我干的确实比牛还多。此刻，我的愿景就是……

点评：可怜的孩子……同情的抚摸之，对高玉宝说："你看到了吧？周扒皮对你们那其实是很有人文精神的！"

☆我最大的愿景就是有骂人的习惯。虽说五讲四美要遵守，但恐怕只有坐在房顶上骂上三小时不带重样的才能解解我心头的怨气。写到这里，我手心发汗，因为我怨的是这张考卷，因为它决定了我的未来和前景。就凭这不足半米的考卷和一些墨水，就决断我十二年的求学生涯，我不服。但我犯不着跟分数过去。

点评：孩子……你是不是已经准备好出国的后路才来考试玩的？

☆我的愿景是考上一所好大学，找到一份好工作，这样以后才有能力让我的儿子也考上一所好大学，找到一份好工作。

点评：为什么我想到了书里那个记者采访放羊娃的那段？

☆海子说："我想找一所房子，面朝大海，春暖花开。"

点评：您老省省吧！如今海边花园别墅贵着呢，您找到了也买不起啊！

☆泰戈尔说："黑夜给了我黑色的眼睛，我却用它来寻找光明。"

点评：你信不信顾城会拿着斧头半夜来找你？

☆汨罗江边，项羽手持利剑于颈间，他高呼……

点评：他高呼："屈原小亲亲，你怎么那么早就舍下我去了啊！"

☆醉翁深知：不应有恨，何事长向别时圆……

点评：苏轼 TO 欧阳修："大家熟归熟，你这样我一样告你剽窃！"

☆在桃花源过着田园生活的陶渊明写下了"疏影横斜水清浅，暗香浮动月黄昏"的名句……

点评：好吧……我承认……其实我也不敢保证林逋老先生就一定不是陶渊明的邻居。

☆韩愈跟着刘邦去打仗，一天……

点评：又鉴定出一篇为 BL 穿越文！

☆居里夫人发明了鱼雷，她的愿景实现了……

点评：居里夫人您死得真冤枉……谁晓得这鱼雷它竟然也是有辐射的！

☆时间就像一杯浓硫酸，可以腐蚀一切东西……

点评：同学，你在学校是化学课代表吧？

☆朋友，以即死的心情面对你的愿景，它就会离你更近。

点评：那谁还敢……

☆ 2006 湖北卷

成语：三思而后行，三人行必有我师焉、举一反三……从以上带"三"字的成语中，能给你什么启示……

我叫张三，三点钟的时候在家做作业，但心里却想着柜子里的三个苹果，被三婶知道，告诉了爸爸，爸爸打了我三巴掌。

点评：别"三"了！我知道你是湖北考生了！

☆母鸡生小鸡要生好几天。

点评：原来如此，可怜的母鸡——我终于明白相比于你的痛苦，鸡蛋 2.8 一斤是多么便宜了！

☆我们一家三口，爸爸妈妈和姐姐。

点评：敢问你是谁？

☆远远的，走来一位女姑娘。

点评：我想见识下男姑娘……

☆什么是举一反三？就是举一个例子反对三个例子。

点评：你的语文老师会自杀……

☆三人成虎就是三个人的力量加起来像老虎一样有力，所以我们要团结。

点评：上面那位语文老师，你不介意复活过来再自杀一次吧……

☆ 2007 湖南卷《诗意的生活》

结合自己的经历，以"诗意的生活"为题，写一篇不少于 800 字的作文。

屎意的生活（估计是专门写错的），要靠自己的双手和大脑来创造。可惜我不是赵利华。老师，我觉得你的生活很诗意，因为你的学问和那个什么什么的差不多。不说这些了，还是写作文要紧，写些什么呢？我们就从唐诗说起。说到唐诗不得不说到一个人，伟大的诗人苏东坡，这个唐朝最伟大的诗人……

☆ 2007 广东卷《传递》

传递？很抽象的一个东西，我是个天才，就用传统的说文结字来论证他。传，从人从专，我的神啊，这不是独裁者吗？一个人专——我没有藐视高考的意思啊！递，从走从弟，这个意思——逃跑了的小弟弟，那不是太监吗？再次声明，我没有讽刺高考是太监哦，从前有个人……（下面没有了）——现在有很多我们，除了拼搏高考，就什么都不做了……瞧我的乌鸦嘴。

☆ 2007 北京卷：对《春夜喜雨》的不同评论

写作文

材料：对春夜喜雨的不同评论写作文，题目自拟，体裁不限，800字以上。

打雷了下雨了收衣服了，唐僧哥哥这样说道，2007年北京的第一场雨就这样来了。悟空当时在和紫霞姐姐约会，正要到了那话上，突然下雨了，悟空拿出了自己的棒子，一下子向老天捅去。"悟空，叫你不要把你的棒子晃来晃去，乱插到人不好！就算没有插到人，插到天空中飞行的小鸟也是不行的！真顽皮这孩子，再不听话我就要把紧箍咒儿念！"

正在这个时候，八戒从天空上栽了下来，骂道："玉帝那老家伙又在和王母娘娘吵架了！飞行轨迹一打滑害我老猪摔一跤。"

☆ 2007安徽卷：《提篮春光看妈妈》

提篮春光看妈妈？第一眼，以为老眼昏花，没有想到还居然就是这个题目。关于这个内容，该怎么写呢？

首先，用竹篮子怎么装春光呢？没有听说过竹篮子打水一场空吗？水尚且如此，何况水乎？

其次，看妈妈为什么要提篮春光呢？为什么不提什么脑白金啊、黄金搭档呢？再次，妈妈是世界上最伟大的人，一篮春光能够代表我们的爱吗？本人认为题目还不如改成烛光里的妈妈还要好得多。

写在前面的话，忽然间省悟，出这个题的人可能是周星星同学，还不如改成论证人是人他妈生，妖是妖他妈生的！

☆ 2007江苏卷《我们头上的灿烂星空》

我们头上的灿烂星空？谁出的题啊？现在的星空还灿烂吗？怎么不改成美丽的太湖水呢？这个比较有现实意义。作为一名高中生而言，对于这些小孩子才会感兴趣的东西没有激情。黑夜给了我黑色的眼睛，我却用他来翻白眼！闲话少说，还是要写作文，现在来论证怎么能够看见头上灿烂的星空：拿一大棒子，狠狠地打在头上！

你们人有人权，我们鼠也要有鼠权的，为什么我们聚集到一起就说我们成灾了啊？我告诉你们人类，我们聚集到一起不是非法聚集，也不是搞民族DL，我们是要吃的，那个改卷的，你看什么看？感情是没饿死你啊，你以后还想用鼠标不？小心电死你！

☆ 2008天津卷《人之常情》

我不爱学习，所以到了考场上不爱学习是人之常情，监考老师是美女，我多看她几眼也是人之常情；我长得很帅，监考老师脸红也是人之

常情；我的作文写得好，所以得满分也是人之常情……

☆海南卷：

三个男同学去打篮球，路上遇到一个乞讨的小女孩，女孩在地上用粉笔写着"我因为出来旅游钱包被偷，请资助我"。其中一名男孩给了女孩10元钱。另两名男孩说这个男孩上当了，因为出来旅游不会带着粉笔。

另一则材料是：某一煤矿发生透水事故，几天后，救护队员找到了遇难者的尸体，在一个叫聂文清的矿工身旁，他们发现了一顶用粉笔写有遗言的安全帽，上面写着："骨肉亲情难分舍，欠我娘200元，欠邓曙华100……"，自拟题目自选角度，以诚信和善良为题写一篇作文。

答题：

这个材料大致可以总结为：

知音体：

1.震惊！妙龄少女缘何乞讨街头？篮球少年又为何如此不负责？

2.尸骨未寒！是什么让遇难矿工至死难忘？

新浪体育体：

乞讨女：我的伤心你永远不懂，此男可见一次打一次。

聂文清：还给此二人钱此生无憾，一管粉笔带来无尽追思！

走进科学体：

地下深50米煤矿发生透水事故，当事人早已遇难，然而某矿工安全帽突然出现神秘粉笔字，字迹清晰逻辑清楚而无人能解，是巧合？是天意？是神迹？还是地仙对挖坑挖到老人家门口的惩罚？欢迎收看今日《走进科学》……

那啥，诚信和善良关我何事，我是来审题的。

☆广东卷：

我们生活在常识中，常识与我们同行。有时，常识虽易知而难行，有时常识须推陈而出新。

答题：

常识不好说，那些是已经被颠覆的常识有：

1.欺世盗名，其无后乎？非也，文怀沙这么多年，才有个李辉出来理会。

2.行不改名，坐不改姓？非也，罗彩霞临毕业才发现，我还是我，你也是我。

3.死生亦大，岂不痛哉？非也，大家都为一个播音员去世而举国哀悼，为一车人的燃烧审美疲劳。

4.量力而为，量才而用——非也，再次从主力顽强的打到替补的"绿箭联"曾努力拉票：我要全明星，我要小姚明，燃烧吧，小宇宙。

5.同为我民，杀人偿命——非也，70码的车速后，车主下来掏出手机，谈笑风生，民固有

一死,或轻于鸿毛,或轻于鸿毛。

☆上海卷:

郑板桥的书法,用隶书参以行楷,非隶非楷,非古非今,俗称"板桥体"。他的作品单个字体看似歪歪斜斜,但总体感觉错落有致,别有韵味,有人说:"这种作品不可无一,不可有二。"

答题:

上海题为什么要拿这么隐晦的段子来说集体和个体的关系呢?

政法大教师被杀案看似是一个叫兽的出现,他歪歪扭扭,但你要相信,整体地看,叫兽队伍还是错落有致,别有韵味的。

北大孙东东教授说上访有精神病虽是一个砖家的标新立异,但你也要相信,大部分砖家还是独立思考,错落有致,别有韵味的。

就像我们无法从一个哈欠判断是否流感。无法。

☆湖北卷:站在 ____ 门口。

答题:站在厕所门口,我闻到一股新鲜便便的味道,但屋里一个人也没有,我确定——哪个天杀的拉完不冲厕所?

站在大学的校门口,我听到大妈对我说:"租房吗?"我说我有宿舍,没对象。她说,这个,我们也管。

站在银行门口,我把卡塞进取款机摁取一百,出来3张50的——我额头直冒汗:无期,死缓,还是五年啊?

站在菜市场门口,我正挑肥拣瘦,小贩跟我磨叽半天突然说:"好了,别砍了,都送了。"我说:"怎么的?"他说:"快跑,前面来了城管……"

站在自己家门口,我高举的手一直没敲得下去门:爹妈,孩儿不孝,上了18年的学,现在还得回来啃您的老本,经济危机,没工作。

☆浙江卷:《绿叶对根的情意》

答题:

绿叶对根的情意,还没太监对根的情意来得直接……

☆江西考卷:兽兽拍卖

答题:

拿江西老表王安石的一段话来解释这个问题:

世皆称蔡铭超具大智,欲以故纵之,而期以致流拍之伎以脱于夫佳士得。呜呼,夫鼠兔首乃圆明园破水龙头耳,何足以举国关注!不然,擅吾国之强,如美利坚耳,宜可以南面而制法,尚何取鸡鸣狗盗之力哉?夫宵小之术以博呼哗

众以取爱国宠,此智之所以不至也。

☆北京卷:我有一双隐形的翅膀

答题:

阳阳:老妹,我告诉你哦,我有双隐形的翅膀呢!你瞧我扇的,piapia 的!我总结了,人这走路啊,忒慢了,这双翅膀可好使了:翅膀一上,一下,长白山飞过去了,嚓!翅膀再一上,一下,太平洋飞过去了,嚓!出国都不用签证,老妹,我觉得我太有才了!

老妹:大白天的你装什么鸟人,把鸡毛掸子给老娘拿过来!(抽过去一嘴巴,倒在地)

阳阳:(哭腔的)我也不想的,是那倒霉出卷人出的!学什么张韶涵!

☆全国卷一:

兔子是历届小动物运动会的短跑冠军,可是不会游泳。一次兔子被狼追到河边,差点被抓住。动物管理局为了小动物的全面发展,将小兔子送进游泳培训班,同班的还有小狗、小龟和小松鼠等。小狗、小龟学会游泳,又多了一种本领,心里很高兴;小兔子和小松鼠花了好长时间都没学会,很苦恼。培训班教练野鸭说:"我两条腿都能游,你们四条腿还不能游?成功的90%来自汗水。加油!呷呷!"评论家青蛙大发感慨:"兔子擅长的是奔跑!为什么只是针对弱点训练而不发展特长呢?"思想家仙鹤说:"生存需要的本领不止一种呀!兔子学不了游泳就学打洞,松鼠学不了游泳就学爬树嘛。"

答题:

这个题太明显不过了:兔子高中是学体育的,小龟学文,松鼠学理。野鸭教练是数学系教授。高中老师就是狼,那条河就是咱们正在进行的高考。评论家青蛙是大学教授,他们肯定会数学英语,过得了河,所以站着说话不腰疼,说可以不学数学或英语嘛,成才的道路是很多的,但他肯定敦促自己家的小蝌蚪,什么都给我学。仙鹤先生差不多是很多的专家,他们什么都懂且什么都不干也不会,并且通常会发一些自己都蒙不住的话。

最后,动物管理局是教育部。鉴定完毕。

☆天津卷:我看90后

答题:今年的高考题最无技术含量的一题。

80后的目标是创造08后,回答本题的90后的目标是尽情 high 翻过剩下的09后。90后怎么 high?

如下:

60后高考完毕:我们开瓶汽水庆祝一下吧!

70后高考完毕:我们开瓶啤酒庆祝一下吧!

80后高考完毕:我们开车出去庆祝一下吧!

90后高考完毕：亲爱的，我们开房庆祝一下吧！

☆重庆题：我与故事

答题：你确定是这个题？是不是少个编字？

☆其他经典语录：

这群刚长出羽翼的孩子。

一个"80后"倒下去，千百个"90后"站起来。

在九千年前大诗人苏轼就曾经说过……

蝴蝶也是朝生暮死的东西。

过去的将来，人们充满希望，现在的过去，有赞扬赞许和担心忧虑，现在的将来，有坚定和迷茫，那么将来的过去会是怎样呢？

仿佛自己才是家庭小宇宙的中心。

没进过厨房，分不清油盐酱醋茶。

十二年寒窗苦读为的就是在今天能够实现自己的梦想，成为天空中搏击的雄鹰，成为嗷嗷叫的狼。

或许我们现在娇生惯养，但我们面对风雨时并不会马上死去。

要传承一个日不落的民族，就必须有精卫填海、夸父追日的不弃和不舍。

不过我比他幸运的是我在一个较好的学校，他在下面的学校，他总跟我说他们那的学生，没有素，没有没文修养，读是白念了，三两天就会出现打架的迹象。（此为原文，未改动）

多少的80后的志愿者为了国家的荣誉，冒着残酷的烈日，环视着北京城的卫生。

无私应如司马迁，记录真实的历史，用"史家之绝唱"的《离骚》，为我们将历史的长河疏浚。

我们要有"江山代有才人出，一代更比一代强"的坚定信念。

在我的盘问下，您才说出"不太舒服"三个字。

传说中的菲尔普斯，那个拿了八块奥运金牌的人……

他教练说："他平时就是吃饭、睡觉、游戏！"

I'm 90后，我也是90后。

力拔山兮气盖势，时不利兮雅不逝，逝不雅兮可奈何，虞姬虞姬奈若何……你面对眼前的大河，毅然投身乌江。

天津市一所中学的高三毕业生中，有一名叫做小超的同学……在病床上坚持读书，要在明天参加高考。

社会以语不惊人的速度更迭着。

然就那一刻糟千人恨万人怨的地震爆发了。

他们呀，他们，他们面对他们的选择死而无憾。

马云曾经说过："短暂的激情不算什么，长久的激情才能赚钱。"

70后早已作古，80后也不足挂齿。

徐霞客一生只写过一书，一部《侠客行》流传千载。

太阳一分一秒的爆炸。

我是业障。

吕蒙是三国时期的名将，但是他年轻的时候是个有勇无谋的猛将，但是在鲁豫的劝说下，他发奋苦读，最终成了一代名将。

常言人必须一生中有感情趣的事情，在你有性趣感认它。

80后的人们风韵犹存。

环境不会为你而改变，既然你不能适应环境，那你就灭亡吧，留你也没用，也是浪费粮食，还不如给其他人作贡献，也算学雷锋做好事吧。

《史记》是我们90后耳熟能详的一篇文章。

李白在一首诗中写道："天生我材必有用。"我也从李白那里学到了妄自尊大。

居里夫人不畏辛苦终于终日的钻研出了第一个放射性元素"镭"，近而她也获得了诺贝尔文学奖。

歌德花了五十八年创作出影响思想界、文化界的《浮世绘》。

"天生我材必有用，明朝散发弄扁舟。"

80后是垮掉的一代，90后是趴下的一代。80后拒绝加班，90后拒绝上班。

就拿我来说吧，我是伴随着苏联解体而生的，当然它们的解体和我没有关系。

居里夫人在电闪雷鸣中奋斗着雷元素的摄取。

大江东去浪淘尽，千古风流人物，故垒西边，人道寄奴曾住。

我们为什么要学外语，因为外国人骂我们的时候，我们能听得懂，还可以还嘴去骂他们。

机遇像雨点般向我打来，但我都一一闪过。

风筝在天空飘着，高兴地说："好风凭借力，送我上青云。"

世界巨富比尔·盖茨发家不也是从玩电脑开始的吗？

（司马迁）有两种选择：一是享受荣华富贵，写假史；二是受尽世人凌辱，写真史。

古时候，有这样一个人，他是范进，他在考试中屡遭失败，但他懂得珍惜时间和青春，没有放弃考试，他的青春无悔。虽然范进在很老的时候考上了，但是他的青春是无悔的，因为他懂得珍惜青春。
还有可能是对压抑心情的排泄吧。

父亲像亲人一样疼爱着我。

我们永远也忘不了那难忘的一刻，2008年8月8日，就在那一天，奥运会成功地在我国落下了帷幕。

每个人的看法是千差万别的，就如一千本《哈利·波特》中有一千个哈利·波特……
点评：莎翁和他的《哈姆雷特》也许不属于这帮90后的孩子了。那个戴眼镜的小魔法师

已然成为这代人最热门的读物。

俗话说得好："踏破铁鞋无觅处，那人却在灯火阑珊处。"
点评：无话可说……太有才了！把不相关的两句话接上，意思和逻辑还很连贯。

达尔文被苹果砸到之后终于悟出了《进化论》……
点评：达尔文和牛顿原来是哥们？小时候都爱在果园里玩。

三国时期的曹操被称为"奸雄"，因为他又奸又雄。
点评：嗯，这孩子回答得蛮机灵的……雄这个词怎么讲？

许多人取得成就前遭受了重重磨难：屈原曾经遭受宫刑，史铁生残废后写了《钢铁是怎样炼成的》。
点评：哥们你阄错人了……我一直不明白，史铁生怎么和《钢铁是怎样炼成的》扯上关系？后来想明白了：名字叫"铁生"嘛，自然要知道钢铁如何诞生！

××：
你知道我是谁吗？我们并不相识，冒昧地给你写信……
点评：很冷，暴寒！

有些选择是不好的：风选择成为暴风雨，大地选择地震。细菌选择成为病毒，秦桧选择成为汉奸……
点评：真有发散性思维！这么些个东西都能扯一块。

美国总统罗斯福在人到中年的时候得了小儿麻痹症……
点评：青年的时候是不是也会得老年痴呆症？

话说刘备礼贤下士，留下了三顾茅房的典故……
点评：难道孔明先生是个马桶？

人的一生，来也忽忽，去也忽忽。
点评：错别字我改了很多，这个"忽"字最有特色。把来去迅速的声音和状态都表现出来了，丝毫不逊于"匆匆"。

令人捧腹的作文 "经典"

☆我一同学的小学写作文——小时候我被病魔夺去了年轻的生命!

还有一个写冬天扫雪,雪字写错了写成了雷字,结果就冬天的早上我与家人们一起在马路上扫雷……(事实证明,扫雷游戏是中国小盆友发明地!)

我初中同学的作文——"我醒了,妈妈正趴在我床边睡觉,我看着她布满血丝的眼睛,忍不住掉下泪来……"

我很不 HD 地笑了一节课。

☆表弟写假期日记——

7 月 10 日今天,我跟妈妈一起去给爷爷过生日,吃蛋糕。

7 月 11 日今天,我跟妈妈一起去给爷爷扫墓。同……

☆一年级,写游记——

今天很开心,和处公处婆怕怕妈妈一起去爬山(估计是外公外婆伯伯妈妈吧)

☆红叶疯了(枫叶红了吧?! orz……)

☆一位学弟的文章——后来,他又不幸患上了先天性心脏病。

☆我们同学作文把九寨沟的寨写成菜了,整篇都是九菜沟,还把洗袜子写成洗妹子~!

☆冬天到了,桃花开了——写这句话的同学后来被称为"桃桃"。

☆我小时候一个同学总分不清楚"钓"跟"钩",作文里有句话就变成了"鱼终于上钓了"。

☆初中背《木兰诗》,我同桌总会莫名其妙的背成"磨刀霍霍向爹娘"。

☆二年级老师让用'爱'造句,我说:"我爱我的儿子。"

☆写春游—我们坐在报纸上吃喝玩乐……

☆我要打你们都把倒!!!

☆学四年级默写,老师批某些人:"敌人西辞黄鹤楼。"

同一时期同桌作文:"妈妈夸我是个好刻子。"

☆"我发烧到 49°",改正后"我发烧到 29°"。

☆要把小溪的"溪"字放进田字格是件多么困难的事啊!

☆有一次默写把"一代天骄"写成了"一代天妖",我们班还有一个写的是"一袋天蕉"……

☆我妹妹的作文:今天我们来到了桃花园,到处都是桃花,中间是一个喷水池,里面全是淤泥,这里的风景可真美啊!

☆小学有个同学写作文:"我的妈妈有一身乌黑的羽毛。"

时隔多年,记忆深刻。

☆我妹妹的作文:"西游记里我最喜欢猪八或。"

我笑的滚下沙发……

☆我的班长冒着大雪来给我补习功课,结果回去就发烧了,第二天就死了,我很怀念他。

☆小学作文——一个快乐的周末

一同学写在哥哥家的阳台上,拿石子丢路人。我丢了第一个,没丢到,我哥哥一下就丢到了。好一个快乐的周末啊!

☆同学作文节选:……天空还在下着雨,我站在校门口不知道该怎么办,就在这时,我的老师给我送命(伞)来了……

☆写朋友间的冲突:我一把从他手里夺过了我心爱的小刀,结果我突然发现他的手腕赫然流下了殷红的鲜血。随着救护车远去的声音,我的泪也流了下来——他竟然是为了保护我不被小刀割伤,牺牲了自己的生命。

☆我们全家正在看电视的时候,爸爸回来了。

☆在没有迪迦奥特曼陪伴的日子里，我已失去了自己曾经的童贞——高中某男生写的缅怀童年的作文。

☆同桌的作文，印象太深刻了——

我家的小猫钻进了柴火（朵）垛，一天了也没出来，第二天我好奇地一看，柴火（朵）垛里那么大一堆蛋！

☆隔壁胡同的小孩，比我小俩年级，她妈总让我帮她改作文，但是她的作文实在是太极品了！如下：

1.我的爷爷身体很健康，昨天他骑自行车去十二队办事，一不小心半路撞上一块大石头，爷爷整个人就飞了起来，掉在了地上，什么事也没有（看来他爷爷身体果然很硬朗，肯定是世外高人，我也清楚地记得再看到他爷爷我仿佛就像看到了张三丰一样）。

2.她们老师很牛，一个星期要她们写3篇作文，一三五各一篇，我记得是这样的：

星期一：妈妈在我很小的时候就被病魔夺去了生命。（那让我帮你改作文的阿姨是倩女幽魂？）

星期三：爸爸在一次事故中，永远离开了我们。（他爸和我爸一个单位的，每年都有几个月离开我们，去下工地）

星期五：我从来没见过奶奶长什么样子，有一天做梦梦到了她，我大喊着"奶奶"！（你不是不知道她长什么样子么……）

3.昨天张家姐姐送了我一本书，是鲁迅先生的《朝花死抬》。泪奔，书是我送的，马甲大王鲁迅先生我对不起你。

☆老师布置写《我的同桌》

于是我的同桌，一个贼萌的小男孩，整节课都在观察我的脸，这看看那看看，仿佛同桌两年来他根本不知道我长啥样儿似的！

他结束观测开始奋笔疾书，我探过头一看，当场石化："我同桌的脸像盆一样大！"

后来我报仇，在作文里写："我同桌的脸像山西的煤一样黑！"

☆我最喜欢吃的食物是生鱼片，但是生鱼片最让我困扰的地方就是他的鱼刺很多。

我最喜欢吃的食物是生鱼片，唯一美中不足的是，他总是没煮熟。

我最喜欢吃的美食是青菜，青菜中最喜欢吃的美食是白菜，为什么喜欢吃白菜呢？因为他是青菜的一种。（绕口令吗？）

我最喜欢吃卤肉饭跟贡丸汤，他们对我来说不只是一种美食，而是……两种美食。（真是谢谢你的数学教学）

我最喜欢吃外婆煮的菜，里面包含了很多爱心，但是万一外婆死了我就吃不到了，所以我要趁外婆还活着的时候，叫她每天煮三餐给我吃。（这算虐待老人吗？）

我最喜欢吃那种在外面跑的鸡肉。（所以你要吃鸡肉前都要追着他跑？）

我最喜欢吃美食，是那种出现在陆地上，天天都看得到的那种肉（人肉？）

我对美食的要求很严格，他不能是由一位伤心的厨师做出来的。（连续剧看太多了，孩子）

妈妈很厉害，他下厨以后，可以把一颗蛋变成一颗荷包蛋。（不然呢？）

每次妈妈煮完菜我们全家都会欢呼，于是妈妈就走进厨房再做第二道。（原来你家都是一道菜煮完再煮一道……）

我很喜欢跟爸爸去逛夜市，因为美食都能让我感到垂涎三尺，只要我看到那些食物出现，就会跟爸爸说我要吃这个，我要吃那个，结果我当然什么都没吃到。（好心酸的孩子）

我最喜欢吃妈妈煮的菜，跟外面卖的差的可远呢！（那到底是好吃还是不好吃？）

生鱼片实在是太好吃了，每次一想到我的口水都会缓缓地滴下来……（慢动作吗？）

有一样食物让我百吃不厌，那就是双胞胎，名字听起来大家一定都会觉得很奇怪，没错，他就是很奇怪。（这样有解释到吗？）

我吃东西总是又快又急，没办法，熟能生巧嘛！（我呼吸总是又快又急，没办法，熟能生巧嘛！）

☆有一个考生作文爱用"了"字，他在作文中写道："天亮了，起床了，吃饭了，上学了，下课了，回家了，睡觉了……"

老师阅后勃然大怒，提笔批道："该用了时不用了，不该用了尽是了，了字用了太多了，希望以后少用了。"

有人看了老师的批语后，说："师用了，生用了，用了毛病怎改了？别改了，别改了，反正了字用不了！"

☆欧阳修某次主考，发现有位考生的名字竟与他相同，就有些不悦，在批语后附加一联语曰："司马相如蔺相如名相如实不相如。"不想这位考生接卷后竟立即对曰："长孙无忌魏无忌人无忌我亦无忌。"欧阳修看后拍手称绝，补录了这位考生。

☆李鸿章有一远房亲戚参加乡试，一字也答不出，最后在试卷后面写道："我是中堂大人的亲妻（戚）。"主考官看后，写了这样的批语："所以我不敢娶（取）！"

☆明代大书法家徐渭第一次参加乡试，在试卷上只写了四句诗，考官批语："太短。"第二次乡试，徐渭吸取"教训"，不但写满了整个试卷，还写到了桌子上和椅子上。

☆有个考生在试卷上模仿南唐李煜的《浪淘沙·帘外雨潺潺》，写了一首"词"："卷纸对笔尖，七窍生烟。燥热难解心头寒。摸耳搔头皆不济，如坐针毡，独自干瞪眼，无限辛酸！出题容易答题难。铃声一响交卷出，分数若干？"阅卷老师看后，写的批语是："虽无实学，却有歪才；屁股免打，下次再来。"

☆某考官见一试卷，未写一字，批曰："皓月当空，一尘不染，何吝赐教乃尔？"

☆有一考生考试时，鬼画符般地乱写一气。批卷时，第一位考官怎么看也看不懂是何意，觉得很奇怪，无奈只好在卷首批了个"奇"字；第二位考官看了，也不懂是何意，但看到第一位考官的批语，怕别人笑话自己无才，只好在卷上批了个"妙"字；交到主考官审定，他也看不懂这篇文章是何意，但看了前两位考官的批语，同样心理，就在卷上写个"绝"字。

☆清代有一学使（考官）以"临财毋苟得"句为题试考生。一考生错把"毋"字写成"母"字，"苟"字写成"狗"字，学使啼笑皆非。他没好气地对考生说："我出一联，你如果对佳，就免罚，否则重责不饶！"遂出句道："《礼记》一经无母狗。"那考生对道："《春秋》三传有公羊。"学使叫绝。

☆李煜在唱：载不动，许多愁，恰似一江春水向东流。
老师点评：是李清照和李煜一起唱的吧？

☆倘若不是蒙哥马利将军从失败中作出反省继续努力，又怎能在滑铁卢战役中大败拿破仑呢？
老师点评：拿破仑对蒙哥马利，关公战秦琼。

☆看着天上阴沉沉的天……
老师点评：天外有天！

☆岳飞选择精忠报国，死而后已。他一生征战无数，以至于匈奴兵对他闻风丧胆。
老师点评：汉时明月宋时关。

☆战国时期的孟子，早在三千多年前就为我们阐述了怎样选择的关键。
老师点评：孟子真乃圣人，生在2000多年前，居然可以训示3000多年前的古人。

☆登山者在暴风雪中作出了自己心灵的选择，拯救了一个濒临死亡的遇难者。
老师点评：华佗再世，妙手回春！

☆考场上，每个考生拿到试卷后都必须作答，其中就有不少选择题……但是不管考场气氛是如何的紧张，心灵受到的压力多么巨大，你都必须做出选择，像做出生死抉择一样，你将做出心灵的选择。
老师点评：惨无人道的考试！

☆就在这时，一辆［注：原文如此］"中风"牌汽车，正好撞到了丈夫身上。
老师点评："中风"牌汽车？不是拉登驾驶的吧？

☆适食物者为俊杰，适者生存。
老师点评：牙好，胃口就好，身体倍儿棒！挑肥拣瘦，不是养生之道。

☆一位猎人正在森林中追捕一只藏羚羊，肥硕、笨拙的羚羊已经在森林里舍生逃命，周旋了不知多少圈。
老师点评：舍生逃命？藏羚羊到底是想死还是想活？

☆映入眼帘的是方格子床单，白色的墙，以及一点一点往下滴的药瓶。
老师点评：药瓶莫非是沥青做的？

☆然天公不作美，小小年纪患上了尿毒症。
老师点评：难怪南方地区洪水连连，原来是天公患了尿毒症。

☆有一天，母亲高兴的从医院回来，她得知，可以通过换肾手术，使（患尿毒症的）儿子重见光明。
老师点评：您失明了吗？去换肾吧！

☆"唧"的一声，我来了个紧急刹车，可还是把老太太碰的飞了起来，当中满篮子鸡蛋亦随风飘舞。
老师点评：好美的鸡蛋！

☆面对即将冻死而又素未谋面的人，登山者，放弃了独个人离开的想法。

老师点评：今天，你蒙面了吗？

☆假如你面对的是一位美女，请不要选她，因为她身后就是那可怕的野兽。

老师点评：深刻！

☆让爱充溢我们的心灵，它会让我们叫老乞丐一声"爷爷"。

老师点评：多有礼貌的孩子！

☆大地震来临的时候……昏天黑地，砂尘飞暴，鸡犬狗鸣，乱七八九糟。

老师点评：我的头有点乱！

☆小舅子痛我，经常给我买礼物，这时小舅子掉转话题对我爸说："岳父，这个工程……"

老师点评：我没看懂，您搞清其间的关系了吗？

☆突然，见一辆摩擦车冲了过来，那车上没人，司机死死地拉着车跑，我把朋友摔到一旁，猛冲过去，把油门关了，车马上就停了。

老师点评：生死时速！

☆面黄肌瘦的她妈三十多岁就如五岁的外形。

老师点评：浓缩才是精华！

☆让人伤痛欲绝的是，在一个寒冷的冬夜，她父亲深夜从工地返回而遭车祸，不久后长睡下去

了。

老师点评：叫醒他！

☆2060年早晨，太原九泉太空装置发射基地。

老师点评：是阎罗王建立的吧！

☆一位病人，他的骨髓出问题，但是又没有抓到一位合适的人给他贡献骨髓。

老师点评：继续抓，派警察守住车站、码头、路口，直到抓到合适的为止。

☆一个萧条的年轻人孤独地走在寒冷的大街上。

老师点评：可怜的孩子！

☆忽然，汽车停了下来，上来了三个青年，一脸的不正气……这时，列车员也发出了警告："小心扒手……"

老师点评：不知道作者坐的到底是火车还是汽车！

☆记得鲁迅先生曾说过这样一句话："走自己的路，让别人去说吧。"

老师点评：不要栽赃，但丁会有意见的！

☆他白天上学和打工挣钱，晚上就在阳光下偷看书……最后，它成为俄国的奠基人——高尔基。

老师点评：晚上的阳光不知道晒不晒人？

苦中作乐的军训生活

☆那年在树下军训，教官对同学们说："第一排报数。"排头的同学惊讶地看着教官，教官又大声说了一遍："报数！"于是，他极不情愿地转过身去抱住了树！

☆今天看到在军营军训同学的状态，说："军用被子质量就是好，躲被子里手机完全没信号。"

☆军训时我不敢把豆腐块打开睡，怕第二天叠不成，把褥子抽出来盖，被子端端正正捧到桌子上供着。褥子短不敢翻身，最终还是冻病了。

☆军训时，吃食堂的劣质食物吃了一个月，居然人人长得滚瓜黑胖，能吃下三倍的饭。辅导员说，最怕进我们食堂，一进去就一股子霉粮食味儿。难吃架不住饿呀。

☆那些带兵的回营时都大包小包带着学生们送的礼物……也议论哪个实用哪个不实用啥的。比如卡通小闹钟就收了好几把，可是没有一个教官喜欢这东西。

☆大太阳天，教官看我们不愿意晒，就厉声问："谁做不到站出来。"无人敢应声。一姐们儿怕自己中暑，勇敢地站出来说："我做不到！"为了这句话，别人都放风，她一个人多罚站了半个小时。从此再也不嘴欠了……

☆高中军训时教官姓李，特别狠。训练起来方法都和其他教官不一样，不折磨死我们不罢休！为了训练正步走，两根柱子中间绑条距离地面30厘米左右的绳子，让我们一列面对绳子站好，抬脚15分钟，脚尖要碰到绳子。他就拿根棍子在我们面前悠闲地巡逻。发现有谁脚低下去了，棍子就从下面横地挥过去了，"咻"的一声。然后我们一堆女生唱"乌拉拉乌拉拉，李教官啊。乌拉拉乌拉拉，你好狠啊。乌拉拉乌拉拉，我们恨你，乌拉拉乌拉拉，我要休息……"唱得真是又深情又动听，整一个大长今啊。然后，我们班就一唱成名了……

☆军训时，我们教官事务繁忙，常常有电话。休息的时候我们就缠着他问到底是何方神圣，他一直都说是男的，绝对不是女的。我们当然不信了！

于是，一有电话声，他接起来还没说话，我们全班就喊起来："喂，小丽啊！"

然后又一举成名！那天在排队，混在一堆陌生人里。

我们连长接了个电话，我低头小声说了一句："喂，小丽啊！"

前面的人转过头来笑着说："你是某某系的吧？"

我无语……

☆高中我们那届点背，军训了三年，训的军体拳第一套第三套倒过来都会打。结果一个同学去大学的时候军训打军体拳流畅的让教官都orz，据说后来他们学校的人都传他上大学之前去当过两年兵，那把他给冤枉的……

☆大学军训，教官长的都不错，最后的时候我们还把最小最可爱的教官堵在屋里让他叫我们姐姐……

☆最经典的是军训的地方女厕所只有2格，男厕所很大很多格。但是女生又多，上厕所速度慢，所以就经常排很长很长的队。最后女生们忍无可忍，冲进男厕所把男厕所占了。迫于压力，第2天就把男女厕所对调了……

☆记得有一天，我们班在站军姿，隔壁班在练喊口号，突然隔壁传来一阵爆笑，我们很好奇，但又不能转头去看。

几秒钟之后，一个男生从隔壁班出来，以极其夸张的动作在我们营前面跑过，双手捧着脱臼并且张得像河马一样大的嘴巴，口水迎风飞扬……

我们当时立刻笑趴了，教官也看到愣得忘了骂我们。而那位可怜的同学一路跑过去，一路引爆各个班的爆笑……

☆我自己到没有什么极品事儿。倒是某个学长。

说他们是住在军营里，怕被子叠不出豆腐型来，就把窗帘摘下来裹着床单睡。

结果有一天下雨了，浑身都湿了。但是没地方洗澡，只能大体用毛巾擦擦，但依然比较潮湿。

所以第二天早上起来，他们发现身上都成

万国旗了，原来窗帘掉色……

☆大学军训时动漫系某个班男生就站我后面。我跟第一个教官关系不好，所以他想办法找我茬，但又不敢对我怎么样，怕我又在大庭广众之下不给他面子，一拉我后面那个男生的手臂，手臂就立即飞向我了。把我给打到了。我回头去看，那男生还朝我使眼色，我不太懂。然后教官劈头盖脸的骂了他一顿。

休息时，他说："你怎么不趁机装晕呢，正好我也因过带你去医务室啊。"笑死我了。

后面军训完了，我们专业跟动漫专业隔得远，也就没见了。

☆高中军训时，有一次，我们正在训练，一个男生匆忙地跑回我们队列里，险些滑倒，全班就大笑，结果愣了几秒，那男生大喊：我走错班了！

☆军训时，大家正在毒日头底下郁闷地站军姿。苦巴巴地挺了一个小时，终于可以休息下了："练习50次起立坐下，之后还要踢正步。"

大家恼怒地练习中，忽然一上衣系在腰上的男生从隔壁方队窜出飞奔上楼，我们极度嫉妒无比羡慕地目送他的背影："为什么他就能休息捏？咱们累得要挂了也米人体恤。"

猛听教官一声断喝："看什么看！没见过练习起立坐下把裤子搞裂开的人么？"

大家顿悟，狂笑，然后回答："是没见过。"

☆高一时对面床的女孩用凳子压被子，然后辛辛苦苦抠被角，好不容易有个形状出来的时候我走过去"哇"一下把她被子给掀了，然后她"哇"一下哭了……

☆军训特别累，大夏天的站军姿，回宿舍就瘫了，学了抽烟解乏，烟民队伍迅速壮大。

☆我们排总有精力旺盛分子训练时弄事，每次的惩罚都是全排面对太阳站军姿，搞到后来军训结束会演的时候，来的首长夸我们连军姿站的最好……

☆铁哥们写一手好字，被抽去出营里的黑板报，可以一天不用训练，哥们真是够铁，跟教官说人不够，就拉了一画画的兄弟和我。我是屁也不会，回去换了T恤沙滩裤，端着可乐看他们忙活，顺便欣赏女兵连，呵呵。

☆为打靶狂练标尺一，实战时给我贴靶纸的兄弟偷工减料，靶纸下面一半翻了上去，营长大怒，发了一通脾气跟我的教官说，打标尺三，可怜我

5发子弹搞出6个洞！枪声一落，不顾死活的上前一步拣弹壳，被教官厉声训斥，不过那两个弹壳一直保存着，搬了四次家都没丢。

☆乘军方的卡车去靶场，那车开的叫快，突然前面有一黄鱼车挡路，车上的兄弟们齐声喊：压死他！汗，偶们的素质实在是低！

☆早饭的定量根本吃不饱，每次都蹭一MM的早点，后来更异想天开，未果，终身憾事！

☆军训时候，领到了军装还有酷酷的武装带，第一次着装集合的时候，我就纳闷，这个武装带系在衣服外面还是里面裤子上呢？苦思冥想之后，又借鉴了哥儿们的样子，把武装带系在了外面，后来集合了就开始练最基础的下蹲，站立。后来忽然觉得裤子松了一直掉，但是那时候是不允许动的，但是裤子一直掉，得，只好一只手插兜，结果被教官训斥。后来才知道原来裤子上还可以系一条皮带……

☆军训时候最后一个项目就是大阅兵，方队阵列走过主席台，那气势远看很是壮观，近看，主席台正步区域零零散散的几只鞋……

☆我们军训检阅的时候是劈枪方阵，全上刺刀，训练的时候整个方阵的速度总是比伴奏音乐快很多，降不下来，教官喊口令走也没用！每个人脑袋后面顶着一刺刀，谁敢走得慢呀……

☆我的一个哈尔滨商业大学的哥们，在打靶的时候，打完了5枪，马上爬到了一边，拾起一块砖头，用力向靶子扔了过去，教官问道："你干什么？"

他坦然答道："报告，我在扔手雷！"

事后被兵哥哥罚他端着81式绕操场跑了N圈！

☆学校领导要到军训基地看我们，那天早上教官帮男生整理床铺，整理到上铺的时候，只听"咣当"一声，上铺的床板掉了，教官自然随着床板落到下铺，还好教官身手敏捷，没受伤……

☆偶们来到学校是每人两个被子的，于是就叠好一个军被，早上搬到床上，晚上用另一个被子，桌子上则放着6个工整的军被。

☆一次全排半夜紧急集合，然后排长要打着手电检查着装是否整齐，特别是袜子是否穿，然后抓到了一个哥们，排长正得意间却听这个同学大声报告道："俺穿的是肉色袜子。"再看，果然是！

☆第一次紧急集合的时候，连长专门打着手电在我们身上一个一个的照，顺便点评，遇到强人就拉到队伍前面展览：

一个强人在胸口用袜子当毛巾扎背包；

一人两只脚穿在一条裤腿里蹦了出来；

一个背包没打好，跑出来集合就已经散了，只好抱在怀里……

还有一个哥们被排长揪了出来集合，因为他的裤子不知被谁穿走了，只好躲在屋里，但还是被揪了出来展览，那个寒啊，幸亏偶们连女生很少……

☆高中军训第一天站军姿，结果一个兄弟睡着了，身旁的人眼怔怔看着他的额头与地面亲密接触。后来的一个星期他是带着创可贴军训的……

☆打靶的时候，曾经5发子弹打了60多环，唉！晕。

☆军训的时候各个连排之间拉歌，有个排长带着他们的排所有的男生上台，说要唱一首最有名的英文歌曲，结果就响起了我们都记得的那首曲子：abcdefghijklmn opqrestuvwxyz……台下狂倒……

☆军训打靶之前，排长强调打靶的要领，并希望我们不要出现去年军训时的情形：有人5颗子弹只有1颗命中靶，其余不知所踪。这时我们班的大头举手，排长示意让他说话，他问："你们怎么知道只有一颗子弹命中呢？"

排长说："因为上面只有一个洞。"

大头："说不定人家是神枪手，5颗子弹都从一个洞里穿过去的。"

排长顿时没话说了……

☆偶是军校的，军训过不知多少回了，印象最深的就是一次实弹射击，我负责报靶，反正胡乱报，一般听到一声枪响就用小牌牌画圈，正画圈时，一声枪响，我举的小牌牌的竿子应声而断，吓得我一身冷汗，从此全报十环……

☆大学四年两次军训，大一一个月，大三十天。最有意思则是实弹射击。有意思的是，小侦察兵看我瘦瘦的，说冲那个墙肯定不过的。我和他打赌，说我过了就做一百个俯卧撑，我一下子就冲过去了，同学大叫好，那家伙只好认罚，做了六十多个就不行了。哈哈，狂有成就感。侦察兵老是说我们不行，还有一次我们同学和他比引体向上，又是输！其实人人都是有潜力的，当侦察兵的不一定强，大学生不一定弱。

☆军训参加了不少，可是真正严格、恐怖、搞笑的是大学那次。

偶们班那教官是个新兵，小孩子一个，才17岁不到。怕被我们看不起，就整天找他们连里的老兵借军衔带，结果每天一变，有时一天三变。结束的时候，班里的同学一起买了个变形金刚送给他……

☆压被子的时候是最能体现大学生高智商的时候。为了让被子看起来像豆腐，什么方法都用上了。比如：用喷壶把稀释的不知名胶液喷在被芯里定型、拿硬纸板、泡沫塑料板做内支撑物、到街上买几瓶廉价的劣质发胶喷在被套上定型……据说还有更绝的，只是人家不说。

偶们学校很绝，军训结束了，每天早上还要以军训标准检查内务。那床被子1年多没拆过，睡一床，摆一床。后来发现里面都快生虫了……

☆高一军训是在郊外的一个新兵训练基地，第一天晚上大家都很兴奋，卧谈到凌晨2点多，半夜同宿舍的8个MM结伴上厕所，厕所在宿舍楼外100米处，一大一小，小的不足6平方米，且极破旧。黑灯瞎火的，完全看不见门口写的什么。偶们在大厕所门口亮嗓子喊了一声："有人吗？"无人回答。于是MM们进去了，还表扬领导真是尊重女性啊，厕所都修得豪华些。结果第2天早上去看，大厕所门口一个巨大的"男"字！全寝室当即指天为誓，有敢泄露此糗事者灭口……

☆我们站军姿，两队人面对面的站，每队人都想引对方笑，因为这样对方就会罚站，最后，两队人马狂笑，都多罚站两个小时……

☆记得我们去打靶的时候，前一组打完，下一组就马上接上去。但是不能马上开枪，因为要等对面10个报靶员报完靶后，才能开始准备射击。偶一同学，拿着枪爬在那里等报靶员报靶。当时对面山顶正好落下一小鸟，偶同学因为爱玩所以就偷偷瞄准那只小鸟"砰"！！！只见10名报靶员几乎是同时卧倒，嘴里还不停的叫："别开枪，别开枪！"后来我们还听说那同学鸟没打到，结果把小山后面一个种田的农民兄弟的屁股打伤了，人家都到偶们学校来找麻烦了……

☆军训是在部队的军营里，生活条件比较艰苦，训练也很苦，每天以吃饭和睡觉为两大美事。一日两同学从炊事班抬一大锅米饭去食堂，不想一同学累的腿脚不稳，被烂石头绊了一下，一大锅米饭跟砖头路来了个亲密接触，两人大惊失色，不敢声张，用手将米饭捧回锅内。食堂里的兄弟们早已饥肠辘辘，见了米饭如猛虎下山。吃的时候不时有人抱怨今天米饭怎没淘干净？一旁两个抬米饭的同学闷头吃菜，半个米粒都没敢碰……

☆我军训实弹打靶的时候，卧倒刚放了两枪，枪口燃气把土激起来了。我当时耳边一片枪声，眼前尽是硝烟，反射似的我拽着枪就起来了，想向前跃进……班长一脚就把我踹倒了……后来全连点名批评……

☆那天练习站军姿，一只喜鹊落在队伍中间，然后就像首长检阅似的在人群间信步，站在一旁的连长看见了蹑手蹑脚的想抓，那个动作像偷地雷的，结果大家都站在那里小声笑。那喜鹊也不飞走，就和我们连长捉迷藏，有个女生提议喂喜鹊吃的，并拿出了雀巢巧克力。结果那女生被罚，因为私藏零食！

☆军训第7天打靶，上午女生连先打，一上午的枪声馋的我们男生心里痒痒的。中午团长训话："上午的打靶结果非常不满意！8个连打完了4000多发子弹，靶子上面就3个窟窿！经过决定，女生连加打一次！"她们因祸得福，男生们快疯了……

☆打靶的时候男生们全是神枪手，靶杆竟被打断了5根，还有甚者连报靶的旗子都给打了，令各位在场的班长倒吸冷气……

☆偶有中度近视，打靶那天没有戴眼镜去，也看不清哪一个才是我自己的靶，只有随便瞄，随便打，没想到5发子弹下来，旁边的兵哥哥居然拍掌叫好，原来我居然有4发打中了靶，神了吧……哈哈。

☆我实弹打靶是和吾MM一起打，结果我5枪打了8个洞，你们知道怎么回事？
吾MM瞄到我的靶上了！

☆我们军训时在操场进行军歌比赛，是站在梯形看台上，我们全连在前面排队唱，我们一教官自告奋勇站在最后一排挥军旗。由于他个子比较矮，等我们连唱完了走下来，旁边兄弟连的都问我们："你们后边插着的军旗是怎么摇的？"

☆男生连面冲女生楼拉歌，连长发现男生思想不集中。命令全连向后转，背对女生楼继续唱，效果明显好多了。唱毕，连长满意的命令：齐步走！
遂发现仍有两男生立于原地，面冲女生楼……

☆军训时拉练，凌晨2点，总距离大约15千米，在回来的路上，我们跑到一大片绿化带旁边，指挥说有敌人空袭，赶快隐蔽，我们就一窝蜂地冲进了绿化带的灌木丛中卧倒。过了一会儿，警报解除，继续赶路，发现少了不少兄弟，教官赶快去树丛里找，发现有一部分同志在卧倒的时候睡着了……

☆偶们凌晨1点军训拉练，着装整齐，背着背包，队伍浩浩荡荡，走到居民区旁边，有乘凉的老大爷们纷纷起身来看，还问："你们是哪个部队？有这么多带眼镜的？"

☆烈日下练立正，女生特舒服，练了一会儿就下了，全体男生还得站着，教官还时不时地踢踢小腿，拉拉手臂，看看你有没有用劲……最后宣布，只有流了汗才能下……气死我了，我再热的天都很少出汗，而旁边一哥们儿没别的本事，就会流水，一会儿就让他下了。气得我偷偷沾口水向脸上抹。还被教官发现，捡了一蚂蚁放在我的军帽上……一会儿我也憋出汗，下来了。可是我不忍其他兄弟还在受苦，就蹲在一边猛一口水，趁教官不注意，跑到一哥们儿面前，冲着他脸就猛淬一口！要是搁平常，指不定是一顿暴揍呀。可俺那兄弟脸不变色心不跳，连水都不敢抹。一会儿教官来了，一看，哇，那么多汗！下去吧！他解放了！

☆最后阅兵时，另外一个连的兄弟们做表演，就是持枪从匍匐前进起，反正各种匍匐都做一遍，最后射击。我们在学校的操场上举行的，操场外围了一大堆的父老乡亲观看……

☆到了最后射击时，兄弟们毫不犹豫地冲着前方的一大堆父老乡亲们开火（其实里面是空弹壳，只落个响的），硝烟尽处，前面的乡亲一阵乱叫，如作鸟兽散……

☆我还记得我们军训的时候，有天晚上搞拉练，当晚我们寝室的姐妹就决定聊天到吹哨的时候。（因为隔壁班上的教官透露了一点消息。）
可是，那时候真的是很累，也不知道什么时候，我们就都睡着了，至于吹哨自然也是没有听见的，直到拉练完了，隔壁寝室的好心来敲门，我们才慌慌张张地起来，还以为开始拉练了，结果谁知道她说："你们怎么都在寝室啊？刚才我看门都关了，还以为你们都走了，我说你们怎么那么快？都没叫我们一声？"暴寒！但是，现在我们总是想起那时候整个班上就我们寝室没去，还觉得我们巨团结……当然，第二天早上，我们寝室的姐妹们全都罚跑，差点没累死……

☆打靶也很好玩。高一时军训过一次，只有一星期吧，而且用的是56式半自动步枪，那个枪托后坐力好厉害！打了一枪我就不想打了，肩膀都疼了。

大学时打靶用的是81式全自动步枪，哇，舒服耶，很轻的，砰砰砰，打得蛮爽的，不过，最后也不知道打了几环，没人报，我们也懒得问了。另外一哥们儿绝，不知怎么回事，改连发了，一扣扳机，一梭子弹全飞出去了，他还按，咦？怎么没子弹了？不是一人五发吗？气得站在旁边的教官一顿臭骂……

☆练匍匐前进时，有一个是滚动前进。教官要我作示范，我毫不犹豫地滚了起来。闭着眼滚了会儿，听见周围一片笑声，睁眼一看，原来滚了一圈，又滚回原地了！

☆军训时还涌现出许多强人来，打靶时，我们2排的4个男生全是神射手，5枪全中靶心，我们教官那个叫吃惊啊！

☆有个哥们和教官对练，结果把教官打得满操场跑，问了才知道，他是空手道黑带2段……

☆有个连练健美的哥们和教官比肌肉。

☆有一军事迷在教官讲解枪的构造的时候就把整支枪拆了，然后又装了起来。

☆最牛的是，因为厕所实在太恶心了，有一妖人竟然一周没有大便！他每天都是吃很多的！

☆一天晚上8点半左右，班长拉我们出去排队。十一月了，我们大都穿着单裤，寒风中瑟瑟发抖。班长问道："大家冷不冷？"
众答："冷！"
班长："冷，就跑两圈！"
呜呼一片……
回到宿舍，众人商量，要是明天还这样对我们，一定要答："不冷！"
果不其然，第二天晚上同一时间，班长又把我们拉出去站队。同样的问题："大家冷不冷？"
众人心领神会："不冷！"
班长："不冷啊，那就给我站军姿，半个小时！"
绝倒ing……

☆高中军训时，一寝室哥们，由于晚上紧急集合，慌忙之下绊入一花坛。导致一只鞋被泥巴污染，回寝室后，很有成就感地说道："还好我跑得快，赶上了！"

由于此人平时特爱干净，将那鞋给洗了，大家都劝他不要洗，怕不会干。

他却不听，说道："放心，我把鞋放到窗口，一晚上就吹干了！"后来大家都睡了。

第二天一早，又是一声急促的集合声把我们惊醒，当我们都在急急忙忙穿衣服的时候，他却安静得站在窗前。我好奇，过去观望了下，原来那鞋装满了水，跟一只装满水的小船一样静静的放在那里。才晓得昨晚下了一晚上雨，窗户也没关。

那哥们呆滞了许久……最后把那鞋子的水倒掉，穿上，安静的下楼了……

☆军训时，因为经常早起晚睡，半夜还要拉紧急集合，搞得我经常有些迷糊，都不知道自己到底在干吗？某日，洗完衣服搭在床边就睡了，早上6:15起床就摸黑开始穿衣服，突然感觉衣服怎么变小了……我努力……我加油……可是左胳膊进去了，右胳膊就进不去，头进去胳膊就都进不去了……经过5分钟的努力终于有人开灯了，我倒是想看看到底是怎么回事，还没等我把它从头上取下来，就听到住我对床的洋说了句："你干吗把枕套套在头上啊……"全寝八人全部笑翻！我糗大了！

☆还是那次军训。因为面临阅兵，而且，第二天是国防日，因为我们学校直隶于中国航天（我们大部分电子生是去造飞船那种），所以，电视台要来现场直播我们学校的阅兵式。

那天，我们总教官模拟领导阅兵，便一边走，一边说领导可能会跟大家说的话。对话如下：
同志们辛苦了！
为人民服务！
同志们好！
首长好！
当走到我们班的时候，总教官来了句："同志们晒黑了！"
半晌，没人吱声……
我身为干部，一激动就来了句："首长洗白了！"
（洗白，重庆方言，就是挂掉、完蛋、死翘翘等同类意思）
由于我从小受外公的军人气节感染，声音从小洪亮，当时，整个操场都听到了。
三秒后，全操场爆笑……
糗得我恨不得在此后三年里去把名字给改了……

☆新生军训晚会上，一男生上来唱《奔跑》。
很好听……正陶醉时却见观众很沉闷，于

是本人（助教兼晚会负责）跑上台旁边，抬高双手边打拍子边颤动身子想搞点气氛，结果被冷场加鄙视……

☆一个新兵第一次当值班员，特紧张，早上五点就按起床铃，发现比规定的时间早了一个小时，急中生智喊道："起床起床，起床小便后继续睡觉！"

☆高中的时候军训，男生女生分开训，因为就一个教官，所以男生训练的时候女生休息，然后女生训练时男生休息。一次男生训久了，怨声载道，教官也不忍心了，本来是想说把女生带到操场让男生休息，结果张口说成："好，我把女生带过来让你们轻松轻松！"

☆军营生活，晚上是最可怕的！记得一次半夜里，班长突然说："你们这群鸟人，都给我紧急集合！"接着就是一阵骚动……等我们准备好，都站在班长前面，他却没反应了，有胆大的靠近一听，在打呼……真要命！

大学食堂里的那些个无奈

☆高校食堂十大定律：

1. 不等式定律：3两＋1两>2两＋2两>4两。

2. 衰减指数定律：食堂装修后开张和新学期开始后，饭菜质量和分量呈指数形式衰减。

3. 多功能定律：食堂不仅具有普通食堂的功能，它还具有小卖部、录像厅、自习室，还有陪心情不爽的同学叫板等多种功能。

4. 拉面拉抻次数定律：每个拉面师傅在拉面时的拉抻次数永远是恒定的，习惯是很难更改的。以6食堂为例，拉面永远是拉7次下锅，拉面平均长度的均值为0.5米×27=64米。

5. 免费汤定律：因为根据分子的不规则运动，所以从理论上讲，如果用一缸水煮上一颗红豆，那么这就不再是一缸水，而是一缸能消暑的免费汤。

6. 互补定律：打饭师傅的发福程度与打给你饭菜的分量互补，打给你饭菜的质量与分量互补。例如，如果给你的牛肉很多，一定是嚼不动的，如果给你饭很多，一定是夹生的，如果给你菜很多，一定是难以下咽的。

7. 唯一性定律：如果食堂的师傅给你的饭菜足够质量和分量，而且你又不是很漂亮，那么一定是膳食大检查的人员在食堂里。

8. 随机性定律：无论是经济快餐、汤煲，还是特色炒菜都有随机出现铁丝、头发、苍蝇、石头、蜈蚣或别的令你胃口全无的可能性，随机率不可预计。

9. 随机性定律推论：我们仅仅从食物中随机出现的杂物，就推断出食堂大师傅的一些特点：师傅大多是经常脱发，用金属铁丝洗碗，而且非常喜欢昆虫和树叶的标本。

10. 相对论定律：如果你感觉勺子、筷子或者餐具不干净，请你闭上眼睛，心里默念："这是经过红外线消过毒的！"然后就干净了。

☆高校食堂意见簿雷人留言一览

1. 请问那位卖胡辣汤的女孩叫什么名字？

2. 你们食堂沙子里怎么还有米呀？

3. 能不能不让那个打饭的把手指伸到我的菜里？

4. 用炒青菜的火候烧排骨，用烧排骨的心态炒青菜，就可以吃了。

5. 空心菜里的蚂蟥味道不错，建议以后煮它八成熟就可以了。

6. 京酱鸡丝，咖喱鸡块，可乐鸡块，宫爆鸡丁，炸鸡排，鸡丝豆腐，红烧鸡腿，孜然鸡骨，黄瓜鸡丁，青豆鸡丁……猪、牛、羊、虾、鱼都死光了吗？

7. 青椒 __ 丝，红烧 __ ，茄子烧 __ ，苦瓜 __ 片，粉丝 __ 末，回锅 __ ，葱爆 __ 片，萝卜炖 __ ……有东西好久没见了。

8. 知道食堂的人好心眼，怕我们的牙齿不坚固，所以为了锻炼我们的牙齿，特地在饭里面加入了很多小石子……

9. 今日菜旦：反茄炒旦、青菜面巾、古老肉、东瓜毛豆……（错别字一堆）。

10. 如果你很饿，强烈建议你不要打一份肉菜，因为这样的话，你会觉得得不偿失，排骨就是排"骨"，你还没有把牙塞满肉渣，剩下的东西就可以给你的"旺财"了，他会很感谢你的！所以你唯一的做法，就是运用2+2＞4理论，然后点一份土豆丝，如果你还觉得饿，可以在点一份土豆丝，如果你还觉得饿，可以……直到你有了要吐的感觉，就可以基本上达到要求了。祝你有个好胃口！

11. 我曾经在留言簿上责问食堂的工作人员是炊事员还是饲养员。

12. 为什么青椒瘦肉炒小强里的小强这么少！

13. 请把那边那个荤素窗口的衰哥换成美女，偶们男生太吃亏了，总是全校的女生都吃完了，才能轮到我们，全是汤了！

14. 不到食堂就不知道什么是节约：中午剩的晚上热热再吃，晚上剩的可以当第二天早上的包子馅儿！

15. 风味餐厅的留言簿上：建议取消风味餐厅！

16. 打菜用的怎么和我不见了的掏耳勺那么像啊？在哪买的？

17. 食堂意见簿里最搞笑的是："建议禁止喂饭！"

18. 我们是学化学的，还是能分清敌敌畏和清洁剂的味道，食堂都用敌敌畏！

19. 黄瓜拌蛰皮和蛰皮拌黄瓜的区别是很大的。

20. 青菜里面有青虫，粉丝里面有铁丝，这是钓鱼呢？还是喂鱼？

21. 饭里的石头太少了，能不能再加点？

22. 今天晚上的紫菜蛋花老鼠汤味道不错呀！——一位从汤里吃出小老鼠同学的留言。

23. 下一次能不能不要把找还我的钱藏在菜里面？

24. 为了免去对残留农药的顾虑，证明食堂的青菜绝对是绿色蔬菜，回回素炒菠菜都有小青虫！

25. 胡辣汤内吃出长筒袜，老板反应灵敏说："海带咋没切！"

26. 每次我打四毛饭的时候不用再给我加一毛沙子啦。

27. 虽然我喜欢钱。但不必总是用拿完钱的手来打菜给我吧？

28. 说起来真的心寒，缺斤少两的事情真是经常发生的，一份菜只能盖住碗底，还有一次，我菜里的小强都少了一条腿，寒呐！

29. 应该普遍降价！至少1元菜单我都可以背出来了！反正玻璃碴、碎铁片、石头、磁片都吃出来过，还卖过馊饭……

30. 我吃多了吐出来的都比他们刚做的新鲜！

31. 苍蝇没炸熟，青虫汤里记得多撒点盐。

32. 能不能不要把苍蝇在西红柿汤里面淹死？

33. 食堂＝化学实验室。

34. 能不能把土豆炖牛肉改成土块炖牛肉？

35. 我们又不是鸡，不用吃砂子帮助消化！

36. 食堂装修，我的书架就不缺钉子。食堂消毒，我就不会闹肚子。食堂改革，我的钱包就饿肚子。食堂每多营业一天，那么我们身边的苍蝇、蟑螂就面临着灭绝！食堂挺好的，我们缺什么它提供什么，呵呵呵呵，打篮球受伤了都不怕没有创可贴，因为蒜薹肯定也受伤了，包着创可贴！

37. 今天又吃出了个苍蝇，好high！

38. 把辣椒炒肉的名字改成辣椒炒辣椒好。

39. 天啊，4两米饭里竟然有6只"小强"！

☆大学食堂心路历程：

大一时：发现有条虫，整碗饭都倒了；

大二时：发现有条虫，把虫挑出来继续吃；

大三时：发现有条虫，当做没有虫一起吃了；

大四时：发现没有虫，抗议，没虫咋吃得下饭！

读研时：发现一种虫，叹气，这样式太单一；

读博时：发现只有虫，感慨，学校伙食有改善了……

☆大学四年食堂"战利品"展示：

1. 蚯蚓一条，卧在菠菜汤的最底部，已经发白，肿胀有如小手指；

2. 瓢虫一只，七星的，我仔细数过；

3. 草莓一个（好东西），但不知为什么会出现在豆包里；

4. 打份肉菜，看见菜里好大一块肉（鼠标大小，周围人羡慕死了），结果我翻过来一看，是半个猪XX，上面还长着寸许长的黑毛！！！

5. 包子，第一口还没吃到馅，第二口已经咬过了；

6. 豆腐，第一次吃过后，以后每次打架前总到食堂偷几块当板砖用；

7. 其他：稀饭能洗澡，米饭能打鸟……

总结：食堂是一个永远可以给我们带来惊喜的地方：今天，你以为你吃到了世界上最难以下咽的伙食，可到了明天，你总能发现自己错了。

☆甲方：××高校全体学生

乙方：食堂全体工作人员

本协议本着双方互相谅解、互相尊重的原则，即食堂谅解学生的行为，学生尊重和适应学校厨师的水平！

乙方（即食堂）需做到以下条款：

第一条：油炸糕、馅饼的直径必须超过5厘米；

第二条：包子馅里出现"小强（蟑螂）"的次数，平均每周不得超过三次；

第三条：肉菜里肉的含量必须超过百分之五，米饭里砂子的含量必须低于百分之十；

第四条：一些家常菜应标明名称，或至少能让10名以上同学分清其中的物质成分；

第五条：厨师不准按长相确定给饭的数量；

第六条：馒头和花卷必须是完整的，最起码不能被其他人咬过或遗留下啮齿类动物的牙印；

第七条：每次饭菜出锅后，厨师必须当着至少五名以上同学的面亲自品尝，如在嘴里停留时间超过10秒钟，才能供学生食用。

甲方（即学生）需做到以下条款：

第一条：不准在食堂的墙壁上刻厨师的名字，在旁边悬挂"小强（蟑螂）"的尸体，并召开追悼会；

第二条：不准用馒头、花卷等伤害性极大的硬物投掷厨师颈部以上、腰部以下的部位；

第三条：因饭菜引起的呕吐，不得故意跑到打饭窗口对着食堂工作人员进行，以影响别人的食欲；

第四条：不得要求漂亮美眉一次拿十个以上的饭盒到窗口打饭；

第五条：女同学吃包子吃到已经法定死亡的"小强（蟑螂）"时，尖叫的音量不得超过90分贝；

第六条：不得用食堂的饭菜作为玩扑克牌失利的惩罚赌注；

第七条：当天饭菜有"鸡爪子"的时候，

不准集体把"鸡爪子"中指竖起来，插在饭盆里向厨师示威。

以上条款双方需严格遵守，违约方将被罚吃光食堂当天所有剩饭菜。

☆据说，学校的伙食标准是一天30元。

这天，寝室里进了只老鼠，大家一起发挥飞行员的本色，终于活捉之。

然后就开始讨论它的死法。寝室老大说："用黄豆泡水，胀死它。"

老二说："不，用火烧，水淹，再处以××××。"

老三悠悠然说："都不好，让它吃食堂的饭，恶心死他。"

☆某天天热，俺去食堂打饭。只见门窗紧闭。

俺问："为何不把门窗打开凉快凉快？"

某人回答："你没看见外面有苍蝇吗？"

俺一挥手打死头上的两只苍蝇："这里面也有啊？"

某人又说："它们已经吃饱了，外面的还是饿的……"

☆一男生打完饭，男生："这是什么？"打饭师傅："土豆炒肉。"男生："土豆炒什么？"打饭师傅："土豆炒肉。"男生："土豆炒什么？"打饭师傅："土豆炒肉。"男生："土豆炒什么？"打饭师傅："肉……"最后打饭的师傅醒悟，给男生添上点肉……

☆有一次我同学去吃面条，吃了一半的时候，好像吃到一块肉。他就很高兴！（因为他点的是素面），结果咬了半天也没咬断，拿出来一看，原来是一块创可贴，还是用过的。我那时听到他在讲这个以后，每次吃面条都要翻两三遍才敢吃。

☆一次在食堂打完饭后，窗口的服务员小姑娘红着脸小声对我说："要不……要不你拿走吧，不要钱，我刚来的，还还……不会用刷卡机……"

学校宿舍里的那点事儿

☆同寝室一位仁兄，特别花，女朋友无数，一天晚上问他："你为什么这么喜欢女人？"

"我从小缺乏母爱，父母总不在身边！"

"那你缺乏父爱了咋办？"

此人说出了遗憾终生的话："我有你们……"

从此以后，此人在我们寝室得到莫大的关爱……

☆宿舍里刚刚装了电话，110宿舍各位效仿其他宿舍待电话铃响，拿起话筒，温柔地说："你好，这里是110。"

☆宿舍楼下某女大喊把我钱包扔下来，过一会儿见楼上飞下行李背包等物，这时楼上传来一声吼："我没找见你自己找吧。"

☆晚上，宿舍女厕所突然传来一阵尖叫。众女生忙冲了进去："坏人在哪？"此女生良久不语，最后终于开口了："我用洗脚的毛巾洗脸了！"

☆宿舍内有一女生，有梦游症。一晚，其梦游症发作，从床上爬起来，走到走廊上，把晚上刚洗不久的湿衣服收下来，往邻床某女生身上一扔，然后爬上床继续睡觉。被扔了一身湿衣服的女生大叫，惊醒了其他人，大家都吵吵嚷嚷。那始作俑者却还在美滋滋地睡觉，汗！

☆我在宿舍养了一对小仓鼠，一直喂它吃瓜子。养过的都知道仓鼠喜欢把瓜子都嗑好藏起来。某天给它换笼子里的木粉，把所有的存货都给他扔了。仓鼠进去后不停地翻来翻去，啥都没找不到，最后迷茫地瞪着我。舍友看着它可怜巴巴的样子说："这孩子就跟让人盗号了一样……"

☆一室友手机上有一挂件，暴力熊。就是四肢都可以掰下来的那种。

然后它那个少个胳膊。我神经了，问他咋少个胳膊了。

他十分镇静＋面无表情地对我说："他是过儿。"

☆我们寝室直到大四都没人谈过恋爱。老大感慨："到大四还没恋爱的，都是爱情的渣滓。"环顾寝室，我悲从中来："我们这里是渣滓洞啊！"

☆睡前我把拖布晾宿舍门上，半夜一哥们起夜，一拉门，感觉一长发苗条女子突然倒在他怀里，楼道里立刻响起一声惨叫："谁把拖布放我门口的？"

☆和几个哥们约好看欧冠，拜仁和里昂的第一场。开始前大家一起在打牌。好不容易熬到时间，比赛开始了，虽然都有点困意，人一多热闹了就都不想睡了。

比赛很精彩，有人骂着，有人喝着，都在为比赛、为足球狂热着，感叹着，一起看球就是有感觉。

比赛90分钟结束，一哥们冒出一句话："哪一个是拜仁！"

全部都沉默了……

☆隔壁一位强人，爱心颇强，在宿舍里饲养了一只松鼠。

大概有一个月的时间了吧，松鼠已经和他混得很熟了，从来不出他们宿舍门。

这位大哥也以松鼠听话作为炫耀的资本，而这只幸福的松鼠也从此获得了自由，至少在他们宿舍是这样的。话说这一天，2003年的第一场雪在我们早上到达教室后开始飘落。课毕回到宿舍，这位大哥却找不到他那可爱的松鼠，此人郁闷一日。至晚上睡觉前还在长吁短叹。终于在我们的安慰下准备安寝。

就在这位90kg的大哥钻入数十天没叠的棉被中时，床上传来松鼠惨厉的叫声……

☆我哥寝室同楼的两位强人，一日喝得烂醉，路都走不稳了。

一个稍清醒点的对另一个人说："哥们儿，行不？不行我扶你一把吧？"

只见那位已经成为一摊泥的家伙躺在地上做迈步走路状说："没事！我扶着墙走得挺稳的！"

☆我寝室一猛将兄，每次上床（上铺）都喜欢从凳子上跳上去，下铺的兄弟由于关系好也不好说什么。

某日，此君又要跳。下铺的赶紧避开，只见此君一声怒吼飞身上床。

突然"砰"的一声，床塌了，他从上面直接掉到了下铺。

我们几个都快笑死了，只有他下铺的兄弟默默念叨："幸亏昨天我去庙里求了个签，说我今天有一劫，还真是灵啊。"大家昏倒……

☆大学时宿舍两姐妹去上自习，老六问老大："这个单词啥意思？"

老大挠挠头说："昨天刚看的今天就忘了，你打我一下吧！"

说完老六打了老大一下，告诉她单词的意思。

几天后两人又去自习，老六问老大同一个单词啥意思，只见老大又挠挠头说："只记得你打了我一下！"

☆大学时寝室一兄弟一直表现得好像好学生。

一天，同寝室的几个弟兄说晚上去看录像，问他去不去。他一脸无奈地说："不行啊，我已经计划好去学习了。"

后来禁不住我们的盛情相邀，决定抛硬币决定是去学习还是和我们去看录像，正面为学习，反面就去看录像。

结果连续抛了 17 次都是正面，最后该兄弟一气之下把硬币扔到床上，说："没见过运气这么背的，去看录像！"

☆我记得读大学的时候，对面上铺的湖南 MM 说梦话："不要用我的洗面奶！那是我的！求你们了，别用了！"我们全部惊醒，笑到抽筋！

☆我记得读大学的时候，下铺 MM 最搞笑的事情，有天我们寝室出去吃饭，她喝了很多酒，醉得不成样子，男生送我们回来到宿舍楼下时，她突然说："你们这些臭男人，不要走进我们寝室一步！"然后用那种伶俐的姿态从其背上翻下来。更神奇的是，她回到宿舍后，倒了墨水，铺上宣纸，很端庄地开始写毛笔字，一边叹道："你看看我的字，好多年没练习了！"

☆寝室一 MM 身高 158cm，却交了一个身高 192cm 的男友，一日，下雨，从图书馆回来后闷闷不乐，大家问怎么回事，MM 郁闷地说："出了图书馆，外面下雨有积水，前面一对儿，男的把女的抱过了水洼。可他看了看我，想了一下，用胳肢窝把我夹过去了！"寝室爆笑！

☆偶宿舍一哥们经常搞一些咋舌的事情，一次快上课前，他忽然内急，要宿舍另一兄弟捎点手纸，谁知那兄弟天生记性差，居然忘了，半节课后，我那哥们才姗姗进教室，进来以后，对着那个兄弟狂骂一阵，我问他那屁屁如何解决的，他一拽裤子："袜子不见了！"

☆大学二年级的第一学期，发大一的奖学金，哥几个有一半拿了奖金，就请客去聚餐，把钱都交给宿舍老大手里（老大心细）。

酒过三巡之后，大家都有些醉了，尤其是老大竟然开始滔滔不绝地讲酒话了，遂决定付钱走人，一摸口袋，几乎都没有带银子，就叫老大付钱，老大拒绝，摸他口袋，也没有发现银子，只好我们自己又凑钱结账。

将老大拉出饭馆后，小风忽忽一吹，老大就不走了，说："你们干什么，我的兄弟们还在吃饭……"

我们劝他说我们就是，该回学校了，有拉老大手的，有抱腰的，此时老大说了一句我这辈子也忘记不了的话："抢劫呀，抢人了，杀钱了，兄弟们快来呀！抢人了，杀钱了！"

经过艰苦卓绝的战斗终于将老大放到床上，他还是在说这句话，这时我们发现了老大把钱存放的地方，原来他一直攥在手里，从饭馆到学校宿舍大概五百多米，老大就这么一直攥着，没有撒手。

我们兄弟几个感叹了一句："第一，以后决不能让老大再喝多，第二，钱以后还是老大掌管！"

☆大三，已经熄灯了。一个 MM 径直走进我们寝室，把书包往我床上一扔就要上床（上铺），大家十分惊讶，后才知道她少上了一层楼。巨寒！

☆大学时，寝室老三脚臭无比，尤其是不洗袜子，一双袜子能在脚上穿一个月！屡劝不改！

一日，我们晚上打篮球回来，众人皆乏，沉睡。

屋内有蚊子骚扰老三，怒之，随手操起一物掷去，只听"啪"一声……

次日，众人醒，但见老三的袜子牢牢地贴在墙上。晕啊！

☆有次期考，考完某门课程后回到宿舍，大伙都兴高采烈地在交流答案。

这时老大冒出一句："完啦！我小纸条夹在试卷里面交上去了！"众人皆倒。

结果老大重修……这是俺大三时的真实故事。

☆偶 MM 班主任是个 50 多岁的老女人。

一日到男生宿舍探访，正好一男生什么也没穿在地下乱窜。被班主任看到了他立刻大叫一声跳到床上，盖住被子。

班主任留下一句话就走了："我这么大岁数了什么没见过，你叫什么叫！"该同学巨寒！

☆我们宿舍一胖君，好打呼噜。一晚好久无声，我上铺说："还不打，睡不着。"

☆大一的时候，偶寝室一哥们儿一天早上起来发现枕头上有半只大黑蛾子，感觉倍儿郁闷。提起来正要扔，赫然发现蛾子翅膀上的齿印……全寝室暴寒一学期！

☆夏天寝室里蚊子特多。一次睡觉，老有蚊子在我耳朵边乱飞，"嗡嗡嗡"的那个烦啊，我火了，冒出一句话："你再过来，我咬死你！"（纯粹是恐吓），没想到话刚说完，嘴巴一闭，真把蚊子给咬死了！

☆大学时同寝室的一个哥们儿发了奖学金，请喝酒。谁知道他第一次喝酒，喝了几杯后只见此君双手紧紧扣住桌边，双目紧闭。大家吓坏了，以为他过敏什么的，此君回答："我害怕，我得找个东西抓住才能不飞起来。"

☆我们寝室对面有一小面馆。寝室一室友，特爱要酷，某日正待在窗边洗头，待洗完，头发一甩做明星状，手指向面馆，大喊一声："对面吃小面的朋友们，你们好吗！"众人皆晕！

☆当年大学刚报到的时候，宿舍有一哥们儿A，毛发特旺盛，留络腮胡子。

等我们看了一周看习惯了，辅导员看不下去强令他刮了。

当天他回去之后坐在床上正照镜子感叹，另外一哥们儿B回来盯着看了半天，忽然冲出去。正在我们诧异的时候，A的手机响，接了发现是B，特神秘地说："有个变态在你床上坐着照镜子，我们都不敢动他，你赶快回来看看。"从此，B的眼神被我们鄙视了四年。

☆大学第一年，一兄弟买了台电脑。一次回寝室，发现有一个不认识的人坐在他电脑前。看了看寝室号，没有错！看了看电脑，一个不认识的游戏。兄弟就木了，这电脑是我的吧，我没有装这个游戏啊！那坐着的哥们儿看见有人来，就抬头说："我是隔壁的，看见这儿有电脑就过来装了一个游戏。"说完继续游戏。我兄弟当场晕倒！

☆大学时，学校团支部组织为希望工程捐款，捐款的人都是一两块钱，美术系的一个最不羁的男生拿着饭盒走到捐款台前，递了一百元给团支部书记，大家都惊了，那时候一个月也就200元生活费呀，团支部书记马上拿着喇叭大声宣传。这时候那个男生说了一句话："我不是来捐款，我是想和你换点零钱，好去打饭。"

☆宿舍有一兄弟特猛。大一的时候俺们爱在晚上开卧谈会。大家都是把灯一关，躺在床上信口开河。他也不知怎的无论怎么吵，他都能把头一蒙，然后一觉到天亮。暗地里俺们经常佩服他的睡眠系统果然强悍。

某日，大概就晚上12：00多了，卧谈还在继续且灯还没关，忽然见他猛地拍床而起，伸出了四个指头，大吼了一句："对你们几个我只说四个字—没道德没修养！"说罢，他又一个个掰了遍伸出的四个手指头口中念念有词："咦？好像是六个字。"说完这句又轰然躺下蒙上了头。俺们大家呆呆地目击这发飙的全过程，差点就没全从床上掉下来，笑死俺了。

☆我宿舍一哥们，嗜烟如命。今晚蛋尽烟绝，出门买烟未遂，大为郁闷，回到宿舍踱了几步，决定自己卷烟。过了会儿，只见他吞云吐雾。大惊，问抽的什么烟？他深深地吸了一口，说："哥抽的不是烟，是人生。"

我一看，桌子上的人参片儿没了半包！

☆宿舍内，外寝室人士破门挑衅，吾方振臂高呼："关门，放狗！"忽见一兄弟暴喝一声，猛扑上去……

☆一次，和寝室室友斗嘴，他说不赢我，就骂一句："你是我爷爷的儿子！"

全寝室在1秒的安静后狂笑！

他急忙改口："你是我儿子的爷爷！"

☆寝室在6楼，爬上来后发现钥匙未带，下楼问阿姨拿，再爬上来开门，下去还钥匙，再爬上来，发现门紧闭，隔壁一同学经过，问曰："看你门没关，我帮你关了。"

☆宿舍老四下床找了半天拖鞋，没有，问大家："为什么我的拖鞋哪里去了？"

☆我一寝友，肥胖，爱吃，吝啬，爱睡，且睡觉打鼾。昨晚凌晨，我由于没吃晚饭，肚子造反，遂下床觅食。问其他两室友，有无吃的，答曰：无。并说，打鼾的哥们有面。我就走到他床下，很短路的问正在打鼾的他，我拿你一包面啊，如果同意，你就打个鼾表示下同意。没想到，我刚问完，那哥们的鼾声戛然而止。我那个汗啊，一包面而已……

☆一个同学，他的电脑每天早上会自动开机（估计是因为宿舍里早上来电的时候一瞬间冲开的）。结果他老人家拿了一个符贴在了电脑上。

☆高中一同学说梦话："爱妃，爱妃，不要离开朕！"

我石化……

过一会儿。

"堂堂大国就这么灭亡了，朕不甘心呐，朕不甘心呐。"

我直接崩溃……

☆我们以前宿舍有个娃（男的），老实的有点当（笨），而且有时候傻的可爱。有一次晚上熄灯后，大家又在聊天，他就讲，等老子有钱了，就找三个女生。我们口味就被他调起来了，问他说然后呢，只见他镇定地说，打麻将……

☆大学宿舍里出现频率最高的话：

1. 我明天要好好学习！

2. 我再也不玩游戏了！

3. 开门啊，我没带钥匙！

4. 谁去食堂？（下一句是：帮我打包）

5. 谁借我点钱呀？

6. 今天有没有点名？

7. 明天考试了，你坐我前面啊，我给你占位置。

8. 兄弟多少级了？

9. 甲：吃饭去不？乙：去。甲：给我带一份。

10. 甲：今天有什么课？乙：我也不知道。

11. 甲：做完作业了吗？借我抄一下。乙：我也在等别人的呢！

12. 打牌啊！一缺三！

13. 兄弟们，生命不息，睡觉不止啊。

14. 走，打球去？谁拿我袜子了？

15. 兄弟姐妹们快快快，开始点名了。

16. 问："×××什么时候考试啊？"甲："好像还有几天吧。"乙："就明天考试。"丙："不会吧，我还不知道考哪科呢！"丁："啊？你们昨天没有去考试吗？"晕倒一片……

17. 今天星期几？

18. 甲："你快起床，要迟到了！"乙："我今天不去了，帮我点到啊，写张请假条也行。"

19. 今天圣诞节啊，我们聚餐吧！今天母亲节啊，我们聚餐吧！今天儿童节啊，我们聚餐吧！今天教师节啊，我们聚餐吧！今天好冷啊，我们聚餐吧！

☆我同学说："我搁的洗衣粉太多了。"

另外一个："什么？你哥的媳妇儿太多了？"

☆我以前打电话给男朋友他们宿舍，结果不是他接的，有点不好意思，就胡编了一个名字，说："×× 在么？"想假装找错人就完了！对方迟疑了一下，说："你等等啊，我给你叫去！"

我当时就晕菜了！赶紧吓得把电话挂了！后来问男朋友，他说他们对面宿舍一男生叫我编的那名字……

☆大学时交了一个BF（男友），才交往不久，所以没去过他的宿舍。一天有急事去他宿舍找他，一开门发现除了他全宿舍都在，因为与他们宿舍人不太熟所以有点小紧张地问他的去向。

可不知道怎的，就脱口而出："我男人呢？"

全宿舍沉默10秒钟，我夺门而出。

☆宿舍哥们暴强，一日发现蚊帐里有只蚊子，忙活抓了半天没抓到，哥们叹口气说："妈的，饿死你！"然后迅速把蚊帐收了起来，忍了好几天没挂蚊帐，最后终于把蚊子给饿死了，我们那个汗呀！

一日他又发现蚊帐里竟然飞进一只苍蝇，跟我们说："我非弄死他。"我们说："苍蝇可是耐饿呀，看来你是熬不过他的。"

"你们看吧！"这人抄起一本小说钻进蚊帐，封口。边看小说边不停地挥动扇子，就是不让苍蝇落地，结果两个小时后，苍蝇终于飞不动了。他凑过去捅了捅苍蝇说："飞呀小样，爷书还没看够呢！"

☆一天，我来寝室找MM，却听见MM说："我好爱你啊。"气得我一脚踹开门……原来MM是对心爱的哈巴狗说。我倒。

☆一位同学苦苦追一位女同学好长时间，在写完第九十九封信后，女同学回信一封，上书"61"两个大字，别无他言，该生不解，反复思考，不得其义，于是问本宿舍爱情专家，专家释曰："61，乃音乐系女生所作，用音名求其义矣。"该生读之，乃明其义："拉！倒！"

☆初六晚上11点，情人节就要过去。今年又是我独自一人过的，正在郁闷时，宿舍门响了，我慢吞吞地去开门，没想到站在门口的是我心仪已久的他，我立刻心潮澎湃，激动不已。只模糊地听他温柔地说了句："这个送你吧！"我无措地接了过来，不知该说些什么，眼中泛着泪花。他又接着说："我今天特倒霉，这么一大把花都没卖出去，便宜你了，小鬼……"

☆一日下午，觉得很困。于是到水房洗脸，刚进水房就看见我朋友猴子正跟一盆衣服进行猛烈的战斗。看他洗的那么认真，我打了声招呼，就在他左边的水龙头下开始洗脸了。

完事之后，我一抬头，这家伙不知什么时候窜到我左边，洗起另一盆衣服了。当时真是佩服得五体投地，洗衣服都洗两盆！

我吃惊地看着他，刚想说话，他忽然转过头，哭丧着脸说："刚才洗错衣服了！"

☆我比较懒，不到迫不得已很少去洗衣服，有时候T恤、袜子等一次买一打，直到穿的不能再穿时就直接扔掉。

一次，一双袜子穿的太久，前面破的整个脚都能露出来。晚上睡前对面同学看到便问："好个性的护腕，在哪买的？"

晕！第二天立刻扔掉那双袜子！

☆最厉害的是寝室老大，一件外套能穿一个冬天，成功地解决了天冷洗衣服不方便的问题。于是我们向他请教秘诀。

"我的是那种正反都能穿的外套啊，"他解释道，"一面穿脏了就可以换另一面啊。"

"那另一面也穿脏了呢？"我们继续问，"外面的另一面穿脏时，里面的那一面差不多就干净了。"

"为什么呢？"我们不解。

"因为里面的那面在毛衣上擦干净了啊……"

汗……晕倒一片，大寒。

"那样的话毛衣不就脏了？"我们继续追问。

"毛衣脏了不要紧，反正穿在里面看不到。"

再晕……大汗……巨寒。

"就这样翻来覆去，直到里面、外面、毛衣上都脏得不能再脏的时候，怎么办？"我们打破砂锅问到底。

"不用担心，到那个时候，冬天早就过去了……"

狂晕……瀑布汗……无语……暴寒……

这种话在男生中虽然是司空见惯，但也能让人听的6月发抖，腊月出汗。

不过这些比起脏就算不得什么。

男生一懒，必定会很脏，我便是。

☆老二也挺强，情人节那天去看电影，回来之后一直哭丧着脸，询问得知是被GF狠骂了一顿，再问详情，原来是在看电影时，老二买了些零食跟GF边看边吃，一会儿吃完以后发现没带纸巾，老二一摸兜说好像有个手帕，遂拿出给GF，GF擦擦手后又擦擦嘴，感觉有些不对，电影院内太暗又看不清，GF总觉得心里别扭，拿来老二的打火机一照发现那哪里是手帕，根本就是老二的一个臭袜子……

汗……老二有在教室等公共场合脱鞋光脚的习惯，而每次都是把袜子塞在裤兜里……

最厉害的还是老大。一次在寝室大家比脚

臭，老二脱下袜子以后，都可以看到有蒸汽从脚上飘出，满座哗然，全室皆瞠目结舌，叹为观止，只剩下上铺一直默不作声的老大，他不慌不忙地脱下袜子，把脚往外一伸……

也能看到蒸汽一般的气体，不过不是往上飘，而是往下沉！天……那是什么成分啊，比空气比重还要大！

顿时那种味道弥漫了整个寝室，怎么形容呢，就像是猛地掀开了隔年的腌菜缸再加点臭豆腐的味道，顿时全体自愧不如，整个寝室全线撤退……

☆某夜，寝室卧谈持续至凌晨三点，突然想讨论一个问题："碰到一个漂亮姑娘，首先该说什么？"

某君从梦中惊醒，曰："别说了，咱们快睡吧！"

☆大一入学时，同寝室的相聚到一起，都喜欢聊聊天，吹吹牛。我们寝室也不例外。话说，开学第一天，我们寝室的一到齐，几人就围坐一起，准备开聊……

刚坐下，一个人就"不失时机"地放了一个屁……我们都有点尴尬，不知说些什么好。

还是室长灵机一动，拍着"放屁者"的肩膀亲切地问道："听口音不像本地人呀……"

☆一日，寝室里的几个同学正在闲聊，突然，进来一个同学W问道："你们寝室的机子有没有ACDSEE？"刹那间，众人的耳朵都竖了起来。"我这有几张pictures想看一下。"

W话音未落，众人就挤在电脑前围坐一团。只见，W插进光盘，调出ACDSEE，选打开文件后，稍顷，徐徐映入眼帘地赫然是一张张电路图。

☆室友肖某闲得无聊，好不容易背了个书包到教室看书。在旁边占了个位置。时不时来几个男生，问："有空位否？"

他就摇头示意："没有。"于是他们只好半信半疑地离开了。好不容易等到七点多，来了一位亭亭玉立的女生，他忙把书包挪开，让出一个空位。可只眼看着她向另一个方向走去，坐在一个还算英俊的小生旁边，原来那个是她男朋友。肖某叹曰："今天晚上看书又没有心思了！"

☆同寝室一女生睡上铺，天天床上支起一小桌子，在上面用电热锅炒饭吃。于是乎，她的下铺总能收获一堆虾壳、骨头、饭粒等。幸好我只是她斜对面铺。

☆我们寝室有个人，半夜三点会坐起来大叫起床，然后倒下睡。第二天什么也不知道……

☆据说有男生宿舍的袜子，那种踢足球用的袜子吧，很长时间不洗，于是成了靴子！

☆我们寝室上铺是床，下面是桌子衣柜的那种，住4个人，当时我们三个都有电脑。晚上10点时候，另一个人上床躺着躺到10点半，就从她床上把头伸下来轮流对我们哭，先左边45度然后是左边135度然后是仰头90度，我们三个没有一个漏下的……

☆我寝室一兄弟，有两个盆子，除了颜色其他一模一样，开始我们都以为是一个洗脸一个洗脚。之后才知道，其实是一个洗脸＋洗脚，另外一个是泡面专用……

☆我原来有一超级喜欢闻鞋油味的舍友，每天极其殷勤的给大家刷鞋，然后拿着鞋闻个不停，这个好像还不错……

☆我宿舍也有个很恐怖的，天天拉着帘子，不知道在里面干吗，帘子外面贴着一张符（驱鬼），也不开灯，有时候走过，真是毛骨悚然……

☆我们有个同屋，每天躲在自己的帐子里吃生鸡蛋拌洋葱，还偷偷把我们说的话的时间和具体内容都记下来，并且给每个人都编了代号，比如某某是三角，某某是正方形，然后把所有的都联想到自己身上，总结下来就是我们总在用暗语说她的坏话。并且她把这些记录都贴在写字台上，还此地无银地再贴一张纸盖上。

☆学校男生女生宿舍之间有道铁门，常年上锁，一哥们半夜梦游跑到铁门处，一边摇门一边大喊：放我出去，我要写作业！

☆朋友寝室一个男生喜欢说梦话，都很像电视剧台词的那种，有一次他突然从床上坐起来，闭着眼睛深情地说："不管怎么样，我只希望你幸福！"然后没睡着的其他三个人都快笑抽了。

☆说一日早上一大哥醒来，发现被蚊子咬了一个包，于是便关好门窗，拿起杀虫剂猛喷一通，完事后得意扬扬将宿舍门关上后离去，但与他同宿舍的另一位本想多睡一会儿再去上课的同学因此昏睡了一整天……

☆我们宿舍的人都还好，就是有一个人老爱说："我就是有钱。"然后还爱洒钱，就是拿一把钱一下丢在空中，被我们大家捡了以后，又求

爹爹告奶奶的叫我们还给他，无语……

☆在寝室聊八卦，一同学一边和我们聊天，一边用手剥手机充值卡的密码，越聊越起劲，等她回过神来，充值卡的密码那一条已经被她剥穿了，后来她用巧夺天工的手艺把废纸屑里密码刮了出来，还充值了。

☆大学的宿舍里有个哥们爱说梦话，有天晚上我正起来喝口水，谁知他突然大吼了一声："喂！"吓得我把杯子打烂了……

某天晚上，又继续说梦话，喃喃地说："其实……其实……我……怀孕了……（略带哭腔）"

☆大一时一哥们在学校移动营业厅充值，看上了排在他前面的一个美女，充值的时候要报号码的，于是那MM报号码的时候，他就偷偷地拿着手机记了下来，回到宿舍，鼓起勇气，发了短信："交个朋友怎么样？"

"你是谁啊？"

"我是今天站在你后面充话费的。"

"噢，不好意思，今天是我女朋友帮我充的。"

全宿舍爆笑……

☆自从宿舍里装上电话，我们就变成了"君子"，君子动口不动手，当然更懒得动腿，有什么事宁可花点电话费，也不愿出门走动走动。我们屋有个小伙儿叫李雷，暑假找了份工作，在一家网站做程序员。昨天他上班去了，有人打电话找他，我接的。我说："李雷不在。"对方问："他回老家了吗？"我说："没有。"对方说："那你告诉他，我是他同学，你让他回来给我打个电话吧，电话号码是××××××××。"我拿笔记了下来，后来我才知道，其实那是斜对过宿舍的电话，跟我们不太熟。

晚上李雷回来，我跟他说了电话的事，他说大概是高中同学打来的吧，于是就按那个电话回了过去。李雷是陕西人，电话一通他就问："请问你们这儿有陕西的吗？"接电话的人说："我们这儿没有，我们对门倒是有一个，你等会儿啊，我给你喊！"

马上，就听到楼道里大喊："李雷，过来接电话，你老乡！"

李雷愣了一下，跟我们屋老三说，我过去接个电话，这儿你帮我盯着，如果通了，就说我一会儿就回来。李雷过去了，老三拿起电话。没过几秒钟，里面就传出："喂，喂。"的声音，老三马上说："他出去了，你等一下啊！"

然后推开门就喊："李雷，这个电话通了，赶快回来。"李雷在那边等了会儿，见没反应就

挂了，回屋从老三手里接过电话，只能听到挂断后的"嘟嘟"声。"奇怪！"他郁闷地说，"怎么都没人接呢？"

然后他拿起记号码的字条，再次拨通那个号码："你们这儿有陕西的吗？"

☆一个平时在寝室受尽凌辱的男生，半夜喊出一句："坦克来啦！"据查实，真的是梦话。

☆还有一个是听女同学说的，寝室里一个女孩子半夜突然说出："两块面包，两个帅哥，面包变质了，帅哥不见了……"寒啊……

☆高中同学，一GG，半夜突然坐起来，大叫一声："看我一枪打死你！"然后躺下继续睡觉。

☆我同宿舍的一女同学减肥期间（大部分身材正常的女人的通病）夜半忽然喊："我要吃红烧肉，我要吃红烧牛肉，我要吃红烧排骨！"我差点没掉下床……

☆我高中同学，军训时，夜半，边用手捋自己头发边说："完了完了，掉沟里……"

☆以前听寝室哥们告诉我，半夜里我突然说道："我的工商密码是……是……"结果"是"了好久都没"是"出来，把那两个哥们急的。听后偶巨寒……马上出去把密码换了。

☆记得以前追一个女孩，管人家要电话号码，怕忘了就嘴里不停的絮叨。没想到晚上睡觉在梦里也絮叨，结果让我老妈听到了，第二天就打电话找到那个女生。搞的女生再也没理我，郁闷……

☆"大不了老子上山打游击去！"这是我们隔壁宿舍一个很勤奋的同学半夜突然吼出来的，吓了他们一大跳，第二天全班男生和女生都知道了，不过他自己不知道……

☆上女校的时候睡在我斜上铺的一同学突然坐起来然后高举双手说："下吧，下吧，我要开花！"

☆偶军训的时候，偶们住上下铺。一天晚上睡觉的时候偶值班，结果听见偶一个同学说了一句："向左转！"
然后听见一声响，那家伙从上铺摔下来了！

☆一日寝室里老大正在下铺狂练CS，突然床铺狂晃，只见老二在上铺左翻右滚，对着墙壁狂拍猛打，嘴里还喊："我不要！我不要！我不要！"最后"咕咚"一声，好像膝盖撞墙上了，一声"啊"的惨叫就老实了……

☆大一的时候，偶一同学半夜起床嘘嘘，（他是睡上铺的）刚爬到一半，睡在对面的人大叫一声："小心！"吓得偶同学在梯子上呆了半响，后来才发现是那人说梦话呢。

☆一大学同学晚上说梦话："我登上月球了！CHINA！"俨然一爱国人士！

☆我们在部队里军训一个月，天天伙食控制得很厉害，有个哥们半夜里大叫一声："那块红烧肉是我的，不要抢！"

☆大一的时候，深夜！其他人都睡了，我一个人在玩电脑，突然一人坐起，平静地说道："那花儿朵朵绽放……"
把我吓坏了问了句："你干吗？"
他就倒下去了。一会儿他又坐起来："那甜蜜好似蜂糖……"

☆偶教书的时候，还是住集体宿舍，有一新来的哥们，晚上说梦话，把一道几何证明题完整的讲了一遍，末了还问："会了没有？"

☆上大学时有一上铺夜里梦话全是英语，过了一会儿，没动静了。下铺于是就说了句："Repeat Again"大约五分钟后，上铺就又开始英语梦话了。寒！

☆小时候怕鬼，跟哥哥睡在一起。半夜起来上厕所，突然听到哥哥说："给我乖乖躺下，不听话把你卖到河南去！"吓得我几天不敢跟哥哥说话。

☆当年，晚上坐起来，咬字清晰，十分镇定地说出这样一段哲言："如果一个人的快乐是建立在别人的痛苦之上的话，那么这种快乐就显得更加直接而且夸张……"说完，把自己吓醒了，可是，那句话仍然清晰的记在脑海里，于是马上找出笔，记下……

☆记得大学时一次临近考试，我与一同学（A君）挑灯夜读。正当我们快要支持不住时，忽然床上一人大叫A君的名字，我们回头却不见他说话。正当我们转头回来时，他又大叫："A君！"
于是A君回头说："干什么？"
谁知道他回了一句："你个傻冒！"
要不是他真的在睡觉，我估计他以后都没

机会睡觉了。

这后来成为我们年级最强的梦话。

☆那段时间我最好的一个兄弟比较喜欢下象棋，有天晚上睡着了，他室友在旁边看书。突然听他嘿嘿嘿笑了几声，然后大喊一声："将军！"

他室友知道他在说梦话，头都没回接口道："那我支士！"

那家伙马上就说："我下马将你又如何？"

他室友："出帅。"

兄弟："我沉炮将你又如何？"

他室友："那我上相！"

兄弟："老子的车摆在这里好久了你还敢上相，你棋都看不到这下个P啊！"

他室友："那你赢了……"

我兄弟又嘿嘿嘿笑了几声就继续睡了……

☆高中时，寝室里有个读书较用功的，半夜突然起身说道："当那棵大树轰然到下的时候。"然后就"砰"的一声躺回去了。那时候我们都还没睡着，被他吓了一跳。

☆偶在大学的时候夜里看书，偶上铺的PP忽然狂踹床栏杆大叫："你给我跪下！"

偶正惊讶时，对面的上铺回叫："不，我不跪！我是老爷！"

然后，万籁寂静，偶暴寒，狂抖，不敢上WC（意为厕所，当时在看《一只绣花鞋》）。

最让偶气愤的是第二天两美女都说我是看书出现的幻觉！

☆某同志在半夜大叫："现在时间，早上9：40！"我一看，已经凌晨2点了。

☆我同学有一次睡觉的时候说："胖阿姨，来一份红烧大排，青菜底。"

☆偶唯一一次记得自己有说梦话的情况是那天晚上梦见跟一死对头打架，偶嘴里挤出一句："你给我去死！"然后一个樱木花道的头锤向梦中的那家伙的脸撞过……可是偶是脸对着墙睡的……"咚！"于是整层楼的同学都醒了……偶躺在床上不敢出声，晕乎了好一阵儿……

☆大一住校，下铺的家伙在那里说梦话作高数题，整整做了半个小时，差点下去揍他。最KB的是他第二天上课的时候说高数老头的一道题目好像在哪见过……

☆大学时候对面铺的兄弟常说梦话，还会唱歌，嘿嘿嘿地傻笑……最滑稽的是，有一回突然坐起来大声说："老婆！打球去！"结果他上铺的兄弟在睡梦中接了一句："好啊！"偶们几个在打牌的都笑翻了……

☆大学的时候，同宿舍一同学经常三更半夜一声夺命狂呼，每次其他人都被他这一叫吓得够呛。还有一同学，好玩游戏和踢球，也经常说梦话，说什么："瞧，进球了！关羽带兵三千！"

☆大学时候，对面铺的一条大汉梦里唱歌："你那美丽的麻花辫……"

☆话说我们寝室有一人极爱睡觉，鼾极大！有一次晚上突然没打鼾，我狂喜……然后到凌晨2点多，只听"轰隆"一声！整个宿舍的人都醒了，原来他把脚边的书柜踢倒了，书压了他一身。然后就听见他翻了个身说了句："你们脑子有病！"众人无语，继续睡。早上5点左右时他醒了，先是"咦"了一声，然后破口大骂是谁干的！众人一起晕倒！我一辈子也不会忘记……

☆CS时，我专打一个人（因为有仇）。结果有天他们屋的一个人告我他昨天晚上说："王×在哪？让我拿刀捅了他！"吓了他们一跳……

☆一次夜半看书，对面床的MM突然坐起，直勾勾地看了我十秒钟，点点头说："嗯，好。"我问："你要干吗？"她哼了一声就睡下了。

☆大学的时候，偶一同学国际金融没考过，晚上坐起来大声说梦话："中国的教育就是有问题！"

☆同宿舍一哥们，上铺，一日，床边挡板坏了，睡觉之前担心地说："晚上不会掉下来吧？"半夜，突然"扑通"一声，此君坐在地上，裹着被子，自言自语道："哎呀，还真的掉下来了……"

☆大学夜里忽然醒来，看见一个人影，站在老三床前晃来晃去。开灯！是隔壁寝室的老六，摸着我们老三的脑袋。嘴里在念叨："瓜熟了，瓜熟了。"后来我们睡觉再不忘锁门……

☆我们寝室才绝呢，一个人半夜突然喊了句："救命！"另一个人回道："这么晚谁喊救命？"然后两人继续呼呼大睡。

☆上学时，偶一同学睡梦中恶狠狠地咬着牙说："看什么看，找死呢！"

课堂上的经典口误

☆有一天外面下大雨，老师满脸雨水地走进教室，在讲桌前不知道找着什么东西，找了一会儿就问前排的同学："我擦纸的脸呢？"

☆有个小学的同学叫王玉龙，书画比赛获奖，结果贴出来才发现名字写成了王王龙……

☆上语文课的时候，课文是说环境的危害的，说到什么什么泄露了，污染严重什么什么，说到动情之处，40岁的语文大妈愤怒地拍台大声呵斥道："你们人类啊！就不知道保护环境！"当时我们全部石化了。

☆高中要求穿校服，我们男生有时候只穿校服上衣。有一次上课，同学校服穿的不整齐，班主任大怒："没穿裤子的都给我站出来！"

☆学《孔乙己》的时候，老师让同学读课文，同学读，孙己乙……

☆还有，《烛之武退秦师》里面："佚之狐言于郑伯曰……"同学当堂背课文："一只猴言于郑伯曰……"

☆我们学前班有一个男生叫王鹏，有一次画画交作业，他的名字太胖了，就把这三部分拆开竖着写，变成了王月月鸟，后来二班的老师过来问你们班谁叫王月月鸟……

☆老师说："线段 a 是线段 b 的一半，那线段 b 是线段 a 的多少呢？"
全班皆静，候高论，半晌后，老师说："线段 b 就是线段 a 的两半！"

☆一次，教育局领导来学校视察课间操，结束后，本应由体育老师宣布"解散"，但一时情急，忘词了，他憋了半天，大喊一声：撤退！

☆数学老师："你们太笨了，智商都是负的，我的智商是你们的一百倍！"

☆初中的时候，一次上课把窦娥冤的窦读成"卖"娥冤。全班爆笑，我还不知道为什么！

☆一同学在下面闹，我们老师说："你给我站到黑板上面去！"高难度啊……

☆高中的代数老师："说话不许出声音。"

☆高中一化学老师兼教导主任做题时故意做错，然后让某同学找出其中的错误。该同学艰难地答出之后，老师赞许而很严肃地说："很好，你看出了老师的破腚（绽）。"众皆木然，下课后，老师刚走出去，全班哄堂大笑。

☆我们上初中时，规定升国旗时要穿校服，结果总有一些人没有穿校服或者是只穿裤子或者是上衣。每次升旗之前校长都拿着一个扩音喇叭在那里喊："有的同学不穿上衣，有的同学不穿裤子，有的就干脆上衣裤子都不穿！"

☆初中语文课的女老师刚从师大毕业，什么都好，就是喜欢突击式地抽同学上黑板默写名词解释。方法是：老师口述某个词，同学默写，并加解释。记得有一次，抽到一个不爱听讲的男生。老师一遍一遍地重复念"间或"，那男生抓着头皮在黑板前熬了好几分钟，突然刷刷刷地写下：贱货：下流坯，不是好东西。全班爆笑，女老师气得面红耳赤，一句话都讲不出。

☆上初三的时候，有个化学老师长得挺漂亮的，有一天上氧气排水法，她说导气管，说成导屁管，全班爆笑！

☆我以前的数学老师，有一次上课的时候一边画图一边说："这是 X 轴，这是 Y 轴，我在这儿放一个 P！"

☆有一老师通宵打麻将，见黑板没擦，大怒："今天谁坐庄啊？黑板都不擦！"

☆班主任手中拿着一支笔："请问这是谁的所有者？"

☆英语老师说："大家在浪费时间的同时，一定把它利用起来。"

☆数学老师用红粉笔把负号描重，然后说："大家一定不要忘了把这个负号丢掉。"

☆物理老师："比如太阳在月亮里穿梭，参考物是……"

☆语文老师："愿意改不愿意改拉倒。"

☆班主任："英语老师让大家中午1点20分到校，请大家尊重这个时间。"

☆班主任："你眼神儿怎么长的，这都看不见？"

☆化学老师："这道题曾是两千零零年的考题。"

☆语文老师："这道题错了的同学回家照照镜子，看看镜子里那眼睛长没长人。"

☆英语老师："找出这道题的重点要求，然后把我画下来。"

☆家长会上，班主任："我有一个妹妹，我妹妹比我小。"

☆在走廊上厕所的同学请马上回到教室！

☆不许踩栏杆，跨草坪（难道我们会轻功）。

☆看你们这头发弄的，男同学不像女同学，女同学不像男同学！

☆同学们不要在走廊上吃瓜果皮核。

☆我亲眼看到一个男同学和一个女同学在麦当劳吃肯德基。

☆五点前一定要让同学们把学校放学。

☆高三的某个女同学，对自己的耳朵进行扎耳眼。

☆有的同学在自学课不学习，在那发手机。

☆自习课上，同学们不许干任何与学习有关的事。

☆同学们，你们的父母是很爱你们的，因为他们都是你亲生的。

☆一个高三同学在咱学校考200多名，他到了别的学校就是500多名。

☆有的同学上课不学习，看哈里·波特写的书（书名叫《JK 罗琳与火焰杯》）。

☆这件事早晚会大相真白的。

☆到2050年，每四个老年人中就有一个老年人。

☆我们二十四中的同学，将来都是要上清华大学，北大大学的。

☆你敢在我面前耍猴，你能耍得过我吗？

☆老师鼓舞高三同学说："祝大家心想成功！"

☆上课睡觉，跟老师顶嘴，这不是一个高三学生所能够做到的！

☆你信不信你再给我作，明早你那个桌子就不在学校念了。

☆看节目的时候，同学要热情，但不能倒喝彩。

☆她高考考了661分，加上10分的加分，就是617分！

☆我们要共同努力，打造历史的二十四中！

☆上大学时，一老师讲课，讲到一种新型的材料，说："这种材料的性功能是旧材料不可比拟的……啊，不对，是性能和功能……"

☆政治老师有一次讲课的时候说："下面我举个比方。"然后觉得不对，又说："打个例子。"

☆当年我们在上数学课，一个同学老乡来找他，那同学出去以后，我们数学老师愤愤地说："以后上课时间不得接客！"

☆小学老师在公开课之前"抚慰"我们紧张的心情，说："大家不用紧张，进了课堂不要东张西望，台下坐的还不都是人，不都是长着两个鼻子、一个眼睛嘛！"

☆ 英语课，老师："Good morning, teacher！"
学生："Good morning, student！"
全班哄堂大笑。

☆初中时我们数学老师姓蒋。一次自习问他问题，开口想叫老师，想了001秒又想叫蒋老师，结果一开口：老蒋！

全班同学爆笑，偶巨寒！

☆高中的时候，老师让我的同桌朗读课文，此女历来以朗读生动见称，那天也是同样抱着课本抑扬顿挫的朗读：

原文是：他坚守着暴风雪中的哨岗，手中紧紧握着一支钢枪……

我们听到的是：他坚守着暴风雪中的哨岗，手中紧紧握着一支钢笔……

全班一阵沉默，老师笑倒，之后同学倒……

☆高中德育处主任在一次全校报告会上，义正词严的批评一些违反纪律的男生："不以为荣，反以为耻。"笑倒一大片！

☆上高中时，课堂纪律混乱，老师一怒之下揪起×××，说："×××，你给我站墙上去！"

全班暴寒！

☆上初中的时候，老师要我们对自己评价一下。

我就说了句："饭来伸手。"

我的同座接了句："衣来张口。"

大家爆笑！

☆老师威胁不听话的学生："老虎不发猫，你当我是病危呀！"

还有学生，看到被老师点到念作文的同学，特别羡慕，总盼着老师也能让自己念一回。机会终于来了。"某某，把你的作文给大家念一下！"

学生"腾"地一下站起来："《我的老师》。老师，我多像你的妈妈……"

☆我们语文老师：请大家把书翻到 120 块钱……

全班皆晕，后这位老师得绰号"财迷"。

☆英语老师教语法，下课前问大家："我都讲完了，大家还有明白的吗？"

我们齐声答："没有了！"

☆我们的高中班主任又一次怒斥我们上课不好好听讲，说道："你们以后再这样，就别怪我翻脸不是人了！"

☆数学老师招牌动作：举起两根手指，对同学们说："同学们，学好数学关键就是三个字：多做练习！"

☆大二上 FoxPro 课时，一个老师开始点我们上课有多少人：1，2，3，4，5，6，7，8，9，10，勾……（突然停住了）

估计昨晚打一夜扑克了。

☆刚上课 10 多分钟，我同桌就举手说："老师我想上厕所。英语老师很不高兴地说：都多大人了还上厕所？"

☆印象里，小学时的班长极其严肃，一次自习课，教室里人声鼎沸，班长维护了几次秩序之后终于忍无可忍，站起来一拍桌子怒吼道："谁再吵，把他嘴打断！"

全班肃静……

☆下午闷热，上化学课时，一半同学倒下。化学老师说："不要睡觉昂，天冷该感冒了！"

全班顿时苏醒，爆笑！

☆考试的时候，监考老师说："都看看卷子有没有残疾？"

☆课堂吵闹。班主任火了大叫："把你们的屁股嘴给我闭上！"

☆化学老师发着烧给我们上课，她说："泡泡糖（葡萄糖）可以喝的！"

☆班主任上课说："外面下雨了，体育课不上，上胎教（外教）！"

☆该考试了，自习课物理老师来上，班主任说："等会儿你们物理老公来！"

☆一次我们在上课，我听见我同桌对后座说："我嘴上的痔疮怎么这么疼？"

☆一天上课时，老师兴致勃勃地举例子："比如，抱着孕妇的小孩……"

☆数学课，老师让一个学生起来背公式："两条直线，不是平行就是相交。"

结果同学紧张背成了："不是苹果就是香蕉（相交）！"

全班狂笑！

☆一次，老师让同学们谈谈父母对我们的养育之恩，我们班一个同学回答："父母一把屎一把尿的把我们喂大！"全班爆笑。

☆一天，英语老师喊了英语课代表，本想喊李云飞，结果喊成了李云龙！全班沉默2秒后爆笑。

☆上小学时的一天，小学老师竟对我说："帮本子拿下老师！"

☆一次上课时，一同学读课文："江山如此多娇，引无数英雄竟夭折。"

☆我老师说我们要增加营养，本来说："你们每天让父母给你们煮个鸡蛋。"但一着急说成："挤个猪蛋。"

☆语文课做阅读分析，老师本来要说："伽利略为什么没有放弃呢？"结果说成："伽利略为什么没有放屁呢？"

☆历史老师讲民族大融合的时候，叫我们班一个叫熊萌的女生回答问题，然后对那女生说："匈奴啊，你下课到我办公室来一下……"暴汗……

☆记得小学时上课班长都要喊起立的。偶们班长可能变形金刚看多了，老师一喊："上课！"他就大声地说："变形！"
把老师都笑趴下了。
某天，班长又被叫起来念课文，可能头天晚上在家温书来着，声情并茂，感人非常。到了该煽情的时候，原文为："啊！蔡老师！"班长大人大声地读成："啊！祭老师！"我们班老师刚好姓纪。我们当场都倒下了。

☆小学三年级背诵李白的《静夜思》，偶大声背诵道：举头望明月，低头思低头！

☆我的高中老师狂逗，有一次公开课，打了下课铃后，他特别紧张地说了声："上课！"
全班全倒！

☆记得我上初中的时候是英语课代表，每天上英语课的时候，老师一进来，我就得喊："Stand up！"结果一紧张，喊成"Sit down"了，结果就我站起来了，大家都看我，然后哄堂大笑！

☆初中时候，又一次上课，老师进来，大家没看见，老师走到讲台前，敲敲桌子，大叫一声："起立！"然后班长条件反射大叫一声："上课。"

☆高中时候有一篇吕叔湘的文章，中间提到朱熹，叫一个同学起来念，此人有点口头语，张口就念："那个小（口头禅）朱嘉。"

☆中学一老师说："每个人都要吃水喝饭。"

☆中学时读课文，有一课《中途下车》，主人公叫左贯，偶起来读："佐罗。"班上爆笑，偶还茫然不知，连读了三遍"佐罗"。

☆上小学的时候，有篇课文叫《狮子与我》，里面有只狮子叫爱尔莎的，当时老师叫个女生起来回答相关问题，那女生张口就来："小狮子安尔乐……"

☆偶小时候一次吃东西吃坏了肚子，第二天给老师写病假条："老师，我昨天吃坏东西了，肚子不舒服，早上起来上泻下吐……"
寒啊，不知道老师什么感想……

☆上中学时，有一男生物老师堂而皇之地告诉我们："人体可以分为头、颈、躯干、四肢、尾。"

☆上中学时一政治老师说："我们要知法、懂法、犯法！"
高中语文老师上课的时候说："你们这是死猫碰到瞎耗子！"

☆我是一名物理老师。物理课上经常给学生讲一些老题，每每碰到这样的题我就会说："同学们这个题很经典啊，做了很多年了，年龄比你们都大啊。"
结果有一次，我想换换说法，又遇到了一个老题，我想说："同学们这个题很常见啊！"当时不知怎的，把"常"字给漏了，成了"同学们这个题很贱啊！"
全班爆笑一刻钟啊，哈哈，当时我也笑得不行了，也成了一个"经典"。

☆我们有个老师开学自我介绍：我姓王，叫王老师。全班暴汗……

校园里那些雷人的事件

☆大学"混"之N重境界：

一等：什么？明天要考高数？

超等：什么？下节课要考高数？

仙等：什么？刚才考的是高数？

天外飞仙等：什么？高数是哪个国家的语言？要求必须过四级吗？

☆以前小学的时候，生字造句。

祖国：今天我们学习了祖国这个词。

树林：今天我们学习了树林这个词。

☆老师说："快考试了，试卷已经交到印刷厂了。你们要好好复习，还有什么问题要问的？"学生："请问是哪个印刷厂？"

☆初中英语老师是秃头，一天上课，他问一同学："what day is today？"（我的头是秃头？）同学想了想回答："Yes."

☆高中毕业时候，同学给我写的祝福语是——祝你钩个金鬼婿！我还嫁不嫁了！

☆大学时代有件红色衣服，穿着去逛家乐福，被一大爷拉着问我："小姐，你们这儿有调味盐卖啊……"

☆上微机课，用VC编程，某女坐某男旁，突然某女问某男："为什么你关键字会变蓝而我没有？"男看了一下，没来得及说话，女又问："为什么我有的字会有波浪线而你没有？"男又看了看女的电脑，说："为什么你要用word来编程？"

☆某次一女生穿露脐装，被叫到办公室，一群老师批着劝着，那女生愣是面不改色心不跳。然后政教处主任只说了一句话，那女生立马哭了。他说："就你还穿露脐装嘞！你看你肚脐眼那么脏，里面全是灰！"

☆以前读大学的时候，我们楼有个女生，每天晚上回寝室把袜子脱下来，从窗口扔下去，她男朋友在楼下捡回去洗，是校园十景之一。

☆一学生携某武侠小说上册于课堂上悄读，正入神，不慎被老师发现，旋即没收并严责之。学生只有自认倒霉。次日，老师通红着眼，问学生：

"其书下册何在？"

☆高考体检的时候，我们班和另一个理科重点班的同学一起进行测嗅觉这一项，医生只要求回答酸、臭或无味。轮到重点班一纯朴的男同学，他闻完之后沉默了一会儿，说："醋。"医生汗，答："不对。"男同学又说："陈醋。"医生黑线，极力克制了一下，答："没那么复杂！"男同学表情尴尬，沉默了足有1分钟，弱弱地说了句："乙酸乙酯……"

☆话说高中时代，有一天放学，我们训导主任穿着一件很土的大衣，在学校门口倚着摩托车等他同事，结果一新生屁颠屁颠跑过去，拍拍他的肩膀亲切地说："师傅，送我去金阳光网吧……"

☆有一天，上课无聊……就拿出手机上空间偷菜，偷的正欢，就感觉同桌用手肘在顶我。我抬头一看，班主任在窗外看着我。原来，班主任菜刚熟，正好让我偷了，她看到以后立马跑我们教室来了，被她抓了个正着……

☆高中时一男同学高度近视，驼背，脑膜指数100，和女生说话一般脸上都掉红油漆那种。现在QQ上叫："女澡堂的男搓背工。"

☆高中时候，男厕所女厕所之间的墙有个小洞。一次一哥们从小洞里看去，发现对面有人也在看，却原来是教导主任。后来我们自己把洞堵上了。

☆高中的语文老师是个又黑又瘦的老头。有次上课讲到貂蝉，老头子眼睛发亮，唾沫星子直飞地说："貂蝉啊，美女啊！美啊！"众人皆倒。

☆体育老师带领全班蛙跳，结果第二天大家都腿酸得动不了。我班一女生严重得去厕所都蹲不下去，硬是被两同学活活按下去的。当时教室在四楼，下楼也很要命，我亲眼看到一女同学坐在扶手上滑下去，滑到一楼的时候，她的白裤子都灰了……

☆高中时候，我们的厕所是有门的，带弹簧，可以自己回位，但是只能往里开，不能往外开。好多人都有个习惯，开厕所门用脚踹。一般人也就是踹大约膝盖的高度，我有一同学，练过武术，大概是炫耀，或者为了保持自己的柔韧性，总是把脚抬很高，踹大约齐胸高的位置。

某天傍晚，此人去 WC，走到门前，不假思索，抬脚就踹，我们教导主任正好方便完了，拉开门往外走，于是我们的教导主任被我同学一脚标准的正蹬，踹回厕所……

☆记得高中时候上晚自习，一哥们在最后一排睡觉。突然醒了，然后把灯关了，接着睡觉。当时全班同学都看傻了。

☆同学讲她中学时候的故事。上课时一个男生趴桌上呼呼大睡，被老师发现了，老师很淡定："同桌关心一下。"这个真的是洗具……同桌脱下了自己的外套，披在了睡觉男生的身上……

☆上学的时候，我同桌特搞，有一次他上课睡觉，被老师发现了，老师说："×××站起来！"
我把他推醒了说："老师叫你站起来。"但是他瞪着老师，就是不站起来。
老师急了："×××你给我站起来！他还是不起来。"拿白眼翻老师。
老师没脾气了："×××你这样的学生我没法管。"继续上课了。
我在底下小声说："×××你真敢跟老师对着干？"
×××说："其实我想站起来，但是我腿睡麻了……"

☆上课时，后排两个男生：
A："我诅咒你以后的女朋友是咱交大的！"
B："我诅咒你以后的女朋友是咱们班的！"

☆新学期，发新书。女老师指着长得最高大的男同学说："这位男同学，跟我去资料室搬新书。"该男同学答："我妈对我说，男女共处一室，男生必有损失！"全班大笑。

☆听说，校内女厕有人偷窥，女生上厕所都三四个人一起去。一次，某女生在厕所里看见一蜘蛛，大叫。七八个男生立刻应声冲进女厕，手里拿着：木棍、钢管、扫把、铁铲……有的还拿着铅球，还有个抱了块大石头进来。狂汗！他们究竟想做什么？抱石头的男生还埋怨了句："这石头怎么这么重？"

☆学校搞活动，主持人说："男同学站在我左边，女同学站在我右边，其他人原地不动。"结果竟然真有一个人没动！

☆老师："吸烟吗？"
学生："不吸。"
"那吃根薯条吧。"说着老师递过薯条。
学生自然地伸出两个指头……
老师："不吸？回家把家长叫来！"

☆老师想让体育委员确认一下全班女生来齐没有，就对他说："你去把全班女生请一下。"体委是个小色鬼，忙问："亲哪个？"
老师说："我晓得还要你去！"

☆自习课时，教务主任走进来问班长："帮我找两个人，我要班花。"于是班长就组织全班投票评选出两名班花去找主任，教务主任说："跟我去教务处，我要搬花。"

☆班上有个男生是出名的娘娘腔，一次美术课，老师让做泥人，他喊："我要做个男的！"
同桌在边上接了一句："唉，你终于想通了！"

☆小学三年级，班上有一个聪明伶俐的学生，但是要他静下来听课却很费劲。有天他对老师说："我懂的东西够多了，没有必要继续读书了。"
老师："噢，真的？你只读到三年级，打算做什么？"
学生："教二年级。"

☆阿袁在外地学习。一天，他发现生活费已提前用完，便忙给家里拍电报求援。电报上只有四个字："弹尽粮绝。"没几天，阿袁收到家里的回电："顶住！"

☆初中数学课上，老师讲方程式变换，在讲台上袖子一挽大声喝道："同学们注意！我要变形了！"

☆拉吉卡第一次上游泳课，一小时以后，他对教练说："我想，今天是不是就练到这里呢？"
教练："为什么呢？"
拉吉卡："我实在喝不下去了。"

☆英语测验后，英语老师对课代表说："让没PASS的同学留下。"结果，课代表在黑板上写道：放学后，不怕死的留下。

☆教授叫一学生说出 10 项公民权利，该生没作答，遂让他列出 5 项，学生仍不出声，无奈教授只要他答出一项，该生答："我有权保持沉默。"

☆上课时，教授对大家说："如果坐在中间谈天的同学，能像坐在后面玩牌的同学那样安静的话，那么在前面睡觉的同学就不会受干扰了。"

☆老师："您该给您儿子洗澡了，没有一个同学愿跟他坐。"

家长："这关您什么事？我儿子是来学习的，不是送来让您闻的，他又不是薄荷花！"

☆老师："同学，如果你是老师，你最想对你的学生说的一句话是什么？"

学生默默地走上讲台，若有所思地说："同学们，下课！"

☆语法课上，老师在黑板上出了一道题目：请把"我的哥哥去学校"这句话改成将来时。老师叫汤普森上去改写，汤普森走到黑板前，迅速写道：我哥哥的儿子去学校。

☆老师让班长检查：穿背心短裤的同学不得进入教室。班长无奈地对老师说："他们都不愿意把衣服脱了让我看！"

☆一监考老师直瞪瞪地盯着一学生在掷骰子，奇怪的是那学生同一题掷好几次，便问学生为什么？学生无奈地回答："难道不用验算吗？"

☆老师宣布校内纪律："男生不得进入女生宿舍，初犯罚款10块，第二次罚款25块，都听明白了没有？"一个男生站起来问："那办月票多少钱？"

☆来到教室，老师问："是谁打破玻璃窗的？"

GG自告奋勇地举起手，老师说："为什么？"

GG说："这样看MM打球才比较方便嘛。"

☆主考人："如果莎士比亚还活着，他是否会成为一个很了不起的人物？"

学生："是的，他肯定会，无论如何世界上还找不到活400多岁的人。"

☆在一所大学的哲学系期考时，他们教授出了"什么是勇气"的申论题。一位学生在考卷上写"这就是"就交了。结果得到一个A！

☆在教室里，华仔把自己的碗伸到旁边的杰仔面前："尝尝我的饭。"

杰仔舀了一大勺喂进嘴巴里……

华仔补充道："看馊了没有？"

☆语文老师："请在'不知'前后各加一字组成成语。"

同学大声说："恬不知耻。"

老师："很好，还有什么呢？"

这时后排一个声音传来："我不知道。"

☆有一天老师在发考卷。

小美跟隔壁的小明说："我考零分耶。"

小明："我也是耶。"

小美："那这样老师会不会以为我们作弊啊？"

☆一位教师见学生递上书来，打算找一个"川"字来教他，忽然看见个"三"字，就骂道："我到处寻你，你却躺在这里睡懒觉！"

☆一同学，自己不买手纸，每每都拿我的。一次被我看见了："你怎么老拿我的？"他回答："真抠门！不就是一点手纸吗，我用完还你就是了！"

☆一日上解剖课讲肌肉组织，老师找不到教鞭了，于是从解剖台上挑出一条人的上臂，举着，指着黑板说："咱们来讲下一个问题。"

☆我初中老师讲课喜欢用投身其中："我的底面半径是20cm，我的高是50cm，那么我……"

☆学校开联欢会，同学起哄："老师也出个节目，跳个舞。"

一男生："钢管舞。"

老师不懂，还解释呢："我老了，年轻的时候还可以。"下面狂笑。

☆学校告示：两女生诚征两男生游黄山。

第二天回复：请告知你们的行李重量——两男生。

☆校园新生：留级复读的学生叫"留学生"，家里有钱的学生叫"高财生"，上课打瞌睡的学生叫"特困生"。

☆小明是班上最淘气的孩子，班主任对女教师诉苦："最让人烦恼的事是，这孩子从来不旷课。"

☆生物教授："同学们，这节课我们要解剖青蛙。"他小心打开一纸盒，盒里是一块三明治。教授："奇怪，我明明记得吃过午餐了嘛。"

☆社会课老师："谁能告诉我，在我们得到宽恕之前应该做些什么事？"一片沉默之后，一学生站起来："在得到宽恕之前，我们应该去犯罪！"

☆上课时，某同学在看漫画。老师发现了便问："你在干什么？""我在找东西。""找什么？""找，找……"邻座的同学回答说，"找借口。"

☆上初中时忘带试卷就请假去取，可是路上很无聊，就找到了班上最爱美最不爱学习的同学一同前往。我和他说我们旷课去玩吧，他说："去哪里？"我说："去我家。"他也没多想就跟我坐上回家的公共汽车。他问我："要是被班主任老师发现就惨了。"我只是笑而没有回答。我说："到目的地我会给你一个惊喜。"到了家我说："你想知道惊喜吗？"他非常兴奋地说："当然当然。"我说："我请假了……"

☆上高中的时候，语文老师讲课特别无聊，我前面的女生开始犯困，老师叫她回答问题。她站起来以后一言不发，足足站了有五分钟，全班死一般的寂静，老师很无奈地说："坐下吧。"只见此女坐下后趴在桌子上立刻就睡，我们都服死了。下课的时候，此女睡眼惺忪地转过身来，对我们说："刚才我梦到老师叫我回答问题了！"

☆上英语课，做习题，老师喜欢随机抽人回答问题。
　　抽中我的同桌，选择题，同桌站起来半天不语。
　　我以为他不会，赶快小声支援："选A！选A！选A！选A！"
　　同桌沉默了一阵儿，说："C。"
　　老师看了我们一眼，开始表扬同桌："这个同学是好样的，坚持自己的答案，虽然错了，但是没有关系，最起码下一次遇到这样的题目，你一定不会做错。"
　　然后开始讲解此题的语法，以及为什么正确答案是A……噼里啪啦说了将近10来分钟。
　　最后非常和蔼地问同桌："你现在知道选什么了吧？"
　　同桌答曰："A。"
　　老师嫣然一笑，摆手让同桌坐下。
　　下课后我质问同桌"干吗不相信我啊，我都跟你说选A了。"
　　同桌无奈地回答："我当时满嘴都是小浣熊干脆面，一说A就全喷出来了！"

☆高中时，我们班里一个猛男追一个乖乖女。
　　某天晚自习，猛男把乖乖女叫出去，半小时后俩人回来。乖乖女呈害羞+迷糊状，猛男胳膊上却有很多刀伤……
　　八卦的我们打听内幕：
　　猛男版：我把她叫到操场上，问她愿不愿意做我女朋友。她说不愿意。我就问一声割自己胳膊一下，没想到她心理素质这么好，愣是看着我自残也没答应！
　　乖乖女版：他把我叫到操场上，问我要不要做他女朋友，我不喜欢他，就说不愿意。可是他很奇怪啊，隔一会儿问一句，也不嫌烦！什么？胳膊上的刀伤？我不知道啊……天太黑了，我什么也看不见……

☆以前同学读课文，其中有一句：拿出芭蕉扇扇扇。本来停顿应该是拿出芭蕉扇，扇扇。那同学直接读成：拿出芭蕉，扇扇扇！

☆我们高中组织过一次女子篮球赛，有一女孩，在己方后场抢到篮板球，起身就往自己栏里投，未果。又抢篮板，又投，仍未果。又抢篮板，又投，中的！此时全场另外各队员加上两个裁判和场外所有观众全笑翻在地。最后比分4：0。

☆高中时，一次班主任（五十多岁的老头）上课时看到一个女生在转笔，说道："别转了，弄得我还时刻担心笔会掉下来，你说我怎么集中精力讲课？"

☆我们高中化学老师问一男同学："氨气遇到火会不会爆炸？"
　　他怯答："会……"
　　老师大喝一声："那你还敢在厕所抽烟！"

☆我在学校入团时，当时只有我和另一个女生（属于惨不忍睹的那种），我们的团支书主持的时候毫不犹豫就说："今天是两位同学大喜的日子……"其余同学笑得前仰后合。

☆一个很腼腆的男同学去食堂打早饭，窗口里那师傅问他："要点儿什么？"
　　他低着头说："我要……我要……一个包子和一个包子。"
　　那师傅盯了他半天，问："你要什么呢？再说一遍！"
　　"我要一个包子和一个包子……"
　　"哦。"
　　"不！一个包子和一个面包！"

☆上大学时，一同学和我争论问题，一时处于下风，情急中一拍桌子起身大叫："你胡说，我又不是不傻！"

☆老师在课上发现一学生在传纸条。
　　老师："把纸条拿来。"
　　学生："您还是别看吧。"
　　老师："少废话！"

学生只好把字条拿给老师，上面写着：我叫你别看吧，笨蛋！

☆老师让小王背课文《黔之驴》。小王背到"驴不胜怒"然后就忘了。

老师气得踢了他一脚，小王灵机一动："驴不胜怒，踢之。"全班爆笑。

☆老师问学生："你的考试成绩怎么不像你打篮球那么棒呢？"

学生："老师，篮球场有人合作，可考试场上没人合作呀！"

☆老师问："蜜蜂给花园增了生气是什么意思？"

一学生："蜜蜂偷花蜜，花儿就生气啊！"大家都笑了。

那学生："要是鲜花不生气，哪来鲜花怒放呢？"

☆老师："小李，你的本事真大呀，撑起咱们班的半边天了。"

小李："何以见得？"

老师："上课时你要不说话，咱班教室就安静一半啦！"

☆老师："现在请大家造一个句子，这个句子里必须有一个'糖'字。"

学生："我在喝茶。"

老师："'糖'在哪里？"

学生："在茶里。"

☆老师："你怎么迟到？"

学生："我在路上被一个强盗打劫。"

老师："他抢走了你的什么东西？"

学生："他抢走了我的作业。"

☆老师："你们注意了没有？闪电老是在雷声之前。"

学生："这是再简单不过的事了。人们的眼睛不都是长在耳朵的前面吗？"

☆老师："你的作业怎么又是你爸爸替你做的。"

学生："我本来不想让他替我做，可妈妈总是忙得脱不开身。"

☆老师："难道还有什么事情比我们咬开一个苹果时，发现里面有一条虫子更糟糕的吗？"

学生："有，发现虫子只剩下半条了。"

☆老师："广字下面加一个木字是什么？"

学生："是'床'字。老师。"

广字下面加两个木字是什么？

学生："是双人床。"

☆老师："从甲地到乙地是五千米，从乙地到甲地也是五千米。"

学生："错了，儿童节到国庆节是四个月，而国庆节到儿童节难道也四个月吗？"

☆老师："有一种东西，浑身长满漂亮的羽毛，每天早晨叫你早起，它是什么？"

孩子："是鸡毛掸子！"

☆老师："我现在所讲的责任，请你们举一个例子。"

学生："先生！我裤子上的纽扣只剩一个了，这一个纽扣，是负全部责任的！"

☆老师："什么叫做'先睹为快'？"

学生："就是……就是先看看答案，然后再来回答，这样做习题就比较快。"

☆老师："什么叫'调虎离山'？"

学生："譬如考试的时候，校长忽然把老师从教室叫了出去，这就叫做调虎离山。"

☆某天我和一女生犯错误了被叫到讲台训话，我们并排站在老师面前，只见老师怒目圆睁地看着我，骂了我半天，最后用手指着我旁边的女生说："知道了没？"

后来的后来我们才知道，这老师原来是斜眼妹……

☆我的同学上课时，趴在桌上半睡半醒的样子。老师提问："这位同学，诸葛亮的别称是什么？"

他不假思索回答道："孔乙己。"

☆有一次我去办公室，听见两个老师谈话，他们喜欢把"教研活动"简称为"活"，于是……

"杨老师，今天大多数老师都要晚些去开会，那么我们还活不活了？"女老师问。

杨老师目瞪口呆："我……"

女老师继续说："假如你不活的话，我也不活了！"

杨老师："……"

☆校规规定学生禁止佩戴首饰（项链、耳环之类）。某日中午，同学进校门的时候，被教导主任抓到，教导主任极其气愤，对那学生大声喊道：

"你！把你脖子给我摘下来！"

☆一次政治课，老师让XX起来答题，便说："来听听这位的高见！"

不知是他走神了没听课，还是怎么着，站起来后说："我的高见是……"

全班爆笑！老师便在黑板上写了两个字，说："谦虚一点儿应该是这个词！"

我们抬头一看："愚见。"

哈哈哈！全班笑的更猛烈了！

☆记得小学时候有次上英语课，老师问我们："eye（眼睛）在哪？"这时候有个同学说不知道。因为那节课有其他老师听课。老师只好提示他："你看我鼻子边上有什么？"

那同学说："一个个的小斑点点。"

老师听到，无语……

☆在学校的所有老师中，我是个子最高的。很多中、低年级的学生看到我都称呼"姚明老师"。一天，一个一年级的小男孩下课后拿着本子找到我，央求我给他签名。我嘴上虽然推脱着，心里却很高兴，原来有学生这样地崇拜和喜欢我。拿过笔，潇洒地写上自己的名字。小男孩接过本子，盯着看了好一会儿。我正得意于他欣赏我的签名呢。他却疑惑地问："'姚明'不是两个字吗？姚明老师，你怎么签的是三个字啊？"

☆一天七节课就快走到头的时候，物理老师手捧一叠考卷走进教室，一声令喝："考试！"

全场哗然："啊！（声音上扬拉长）"

老师答："除了这个声音不会别的了？"

学生异口同声："哦！（声音下降拉长）"

老师答："就没有新的词可用了？"

学生异口同声："yeah！（声音上扬拉长，且分贝颇高）"

物理老师笑答："很好，看来同学们对物理兴趣很高啊，那我们考试，大家一定喜欢！"

一学生低语："中计了！"

☆我高一的英语老师比较严格，大家都有点怕她，就给她取了个名字：灭绝。

有次上英语课，英语老师翻译一道题："这些恐龙已经灭绝了……"

顿时全班一阵狂笑，老师不理解，还问我们："你们笑什么呀？是已经灭绝啦！"

大家笑得更欢了……

☆老师不爱笑，有时本来很好笑他也能忍住。一次和一搞怪同学与老师同行上学，遇上前面一老太婆瘸着腿前俯后仰艰难地跛着，姿势大得尤

为滑稽。但老师平时教育我们不能讥笑人家，所以我也跟着老师忍。搞怪同学一向忍不住，当着我们的面学着老师平时批评他的口气，一脸严肃地说："老都老了，还装怪相！"老师终于没能忍住，"扑哧"一下笑得痛不欲生！

☆话说上初中那会，我们这电话亭刚普及，一下自习我一同学就跑去电话亭占两机子，我纳闷的不行，后来才知道他一个拨"110"，一个拨"119"，然后两话筒反接，不一会儿就传来对骂声……

☆某教授在田间授课："科学研究要不怕脏……"然后他蹲下来，用手指戳了一下地上的牛粪，然后把手指放到嘴里舔净。

一同学忙说："我不怕脏！"然后也用手指戳了一下地上的牛粪放到嘴里舔净。教授说："另外还要善于观察，我刚才是用中指戳粪，但舔的是食指……"

☆某日，A君在课上玩儿手机，被老师抓住，没收了。老师让其同桌通知A君来取手机，他马上拿出手机给A君的手机发了条短信：老师让你去取手机，快点！

☆听我们老师说的：我们学校以前叫××纺织学院，校园比较小，住宿条件啊什么的也不咋的。有个男生考进来以后，他爸带着他在学校里默默的溜了一圈儿，估计被寒碜的学校吓着了，决定回去重读。可就在该同学重读的时候，我们学校改名字了，由××纺织学院改成了×大学，同学报志愿的时候也没好好打听打听，直接填了××大学。结果报到当天，他爸又带着他在学校里溜了一圈儿……父子俩抱头痛哭……

☆学生课间去厕所，拉完发现没带纸，又等不到人，手机又欠费。绝望中他给10086打电话，请求帮助……据说那边沉默了很久，后来……他班同学上课时收到了这样一条短信：尊敬的中国移动用户你好，你的同学谁谁谁在厕所里，让你给他送手纸。详情请咨询10086。

☆课堂上老师点名："刘华！"

结果下面一孩子大声回道："yeah！"

老师很生气："为什么不说'到'？"

孩子说："那个字念'烨'。"

☆有一次下课铃响大家都要回家，下楼梯时我左脚踩到自己右脚，"啪"的以大字型的姿势摔在了路中央。我当时就想：不对，糗大了，我装晕。

结果我旁边的同学看我一动不动，赶紧扶

起我，然后左右开打狂扇我耳光……

☆小学时候每天只有几毛钱的零花钱，有一次攒了几天，好不容易买了一包五香瓜子，上课的时候偷偷的全磕了，瓜子壳全放在课桌抽屉了。

下午来上课的时候看着瓜子壳又馋了，于是把瓜子壳又放到嘴里都含了一遍，感觉味道好好啊。

下课的时候一个同学问我吃什么，我只好说吃瓜子壳，专门买的五香瓜子壳，只有壳没有肉的，就是吃味道的……结果那一个下午一帮同学围在我座位边上吃我舔过两遍的瓜子壳……

☆中学时物理老师上课讲摩擦生电说："我们冬天的时候脱毛衣。毛衣都会嚓嚓响。还有电光。但是夏天就不会这样。为什么呢？"后面的男生："因为夏天不穿毛衣。"

☆初中班主任老师喜欢挖鼻孔。一次上自习，老师进来看我们有没有好好做作业，巡视了一圈儿后对我邻座做的作业产生了兴趣，一边伸着头看他做题，一边不忘用手掏鼻孔。只听"啪"的一声，老师的一陀黑黢黢的鼻屎竟然掉到邻座的作业本上了！老师那时应该也很尴尬站在那不知该说什么好，这时巨雷的事情发生了：只见我那邻座缓缓抬起头来，看着老师说了一句：谢主龙恩！

☆语文课上，老师令一男生解释"初出茅庐"的意思。

男生答："刚才从厕所出来。"

☆宿舍四个MM等车，见路边巨型宣传广告。

MM甲随口说："一个圈里面四等分是宝马。"

MM乙接口说："一个圈里面三等分是奔驰。"

MM丙："一个圈里面三个V是大众。"

MM丁在旁边一直沉默，而后突然说："一个圈里面一个M是啥？"

众MM默然，不懂，羞愧……

MM丁："笨，当然是摩托罗拉啦！"

☆以前地理老师是个男的，特别暴力，谁一说话或走神，上来就是一拳，但不打女生，有个新来的女生不知道，还以为男女平等，有一次她上课偷着看漫画，被地理老师发现了，走到她面前来，还没任何表示，这女同学先吓的小脸煞白，高呼："非礼啊！"我们地理老师瀑布汗……

☆一日风大，自行车倒了一排，只听一同学边扶车边说："谁的奔驰压了我的宝马！"

☆高中的时候，一次下课，同学们都抢着到外面买盒饭。一女生为了比别人先到，绕了个近道走，结果前面窨井盖没盖好，掉下去！一会儿她撑着井沿往上爬，很是狼狈，一群初中生惊骇地从身边走过，她竟急中生智，一边爬一边说："哎！真难修啊……"

☆我高中的时候，中午在家睡醒后吃了两个桔子，吃完手指上黄黄的，也没洗手就直接去学校。下午和同学们在一起的时候，有个同学说："你怎么这么恶心啊，拉完屎擦手指头上了！"我说："不是屎，是中午吃桔子搞的。"说完还嗍了嗍手指。

☆上大学那会，学校通报批评了一个夜不归宿去网吧整夜上网的同学（通报是贴在木质展板上的）。第二天展板上空空如也，学校也没直接证据就是该同学撕的。无奈，只好再贴，第二天又没有了，如此反复。学校有点毛了，用特大字又写了一遍，下边还标注：再撕者开除学籍！第二天，展板没了！

☆高中时流行玩CS，那会网吧大多没有网，人们去了就是游戏。为了区分开人，也是出于恶搞心理，大家把游戏里的名字都起成了校长、副校长（张四平）、教导主任什么的名字，每天打得热火朝天。一天校长查网吧，进去，一学生看见了，忙说："郭建华来了，在门口。"我以为是说游戏里，接口："张四平，快扔雷炸死那个姓郭的，他又来偷袭了。"事后，下场极其凄惨。

☆一次我们网球队训练回来，因为小A刚刚在训练赛里输给了我们系的小Z，心怀不满，总想借机报复一小下。

当时是晚上八点，正是女生宿舍楼前热闹的时候，当我们走过时，小A突然高喊：七号楼的女生听着，我叫小Z，我是法律系的，我住在八号楼115房间，我得了痔疮……

从此小Z，成为学校里的名人，还真有女生来打听是不是真有个得了痔疮的小Z……

☆北京的夏天真是特别热，摸摸床铺都觉得烫手。一日傍晚刚凉快了一点儿，我正在熟睡中，突然感觉有点儿不对劲，猛然睁眼，正好看见我邻铺的兄弟正在拿一袜子准备放在我头上！被我一顿狂扁，并扬言一定要报复！到了当夜，大家都睡着后，我坐了起来，除了那个放袜子的都还没睡，等着我报复，嘿嘿，我坐起来在他床头摸，因为冬天的时候他用电褥子，由于不能折所以就铺在下面当垫子，我摸到插头给他插上，并且开到最大，然后大家都躺下了，没过五分钟，他就开始烙饼了，一会儿坐了起来，嘴里还嘟嘟：太热了，床都这么烫手。说着又摸摸我的，才发现我的很凉……后来大家一顿爆笑。

☆以前的时候不爱上课，总是想方设法地逃，碰巧我们的合同法老师的课也真是乏味得可以，因此他的课总是只有不到一半的人去上。他向系里打了小报告，系里派人通知我们班，下节课要检查，如果谁不去就要追究。我本想去上课，可又和GF约好去看电影，于是就试探地一个个问宿舍的兄弟今晚去不去上课，答案都是去，当然他们问我，我也说去。结果……当天晚上全班一个人也没去上课，把老师气冒了烟，再后来，我们全班被罚加课。

☆一次醉酒，两个兄弟聊天，不知道因为什么争论起来了。
甲："你再废话，我拿板凳砸你了啊。"
乙把头伸过去："砸！你砸！你不砸是我儿子。"
甲拿起板凳，"哐"地砸乙头上了，然后两人坐下继续喝酒，我们昏倒。
第二天乙睡醒了，摸摸头说："我今儿个头怎么这么疼啊。"大家爆笑。

☆因为经常逃课，老师都不太认识我。大三上学期期末时，为了应付考试，在知识产权法串讲时特地到教室准备划范围。没成想刚坐下，就被老师叫了起来："喂，这位同学，我们这里要做考前辅导，你如果上自习请到别的教室。"

☆前几天和同学一起打CS，回去的时候还一路讨论着刚才的战况。老黑嗓门大，对刚才的失利耿耿于怀，埋怨身边的小亮说："你这个笨蛋，刚才那个警察就猫在那儿拆包，你给他一刀不就完了？"
刚说完我们就听身边有人说："你们几个，过来。"
一转头，发现一个警察正虎视眈眈地看着我们。
赶忙过去解释，差点儿成了杀害人民警察的凶手，少不了给老黑一顿暴捶……

☆我们宿舍有个人，常拿自己喝凉水来炫耀自己的大无畏精神。有一天我们寝室没打水，大家都渴死了，到处找水喝，可旁边寝室也缺水，只好忍着了。然后他走进寝室，对着我们说："好爽啊，我刚从厕所喝了几口水。"我们听后爆笑，他半天才反应过来。

☆大二，快考试时被拉着上晚自习，发现教室人特多，已经没有座位了。就想了一个歪招。我大步走上讲台，拿起粉笔写了两个大字："有课。"只见教室里一片忙乱，正上自习的人嘟囔着纷纷站起来收拾东西走出教室。我冲哥们儿一乐，说："怎么着，这招灵吧……"刚过两分钟，就有一人又进来了，我冲他一努嘴，说："有课。"那人说："知道呀。我就是来上课的老师，你们是物理系的吧，我是来代课的。"晕，原来真有课呀，真邪兴……闪人吧……

☆大二时发生一件事，我们班有几个女孩子在外租房住，一日晚归，被中年谢顶流氓骚扰。吾等男子义愤填膺，立志护花。又一日，月黑风高，吾等潜在小巷等待色狼出现。不一会儿就见一谢顶男子匆匆走来，于是二话不说，当头棒之，之后四散而走。
翌日，学校喇叭广播说："昨晚计算机系一名老师回家途中遭流氓袭击，请广大同学注意出行安全。"再对照时间地点，与吾等行侠之事完全吻合，遂大悟，既而惶惶不可终日……

☆老爸来学校看我，还带来了很多吃的，并热情地招呼大家一起吃，这时全宿舍突然变得很内向，都彬彬有礼地推辞了。我送老爸走时，他还嘱咐，这些东西多让同学们吃点。我笑着说："老爸，您太见外了，这些事根本不用您吩咐，他们都知道。"
果不其然，回到宿舍后，除了香蕉皮和空饭盒以外什么都没有了。桌上还有一张字条：××，这些东西是你爸带来的，现在弄脏了宿舍环境，所以你必须扫地，洗饭盒……

☆我兄弟形象比较对不起观众却酷爱窥视美眉，于是每天中午打完饭都不回宿舍吃，而是蹲在女生楼拐角处，就着来往的曼妙身影进餐，乐此不疲。
快放暑假的一天，该人又在楼角边吃东西边看美眉，突然被人拍肩膀，一回头原来是美女一名，遂大喜而不知所措，开始幻想艳遇种种。不料美女张口却说："老乡，我们有一些旧书，你看看，能卖多少钱？"我兄弟顿时羞怒而逃……

☆对门宿舍小陈，为了省毛巾，平时都是自然风干。自从学校供暖开始，就每天早上用枕巾洗脸，然后晾到暖气上，晚上再枕。同宿舍的小王不枕枕头，就把枕巾降格为了擦脚布，每日睡觉前也晾在暖气上，早上收起来扔到盆里，由于时间有交错，倒也没有出事。
一日，宿舍的东北哥们儿过生日，大家一起去喝酒，回来洗完倒头就睡。第二天醒来已经过了上课的点，小陈第一个站起来，急急忙忙拿起暖气上的枕巾就去洗脸，后起的小王看见马上喊他："喂，别拿。"小陈没听清，只是含混地答应着，抹了把脸就赶快跑了。到了教室，小王一脸尴尬地说："小陈，你洗脸用的是我的脚布，我有脚气……"小陈当时差点晕倒，更绝的是回来居然往脸上抹了半管达克宁……

☆有一段时间，学校夜查，凡是半夜回校的都要登记。一日我们出去喝酒，回来时被保安堵在校门口，让我们登记，我拿起笔，随手就写下生化系王强（其实我是法律啦，自然也不叫王强）。只听一边保安直念叨：怎么今天晚上回来的全是生化系的，你们是搞活动吗？我含糊地答应一声就溜回宿舍了。第二天，学校广播让生化系九六级的王强去一趟学生处。我还直乐，哪儿有这人呀，是我编的……

后来听说，还真有这么一人，被莫名其妙地叫到学生处，问他为什么一天半夜来来回回进出学校六七趟……听后狂晕，怎么大家都这么没创意，也为此专门研究：为什么晚归的学生都爱自称是生化系的……到现在也没有答案。

☆当时班里有个同学，只比我大一岁，但是，说实话，看上去就是40岁左右一脸沧桑特淳朴的样子。一次去看展会，快下车的时候，售票员验票，这个同学把月票拿出来给售票员看，售票员当时以一种极度夸张的嗓音和语气说："呦……您都多大岁数了？还好意思用学生月票哪？"我当时晕倒。我同学抓狂。

另一次，体育课大家踢球，然后一起去洗澡。在买票的地方，轮到了这个哥们的时候，负责卖票的阿姨看了他一眼，然后说："民工3块。"我们一帮人倒。我同学再次抓狂。

☆毕业之前，大家要分手了，所以哥们儿们就整天喝来喝去的，而且每次都是喝得烂醉，天气又热，一个个又在小馆子里喝，再加上有女生，大家不方便把膀子露出来，所以，一旦喝完，一个个都把上衣脱了。更恐怖的是，有个哥们看见前方有昨天下雨留下的一摊水，马上就跑过去躺在里面，还舒服得直叫唤："爽！"更有一个，居然想裸奔，我和几个还比较清醒的好说歹说，还使劲把他裤子给拽着，才没出事。后来经过一个拐角，发现班里出名的书呆子和出名的恐龙正抱在一起哭，没敢打扰，我们悄悄地绕路了……

☆刚上大学时，第一晚，卧谈。我问大家抽不抽烟，皆回答不抽，为了给同学们留下好印象，我决定先把抽烟的嗜好放一放，于是就和大家约定宿舍为无烟宿舍。一个多月后的一天，我烟瘾难耐就躲到厕所去抽烟，发现老三也在那里吞云吐雾，两人相视一笑。此后再有月余，发现原来宿舍八人全是烟枪，于是无烟宿舍寿终正寝。再经月余，外人不敢踏进我们宿舍，说是怕变熏肉。此后有人说道："其实他们宿舍真是无烟宿舍，他们真的没有人抽大烟。"

☆一次在清华食堂吃饭，对面坐了两个女生，听到一位对另一位说："我还没吃饱，想再吃一点儿。"

另一位说："你要什么？我去买。"

前一女生说："就是那种扇形锐角饼，你帮我再买两块儿。"

我暗想：清华女生确实不一样，我们平时只是称那种饼为三角饼。

分析：这样的女人不敢娶做老婆，结婚以后叫老公吃饭："喂，那个不规则多面体过来！"

☆俺一次在排队买西瓜，听到大师傅对偶前面的面带运算符表情的PPMM说："要多少？"

运算符MM说："就那块儿的1/2"。

大师傅寻思了一下："不就一半儿吗，说什么1/2！"

☆清华的教授更牛地说："俺有一次去校医院看眼睛，就听前边儿一个老师在跟医生描述症状：'厄……嗯……就是那个物体跟它的象不能重叠在一起……'"

偶们大眼儿瞪小眼儿了N久，大夫阿姨突然顿悟了："您是说看东西有重影儿吧？"

崇拜良久……

☆我父母是医生，周围的叔叔阿姨都是大夫。

有一次，一个阿姨去买菜，对卖肉的大师傅说："师傅，来一个猪肾。"

搞得师傅一头雾水，没有理他。这时旁边过来一个人说："这个腰子我要了。"

于是，肉摊上剩下的唯一一只猪腰子，被人抢走了。阿姨郁闷不已。

☆第一次去食堂吃龙须面，之前只看过别人吃得香喷喷，不知道它叫什么名字，就跟那个师傅说："师傅，那种面条直径比较细，大概不超过2毫米，然后还放了两个1/2的煮熟的鸡蛋，汤里还有……"

我正想说："绿色的叶子状的东东。"师傅就说："打卡吧！"

可我一看就一块五，感觉龙须面不应该这么便宜，就重复了一下："师傅，我要的是那种……"

"行了行了，龙须面嘛，我听懂了！"

☆以下是俺们那年献血的时候，某位仁兄同医生的对话。

大夫："同学，请把胳膊弯一下。"

同学："弯曲角度是多少？"

大夫："……"

大夫："同学，请把手一握一放。"

同学："频率是多少？"

☆大四的时候，夜谈，我和屋里的人解释我们南方有的一种瓜，这么描述的："大概直径10cm，形状就像是心形图案绕着它的对称轴旋转一圈儿出来的空间体。"结果被鄙视了一晚上，第二天还继续鄙视……

☆偶一次指着西瓜说："要一半的一半的一半……"（还是思考了一会儿，怕少说一个，没钱付账呢）

师傅挥刀曰："1/8 是吧？"

不知道师傅有没有受打击。反正偶是受打击了……

☆我同学黑了些，她男友又太白了些，有天宿舍里的"毒舌天后"突然对她冒出一句："你们这样不行，你们会生出斑马来的……"

同一位"毒舌天后"，某天见到本系毕业的一位 30 出头风韵犹存的师兄，该师兄目前最在意的就是抓住青春的尾巴，"毒舌天后"这回倒是诚心诚意地想夸人，谁知一开口又是："好年轻的中年人啊！"

☆我一同学初次问诊，一时紧张本来想问病人高寿与贵姓，结果说成了："大爷，您……高姓？"全体病人昏绝！

☆我同学的朋友，人比较呆滞，面相可能还好。前些年去考北影给考上了，回来我们问他考啥呢？他说主考官让装白痴呢，他们都装的可像了。我们说那你咋装的，他说："我没装啊，我就这么走了一圈就给选上了……"

☆高考已经放榜，次日各大报刊都登了上榜名单。甲与乙一同在看完榜单后，发觉其二人双双落榜，失望之余，甲提出一个建议："我看我们去自立报好了，他们常会有独家新闻！"

☆某医科大学中心广场上竖一伟人像，高举右手五指分开向大家挥手，老生曰："此乃告诉各位新生同学们，五年啊！"

☆有回上课，一常常在课堂上睡觉的男生又趴在桌子上睡着了，不知道做了什么梦，猛地搬起课桌大叫："打雷啦，快跑啊！"全班傻眼！

☆上高中时，班上有一同学特爱睡觉。有一日晚自习，他侧脸趴在桌子上睡觉，边睡边流口水。正好老师从后门进来，走到他面前，用手敲了敲桌子。他一抬头。老师看到桌子上有一大片口水。一下把老师整不会说话了。憋了半天来了句："你要擦桌子啊？"

☆我们班以前有个大个儿，负责在老师需要用投影仪的时候把荧幕准备好，设备推出来。一次他上课睡觉，坐在他周围的我们，突然叫醒他说："快，老师要用投影仪了。"他"腾"地一下站起来，向讲台跑去……老师当时就傻了！其实，我们骗了他！

☆高三补习的时候，英语很差，晚上看书很晚，上英语课老睡觉。老师叫我答问题，我就蒙！有一次英语课老师正在讲解短文改错（我记得睡着的时候老师还讲阅读理解呢），我在睡梦中被老师叫醒，我一站起来，还没等老师说话就说"D，选 D"，全班大笑！

☆小学六年级的时候，上班主任的课，那时候的课堂有四排，有次一个学生在课堂上打瞌睡，然后老师就拿粉笔丢他，他醒了过后以为是旁边的人丢的，冲着旁边的人大骂。老师问他怎么了？他一脸无辜地说："老师，他拿粉笔丢我！"

☆初中上语文课，学习的是《最后一课》，我老师先给大家朗读课文，读到最后一段老师说："下课了，你们走吧。"我同学当时正在睡觉，听到这句，提着书包就冲出教室，全班哗然……

☆那时我读高中，一男生特爱上课睡觉。同学捉弄他，把街机上的按钮取下来插在他嘴里。老师发现他睡觉，就点了他的名字。他一下站起来，按钮掉在了地上。老师愤怒地说："你还没断奶就该去幼儿园。"

☆中学的邻班男同学，三四个男生趁午休的时候喝了点小酒。可是，下午第一节课时就已经撑不住了，其中一个男同学趴在课桌上睡的昏昏沉沉的了。老师走到他跟前，一下把他从椅子上敲起来，他还没站稳就一阵狂吐，老师闻到他满身酒气，于是问道："你中午干什么啦？"男同学口齿不清地回答道："呵呵……也没什么，就吃了盒酒心巧克力！"全班狂晕！

☆高三的时候，偶上语文课特别喜欢睡觉！有一次老师讲评课文道："这篇文章，文笔细腻，叙述流畅……"我模模糊糊听到最后两个字，猛地一惊，立刻起立，大声说："不知道！"然后全班诧异，没一点儿声音地望着我再然后全班哄堂大笑好久。注：本人姓刘名畅，当时以为老师点我名叫我回答问题！

☆先是初中化学课上，我坐讲台上（那是我们班的特殊位置，我不知道怎么的，自己申请去坐，呵呵），老师把没用完的钠丢到我后面，但那里不幸的是有我才倒未干的水，结果我身后冒烟无数。老师也被迫停课1分钟，还说我成仙了，我当时晕啊！

☆初中化学实验，我的搭档把酒精灯弄翻了，酒精顿时在我右手臂熊熊燃烧，同学都退避我5米以上，老师都准备抱灭火器了，只见我从容不迫的用左手拍灭火，边拍边说："没关系的哈。"结果把大家吓惨了，都来看我受伤没。我连衣服都没烧坏。可能是石棉网的原理吧，我衬衣是纯棉的。感谢那件衬衣了。

☆上高中的时候，在学校的食堂吃晚饭，有个同学来得晚，进来就从兜里掏出个手绢状的东西往桌上一甩，说："刚才在外面捡个手绢。"大家一看，是卫生巾。全都晕倒，结果那顿饭谁都没吃，都走了！

☆大家都知道戴着耳机说话声音会很大自己却不知道。有一次英语课，老师讲完课让大家自习，我一个同学戴上耳机听音乐（当然，这是不允许的），为了不让老师看见，他让旁边的同学把风，很大声地说："老师过来叫我一声！"结果老师闻声而至，问他："啥事？"

☆初中的时候我是班长，有次上地理课，老师拖堂了，我在专心看小说，根本不在乎上课还是下课，旁边一个同学自言自语抱怨"下课啊"，我还以为下课了，就喊了声"起立"，一下安静了，感觉所有的眼神在我身上聚光，老师笑笑说："你要造反吗？"顿时大家笑成一片，我那个脸红啊？

☆我高中有个同学中午上学迟到了，班主任在门口拿着手表给他看，不说话，意思是："你看看都几点了？"我那同学看了看手表说："这个手表不是我的。"

☆上英语课的时候，我旁边美女的高跟鞋不小心划了一下地面。顿时，一道尖锐的声音划破长空。英语老师停下来很疑惑地朝我们这边看着，旁边的美女没有反应，故作矜持。只有我一个人

在笑，于是乎，我们英语老师问道："刚才，是不是你在尖叫？"

☆初中一语文老师，讲课时口水乱飞，一日讲课，讲到激昂的时候，前排同学说看到了彩虹。

☆高中一历史老师，讲课慷慨激昂，口中飞出一暗器，仔细一看，假牙……

☆小学时候有两个男生互相追打，被校长碰见，拿根绳子把两个人一前一后拴起来，让绕操场跑N圈。

☆高中时候有一个教化学的帅小伙，巨喜欢甩一甩他那飘逸的长刘海，上课时亦然。终于有一天，脑袋一甩——"嘭"，老师捂着额头当场蹲下，愣是5分钟才含着眼泪站起来。从此之后，再也没有在上课时见他甩过头发。

☆高中老师讲解析几何：假设，我有一个p，现在，我把这个p放在这里……

☆还有一次，学校为运动会开幕式准备了一个广播体操的节目，有一两百人参加，每天早上下午都练习，有一天同学们练习得很不投入，校长怒了，开始训话（该校长最大特长是咆哮），吼着吼着，突然从他嘴巴里掉出来一个白色的东东，校长马上拣起来塞兜里，然后默不作声了。同学们又大笑！那白色东东是假牙。

☆初中生物老师，边讲课边抠鼻屎，抠出来了还看一眼，然后一弹，刚好弹在第1排同学的桌子上，下课后，该同学崩溃……

☆初中时候的地理老师是个强人！记得有一次上地理自习，我忘了带书，不得已只好借他的书看看，当时还暗自得意可以看他勾的重点了，谁知道翻开书一片空白，连起码的备课都没有，只有一些段落后面写着牛一、牛二，当时百思不得其解。终于有一天上课了，讲到标注有牛一的地方他吹了个牛，讲到牛二的段落又吹了个牛……好强啊……

☆高中一次和同学玩游戏到半夜，回不了学校，于是就到一家录像厅过夜。只听一熟悉的声音大喊："老板，换碟！"开灯时一看是物理老师，当时那个汗啊！

☆初三时候有一个政治老师，巨瘦，所有人都不喜欢他，没想到有一次课间的时候发了威。几个小流氓来闹事，要打我们班一个同学，正好该

老师过来，问了几句，勃然大怒，上去一个直拳，然后就一个边腿，边打还边骂，就你那小身板还敢学流氓。此后，本班政治成绩突飞猛进。

☆上小学的时候，隔壁班的班主任是个教数学的老头，每次考完数学他都叫差生站到教室前排，摊开手心，然后他一口唾沫吐过去，还振振有词："学生不吃老师的口水永远都这么笨！"

☆大学的班主任也是一中年妇女，据说是从美国回来的，举止颇为豪放，天热时喜欢穿松松大大的旧 T 恤，上面 N 多洞也不在乎，还喜欢这里抠抠那里挠挠，一次上课说到一半想要找什么东西，就拿起包往讲台上倒，大家齐刷刷地看她颇从容地将一个卫生巾拿起看看又放到台子上，众人厥倒，还是个没有包装的，白白的一条，太扎眼了！

☆偶数学老师，也是个老头子。偶在第一排坐，上课的时候，忽然看见老师的嘴里有个白色的东西在动，随着说话，不停地动，我就告诉同学，全班就看着老师的嘴。忽然我们发现，他的门牙不见了，他转身写字的时候，用手扶一下，再转过来的时候，门牙又出来了，一节课，掉了 N 次。

☆数学头头，聪明绝顶，可他又属于特不谦虚的那种，每每我们夸奖他聪明时，他总是眉毛一扬："那当然，我小时候被人家称做神童的。"后来有人说："你小时聪明可不代表你的现在啊！"老头又说话了："以前我是神童，现在我是神老头！"

☆初中时候，我们下课挖蚯蚓准备去钓鱼，不想上课被老师发现，她用全年级都能听见的声音尖叫："你们上课玩蛔虫！"

☆初中一个老师遇到上面突然检查学生的个人卫生，对着一个指甲长的同学说："个人（自己）把你那个指甲啃了，啃快点。"

☆老师写板书，忽然一 MM 惊呼："太帅了！"举班皆闻，而吾师不为所动，正常写完一行板书，而后徐徐转身，轻颔其首（就是点了点头），以标准东北话曰："一般吧。"言之切切，而后回身续写板书。此后两年间，"一般吧"传遍全校，成为一代佳话！

☆高中的时候住校，有同学回家让他帮我捎点东西，便发短信：给我烧点衣服和钱。

☆武大有个周易课，老师拿着个罗盘进来，围

着教室神神叨叨地转了一圈儿，然后，吐出一句话："同学们，今天不宜上课，放学……"

☆高中军训后，第一天上课，是语文课。同桌没休息过来，上课时睡觉。老师说："睡觉的那个同学，请你来回答一下这个问题。"

同桌一激灵醒了："我不会……"老师："注意听讲，不要再睡了，坐下！那么由 53 号同学来回答这个问题。"

同桌又站起："老师，我不会……"

老师晕："坐下，那么由 ××× 同学来回答！"

同桌遂站起："老师，我真的不会！"

"坐下！语文课代表给我起来回答！"

同桌再次站起："老师，我就是语文课代表……"

☆有一次，上课铃响后，一男生风风火火地冲进教室，冲到最后一排，老师发话了："有的同学迟到了，就从后门进来，不要影响别人！"男生坐下后，拿出包子，咬了一口。他发现旁边有个漂亮 MM，一直盯着他。他自以为 MM 也没吃早饭，于是，殷勤地把包子给了她。老师又发话了，这次脸色难看了："有的同学迟到就算了，还在课堂吃早饭，自己吃也算了，就不要把包子给听课老师了嘛！"

☆生物课上老师提问：青蛙和癞蛤蟆有什么区别？

张三回答：青蛙是保守派，坐井观天；而癞蛤蟆是革新派，想吃天鹅肉。

☆老师问学生，怎么解释："与人分担痛苦，会使痛苦减半呢？"

小伦回答说："如果我爸爸揍我，我就揍他的猫！"

☆老师布置了一道题：请用四个字概括自己的长相。卷子收上来后，学生们的答案分几种：

批判主义派的答案有：偶尔正确、惨不忍睹、我恨苍天、我想来世等。

写实主义派的答案有：两栖动物、猩猩他哥、人猿盗版，返祖现象等。

现代派的有：鬼斧神工、问我老婆等。

而唯一的一份超现实主义派的答案是——竟然是人。

☆老师："请把'马儿跑了'这句话转换成疑问句。"

小伊万："马儿会跑吗？"

老师："正确！很好！现在把它转换成祈

使句。"

小伊万："驾！"

☆室友眼睛近视，常占第一排座位，又苦于高数老师说话口沫飞溅，难以抵挡。一日她对我说："高数老师低头讲课，第一排桌子全湿了；高数老师抬头讲课，第二排桌子就全湿了。"我当场晕倒。

☆小雷带着一个来找他的高中同学参观大学宿舍，他指着路左边的宿舍楼群说："这是女生宿舍区，叫织女星系。"指着路右边的宿舍楼群说："那是男生宿舍区，叫牛郎星系。"又指着脚下的路说："这条路叫银河路。"

这时，主管学生宿舍的女干部面无表情地经过，小雷悄悄地说："这位是王母娘娘。"

☆大学里有间教室，里面的挂钟有问题，只要被东西敲到就会愈走愈快，敲一次就快5分钟。一天教授上课，发现同学们都趁他在黑板上写字的时候用橡皮丢挂钟，但教授却不声张，依旧按钟上下课。没过多久，期末考试到了，大伙都埋头考试，只见教授拿着黑板擦在那儿练习丢钟。

☆地理老师质问廉尼："为什么没有完成世界地图的描绘作业？"

廉尼低头回答："我怕我画的地图会改变世界。"

☆讲授经济学的老师正讲到被保险人与受益人的关系问题，为了更形象一点儿，他举了个例子："比如说我投了人身保险，有一天我不幸被车撞死了，你们师母就可以获得赔偿金。她就是受益人，那么我是什么人？"一个同学回答道："死人。"

☆化学实验课刚发下来，同学们争看老师的评语。只听甲拿起乙的念起来："当浓硫酸滴到皮肤上时，应先用布擦干，再用大量的水冲洗，再用布擦干，再喷上些香水，再涂上一层玉米油护肤膏。"

老师批示道："还要不要桑拿、按摩？"

☆为考英语四级，大家都赶紧拼命学英语，一些笔记都不得不在其他专业课上做。

某日，历史老师发现台下一生忙得不亦乐乎，心中诧异，遂走下讲台，悄悄到他身边查看。

该生忙了一阵儿，觉得气氛不对，猛抬头，见老师正笑嘻嘻地对他说："你觉得你用英语做笔记比用汉语记得快？"

☆考试结束后，三个同学在一起诉起苦来。

甲说："我语文课考得不好，老师说我是废品。"

乙说："我体育课跟不上，老师说我是次品。"

丙说："我政治课不及格，老师说我是危险品。"

☆一次语文课上，老师向同学们解释"惊惶失措"、"不知所云"、"如释重负"、"一如既往"四个成语。

恰巧，某学生正在呼呼大睡。教授一拍桌子，该生顿时坐起来，拿起书便看，老师说："这便是惊惶失措。"接着，老师让他回答问题，他站起来支支吾吾了半天。这时老师说："这便是不知所云，请坐！"这位同学长长地舒了一口气坐了下来。老师又说："这便是如释重负。"等老师走上讲台，那同学又趴下睡觉。老师猛一转身，指着他说："这便是一如既往。"

☆下课后，老师对伊万说："让你爷爷来学校一趟。"

伊万问老师："老师，不需要叫我爸爸来吗？"

老师："不，伊万，叫你爷爷来就可以了。我要告诉他，他儿子在你的家庭作业里做错了一些题。"

☆上课了。老师背靠火炉站着，对学生们说："说话前要三思，起码数到五十下，重要的事情要数到一百下。"

学生们争先恐后数起来，最后不约而同地爆发出"九十八、九十九、一百。老师，您的衣服着火了。"

☆我们那个教化学的老头近视800度，一次上课在黑板上板书后转过身来突然指着我大喊："你站着干什么！给我坐下！"我当时正坐在最后一排的座位上，而我身后的墙上挂着我的大衣……

☆上大学时急救课上，心肺复苏急救，教授边说边演示：

教授：双手按压胸部，不能使劲儿太大，压下2~3cm即可，劲儿太大容易把病人肋骨压断！

教授：下面请看示范（双手使劲儿一压），咔嚓一声！模型的肋骨断了。

尴尬地说：下课……

☆大学去深圳写生，跟同学在马路上逛，突然一男同学往马路一边走去，拍了一个人肩膀问：

"大哥，请问……"是不是他脑子被门挤了，竟然问的是银行的押钞员！押钞员可能也没听清。回过头来，神经紧张地拿着枪（大喷）指着他："你要干吗！要干吗！"

我同学一看枪口对着自己，吓得带着哭腔说："大哥，没别的意思，我就问问几点了……"

☆我刚上大学的那会儿，特土，又一次课上老师让做PPT展示，以前从来没用过，正好那次我第一个上去讲，开了电脑半天投影仪没反应。

下面几个哥们喊按F2，按F2！

于是我犹豫了一下，问道："是俩键同时按吗？"

☆高中一个同学近千度近视，没眼镜做不了人……

一次打球把眼镜给砸了还继续打，继续投三分……

结果还进了个空心！

全场都静了！

然后我捡起球扔给他开球……

然后他把球扔回给我，说："不是出界吗？你们开球！"

☆高一的时候，快高考了，周一升旗，有个高二女同学上屏幕演说："各位学姐学长要认真面对高考，发挥自己最好的水平，不要再重复中考的失误！"

☆化学老师做稀盐酸和锌的实验，他把试管什么的准备好了，倒了点盐酸下去，等了半天没有反应，很纳闷，遂叫一同学回答："这位同学，你讲讲看为什么没有气泡产生呢？"

同学："老师，你没有放锌！"

老师："这位同学回答得很好！"

☆中学的时候，开始流行文曲星，我同学有钱，就买了一个，当时是200块钱（1998年）。我想借他的玩会儿，玩到一个地方要求输密码，我就问他密码是多少。

他不说，他说不要看啦，个人资料。

于是，我就放弃了，但是我的好奇心一直没有消失过。

有一天，我看到他把文曲星拿出来玩，我无意中偷看到他在输密码，我看到他输了6个相同字符，心中窃喜，原来密码这么简单，于是找机会去翻来偷看。

于是，我一天趁他出去了，就把他的文曲星翻出来，赶紧输我偷看到的那6个米字符××××××

☆初中的时候，是两套独立的桌椅贴在一起放，和同桌（男）吵架了，我气呼呼的埋头把作业本写上名字，然后呼一下站起身来准备交作业，就看到我的同桌坐在他的小凳子上，然后抱着他的小桌子，整个朝外翻了下去……我惊呆了，不知道为什么，他缓缓挣扎着从自己的桌椅中爬起来，可怜巴巴地说："我以为你要站起来打我……"

☆上学的时候学校是平房，九月份开学，来了好多新生。一天，一个新生好像是课代表捧着一堆作业，问我："数学办公室在哪？"

"男厕边上。"数学办公室确实在男厕边上，不过是左边。

那位老兄走到了男厕右边对着门喊："报告。"

停顿了一下，里面传出个声音："不许进！"

☆一次数学晨练，全班都没做完。数学老师面露疑惑地说："我昨天晚上用广告时间就做完了，你们的速度也太慢了。"有一同学当场不服，大叫道："老师看的是湖南台的广告吧！"全班笑倒。

☆我有一次和几个同学去高中老师家看他，那是一个老头，临走，我们留下一些水果送给老师，可是老师紧紧拉住班长的笔记本电脑包说："看看，来看看我还带什么东西呀……放在门口就好了！"我们集体晕倒！

☆北大的研究生和本科生校区是分开的，研究生在一个名叫万柳的校区。在本科生校区，也就是北大本部小西门那个地方有一个自行车停车场，专门为研究生准备的，墙上写着"万柳同学停车处"。有一次和一朋友从那过，见他欲言又止，最后挣扎了半天终于疑惑地问我：

"你说这万柳同学是谁呀，真牛，这么多自行车！"

☆刚开学，来了个新的英语老师，他要求以后我们回答问题必须都用英语回答。然后他开始点名：

"NO.1"他喊。

我们班1号就站了起来，喊了声："到！"

那个老师说："Please in English！"

我那同学挠了挠头，憋了半天答了句："导（发第二音）！"

☆初三一次考试，由于之前没复习，在历史考试时，看到题目大部分不会，就起身离开了考场。老师很诧异，我说："我们青少年应该更关注未来……"

☆高一期中考的时候数学不会做，看了人家5道的选择题，然后第二卷白卷，后来卷子发下来是51分（150的卷子，选择题50分，2卷100分），奇怪的是那一分是怎么来的，后来期末考的时候也是如法炮制，结果一样51……

☆初中的时候学校门口有个水池，里面有假山，水里有金鱼，我们从家拿来了鱼竿和鱼饵，课间去钓鱼。初中时淘气受班主任惩罚，他罚我去锄冬青，他的意思是锄冬青里的杂草，结果我把那片苗圃里的冬青连根锄掉，等偶班主任发现时，已经倒了一大片了。结果第二天老爸去赔了1000块钱，对我是又好气又好笑……

☆历史课教导主任代班，上课的时候我和一同学讲话，同学下课被带走，我跑去主任办公室门口看同学，顺便幸灾乐祸，结果被发现。同学放走了，我却被留了下来，要求用一节课的时间写500字检查。上课铃响，主任又去带别的班课，我想不出错在哪，于是乎在白纸上只写了两个字："检查。"便无下文了。闲的无聊，翻了主任办公桌，破坏了他的计数器，弄折了两个钢笔尖。内急想上厕所，随手还拿了桌上大半包主任的香烟云福一盒。自那日起，每每再向主任写检查时，都被安排到了一楼健身室，并安排一校警看管。

☆初中时，一天正上课，忽听后排一声巨响，全班回头，看到后面一同学嘴唇红肿，并有N多塑料碎片插在上面，原来此君上课闲着没事，咬打火机玩，不料质量太差，爆了。

☆一个同学爱看书，这天他见路边新开了一家古籍书店，便饶有兴趣地走了进去，面对满墙的《史记》和《资治通鉴》，他紧锁眉头，似乎没有他想要的书。店员见了，很关切地走上来询问："同学，你需要什么书啊？"我那同学挠挠头，说道："您这儿有《皮皮鲁和鲁西西》吗？"

☆一个女同学正在学习，男同学过来搭讪："哎，你爸叫啥名啊？"女同学不假思索地答道："你等一下啊，我查查电话本。"

☆新学期发作业本，同学们拿到本子做的第一件事一般都是把自己的班级姓名先写上。可有一位同学他却在自己的本子上写上一个大字——"本"。我想他可能是想时刻提醒自己，千万不要忘了摆在自己面前的是什么东西。

☆下课了，我发现老师的书还放在桌子上，于是我飞快地跑过去拿起书，高兴地说道："哈哈，老师忘了把书拿走了，我把它藏起来，看他下节课怎么上。"我刚要拿书，又发现老师的皮包也在一旁，于是更高兴了："太好了，老师连皮包都忘拿了。"这时候有同学小声对我说："老师还没走呢。"

☆我眼神儿不太好，那天又忘了戴眼镜，又想看清黑板上写的字，就向身边的同学借："哎，你的眼镜多少度，能不能借我一下。"那个同学答道："二百五十度。"我当时十分兴奋："哎呀，太好了，我也是二百五。"

☆化学课上，老师讲解溶剂与溶质的关系："一定的溶剂只能溶解一定的溶质。比如说，你吃了一碗饭，又吃了一碗，第三碗吃下去已经饱了，你还能吃下去吗？"

有个学生提问："还有菜吗？"

☆高中时，上晚自习。

下课后和同学去车棚取车，开锁，上车，回家。

骑车走到一半，同学大叫一声："这不是我的车子！"

☆高二时和一个同学争执谁查汉字的速度快，情急下脱口："你说个字，我一下就能翻到。"他马上指定一个，我硬着头皮一翻，果然就在那里，那可是七八公分厚的汗语大词典啊！

☆小学的时候，一次上课打瞌睡，老师突然叫我起来，叫我回答她刚才问的问题。当时睡得迷迷糊糊的，站起来随手翻开课本看见一段就说出来，说完后都不知道自己说了些什么……然后老师一脸困惑地说："嗯，答对了……"

☆我的好友，高中时我们俩一起骑车上学，边骑边说说笑笑，刚好有个很长很陡的下坡，她正大张着嘴笑的时候突然噎了一下，说好像顺着风吃进去个什么东西……我在旁边只觉得眼睛一花，有只大绿头苍蝇好像在她脸前晃了一下，不见了……

☆一个美术老师在当地有那么一点儿名气，某报有一期有较大篇幅报道，并附上了照片，于是在课上开吹："最近总有同学和我说，老师你厉害，上了报纸还登出了照片……"

一学生："寻人启事吗？"从此美术老师拒绝该同学再上美术课。

☆高中时全校的学生每天必须穿校服，有一复读的学生从来都不穿。管这方面的老师天天蹲在门口检查。一日，老师看到此同学没穿校服，问其为什么不穿。此同学大怒，曰："我妈又没死，为什么要穿孝服？"

☆高中时快到会考的时候了，有一天上地理课，老师在上面报一个地名，让我们就在下面回答当地所出的矿产。说了很多地方以后，老师突然问了一句："江南产什么？"

全班男生齐声回答："江南产美女！"

☆一次高数课上，老师问我一兄弟："微积分是很有用的学科，学习微积分，我们的目标是？"那老兄当时在开小差，遂不假思索高声道："没有蛀牙！"全班爆笑。

☆初中时，一次生物老师讲非洲草原上的生态环境，全班无人听讲，遂怒，曰："你们都看我呀！你们不看我，怎么知道非洲野猫长什么样子啊！"

☆高三，几何老师是一老太，爱自吹，特烦人。一日在课上说："我在市教育局都很受重视的，他们总是请我去一起研究问题，每次都是车接车送的。"

我无意中问："三轮吗？"结果，从此一个星期被禁止上几何课。

☆高中的时候，第一次上劳动课，老师是个老头，自我介绍说："我叫吴树山。"

我突然来了灵感，马上接道："西北望长安，可怜无数山。"全班爆笑，老师面色铁青，随后我被罚干重活。

☆校园名词与诗歌竟是这样解释的：

中文系：奇文共欣赏，疑义相与析。

经济系：问以经济策，茫若堕烟雾。

历史系：春花秋月何时了，往事知多少？

地理系：三万里河东入海，五千仞岳上摩天。

晚自习：天阶夜色凉如水，坐看牵牛织女星。

专业课：赤日炎炎似火烧，野田稻禾半枯焦。

下课铃：忽如一夜春风来，千树万树梨花开。

期末考试：问君能有几多愁，恰似一江春水向东流。

公布四级成绩：月亮弯弯照九州，几家欢乐几家愁。

竞选失败：夜阑卧听风吹雨，铁马冰河入梦来。

校园里的广告：无边落木萧萧下，不尽长江滚滚来。

大学生活：闲云潭影日悠悠，物换星移几度秋。

P Ⅲ电脑：旧时王谢堂前燕，飞入寻常百姓家。

OICQ：别有幽愁暗恨生，此时无声胜有声。

聊天室惯用语：君家何处住？妾住在横塘。停船暂借问，或恐是同乡。

网上情人：千呼万唤始出来，犹抱琵琶半遮面。

网络写手：十年一觉扬州梦，赢得青楼薄幸名。

男生宿舍：落叶与袜子齐飞，废纸共墙壁一色。

上课瞌睡：硬挺头颅永不倒，纵然嘴角水滔滔。

楼道垃圾：横看成岭侧成峰，远近高低各不同。

楼下等女朋友：日照头颅生紫烟，九楼小姐还在玄。

女朋友傍大款：昔人已乘奔驰去，此地空余拜拜书。

期末备考：年年岁岁题相似，岁岁年年人不同。

开学补考：六十大闸坚如铁，而今碎步从头涉。

深夜归宿：随风潜入夜，洗足细无声。

食堂饭菜：白菜浮绿水，红椒青萝卜。

男生头发：离离头上草，一季一枯荣。

男生胡须：小刀砍不尽，激素催又生。

上课走神：举头看 BOSS，低头思 MM。

考试作弊时：不敢高声语，恐惊天上人。

向往大学：为伊消得人憔悴，衣带渐宽终不悔。

成绩单下发时：座中泣下谁最多，江州司马青衫湿。

检讨书：纸上得来终觉浅，需知此事要躬行。

☆一日同学去中关村转悠，一小贩凑过去问："要硬盘不，便宜！"同学拿过来看看说："有多硬？"小贩汗……

☆以前上选修课，有一科留的作业是《浅析中国艺术的意境美》，一哥们跑到百度上去寻枪手帮助"粘贴"，不一会儿有人给他留言，留言如下：湖师文理的同学们，我是教你们美术概论的曹老师！关于本次浅析中国艺术的意境美的论文，为了防止你们抄袭，我已经把百度搜索到的关于《浅析中国艺术的意境美》的前40页的所有网页全浏览过！目前还在继续浏览其他的！请你们注意了！要自己动脑！看罢，我们宿舍全体石化……

☆班里一哥们，1981年生，不大，就是特老相，这哥们坐公交，因为路途长，百无聊赖的时候，邻座的一个35岁左右的男人跟他搭话，那人张嘴就来句："大哥，去哪里？"这哥们也许是平常遭遇这样的待遇多了，也并不万分惊奇，颇平静地回答："三中。"那男人第二句话："噢，去看孩子吧？孩子上学挺苦的……"那哥们脸部抽搐了一下，没吭声。第三句话："大哥，你孩子上几年级？"那哥们是真烦了，也不解释，顺口来了句："高一！"这个时候，经典出现了。那男人异常惊奇地瞪大眼睛看着那哥们，看了足足十秒钟，来了句："大哥，那您结婚可是挺晚的啊！"

☆背景介绍：物理课很不巧都是安排在眼操之后，所以大家都很拖拉，去小卖部的、去外面闲逛的，结果就是，物理课迟到的特别多。

某日，前面两个男生去小卖部，手里拿着几包准备上课吃的方便面。

在门口"报告"，就被物理老师拦下来，死活要他们交出那几包方便面。

好不容易放他们走了。

正巧我和同桌去厕所回来。

物理老师："他们刚刚去小卖部，把方便面交过来了，你们是不是也要把东西交过来呢？"

我和同桌愣了下，心想："我说老师，你好端端的让我们交出什么来？"

最后我同桌冷冷地回了一句："我们去厕所……"

老师：……

☆我们数学老师不算幽默，但是说出的话都是比较冷的。

某日，说数学题目。

数学老师："这道题目应该求它的什么值呢？"

某同学："众数！"

数学老师："种树三月份去种就好了，现在已经是六月份了，种下去树容易死知道么？"

众同学：……

还是那个老师冷冷的话。

某日，依然是数学题目。

数学老师："这题，你们怎么想呢？"

某同学："一般是把数相乘吧。"

数学老师："这种想法很好，但是我们是十二班！请用十二班的方法来。"

众同学：……

☆语文课。这个笑话完全就是由于年龄的差距来的。

某日老师讲评考卷，主要是修改病句还是什么。

原句大概是：渔家兄弟和周星驰等大腕一起走入《艺术人生》栏目为观众献上一曲苍凉悲壮的渔歌。

这句是没有错的，但是我一直认为它是病句，原因是"渔家兄弟"并不是大腕。

然后一直和老师理论，怎么都没结果，

后来老师没耐心了，说："等大腕，说明有其他大腕不行么？李谷一行不行？"

李谷一，我们愣住……

☆我们英语老师身体不好，所以老师不固定。代课老师换了一批又一批。某日又来了一个新的英语老师，教的内容是合成词。

老师："下面这个词大家猜猜什么意思——go between。"

同学："一起走？"

老师："给你们一点提示，就是在一男一女中间那个人叫做什么呀？"

同桌："哇塞！第三者……"

于是，"老师和同学的鄙视眼神……"

☆公交车上听到的胡侃。

两个三年级的小男生。

男生A："唉，你知道吗？我老大有女朋友了！！"

男生B一脸羡慕地望着他："真的吗？！！"

男生A："当然了，还有两个呢！他说下回再交一个就让一个给我。"

男生B："哇，你好帅啊！我什么时候才能有……"

男生A："跟我混！"

……

☆我是云南大学的，2000级，就是马加爵那一级。小马哥出事，但还没被抓到的时候，通缉令上都说协助公安机关抓获小马哥可以有多少万的奖励。大家都很眼红，很想得到那大笔钱，上街都很注意路人的长相。有一天，出门坐在公共汽车上，人不多，只有一个人站着，忽然大家都盯着那个看，我仔细一看，很像通缉令上小马哥的样子，可能大家都看出来了，都是一副又紧张又激动的模样。气氛紧张到了极点，那人被大家看得都惊慌起来，愤怒地大叫一声："我不是马加爵！"公共汽车司机很负责，果断地说："谁都不能下车，我把车开到派出所。"大家摩拳擦掌，马上把所有车窗都关上。那人就一副很无奈的表情。到了派出所，司机神气地对警察说："我车上有人很像马加爵，我马上把车开来了。"那人委屈地对警察说："警官，还是我，今天我已经第二次被抓到你们这了。"

☆同桌感冒流鼻涕，但他忘记带手帕了，就不断把鼻涕用力吸入鼻子里。在黑板上写字的语文老师突然转过身来大嚷："够了！给我停止！吵死了！"全班一片安静。老师又说："到底是谁上课时偷吃面条还这么大声？"

☆大一，一次去食堂买包子，谁知划卡机出了点儿毛病，一下划下去25.3元，卖包子的哥哥鼓捣了半天也加不回去，于是可怜兮兮地说："没事，我记得你，以后常来，直到把多划的钱用完。"我只好同意了。

可怜我上顿包子下顿包子地吃了一学期，包子哥哥还欠我2.3元……最可气的是大学四年我竟然没找到一个女朋友！（现在的学校食堂早就没有这么便宜的包子）

直到毕业，有一天我走在校园林荫路上，就听后面一帮女生指指点点小声道："没错，就是他！以后可别找这样男朋友，天天去二食堂吃包子不给钱！"

☆一次，我同学询问我另一个同学在医院住哪一科，我记不清了，觉得又像是内科又像是针灸科，结果就说她是"内疚科"的。

☆一个同学往他的朋友家打电话，对方的爷爷接的，那同学不知道在想什么，张嘴就是："爷爷，我是奶奶……"突然觉得不对，"哐"一下就把电话挂了……

·校园的十大光棍类型·

☆第一种：终日盼望脱离苦海型。

其实这种人还是占多数的，他们虽身为光棍，却不甘永远为光棍，其实是无时无刻不在盼望赶紧脱离光棍一族。他们或许趴在星象网站搜索自己的感情运势，或者假作读书在学校花园图书馆自习室揣摸单身女生，或者为了让哥们帮忙介绍女友而在肯德基大请其客……

☆第二种：独来独往，沉默是金型。

这种类型的ＧＧ视校园如江湖，独来独往我行我素，既不羡慕别人成双成对、打情骂俏，也从不因自己是光棍而妄自菲薄、顾影自怜。

爱情这东西，不能强求，既来之，则安之，若不来自然也有不来的道理。在芸芸众生之间，颇有些飘然世外的感觉。

☆第三种：看破红尘，游戏人间型。

这种同学往往是曾经沧海，要么是当初太成功了，追求者一打一打的，满大街地被人追着跑；要么是太失败了，相中的目标不少，可是屡战屡败屡受打击……无论是哪种都是在感情问题上备受折磨，最后一咬牙一跺脚，索性随它去吧，可你问他："谁是你女（男）朋友啊？"他（她）会告诉你："都不是，或者，全都是。"其实真正意义上他（她）还是个光棍。

☆第四种：慷慨激昂，愤愤不平型。

要么是被女朋友甩了，要么是一再降低标准仍然追不到任何一个女生……一开始想不通，然后非要想出个道理来不可，经过广泛调查、互相交流、严格论证之后，下定结论：最终打光棍的原因，不是自己不好，而是社会问题。

☆第五种：四处宣扬，引以为荣型。

难以确定这种光棍的真实想法……他们竭尽全力、倾其所有宣传身为一个光棍的骄傲、自豪和幸福感，力图将非光棍发展成为光棍，使其重获自由、重见天日……但是人们一般一直对这种光棍到底真的认为光棍光荣，还是另有目的持怀疑态度。

☆第六种：单纯天真，缺乏光棍意识型。

要说现在的大学校园里，这种人还真是不多。倒退个几十年，那时候大学校园一片纯真，大家一心向学，铆足了劲将来要为实现四化大干一番事业，不谈恋爱是正常，有人谈恋爱才叫引人注目。到现在谈恋爱才正常，不谈恋爱的……就奇怪了。

☆第七种：一心只读圣贤书型。

从广泛意义上来讲，大学在校生可分成三种：一种是混文凭顺便享受生活的，一种是读书和享受两不误的，还有一种是具有超前的危机意识、全心全意苦读苦学的。最后一种很容易发展成为光棍，主观上缺乏恋爱意识，客观上活动空间和内容都非常有限，除了读书就是学习，这种一心读书的书呆子，被女生看中的概率也非常之低。

☆第八种：条件过好，眼光过高型。

有些人自身条件太好，帅哥加才子加公子，追求者太多，反而成为光棍。他们总是想着，以我的条件，应该能找到一个更好的，更般配的。我的女朋友，最起码是个校花系花什么的……可是一个学校一个院系能有几个校花系花啊？再说人家也未必看得上你……

☆第九种：一朝被蛇咬，十年怕井绳型。

这个说法是比较夸张。有的人确实是在恋爱过程中备受煎熬，已经发展到了毫无快乐幸福可言，完全是痛苦万分，但分手过程异常艰难，绞尽脑汁、千方百计终于把对方给甩了。这种"过来人"很可能从此对恋爱产生保守和谨慎态度。

☆第十种：表里不一的伪光棍型。

不知道是出于一种什么心理，是害羞？怕人说？还是企图博得更多女生的好感或同情？明明有女朋友，却假装没有！一旦被揭发会被众光棍海扁！

☆初中的物理老师很爱"人身攻击"，他的例题总是用上我同学的名字，如谁谁谁从多高的楼上自杀跳下，或是谁谁谁的脑袋放入水桶之类的，相当变态！

☆数学课一个男生在挖鼻孔，老师说："××，莫再挖了哦，这种东西越挖越多。"全班笑晕。

读高中时，班上有一同学，极爱中分发型，老师就说他："你每天顶着两块瓦片上学不累么？"

☆读中学时我老爱迟到，有一天，班主任特严肃地跟我说："我觉得你可以买个迟到的月票了……"

☆我中学时特爱迟到，数学老师就会用很挖苦的语气说："刘××，你家刚天亮啊？"后来我再迟到，他问我为虾米又迟到了！我就很R&B地语气说："我家刚天亮啊！"

☆高中外语老师是班主任，抓到一对谈恋爱的，先是电话打到男方父母那，开口就是："恭喜啊，做爷爷奶奶了……"然后班会把情书在班上念出来，男的耳朵根子都羞红了，强吧？

最强的是，对大家说，你们看某某，考试的时候完成时一个都不懂，写情书就厉害，you have been my wife，这用得多好……

☆前桌两男生喜欢上课聊天，小学班主任曰："你们一个江苏台一个安徽台，烦死了，现在拿着天线给我滚出去！"然后一人顶着一个文具盒，上面竖着铅笔罚到走廊上面壁了。

☆偶们一个年纪比较大的老师，眼睛极近视，要求很严格，不许迟到的。结果，终于，还是有个同学迟到了，偷偷摸摸的从后门进去，不幸得很，还是被老师发现了。看他坐下了，老师大步冲他走去，大家都提心吊胆地看，老师生气地对坐在他前面的另一位同学问道："你为什么迟到？"

☆初中是过当官瘾最狠的时候。那时每天都有班干部负责自习的纪律，我新官上任，第一次负责这事，那节自习课上大家都在自习，就见我围着教室走了一圈儿又一圈儿，整整走了45分钟没停。

☆看到这篇文章我想起了我的一位数学老师，有一次，我的一个同学问他一道数学题，他一看，挺简单，于是大怒，说道："你这个笨蛋，这道题不就这么这么这么做吗。"

又换了一次，该同学找了一道巨难的问题问他，他一看，然后似乎进入了思考状态，然后开始踱步思考，然后开始向教室外踱去，然后就消失了。

☆我们高中宿舍一同学某次考试，20个选择题他竟然全错了，这种一个都蒙不对的事之前之后我都再没见过。

☆我们高中的时候有一个同学特别牛，成绩很差，但是敢干。那时候英语测验基本都是选择题，老师判卷的方法是也找一张卷子，把正确答案的地方用香头烫一个洞，然后盖在同学的答卷上，如果有洞的地方被打钩或者画圈了，就认为这道题答对了，结果这个同学就把所有的选项都画了钩，后来老师批卷，他就得了100分，老师还表扬他，说他成绩提高了，一直到毕业这件事情也没有被发现，呵呵，牛死了。

☆高中时还有一个同学高度近视，第一次查视力时，医生用棍指着标志问是什么方向，这位老兄睁着两只大眼看了老半天，问医生："你问的是哪个棍子指的呀？"医生很奇怪："你看到几个棍？"他答："四个。"众人立即晕倒，此后这个同学就得了个绰号：四棍儿。

☆大二时进系学生会，一天跟副主席闲聊的时候，他叮嘱说晚上睡觉时要关好门。因为有小偷晚上进屋偷衣服，然后拿了衣服里的钱走的。他头一天因为工作到深夜，出去上厕所，在水房里看见很多衣服，估计就是小偷拿走钱后丢下的。我问："那衣服怎么办了？"

他说："我当时就给楼长送去了，还告诉他小偷可能还在楼里，让他注意点。"结果不久楼里就风传偷衣大盗的事情，说该小偷极其大胆，盗窃衣服财物若干，更大胆的是盗窃后还将衣物送到楼长处，让楼长发还，楼长则因天晚，未注意该小偷的相貌云云。

☆上高中的时候，每年都会来一些体育学院的实习老师给我们代几节实习课。有次来了个女老师，给人感觉是刚走出校门意气风发的样子。第一节上室内课，她给我们大谈有关她的事情，说她的名字叫范小红，是她自己起的，来源于她喜欢的一种植物的花，等等。最后又给我们每人发了一张调查问卷，问我们什么你最喜欢的体育明星之类的问题，最后一个问题是："如何让我一次就记住你的名字？"我们班的著名幽默大师答曰："改名叫范小红。"

☆某大学校规极为严厉，夜不归宿将开除！仨哥们回来晚了，准备翻墙进来，一兄弟很小心地探头看墙内，见一民工站此，小声问："有学校保安没？"

民工很镇定地做了个"ok"手势。三男生一阵狂喜，翻墙进去，被蹲坑在此的三个学校保安成功抓获！带走前，三男生回头向民工埋怨道："你不是说'ok'吗？"

民工苦涩道："我不是告诉你们有'三个'嘛！"

☆小妍是个追求浪漫的狮子座女孩儿，最近却义无反顾地爱上呆板木讷的摩羯座博士。约会几次后，两人感情日渐深厚，但仅仅是吃吃饭、看看电影，没什么特别表示。

这次博士送小妍回去路过一家花店，小妍别有用心地走进去，看看这朵，又嗅嗅那朵，博士耐心地跟在身后。

终于，小妍拿起一束红玫瑰，一脸娇艳地问道："好看吗？"

博士老实回答："好看。"

小妍再次引诱："真的好看吗？"

博士肯定地点点头，仍无任何行动。

小妍终于忍不住，提示道："我也觉得挺好看，我真的好喜欢，你可不可以……"

博士十分诚恳地说："没事，喜欢就多看会儿，我可以等你！"

☆高中时讲排列组合，分组做题。

老师叫起磊："你们组多少人？"

磊："十二个。"

老师："好，那你算一下，十二个人排队，你不能站在排头和排尾，则有多少种排法？"

磊埋头算："啊，有十二个人，我不能在排头……是……不能在排尾……"

一会儿，终于糊涂，做错。老师怒，罚磊站。又叫起波："你们组多少人？"

波惧，半晌，答："三个……"

☆师姐："电脑屏幕上方有个类似新闻滚动条的东西，上面的文字过得非常快。"

偶好奇："这是歌词吗？"

师姐："是呀！"

偶："怎么过得这么快？都没看清！"

师姐："周杰伦的！"

☆下午第一节是历史课，老师在课堂上讲得兴致勃勃。来福同学却趴在课桌上呼呼大睡，老师十分生气，就把来福叫了起来。

老师问："你说，王安石和欧阳修有什么共同点？"

来福脱口而出："他们都是宋朝人。"

老师接着问："那你说说，他们和唐太宗、诸葛亮有什么共同点？"

来福愣了，答道："他们都是古代人。"

课堂上一阵大笑，老师将错就错，干脆当个游戏玩下去，也算活跃课堂气氛。

于是他问道："那他们和孙中山、鲁迅有共同点吗？"

来福想了想，说："他们都是男人。"

老师接着又问："如果加上李清照、慈禧呢？"

来福急了："他、他们都是中国人。"

老师笑了笑，问道："你再说说，拿破仑和恺撒有什么共同点？"

"他们都当过皇帝。"

"他们和达尔文、希特勒有什么共同点？"

来福答到这时已经摸到窍门了，他得意地回答："他们都是外国人。"

老师又紧逼了一句："那他们和我前面提到的这些人有什么共同点呢？"

来福一竿子捅到底："他们都是人。"

老师又问："据我所知，这些人中诸葛亮养过鸡，慈禧、恺撒还养过狗，把这些动物都算上，他们和它们有共同点吗？"

老师这么一问，来福的头上开始冒汗了："这个……这个……他（它）们都死了。""嗯，的确都死了。"老师点了点头。

来福腿一软，坐了下来，心想，这下问题该到头了吧？

不料老师又说："你站起来，还有最后一个问题——假如现在他们和它们都还活着，能找出共同点吗？"

来福傻眼了，他想了足有五分钟，才哭丧着脸说："如果不算时差的话，他（它）们应该都吃过午饭了！"

☆俺学校电脑（古董级）没插键盘启动后停在一个页面，上显示：未发现键盘，下显示：请按F1键继续……

☆老师："'两点之间直线最短'这个公理是不用证明的，大家都承认，放之四海皆准！"

一同学问:"那可不可以证明呢?"

老师:"你要证明也未尝不可,你在10米外放一根骨头,然后把狗放开,它肯定是笔直地跑到骨头跟前,不会拐弯不会绕道的。狗都知道这个道理,还有什么需要证明的呢?"

☆刚考上北大那会儿放假回家,有一天和长辈出去吃饭。到一家饭店,老板跑过来打招呼,问我是上学还是工作。长辈说考上北大了,并谦虚地说我学习不好,"全靠运气"几个字还没说出来,老板接了一句:"唉,别这么说,好赖是所大学啊!"

☆早上做了个梦,梦里我和几个朋友被劫持了,大伙正考虑怎么脱身的时候闹钟响了。起来正准备穿衣服,突然想到如果我溜掉了,剩下的哥们会不会被杀掉啊?兄弟如手足,我可不能扔下兄弟们不管,于是就躺下接着睡了……

☆逛街中,突然同学惊呼:"哇!'处女书店'!"

我大惊,抬头一看,一块匾额,上书四个大字:外文书店!

☆大学校园中绝世对联。

上联:男生,女生,穷书生,生生不息!
下联:初恋,热恋,婚外恋,恋恋不舍!
横批:生无可恋

上联:相遇,相识,相知,相爱必须!
下联:小吵,吵吵,大吵,分手难免!
横批:爱恨交织

上联:我爱的人不爱我
下联:爱我的人我不爱
横批:命苦

上联:上网,打牌,谈恋爱,虚度四年光阴
下联:考研,出国,找工作,生活猪狗不如
横批:吃饱了撑的

上联:考初中,考高中,考大学,考考都愁
下联:抄语文,抄数学,抄英语,抄抄就过
横批:不信挂科

上联:昨日,今日,明日,日日难熬
下联:早餐,午餐,晚餐,餐餐难进
横批:大学生活

上联:昨夜校园漫步,看见青蛙装酷,呕吐,呕吐,只能拿头撞树
下联:昨晚球场摆酷,忽闻恐龙撞树,恐怖,恐怖,可怜那棵小树
横批:倩女幽魂

上联:好说,难说,好难说
下联:思你,念你,思念你
横批:真爱无悔

☆上高中时,有一次小A喜冲冲地回来了,说他刚在路上看见小B,牵了个女生,觉得很少见,想捉弄一下,然后小A就从后面悄悄跑过去,飞起一脚,踹了小B一脚后,飞也似的跑回教室。一回来就给我们讲刚刚踹了小B一脚,贼爽,正给我们说呢,结果A同学突然不说话了……因为他发现小B正在教室睡觉……当时那个汗呀,小A赶紧出去找刚才那人道歉去了……教室爆笑一片。

☆一次和几个朋友约在我家集合,然后出去玩。就差一个哥们,人就全了。无聊,就在电脑上看电影,法国片《你丫闭嘴》,还是东北话版的,很搞笑。

这哥们姗姗来迟,见我们看的很有兴致,问:"什么电影啊?"

我说:"《你丫闭嘴》。"

这哥们说:"我问你电影什么名字?"

我说:"不是告诉你了么,《你丫闭嘴》啊!"

这哥们似乎明白了,点头说:噢……

隔了几天又聚,这哥们突然拉住我,问:"你告诉我,上回你们看的电影到底叫什么?"

我:……

☆初中的时候住校的,管理比较严格,有同学耐不住寂寞,晚上就偷偷地去网吧玩。因为大门是关闭的,只能跳墙,这位同学就从厕所向外跳,没想到起跳力度小了,直接跳进了粪池里,半夜两点啊,走了20里路,回家了。

☆那天我们班一女同学心情不好。于是就找我出去陪她吃饭。吃到一半的时候,她点了1瓶啤酒,然后问我:"能陪我喝点酒吗?今天心情不是很好。"

我犹豫:"额!那个我不会喝酒,对不起啊!"

"喔!是吗!我也不太会喝,而且一喝醉就乱亲人,哎!"说完还看了我一眼。

我沉默了一会儿,然后转头对服务员说:"服务员,再来4瓶啤酒!"

☆上初中的时候，班主任是个老头，和我们关系特别好，他平时就好抽烟，学校是禁烟的，就总看他在学校门口抽。

有次上语文课，正在学一首诗，有句话是这样的"你托起手中的宝塔山"，老班头声情并茂地为我们朗诵，读到这句的时候变成这样——"你托起手中的红塔山！"

一片安静后……

底下有同学问："老师，您烟瘾犯了吧？"

☆初中一日，班主任大骂男生A，骂完后扬长而去，男生A冲着班主任的背影大喊一声："你这死老太婆！"

班主任闻声立刻折返回来，大骂男生A没有家教，嘴巴不干不净，没有男人腔调，男生A不予搭理，以致班主任越骂越气憋得不轻，最后出口说："你要么在班级面前承认你不是男人！否则我打电话告诉你爸！"可见这个爱美加极度自信的老女人被激怒导致丧失了理智。

男生A害怕他爸爸的，他磨蹭了半天走上讲台，大喊一句："我是太监！"

☆在我上中学的时候，一日，适逢我最讨厌的物理课。本人正当无聊，发现一件非常有趣的事，遂小声告诉同桌。不料，一根粉笔头击中我的脑门。"站起来！把你刚才跟她说的话说十遍！"

面对老师愤怒的脸，我小声嘟囔。

"大声点！让全班都听到！"

遂狠下决心，大声喊道："老师的拉链没拉！老师的拉链没拉！老师的拉链没拉！老师的拉链……"

☆我和一同学一起吃饭，我点了个肉沫粉条，吃到一半的时候，我夹了一根粉条，很长，我坐在位置上手举到了最高还是没完，我就举着站了起来，还是没完，接着我就站到食堂的凳子上，终于完了，我这时高兴地对同学说："这粉条好长啊！"同学低头在笑，也不回答我，我再四周一看，我的天，整个食堂的人都在看着我……

☆初中时候，与一老兄争论一道题目，相持很久，大家各不相让。

本来想坚持自己的观点，反驳他的，不料情急之下，俺竟忘了怎样说话，一个劲地对他吹口哨，弄得那老兄莫名其妙："你干吗呀？"

☆上初中三年级时，一次全班都在很安静的自习，我坐第一排，班主任坐我后面，当然我很清楚这些。

一同学迟到很久在门口喊："报告！"我突然很清脆大声地用普通话说道："进来。"全

班包括老师哄堂大笑。事实是在他喊报告那刻，我真以为自己是个老师了！

☆我上大学时跳过一个巨可怕的集体舞，需要急速摔倒、高抬腿等暴烈的动作。大家没练几天就都不行了，浑身都是青的，有的腿部肌肉还拉伤，我伤得比较厉害。

下午我去上课，在三楼，我的一条腿根本抬不起来，就那么硬往上走，简直就是把那条腿直着往上送。正走着，听见后面一个女孩跟她男朋友说："还是大城市的学校正规一些，在我们老家，这种小儿麻痹的根本不能上学。"

我狂晕……

☆我记得我上高中时，见一要好的哥们在校门外买大饼吃，你们也知道嘛，高中时期用脑过度经常会饿，我就马上跑上去先是捶他一下，然后夺下他的大饼就啃了一口，还骂骂咧咧地说："真不够意气，买饼也不带我买一个。"结果一口饼还没咽下去，抬眼一看才发现认错人了，这也就算了，我后来居然边说对不起，还边把我咬了一口的那个大饼往那男的手里一塞就跑了，整个过程一气呵成！

记得当时跑回学校大门往回看时，那男的还站在摊子前，手拿那个缺了个口的大饼发愣呢。我到现在有时候想起这事还忍不住捶自己一下！

☆我宿舍那哥们，有一次教授对他说："×××，你以后不要迟到了，那样会影响你的睡眠质量。"

☆实习时碰到三个自己教的女生，一排很脆生地叫"老师好"，我当时居然也就回了一句"老师好"，事后觉得再无颜面立讲台之上了。

☆我大学的时候，有一次下课回宿舍，不知道为什么我宿舍的门怎么也打不开了，我一怒之下一脚把宿舍门踹开，进去以后突然不是自己宿舍，原来自己多上了一层楼……最糟的是，居然还有一个逃课在宿舍里睡觉的家伙被我惊醒，吃惊地看着我。

☆班上有一迟到大王，忽然一天很早就到了学校。惊奇之余，暗暗佩服他的改过之心。上完早自习，老师开始正式上课，突见那个迟到大王背着书包进了教室。老师怒问为何又迟到了，曰："吾很早就到了，只是书包忘在家里，又回去拿了！"

☆一男同学，某天顾镜自怜，忽转头对后面的

人说："我的胸毛美不美？"吓人一跳！周围人狂晕！

☆高中时一同学成绩虽然很差，但非常用功，经常向老师、同学请教一些低级问题。一次班主任表扬该同学："某某同学成绩虽然不太理想，但他不耻下问的优点还是值得全班同学学习的，不耻就要不耻到这种'无耻之极'之境界！"全班哗然。

☆本人上初中时，由于农村初中条件差，操场没有田径跑道，体育课长跑项目只好在公路上进行。一日长跑测验，我正跑着时，恰好遇见我爷爷路过，他拽住我呵斥道："跑啊跑，不浪费鞋（底）么？"在场同学不禁愕然。

☆大学时读会计专业，一年级时学《会计原理》专业课，期中考试一同学不及格，低级错误甚多，专业课老师愤而斥之："这么简单的题目你都做错，你可以称得上是'十足混账'了！"后该同学的绰号变更为"混账东西"。

☆老师："同学们，地球是什么形状？"
学生："地球是圆的。"
老师："威利，你怎么知道地球是圆的呢？"
威利："好吧，那就说是方的好了。我爸爸妈妈说过，学生同老师争执是很不礼貌的。"

☆小白刚上高中，对学校还不熟悉。开学第一天晚自习，同学们都在认真看书，小白今天吃了乱七八糟的东西，肚子疼，想去厕所解决内急。走到一个小门前，从里面散发着臭烘烘的气味，小白立马断定是厕所，便在里面方便，方便完，心满意足地从厕所走出来，被哥们小达撞见了，小达简直傻了眼，大叫："兄弟你竟然有这种嗜好！"
小白觉得莫名其妙："什么？"
"老兄，你竟然爱好上女厕所！"

☆高中体育老师不太管事，课上随便让大家闲逛。一次学校调查，一同学在体育老师的缺点栏里写道：牛儿还在山坡吃草，放牛的却不知哪儿去了……

☆我家的抹布都是用不要的衣服裁成的，高中时我车座下就放了条自己穿破的内裤当抹布。结果一天下雨，我在拿"抹布"擦车座时，刚好被我们班英语课代表（女）看见了，于是问我借。当时我不知道是借好还是不借好，犹豫了一下还是给她，她拿过来一看，很是尴尬，不知道是用好还是不用好，于是草草地擦了一下赶紧还给了

我。这事让我以后见到她都觉得很不好意思……

☆上次放假回家，在火车车厢里有个小姑娘拽着个拉杆箱从我脚面上拉过去，她回头看了我一眼，当然，我是准备听一声"对不起"的，可谁知小姑娘说的是："讨厌，硌死人家了！"

☆今天下课走在山间的小路上，突然脚底"crash"一声，我身旁的师姐大叫一声："啊，你踩到一只蜗牛啦！"
"啊？有那么大的蜗牛吗？"
她说："你踩扁了，所以它变大了……"

☆一同学到北京学习，在我这儿凑合住了几天，临走时我问："你对人大有什么感觉？"
他说："怎么说呢，感觉人大的人个个都像神仙。"
我一阵喜悦："此话怎讲？"
他说："人大的女生个个长得都像七仙女，而人大的男生却个个长得像济公！"

☆某天正在实验室作实验时。
猛然一抬头："奇怪？窗外为何一直有浓烟冒出？"学长一声"哇，糟糕！"立刻夺门而出！过了一会儿，学长一脸无奈地从外头回来……我们着急地问："发生啥事了吗？"结果，学长面无表情地回答："有人在发动车子！"

☆小明参加大学联考前夕，其父为鼓励他努力争取好成绩，遂对小明曰："小明啊！为了鼓励你能在这次联考中取得好成绩，爸爸决定，如果你这次联考总分有三百多分的话，爸爸就买辆三万多块的机车送你；总分四百多分的话，就送你四万多块的机车；更高分的话一样以此类推。"
成绩单接到后，小明紧张地问他爸爸："爸爸，你知道哪边有在卖一万多块的机车吗？"

☆毕业典礼上，校长宣布全年级第一名的同学上台领奖，可是连续叫了好几声之后，那位学生才慢慢地走上台。后来，老师问那位学生说："怎么了？是不是生病了？还是刚才没听清楚？"学生答："不是的，我是怕其他同学没听清楚。"

☆数学课上，教师对一位学生说："你怎么连减法都不会？例如，你家里有十个苹果，被你吃了四个，结果是多少呢？"这个学生沮丧地说道："结果是挨了十下屁股！"

☆儿子："今天老师教我们说'是的，先生。'和'不，先生。'"
父亲："你学会了吗？"

儿子："不，先生。"

父亲："管爸爸不能叫先生。"

儿子："是的，先生。"

☆彼得是一个聪明的孩子。但因其贪玩，所以学习成绩不是很好。有一次，语文课老师问他："你知道《罗密欧与朱丽叶》是谁的作品？"

彼得懒洋洋地回答："我怎么会知道呢？像我这么大的孩子是不喜欢看莎士比亚作品的。"

☆作文课上，老师出的题目是《欢乐的元旦》，要求每个同学具体、详细地描述元旦那天热闹的场面和欢乐的情怀。没过几分钟，小涛就交卷了，老师一看，上面写道："元旦那天太热闹了，我的心情激动得简直无法用语言描述。"

☆一新生买了一个烤饼，正走在路上，突然迎面开来一辆大车，惊慌中烤饼失手滚落于车轮之下，待车过去，正自懊悔的新生惊奇地发现，烤饼完好无损地嵌在地里！为不浪费，他决定将烤饼拣起来，可无论手抠勾撬均未成功，正为难时，恰逢一好心老生经过，了解情况后，老生二话没说，立刻从书包中掏出一根油条，只见"叭"地一下，烤饼应手而出！

☆小明上学来，同学们发现他脸上肿了一大块，就问他是怎么弄的。小明说："昨天我和爸爸去公园划船，有只蜜蜂落我脸上了。"同学又问："那你把它赶走不就行了？"小明说："我还没来得及赶走它，我爸就用船桨把它拍死了！"

☆在一所著名大学里的历史课上，教授正在向来自各国的同学提问："'要生存还是要灭亡'这句名言出自谁的口中？"

沉寂了半天之后，古田站起来说："威廉·莎士比亚。"

"很好，被誉为'欧洲的良心'是指谁？"

"罗曼·罗兰。"

"'要么给我自由，要么让我死'这句名言最早出自谁之口？"

"1775年，巴特利克·亨利说的。"

"很好，那么'民有、民治、民享'是谁说的？"

"1863年，亚伯拉罕·林肯说的。"

"完全正确，同学们，刚才回答问题的是位日本学生，可是作为欧洲国家的学生却答不出来，太遗憾了！"教授不无感慨地说道。

"干死小日本！"突然有人发出一声喊叫。

"谁！谁说的！"教授气得语音都颤抖了。

"1945年，杜鲁门总统说的。"约翰站了起来。

"你以为自己在干什么？"教授生气地说道。

"麦当娜说的。"杰克也站了起来。

"这真叫人恶心，简直无法无天了。"教授气得浑身发抖。

"1991年，乔治·布什会见日本首相时候说的。"斯蒂芬也坐不住了。

课堂立刻陷入了混乱之中，所有的学生都开始议论纷纷，一些学生开始起哄："耶！真×的够劲。"

"克林顿对莱温斯基说的。"玛丽毫无表情的接话道。

整个班级都陷入混乱，一些学生冲古田高喊："你这泡狗屎，你再敢说话我就把你干掉。"

"2001年，盖瑞·康迪特对莱薇说的。（注：莱薇系白宫实习生，2001年被谋杀于华盛顿。其前男友、民主party人康迪特作为嫌疑人被拘捕）

教授愤怒得说不出话来，隔了一会儿，他大踏步地向门外走去，到门口时，他冷冷地看了所有人一眼："我会回来的。"

"阿诺得·施瓦辛格说的。"鲍勃终于插上话了。

古田委屈地一摊手："我没做什么坏事，为什么会这样？"

"张国荣说的。"李小丽一脸崇拜的神情回答。

所有的学生都围成一个圈，汤姆有些垂头丧气："该死，我们完了。"

"希特勒说的。"伊汉诺娃立刻回答。

一个学生说："这回我们有大麻烦了。"

"2002年，亚瑟·安德森说的。"简回答道。

（注：亚瑟·安德森，安达信会计事务所，美国五大会计公司之一，2002年因为安龙丑闻而陷入倒闭境地）。

赖特叹了口气："今天将是一个很有意义的日子。"

"本·拉登说的"。克瑞斯终于为自己能说出一个名字而得意。

"这绝非是我最得意的一天。"古田惭愧地说着。

"托尼·布莱尔说的。"已经不知道谁在回答。

这时校长和教授一起进来了，他脸色铁青，几乎是一字一顿地说道："你们要为此付出代价！"

"斯大林说的。"全班同学异口同声的回答。

最无敌的考试笑话

☆"小华由于考试作弊被开除了。"

"怎么回事呀？"

"考生理卫生时。他数自己的肋骨，结果被发现了。"

☆高中时有个同学叫昆虹，考试时把名字写成了昆虫，还被改卷老师拿着试卷去问班主任我们班有这个人没有……

☆初中有一次政治考试，问："当你看到国旗升起的时候你想到了什么？"我什么都想不出来，就想写，我很激动。结果一紧张写成了"我很游动"。

☆一次考试，有一道题是："你知道三民主义的内容吗？"

我班一同学答："知道。"

☆高中考试，要求写一句有"春"的诗句，同学写"柳暗花明又一村"。

☆数学老师眼神不好。某日监考，考场为防阳光，拉了窗帘。窗帘缝隙，有些光线射进。老师路过时，注视光线良久，最后竟然迈了过去。

☆一口吃的监考老师发现一学生在作弊，便气急败坏地指着那学生吼道："你……你……你……你……你竟敢作弊，站起来！"语毕，有5名学生站了起来！

☆某天考生物，其中有一题是看鸟的腿猜出鸟的名字。某生实在不懂，生气地把卷子一撕准备离开考场。

监考老师很生气，于是问他："你是哪班的，叫什么名字？"

某生把裤腿一掀，说："你猜啊，你猜啊。"

☆高中同学抄书发现题目有歧义，就拿课本和老师理论，老师过了3分钟才反应过来，叹息不已。

☆考试的时候有人抄答案，本来是丨×丨，结果第一个人抄成了1×1，第二个人又等了一步，最后得1！还有一题答案是b/q，第一个抄成6/q，下面是6/9，最后一位还给化简了，成了2/3！

☆考试拿到试卷，有个同学惊叫："居然考数学，我以为考英语呢！"

☆我最赚的一次是什么也没有准备，一心以为要死定了，已经准备好复读费了！

来到考场坐着发呆，结果监考老师要求大家换位子，我到新的位子一看：哇哈哈哈哈！所有的答案都抄在桌子上，而且抄的很全！四处望了一下，发现一位兄弟正双眼喷火地盯我！哈哈，结果我这门课就顺利通过！

☆某达人考试时一直睡觉，然后快交卷时醒了，左右看了看，发现后面同学的卷子做完了还没有写名字，顺手拿过来写上自己名字交了。

☆大二时，考试跟体育系的人隔排坐。我们同学尽皆大方，只要不影响我们，随便他们抄我们的试卷。有一强人从头到尾狂抄我们一个同学的试卷。考完交卷了，他很神秘地问我们同学："为什么那道大题要先写很多字，然后画个大框和大叉，然后再写一段啊，是不是有什么格式规定？"全体昏倒。原来是我们同学答了半天发现错了，划掉再写，他老人家竟然一丝不苟地全抄了。

☆我大学的时候，一次考试，一个女生被抓了现行，被监考老师没收了准考证，并勒令她收拾东西离开考场。那女生趴在桌子上，慢慢地肩膀开始一耸一耸，监考老师是个老头，一看这情况，走过去安慰道："没事，又不是全部科目不让你考了，回去吧啊？"

那女生居然渐渐哭出声来了，老头一看这情况说："别哭了，好吧，我把准考证还给你，不算你作弊好了吧？"那女生也不理他，大哭起来，一把鼻涕一把泪的，老头害怕了，凑过去说："要不……咱再抄点儿？"全班晕倒！

☆大四考内科时，监考老师是医院的医生，平时和我们关系不错！那次题目狂难，大家就开始交流了！老师比较腼腆，只是咳嗽几声，但见我们毫无反应，一时束手无策，干脆，每当我们"交流"得很热烈的时候他就到外面抽烟，两个小时考完，他也抽完了一包中华！有一哥们出来后立马递上一包中华，并说："辛苦了！"

☆中经史考试前一天晚上，我去教室抄桌子。

边上有个女生不知道抄了多久已经抄了一桌面了。后面有个兄台在呼呼大睡。那个女生走了以后，睡觉的那个兄台走上前来，掏出改锥把那女生抄的桌面卸了下来，换在自己的桌子上，然后接着睡……

☆本人高考那次，有位酷哥迟到了，坐下以后监考老师问他为什么迟到了，酷哥简洁地说了三个字："有原因。"

☆以前考试全英文的卷子，一开始学校准许带电子词典，结果大家都在里面狂输东西，后来电子词典不让带了，但可以带普通字典，我们同学就把打好东西的A4纸裁得和字典一样大小钉在里面……居然连页数都有。汗……

☆在好多大学，年轻老师多，一般监考都很没意思，于是就看女生。漂亮女生学习又不好，于是后果可想而知。有次监考，一个女生很漂亮，特妖艳那种，很出名，全楼的年轻老师都借故来看了一圈儿，可怜那女孩衣兜里的小条，一直没拿出来，只好补考，又被老师们参观一回。

☆高中时一次政治考试，最后一排一男生将课本摊在大腿上奋笔疾书，不料监考如乱马般悄无声息绕到其后，轻抚其肩。该生惊觉，面不改色曰："对不起，桌肚里东西太多，放不下，只好让它待在腿上。"随即低头继续疾书。全班倒。

☆初中时，隔壁的女同学在一次生物科考试中把书扔在地上，用脚趾翻书抄，偶一直很佩服她的眼力和脚趾的灵活性。

☆我有个同学大学考英语，他买了一盒绣花针，然后把老师所说的考试内容提前刻在了书桌上（我们的书桌是那种发亮的硬板），正看是看不到的，只能斜着看才能看到，他刻了一下午，刻钝了N个针，最后手都麻木了，然后扔了一本书在桌子上占座。我想那张课桌会成为以后师弟、师妹们抢占的一张。

☆一次考金工实习（补考），考试中偶们狂抄，交卷时监考老师给偶们检查考卷，指出偶们的错误，当场修改，结果偶们最低85分，可是考试前每人交给监考老师30元（美其名曰：补考费）。

☆两同学，长得挺像！物理考试进行到65分钟，一人交卷，然后，一人上WC，交卷的人继续进来考试！

☆大二的时候，考英语，是分AB卷的，全是选择题。一兄弟在最后10分钟终于拿到答案，突然发现答案是A卷的，而自己的卷子是B卷。再拿答案已来不及。低头想了1分钟，开始抄。抄完了后，将答题纸角上那个"B"一把撕了，写了个"A"，就交了。分数出来，60分……全班对他五体投地。

☆说个偶哥们的事儿吧，有次选修课考试，这哥们睡过头了，没去参加，只好无奈地等补考啦，结果成绩一公布，这哥们居然pass了。不是没抓人，抓了N个，但是没抓到他。全体兄弟汗，后来我们分析，那老师一定是把不及格的试卷挑出来，对着分数表挨个添上不及格，剩下的就全Pass，唯独没想到还有没来考试的。

☆我一哥们感冒，考试的时候拿一空白作业本擤鼻涕。考到一半，年级主任视察，看见那哥们桌子上有几张叠起来的纸，过去就拆开检查，看见的都开始窃笑。没想到主任发现一张不是后，很有耐心地把所有纸条都打开看了一遍，全场抓狂。

☆我宿舍老大老六，玩CS一个学期，考前背了4天，都觉得很可能挂，决定放手一搏，考场上答完题写上对方的名字交了。考完了还直说，给别人考试真没压力。

☆一哥们考模糊控制，考试时间两个小时。任课老师监考，边监考边摇头："都是上课教了的呀，又不难，居然都做错了。书带了没？好好看看书！"快到点了，宣布：延长半个小时。又逛了十来分钟："你们怎么学的呀，看着书都做错。像那样做是不对的！应该这样。"转身上讲台开始板书讲解，写了一黑板，然后拍拍手：再延长半小时！那个汗啊……

☆大三信息统计最后一节课，老师问我们愿意开卷考试还是闭卷，商量后大家选开卷，觉得好歹能抄点，回去后得知兄弟班选的闭卷，考试时间安排下来，他们还先考，考完后我们赶紧去打听题目，他们还说：不用啦！巨难，你们敢选开卷，肯定死透了，到时候拿书都抄不着。等一开考，晕倒，一样的卷子。成绩下来，兄弟班被抓了一大堆，怒，去找老师理论，老师说：你们自己选的闭卷，我又没说卷子不一样。

☆考试时，因为看别人的太投入了，老师过来问我："你们××老师还好吧？"

我居然答他："还行。"结果，一个记过。

☆考试正在用文曲星的时候，突然上面的闹钟响了，那个冷……还把本来睡得香香的老师给吵醒了。考好后被兄弟们乱扁……

☆有个强人考试快结束时在那里优哉看着监考老师傻笑，老师走过来问："考得怎么样？不错吧？"他同学答："考得怎么样我不知道，你得问我前边那个。"

☆任课老师考前都会划范围，可是范围比较广，于是同学就把所有的内容都在 Word 里打一遍，然后缩小打印的比例后打印出来（具体多少比例不清楚）。一张 A4 纸的内容就被打在大概只有半个香烟盒的大小的纸上了。接着把打出来的有内容的部分剪下来，然后把第 1 页和第 2 页背对背地贴在一起。一般一门课也就顶多 4 张双面的小纸吧。这是适合冬天时候放在袖口里看的。另外一种就是适合夏天使用的，同学是女孩子，考试当天穿中等长度的裙子，仍然是以上的小纸条，贴在裙子反面的边上。考试的时候只要把裙子翻一点过来就可以了，佩服得我五体投地。但是其实监考的老师还是知道她在做什么的，于是有一次考到中场的时候，一个老师走到她身后，拍拍她的肩膀说："好了好了，及格就可以了。"真是寒啊！

☆上初中时期末考试，提前 40 分钟写完，不让提前交卷，实在无聊，就把脑袋塞进课桌里玩，结果拔不出来，后来在老师的协助下终于拔出来，交卷了……

☆某晚进行开卷考试，可以看书，不能请人。一同志晚上要跟女朋友约会，临时找人。这一哥们正看王朔的书，把资料往书里一夹就上考场了。监考的是一新毕业的女老师，见这哥们眼生，就想看一看他的脸，哥们当然是猛低头了。女老师不依，弯腰，哥们猛低头并翻书。正好翻到《我是流氓我怕谁》，女老师一看吓回去了。后不甘心，快交卷时又去看，哥们又低头翻书《我不风流谁风流》。

☆我们学校有一次考试，一个男生坐在最后一排，接到了一个同学递来的答案，兴奋至极马上展开，刚要大抄特抄，一抬头看见监考老师笑眯眯地向他走来，显然已经看见了。这位仁兄后来的行为成为我们全年级的经典：他非常坦然地直起腰直视老师，然后把答案纸放在鼻子上用力一擤，之后潇洒地扔出一个抛物线——掷入门后的垃圾筐。老师瞪了他若干眼，也终于没有勇气把罪证捡起来。

☆一次去上自习，到教室里面看见熟人，就坐那里和人家说话，人家一边做题一边和我聊天。后来发现气氛不对，一问，才知道人家在考试，我问老师呢？她说老师在最后一排睡觉……

☆偶考大学物理的时候，交卷是自己上去交的，临时看了一个兄弟的填空题，就在黑板那里改答案，老师过来问，我说名字写错了，考试结果下来一看，60 整……

☆以前考外教的，可以带字典进去。狂多人带电子字典或者 PDA 之类的，内容都先输进去了。最夸张的是有一门的东西非常多，有几个女生就一人录入一部分，然后考试的时候，无线传输……

☆考研，计算机专业课。开考 10 分钟后，偶正低头做卷子。突然计算机系主任脸色铁青冲了进来，搜走了所有人的卷子，然后宣布考试作废，第二天下午再考。正在纳闷中，别人告诉偶：试题的背面印着标准答案。当晚校领导就上了新闻联播。第二天，再考。拿到卷子一看，还是昨天的题！当即晕倒！

☆考试是指行为人以强迫他人读书为目的，以书面形式摧残他人身心的行为。有以下三种情形之一的，法定刑加重：1. 考试致人挂科、重修或以挂科、重修相威胁的；2. 考试难度过高致人身心受损的；3. 考前不划重点、不划范围、不给方向的……

☆中学的时候，期中考试语文试卷，文言文翻译"苛政猛于虎也"，偶翻译成"凶猛的苛捐杂税，比老师还要凶猛啊！"发下卷子来才发现汗啊！班主任画了个硕大的红圈，在"老师"两个字上！那个题一共 2 分，扣了我 5 分！

☆一次考数学，题目巨难，一个 20 分的大题怎么也搞不会了，我悄悄写了一个纸条："第二道大题你会不？"找到机会扔出去。老天保佑，纸条落到了我班一个学习贼好，不过性格有点奇怪的家伙那里，我挤眉弄眼，希望他能看见同窗的份上帮我一把，过了一会儿他终于把条传回来了，我几乎要流泪了，小心翼翼打开纸条，上面就写了一个字："会！"

☆听来的故事：以前想学《成长的烦恼》里的迈克作弊，把考试内容写在鞋底上，为此特意买了双平底鞋，万事俱备，没想到那天下雨！

☆鲍尔考汽车执照归来。"考上了吗？""不知道。"

"怎么会呢？你离开时主考官是怎么说的？"

"他什么也没说，我离开时他还昏迷不醒。"

照科目三考试，早晨5点就让集合，自然考的时候迷迷糊糊。

轮到我上车，起步，走，稳妥的开，考官不说话，坐在旁边。

突然，考官对我说："加油，同学。"

顿时，我受宠若惊，心里一股暖流，心想：多好的考官啊，知道我紧张，还鼓励我。

于是，我微笑着对考官说："谢谢考官。"

考官一愣，显得有点无奈。就这么开，转弯过了，考官又来了一句："加油！"

我又温暖了一把，感动了一把，还是微笑着说："谢谢考官！"

考官好像更无语了，强忍着面部表情，摇了摇头。

快到终点了，考官第3遍不耐烦地说："加油！加油！同学。"

还没等我谢字说出口，考官挺着身子指着我踩油门的右脚说："我是让你踩油门的脚加油，不是给你加油！你以为这是奥运会，我来看你比赛的啊！"

路考，考官说："前方环岛左转。"学员说："明白，前方环岛左转。"等转过去后，考官说："下车，不合格。"学员不解："您能让我死个明白么？"

考官晕晕地说："你数数你转了几圈才转过来的！"

☆一考生顺利上车后，坐在驾驶座上打火，踩油门检查完仪表后对考官说："报告考官，各仪表检查正常，请求起飞。"（应为请求起步，估计该考生自小就有当飞行员的理想）

考官听后沉稳地回答："准许起飞，注意前方高压电。"

终于快结束考试了，考官说："前方停车。"结果不料前面一个消火栓。学员很惊恐回道："报告消火栓，前方不能停车。"

☆我记得我学车第一次（应该是进场开，但是那天太晚，居然直接在路上开），一个师兄大转弯，结果开到相对车道上，迎面开来一辆大巴，大巴司机马上刹车。师傅也一个急拉手刹，然后劈头就骂："你以为是在香港开车啊！"坐后面的几个师兄笑得快晕了。

☆听我舅讲过他考车时候的笑话：那时候大家都极力地讨好考官，什么招数都用。有一位上了车，先不打火，对着身边考官一劲傻笑。考官给笑毛了，问他傻笑什么。他说："我觉得您怎么看怎么像我三大爷……"考官昏死。

☆盖克考汽车驾驶执照。

主考官问："当你看到一只鸡、一只狗和一个人时，你轧什么？"

"当然轧鸡！"盖克应声答道。

主考官摇摇头："你下次再来考吧。"

盖克连忙纠正："轧狗！"

主考官还是摇头。

盖克不服气："不轧狗，难道要我轧人？"

"你该刹车才是！"

雷翻阅卷老师的试卷答案

☆地理教过，中国产煤最多的地方是辽宁省抚顺，产铁最多是辽宁省鞍山，所以抚顺被称为中国的"煤都"，鞍山称为"铁都"。

某次考试，试卷上问：中国的煤都是（　），中国的铁都是（　）。

一个同学答：中国的煤都是（黑的），中国的铁都是（硬的）。

考完还说：老师怎么出那么简单的题目？

☆问：普罗米修斯是什么文学作品里面的人物？

一个同学答：哈里·波特。

☆问：左忠毅公叫什么名字？

一个同学答：左冷禅。

☆一次政治时政题：我国的（　）号考察船去北极考察。

我的答案：泰坦尼克。

☆语文考试：解释"逝世"一词。

我本来想写"死去"，却写成了"去死"……结果老师大怒！

☆生物考试一填图题，问一个细胞图是什么生物的，正解是"母果蝇"。

一个同学答：女果蝇。生物组老师开会研究N久，最后决定给0分。

☆高中时，生物考试，问：鸡的消化类型是什么型？

我不会，答：鸡型！结果老师在全班点名批评！

☆初中时考语文，题目问老舍先生的著名作品的名字。一同学想不起，我告诉他：茶馆。

结果那位听成：茶壶盖。被老师痛骂！

☆还有一次是数学考试，最后一道大题是两个解法判断哪个正确。我想了半天没想出来，顺便提了几个词：公说公有理！婆说婆有理！看看都没理！想想全有理……

结果数学老师把我的解法整个年级她教的四个班都读一遍以后，我就闻名了！

☆英语试题：如果一位中国学生在美国加州目睹了一起交通事故，警察来了以后问你知不知道事情的经过，应该怎么对他说？

一个人答：one car come one car go，two car peng peng，one car die.

☆A君在做语文试卷时，被一道填空题"《这里的黎明静悄悄》的作者是谁"难住。苦思良久，A君毅然在空栏上写着：霍利菲尔德。

一旁的监考老师笑问："怎么不写泰森呢？"

A君道：他的名字太短了，不像！

B君在作文中要描述一个人的外貌，遇一字不会，遂悄声问同桌："一副眼镜的'副'字怎么写？"

同桌告诉他："就是一副跳棋的'副'嘛。"

后老师批阅B君的作文，见上面写道：他高高的鼻梁上架着一副跳棋。

☆初中地理试卷，有个题目问中国最大的淡水湖是什么？结果我同学说是"茶壶"。

结果那个同学就获得"茶壶"的美名！

☆题目：某年政治试卷：资本家采用哪些方式达到对工人进行剥削的目的？

答：增加工人工资，减少劳动时间，提高福利待遇。

☆地理考试题目：山西的简称是什么？

一个考生答：醋。

另有一名考生写道：我虽然不会这道题，但是我知道一个治关节炎的偏方……

批卷老师正好有关节炎便把偏方抄下，还给那位考生多加了2分……

☆期末语文考试出对联，上联是：英雄宝刀未老。

一个同学对下联为：老娘风韵犹存。

☆试题是李清照的《如梦令》：知否？知否？

同学答：Sorry，I don't know……

☆上一句是："为人进出的门紧锁着"，请填下一句：

一个同学答：为狗爬出的洞也锁着。

☆上一句是："清水出芙蓉"，请填下一句：
　一个同学答：乱世出英雄。

☆上一句是："问君能有几多愁"，请填下一句：
　一个同学答：恰似一壶二锅头。

☆上一句是："西塞山前白鹭飞"，请填下一句：
　一个同学答：东村河边黑龟爬。

☆上一句是："天生我材必有用"，请填下一句：
　一个同学答：老鼠儿子会打洞。
　还有一人答：关键时刻显神通。

☆上一句是："身无彩凤双飞翼"，请填下一句：
　一个同学答：落毛的凤凰不如鸡。

☆上一句是："有朋自远方来"，请填下一句：
　一个同学答：尚能饭否？

☆前两句是："千山鸟飞绝，万径人踪灭"，
请填后二句：
　一个同学答：中原一点红，踏雪了无痕。

☆下一句是："为伊消得人憔悴"，请填上一句：
　一个同学答：宽衣解带终不悔。

☆上一句是："问渠哪得清如许"，请填下一句：
　一个同学答：心中自有清泉在。

☆上一句是："君子成人之美"，请填下一句：
　一个同学答：小人夺人所爱。

☆下一句是："天下谁人不识君"，请填上一句：
　一个同学答：只要貌似萨达姆。

☆上一句是："东边日出西边雨"，请填下一句：
　一个同学答：床头打架床尾合。
　还有一人答：上错花轿嫁对郎。

☆上一句是："但愿人长久"，请填下一句：
　一个同学答：一颗永流传。

☆上一句是："我劝天公重抖擞"，请填下一句：
　一个同学答：天公对我吼三吼。

☆上一句是："天若有情天亦老"，请填下一句：
　一个同学答：人不风流枉少年！

☆上一句是："良药苦口利于病"，请填下一句：
　一个同学答：不吃才是大傻瓜。

☆上一句是："人生自古谁无死"，请填下一句：
　一个同学答：只是死的有先后。

☆上一句是："管中窥豹"，请填下一句：
　一个同学答：吓我一跳。

☆下一句是："飞入寻常百姓家"，请填上一句：
　一个同学答：康佳彩霸电视机。

☆下一句是："路上行人欲断魂"，请填上一句：
　一个同学答：半夜三更鬼敲门。

☆上一句是："沉舟侧畔千帆过"，请填下一句：
　一个同学答：孔雀开屏花样多。

☆下一句是："我以我血溅轩辕"，请填上一句：
　一个同学答：他以他刀插我身。

☆上一句是："千山万水总是情"，请填下一句：
　一个同学答：多给一份行不行？

☆上一句是："仰天大笑出门去"，请填下一句：
　一个同学答：一不小心扭到腰。

☆上一句是："烈士暮年"，请填下一句：
　一个同学答：黄泉路上。

☆上一句是："吾生也有涯"，请填下一句：
　一个同学答：尔死也无边。

☆上一句是："忧劳可以兴国"，请填下一句：
　一个同学答：闭目可以养神。

☆上一句是："待到山花烂漫时"，请填下一句：
　一个同学答：我便奋力把花采。

☆上一句是："何当共剪西窗烛"，请填下一句：
　一个同学答：夫妻对坐到天明。

☆上一句是："洛阳亲友如相问"，请填下一句：
　一个同学答：就说我在岳阳楼。
　还有一人答：请你不要告诉他。

☆上一句是："蚍蜉撼大树"，请填下一句：
　一个同学答：一动也不动。

☆上一句是："两只黄鹂鸣翠柳"，请填下一句：
　一个同学答：一行白鹭上西天。

☆上一句是："床前明月光"，请填下一句：
　一个同学答：李白睡得香。

☆上一句是："三个臭皮匠"，请填下一句：
一个同学答：臭味都一样。

☆上一句是："天若有情天亦老"，请填下一句：
一个同学答：人若有情死的早。

☆上一句是："葡萄美酒夜光杯"，请填下一句：
一个同学答：金钱美女一大堆。

☆上一句是："东风不与周郎便"，请填下一句：
全班80%的答案是：赔了夫人又折兵。

☆上一句是："红橙黄绿青蓝紫"，请填下一句：
一个同学答：东南西北中发白。

☆高中的时候，考试有道题是：请写出鲁迅先生的作品《藤野先生》中藤野先生的全名。
其答案如下：藤野菜菜子，藤野英二狼，藤野武大郎，藤野花道，藤野五十六，藤野内丰，藤野隆史等等，比较绝的有：藤野小绵羊，气得老师在广播里骂我们无知。

☆暴强造句系列：
1. 题目：一边……一边……
小朋友：他一边脱衣服，一边穿裤子。
老师批语：他到底是要脱啊？还是要穿啊？
2. 题目：其中
小朋友：我的其中一只左脚受伤了。
老师批语：你是蜈蚣吗？
3. 题目：陆陆续续
小朋友：下班了，爸爸陆陆续续地回家了。
老师批语：你到底有几个爸爸呀？
4. 题目：难过
小朋友：我家门前有条水沟很难过。
老师批语：老师更难过。
5. 题目：又……又……
小朋友：我的妈妈又矮又高又胖又瘦。
老师批语：你的妈妈是变形金刚吗？
6. 题目：你看
小朋友：你看什么看！没看过啊？
老师批语：不要太拽了。
7. 题目：欣欣向荣
小朋友：欣欣向荣荣告白。
老师批语：连续剧不要看太多了！
8. 题目：好吃
小朋友：好吃个屁！
老师：……
9. 题目：天真
小朋友：今天真热。
老师批语：你真天真。
10. 题目：果然
小朋友：昨天我吃水果，然后喝凉水。
老师批语：是词组，不能分开的。
11. 题目：先……再……
小朋友：先生，再见！
老师批语：不送……
12. 题目：况且
小朋友：一列火车经过，况且况且况且况且。
老师批语：我死了算了！

强悍的老师语录

☆这个物理啊，是一门很有趣的学科，所以教物理的老师都是很有趣的老师！

☆物理物理，顾名思义，万物之理！

☆有些同学考差了，他会静悄悄地去了，有些同学不一样，他考差了，在宿舍就大喊一声："大海啊，我爱你！"

☆你不要看我这么年轻，其实我教了 20、21 两个世纪了，而且还教了三代人：人类、新人类、新新人类，对了，你们就是新新人类！人类的特点是很勤奋；新人类的特点是聪明、很活跃；新新人类呢，最大的特点就是男女都分不大清楚了……"

☆子弹击中时的速度很明显瞬时速度，我英勇就义，死是一下就死，不是死一天啊！

☆嗯，这个答案很好，与众不同！白里透红！

☆大家做题的时候一定要写定义式，这样显得我们心有灵犀，教你们三年物理，不用讲课，打手势就行了，嗯！

☆学物理啊，是使人变得聪明而又复杂的过程，你们现在都很单纯，出去会被骗子骗，你要是跟我学三年物理，你出去就能把骗子骗回来；但是呢，你要是选政治、历史，你出去还是会被骗子骗的，嗯！

☆这次考试很重要，考得好的话，皆大欢喜，不然，皆大悲伤……

☆有些同学全对，很高兴！就像小鸟一样跑到我身边……但是呢，这种同学很少啊……唉……所以我的心很痛，我的心里在流血……

☆这题很难，如果你做出第一小题，我会 30 度角仰视你；如果你做出第二小题，我就 60 度角仰视你；如果你全部做出来了，我会去跳楼：从一楼跳到二楼……

☆这条公式就是这样来的。嗯，世界真奇妙！

☆这题很好玩，你可以出给你弟弟妹妹做，他们要是做不出来，你应该对他们说什么呢？嗯？你还小……

☆亚里士多德啊，是个先贤，相当于中国的孔子，当时很多人都当他学生，跟他讨论问题，有的人就问啊，亚里士多德啊，亚里士多德，你帮我看看这个房子的风水好不好啊？

☆在中世纪，教皇掌握着很大的权力，比如说："唉，我真想当个教皇啊！"

☆文艺复兴的时候有很多名人，什么达·芬奇啦、伽利略啦、ZB（他自己），等等。

☆意大利啊，不止有比萨塔，还有比萨饼，还有必胜客……

☆我给他起个名字，叫小鸡（g），这个小鸡又叫什么呢，叫重力加速度，方向是序（竖）直向下……
嗯！海拔也是影响小鸡的因素，假设广州有座珠峰，那就好玩了！可以天天爬山啊！

☆如果没有空气阻力，那世界就恐怖了！一下雨，轻则长出肉包，重则穿头而过……

☆以后我会带把无形的刀，谁再动仪器我就切一下……

☆什么叫形变呢？不知道大家看过猫和老鼠没有，那只猫就经常发生形变！嗯！

☆大家实验的时候要注意点，砝码打烂了地板要赔地板的，打穿了地板呢？哦！你就要赔楼啦！

☆我崽对车很感兴趣的，他最喜欢玩一种车，叫四车驱……

☆这个力啊，很小，连吃奶的力都没有……

☆实验室里那位同学，你听课呀！托着头在想什么呢？哦！肯定在想今天晚上要吃什么！到底要吃这个肠仔还是那个鸡蛋呢？嗯？

☆三个和尚挑不了水，大家都没水喝，为什么呢？哦！因为他没有学物理！

☆你们陈老师他不骂我，他打我！

余弦定理你们学了没有？没有？哦，没有，好！（然后在黑板上写了一堆。）

嗯，下课以后每个同学都去问你们陈老师，每个人都要问，每个人都要让他解释五十几遍，累到他烦，露出他的真面目为止！什么？今天星期五，他已经回家了？那下星期再问！

（下星期到了。）你们问了陈老师没有？没有？哦，难怪他今天还那么快活！

☆某日学弹力。

有些同学喜欢音乐，（屏幕弹出吉他图片）他就弹吉他。

"老师你会弹吉他？"

哦，我以前弹吉他，被人说成弹棉花。所以，从那以后我就不再弹棉花，改成打篮球！

☆我们都认为学物理的比学数学的聪明，学数学没用，等等，你们数学老师是谁，别告诉他哦。

你们做那么多数学干什么，你们不要做数学了！做物理！等等，你们数学老师是谁。（众：陈森林）啊，那就更不要做了！

☆其实物理的很多东西都和生活有关，当我们学习力的"分解与合成"时，你们就可以做一个分力器；学自由落体时可以做一个反应尺；当我们学到电学时，就可以做一台电视机；当我们学原子核裂变时，你们就可以做一个原子弹。

☆这道题同桌讨论，然后回答。答错了要惩罚，两个一起，怎么个惩罚法呢？我们用同桌互揍法！

如果你做到这道题，我会觉得你很 ging（劲），嗯，非常 ging（劲）！我会爱死你，我要做你的跟屁虫，天天跟着你！

☆世界上有很多动物，如猫啊，狗啊，猪啊，还有米老鼠和唐老鸭！

☆有个人，上山喂猴子，猴子很高兴，就跟着那个人做动作。他摸摸头，猴子跟着摸摸头；他摸摸脸，猴子跟着摸摸脸；他指了指眼角，猴子围着他群殴！啊！他觉得好生气，于是下山跟管理员投诉！管理员告诉他："你不能这样啊！猴子们以为你说他们笨啊！"那个人想：哦！原来是这样子的！于是他又上山喂猴子，猴子又很高兴，又跟着他做动作。这次他想报复那些猴子，于是他拿了块砖头装作要砸自己的头，然后就晕

倒在地上。过了 5 分钟，他想：应该倒下一片猴海了吧！然后他张开眼睛，发现一群猴子围着他做这个动作：指眼角！

☆小时候曾老师内过（那个）穷啊，冒着 40 多度的高温，在那里拉红砖……

好，让我们来分析一下这块砖的受力情况！

☆听说你们班有人把我的专利放到网上去了？是不是那个杨老师叫你们学我的？

☆哈佛校训：要和柏拉图做朋友，要和亚里士多德做朋友，更重要的，要和真理做朋友。

曾老师版：要和柏拉图做朋友，要和亚里士多德做朋友，更重要的，要和我做朋友。我是什么？我就是真理！

☆ "牛顿每天都工作到凌晨，听说你们也是这样。你们在宿舍究竟是看书还是卧谈啊？"

"看物理！"

"嗯，我听到这句话我很激动，虽然我知道它是假的。"

"我很激动，我的心激动得流血！"

☆伟人啊，都比较谦虚。我因为不谦虚所以做不了伟人！

☆——你们怎么老叫他回答问题啊？难道他是你们的偶像吗？

——是啊！

——哦……呕吐对象！

☆解数学题的方法有很多，但是解物理题的方法更多，嗯！我要气死你们陈老师！你们不要告诉他啊，我觉得有些话已经传到他耳朵里了……唉，他现在都不怎么理我了……

☆下面我们来学力的替代，替代是什么意思呢？就是代替的意思……

☆这题解出来我确实要仰视你，趴在地上仰视你！

☆这都不会？这么简单还要来办公室问我？我要扯破你的衣服，抓破你的脸！

这种不合规范的式子写出去会丢你们陈老师的脸的！不过……他已经没有脸了……（与上条对照理解）

☆这段视频讲的是什么呢？讲的是一个超人，他有超强的平衡能力。他超级劲！他为什么会走

钢丝？因为他学了物理！大家学好了力的平衡，你也可以做超人！

☆关于这个问题的解答，我只有两个字给你（举起四根指头）："自己想！"

☆初中英语课做选择题，答案是不定冠词a，答案揭晓后老师故弄玄虚："同学们知道这个a是从哪来的吗？"同学茫然，老师接着道，"是从对面中心小学借来的！"

☆化学老师教我们记元素周期表：
嫁给那美女（钾钙钠镁铝），那美女归您（钠镁铝硅磷）
全体同学当场喷血！

☆不要长时间带耳塞，对眼睛不好！

☆你们不要总在一棵树上吊死，这棵树上吊不死就换棵树吊。

☆想到我高中的数学老师在课堂上讲解题，讲不清楚了，最后给我们来了一句："这个问题，只能意会，不能言传！"全班昏倒！

☆什么差什么地方多下工夫。我们在日常生活里经常说，吃什么补什么，现在我们是什么差什么地方多努力，缺什么补什么，具有针对性。

☆这道题你们可以讨论，但是不要讲话。

☆上高中的时候，我有一位生物老师叫：X二虎。
他给我们讲自然界生物的生存法则时说："一山不容两虎。"
我差点没笑晕！

☆我要找个同学回答问题。那个穿了一件很黄但是不暴力的衣服的同学。笑什么，理解我，明黄色穿透力最好了，要不小学生干吗带小黄帽——我站这全班打眼一扫，全班就这颜色最扎眼，我实在按捺不住提问他的欲望。（此同学抵挡不住所有人对他的嘲笑，羞愤地从此再没穿过这件很普通的黄色T恤）

☆假条上课前放到讲桌上，下课自己拿走，不用追着朝我要说你们考勤要留底，我知道我就看看我不拿走。不要我点名了再跟我说谁请假了，没凭没据的，你说请假就请假了你批的哦？我任课教师还没权利批呢。也不要点名的时候，远远的在教室某个角落挥舞一片小破纸说谁请假了，

我没千里眼，我需要看到谁请假，请的是不是我这个时间段，还有你们班主任签名，唔，我也觉得这样很无聊，但是曾经发生过更无聊的事就是有人修改请假时间和模仿你们班主任签名，唉，你们那技术水平也不过关……所以总之我只好更无聊了……

☆如果你真的很讨厌，从骨子里面深深的深不见底的憎恨学英语，那你也必须意识到，你课表上这些英语课，跟早晚自习一样都是你改变不了的事实。如果你没有原因就是很不喜欢你面前站着的这个人，可是上天注定这学期你每星期都有几小时珍贵美好的青春时光跟此人共度，不管你愿不愿意。你要是不来，这个万恶的人要是看不到你会很思念你，他会不厌其烦的记下你的名字，每周报给你班主任，每小时扣你2分。所以我们说世界上总有太多改变不了的事情，在你能力无法与其抗衡并使其改变的时候，你还是适应的好。

☆你这种人天理地理都难容！

☆某些同学考试时脑袋偏转的角度不要超过黄赤交角。

☆这位同学，你的灵魂现在比大西洋还遥远。

☆这个题目不知道，你该下19层地狱，不是一般的地狱。

☆到现在你们对气候还一窍不通，你们死有余辜，这种东西烧成灰你们都要记得。

☆很多题目真是只有不知廉耻的同学才会做错。

☆两艘船，一艘在热带，一艘在温带捕鱼，哪艘船更容易沉掉？
温带的，为什么，温带鱼多，船装不下就沉了！

☆开小差的同学，争取误差在8秒之内。

☆太阳耀斑爆发是很可怕的，但我要是被惹火了的话，会比耀斑还可怕数万倍。

☆有些登峰造极的同学现在彗星还写成慧星，真是充满智慧的扫把星。

☆今天地理课上我发了火，头上出了汗，太阳一出来蒸发了，在太仓南部上空形成了水汽，

下了场雨，碰巧有几滴又落回我头上，这就是一个水循环。

☆这位同学站在悬崖上面对着大海，反思他刚才在地理课上的所作所为，如果这时是白天，那么他是安全的；如果是晚上，吹起一阵风，他就会感觉到一双罪恶的手在把他往悬崖下推。（水的海陆间循环那节课上，他这样解释海风和陆风）

☆请那些在下面面无表情的女同学注视着我，虽然我知道我的形象不怎么光辉。

☆我这个人饭量很大，一顿要吃5碗饭，但是我脑力体力消耗得大，那位同学一顿只吃一碗，但他一天到晚坐着不动，两年下来，他成了只肉球，而我变成了木乃伊。（用比喻手法解释径流量和蒸发量）

☆这个纸不是给你做草稿的，更不是给你做草纸的。

☆山上积了很多雪，就像冰激凌一样，对不对。（有人说这个比喻很可爱）

☆海沟听说过吗？海底下有阴沟啊？

☆有的同学让我有犯罪感，让我觉得对不起他爸爸妈妈爷爷奶奶列祖列宗。

☆请用0.003秒回答这个问题。

☆全班刚才失踪同学一名，经调查，该生系进行非法位移，以后如果还有这样的同学，希望大家把他往死里打。

☆你这花岗岩脑袋！

☆岩石熔化成岩浆的过程就是重新投胎的过程。

☆今天我们要研究地质山。这位同学以后去开拖拉机，拼死拼活在平地上堆起一座土山，这种山不是我们要研究的山。

☆不能以貌取人，也不能以貌取山。

☆堆积层用化石来解释，最下一层的化石肯定最简单最古老，到了最上面一层，可能就出土你老祖宗的遗骸了。

☆一座山是背斜，现在怎么变成向斜了呢？就像一个人出生时是个小男孩，80岁后就变成老太婆了。

☆解释倒置地形：一个同学进来时候全校第一，但他在这里除了学习什么都做，一个学期他就倒数第一了，这就是倒置。

☆有句话叫"自古华山一条路"。上山这条路，下山还是这条路，如果说还有一条的话，就是自由落体了。

☆下面我们来讲火山，有些同学前面讲的山都不喜欢，就对火山感兴趣，上课的时候也希望我时不时火山爆发一下。

☆后面几位同学灵魂又要游离到身体外面了，我居然还要当你们灵魂的守护者，随时帮你们把它招回来。

☆有的火山我们已经可以盖棺定论了，他们长得像火山，但已经动不了了，但还有比如地中海沿岸的火山，时不时就有火光发出，甚至可以作为地中海航行的灯塔了。

☆现在，男同学和女同学，听懂了的请举手，两种都不是的，可以不举。
现在我们的时间利用率应达到NBA第四场的最后一分钟。

☆哪个同学再发出声音的话，枭首示众。

☆在我讲的时候除了教室的回音外，不允许有其他任何声音。

☆所有的岩石，当他们厌倦岩石生涯的时候，都可以借外力回到地下，重新投胎。

☆如果一条公路沿途不经过一个城市，那等于是给野人修的。

☆河谷和沟谷的区别，简单说，就是河流与阴沟的区别。

☆洪水是不会乖乖跟着河谷流的，它脾气比我还大。

☆从上次抽查的结果来看，大部分同学死定了。

☆我现在是在帮你们，有一两个混蛋还不听，马上要死了，给你救命稻草都不要，视死如归，可歌可泣。

☆我知道我的声音不好听，对某些同学来说简直是噪声，如果你不想听，你可以到外面晒太阳，在阴冷的教室里听我的噪声，对你来说简直是折磨，会影响你生长发育是吧。

☆以苏×同学为例，整张试卷他就做对了两题，我不知道他那肥硕的大脑袋里装的是什么，学习是要靠记忆的，就像我怎么知道苏×的，如果我不用记忆，我只能说那是只长着巨大脑袋的动物。
有的同学到现在一道题都没做对，这是人类的悲哀，你看苏×他还在恬不知耻地笑，那张巨大的脸全是由脸皮构成的。

☆这种题做错是不容易的。
此题选错的同学，我强烈建议你立即下沉到地底。

☆咸海地区的沙尘暴厉害到什么程度，沙子伴着盐刮到你脸上，刮了几次，你人就成一块咸肉了。

☆你声音怎么这么小，你不该来这儿，你应该去聋哑学校。

☆热带季风气候居然写成了沙漠气候，难道我们这儿——你的家乡是一片沙漠？还是你的大脑是一片沙漠。

☆如果这一道题你选D，你以后千万不要和人说你高中时学过地理。

☆我罚你们抄，不是我不原谅你们，是科学不原谅你们。

☆问你气压高低，你答什么反气旋，问你是男是女，你说你吃过饭了？

☆我们要感谢细菌微生物，如果没有它们，地球上将被以前的尸体覆盖，你100代祖宗的样子现在还栩栩如生。

☆当我们中国人还是野人的时候，我们就活跃在黄河流域。所以有人说怪不得我们是黄种人，就是从黄河流域跑出来的人。

☆我们学校有些学生来这里纯粹只是为给学校小店创收益。

☆有些人来学校里除了读书什么都做。

☆字典里什么叫混蛋，这个同学就是原始定义。

☆为什么叫石灰岩，它能烧出石灰就是石灰岩，它能烧出水泥就是水泥岩了。

☆向斜从中间到两边出土的化石会越来越新，到最边上这一带甚至会出土你老祖宗的化石。

☆试卷上的这两张烂图……证明了中国印刷术的倒退。

☆你们这些同学下课就往小店跑的，可能在无形中就破坏了内蒙古的草原，因为你们买那些甘草蜜钱啊，甘草是只有蒙古草原出产的。

☆你是混蛋，但还不算坏蛋。

☆这题如果你答阔叶林的话，我会毫不犹豫代表地理学，把你打死。

☆亚洲的风性气候，你们记住三只鸡：
热鸡（热季）
野鸡（用土话念的"亚季"）
瘟鸡（温季）

☆你们同学白天上课时的音量比晚自习时小多了，这是极不正常的，如果这种情况出现在野生动物身上，那就意味着大的自然灾害即将到来。

☆这题选c的同学，有明显的反人类倾向。

☆笔不要转，转你的大脑。

☆如果哪个同学说西北高温多雨的话，我强烈建议他在吹西北风的时候，脱光衣服，去操场上跑两圈，好好享受他的高温多雨。

☆我发现我们班有一位女同学，无论我说什么，她都以一个火星人的态度旁观这一切，注意，我现在说的是太阳系的知识，你火星人也有关系的啊。

☆有的同学无论我说什么他都始终面无表情，你是不是有面瘫啊？你跟史泰龙什么关系？

☆现在后排有些同学，他始终带着忧郁的表情坐在那儿思考，什么也不做。在他的脸上我看到了范仲淹的风采，先天下之忧而忧。

☆我给一个学生讲什么是东南风，讲了半个小时他还是不懂，跟着我的猴子都懂了！

☆现在我们教室低纬地区的个别女同学请注意。

☆你这个混蛋的作业是白板，你这种人以后考试考得好的话是对科学的侮辱。

☆大家都是高级灵长类，差别怎么就那么大呢？

☆你信不信我把你枪毙啦，再拿出去活埋！

☆我要把你们骂得体无完肤，一丝不挂！

☆看黑板，大家应该看得出来，月亮始终绕着地球公转，没有错嘛，嘿！看好勒，公转没婆转？

☆你们一天到晚就听那些软绵绵的流行音乐，什么我爱你呀，你恨我呀，最后抱在一起死。

☆明天要是还有人背不到那个，我冲下来就给你一巴掌，第一，爱你；第二，加倍地爱你；第八，加倍加倍地疼爱你。总之，含义很多的。

☆期末考试前的晚自习，老师叫全班起立，举手宣誓：我很行，我不作弊！

☆你小人心"剁"君子腹。

☆记得不要逼对方！等你逼他死给你看就麻烦了。

☆你们首先要完成你们的学业，然后完成你们的事业。这个时候你们就可以开始寻找你们的另一半动物，完成1+1等于3的伟大工程……

☆以前我跟你们讲过，澳大利亚有一种苍蝇专门吸甜的东西，人们把苍蝇抓来炒吃，把里面的糖水挤来吸，为什么呢？因为那里没有垃圾。有的家长不管小孩，一天只知道吃、喝、赌，还有个字你们自己填空！十分清洁，你看我们一中的苍蝇，谁敢捉一只来吸。

☆你们是不是想春游？我们明天就去！每个人带两个馒头，去地下商场转两圈！

☆我们班上有部分女生，穿衣服喜欢学习人家西方国家搞什么朦胧感，这样很不好。第一，影响你自己；第二，影响市容。

☆某个男生，跑到高二的女生班上去。膝盖都跪破了，那个女生班上的门留一条缝缝。然后那个男的就在那求。哭得稀里哗啦，安静几秒钟以后，"张××，是不是你？"

☆有些男生整天抱着美女照片，上课看，下课看，晚上睡觉还把它放到枕头底下，你以为她会来找你啊，他会做梦给你啊？

☆你们年纪轻轻的，嫩分分的，一睡就睡着了，像我就不行了，我失眠都破吉尼斯纪录了，全世界每天东半球醒得最早的就是我。

☆不要作弊啊，我要是发现了，不但要撕碎你的卷子，还要撕碎你的心！

☆人家问"为什么"，你们答"怎么办"；人家问"怎么办"，你们答"为什么"！就像是一个男的和一个女的，走在夏威夷的海滩上，那个女的问那个男的："你到底爱不爱我？"那个男的说："你看，今天晚上的月亮好圆啊！"（说完的瞬间使劲的拍手）好！这就是你们答的题。

☆你们思想怎么那么短命啊，你们身上的每一根汗毛都没有智商！

☆地球只有妈妈好！预备！唱！

☆有些同学思想不健康，老师明明叫别人看45页，他偏叫人家看125页，你有没有良心啊？人家哪里对不起你啊？你居然敢如此胆大，在光天化日之下赤裸裸地把人家给骗了，信不信我一拳把你打回家去……

☆不要在下面做小动作，一旦被我发现，我会在001秒内做出反应。

☆拿纸和笔给我！写！公元×年×月×日下午×时×分×秒，我在上龙老师第几节课的时候，上课说话。被老师发现——好，签名！你们签你们的名字！

☆睡！你再睡！老子一拳你就是个粉碎！

☆呵呵，你们回国发展了？英超和NBA（美国篮球职业联赛）的板凳上不好睡觉，准备回教室好好睡吧。

☆假如有一天你在地下挖到秦始皇和武则天的恋爱日记，你能卖多少钱？

☆有三种情况你们可以不来上课：第一，你发烧发到98度，可以不来；第二，凯里发生地震啦，你落下去，爬不上来，也可以不用来；第三，天上下刀啦，你来学校你就被捅死，你也可以不用来。

☆你吃，你再吃！我把你枪毙啊！再吃面包把你活埋呀！吃！老子要你吃！

☆瑞士银行是世界上保密最好的银行，你们知道瑞士首都在哪吗？这个都不知道，就是法国的纽约嘛！

☆你进教室大喊三声我是方世玉，我就原谅你迟到！

☆虽然数学领域里没有 –0，但是我就是要给你打个 –0 ！

☆你们一放学就要回家。回家。回家干什么嘛！你们又没有家！那个是你们爸爸妈妈的家。你们还没有家。你们要是有家就麻烦了。

☆你们不会写就瞎写嘛，瞎写总写的到吧。

☆司马相如下嫁卓文君。

☆菲律宾死在麦哲伦。
  ☆恒"星"绕着行"星"转。

☆麦哲伦航行经过菲律宾海峡，再绕过加勒比海！

☆长安的首都是长安。

☆这些小钱我还是给的起的。

☆我找不到要娶的人，我老婆找不到要嫁的人，两个没人要的走在了一起。

☆吃衣穿饭，即是人伦物理。

☆西施效颦。

☆女生工作了不穿高跟鞋会嫁不出去的哈～

☆科技是第一生产力，也是第一破坏力。

☆秘书秘书，秘书就是擦鞋的嘛！

☆你们有先进的交通工具抄题目啊？

☆你们 KUIFA 两个字不会写啊？写给你们看！"溃泛"是这样写的吧？反正我不知道，这考试的时候要写对哈！

☆答题目就像剥笋一样，一层一层剥开，越剥越明白……
  答题目就像剥洋葱一样，一层一层剥开，越剥越想哭……

☆化学化学，就是变化之中的学问嘛。
  哲学哲学，就是折磨人的学问嘛。

☆君主立宪制下的君主，有可能是女王，当然，也有可能是男王，当然咯，男王也叫国王。

☆背景跟影响有血缘关系。

☆美国经济危机爆发，农场主把牛和牛奶都倒进海里了。

☆他答案没我答案好哈，还是听我的，当然，还是要看下他的咯。

☆你们要知道，扣分事小面子事大。

☆男生宿舍再不搞干净跑大圈，限时，不干净再加，跑死你们去！

☆你们怎么不会答题啊？写个"答"（第一声），点两点，"意义"，点两点，再来"特点"，点两点！

☆同学们，你们要看分数答题啊……像看菜吃饭嘛，都是一个道理的。

☆大家不要撒谎，我就不撒谎，当然了，有时候跟老婆撒撒谎还是难免的嘛。

☆罚校花洗厕所。

☆以前都说学文科的头脑不好，死记硬背，笨仔才学文科，欢迎各位笨仔！

☆这个还是挺有意思的啊，其实也没什么意思啊……

☆不要吵，还要讲完这个，算了，还是不讲了，下课。

☆啊！你们自己去找史实哈！

☆要种面粉嘛，首先要有小麦！

☆教你们怎样复习，准备支笔，在纸上涂，图画画，口中念念有词，哈，像个神经病一样！

☆我喜欢回顾我辉煌的过去！

☆时势造英雄，首先你要是个英雄，不然你以为每个人都能成为拿破仑啊？
印象派讲的是印象，印象当然是印象咯！

☆对了，等一下你们那分数有出入的、选择题加错分的才能改，给少分的就算了，那是你们的"命水"（全班爆笑之际，若有其事的补上一句）你们不要笑，高考就是这样的。

☆你们反我，要用改良的方式，不要动不动就革命！你们要先对我，对统治者提意见嘛！

☆西方福利政策是"劫富济贫"。

☆想当初，我坐下来会回答的问题站起来就不会回答，现在你们站起来就会回答问题，这真是社会的进步！

☆我们都想分银行，钱嘞？

☆现在去农村最大的问题是什么嘞？女的怕嫁不出去，男的怕找不到老婆。

☆想当年啊！哈，是不是！当年戊戌变法的时候慈禧说过一句话：谁让我不高兴，我让他一辈子不高兴。我告诉你，你别让我不高兴，你让我不高兴，当然咯，我不会让你一辈子不高兴的，我让你当时就不高兴！

☆你们呐，后面来的那些人也别给我搞事，宿舍也要打扫干净，是吧？哈，我连你们的窝在哪都不知道。

☆贝多芬又失聪又失恋啊！气啊！

☆凡·高应该是最有才的，又割脉又开枪自杀的！

☆这也是一个丑陋，但对于很多人来讲，也是一个伟大的进步嘛！

☆物理我差不多都忘光了，什么原子，这个子，那个子，微观粒子，我不懂。

☆我经常讲我是个好人也是相对的嘛。

☆等你们毕业后，个个找老婆嫁老公的，什么死心塌地，像吃了迷魂药一样。

☆我自认为让我去教综合科的历史是大材小用了，当政教处主任天天训那些小烂仔，无聊得很，还是当班主任好。

☆同学们啊，读书是为了自己读，不是为了父母，也不是为我，读好书以后才有钱，有钱了最多送我两箱苹果吃。
考差了，像狗咬的，难受得很。
可能考好了多那千把块钱，但我从来不在乎那千把块钱。

☆你们女生，个个披头散发的，像梅超风似的。

☆徐悲鸿的十三姨！

☆清朝时广州有十三洋，有十三行，还有十三姨，你们不要以为十三姨是第十三个姨太太啊！

☆前有堵截，后有追兵。

☆我有时候也挺神经质的哈！

☆出题的老师不一定有我聪明！

☆我觉得我的答案比他（参考答案）的好，我总觉得我的好，有点自恋哈！

☆我比你家长的辈分高半辈！

☆美国佬的三亩大树（山姆大叔）。

☆人为什么会变态？是因为被逼出来的。
像我那么纯洁的人啊！恶念都被激出来了。

☆背朝黄土脸朝天。

☆不要因为有些题目讲不清楚，你们就小看我。

☆挤爆脑袋、削尖脑袋都要想出来！

☆我打"拖拉机"也讲社会秩序的。我从来不赌，呃，打麻将会赌一点儿。

☆这次校运会我们班的成绩出乎我的意料，很好，真是大快人心！

☆中毒太深，解放不了。

☆真正的教育，要发扬人的个性，激扬人的善念。

☆我的人生准则第一条：女人是靠不住的！第二条：男人是靠不住的！第三条：广外的墙是靠不住的……

☆你们知道杜甫同学是怎么死的吗？被这位靓仔感动死的。

☆人类社会的阶级等级一直延伸到遥远的外太空。

☆安妮宝贝是在告诉同学们要做个环保主义者，不能乱丢垃圾。

☆如果你没有良好的表现，你会死得很惨；如果你有良好的表现，你会很惨的死。

☆古有盘古开天地，今有对外汉语082。

☆奥巴马那家伙太拽了，是我的新偶像！

☆没有人一生下来就想"坏坏学习，天天向下"的。

☆小孩子怎么知道"秋高气爽"是什么意思，他们会想："秋高？秋高是什么糕（高）？好吃吗？"

☆这个游戏能够坚持到最后的人白吃（痴）。

☆开金矿用来做糖醋鱼，你信吗？

☆我的公司处于钻石地带，10克拉的！

☆以后戴钻戒，不要1克拉，2克拉，3克拉的，要戴一斤半的！

☆惩罚女生的最好办法就是给她买最漂亮的衣服，然后把她关在一间没有镜子的房子里。

☆写诗要有胸襟，所谓熟读唐诗三百首，不会作诗也会吟，吟出的诗不过是（想了想）中文学院真正好，老师学生呱呱叫之类的诗。

☆同学，知道张爱玲吗？她是作家，天天在家坐着。

☆知道我为什么眼镜度数不断增加吗？因为我看到你们的头上全都闪闪发光。

☆有人说金庸小说内容不是当下生活，读金庸小说逃避现实。
　　"靓女，你在看什么？"
　　"红楼梦"
　　"你逃避现实！"
　　"你在看什么，靓女？"
　　"包法利夫人。"
　　"你逃避现实！"
　　"靓仔，你在看什么？"
　　"什么也没看。"
　　"你没有现实。"

☆批改高考作文简直是对人类精神的巨大折磨！

☆基础写作课，写作真快乐！！

☆考试不要吃番薯，脑子里会一团糨糊的；考试要吃何氏经典食谱，一根油条、两个鸡蛋，先吃油条、再吃鸡蛋。注意不要先吃鸡蛋。

☆这本书写得很学术，意思是说看不懂。

☆如果你不懂那你永远也不懂，如果你懂了那就很容易。

☆大学是没有用的，因为他没有真正学东西。

☆这个公式对我来说是非常非常友好的。

☆什么叫有收益资产的期权？是这样的，什么叫有收益资产的期权呢？也就是说，什么是有收益资产的期权呢？
　　我们国家的权证就是期权，但它不是期权，有点复杂，它就是期权算了，它就是期权。
　　有三种方法，第一种方法不是方法。

☆净亏470万，金融危机就是这样亏出来的，你亏就亏470万啊！

☆欢迎你来到地球。

☆一个偶像的诞生。

☆我一直对自己感到很惊讶，对别人感到很悲哀，就是很多大学老师都没有读过《大学》。

坦白地说，全世界没有一个人像我一样，对《大学》理解得这么透彻！

☆就凭这几句话，就已经可以傲视天下群雄了。

☆（某日国政班上课仅十几个人到场）老师不以为然：当年柏拉图上课，台下走到最后只剩下一个学生，那个人就是亚里士多德。

☆我已经讲得很清楚了，只不过你们的心灵之光被遮蔽了。

☆我不怕别人误解我的思想，我是怕别人理解了我的思想。

☆你们那个"自然"不是我想的那个"自然"，你们那个"自然"一点都不"自然"。

☆好不好，愿不愿，能不能，值不值，保不保（分析国际问题和找男女朋友所要考虑的首要问题）。

☆天要下雨，娘要嫁人，地要地震，由它去吧。

☆你们不明白我一点儿都不觉得奇怪，因为明白本身就是一个很难明白的词。

☆在有生之年，能遇到一个思想家，能聆听他的讲课，这一生也就无憾了。

☆大师网上搜寻到张远山版的《逍遥游》，大发感慨地说："页面既不能下载，又不能复制，看来这个人比较自私。"

☆你不是在听我讲课，你是在听老子和庄子讲课。

☆大家如果在福布斯上面看到我的话，不要感到奇怪！

☆我非常崇拜的巴菲特经典语录说过："不要对自己有任何幻想……"

☆用来活命的钱叫钱，用来享受的钱叫财富，用来守住的钱叫遗产。

☆世界上最难做到的事就是什么都不做。

☆你可以对我的才华失望，但不可以对我这种思想失望，不然我会对你非常失望。

☆我觉得中国的汉字就是宇宙的密码。

☆从我懂事那天起，我的家人、朋友、同学、上司、同事，一切的人都认为我是一个极端的人。一个偶然的机会，我发现我不是极端，我是一种极致。

☆把汽车的后座一平放，也就成了床。

☆想当年，我是新中国第一批有电视机的人！

☆我让你们把作业发到我的信箱里，写什么都可以，如果我心情好，你们写５００字，我会回复一篇千字的，以表示我的心情。你们甚至可以写淘宝上的交易经历。在我的历史记录里，还没有一个学生拿过不及格的分数，但如果你交白卷，那就没办法了，怎么也要涂满啊。如果你真的不想做作业，别懈怠，就发个邮件，说你不愿意做就好啦。

☆华尔街没有傻子，但是一定会有疯子。

☆其实你只要走路不闯红灯，你就是一个好公民。只要你能大学毕业，你就该为自己骄傲，因为你就是一个合格的毕业生。

☆我有个60岁的朋友，他估计能够活到90岁，是正常的直线折旧。但后来，他请了一个小保姆，两年后就死了，这就是加速折旧。

☆和我一起毕业的许多同学大多数都成了什么CEO、CFO、CIO、CCO啊之类的，总是一个C加上结尾一个O，什么？CCO不知道？Cheif Culture officer。我呢，是大学财务系的主任，也是个O，财务英文的第一个字母是什么？F。然后大学是University，所以呢，就是UFO！

☆中国第一代企业经理人是搞技术出身的，那个时候物资紧缺，生产出来不愁卖不掉。第二代经理人呢，是搞……我不知道中文怎么说……Marketing出身的。你们把Marketing叫做什么啊？（市场营销）不对，叫忽悠！

☆苦不苦，想想萨达姆。累不累，想想CPA（注册会计师）。

☆男人征服世界，女人通过征服男人来征服世界。掌控了世界还要麻痹女人，让女人以男人为世界中心，这句话根本是狡诈的男人用来给白痴女人洗脑的，你还奉为圣旨啊？

☆谁赚的钱都没有自己赚的钱好用！

☆短期利益和长期利益通常是矛盾的。

☆你老爸挣 1300 一月，你老妈挣 13000 一月，我有 99% 的把握判定，你的老爸一定非常非常非常的温柔……这叫经济基础决定上层建筑。

☆科幻小说也好，电影也好，演绎了无数次的，外星人来到地球，忍不住爱上了地球人并幻化为人形与之结婚……搞搞清楚，我们对于那个跨越了几万光年而来的物种，是低等生物，跨文化还有冲突，跨物种是那么容易的事情吗？你，会不会爱上一只河马并与之结婚？有些人是用脚趾头在想问题的，都是些浪漫滴人……约等于白痴……

☆男朋友对你好不好，看的不是他为你花了多少钱，他身上只有一百块，留下一块钱坐公交车，其他的都给你了，这是优质男孩。可别他在大吃澳洲龙虾，见你来了，说："我给你留了碗泡饭，有龙虾的味道，绝对鲜啊！"

☆有些东西每个人都有的，没有就不是地球人了！是奥特曼了。

☆这个人长得一表人才，太像我了！

☆如果一个人自称自己天生是善良，那么他这个人不是至愚就是至奸！

☆我把手伸到你口袋里，当然是要偷你钱咯！难道是想伸进来捂捂手啊？

☆一学生提出"打人与被打有何不同"，请教老师。历史老师：打人是侵略者，被打是受害者。英文老师：打人是主动式，被打是被动式。物理老师：打人是施力，被打是抗力。教导主任：各记大过一次。

☆在北京，你要生七个孩子，我的天哪，你除了上吊和后悔就没出路了！

☆不仅仅作为中国人，作为一个人，也决不能答应！

☆当你的学生们知道什么是美的什么是丑陋的时候，回头想到你会和一个跳梁小丑画等号的。

☆我特佩服有的女班主任，往小本上写三行，对着这三行能念 45 分钟。
我一看见这种人，我天耶，我崇拜的发狂。

同桌间的爆笑对话

☆场景：前一天锻炼过了，腰疼。
　A："你咋了，肾亏？"
　B："腰疼。"
　A（吃惊状）："你有腰？"

☆场景：说错话了，A要打B。
　A："我手痒痒……"
　B："痒痒，您就挠呗，请用999牌皮炎平！"

☆场景：A再揭B老底，被B狂掐5分钟。
　B："你不疼啊？"
　A："疼，相当疼。反正你都掐了，我干吗不说完？"

☆场景：A打完球回来，摸了B胳膊一下。
　A："你看你这体育上的，一点汗都没出，你看看人家热的，肯定活动了。"（手指向我前面的女生）
　B："是，和我站在树荫里聊了一节课，嘴活动了不少。"

☆场景：上完体育。
　A："热啊！"
　B："心静自然凉。"
　A："那咋有热死的？"

☆场景：B买了新笔袋。
　A："真难看！你看看上面这字……"
　C："你买新笔袋了？挺好看的，不过像你同桌用的。"

☆场景：B要出去买饭。
　C："B，给我买一个肉夹馍。一个鸡蛋灌饼。"
　A："你看看，跟你在一块都变得能吃了！"
　B："这些不多啊。"
　A："人家原来买饭，是买一个肉夹馍或一个灌饼，现在是一个肉夹馍和一个鸡蛋灌饼。"

☆场景：上课。
　A："看看人家C，再看看你，头真大！"
　B："C，他说你脑小。"

☆场景：班委竞选完毕，A和C同时当选纪律委员。

　A："现在我的饭碗被人分去一半，而且分去的是碗底，我就剩个碗边了。"

☆场景：A困了，让B打他一下。
　A："你下手好重。"
　B："不是你说的吗，要打重点。"（不小心撞到桌子上）
　B："疼啊！"
　A："挨打的是我好不好！"
　B："我不小心撞桌子上了……"
　A：……

☆场景：A被B打了。
　A："疼！"
　B："让你长记性！"

☆场景：A收到圣诞节巧克力。
　B："是不是嫂子送的？"
　A："什么嫂子？"
　B："就是你老婆啊！"
　A："我老婆是谁？"
　B："我嫂子啊！"
　A："谁啊？"
　B："你老婆是谁我怎么知道？"

☆场景：数学老师上课讲冷笑话。
　A："为什么这么冷的笑话他一讲我就这么想笑，哈哈……"

☆场景：A要打人。
　A："我要打你！"
　B："为什么？"
　A："就是要打你！"
　B："为什么？"
　A："没有理由！"
　B："为什么？"
　A："不为什么！"
　B："为什么？"

☆汤姆："你的弟弟怎样了？"
　约翰尼："他受了伤躺在床上。"
　汤姆："发生了什么事？"
　约翰尼："我们比赛谁能够把身子伸出窗外最远，他赢了。"

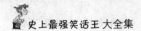

英文单词句子的另类解释

We two who and who ?
咱俩谁跟谁啊？

How are you ？ How old are you ？
怎么是你？ 怎么老是你？

You don't bird me. I don't bird you.
你不鸟我，我也不鸟你。

You have seed. I will give you some color to see see. Brothers ！ to gether up ！
你有种，我要给你点颜色瞧瞧，兄弟们，一起上！

Hello every body ！ If you have something to say, then say ！ If you have nothing to say, go home ！
有事启奏，无事退朝。

You me you me.
彼此彼此 .

You give me stop ！
你给我站住！

Know is know. No know is no know.
知之为知之，不知为不知。

watch sister.
表妹。

Dragon born dragon, chicken born chicken, mouse's son can make hole ！
龙生龙，凤生凤，老鼠的儿子会打洞！

American Chinese no tenough.
美中不足。

Heart flower angry open.
心花怒放。

Go past no mistake past.
走过路过不要错过。

小明：I'm sorry ！
老外：I'm sorry too ！

小明：I'm sorry three ！
老外：What are you sorry for ？
小明：I'm sorry five ！

Who is this man ？
这是谁的男人？

no three no four.
不三不四。

people mountain people sea.
人山人海。

long time no see.
好久不见。

power line.
电源线。

morning three night four.
朝三暮四。

want money no, want life one ！
要钱不给，要命有一条!

money or life ？
要钱还是要命？

wang old five.
王老五。

ten three point.
十三点。

no care three seven two ten one.
不管三七二十一。

play a big knife before guan gong.
关公面前要大刀。

play an ax before luban.
班门弄斧。

we are brothers, who and who ah ！
咱们兄弟谁跟谁啊！

good good study，day day up！

好好学习，天天向上！

you ask me，i ask who?

你问我，我去问谁?

I asked God for a bike，but I know God doesn't work that way.So I stole a bike and asked for forgiveness.

开始我直接求上帝赐辆自行车。后来我琢磨上帝办事儿不是这个路数。于是老子偷了一辆然后求上帝宽恕。

I want to die peacefully in my sleep，like my grandfather. Not screaming and yelling like the passengers in his car.

我希望能像爷爷那样，安静地在睡梦中死去……而不是要像他开的车上那些惨叫滴乘客一样死法啊!

Do not argue with an idiot. He will drag you down to his level and beat you with experience.

你永远不能战胜一个纯傻瓜，因为他会把你的智商拉到跟他个水平，然后用丰富的经验打败你。

The last thing I want to do is hurtyou. But it's still on the list.

直译：在这个世界上，我最不愿意做的事就是伤害你，但是这件事仍在我的考虑之列。

意译a：我真不想伤害你，但你也别逼我。

意译b：吾虽不杀伯仁，伯仁因我而死。

The early bird might get the worm，but the second mouse gets the cheese.

意译a：早起滴小鸟有虫虫! 晚到的老鼠有奶酪!

We live in a society where pizza gets to your house before the police.

在咱们这噶哒送外卖的都比警察来得快。

Some people are like Slinkies…not really good for anything，but you can't help smiling when you see one tumble down the stairs.

有些人就像弹簧玩具，没什么实在用处，但看他们在楼梯上倒腾来倒腾去还是很有喜感。

Politicians and diapers have one thing in Common. They should both be changed regularly，and for the same reason.

政客和纸尿布有一个共同点就是：他们都很有规律地被替换，而且因为同一个理由——脏了!

War does not determine who is right—only who is left.

战争不能决出正义，但能判出哪方出局。

My mother never saw the irony in calling me a son-of-a-bitch.

我妈每次对着我骂狗娘养的时候都没看出其中笑点。

I thought I wanted a career，turns out I just wanted paychecks.

曾以为我想要的是职业，结果发现我只是想要工资。

If you think no body cares if you're alive，try missing a couple of payments.

你要是觉得没人在乎你的死活，那你不妨尝试一下跟你的债主玩躲猫猫!

Evening news is where they begin with 'Goodevening'，and then proceed to tell you why it isn't.

晚间新闻总是以"晚上好"开头，再告诉你你为什么好不了。

How is it one careless match can start a forest fire，but it takes a whole box to start a campfire?

直译：一根火柴能点着整片森林，一盒火柴也生不起个营火，这咋回事!

If 4 out of 5 people SUFFER from diarrhea… does that mean that one enjoys it?

如果4/5的人在忍受腹泻的痛苦，那剩下1/5咋回事? 很享受吗?

Knowledge is knowing a tomato is a fruit; Wisdom is not putting it in a fruit salad.

直译：知识就是说你知道西红柿是一种水果; 智慧就好似不要把它放进水果沙拉里。

意译a：知识就是告诉你说应该把鸡蛋放进篮子，智慧则是叫你不要把所有鸡蛋都放进一个篮子。

意译b：所谓知识就是知道韩少和小四都属于80后，但智慧告诉你这终还是男女有别!

If God is watching us，the least we can do is be entert aining.

上帝瞅着咱们呢，大伙好歹喜感点吧！

Never, under any circumstances, take a sleeping pill a ndalaxative on the sam enight.

无论，在任何情况下，永远，不要在一个夜晚，同时吃，安眠药和通便灵。

I didn't fight my way to the top of the food chain to be a vegetarian.

老子拼死拼活奋斗到食物链顶端，不是为了成为一个素食者。

A bus station is where a bus stops. A train station is where a trainstops. On my desk, I have a work station.

公车站呀公车停。火车站呀火车停。俺桌上有个工作站……

Did you know that dolphins are so smart that with in a few weeks of captivity, they can train people to stand on the very edge of the pool and throw them fish?

海豚可聪明了你知道不？只要驯养几个星期，它们就能让人类乖乖站在池边给它们扔鱼吃了。

A computer once beat me at chess, but it was no match for me at kick boxing.

意译a：下棋，我不行；玩跆拳道，电脑不行！

意译b：下象棋，电脑把我玩得团团转；拳击，我能把机箱踹得七零八散！

Children：You spend the first 2 years of their life teaching them to walk and talk. Then you spend the next 16 years telling them to sit down and shut-up.

孩子就是：你先花2年，教他们走路和说话。然后你再花16年教他们坐定和闭嘴。

Why does some one believe you when you say there are four billion stars, but check when you say the paint is wet?

为什么当你说天上有400亿星星时他不怀疑，却偏要检查你所说的"油漆未干"？

Better to remain silent and be thought a fool, than to speak and remove all doubt.

意译a：宁愿闭嘴当傻瓜，也别学乌鸦乱呱呱。

意译b：剽悍的人生不需要解释。

意译c：宁可闭口被人当白痴，也不张口解释所有疑。

A bank is a place that will lend you money, if you can prove that you don't need it.

银行就是当你证明了你不需要钱的时候可以借钱给你的地方。

Laugh at your problems, everybody else does.

意译a：对你的问题哈哈大笑吧，别人都在这么做。

意译b：你有什么不开心的？说出来给大家开心开心。

A clear conscience is usually the sign of a bad memory.

意译a：无愧于心哈？记性不好吧？

意译b：自从那次在人妖身边醒来，每次去夜店我都提醒自己："一定要戴眼镜……"

意译c：意识清醒了，意味着不堪回首了。

He who smiles in a crisis has found someone to blame.

临危忽然微笑的那谁，定是找到替罪羊鸟！

Women will never be equal to men until they can walk down the street with a bald head and a beer gut, and still think they are sexy.

如果女人能做到以秃顶和啤酒肚在大街上晃还觉得自己倍儿性感——此时估计男女能平等。

The shinbone is a device for finding furniture in a dark room.

小腿上的骨头——在黑房间里找准家具位置的好装备。

To steal ideas from one person is plagiarism. To steal from many is research.

窃钩者诛，窃国者为诸侯。

Some cause happiness wherever they go. Others whenever they go.

有些人一来大家就开心了；有些人一走大家就开心了。

I discovered I scream the same way whether I'm about to be devoured by a great white shark or if a piece of seaweed touches my foot.

我发现，我滴脚丫被一小片儿海藻擦过时，我滴那个惨叫声——和我被大白鲨吓坏时的惨叫声是一样的。

第三辑

饮食男女的爆笑生活

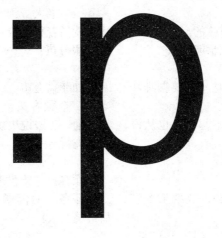

"开封菜" 里的那些事儿

☆一个男人走到前台，只对服务员说了一句："你先给我找个座。"

☆顾客冲进来直奔前台："小姐，给我来一个莫斯科鸡肉卷。"

服务员："对不起，我们只有墨西哥和老北京的。"

顾客："……那我要莫斯科的。"

服务员：……

☆中年妇女过来点餐："给我一个麦当劳。"

服务员："不好意思，我们这是肯德基。"

女："哦！那给我来个肯德基。"

服务员无语，掉头我就走了，实在不知道怎么跟她说了……

☆一名顾客走到前台。

顾客："给我一个小碗。"

服务员："啊？"

顾客指指菜单我才明白是要圣代。

服务员："圣代是吧，您要什么口味啊？"

顾客："苹果的。"

服务员："啊？对不起从没卖过苹果的。"

顾客："那个绿色的是什么？"

服务员："哦，那是芦荟口味的。"

顾客："芦荟？那不是花么！能吃么？"

服务员："能！"

顾客："算了，我从不瞎吃。我要咖啡味的吧。"

服务员：（茫然状）"对不起啊，也从没卖过咖啡味的。"

顾客："那黑色的是什么？"

服务员："那是巧克力的。"

顾客："算了，巧克力太甜，我要那个红色的吧。是草莓的吧。"

服务员：（超级兴奋，可猜对一回……）"是，您要几个？"

顾客："一个，不过我不吃芝麻，你把草莓子儿都帮我挑出去。"

服务员：……

☆一个老太太进来，态度非常和蔼地说："姑娘，给我来一斤鸡翅。"

顾客："我要两个田园汉堡，一个不放肉，另一个加两片肉……"

☆一次一个小孩进来对服务员说："给我20包番茄酱。"

服务员："小朋友，我们给不了你那么多，再说你要那么多干什么啊？"

他说："我妈说晚上给我做樱桃肉。"

服务员：……

☆顾客："来个火炬。"

服务员："啊？"

顾客："就是拿在手里的那种。"

服务员：……

☆一位顾客走到前台。

顾客："我要草莓新地。"

服务员："好，一个草莓圣代。"

顾客："不是这个，我要草莓新地！"

服务员："嗯？哦，麦当劳叫新地，肯德基叫圣代。都一样，我们这里是肯德基。"

顾客："哦，草莓新地，草莓圣代，一样啊。"

服务员："对，先生您真聪明！"

顾客："哈哈哈哈，那我要巧克力新地吧。"

服务员：……

☆一个老大爷到前台点餐，看着很熟练，都不犹豫就指着餐盘说："我要一个哥西墨！"

服务员：……

☆加菲猫上市。

一个顾客买全家桶问了句："我买了这么大一桶，（边说边摸着展示的加菲猫）送我一个小老虎行么？"

☆顾客："给我来个新加坡肉卷！"

服务员对配餐员说："你先点着，我先去后边笑会去！"

☆顾客："给我来对奥斯卡烤翅。"

服务员狂晕！

☆一位顾客掏出张优惠券扔桌上，说："就要这两样，带走。"

服务员："汉堡要辣的还是不辣的？"

顾客："嗯。"

服务员："汉堡要辣的还是不辣的？"

顾客："嗯。"

服务员："你汉堡是要辣的还是不辣的？"

顾客：（恍然大悟）"要辣的。"

服务员："那圣代呢？"

顾客："要辣的。"

服务员：……

☆服务员："欢迎光临肯德基，请问需要点什么？"

顾客："请问附近麦当劳怎么走？"

服务员：……

☆服务员："欢迎光临。"

顾客："给我一个深海鲨鱼堡的那个套餐。"

服务员："呃……先生，不好意思，没有鲨鱼堡，深海鳕鱼堡可以吗？"

顾客："啊……没有啦，那就来那个鳕鱼堡吧。"（心里还很不情愿）

服务员："……"（你怎么不要鲸鱼堡呢）

☆服务员："欢迎光临！"

顾客："请问大包的劲爆鸡米花有多大？"

服务员："这么大。"（给她指了指）

顾客："中的呢？"

服务员："这么大。"（又指了指）

顾客："那好吧，给我来个土豆泥。"

服务员：……（别拦着我，让我下去抽她！）

☆服务员："欢迎光临！"

顾客："给我来份中杯的小可乐和一个不辣的香辣鸡腿堡。"

服务员：……

最后服务员给她拿了杯中可乐和一个劲脆鸡腿堡，心想："懒得跟精神分裂的人废话。"

☆服务员："欢迎光临！"

顾客："要一个外带全家桶。"

服务员："还需要别的么？"

顾客："嗯……再来两瓶啤酒吧！"

服务员："对不起，我们没有酒类饮料。"

顾客："我记得以前有呢！"

服务员：……（大哥，你说的那是乱世佳人吧）

☆服务员："欢迎光临！"

顾客："我要一杯九珍果汁和一包大的强暴鸡米花。"

服务员："您是要劲爆鸡米花吗？"

顾客："唉，改名啦？"

服务员：……（好么，你不知道最近严打么！）

☆服务员："欢迎光临！"

顾客："给我称半斤那个什么鸡米花来着！"

服务员：……

顾客："多少钱？"

服务员："我们不批发。"

大爷把鸡米花当爆米花这么买……

☆服务员："欢迎光临！"

顾客："您好，我要一份肯德基！"

服务员："您需要什么？"

顾客："我不说了吗，要份肯德基！"

服务员："肯德基的产品有很多，您需要哪一种。"

顾客："别的不需要，就要肯德基！"

服务员：……（当时要是有把枪一定崩了那个人！）

☆服务员："欢迎光临！"

顾客："快点快点，我赶时间，就要这些！"（说着把一堆优惠券拍桌子上了）

服务员：……

顾客："快点儿啊！"

服务员：……（看着一堆麦当劳优惠券超级无语）

服务员："对不起先生，这是麦当劳优惠券！"

顾客："这不是麦当劳吗？"（他依然很镇定）

服务员：……（也许是来踢馆的……）

☆有一天，一个男顾客一进门就问："你们这儿有牛排没？"

服务员笑着回应他说："没有。"

他来句："没有还开什么店？"

服务员：……

麦当劳里的那些事儿

☆有一次做收银员，来一老外，要买甜筒，服务员问他要几个，老外右手一抬，拇指和食指伸出来，在服务员面前一比划，服务员立刻会意，熟练地为他打好八个甜筒，递到面前。老外一看急了，一边激动地在服务员面前晃着那两根手指，一边吐沫飞溅地对服务员喷口水："two！two！"

强烈建议老外买甜筒前先看几部反映伟大的中华民族打日本鬼子的电影……

☆有一个GG，做麦当劳的，没事的时候总喜欢穿上便装，去别的麦当劳餐厅闲逛。在收银台前一站，一本正经装着点餐的样子，然后色迷迷地看那些麦当劳MM。等排队排到他点餐了，MM问他要什么，他就会若有所思地盯着菜单看半天，终于痛下决心似的对MM说："请给我一个腿堡不要腿，一杯可乐不要水！"

☆因为麦当劳女孩经常上收银台，所以验钞就成了一种习惯。偶亲眼见过一个麦当劳GG还MM两元钱，那MM顺手接过来，对着灯光就开始照……

☆麦当劳有种特殊的拍掌方式，叫"爱的鼓励"，是这么拍的：啪，啪，啪啪啪，啪啪啪啪，啪啪！记得有次开员工大会，主持人MM为了活跃大家的气氛，于是就煽动大家说："让我们来做'爱的鼓励'！好不好？"她还怕我们没听清，又把这句话重复了一遍，结果，至少一半员工笑岔了气……

后来这句话成了偶们这个市场的典范。

☆麦当劳每个餐厅内部都挂着一块训练用的白板，上面标示着本月的训练进度和项目。记得有一次，白板上的训练内容写着这么一项"个性化服务"。过了两天，"个"字不知被谁擦去了，又过了两天，"化"字又被擦掉了，结果……

☆有一次和GG去吃麦当劳，我们后面那个桌子上坐着一个看上去应该是进城不久的乡镇企业家，他独自坐着，喝着一杯可乐，吃着一个巨无霸，突然他的手机响了，他急速地掏出他那个moto的手机，接通以后，很大声的说话，里面的人好像问他现在哪里，他用很浓重的地方口音说："在人民商场的这个汉堡包这里！"

当时我和GG都快笑到桌子底下去了……

☆我曾经在外卖点打甜筒，一个老爷爷叫我说："妹子，给我来碗绿豆稀饭！"

☆麦当劳好像出过什么芙蓉海鲜汤，不知现在还有没有，一个阿姨跟我说："妹子，给我来个酸菜海鲜汤……"我刚准备解释说没有，阿姨加了一句更经典的："妹子，记得，不加葱……"

☆有个叔叔，当他跨进店堂的那一刻，他就挥着手问："薯条多少钱一两啊？"

☆进来乱点单也巨多，报的全是KFC的，我就会好心地告诉他们，出门，过马路就可以了。至于要买一个麦当劳，就更多了，这时候解释总是显得苍白，每次我说完后，她们会继续执著地说："不管那么多了，还是给我一个麦当劳吧。"

☆老太太指着菜单说："给我一份臭豆腐。"
服务员："我们这里没有臭豆腐。"
老太太："胡说，我一直来吃的，就是这个！"
服务员一看，是麦乐鸡……

☆客人："来条麦香鱼，不要头和尾巴……"
服务员："先生……我把鱼鳞也给你刮掉，鱼刺也给你剔掉，就留中间的鱼肉给你可以吗？"
客人："哦……谢谢你……真是太好了……"
服务员：……

☆客人："你们这里鸡翅都是辣的？"
服务员："是。"
客人："哦……是怎么烧的？"
服务员："油里炸的。"
客人："哦……糟的有吗？"
服务员（脸当时就僵了）："没有……对不起……"
客人："那麻烦给我糟一糟好吗……"
寒死……

☆一美女（心不在焉地）："给我一份冰的薯条和一杯没有可乐的冰。"
服务员："这个……小姐……冰的薯条是生的哦……"

美女："啊……我说错了……是一份薯条和一杯没有冰的可乐。"

服务员："这样啊……饮料位……没有可乐的冰，谢谢！"

饮料位传来可乐落地的声音……

☆一男子，带着女朋友来到麦当劳坐定，对服务员说："小姐，我们两位！"

服务员（大堂的）："哦！奇怪地看看他走开……

一会儿，又绕回这个桌子，那男子又说："小姐，我们两位哎！"

服务员："知道了……你有什么事吗？"

男子："点菜啊！"

服务员："这个……我们这里都是自己去柜台点的……我不能收现金的，您自己去柜台好吗？"

男子（一脸尴尬）："哦……"

☆他买好东西，端回位置，左看右看看了良久，突然爆起……冲到柜台："你们这里买了吃的东西怎么连筷子也不给啊？叫人家怎么吃啊？"

柜台服务员（虚弱的）："经理……顾客投诉……"

经理（抓抓头皮）："先生，我们这里吃东西都是用手抓的……"

旁边的人爆笑！

☆我们店有次来个同志，问我的一个工作伙伴："你们这里橙汁是什么味儿的？"偶们当时的同事都晕！

☆顾客："有饼吗？土豆条太咸了？"

服务员：……

☆有人指着售卖触垫说："鸡翅不含苏丹红，那就是说别的都含了？"

服务员：……

☆新活动第一天早晨，一字摆开阵势。不一会儿，门外姗姗来两位衣着朴素之大姐。

我们大呼："早上好，欢迎光临。"两姐满面红光直奔柜台，拿出数十张优惠券，递给我们："我们全要。"

俺们喜，眼光对视5秒："要不要我们新的套餐。"答曰："来两套，全部带走。"柜台、产区沸腾矣，人人衣襟带风，打桌MM香手按键，慢抬眼皮轻声曰："您一共消费97元。"

两姐呼吸急促，眼望脚尖："不是说优惠券不要钱吗？"

所有人都停下来，动不了啦！全部倒地！

☆有一次麦当老的厕所排大队，有个女士排了半天进去了，出来后问我："这不是换月票的呀？"

☆有一次来了几位男子，先是要啤酒，服务员面带微笑的告诉他们没有。随后，沉思了片刻，随之说了句："那你们这儿的包间在哪？"

服务员：……

☆点早餐结束，刚把桌布收回叠好，就有一个大爷把我叫住了，问："姑娘！过来一下。"我抱着桌布刚过去，大爷就问了："今天买多少钱东西送毛巾呀？"当场晕倒！

☆卖圆筒就能气死我。

版本：给我拿一甜筒。

版本：给我拿一火炬。

版本：给我拿一雪球。

☆从门外跑来一位中年妇女："快，给我两包番茄酱！"

"小姐，您稍等……"

"别多说了，我家的鱼要糊了，我做的糖醋鱼要番茄酱！"

众人晕倒！

☆那天来了一群小朋友和一个大人，他们来到就说要特饮，我说特饮卖完了，要不来个麦乐酷吧，那群小朋友听了兴奋地说："麦内裤！麦内裤！"

☆有一次，来了一个外地人，急急忙忙地说："小姐，来个痰桶（圆筒）。"

当时，众人晕倒……

☆有天晚上10点多快打烊时，一妖艳的女的搔首弄姿地走到柜台前："我要一个珍宝三角！"

备好餐后柜台伙伴说："谢谢，12元。"

此女当时就慌了："不是珍宝3角吗？"

全场愕然……

☆有一天早上我开铺，从门口进来一个人，问道："你们这有大果子和豆浆吗？"

我当时脑子一动，说："不好意思，今天的卖完了，明天你早点来吧。"但第二天就不是我开铺了，哈哈。不知道我们的下一个伙伴是和他咋说的。

☆一日，在没有顾客的早上。身为训练员的资身员工深情饱满地对着我们的大门口喊道："早上好，欢迎光临肯德基。"

☆哈尔滨第一家麦当劳中央大街餐厅，当时营业额非常高，顾客如流，彼时麦辣鸡翅七块钱一对。一顾客点了一腿堡套加一翅，过了十分钟后，该顾客回来投诉：为什么没给我辣椒？原来当时鸡翅的宣传图片上画着两个辣椒！

☆两年后俺去辽宁抚顺新一餐厅帮忙，一日不太忙，来了一位30岁左右的大哥，MM建议买汉堡，问其要牛肉、猪肉、鸡肉、鱼肉？

思考半天，大哥曰："素的！"

☆昨天我打桌，一个男人和一个女人来了我这点东西，那男的说："那个，我要一个那个，小杯的草莓奶皮！"

我一听愣了，我说："先生，你要什么？"

那个男的感觉出来自己说错了，忙说："哦哦哦，不对，不对，小杯草莓奶蜡！"

☆一日，一对情侣来到我桌前，男的用一口纯正的北京话对我说："给我来盒鸡米花！"

我微笑的答："对不起！这是麦当劳……"

他女朋友十分不好意思地埋怨了那男的一句，转身跟我说："小姐，给我来个鸡肉卷！"

☆原来珠市口店，一个女顾客说："要一个麦香鸡套，可乐我不要能换吗？"

服务员说："可以，您想换成什么？"

女顾客："馄饨可以吗？"

服务员：……

☆有一次，一个外地妇女来我这，特别认真地问我："小姐，你这冰激凌有不凉的吗？孩子吃不了凉的。"

☆早上10：30，一位美女进来，对服务员讲："小妹，我要一杯不加冰的可乐。"

服务员心不在焉："柜台，打一杯不加可乐的冰。"我晕。

☆一次带训一个新的员工炸薯条，带训的人把薯条倒入炸栏，然后放入开口炸锅里后，跟他说："过了5秒后抖一抖。"

过了5秒后，我们就看到那个新员工手拿着炸栏不动，人在那里穷抖。哈哈哈。当时柜台笑得都不收银了……

☆我和老妈去麦当劳，我尿急让老妈去点餐，老太太就是不去，死等我，我心里不落忍，先去点餐吧，排在我前面的一个外地男人要个麦香鱼汉堡，当场打开纸包大喊一声："我的鱼呢？"

老妈听见了偷笑，心里话："还好我有自知之明，不现这个眼！"

☆经常有客人问麦香鱼是什么鱼，我就按照标准说："北大西洋鳕鱼。"

不出意外，顾客都会来一句："有骨头么？"

☆我姐夫和姐姐来看我，我请他们吃麦当劳，点了鸡腿堡，姐夫拿起正要吃，突然问了一句："有蒜吗？吃包子不吃蒜不香！"

☆一次，在M记的柜台前买东西，突然旁边有个大婶挤到排队的人群前，大声说："小姐，给两张草纸！"

收款MM一时没有反应过来呆了两秒，然后才醒悟的马上递给这位大婶张纸巾……

70、80与90后的区别

70后：他们喜欢穿七匹狼或者猛龙牌子的衣服。

80后：我们喜欢G-Star之类的。

90后：乞丐服，越花越好，越破越好。一个洞时尚，两个洞潮流，三个洞个性……

70后：他们唱K的时候只会乱吼——例如2000年的第一场雪，然后就拼命拉着你喝酒，不让唱。

80后：Mic霸一般是我们。

90后：我们不止会唱，还会跳！

70后：他们的话题除了工作就是股票。

80后：我们的话题更多，有英超、魔兽……

90后：QQ等级，QQ秀……

70后：他们如果有笔记本，会喜欢到公众场合用。

80后：我们才不会背那么重的东西在身上。

90后：只要苹果笔记本，而且不止一台……

70后：他们喜欢喝红酒，一般是长城红酒。

80后：我们要么不喝酒，要么就喝啤酒。

90后：韩国果汁，日本汽水……

70后：他们无论任何时候，看到有站着的领导，都会马上给领导让座。

80后：我们崇尚上下级平等。

90后：天上地下，唯我独尊！

70后：他们娶老婆的时候想娶处女。

80后：我们觉得无所谓，只要相互感情好就可以了。

90后：结婚需要感情吗？需要结婚吗？

70后：他们觉得每个日本人、美国人都想攻打中国。

80后：我们喜欢日本的连续剧、美国的大片。

90后：我要去日本，因为我是日系MM……

70后：他们希望中国用核弹把上面三个国家（地区）都灭了。

80后：我们希望和平。

90后：和我无关！打仗衣服会降价吗？那就打呗！

70后：他们对服务员态度恶劣，或者言语上调戏女服务员。

80后：我们只在点菜和结账时会跟服务员说话。

90后：从不和waitress说话，只会背后讨论她的衣服很土。

70后：他们有存款。

80后：我们负债。

90后：我们有老爸！

70后：他们会把房子买在番禺或者花都，然后每天早上花一个多小时乘车上班。

80后：我们喜欢在公司附近租房子，每天骑车或走路去上班，就为了早上多睡一会儿。

90后：我们住哪里都可以，只要BF喜欢……

70后：他们结交有背景有地位的人。

80后：我们结交志趣相投的人。

90后：我们结交满身文身的帅哥！

70后：他们周末约客户去吃饭。

80后：我们周末约同学去踢球。

90后：一个礼拜7天周末，想做什么做什么！

70后：他们喝酒时喜欢跟别人干杯。

80后：我们能喝多少喝多少，喝不下了，怎么也不肯再喝。

90后：我不是随便喝酒的人，我随便喝起酒来不是人。

70后：他们的家进门要脱鞋。

80后：我们家进门不用脱鞋。

90后：我们上床睡觉都不脱鞋！

70后：他们五一、国庆去旅游，然后会在各个景点门口拍下很多V字手势的照片。

80后：我们五一、国庆在家睡觉，或者约朋友去唱k，去旅游，我们只会拍景色。

90后：我们天天是五一、国庆。取消五一没什么关系……

70后：吃饭时，他们喜欢坐在老板旁边。

80后：我们最好别坐在老板旁边，那才无拘无束。

90后：我是老板！

70后：他们跟陌生人在一起的时候喜欢找话题说。

80后：我们不太搭理陌生人，故意找话题不累么？

90后：你谁啊，穿这么土，死开！帅哥，交个朋友好吗？

90后的无奈：

当我们出生的时候，奶粉里都有毒了；

当我们长身体的时候，只能吃垃圾食品了；

当我们要上幼儿园的时候，开始乱收费了；

当我们大学毕业的时候，毕业就是失业了；

当我想努力赚钱的时候，股市倒了；

当我想努力谈恋爱的时候，帅哥都成GAY了；

当我想追求一切流行的时候，又开始非主流了！

80后的无奈：

当我们读小学的时候，读大学不要钱；

当我们要读大学的时候，读小学不要钱。

当我们还没能工作的时候，工作也是分配的；

当我们可以工作的时候，撞得头破血流才勉强找份饿不死人的工作做。

当我们不能挣钱的时候，房子是分配的；

当我们能挣钱的时候，却发现房子已经买不起了。

当我们没有进入股市的时候，傻瓜都在赚钱；

当我们兴冲冲地闯进去的时候，才发现自己成了傻瓜。

当我们不到结婚年龄的时候，骑单车就能娶媳妇；

当我们到了结婚年龄的时候，没有洋房、汽车娶不了媳妇。

当我们没找对象的时候，姑娘们是讲心的；

当我们找对象的时候，姑娘们是讲金的。

当我们没找工作的时候，小学生也能当领导的；

当我们找工作的时候，大学生也只能洗厕所的。

当我们没生娃的时候，别人是可以生一串的；

当我们要生娃的时候，谁都不许生多个的。

70后的无奈：

当我们出生的时候，奶粉买不到；

当我们长身体的时候，吃肉要靠票；

当我们需要信仰的时候，信仰崩溃了；

当我们需要理想的时候，理想泯灭了；

当我们需要精神鼓励的时候，我们被物欲世界包围了；

当我们要买房子的时候，福利房没有了；

当我们要上大学的时候，大学生贬值了；

当我们大学毕业的时候，工作要靠自己找了；

当我们要谈恋爱的时候，爱情也变成钱情了；

当我们生小孩的时候，小孩只能要一个了；

当我们要孝敬老人的时候，我们上面有六个老人。

80后小夫妻的爆笑生活

☆老婆，我不该用床单擦皮鞋，不过出差刚回来，一时半会儿还改不过来，我错了。

☆老婆，你让我朝东我不敢朝西，你让我爬凳我不敢爬梯，你让吃干我不敢喝稀，你让我擦汗我绝不敢擦鼻涕！

☆老婆：亲爱的，明天是我的生日，我想干一件我以前从没干过的事，多新鲜！

老公：下厨房吧，亲爱的！

☆老公在嘟囔着：“把电视机关掉吧，把被褥铺好，再递给我一杯热茶。”

老婆回答：“不行啊，我们是在电影院里。”

☆老公一进门儿就嚷嚷：“原来咱们今晚上吃冷餐！”

老婆好奇地问：“的确是吃冷餐，你怎么知道？”

老公：因为屋子里闻不到一丁点儿煳味。

☆老公下班回来，给老婆带来一盒点心。

老婆问：“买这东西干吗？”

老公：“给你吃，哎呀，你没听昨晚电视里说的，女人多点儿甜食，性格温和嘛。”

☆老公同老婆争吵好长时间，最后老公无可奈何地说：“好吧，就听你的。”

老婆：“晚了！我已改变主意了。”

☆老公偶尔做了一次菜，两天后又做了一次。

老婆吃了一口，说：“你怎么搞的，不是淡就是咸？”

老公答道：“这次是把上次少放的盐补上了。”

☆老公每晚看电视拳击节目，什么也不顾，老婆一气回了娘家，一进门，只见她父亲也在看拳击。

老婆：“妈妈呢？”

父亲：“回你外婆家了。”

☆老公教老婆开车：想避免出事，就必须注意交通标志和信号，特别是红绿灯。灯转绿踩油门，灯转红就停车。要是我脸色变白，就减慢车速。

☆老公和老婆吵架，老婆把老公的胳膊咬出了血。

老公说：“你干吗咬人呢？”

老婆说：“君子动口不动手嘛。”

☆老公对老婆说：“亲爱的，如果当年爱迪生不曾发明电灯，那么我们现在还只能点着蜡烛看电视。”

☆老公对怀孕的老婆说：“你们女人肚量小，一点也不能容人。”

老婆指指自己的肚子说：“里边不就是人吗？”

☆老公的薪金都交给老婆，只有刚够买烟的零钱。

一天，老公高兴地对老婆说：“亲爱的，我中了5万。”

老婆吃惊地问道：“你哪来的钱买彩票？”

☆老公帮老婆买保险，签约完毕后，他问保险业务员：“如果我太太今晚死了，我可以得多少？”

业务员回答道：“大概二十年徒刑吧，先生！”

☆老公：“我想你是不愿意穿着一身旧衣服去餐厅的。”

老婆：“那当然。”

老公：“太好了，我就知道你不愿意，就请了我的女秘书帮你出席了。”

☆老公：“说是八种副食品调价，怎么我洗澡也贵了呢？”

老婆：“你属于肉类！”

☆老公：“如果不是我大把大把地挣钱，哪还有这个家啊！”

老婆：“你说的没错，如果没有钱，我不会进这个家。”

☆老公：“你为什么总让我坐在汽油桶上？”

老婆：“为了使你真正能把烟戒了。”

☆老公：“你什么时候才能烧得出像你妈妈那

样一手好菜？"

老婆："很简单，等你挣的钱像我爸爸那样多的时候！"

☆老公："结婚多年，我发现你是个意志薄弱的人。你觉得我怎么样？"

老婆："我觉得你根本没有意志。"

☆老公："哈哈，你戴的帽子真滑稽，就像……哈哈，对不起，太好笑了！"

老婆："哼！过几天等账单来了，看你还笑不笑。"

☆在商店上班的老婆每天很晚才下班，这一天又很晚。

老公："快吃饭吧！"

老婆："不用了，今天一点儿也不饿。因为我调到糕点组了。"

☆在冰箱门上挂着一张条子，是愤怒的老婆给迟迟晚归的老公的。上面写道："你的肉饼在狗的肚子里！"

☆一对夫妻吵嘴后不理对方了，老公想和老婆说话，便在衣橱里乱翻，老婆气恼地问："你到底找什么呀？"老公说："我总算找到了你的声音。"

☆一对夫妇在舞厅看跳舞，老公感慨地说："这个世界真怪，每个丑八怪似的蠢汉都有个漂亮的老婆。"老婆笑着说："亲爱的，你真会拍马屁。"

☆我哥每次跟嫂子吵架，都会把钱包塞在裤子后面的口袋，去车站守株待兔抓小偷。目前，基本他们那片小偷都认识他了……他是一个240斤的胖子，很伟岸！

☆晚上有贼进了家，老婆叫道："咱家来了个贼！"老公说："住嘴！别打扰他，我真希望他能找到点东西，我倒可以从他手里夺回来！"

☆有一次和老公一起抱着十个多月的女儿去逛超市，买了几盒酸奶，结账的时候要个购物袋，收银员说没有小号的了，硬给我们一个三毛钱的大袋儿。

我随口一说："这么大，能把闺女装里了。"

老公说："是吗？来咱把她装里试试！"晕死！

我说："别介，万一袋子不结实呢！"

这时收银员小姐激动地说："结实！可结实了！放里吧没事儿！来我帮你撑着袋子。"

就这样，在超市里包括收银员和顾客们期盼的目光中，我们齐心合力的把宝宝装进了购物袋。值得一提的是，宝宝坐在袋子里竟然还高兴的一个劲儿地摇晃。

☆老婆出差，周日我一个人开车去郊区兜风。山里空气不错，顺着小溪，我找到一处山泉，听着泉水"哗啦啦"敲打青石的声音，感觉美极了。我拨通了老婆的电话，说："老婆，我在山里，快听，泉水的声音。"我把手机靠近了山泉。过了一会儿，我问道："老婆，好听吗？"老婆哼了一声，答道："我太了解你了，你没那么浪漫，快把水龙头关了。"

☆老婆："亲爱的，如果明天天气好，陪我上街买些衣料吧！刚才天气预报怎么说？"

老公："下大雨，刮大风，打大雷，可能还会有强烈地震！"

老婆："你一点儿不了解女人的心，总不愿意讲我爱听的话。比如不要老叫老婆，叫三个字的，亲昵一些的。"

老公："明白了，老太婆。"

☆老婆："你昨晚又在说梦话了。"

老公："是的，不然我就没有说话的机会了。"

☆老婆一边给女儿裁衣服一边抱怨着："我昨天新磨的剪刀，今天居然钝得很难剪布料了。"

老公："不会吧！早上我用它剪铁皮时还快着呢！"

☆老婆问老公："你是喜欢我的温柔可爱呢，还是我的聪明美丽？"

老公答："我就喜欢你的这种幽默感！"

老婆问老公："你能告诉我事故与灾难之间的区别吗？"

老公回答说："譬如你失足落水，这就叫事故，如果人家又把你救上来，这就是灾难了。"

☆老婆："孩子不听话是该打，可不该老扭他的耳朵。"

老公："要扭哪儿？"

老婆："屁股，那是死肉。"

老公："你真糊涂，屁股听得进话吗？"

☆老婆生日那天，老公："你今天不用洗碗碟了。"

老婆喜出望外："真是太好了，谢谢你帮忙。"

老公："你留着明天再洗吧。"

☆老婆身材不错，天热时，从无袖衫、露肩

装到吊带裙，当她准备穿露背装时，老公："你是不是应该征得我的同意？起码给我留一点儿好不好？"

☆老婆抿了一口老公倒的那杯白兰地："呸！难喝死了。"

老公："可不是吗？你还总以为我喝酒是多大的享受。"

☆老婆买了张彩票对老公说："我若中了彩，就买件连衣裙。"

老公："你若中不了呢？"

老婆："那就由你给我买吧！"

☆老婆埋怨老公说："我患病卧床你却到外面跳舞，还说是替我着想！"

老公辩解说："你有病卧床，我如果把人家约到家里来跳，你肯定心烦。"

☆老婆高兴地把新买的洗碗机运回家，对老公说："你好好学一下洗碗机的用法。"

老公："我不想再学了。学会洗衣机的用法我已经够麻烦的了。"

☆老婆对老公说："亲爱的，我把汽车停在街上了。"

老公："为什么不停在车库呢？"

老婆："街上太黑，要把所有的零件都找回来根本不可能。"

☆老婆对老公说："你总是午夜之后才从酒店老板娘那回来，想想看，邻居该怎么议论你？"

老公回答："放心，我把邻居都留在老板娘那里了。"

☆老婆不客气地对老公说："你啊，我把一生中最美好的年华都给了你。"

老公请求道："别这样说，一想到更糟糕的日子还等着我，真令我害怕。"

☆老婆病了，老公生平首次洗衣服，他按夫人的叮嘱把衣服仔细分为深色、浅色及白色三堆，接着打开洗衣机把三堆衣服一股脑儿地扔进去。

☆老婆："昨天晚上你又喝醉了！"

老公："谁说我喝醉了？胡说？"

老婆："哪有别人！这是当时你自己招认的。"

老公："人喝醉时说的话能算数吗？"

☆老婆："有人说，一个人在朦胧的月色中，

容易做出傻事。"

老公："是这样，我就是在一个月色朦胧的晚上向你求的婚。"

☆老婆："我这件上衣上的扣子都掉光了，穿着它真难为情。"

老公："不要紧，我明天就去买。"

老婆："买什么？新上衣吗？"

老公："不，新纽扣。"

☆老婆："你弄错了，怎么把别人的孩子领回来了？"

老公："真的搞错了。不过，没关系，星期一早上还送回托儿所的。"

☆老婆："电视里老演婚外恋，你会有婚外恋吗？"

老公："不会。"

老婆："为什么？"

老公："有你一个我就够后悔的了，决不能再要第二个。"

☆老婆："如果我们的婚姻是平等的话，你就应该把地上的落叶扫掉一半。"

老公："落到地上的一半树叶是你的，我那一半还在树上呢。"

☆老婆："我买了那么多酱肉、火腿肠让你切，怎么一会儿变成这么一点儿了？"

老公："噢，我在食堂就是一边切一边吃，已经成了习惯。"

☆老婆："我很后悔听信你的甜言蜜语而嫁给你。"

老公："我也很后悔说了那些甜言蜜语。"

☆老婆："我们怎么来庆祝我们的结婚纪念日？"

老公："静默一分钟如何？"

☆老婆："我的驾驶技术已经十分惊人了！"

老公："才学了几天就有这样的成绩吗？"

老婆："当我开车时，路人都要纷纷逃避！"

☆老婆："听说你在夜校给学生上课时，爱叫女生回答问题，你这是什么意思？"

老公："那班50来个学生只有一个男的，你叫我怎么办？"

☆老婆："你怎么考试总也考不好，和我生孩子一样难吗？"

老公："这可不同，你肚子里起码还有货，我的肚子里可是什么都没有呀！"

☆老婆："老板，一瓶米酒，给我老公的。"

老板："一瓶够吗？你老公酒量出名的大。"

老婆："拿来喝可能不够，不过用来砸一瓶应该够了。"

☆老婆："婚前你不是说我是你的全世界吗？为什么你现在又去找别的女人？"

老公："嗯，那是因为我的地理常识变丰富了。"

☆老婆："哼，未嫁你前，说我嫁给你，要风得风，要雨得雨。"

老公："哦，扭开电风扇就是风，扭开淋浴不就是雨吗？"

☆老婆："唉！怎么一个家庭主妇永远有做不完的家务。"

老公："没办法呀！你又不同意我娶两个。"

☆最近和老婆看了一堆猫猫狗狗的悲情戏，老婆哭得天雷地动，我愣是没反应，老婆骂我木头人。一日老婆上班，我休息无聊在家里休息，寻思着为什么自己的泪点那么高，反正一个人，就哭吧，想着一些不开心的事，但弄来弄去，老是哭不起来，弄了一个下午，郁闷得要死。最后灵机一动，想着小时候的糗事故伎重演，拿着我和老婆的结婚照，心里默默念着：老婆被人肉 BoB 炸死了！老婆被 BoB 炸死了！老婆死了！老婆被人肉 BoB 炸死了！老婆被 BoB 炸死了！老婆死了！果然见效，渐渐带入角色，慢慢泪涌双脸，渐渐不能自己，口水鼻涕一股脑儿都哇哇哇地出来了！原来号啕大哭是这么爽啊！偶尔一回头，老婆提着一篮子蔬菜在房门口，惊恐地瞪着我……那晚让老婆揪着我一晚上审问，是不是我有外遇了感觉内疚才哭的那么难看……

☆刚结婚，在同学录上看到了班花的 QQ 并联系上。

大概是第二次聊天吧，了解到班花在北京单身工作，我们就互相寒暄了几句。

忽然，班花下线，我家的电话骤然响起，一看来电，是班花的，因都是大学同学，老婆接了电话，过了几分钟，老婆一路小跑到我面前，摸我的头，愣愣地看着我，我大惑……

老婆轻轻地说："我们生活不和谐吗？去找班花诉苦了啊！"

我大惊！忙解释，并打开聊天记录以示清白，哪知，一看到我发过去的最后一句话，我晕

倒在地！我本来是想对班花说："你离家多长时间了？"哪知道当时 QQ 说话的人多，为了快速，"离家"两个字连打，发过去的话变成了：你例假多长时间了？晕死！什么烂智能 ABC 啊，害得我说尽了好话，并现场示范，老婆终于开怀大笑，但是罚我为她买了一套"华歌尔"，郁闷！现在我坚持练习五笔，累！

☆老婆："这个袋子你也拿着吧。"

老公："我都拿着四个袋子了，你什么都不拿，好意思吗？"

老婆："那我还挽着你呢！你 100 多斤呢，我拿的东西不比你拿的东西重多了。"

☆老婆："咱们一直散步到那条马路吧。"

老公："到那儿太远了，一会儿该走不回来了。"

老婆："没事，你背我回来。"

☆老婆："这衣服好看吗？"

老公："好看。"

老婆："你就敷衍我，想让我赶快买完了赶快回家！"

老公："那衣服好看吗？"

老公："不好看。"

老婆："你就舍不得给我买！"

☆老公："咱们把家务分分工吧。"

老婆："好。首先，脏活累活得男人干吧，比如擦地、刷马桶、擦桌子……"

老公："这对。"

老婆："你是学理工的，我是学文科的，带电的东西得你干吧，像洗衣机、电冰箱、电饭锅、电熨斗……"

老公："这……行！"

老婆："男主外，女主内。和外人打交道的活得你干吧，买菜、交水电费、取报纸牛奶……"

老公："行，行，那你干什么？"

老婆："别着急呀。厨房里油烟这么大，可毁皮肤了，做饭得你干吧。"

老公："你就告诉我你干什么吧。"

老婆："我也有很多要干的呀。我可以陪着你，监督你，赞美你，安慰你……"

☆老婆："咱们要个孩子吧。"

老公："行。"

老婆："那你喜欢咱们的孩子吗？"

老公："喜欢。"

老婆："那不行！你就得喜欢我一个人！"

老公："好，好，就喜欢你一个人。"

老婆："那我的孩子你凭什么不喜欢啊！"

老公："咱们……还是别要孩子了。"

☆老婆："你看，那女孩多好看。"

老公："好看什么呀。"

老婆："你什么意思！你为什么不和我保持一致！"

老公："好看好看。"

老婆："哎，你别走啊，怎么不理我了？"

☆老婆："这个话梅我吃了一半，挺好吃的，剩下的给你吃吧。"

老公："我不爱吃话梅。"

老婆："不行，你就爱吃！你是不是嫌弃我吃过的！"

老公："这鱼挺好吃的，来。"

老婆："你的脏筷子碰过的，谁吃！"

老公："那你吃过一半我还吃呢，我不嫌弃你，你怎么嫌弃我？"

老婆："那就对了。我嫌弃你说明我比你干净。我比你干净你凭什么嫌弃我？"

☆老公："起床了，起床了，你不说今天要早起开会嘛。"

老婆："别说话，我再睡一会儿。"

老公："快起吧，要不该迟到了。"

老婆："你别碰我！我要睡觉！"

老婆："呀！都该迟到了！你怎么叫我的！"

☆老公："都说男女平等，咱们家是不是也得平等平等？"

老婆："行呀。你们男的欺负女的欺负了好几千年。我们也得欺负你们几千年，再平等，才是真正的平等呢。别急，再过几千年，咱们家就平等了。"

☆老婆："你娶了我是不是特幸福？"

老公："没觉得。你又不讲理，又不干活，还老折腾人，我怎么幸福啊？"

老婆："这就是你的幸福啊。我不讲理，要不是我牺牲自己，能反衬出你的宽容大度吗；我不干活，就培养出了你呀，艺多不压身，你能力强还不好；我折腾人，那你的生活多丰富多彩呀，你看，你的婚姻生活就不像别人家那么单调吧。"

☆老婆："老公，我要喝水！"

老公："我给你倒去。"

老婆："看见了，我就是想让你递给我。"

老婆："我在外面不是领导，在家里就得当领导。你在外面是领导，在家里就得被领导。"

老公："那我要是在外面当不成领导了呢？"

老婆："一个男人，在外面看人脸色，回家来拿老婆耍威风，算什么男人！"

老公："你不讲理。"

老婆："和你我从来就没讲过理，家就不是讲理的地方。再说你是男的，还比我大8个月呢，你得让着我。"

☆老公："以后我挣的钱按比例给你吧，我挣得多留得也多，这样有积极性。"

老婆："好。"

老公："那我给你百分之多少？"

老婆："百分之一百二十。"

☆老婆："我在我们家一直是中心，在你们家也得以我为中心。"

老公："那我在我们家也一直是中心。"

老婆："可我这中心比你那中心重要。"

老公："为什么？"

老婆："因为我是千金，你只是个小子。"

☆老婆："咱们出去玩吧。"

老公："好，你说去哪儿就去哪儿。"

老婆："我要有主意还和你说！"

老公："我出的主意你从来都不同意呀。"

老婆："我不同意的那叫什么主意呀，那叫敷衍！你得不停地有主意，直到我满意为止。"

☆老婆："你为什么不给我打电话？！"

老公："倒打一耙！今天不是说好你给我打电话的嘛。结果我等了一天，还是我打给你的。"

老婆："我是说过，可我又改主意了。女人有改主意的特权。"

老公："那你改主意没和我说？"

老婆："我说了，我心里说的，谁让你和我心灵不相通的。"

☆老婆："我可以有男朋友，你不能干涉我。"

老公："行，我也交个女朋友。"

老婆："不行！"

老公："凭什么你行我不行呀。"

老婆："我交男朋友，你做不到的人家能做到，我就不会老挑你毛病了，有利于家庭幸福。你交女朋友，我心眼儿小，吃醋和你吵架，不利于家庭安定。"

老公："那我也心眼儿小。"

老婆："一个男人，和女人一样心眼儿小，亏你好意思说！"

☆老婆："我一干活心情就不好了，会降低咱们的婚姻质量。"

老公:"那我干活心情也不好。"

老婆:"你的心理承受能力应该比我强,因为你个子比我大,心脏也应该比我大!"

☆老婆:"老公,我的衣服都旧了,再给我买几件新衣服呗。"

老公:"旧怕什么,人漂亮穿什么都漂亮。"

老婆:"问题是人家不漂亮嘛。"

老公:"那就更不用买了,丑人穿啥都没用。"

☆老婆:"我们生个孩子呗!"

老公:"养不起,过几年再说。"

老婆:"讨厌,我就要嘛。先起个名字,你叫来,他叫什么捏?"

老公:"就叫'别来'。"

☆老公咬牙买了一款手机,三星的。

三个月后。

老婆:"老公,有一个好消息,一个坏消息,先听哪个?"

老公:"坏的吧。"

老婆:"洗衣服的时候,我忘记掏你的兜了,手机在里面。"

老公感觉很崩溃,但还心存侥幸:那好消息是?

老婆:"在滚筒里用热水洗了一个小时,竟然还没散,三星手机质量真好。"

☆老婆:"你为什么要娶我啊?"

老公:"因为你傻呗!"

老婆:"啊?"

老公:"你那么好骗,我担心你被坏人骗了,那还不如先让我骗,毕竟我会骗你一辈子。"

☆周末。

老公:"一起做饭吧。"

老婆:"不行,我今天有点不舒服,头晕,浑身没劲。"

老公:"饭好了,起来吃点。"

老婆:"还是难受,你端过来吧。"

老公:"实在不舒服就吃药。"

老婆:"不用,我躺一会儿就好。"

老公:"你都躺了一天了,好不容易一个周末,就这么浪费了。"

老婆:"那人家真的难受嘛。"

老公沉思片刻:"本来想跟你去逛街,然后买点衣服的。"

老婆翻身起床,洗漱,容光焕发:那快走吧,我好了。

老公:……

☆老公:"这回我是真生气了!"

老婆:"我已经道过歉了呀,老公别生气了嘛!"

老公:"我不要你道歉,我只想听你说句你爱我,可你就是不说!"

老婆:"我爱老公就和太阳从东方升起,人类要呼吸空气一样的自然,你见过谁每天看见太阳就喊,'哇,太阳升起来了耶!'谁每天呼吸的时候喊,'哇,我呼吸到空气了耶!'所以啊,我爱老公也不需要天天对着你喊,'哇,我好好爱你耶!'"

☆老公:"今天情人节,想送你花,你说送几朵?"

老婆:"就送一朵吧。"

老公:"什么花?"

老婆:"有钱花,随便花。"

老公:"你真美啊!"

老婆:"哪美?"

老公:"想得美!"

☆老婆跟老公养了一条纯种的喜乐蒂牧羊犬,此狗据说血统极其高贵,爹妈都是美国的"登陆冠军",只可惜前腿有点八字脚,便被狗主贱卖给老婆了。老婆视此狗如珍似宝,老公对它则不甚待见。此狗也颇有灵性,但凡见到老婆则摇头摆尾,遇见老公就沿着墙根溜边走。

一日,老婆跟老公在客厅看电视。狗狗突然从阳台跑出来,看一眼老公,看一眼老婆,然后就往阳台的方向走。如此反复数次。

老婆:"狗狗今天是怎么啦?"

老公:"笨蛋,它跟你说话咧?"

老婆:"说什么?"

老公:"它看我一眼,再走的意思是'他在,跟我那边玩去!'"

☆老婆读研的时候经常出去代课挣点小钱。

老婆:"老公,我的学生都说我的课讲得好呢!"

老公:"估计是看你长得漂亮吧。"

老婆:"才不是,他们也说讲现代文学的那个很胖的老师课讲得好。"

老公:"那人家肯定是真的讲得好。"

老婆:……

☆老婆和老公都喜欢吃螃蟹。

买房后,两人背上5年的贷款。

一日,老公走到超市卖螃蟹的柜台前,深情凝视了很久。

老婆:"怎么了?想吃就买呗!"

老公:"不,我只是想跟螃蟹说声5年后

再见！"

☆每次老婆和老公吵架，老婆就跑到厕所呆半天。

这样的次数多了，老公就不得不问老婆："在厕所干吗呢？好像还挺解气？"

老婆说："刷马桶！"

老公问："刷马桶也能解气？"

老婆说："不知道，反正每次用的都是你的牙刷。"

☆今天，为了让我家的老公对熨衣服感兴趣，我买了一块熨衣板。这块熨衣板不一般，上面印着个穿着泳衣的美女，板一遇热，泳衣就会消失。结果他把这块板子贴在了暖气片上。

☆今天下决心开始减肥，对老公说："我从明天开始晚饭只吃香蕉和菠萝！"结果老公淡淡地回了一句："大象也是吃这些长大的！"我泪……

☆老婆看上了一种漂亮的衣柜，我觉得没用，不让老婆换，我们大吵了一架。我很想打些什么东西来发泄怒气，就一拳轰向了衣柜门，结果破了一个大洞。杯具啊，这一架我白吵了。

☆老婆语录1：你的初恋情人叫什么"兰"的，嫁了没？什么时候叫她一块喝茶？

老婆语录2：隔壁那个老王昨天离婚了，你说，男人是不是有两个钱就变坏？

老婆语录3：嫌我煮的饭不好吃，那你别吃，叫饭店的狐狸精给你煮去！

老婆语录4：怎么，西洋菜4毛一斤？你这死鬼，买菜怎么不讲价，三毛半就够了！

老婆语录5：昨晚你袋中还有三百块零五毛，为啥现在只剩下了七十块二毛？

老婆语录6：怎么今晚又要出去？十点钟前必须回来，不然休想进门！

☆老婆："你还记得我们结婚纪念日是哪天吗？"

老公："唉！我永远也忘不了的，因为从那天以后，我们就天天吵架了！"

☆昨晚煮螃蟹，水开后，我把螃蟹一个个扔进锅里。蟹子很新鲜，在锅里乱动。老婆打小心善，就见不得这个，遂躲在我身后捂着眼睛不敢看。我宽慰道："佳佳，我们是不是太残忍了？"老婆："嗯……放盐了吗？"

☆老公抽烟，老婆很生气，后果很严重。

我说："你戒烟吗？如果不戒烟咱们就离婚！"

老公道："戒，一定戒！找个好日子，有纪念意义的日子，我一定戒烟！"

我问："什么是好日子？什么日子有纪念意义？你自己说吧。"

老公想了想，说了个好日子没把我气死："那就二月三十吧。"

☆老公抽烟的坏习惯实在让我不能忍受。今天一早就抽烟，我一把夺下来，给扔垃圾桶了，我要逼着他把烟戒掉。

老公开始表决心："我一定能戒掉，老婆大人你放心好了。"

我问："如果你戒不掉怎么办？"

老公道："一定可以的，如果戒不掉，我跟你姓！"

我晕倒，我姓冀，他也姓冀。

☆今天创意，自己做了一个菜，非常好吃。

老公赞美道："一个人做菜不管好吃不好吃，但只要敢做，就是一个高尚的人，一个纯粹的人，一个有道德的人，一个脱离了低级趣味的人，一个只知道吃的人。"

☆把老公的啤酒倒掉，老公勃然大怒。

老公道："你要找麻烦是不是？"

我不怕他，谁让他那么多坏习惯："我就找麻烦！怎么着？"

老公道："你要找麻烦？第一：我们可以PK，看我怎么揍你！"

我道："你不敢！"

老公道："第二：我们可以心平气和的讲道理，看看谁错了。"

我道："我不愿意！"

老公道："第三：我认错。"

☆老公问我："老婆呀，假如我有什么不能治愈的病患，你会不会弃我而去？"

我说道："废话，你以为我会为你守寡？"

老公沉默不语。

顿了顿，老公道："你离开的时候，能不能买点啤酒，把我泡在啤酒里？"

昨天老公喝酒喝多了，衣服也不换，倒在沙发上就睡，我偷偷把他的裤腰带解下来，倒要看看他掉了裤子是什么表情。

老公醒了，摸摸惺忪的睡眼，一站起来，裤子全掉了，我哈哈直乐。

老公很仔细地盯着我看了半天，说了一句话："咱才离开三个小时，你不会想男人想成这样吧？"

中午老公仔细地盯着我看了半天，说道："不做家务的女人永远不可能美丽。"

晚上他回来晚了，没办法，我只好炒菜。

老公又仔细地看我半天，说道："做家务的女人永远都是美丽的，但是你例外。"

于是我罢工了。

☆在决定晚上要吃什么时，老公提议扔硬币决定。

老公道："正面朝上咱们吃鱼，正面朝下咱们炒青菜。"

顿了顿，老公道："如果硬币扔到楼下去了，咱们就绝食。"

☆我问老公："老公，过生日了，你想要什么礼物？"

老公想了想说："我请你吃饭吧。"

我问："你过生日，为什么要请我吃饭啊？"

老公道："你能陪我吃饭，你能陪我一起生活，你就是我最好的生日礼物。"

☆老公一身臭汗的回家，说道："老婆，给你一个热情的拥抱吧！"

我说道："别了，你现在给我的拥抱可能只有热，没有情。"

☆老公给老婆泡咖啡。老婆嫌苦，老公给她加了两块糖，老婆还说苦，就问老公："这两块糖是怎么回事啊，一点甜味都没有？"

老公说："八成它们结婚了。"

☆老婆说："你呀你，让我又爱又恨，天底下最可爱又最可恨的就是你了。"

老公说："我觉得我名列第三。"

老婆说："那第一第二是谁？"

老公说："镜子和体重秤。"

☆老婆说："是不是男人结婚后对爱人的感情都会减弱？"

老公说："当然。"

老婆说："为什么？"

老公说："因为爱一个有夫之妇是不道德的。"

☆老公和老婆逛街，见到一个1.90米的大高个。

老婆："你要是有他那么高该多好。"

老公："物价比他还高。"

☆老婆："有人说婚姻就是一场战争，你觉得对吗？"

老公："对，不过到了现代社会，婚姻也发生了天翻地覆的变化。"

老婆："什么变化？"

老公："战败国变了。"

☆老婆问老公："我们以后会分手吗？"

老公说："不会。"

老婆说："万一我们分手了，谁更受伤？"

老公说："脸面。"

☆老婆："为什么男人既爱家花，又爱外面的野花？"

老公："因为男人爱眼花。"

☆老婆："完美的爱情像甜点。"

老公："更完美的爱情像'十三点'。"

☆老公和老婆跟朋友出去吃饭。老婆悄悄问："你看今天来的这些男宾哪个最有风度？"

老公说："现在还看不出来，最后才能看出来。"

老婆说："为什么？"

老公说："结账时谁买单谁有风度。"

☆一个朋友让老公给她介绍男朋友："他要有企业家的资本，要有艺术家的浪漫，还要有政治家的地位……"

老公说："我觉得他还得有冒险家的胆量。"

☆老公："爱情让人窒息。"

老婆："没有爱情也让人窒息。"

老公："所以有没有爱情，人都要结婚。"

老婆："为什么？"

老公："窒息是因为缺氧，而婚姻是氧气瓶。"

☆老婆问："是不是作家一成名就会有好多美文呀？"

老公说："那倒未必，我觉得他们一成名准会有丑闻。"

老婆："我喜欢女权主义，我觉得一个现代女性要维护自己的合法权利，对男人的行踪，要有知情权；对男人的财产，要有监督权；烦闷的时候还要养宠物犬……"

老公："那男人的权力呢？"

老婆："男人嘛，要有劳动权。"

老公："男人的权力太少了。"

老婆："男人还有沉默权。"

☆有人问老公："婚姻能给男人的生活带来哪些改变？"

老公说："婚姻能把男人变成残废。一个结婚的男人必须是一个瞎子，既不能看老婆的缺点，也不能看到别的女人的优点；他还得变成一个聋子，既不能听老婆的唠叨，还不能听到别人的歌声；当然，他还会变成哑巴，既不能批评老婆，更不能赞美别人……"

☆有人问老公："为什么好好一个人，一有钱，就变坏了？"

老公说："可能金钱和道德是情敌。"

☆一个孩子问老公："叔叔，你知道嫁祸于人是什么意思？"

老公拍拍他的脑袋："现在怎么说你都不会懂，等你长大就知道啦。"

☆老婆："你怎么老说我傻？"

老公："男人都喜欢说自己喜欢的女人傻。"

老婆："为什么？"

老公："找到同类了，高兴呗。"

☆老婆看到老公写的一篇爱情故事，有些吃醋。

老公分辩："艺术不要对号入座。"

老婆反驳："可你……这也算艺术吗？"

老婆在算账："房租费、生活费、服装费、营养费、美容费、电话费、上网费……"

老公无奈地叹气："是啊，搞得我们连浪费都没有了。"

☆有人问老公："你什么时候调侃一下男人？"

老公："要是下辈子转成女人一定调侃。"

老婆："哪个省的男人最不招女人喜欢？"

老公说："节省的。"

有人问老公："结婚的感觉是什么？"

老公："空虚。"

那人："我看你很充实啊。"

老公："是吗？你问问我的钱包就知道了。"

有人问老公："结婚的感觉是什么？"

老公："受罪。"

那人："可我看你们挺幸福的。"

老公："别人看着受罪呀。"

☆一个女孩骂老公："你变了，整个一重色轻友，是不是男人一结婚脑子就会出毛病？"

老公答道："不，男人脑子出了毛病才结婚的。"

☆有位朋友让老公请客。老婆说："凭什么要请他？"

老公说："我欠人家三顿呀。一次是深夜我睡觉的时候，他来电话要我喝酒；一次是我在外地，他打我手机；一次我刚刚吃过饭，他打电话要我吃饭……"

☆老婆说："那我们也找个他来不了的时间给他打电话吧。"

☆老婆："如果不戴手套，男人和女人谁更经冻？"

老公："女人。"

老婆："为什么？"

老公："因为女人把男人的钱包当手套。"

☆老公："其实男人和女人的心理是一样的。"

老婆："具体说说。"

老公："他们都怕一样的事情，男人最怕没钱。"

老婆："女人呢？"

老公："最怕男人没钱。"

☆有个女孩向老公诉苦："我很烦。"

老公："烦什么？"

女孩："有两个人追求我，一个有钱却没青春，一个有青春却没有钱，但我不知道淘汰哪一个？"

老公："先淘汰既没钱又没青春的那个。"

☆前几天，前男友失恋了，大半夜给我打电话。我把这事儿跟老公说了。

老婆："亲耐的，蝎子失恋了，被女友甩了，半夜给我电话诉苦来着……"

老公："什么？半夜给你打电话？什么事儿？干吗半夜打？太不像话了，怎么能这样呢？（以下省略5000字）"

老婆："他失恋了，被女友甩了……"

老公："哇哈哈哈哈哈哈哈，他也有今天，报应吧！让他再猖狂！（以下再省略10000字）"

老婆：……

☆老婆："亲耐的，你一会儿要吃晚饭哦，不可以吃乱七八糟怪怪的我没见过的东西。"

老公："哦好，一会儿做个汤，热热剩菜剩饭什么的。"

老婆："以后老婆给你做好吃的，每晚都有热汤喝，把你养得白白胖胖的。"

老公："喝汤好，喝汤减肥，但是不要白白胖胖的，照结婚照给人家把镜头鼓了的。"

老婆："那我也得给你吃营养的。"

老公："嘻嘻，你比较有营养，我吃你好了。"

老婆："别逼我写帖子上哈！"

老公：……

然后，我就写了。

☆老婆和老公在看电视。老公突然把半边屁股撅起来，在老婆未来得及做出任何反应的时候，放了一个长长的 P。老婆立马跳起来对着老公一顿狂 K！

老公："救命啊！老婆因为一个 P 要谋杀亲夫啦！"

老婆："胡说！我揍你才不是因为一个 P！我是那么小气的人吗？"

老公一脸委屈："那你为什么要对我下这么狠的手啊？"

老婆咬牙切齿："你！放屁就放屁撒，干吗还非得把屁股撅向我这边，也不打个招呼，害老娘活生生吃了你一个屁，难道你还不该揍么？"

老公一把鼻涕一把泪："老婆我错了。我下次再也不敢了，呜呜……"

☆晚上吃完饭

老婆："老公，我洗碗，你洗衣服。"

老公："哦。"

老公："你今天怎么这么乖，抢着洗碗？你平时可是最讨厌洗油腻腻的东西哦。"

老婆神秘一笑，不说话。

十分钟后，老婆三下两下就把碗洗好了，老公衣服也洗得差不多了。

老公："老婆，衣服洗好了，你拿去清吧。"

老婆："干吗，不是说好了你洗衣服我洗碗的吗？"

老公："平时不都是你洗衣服我来清吗，我洗完了该你清了呀。"

老婆："是啊，平时都是你清的，干吗今天又让我清啊？我不清，我亲一个怎么样？"

（说完在老公脸上吧唧一下）

老公："又上你的当了，你个坏丫头！

老婆奸计得逞。

☆隔壁家住了一对夫妻，男的 30 来岁，貌似不太爱说话；女的比较年轻漂亮，只是脾气比较彪悍，两口子经常吵架，经常听到女的用听不懂的方言恶狠狠地骂男的，几乎都没怎么听到男的辩驳过。作为最贴近的邻居，每当隔壁吵架时，老婆和老公总是非常无奈且抓狂。

这天，老婆正在上班，老公在家休息。突然有短信。

老公："老婆，隔壁家又开始吵架了，还摔东西，好烦噢~"

老婆："你去敲他家门去。"

老公："啊？干吗要敲门啊。"

老婆："叫他们要吵躲到被子里面去吵，别影响我家老公了。"

老公足足有 5 分钟没任何反应，短信也不见回了。

老婆正疑惑："那傻蛋不会真跑过去敲人家门去了吧？"

忽然觉得头顶有一只乌鸦飞过……

老公突然回了个短信："老婆，你好可怕……"

☆老公在看《史记》，我道："老公，我给你写个列传吧？"

老公道："好啊。"

我道："《史记：本格列传》：生，卒。"

老公道："生死之间啥事没有？"

我道："第一，你小时候偷邻居家苹果我不想写；第二，你懂国画艺术里面的留白吗？"

老公道："也是，就留下我这个白痴了，娶了你个母老虎。"

☆下班路上买了个烤鱿鱼，一边走一边啃，老公远远的接到我之后就开始了他的诗朗诵："我撑着油纸伞，希望遇到一个啃着鱿鱼、结着愁怨的姑娘。她有烤鱿鱼一样的颜色，烤鱿鱼一样的芬芳……"

唉，可怜了戴望舒那首好诗了。

☆怀孕六个月了，除了小肚子鼓着，其他地方不见胖，感觉怪怪的。

老公道："你猜，小朋友见到你这肚子，会怎么说？"

我说："不知道。"

老公道："小朋友会说：这个阿姨又吃多了……"

☆老公趴在我肚子上，给未出世的孩子唱儿歌："两只老虎跑得快，一只没有耳朵，一只没有我帅，偶尔遇到你的妈妈，说她是妖怪，是妖怪！"

我晕。

☆又欺负老公，老公怒目而视："怎么说我也是一个有身份的人，你怎么还欺负我？"

我问他："你什么身份？"

老公道："一个孕妇的老公。"

☆我跟老公说："你睡觉弓的像个大虾，晚上不跟你一起睡。书房、客厅、洗手间、大街上，你自己选择吧！"

老公道："我在燃气灶上，半夜你饿了，去煮点面条吧……"

☆我捏着老公的鼻子问："房间有烟味，你下午是不是又抽烟了？"

老公道："没有！"

我亲了他一下："你老实交代嘛，说了实

话我就亲你。"

老公义正词严地回答："作为人道主义战士，我就不说实话！"

☆我给宝宝读白居易的唐诗《问刘十九》："晚来天欲雪，能饮一杯无？"

老公在一边说道："对不起，我不能去了，老婆不让喝酒！"

☆儿子三个多月了，这几天学会了啊啊哭。

老公无限可怜地说道："儿子一哭，我就成了儿子的儿子了……"

老公冲儿子做鬼脸，跟猴似的。

我说："你刚从树上下来？怎么跟个能人似的？"

老公愣了一下，回过神来："嗯嗯，我是能人，儿子是智人，你是我们的前辈猿人。"

☆昨天晚上老公累了，不想动，我逼着他要他跟我一起散步。

老公道："要不咱们一起散步去十梅庵看梅花吧？"

我吐："大夏天的，咱们走出二十里地去看梅花？哪儿来的梅花给你看？"

老公道："当我拖着丝瓜一般的身体到了十梅庵，梅花也就开了……"

☆怀孕五个月了，老公趴在肚子上拍打着小宝宝给他上胎教课。

老公道："宝宝，妈妈是个大坏蛋，爸爸在家里备受欺凌，你出来后一定要帮我报仇……"

我一脚把老公踢下了床。

☆老公在网上打麻将，一副兴高采烈的样子。

我问："什么事情这么高兴啊？"

老公道："我听牌了，来个九万就是一条青龙嘎……"

我问："来个十万呢？"

老公很诧异地看了我五秒钟："麻将里面没有十万，莫非你想从非洲给我偷个十万？"

☆老公写的《相见欢麻将》：无言看牌发愁，月如钩，总是点炮害得眼泪流。碰不到，吃不着，牌真臭，老婆苦笑说我是猪头。

跟老公下棋，第一步没走我就把老帅从棋盘上拿了下来，这样子他没法将军了，看他怎么赢。

老公目瞪口呆："我怎么就没想到这步棋呢，第一步走帅五退一，这是象棋必胜的绝招啊……"

☆晚上硬拉着老公散步，看到好多人遛狗，老公一句话就把我鼻子气歪了。

老公道："我一直在思索，我跟遛狗的人到底有什么区别呢？"

☆吃饭，老公一本正经地说道："老婆，我真想骂你……"

我道："骂呀，你凭什么骂我？"

老公道："你哪儿都好，凭什么找我这么个老公？"

☆洗完手顺手就把毛巾放在厨房了，老公吼道："你不知道毛巾应该放在哪儿啊？"

我冲他吼："我就不知道放在哪儿，怎么滴？"

顿了顿，老公道："你不知道放在哪儿，你告诉我，我放嘛……"

☆厨房 N 多没洗的盘子和碗，在谁洗的问题上，我给老公出了一道选择题：

A：老公洗；

B：老公洗；

C：还是老公洗；

D：总之老婆不洗。

老公目瞪口呆了半天，说道："没事，放着吧，等咱们家孩子出生了，他洗。"

☆我向老公炫耀："同事觉得我长得像天线宝宝……"老公道："你脑子是不是被张果老的坐骑踢了一下？"

我愣了一下，醒悟过来，一脚就向老公踢去。

老公道："我被它踢了一下。"

☆某次吃面条时，老公忽然说："我妈煮面还放葱……"

前天晚上，我特意买了细葱。

煮了面条，把切得细细碎碎的香葱和小油菜撒在上面，虽然素了点，可好像还挺香的。

老公端起碗吃了一会儿，抬头说："每次我妈在面条里放葱的时候，我都把它挑出来。"

看着碗里细细碎碎的葱末，我晕倒！

☆当丈夫下班回到家里，他发现妻子不在家。只在桌上留了一个条子，上面写道：午饭在《烹调大全》第 215 页；晚饭在 317 页。

猥琐男的"杯具"生活

☆一哥们向我介绍女友，说："这是我刚交的女朋友。"

我说："种类分那么细……"

☆陪 MM 逛街，一眨眼的工夫，MM 就买了七八袋东西，嘴里还说着："这么长时间才买这点东西，谁让你走这么慢啊，太阳都快下山了，衣服还没买呢。"俺在一旁一把鼻涕一把泪："神啊！快救救我吧……"

☆"昨天公共汽车司机盯着我看，仿佛我没买票似的。"

"那你怎么办？"

"很简单，我也盯着他看，就像我买了票似的。"

☆某人总吹嘘自己女友漂亮，某日看着照片说真像仙女下凡，室友看了问："你这仙女下凡，是脸先着地吗？"

☆下车棚取车，见四下无人，就很豪迈的放了个 P，结果引起隔壁电摩防盗器巨响……

☆买了一个 ipodtouch，我一个朋友和我说屏幕很硬，不用贴膜，钥匙划都没事！然后我就用钥匙划了一下……

☆一天半夜四点多，一朋友打电话来说了一句话："那个，我刚看到手机上有你一个去年的未接来电，所以打来问问你有啥事？"我顿时无语了……

☆我一高中同学毕业后去高速路口当了收费员。一天，有个日本人来他窗口问路。日本人一口流利的英文让他一句都没听懂，但一颗强烈的爱国心告诉他不能在日本人面前丢人，于是他一味地微笑着点头道："yes，yes，yes！"然后那个日本人骑着自行车就上了高速！

☆我家的房子出租给了一个日本客人，一天，那个客人打了我一个电话，用一口不是很流利的中文说道："陈殿（sang），家里的天然气快没了，能不能帮我加一下！"

由于平时客人很少有事麻烦我，所以我心里特别希望不要因为房屋的原因给他带来不便，

就顺口问了句："黑川殿（sang），那你现在断气了没有？"话一出口就觉得不对劲，还好是日本人，不懂中文的"精髓"，居然回了句："现在还没断气，估计三天之内要断气的！"

☆我同学看上了一对母女组合，那姑娘实在太好了，经过一番激烈的思想斗争，我同学一路跟踪她们到停车场，终于出手了。

我同学："阿姨，您好！"

妈妈："嗯……"

我同学："是这样的，我想认识您女儿。"

妈妈："她是我儿媳妇！"

我同学当场晕倒，姑娘脸色通红，妈妈倒是很豁达："小伙子，还挺有勇气的嘛，呵呵……"

之后婆媳二人开车走了。

☆那天我在公主坟等车，有个大叔装作很懂的样子过来和我说："收手机的，你看我这个多少钱，你可不能坑我啊！"说着就从大衣里掏出个手机，我说我不收，我在等车呢！那人居然说："现在的手机贩子都怎么了？这么好的东西都不要！"郁闷中！

☆今天我去停车场发动我的卡车的时候，我发现汽油表显示油箱是满的——我记得我没有把它加满的。原来是我邻居的孩子用管子将里面灌满了水，足足有 150 升！我找到他爹，结果他爹说："小孩嘛，你想怎么样？"

☆最近工作很累，压力很大，于是上网问一个认识很久的朋友："如何解压？"

回复："右键。"（解除压缩文件）

☆刚跟老婆谈恋爱那会，某日我正工作着呢，老婆突然打来个电话，问我赌不赌钱，我说不赌啊，她说那完了，我说怎么不赌钱就完了呢，结果我老婆跟我说："我一同事跟我说，男人吃（抽烟）喝嫖赌总归占一样，你不抽烟不喝酒还不赌钱，那就剩最后一个了。"雷得我外焦里嫩啊，囧！

☆偶穿一身美军丛林迷彩去酒吧，MM 喝多了。偶在厕所门口等。然后过来一个 GG，向我借火，然后问我几点了。临走的时候，他问我："你几点上班？"偶没听懂，他强调说，"你不是这

里的保安吗？"我 K，他见过保安穿 2500 元一套的原版迷彩，带 6000 块钱的 Roamer（瑞士罗门牌表），抽软盒中华的保安吗？偶给 MM 讲，MM 一晚上都在爆笑。偶虽然没有很浓的书生气，但是毕竟也是博士后啊！

☆一兄弟姓王，月前喜得千金，与其妻商量孩子姓名，说："现在流行给孩子起四个字的，不如我们也给咱闺女起一个，既好听又不显俗气。"

其妻欣然允诺："行，老公，都依你，那你说叫啥好呢？"

兄弟气定沉思良久，遂答曰："王八羔子！"

后来去他家小聚，弟妹说听了这话，差点把俺那刚出生的小侄女扔桌底下……

☆在一个夏天的傍晚，我们哥几个遛弯儿，路过一施工工地，有个穿着很烂的白背心儿、趿拉板儿拖鞋的兄弟走慢了，一人落在了后面，这时一位好心民工走过去拍了拍他的肩膀，说："喂，开饭了……"

☆今天我刚进家门，就发现桌子上放着一张百元大钞。平时老妈也不给什么零花钱，难道这次发慈悲了？想到这儿心中不禁一喜。当我拿起钞票时，发现底下还压着一张纸条，拿起来一看，上面写着："今天是你外婆生日，在家等我，我们一起去给外婆祝寿。注意——那一百块钱不是给你的，是为了引起你的注意！"

☆喜欢的女孩发短信说想看一部电影叫我买两张电影票下午等她。内心狂喜赶紧买好票，下午早早地就等在电影院门口半小时后，她挽着她男朋友来了，然后问我要了票，两人有说有笑地进去了。

☆有一次我去漫吧租了本金田一，刚看到第二页就泪流满面，不知哪个天杀的用蓝色圆珠笔在某个人物上画了一个圈，写上：这个就是凶手……

☆那天在朋友家，手机不知道放哪儿找不到了，就借朋友他女朋友的手机拨一下，听听在哪儿。输入我的号，一按拨出键，屏幕上显示出她保存的我的名字：白痴3。

☆今天我与女朋友分手了，因为我发现她同时与三个男人有染。朋友们都为我们感到遗憾，所以为她组织了一个失恋派对。而现在，我一个人孤苦伶仃，没有女友也没有朋友。

☆刚才在我桌子下面的拖线板上发现 4 只排成

一排的死小强。悲剧啊！他们一家手拉手触电死了。

☆刚才回来，看到前边一个小男孩正在运气，准备发一个波（看姿势应该是龟派气功，不像是波动拳），然后我继续走，刚好他发出来，我站在想象中的那个波的路径上。我心里不停地告诉自己，这只是一个小孩而已，你已经是成年人了，24 岁都过了，不要那么无聊了，不要无聊了，不要无聊了，不要无聊了，不要无聊了，不要无聊了……

但是我手还是没控制住，摆了个街霸里隆的防守姿势，然后小孩笑了，像看神经病一样看着我……

☆一哥们，昨天中午酒喝多了，出饭店路过十字路口，站在那里开始指挥交通，警察一脸无辜地看着他……

☆有个朋友不爱洗头，有一天眼见着他那头已经脏得不行了，我就问他："哥们儿！几天没洗头了？"

他说："哪有！昨天刚洗的！"

我诧异："昨天刚洗，你今天头就这么脏了？用什么洗的？"

他说："干洗的！"

我不信："哪能啊！干洗能洗成这样？"

他突然用手疯狂地挠头，头皮屑乱飞，然后很淡定地回答："就是这样干洗的……"

☆有个朋友 A，高二，爸妈管得比较严格。情人节早上陪女友逛街，晚上陪家人吃饭。一大桌子人围着边看电视边吃饭，新闻里应景地说起过情人节……

大姨婆二舅妈聊起来："A，有没有谈女友啊？"

A："没有没有，正是学习的年纪呢。（说的贰是回事）"

A 爸爸："嗯，量你也不敢！"

此时，电视新闻中出现 A 跟他女友小两口的身影，牵着小手……

☆某男，至今都分不清"融"字的两半边，到底哪个在左哪个在右，每次都写成"虫鬲虫"再划掉。

☆看到前女友的 QQ 个性签名上写："我们一年了。"她和那个人都一年了，可我们分手还不到一年。

☆过去，闹钟响的时候，我常常有把它拍了再继续睡的毛病，但是自从我在闹钟旁边放了三个老鼠夹之后，我的毛病就根除了。

☆今天我带交往三年的女朋友到公园野餐。我觉得这真是一件浪漫的事，所以决定就在此时向她表白。我单膝跪地，向她求婚。她答道："你跪在狗屎上了。"我低头一看，对，她说得没错！

☆今天我认识到想节俭真不是件容易的事。比如说，你在一家10元店里买了一只便宜的锅，而它却可能会花掉你更多的钱——尤其是在它熔化在炉子上的时候。

☆今天我在车流如织的马路上停下车来，摆好停车灯，去救一只被车撞得不能动弹的小猫咪。在众目睽睽之下，我拿着毛巾慢慢地向这只猫咪靠近——而它其实是个垃圾袋。

☆我对喜欢的女生表白了，她说我们不适合。第二天我开家里的马6出来玩，刚好碰见她，当晚她就发短信跟我说昨天逗我玩的。

☆今天在学校开小组会议，突然意外地打了个喷嚏，抬起头的时候发现鼻涕飚到前面女生的后背上了，该女生并没有觉察，于是偷偷地想帮她抹掉，刚把手伸上去，旁边的女生发现了，大叫："你这人怎么把鼻涕抹人家身上啊？"

☆今天我在街上喊了一声："美女。"那些从16~61岁的女性全部看了过来。唉，这年头……

☆前不久，朋友送给我一只名叫乐乐的京巴小狗，这小狗通体纯白，还特讲卫生，从不在家里随地大小便，每次便急，它都会提前"汪汪"叫上两声，然后往我给他准备好的托盘中大小便，这样一来省去了很多麻烦。

星期天上午，我带着乐乐去了趟银行，在银行的营业大厅里刚取完款，"汪汪……"乐乐突然冲我叫起来。我知道它又要出恭了。这虽然不是咱家，但也要遵守社会公德呀！急中生智，

连忙拿出刚在报摊上买的报纸给乐乐方便。乐乐如愿以偿地拉了个痛快。事毕，我小心地用报纸把这堆废物包成一个纸包，一手拿着，一手牵着乐乐向外走，准备扔到街边的垃圾桶中去。

刚走到马路边，只听"嘎"的一声，一辆摩托车急刹车停在我的身边。就在我发愣的一瞬间，坐在后座上那个戴墨镜的小伙子一把夺过我手中的纸包，伴随着强烈的马达轰鸣声，摩托车随即飞驰而去。我站在路边半天没醒过神来。隐约听到几个刚刚目睹了这一幕的过路人小声谈论着："这哥们真够倒霉的，刚出银行门就让人给抢了……有几万吧？"

☆单身好，一人吃饱全家饱。单身好，一人醉了去泡澡。单身汉宽慰自己："在这个世界上的某个地方有个女人，因为没有做我的妻子而获得了幸福。"

☆某男在街上遇到一个朋友。当他刚问及朋友之妻时，忽然想起她已去世了，便又改口道："她还在原来那座公墓里吧？"

☆某男在饭店里吃包子时忽然喊道："这包子里有人！"

服务员生气地说："你有病吧！"

此君说："你说包子里没人，怎么馅儿里有人头发呢？"

☆某男在餐馆里喝多了几杯，服务员来提醒营业时间已经过去快一个钟头了。此人怒道："你别惹我，不然我一拳把你打得很抽象。"

☆某男与当飞行员的哥哥出门时总是害怕，哥哥问他为什么，答道："我怕你超车的时候，不从左超也不从右超，直线加速，然后拉起方向盘。"

☆某男问旧书铺的老板说："昨天我在书摊上买了一部《康熙字典》，是宋版的？"书铺老板答道："如果不是宋版，价钱也不至于那么贵！"

腐女的爆笑日子

☆非典型宅女的一天生活：

7：00 起床。

7：01 起床失败。继续睡眠。

7：20 挣扎醒来。激烈的思想斗争。

7：25 光明战胜黑暗。起床成功。

7：30 洗澡。刷牙洗脸，稍加捯饬。护肤化妆之事，一贯"三不"态度：不热衷、不积极、不擅长。最喜欢的芭蕾貂油膏从小用到大，便宜的山寨产品，可惜倒闭了。

8：00 收拾猫砂，加猫粮，换水。

8：10 穿衣服，出门。一三五 A 套，二四 B 套。以示本姑娘每日回家，非夜不归宿一族。

8：30 听《求佛》。邻座小伙的山寨机音响真棒。人民地铁需要轰天雷。

8：50 到公司，刷卡，开电脑，泡咖啡，上洗手间，跟同事打招呼……我竟然能在 5 分钟内做这么多事情，不愧为女白领！

9：00 开网页，登录开心网。挪车，咬人，参与投票。最后买卖奴隶。有个苏州男人每天坚持不懈买我，已达 40 余次。谢谢他的炒作，想必我也为他带来了很多收入。更可贵的是，他从不为我的虚假头像着迷，不发短消息，不要 MSN。实乃色欲横流社会之罕见柳下惠也。

9：10 开网页，登录糖女社区。看看有什么最新资料，收收朋友发来的问候，讨论讨论某某明星又 ×××啦！

9：20 开 Outlook，收 Email，给客户写 Email。打电话。填表。一天工作正式开始——虽然它往往在半小时之后就会结束，我还是投入极大热情，不因其短暂而虚耗。

10：00 开始聊天。与周围女生谈论《马文的爱情》。一致认为，李义最差。

11：00 开始聊天。与周围男生讨论足球。温格看不见那个越位。他一贯看不见。他多年来说得最多的一句话就是：I didn't see it.

12：00 午餐时间到。我要减肥。素面丑女，不能再胖，否则将沦为比离异有孩女更低等的种姓。

12：01 我战胜了心魔，没有跟同事一起下楼吃午餐。Oh yeah！

12：05 饥肠辘辘。为了庆祝战胜心魔，独自下楼吃午餐。

13：30 开会。讨论北区代理商政策调整问题。会议持续三小时，与会人员达十几人。最终没有就股市是否真正企稳一事达成任何共识。

16：40 散会。登录开心网。挪车，咬人，第二波买卖奴隶。切换到糖女社区，看看今天朋友们分享了什么！

17：30 准备下班。其实就是下班。

18：00 听《来生缘》。邻座小伙的山寨机音响真棒。人民地铁需要轰天雷。而且还是怀旧型的轰天雷。我很想问问他有没有《星星点灯》。

18：30 小区兰州拉面馆解决晚餐。

19：00 回家。换衣服。收拾猫砂。加猫粮，换水。

19：10 打开电脑，查看电驴一天的收获。还不错。《实习医生格雷》第四季下完了。

19：20 看电视。各种台。各种广告。各种肥皂剧。

22：00 看《实习医生格雷》。我是个有理智的姑娘，好东西不能一次看完，要攒着。只看 1 集。

23：30 登录糖女社区，或许分享下今天街上那个山寨机音响，或许看看又有什么好看东东！

23：40 上床。抱着笔记本看片片。

01：00 睡着。

05：00 做梦了。也许吧。

做了几个梦？dunno（不知道）。做了什么梦？dunno。

梦见孵出了一个橙色魔怪。

梦见苏州男人给我发他的照片。

梦见前男友跋涉万里来寻我。

梦见我不再一个人生活。

宅女，唯一的福利就是做梦。

宅女，唯一的遗憾就是清晨起来就已忘记昨夜的梦。

某强人手机里的爆寒短信

☆蜜蜂和蝴蝶闹离婚，蝴蝶埋怨蜜蜂：肚子不小，满嘴的甜言蜜语就是不给我说！蜜蜂也抱怨蝴蝶：穿得挺花，头上两根天线那么长！就是不给我发信息！

☆从前有四只猴子，第一只捂住眼睛看不见了，第二只盖住嘴不说话了，第三只堵住耳朵不听了，第四只握着手机笑了！

☆从后面看想犯罪，从侧面看想撤退，从正面看想自卫。从背面看是希望，从侧面看是失望，从正面看是绝望。

☆未成年做成年的事，订婚时做分手的事，刚恋爱做结婚的事，结婚时做再婚的事。

☆不管多大岁数的人类成员，在钱面前，一概年轻。

☆下围棋的人就是爱打劫。

☆兄弟我先抛块砖，有玉的尽管砸过来。

☆论阶级，您是白领（别不承认）；论能力，您是骨干（别太谦虚）；论才华，您是精英（别推辞啊）。所以，我们都称赞您是：白，骨，精！哈哈哈……

☆你在一片荷叶上舞着，你那优雅的身姿迷倒了所有看到你的人，其中有位诗人惊呼道："天哪，猪立叶！"另一位诗人却摇头说："不，是骡觅藕！"

☆听说你上次去中央电视台高歌一曲，四名裁判当场晕倒三个，还好有一位裁判上台握住你的手激动地说："人才呀，别人唱歌都是要钱，你唱歌是要命呀！"

☆尊敬的客户，您好：由于雨天，导致系统故障，为不影响您的正常通讯，请将手机置放在水中！谢谢合作！由于您的移动电话外形极其丑陋，电信已给您停机。请本月底前来办理停机手续。

☆美人当前，有危险要救，没有危险制造危险也要救。

☆俺从不写错字，但俺写通假字。

☆智力测验就是要看，到底笨到了什么程度。

☆某人宗旨：一个臭皮匠，弄死三个诸葛亮。

☆我不会眼睁睁地看着你往火坑里跳，我会闭上眼睛的。

☆理想的世界 = 免费电话 + 免费上网。

☆我想当皇帝，怕啰嗦；想当官，怕事多；想吃饭，怕刷锅；真想揍你一顿，怕惹祸。面对敌人的严刑拷打，我就只有三个字："我都说！"

☆不是我不小心，而是我故意的！

☆日照香芦升子烟，李白来到烤鸭店，口水直流三千尺，一摸兜里没有钱。

☆学的越多，知道的越多；知道的越多，忘记的越多；忘记的越多，知道的越少，为什么学来着？

☆咱们是否可以找个地方喝上一杯，交个朋友？或者说，还是我直接把钱包给你？

☆一拜天地从今受尽老婆气，二拜高堂为她辛苦为她忙，夫妻对拜从此勒紧裤腰带，送入洞房我跪搓板她睡床，唉，我是绵羊她是狼。

☆太太出门跟从、太太命令服从、太太说错了盲从；太太化妆等得、太太生日记得、太太打骂忍得、太太花钱舍得。

☆一等男人家外有家；二等男人家外有花；三等男人花中寻家；四等家人下班回家；五等男人妻不在家；六等男人无妻无家。

☆所有的男人生来平等，结婚的除外。

☆再快乐的单身汉迟早也会结婚，幸福不是永久的嘛。

☆聪明人都是未婚的，结婚的人很难再聪明起来。

☆我想，只要我再稍微具有一些谦虚的品质，我就是个完美的人了。

☆如果您需要咨询或建议，我们将免费提供；如果您需要正确的答案，请您另外付费。

☆山外青山楼外楼，你不爱我我不愁。世上美女到处有，她会比你更温柔！

☆初恋的味道：酸奶，甜而酸；热恋的味道：酒，容易喝晕；结婚的味道：茶，不换的话，越泡越淡越无味；离婚的味道：咖啡，苦但使人清醒。

☆春眠不觉晓，处处蚊子咬，打上敌敌畏，不知死多少。

☆当你收到此信息时，你已经欠我一个拥抱；删除该信息，你欠我一个吻；回复该信息，你欠我你的全部；不回信息，你就是我的了。

☆你是恐龙，与众不同；我是青蛙，送你鲜花。恐龙青蛙，网上成家，生个卑鄙，就是你旁边那个他（她）。

☆你长得很有创意，活着是你的勇气，丑并非是你的本意，只是上帝发了点脾气，你要勇敢地活下去。

☆你的眼睛眨一下，我就死去；你的眼睛再眨一下，我就活过来；你的眼睛不停地眨来眨去，于是我便死去活来。

☆长得丑不是你的错，出来吓人就是你的不对！

☆握着上司的手，点头哈腰不松手；握着纪检的手，浑身上下都发抖；握着财务的手，拉起就往餐厅走！

☆老婆出门有交代：少喝酒，多吃菜，挟不着，站起来，有人敬，耍耍赖，吃不了，兜回来。

☆你再惹我，我就会在经济上封锁你，政治上孤立你，精神上折磨你，肉体上摧残你，生活中遗弃你。

☆皮鞋不亮找不上对象，没有发型就没有爱情。

☆在我英雄年少时，有一位女生，她愿意为我失去生命，她意志坚定地说："你再缠着我，我就去死。"

☆天为什么这么黑呀？因为牛牛在天上飞呀！

牛为什么会在天上飞呀？因为你在地上吹呀！

☆娶老婆应是娶小绍，交朋友应是令狐冲，做男儿最好做乔峰，出来混还得韦小宝。

将这封短信转发3次，你会走财运；

转发6次，你会走官运；

转发10次，你会走桃花运；

转发20次，你将花掉2元钱！

☆地主斗得好说明有头脑，地主斗得精，说明思路清，地主斗得细，说明懂经济，地主斗得大，说明不怕炸，赢了不吱声，说明城府深，输了不投降，竞争意识强。

☆某人骑车上街，过一路口，撒把前行。交警看见，惊呼："手掌好！"

某人高兴地挥手作答："同志们辛苦了！"

☆和朋友到泰山顶看日出，一个朋友指着天空说："我看见了！"

我说："我也看见了！"

这时远处有人提着裤子出来骂道："看见就看见呗！你们嚷什么啊！"

☆一位老太太不识字，但喜欢听收音机，气象预报每天必听。一天吃饭时问家人："我有个问题想问问，你们知道局部地区在什么地方？那儿差不多天天有雨。"

☆一老伙计丢车，当他把新买的一辆车放在楼下时，他上了三把锁并夹了一张纸："让你偷！"第二天车没丢，并且多了两把锁和一张纸，上写着："让你骑！"

☆唐僧赶走悟空之后又遇到妖怪，他只好念紧箍咒想呼唤悟空回来救命，不久空中传来一个声音："对不起，您呼叫的用户不在服务区，请稍候再试。"

☆你这个没良心的，老实交代，昨天半夜在你房里接电话的那个女人是谁？她居然跟我说……您拨叫的号码正忙，请稍候再拨。

☆茫茫人海中，为你怦然心动，你好似不在

意的表情，却让我隐隐作痛，你的漠然让我不敢表白心迹，可我不能自拔，现在我要你明白……你踩着我脚啦！

☆你我都是单翼的天使，唯有彼此拥抱才能展翅飞翔。我来到世上就是为了寻找你，千辛万苦找到你后却发现："咱俩的翅膀是一顺边的！"

☆如果我是狐狸你是猎人，你会追我吗？
如果我是茶叶你是开水，你会泡我吗？
如果我是汽车你是司机，你会驾我吗？
如果你是钱我是存折，我一定会取你的！

☆如果天上落下一滴水，那是我想你而流的泪；
如果天上落下两滴水，那是我爱你而心醉；
如果天上落下无数滴水，那则是……别瞎想了，下雨了！

☆尊敬的用户您好：您的话费余额已不足1元了，请您于近日内，卖儿卖女卖大米，砸锅卖铁卖点血，卖房卖地卖情人，把手机费交上，××移动给您磕头了。

☆自测体重请携带115斤重的物品，在30层楼上同该物品同时跳下。如该物品先于你落地，则你体重偏轻，需增肥；如你先于该物品落地，则你体重偏重；如你与该物品同时落地，则你体重是标准，刚好115斤。

☆假如计算机每重启一次，比尔·盖茨都可以得到一元钱，那么他可要发了。

☆我从来不看电视，我只不过是经常核对一下报纸上的电视节目有没有印错。

☆我的视力很差，比如说，看见那边墙上那颗图钉没有？你看得见吧，而我就看不见。

☆每天我都不断地刷新一项世界纪录——我在世界上已经生活的天数。

☆在因特网世界，你的女朋友可能是一位男性，而你的男朋友可能是一位女性，这很痛苦，但你得接受。

☆你的射击成绩真是太糟了，我要是你，我就立刻自杀，为以防万一，你要多带一些子弹的。

☆如果你要和老虎比谁更能挨饿，那你赢定了。

☆生活真是没劲儿，上个月我的一个哥们儿向我借了4000块钱，说要去做一个整形手术，结果现在我完全不知道他变成什么模样了。

☆抢劫者须知：本行职员只懂西班牙语，请您抢劫时一定要有耐心，最好携带翻译一名，谢谢！

☆各位！今天是我太太30岁生日10周年纪念日！

☆我比较健忘，于是老婆常叮嘱我，说下雨天外出办事千万别落了雨伞，所以家里现在已经有十把雨伞了。

☆除了一项，其余栏目填得都挺好，关系这一栏应该填岳母，而不应该填紧张。

☆爸爸今天打了我两次，第一次是因为看见了我手里两份的成绩单，第二次是因为成绩单是他小时候的。

☆悲剧好比是我不小心切掉了自己的小手指；喜剧好比是你不小心掉进了下水道。

☆下面，我将公布史密斯先生的遗嘱，在公布遗嘱之前，我想满怀诚意地问一句：史密斯夫人，您是否愿意接受我的求婚？

☆为提高产品的安全性，我们决定在可乐瓶子瓶盖上加印：请打开这一端；在瓶底上加印：请打开另一端。

☆记者：根据最近一项民意调查显示，国民对国内外时事的关心度很低，议员先生，您对此有何看法？议员：没有看法，我不关心。

☆玛丽，如果你不答应嫁给我，我就立刻去自杀，这是我的一贯做法。

☆如果不是发生在我身上的话，那么这件事可真是太好笑了。

☆您想拥有一副好的牙齿吗？这里送给您三点经验：一、饭后漱口早晚刷牙；二、每两年去医院检查一次牙齿；三、少管闲事。

☆我们总是习惯性地认为脑子是人体最重要的器官，但是别忘了这个判断是谁做的。

☆这些不是破烂！是我收集的古董！当然，如果你不喜欢的话，你可以扔掉。

☆昨天我报名参加了一个减肥训练班，他们要我在训练时穿宽松衣服，岂有此理？如果还有宽松衣服，那我还来报名干吗？

☆如果有钱也是一种错，那我情愿一错再错。

☆废话是人际关系的第一句。

☆你开会呢吧？对，说话不方便吧？啊，那我说你听，行，我想你了，噢，你想我吗？嗯，昨天你真坏，嗨。

☆一精神病躺在床上唱歌，唱着唱着翻了个身，趴在枕头上继续唱。主治医生问他为啥，神经病回答："傻瓜，A 面唱完当然要唱 B 面。"

☆一天，0 跟 8，6 跟 9 在街上相遇，0 不屑地看了 8 一眼说："胖就胖呗，还系什么裤腰带！"6 看都不看 9 便说："酷就酷呗，玩什么倒立！"

☆跟你当这么久的朋友，你一直都很关心我，我却时常给你添麻烦，真不知该怎么报答你……所以，下辈子做牛做马，我一定会拔草给你吃的……

☆如果你是流星我就追定你，如果你是卫星我就等待你，如果你是恒星我就会恋上你，可惜……你是猩猩，我只能在动物园看到你！唉！可惜呀！

☆谢谢你在我最失意的时候陪伴着我，在我最需要帮助的时候拉了我一把，千言万语诉不尽，只想告诉你："自从认识你，没有一件好事发生！你真带衰！"

☆对不起唷！那么晚了还传简讯给你！如果有吵到你的话，在此跟你说声："活该！谁叫你要比我早睡？哇哈哈哈哈！"

☆遇到你是我心动的开始，爱上你是我幸福的

选择，拥有你是我最珍贵的财富，踏入红毯是我永恒的动力，永远爱的人是你，遗憾的是我传错人了！

☆因为你，我相信命，也许这一切都是上天注定，冥冥之中牵引着我俩，现在的我，好想说：我上辈子是造了什么孽呀！

☆由明天开始，本市决定清除所有长相丑陋，有损市容的弱智青年！你快快收拾东西，出去避避风头，别跟人说是我通知你的，切记！不用感谢！

☆上帝看见你口渴，创造了水；
　　上帝看见你饿，创造了米；
　　上帝看见你没有可爱的朋友，创造了我；
　　然而他也看见这世界上没有白痴，顺便也创造了你。

☆如果规定一个人一生只能对一个人好，我情愿那个人就是你。我无怨无悔，至死不渝！但偏偏没规定……那就算了！

☆想你是件快乐的事！
　　见你是件开心的事！
　　爱你是我永远要做的事！
　　把你放在心上是我一直在做的事！
　　然而，骗你是刚发生的事！哈哈！

☆电话响了一声，代表我正在想你！
　　两声，代表我喜欢你！
　　三声，代表我爱你！
　　当第七声响起……
　　我是真的有事找你，还不快接电话！

☆我把你的名字写在天空里，可是被风吹走了；
　　我把你的名字写在沙滩上，可是被海冲走了；
　　我把你的名字写在每一个角落……我被警察抓走了！

相亲时遭遇的无奈

·男人篇·

女：你是第一次相亲吗？

男：是的。

女：其实这是我朋友给我的忠告：第一次相亲时如果没有重大的不满意，最好还是跟第一次相亲的对象结婚……

男：哦？为什么？（她在暗示我什么？）

女：根据我朋友的经验，相亲次数越多，对对方的满意程度会越来越下降。

男：（看来这次有戏！）

女：相亲对象一个比一个差，到头来才发现还是第一个最好。

男：就是。（难道我就是他的第一个？）

女：是啊！我现在才明白要是早听她们的劝告就好了！（一脸悔意）

父亲密友张伯伯家。你穿着老妈指定的长裙，优雅贤淑得像芭比老娃娃；看到男主角只觉面熟，似乎他也有同样感觉。

两人对望许久，大家在旁笑逐颜开，心中定觉得情势大好、十分可为。但不到几分钟，"我想起来了"，口中茶水差点喷出，"你……你是口水明！"

"MY GOD！你是男人婆。"

原来是中学时的死对头，仇人相见，分外眼红。

没多久长辈们已知无望，但求化解干戈，奈何越扯越多，老妈才发现原来她女儿中学时在校是霸王花、还交个小太保男友；张伯伯也才察觉这博士孙子，当年考试靠作弊、上课偷看黄色书刊……"家门不幸、家门不幸……"回到家，又讨来一阵骂。

按预定的时间，你早早到了预定的地点。首先第一件事当然是"环顾四方"，可什么也没有发现；于是开始做第二件事，但第二件事仍然只能是"环顾四方"。原指望会有个 PPMM 走过来，可身边走过的尽是阿姨级的女士。好不容易来了个 PPMM，你忙色迷迷地盯着她，希望她就是你要等的人。谁知 MM 怒目而视，大吼一声"色狼"，令路人全部侧目，其中一 MM 手持照片惊呼："你就是小 × ？"

走进咖啡屋，你远远看见朋友和两个女孩子坐在一起，A 身材苗条，虽然称不上美女，但还算

可人，而 B 只能用两个字形容：恐龙。

你深吸一口气，相信自己运气一直很好，走过去和朋友打招呼。

朋友介绍之后，没说哪个是女主角。你想，要相信朋友的眼光，一定是 A 没错，于是开始对 A 大献殷勤。

这时，A 手机响了，她粲然一笑，拿起电话："喂，老公啊，我在陪阿妹相亲呢。"

自己刚到女朋友家，发现她家已经聚集了一大伙前来相亲的人，女眷特别多，才坐定，就有一女眷，张开大口，并小心翼翼地担任了居委会老大妈角色，兼任派出所户籍员和刑事法庭审判员的职责，进行三代以内方方面面的现实和历史审查。当着那么多陌生人的面，有些该回避的，却无法回避，也只好作出明确的回答，让人不得不处在尴尬状态。

女朋友的全家人，都在为自己的到来而忙里忙外，自己却无所事事，到处乱转，大不了在客厅里看看电视，想去当个帮手，女朋友的母亲却不要帮忙。帮帮忙，未来的岳母不让，不帮忙又怕未来岳母看不上自己，让人尴尬得不知所措。

开始吃饭了，未来的岳父大人爱喝口小酒，自己平时不喝酒，又不好明说，一喝酒，就把自己弄成了大关公，最要命的是未来的岳父大人，一高兴就喝高了。未来岳母是想发作又不好发作，自己只好见机行事，让人尴尬万千。

女朋友家的电器有了点小问题，不知是考验一下未来女婿，还是真的坏了没有时间去修理，这就不得而知了。反正，会不会都得装模作样地修理一阵子，正好发现有个小零件坏了，只好出门，费好大的劲买回来，终于修好了那家伙，可未来的岳母，非要付买零件的钱，这让人尴尬得有些无地自容。

·女人篇·

男朋友家四代同堂，一进他家，迎面就有四个老人在场，虽然精明的男朋友会一一介绍，可跟男朋友一样称呼，未免太荒唐，点点头又显得不够尊重对方。处在既想称呼，又不好称呼的尴尬状态。

在男朋友家里第一次吃饭，男朋友的母亲生怕你害羞，夹给你很多菜，其中有一样菜你不吃，而且非常怕吃，男朋友的母亲却认为是一道

好菜，大筷大筷地给你往碗里夹，弄得你吃又吃不下，扔又不好扔，好不尴尬。

自己突然有事，想离开男朋友家，但男朋友家的全体成员，都热情高涨地在为招待自己忙活着，这个时候自己走也不是，留也不好，尴尬之情溢于心间。

自己只是带着好奇心，来男朋友家玩玩，结果男朋友的家人却郑重其事，请了好多亲朋好友来吃饭，实际上是来帮忙相亲的。如果分手的话，这反而让自己今后很没有脸面见人，让人体验到了人生尴尬的"无处不在"和"无时不有"。

一伙人散了，自己想要回家，男朋友的家人非要自己留宿在他家，他家的居住非常拥挤，跟陌生的男朋友家的女眷共眠一床，那滋味实在有点不好受，真是："人生尴尬在心头。"

·九次爆笑相亲经历·

在京工作，一直没有解决终身大事，于是在朋友们的安排下，一次又一次地相亲。以下是俺和诸位美眉相见时的对话：

第一次
美眉："听说你在北京混呀！"
俺："不是在北京混，是在北京工作！"
美眉："怎么着第一次见面就敢和我顶啊，那以后还不反了，我还有事，先走了！"

第二次
美眉："我漂亮吗，要说真话的呀？"
俺："漂亮，真的漂亮！"
美眉："唉！为什么呀？我不喜欢的都说我漂亮，我喜欢的却不理我呢？"

第三次
美眉："听说你家有辆红旗轿车呀？"
俺："那是我哥的，不是我的！"
美眉："啊？是你哥的呀！他结婚了吗？有女朋友吗？"

第四次
美眉："北京什么最美呀？"
俺："北京的夜色很美的！"
美眉："什么？夜景？是和别的女孩子去的吧？那还和我谈什么呀！我最恨这种男人了！拜拜！"

第五次
美眉："我们要是结了婚，就搬出去住吧，婆媳关系不好处的。"
俺："不会的，俺娘和俺嫂子处得挺好的呀！"
美眉："你个笨蛋！女人都心眼小，她心里装着你嫂子，哪还有地儿放我呀！"

第六次
美眉："你睡觉打呼噜吗？睡觉前洗脚吗？有没有口臭和狐臭呀？这事一定要问清了，要不

后悔都来不及！"
俺："我……我……"
美眉："我什么我，有就有，没有就没有，吞吞吐吐的没男子汉气概！讨厌！"

第七次
美眉："我喜欢有爱心的男人……"
俺："我就很有爱心呀，特别是对小动物。"
美眉："太好了！我有一个小狗，我视它为我的女儿，要是咱的事成了，你就是它的后爸，要是不成你就是它的干爸，不过可不能白当，你要常给它买吃的呀！OK，就这么说定了，你没意见吧！"

第八次
美眉："我想知道你以前有没有女朋友？"
俺："以前有，后来分手了。"
美眉："一定是你把人家给甩了！你们男人呀，就没有一个好东西，不是衣冠禽兽，就是禽兽不如！哎，你是哪种呀？"

第九次
美眉："你的情况我都了解了，你是一个不错的男人，我们什么时候结婚呀？"
俺："我……我想我们还要多了解一下，毕竟我们刚认识呀！"
美眉："你……你什么意思呀，嫌弃我呀？你以为你是谁呀，切——"

·俺们单位一个小小美女的相亲历史·

☆A男：
此男是我第一次相亲，现在看来好像有点早，介绍人是一朋友。此男是一位军官，管票务，我朋友见席间气氛难堪，故意说以后订票找A男，因为A男可以给折扣。A男一听立刻威严地说："不行！一切按国家政策走！"无语。

席后，朋友提供机会让我和A男在广场散了会儿步，A男说："小X，初次见面，我这人比较直接，马上退伍了，就需要回原籍XX地，你是本地户口吧！我们马上就结婚，我就可以留到本地和你一起发展！"

偶滴神，我彻底疯掉，我可不是什么大城市的人，这位大哥不至于吧！无果。原因是相亲不是一场交易吧！我结个婚还得我父母同意吧！

☆B男：
号称斯文、老实，多次相亲的人都应该知道此类男人通常戴眼镜，见到该男白白净净，略胖，比我矮，席间无一句话。朋友看不下去了，叫B男去洗手间时告诉他一定要和我多聊天，出来后，B男红着脸，端着茶红着脸硬是挤出一句话：干杯！全席爆笑！我爆汗！

☆ C 男：

朋友口中很老实很持家的男人，见面一看，果然老实，和我同年，白衬衫，皮带拴到肚子老高以上，袜子露出一大截，很白的白袜子，黑边眼镜。我婉拒，理由此类型不是我喜欢的。

☆ D 男：

同事介绍的一个铁路部门的男生，第一次见面，叫我们赶到 XX 地吃快餐，我们下班后坐了一个半小时的车赶到该地，此男抱怨我们来晚了，先汗一个。

席间找话题，说实话 D 男不丑，长相中等偏上，个子也高，我就随口说了一句："你觉不觉得你长得像方中信（我对不起方中信，我认了）？"

此男抬起头来很得意地笑着说："是不是经常演三级片那个帅哥？别人都说我有点像！"我同行的女同事当场喷饭！

晚上 D 男强烈要求送我回家，我拒绝，一直打我电话，我说我们还是先做朋友，多了解了解。该男第二天告诉我朋友，说我爱上他了，他觉得太快了，还是先做朋友。

☆ E 男：

小小美女因为无聊，一共和 E 男吃了几次饭。最后一顿饭吃的火锅，吃了近一个小时，中途我找他说了两句话，他要么不答，要么答非所问，于是大家在吃饭过程中就全部不说话了，在纳闷这个人是什么意思，越想越气，结果小小美女气得把她面前摆的菜全部倒进去煮来吃了，完全不顾淑女形象。

只有 E 男面前有两盘菜不好意思站起来往锅里倒，结果到了最后走人了，那两盘菜都没煮下去。她从来没有吃过这么沉默的一顿饭，太让人郁闷了。

然后小小美女边接电话边和他走出去。挂了电话，走在路上，他居然笑嘻嘻地望着小小美女说了句："想不到你吃火锅比我吃得还多，你太猛了！"无语！后来在网上聊天也觉得有问题，本来和他就不熟，还发些下流笑话给小小美女看，直接 Pass 掉。

☆ F 男：

上上周星期天见了一个更极品，原来的同事介绍的。介绍人带了他老婆和孩子，中午共五个人吃饭，还是介绍人请吃的乡村基，F 男连这点钱都舍不得。后来吃了饭，同事他们找借口开溜了，小小美女极不自在的和他走在烈日下，他说找个茶楼喝茶，小小美女说找不到。后来该男便于露天免费的座位坐了半小时。

半小时内，他不断说他的故事、他的工作、他的生活，听得对方很是生气，声音还很大，太不像话了。小小美女后来找借口开溜了，当她起身的时候，F 男拿出口袋里上午吃剩的水果大声地说："你拿两个枇杷去吃嘛！"

当时美女觉得周围的人肯定都听到的，赶紧说："不要了，不要了。"他又接着大声说："你拿去吃嘛，我这里还有香蕉！"

情书原来还能这么写……

·三轮车夫给清洁工的浪漫情书·

☆香草：

　　当我鼓起勇气给你写这封信的时候，你可能已经进入了甜美的梦乡，自从认识了你的那一刻起，我的生命里就充满了激动和欢畅，我愿意一辈子用三轮车拉着你走过寒来暑往，我愿意一生一世陪着你扫遍大街小巷。

　　你说你记不住我的名字"旺财"，其实它还是很有知名度的，多次在影视作品中以主角出现。假如你还记不住的话，干脆叫我的昵称，也就是通常人们所做的按拼音首位缩写叫我"WC"，这啊，地球人都知道。

　　在短暂的接触中，我们结下了深厚的战斗友谊，你为我缝了十双棉手套，补了二十双破袜子，洗了三十件旧衣服，而我只帮你挑了三桶水，劈了两捆柴，扛过一次煤气。记得我的一位同行说过这样一句话："不要问别人能为你做些什么，而是要问你能为别人做些什么。"你是那样无私地奉献，以至于你完全成为一个纯粹的人，一个高尚的人，一个脱离了低级趣味的人。我要向全世界呐喊：香草香草我爱你，就像老鼠爱大米。

　　曾经以为我的生活里只有冬天，认识了你才知道你说得对：野百合也有春天。从此我找到了冬天里春天，而我也和春天有了个约会。你是一个爱上浪漫的人，爱上你就等于爱上了浪漫。我能想到最浪漫的事就是四十年后用我的"宝马"带着你回到我们战斗过的马路上重温旧梦，五十年后牵着你的手到郊外去看月亮数星星，六十年后亲手烧一盆热水为你烫脚……

　　你说想帮帮我的忙，顺便体验一下三轮车夫的酸甜苦辣。告诉你，这里很危险，你还是回清洁队，做那份很有前途的职业吧！上一次我们在老杨同志开的臭豆腐店里约会，你生气了，因为我在屋子里还戴副墨镜扮酷。其实我是不忍让你看见我熊猫一样红肿的双眼。此前一个晚上，我拉着两个浑身酒气的家伙路过你工作的马路，他们扔烟头、吐痰、呕吐，还随地大小便。就是这帮没有公德心的家伙，让你的眼角因操劳过早地泛起了鱼尾纹，手掌磨起了厚厚的老茧，才25岁的你，看起来却成熟得像52岁！在阻止无效的情况下，我动用了武力解决，结果反被恶人欺，幸好有两位解放军叔叔路见不平拔刀相助，教训了恶人，又收走了赃物。虽然我光荣负伤，可这没有什么，只要你过得比我好，只要能见到你微笑的模样。

　　那天我注意你的眼圈也是黑黑的，像个熊猫。是不是新换的工作帽尺寸不对，前窄后宽，害得你整晚失眠？我知道高庄有一家帽店做工精美，价格公道，童叟无欺，要不要改天陪你去看看？

　　你的善良和仁慈感染了我，我决定向社会奉献自己的爱心，让所有的人都知道：车夫的名字不是弱者！那个晚上我在繁华的富丽大路上溜车，这个富人出没的地方同样也是乞丐的乐土。三个人同时拦住了我的去路，我甩开第一个家伙咄咄逼人的双手，因为我曾见到他在几个晚上去夜总会狂欢；我躲过第二个人贪婪邪恶的目光，因为我曾多次遇到他换了一套西装，手挽靓女出入KTV包房。我将口袋仅有的三十八块交到第三位失学少年的手中，那可是我计划了好久，想去麦当劳将你的生日与圣诞节一同分享。我知道"再穷不能穷教育"，新世纪的竞争，归根到底是知识和人才的竞争，或许这三十八块从此改变一朵鲜花的命运。麦当劳会有的，一切都会有的。我相信，你也一定会为我的义举鼓掌。回家的路上，我正琢磨着："同样是在一条街上乞讨的三位，做人的差距咋那么大呢？"忽然从远处麦当劳的餐厅里传来挖苦的笑声，巡声望去，富丽大路街边失学少年熟悉的面孔差点击破了我的胸膛。

　　有个秘密一直没有向你提起，我有了第二职业：拾垃圾！如今我在富丽大路南端那栋烂尾楼一层的车库兼卧室又多了一项新功能：仓房。别看那些城里人道貌岸然的样子，其实他们的公德心还不如一个拾垃圾的高尚！那条穿过市中心的铁路边总是堆满了从火车上扔下来的各种杂物，我就曾被一个酒瓶击中腿部，现在走起路来还有点跛。大量的丢弃物污染着整个城市的环境，居然很少有人来管，幸好还有一群像我一样有高度环保意识的车夫和拾荒者。我觉得，整个城市因为我们的存

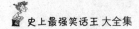

在而美丽了！

香草，你当然也是城里最美的一风道景线，你用手中的画笔（扫帚）描绘出一条条整洁的街道，也清洁了人们的心灵，你是一个伟大的女人！人们常说一个伟大女人的背后必定会有一个默默奉献的男人，我就是那个男人。利用拾垃圾的收入，我正偷偷实施一个计划，在北风吹，雪花飘，年呀吗年来到的时候送给一个惊喜：扯上二尺红头绳，再做上一件小花袄，咱们欢天喜地过大年！

你知道吗？有一个晚上我在拾垃圾的时候捡到一个钱包，我足在大风中等了四个小时，才等到那个开着"大笨"的失主。那个老头当即给我三百块钱作为酬谢，这可是能买十件小花袄和二百尺红头绳的巨款，而我不为金钱所动，断然拒绝，因为那个钱包里只有三块钱，我怎么能承受得起呢？原来老人是在考验我，他说我像他夭折的孙子三毛，要我跟他回去过富贵的生活，还说要将他亲孙女——一个骨瘦如柴、面色惨白的女人嫁给我。

我也曾向往富贵，每天晚上坐别人蹬的三轮车去大排档喝啤酒，吃海鲜，但我过惯了穷人的生活，有空调我怕冷，有暖风我怕热，最重要的是，我离不开你，一个健康而美丽的阳光女孩，虽然我们为了生存不得不每天各自东西的奔波，但最远的你永远是我最近的爱。

你老是说我的字写得歪，信也没有《刘慧芳》吸引人，其实我也是个"文化人"，光是小学我就读了九年，也算得上"小学研究生"了。读初中时成绩也一直不错，只是在班里倒数第一的同学辍学以后，我才不幸接过他的位子。论智慧和武功，我总是觉得比起王朔还是要略微高一点点的。

香草，最喜欢听你唱那首《我们的生活充满阳光》。我以为你的嗓音比那英还高，比田震还亮，只要和你在一起，我的生活就充满了阳光。你要问我爱你有多深，LOOK，月亮代表我的心！

旺财，午夜于烂尾楼寓所

·专职秘书写给女友的情书·

金风送爽，丹桂飘香。在这美好的季节里，我终于决定给你写这封信，借此表达我对你的真挚感情。

为了总结过去，正视当前存在的问题，进一步加快我们恋爱工作步伐，全面掀起恋爱生活新高潮。我们相识一年以来，虽非轰轰烈烈，但亦不是波澜不惊。

从总的情况分析，有以下4个特点：

1. 领导重视

我们两单位的领导对大龄青年的婚姻问题都十分重视，进行了一次广泛的情况摸底调查，同时因地制宜，亲自动员部署，开展了丰富多彩的联谊活动。因此，我才有幸认识了你，才能够开始书写我人生旅途上崭新的一笔。

2. 部门支持

各级各部门都十分关心支持大龄青年的恋爱工作。居委会的大妈经常上门了解我们之间的进展情况；每次和你约会回来晚了，小区的门卫总是毫无怨言地给我开门；就连去花店买鲜花时，老板听说是给女朋友买花，还特意赠送了一枝红玫瑰。

3. 投入增加

我们相识以来，你教会了我该怎么去生活：下馆子、上舞厅、看电影、打保龄、逛公园，使我充分认识到了生活的多姿多彩。当然，花在这方面的投入就自然而然地增加了。

4. 进展顺利。

还记得我们的初次约会吗？那是在一家情调温馨的牛排馆。我局促不安，竟把汤匙当成了餐刀。可是你没有取笑我，而是和我讲起了笑话，缓解了我的紧张情绪。那时，我就认定了无论前方道路有多曲折，我一定要把善解人意的你娶回家！

5. 成效显著。

通过一年来的恋爱交往，我们共同取得了以下成绩：一是强化了对单身生活孤单的认识；二是在何时成立小家庭上达成了共识；三是在如何抚养我们未来的爱的结晶方面明确了责任；四是我们对未来的生活增强了信心。

特别是据不完全统计，本月份以来我们吵架的次数仅为三次，占约会总数的30%，比上月同期减少了10%，可喜可庆！成绩的取得，是领导关心、部门支持的结果，与我们坦诚相待更是分不开的。

但是，成绩面前我们不能盲目乐观，而是要立足长远，正视存在的问题。我认为，我们之间仍然存在以下三个不容忽视的问题：

一是进展不平衡。有时你对我热情似火，有时又爱理不理的（但是无论你对我如何，我都喜欢）；

156

二是认识不平衡。主要表现在有时你想逛商场而我想上书店，有时你想上公园而我想在家休息等方面；

三是经济基础设施仍显薄弱，无法满足我们日益增长的物质生活需要。这些问题都有待于在今后生活中切实加以解决。

亲爱的，当前恋爱和结婚面临着前所未有的机遇和有利条件。自由恋爱政策为我们相互寻找到对方提供了政策保障；各婚纱影楼也实施了倾情奉献的举措；还有广大酒店也隆重推出各类打折消费活动。

我们有理由相信：结婚事业的春天就要来临了！为了充分巩固我们的恋爱成果，提高未来婚姻生活的质量，我提出如下建议：

1. 全面规划、统筹兼顾。

结婚是一件大事，但是我们绝不能为了这一件大事而荒废了我们的事业。要进一步落实"全面规划、统筹兼顾"的原则，科学规划、立足长远，充分尊重生活规律，正确处理好小家和大家、生活与工作的关系，从实际出发，根据形势，不断提高规划的科学性和可操作性。

2. 广开渠道，落实资金。

能否顺利完成结婚这一人生大事，资金是关键。

首先要立足当前，加大对结婚消费投入的倾斜力度；其次要严格执行双方父母关于征集结婚资金的有关规定，做到足额征收、及时到位。要克服"等、靠、要"的思想，广泛发动亲戚、朋友、同学、同事的力量，不断拓宽资金筹措渠道，多元化、多层次筹集结婚资金，解决资金短缺和到位难问题。

3. 突出重点，强化配合。

从现在起离我们的婚期只剩下100多天了。时间紧，任务重，我们必须加大力度，加强配合，采取行之有效的措施，确保按期完成任务。当前的重点是装修我们的爱巢，已动工的要抓质量；未动工的要采取倒计时、超常规的办法，尽快协调解决工程建设中存在的问题。在今后家庭事务的管理上，严格遵循两条原则：

第一，凡是你说的永远是正确的；

第二，如果有错，参照第一条。

亲爱的，当前我们面临的机遇很好。希望我们要增强信心，迎难而上，把握时机，广泛发动组织群众，铁心拼搏奋战100天，全面完成各项目标任务，为全国单身队伍又减少两位作出更大的贡献。

·一个18岁男孩写的超级情书·

☆亲爱的：

我对你1见钟情，绝无2心，想照顾你3生3世，因为我偷偷上你的网站4次，你那迷人的5官，总让我6神无主，一颗心7上8下，99不能平息，如果我的满分是10分，你一定不止11分，起码也该有12分，只可惜我讨厌13这个数字，不然你一定有14分，如果再加上你的聪明那又不止15分，16分你一定还嫌少，所以我给了你17分。

我今年18岁，再过几天就19岁，也就是我还未满20岁，今年大概21呗，所以得交22万的学费，其实我的智商是阿甘的23倍，只是，我24小时都在睡。

我猜你今年未满25岁，26岁我也无所谓，27岁跟我还是很配，28岁也不过才大我10岁，29岁的女人据说最美，30岁我会考虑考虑呗，31岁我应该没这么衰，32岁我会开始反胃，33岁我宁愿自己一个人睡，34岁你敢钓我，我娘也才35岁，但我还是想送你36朵玫瑰，但摸摸口袋我只剩37块，户头也只剩38元，因为跟女友分手在39天前，手机每天得打40块人民币。

永远记得41天前，写下42句爱她的誓言，还有43种我想的永远，却只换来44CC真情的眼泪，加上45夜辗转难眠，老实说我打了46句废言，其实你该从47句开始看，但是你都看到了第48句，只写49又觉得怪怪的，那就哈啦到50，凑个整数吧！

第51句我要说声我想你，第52句我要说声我爱你，但第53句我暂时还没想到，所以直接跳过54句，来到55句，这时我想起56分前的你，不知道你有没有想起57分钟后的我？

我在这想了58分钟又59秒，我总共找到60种想你的念头，61个爱你的理由，62句适合我俩的情话，还有63段电影浪漫的邂逅，虽然我也找到你64个小缺点，但幸好我也找到你65个优点，尤其是你的腰只有66公分，这会让我沉迷67年，与其我爱你说68遍，还不如我爱你写满69页，反正我们还有70年，这份工作麻烦让我拖个71个月，你的爱慕者一定不止72位，因为我是那第73位，

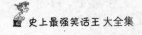

但我要定下你74年，反正我会付时薪75元，就算要追你追76个月，只要你能陪我过77情人节，花掉我78万我也心甘情愿。

看完我写下的79句真心话，我猜80%你会愿意当我的女朋友，因为你发现了我81处迷人的地方，还有82个你无法拒绝我牵你的手，就算你有83个逃避的借口，我也会有84种留你的理由，好啦我加薪加到85，麻烦你陪我到86岁，就算你皱纹是以前的87倍，我爱你还是愿对你说88遍。

·用心良苦：猫写给老鼠的搞笑情书·

☆亲爱的吱吱：

自从那天我把我的大脚搭在你优雅的背上开始，我就意乱情迷了。你美丽的绿豆眼，你娇小的倩影以及你挣脱我爪子后回眸一笑的那份妩媚，时时刻刻萦绕在我的心间，挥之不去。

亲爱的吱吱，我是真的爱你。

俗话说人有人的寂寞，猫有猫的寂寞，然而我的主人却不理解我对你的爱情，他居然以失职为由，将我开除了。你知道我离开主人家时是怎样的心情吗？我三步一回猫头啊！但是我无怨无悔。

因为爱你，我放弃了餐餐有肉待遇优厚的工作，成了一个落魄的街头流浪汉，你明白我的苦心吗？

吱吱。本来想送你9999朵玫瑰，可是因为失业囊中羞涩，我只得偷了一本画满鲜花的人类杂志献给你，由于我的身份暂时不宜让你的父母看见，我已偷偷地将它放在了你闺洞旁边，你方便的时候自取吧。对你的思念，是一天又一天。

吱吱，我的心想你，我的胃也想你，期待着见你一面。kiss you，如果可爱的你拒绝我的吻，那就用你的小手狠狠地扇我一巴掌吧，起码这能让我在眼前漆黑一片的时候，看见漫天爱情的星斗在充满希望地闪耀。

·七夕节八戒写给嫦娥的情书·

☆尊贵的嫦娥仙子：

我已经默默地偷窥、暗恋你好久了！

经过无数次、无数天的痛苦煎熬、无助挣扎、寝食不安后，我终于发扬出死猪不怕开水烫的大无畏精神，向你坦白从宽我的爱。

也许你不知道俺是谁，但你应该知道俺心里想着谁。

俺就是那个被你迷得魂不附体、体贴入微、微不足道、道貌岸然的天蓬小帅哥，笔名八戒，网名无能，外号呆子。

自从看到你柔若无骨的娇躯、曼妙飘逸的舞姿以及对俺施以含情脉脉、意味深长的回眸一笑后，俺那颗冰凉瓦凉的小心脏就像关进鸟笼里的小青蛙一样跳个不停，就像三伏天八九点钟的小太阳一样火红炽热。俺的眼前老是晃悠着你迷人的眼睛、性感的嘴唇……俺一心向佛的革命信仰彻底被你击溃了。

见了你，我才明白了什么是红颜祸水，我才明白了为什么玉帝他老人家不爱江山爱美人，我才明白了吴孟达为什么会冲冠一怒为圆圆，余则成为什么会投奔我党为左蓝。

如果西施、貂蝉的美可以用英文形容的话，那你的美用火星文也难以描绘。

那是一种怎样的美啊，如花似玉，如梦似幻，如封似闭，如鬼似魅；闭花羞月，沉雁落鱼；像风像雨又像雾，若云若雪又若露。

知道吗？小娥，写到这，我口水已如雨下，就像一个饿了三天的乞丐见到了刚出锅的红彤彤、香喷喷我头部的肉。

小娥，不要怪我好色啊，美国前绯闻总统克林顿说过，男人有两种：一种是好色，另一种是十分好色。作为男人，我……我没得选择啊！再说了，你的色绝对是上上等货色，我又不是如来，能受得了吗？如果当初柳下惠见到的是你，那就不会有"坐怀不乱"这个成语了。

小娥，遇到了我，算你倒霉了。我这人干别的不行，追女孩子那是相当地有一套，而且不到黄河不死心，不见棺材不落泪，不抱得美人归就做绿毛龟。所以，在我面前，你就别犹抱钢琴半遮面、欲语还休泪先流了。早点从了我，你好，我好，月老没烦恼。不然，在你下班路上，我猴哥、沙师弟会装鬼吓唬你，我师父会念经咒你，而且，我还会让曾志伟、潘长江扮成人妖在路上……嘿嘿，嘿嘿！我在观音姐姐画像面前发誓，就是拼了老子这身白花花、娇滴滴的肥肉，也一定要搞定你，与你比翼双双飞，花好月月圆，百年好好合。所以，我对自己充满信心。亲爱的，你是我的，跑也跑不了。

我知道我人长得丑又不温柔。但这不是我的错，要怪就怪我爸妈！对了，我爸妈是谁啊？有时间问问吴承恩博士。再说了，作为男人，美丑无关紧要，关键要有内涵，要有风度。我肚子大，大而有〔肥〕料，内涵多多。

所以嫁给我，你绝对放心，我不会红杏出墙——就是想出墙，也没有野花野草喜欢我啊。我是铁了心地爱你，一颗猪心永远不移！

小娥，这几天，我由于对你朝思暮想，朝秦暮楚，朝三暮四，免疫力大降，得了猪流感，至今高烧不退。我经常在迷迷糊糊中呼喊你的名。连主治医生灭绝师太都被我感动地欲哭无泪。她对她的初恋情人我师父说，她见过像李莫愁一样痴情的女人，却从未见过像猪哥哥这样痴情的男人。

小娥，如果你嫁给了我，我一定会做个模范小丈夫。你坐车我给你开车门，你喝酒我给你开瓶塞，你上网我给你开电脑，你网恋我给你带绿帽……哦，我又发烧了，脑子有点乱。

小娥，告诉你个连尚福林都不知道的小秘密：最近股市火爆，我猴哥的花果山旅游公司IPO〔首次股票发行〕获证监会批准了，发行价定在30元每股，比光大证券还高耶！我有500万原始股，我发大了！

呵呵，等我在二级市场上套现，我就买辆奇瑞QQ，买辆奥迪Q7。我们开着QQ，拖着Q7，上德国斯图加特旅游去，让德国人看看中国制造是如何厉害。

等咱们婚礼那一天，我请央视名嘴李咏做我们的司仪，冯巩和林志玲做伴郎伴娘。并邀请任志强和牛刀为我们表演相声——洞房里的泡沫之争。

至于迎娶你的婚车，我决定全部用国产轿车，打头的用加长版红旗，压阵的用吉利熊猫。对了，听人说你不是喜欢《流星花园》中的F3吗？咱们把比亚迪F3放在车队中间，并让王传福亲自驾驶！

那一天，我会让你成为全世界——不，全宇宙最幸福的新娘！

小娥，我对你的思念如猴哥追忆紫霞仙子一样剪不断理还乱，我对你的爱慕如酒井法子吸食毒品一样欲罢不能。你是我的一切，为了你，我宁愿上天堂下地狱，做三陪为农奴！

小娥，嫁给我吧，我会像毛毛雨一样不断给你幸福！咱们会有一个温馨浪漫的家，有一群乖巧可爱的猪宝宝。作为神仙伴侣，郎菜女貌，让月球人羡慕死！

小娥，你心动了吗？心动不如行动！机不可失，时不再来！明天黄昏月上柳梢之时，我约你在小桥流水、鸡飞狗跳的舜耕山庄见面好吗？如果你不来，我就等你，等你到天荒地老、山崩石裂！我要像《奋斗》中痴情的米莱一样等你，就等你，等死你！

小娥，Mydarling，我不争气的肚子又饿了，我去偷师父化的斋吃了。该说的我都和你说了，该做的我还没和你做，你好自为知！

小娥，再过几天就是七夕节了，这一天是中国的情人节，传说中，这一天，牛郎和织女会在鹊桥相会。我猪郎和小娥也在天桥约会好吗？若干年后，人间将会留下我们动人美妙的爱情传说，像梁山伯与祝英台，像罗密欧与朱丽叶，像杨过与小龙女……多浪漫啊！

最后，我想对你说，小娥妹妹，Onlyyou，能让我永年轻；Onlyyou，能伴我度残生。小娥，如果你不答应我的求婚，我一个月后就上屠宰场为民捐躯！听说现在通货膨胀，我的肉比师父的都贵了，百姓们都买不起肉，我死了为人民作点贡献，这辈子也值了！小娥，我的小命已掌握在你手里了，你看着办吧！

差点忘了！我的3G手机：1880108888（花8万从王建宙手中拍到），我的超级QQ：10001（花10万从马化腾手中购得），有坏人欺负你就呼我啊！

狂恋你的八戒

·全球最痴情的一封情书·

☆亲爱的 MM：

永不会忘记第一次与你相遇在学校福利社的那一瞬间……

那时你在吃包子，我在喝可乐，虽然你的脸庞线条因为那好大一口的肉包而扭曲，但是阳光自窗外洒落于你发梢，我仿佛能听到上帝悄悄对我说："就是这个光！就是这个光！"那一刻，我发现丘比特的爱情之箭已经射向了我……

虽然你已经有男友，身材的确比我高大，乍看之下比我英俊。不过，我深信只要默默守在你身边，终究有一天你会发现我的真意如山、热情如火。

天可怜见你男友脚踏两条船的事情被我发现了，于是我写了一封匿名信检举。

很抱歉，让你哭了好几天，不过我已经帮你复仇。

我在他的摩托车车轮上了两个大锁，然后把钥匙丢在垃圾桶；凌晨三点还爬起来到外面打公用电话，提醒他要起床尿尿。

于是，我开始接近你。我不知道你为何要害怕？我难道会像贵前男友那么下流脚踏两条船地戏弄你吗？要搞清楚！

我智商高到会脑充血，怎可能会被你抓到这种丑事？难道你害怕我对你深重的情意会让你承受不起？那我就要骂你笨了！男人对女人的情意哪能持续多久！或许是天意吧！

那次我跟在你后面走下楼梯，突然你就这么咕噜咕噜地滚了下去，脚伤得严重，旁边的人看了都笑了出来，但是我紧张地马上冲下去将你一把抱起，往好远好远的医护室狂奔。

后来你说就是这次的见义勇为，让你开始对我心动（其实我要老实承认：那次很像是我不小心绊倒你的）。我永远无法忘记那第一次抱你的感觉，虽然抱你的感觉像搬运一团水泥块，不过内心却有些悸动，我想这就是课本中读过的："这是最沉重，也是最甜蜜的负荷吧！"

后来渐渐地你接受了我的感情，过了好久好久，你终于肯当我的女友。我真的好高兴！高兴到把我以前喜欢的女孩子照片都撕掉了，因为我想娶你，总不能日后让你看到而大动肝火，因为我怕失去你。

·白骨精写给孙悟空的绝世情书·

☆ Dear 空：

我是小白，就是上次你打了我三棍的。我想你想得好苦，可你为什么一直不理我？只顾你那师傅，保护师傅我理解，可是最近你二师弟的肉比你师傅的更值钱了，你得照顾两个人。你越来越瘦了，越来越没猴样了，得注意身体啊。

对啦，你知道我是谁不？白骨精？只答对了一半，白骨精是我后来的身份，其实，我是你的邻居，原来你被压在五指山下时老给你捡桃子吃的小姑娘就是我了。我小的时候你叫我LOLI，还记得不？从小我就特别喜欢你，那忧郁的眼神、稀疏的胡子，尤其是那一身长长的毛，以及你吃桃子不吐桃子核的高尚情操深深地打动了我。

那时候一切美好，哪里想到岁月不留情，我后来变成了老婆婆，自己觉得没脸见你了，我就出家为妖。虽然是半路出家，但我学得很快，现在已经能伪装年龄和不同的人物了，而且小神仙我也不怕。不过毕竟是半路出家的，学得比别人都苦些，这些你了解吗？

空空，我做的都是为了你啊，我高考复读了两年才考上妖精专业本硕连读，考上大学的那年我82岁，媒体还报道我，说我是年龄最大的大学生，可风光了。后来我看你还在山下，就又读了个博，前后花了我整整385年多。我们的导师真的蛮厉害，回头俺们视频聊，我现在比刚来那会可年轻多了，看着就像20岁一样呢！

空空，你知道不，这些年我过得可苦啦，为了不让你说我老，我把所有的钱都买了化妆品（这也是我很久不上线的原因），现在商场里化妆品好多啊，什么欧泊莱、碧欧泉，还有 H2O 等。对了，回头给你寄两瓶男士产品过去，你没事就抹一点，相当小资，现在的人都好这个！

空空，那天我知道你出山了，正陪着 Mr.唐去印度度假，刚刚出狱就找到这么好的工作，我太佩服你啦。为了见你，我毕业证也不要了就跑到路上等你，身上的钱花光了，我就跑到山洞里去住，夏天没空调冬天没暖气，真的很难受。

空空，这么多年了，我也不知道你喜欢啥类型的，于是偶就装成一个村姑来接近你，哪里想到你不喜欢这种类型，一棍子就打下来。你年纪也不小了，我就想你有可能喜欢年龄大一些的吧，索性就扮成60多岁的老姑娘，没想到你还是不喜欢。这可难倒我了，老的嫩的你都不喜欢，那肯定就是喜欢男人啦，扮男人可算费了牛劲了，心想这次准成，哪里知道你依旧冷淡。

我又仔细地分析了一下，怀疑是你师傅在场你不好意思而已。其实你师傅说的不一定都对，他说："人是人他妈生的，妖是妖他妈生的。"这句就错了，至少我妈妈就是正宗的人类。还有啊，他唱"ONLY YOU"秀他的颤音，我的姐妹们都说恶心，你可千万别学。

亲爱的空，若你有情，三天后，我会在白骨洞边的咖啡馆等你，你进来以后看到一个在喝豆浆的就是我了！

爱你的小白

·一个网迷对爱机的真情告白·

☆亲爱的机子：

转眼之间，你我已经度过了四年的美好时光，在这四年里，我们同甘苦共患难，曾经共同度过了那难忘的七十四次网恋，也曾和我一起经历了那板砖横飞的年代。你见过我用最柔情的话骗MM，也见过我用最恶毒的话骂他娘，知道我最喜欢的色情网站，也晓得我的那些狐朋狗友的丑恶面孔。

每次想到这些，我都欷歔不已，人道是知己难求，我有生之年得你一知己夫复何求？但最近看着你从一个英俊小伙变成残年风烛的佝偻老汉，那偶尔会出现的褶子（花屏），那已经不太灵光的手脚（鼠标键盘），更严重的是时不时地昏眩（死机），还有高血压（主板温度过高），心脏病（CPU超频），哮喘（内存不足），一想这些，都让我如此的痛心。

痛定思痛，为了我们有一个美好的将来，在这辞旧迎新之际，我打算咬牙下血本把你送进了医院做大手术，让你在新年有新气象，希望你能不负我所望，在新的一年里以一个优秀的表现来回报我，能陪我继续在那没有硝烟的板砖横飞的地方横行，在没有尽头的泡MM之路上高歌猛进。

不过在下本钱送之前我要向你提出几点建议或者说是要求跟你谈谈。

首先，你要改掉晕倒，用行话说就是死机的毛病，要彻底地杜绝死机。说起来你的这个病坑了我不止一次了，尤其是去年八月十三日的那一天，我和那个MM聊的是如此投机，我非她不娶，她非我不嫁，在我正要想MM要电话的时候，你恰好晕倒了，等我把你救醒却恐怖的发现MM已经走远，留下我一个人呆坐在你的面前掉泪。一段大好的姻缘就这样毁在了你的手里。

其次，你的手脚要利索，其中包括启动时间要快，鼠标键盘要好使。想起你的这个启动我就头疼，约好了十点上线，九点半叫你起来（开机），十点十分了你还在穿衣服（系统自检），结果对方温柔的扔下一句："我不喜欢不守时间的男人！"翩翩离去。还有你的键盘鼠标的问题，还记得那一次吗？一个年幼无知的MM对我说想找一个大虾，我骗她我就是，结果对方打死不信，因为我打字太慢，她又哪里知道是因为你有左脚绊右脚（键盘卡死）和肌肉萎缩（鼠标不动）的毛病？

别不耐烦，我的话还没说完呢，你屏幕哆嗦个什么劲？我说错你了？当然，我承认你的一些毛病是因为我造成的，我不应该往键盘上弹烟灰倒咖啡，不应该对着显示器亲嘴，更不应该靠扔鼠标踢机箱解气，但你要有脾气也当面发对不？何必在我最需要你的时候使小性子呢？

还有你罢工的事情我也要说说你，经常是我在被人狠拍正要还手的时候，好好的你给我来一个非法操作，等我哄好你再回去的时候，拍我的人都已经人离鸟散，我只能对天长叹，一腔怒气无处发泄，现在我都不敢上网了，每次上去人家都指着我说："想拍人吗？去拍他吧，他是打不还手骂不还口。"他们哪里知道我不是不想还手，而是你不给我这个机会。你也忍心看我眉清目秀的上去，鼻青脸肿的下来？

经常掉线、网速奇慢等问题我知道主要原因不在你，而是那该死的电信，但你也应该尽力而为对吧？给你配了鞭子（快猫加鞭软件），就是希望你在信息路上遇神杀神，给我一个不要太快但也不间断的网速，而你呢？我刚吃完饭坐在你的面前，直到我有拉屎的欲望的时候你连一个网页都打不开，你不觉得你有点过分？跟老婆说一句我爱你，等你把话送过去的时候她已经是他人之妻，你让我如何不生气？

还有花屏的事情，你年纪大了有点褶子这是很正常的，但爱美之心人皆有之，人家有了皱纹都是藏着掖着，没见过你这么明目张胆把褶子露在外面的，尤其是我在看图片的时候，你屏幕一花，把褶子一露，一个异国美女变成了火星怪人，让我如何接受得了？

还有你的肚量实在是太小了，我才把你怎么着，你就给我整出个内存不足的嗑来？谁知道你自己平时干活的时候是不是私吞了半数内存供自己看 MM？还有你的声音，我天天的普通字打着，普通话说着，怎么就培养出你这么一个大舌头呢？吐字不清，还带严重的鼻音，从你那里放出来的歌比我唱的还难听，明明给你吃了最好的抗毒药，你还是天天得病……

看，刚说你几句你就开始嘤嘤的不耐烦了，我就不明白，你哪来这么大的脾气？一发火连的给你配的桌子都抖。我给你花钱还不能说你两句？行行，我不说你了，你别吓我，咱这就去医院做手术，让我们一起说一声："MM 们，等我回来。哦，是等我们回来。"

喂，你别晕，我还没存盘呢！

·今昔今年，蜜月，有生的日子·

☆男孩写给未来老婆的情书：

一、嫁给我，做我的妻子。虽然你不是一个漂亮的女孩子，但是我可以向你保证，在我眼里，你将是这个世界上最美丽的新娘。而且在结婚以后，你在我眼里，依然是这个世界上最美丽的妇人。我希望在你八十岁的时候，俯在你的耳边，告诉你："感谢上帝，他赐给我一个世界上最美丽、最可爱只是没有了牙齿的老太婆。"

二、结婚以后，如果你依然希望做你的事业，我将尽我的全力去支持你，并且承担我应做的家务，我向你坦白，我分不清黄豆芽和绿豆芽，而且我会把厨房搞得一塌糊涂，但是我将尽力照着厨房美食上的话去做，努力把自己培养成为一个伟大的厨子。

三、如果你渴望避开尘世的喧嚣和烦扰，渴望做一个安安静静的小妇人，那么，我将尽我的全力去工作，去挣更多的钱来维持这个家庭，只是，只是我的臭袜子要归你洗。

四、我向你保证，我将推开一些不必要的应酬而早些回家，因为我知道你会在家里很寂寞，而且会为我担惊受怕。而且，我向你保证，无论我回家有多累，都会认真地听你倾诉你一天所经历的事情，因为我知道你需要理解与支持，我是你的丈夫，这是我的职责。

五、和我生一个孩子。我希望可以和我们的孩子一起在你四十岁生日时，在你的生日蛋糕上只插三十六根蜡烛。而且，我相信咱们的孩子会一改往日的调皮，一脸庄严像个小大人似的对你说："天啊，老妈，你看上去只有三十岁，我的同学们都说你更像我的姐姐！"

六、我会忠诚于你，忠诚于我们的家庭。因为我知道，这是一个男人应尽的责任。而且我知道如果我一旦背叛了你，和别的女人有了不干净的来往，我会愧疚，愧疚使我自责，自责使我无颜面对你，无颜面对你会使我想要逃避你依然纯洁的眼睛想要离开你，而离开你，是我这辈子最不愿做的事。

七、如果有一天你厌了倦了，你渴望离开我去自由的飞，我会为你饯行，虽然我固执地认为在你臂弯的甜美远胜于世界上任何的自由，但是我没有权力去希望你也这样认为，我想我会对你说：累了，回家；倦了，回家；受伤害了，回家。我是你的丈夫，会守候你的归来，这个家是你的家，这个家的灯将永远为你而燃。

八、如果有一天你爱上别的男人要离开我，我向你承认，我会吃醋，会勃然大怒，会伤心会痛苦，但是最终还是会选择分手，我只是希望那个男人能如同我对你一样善待你，呵护你，照顾好你的今生今世，我会依然如同以往向上帝祝福你，而且因为你不在我身边，我无法亲自照顾你，所以，我会祈求上帝一千倍的祝福你。

九、也许几年后我会有新的妻子，也许我将孑然一身孤独终老，无论是哪种情况，如果你有了困难，请你一定要告诉我，在不违背道德的情况下，我将竭尽所能来帮助你。我不知道前生前世我们有没有在一起，但那已经是过去式了已经不重要；我不知道来生来世我们会不会在一起，但那太遥远了我无法去把握。我只在意今生今世，我希望在我有生之年，可以尽我最大的努力，让你在我的怀里，不惊风，不受雨，健康，平安，快乐。

十、我爱你。

关于爱情的经典语录

☆女生：你从小缺钙，长大缺爱，身披麻袋，头顶锅盖，穿着短裤，系着腰带，打着领带。这样的光荣形象，我怎敢去爱？

男生：你长得用心良苦，长得沉鱼落雁，长得美若天仙，当然，长得美不是你的意愿，但是，爱上你是我的心愿。

女生：你癞蛤蟆想吃天鹅肉，你牛粪想插鲜花，要想我爱你无门！

男生：万水千山总是情，请你吃饭行不行？

女生：天涯何处无芳草，何必要在网上找。

男生：老马喜欢吃嫩草，天涯处处有嫩草，除你一个都不找。

女生：没事网上散步，忽见你在扮酷，呕吐，呕吐，真想你去撞树。

男生：你是早上的面包，夏天的雪糕，冬天的棉袄，黑夜里的灯泡，遇到你心跳加快，不见你心情变坏，梦见你时间过得太快，拥有你但愿不是漫长的等待。

女生：你远看青山绿水，近看龇牙咧嘴；远看绿水青山，近看满脸雀斑，你一回头吓死一头牛，二回头王菲改行棒棒球，三回头吓得彗星撞地球。

☆女人真奇怪：不该知道的事，全都知道；该知道的事，却反而不知道。

☆女人能够忍受不幸的婚姻，不能忍受不幸的爱情；男人能够忍受不幸的爱情，不能忍受不幸的婚姻。

☆婚姻是键盘，太多秩序和规则；爱情是鼠标一点就通。男人自比主机，内存最重要；女人好似显示器，一切都看得出来。

☆没有女友时像猎狗嗅觉灵敏；谈恋爱时像哈吧狗皮要够厚；结婚后像狼狗终于褪去那伪善的外皮——男孩的进化。

☆三生有幸结识你，八方来客不再理；妇辈皆羡你丽质，女艳挚爱你兼具；节令逢春休爽气，快马慢赶作知己，乐忧共享几世纪。

☆一个机缘认识你，两次见面留意你，三番四次约会你，七上八落挂念你，九成应是喜欢你，十分肯定我爱你。

☆笨笨男人+笨笨女人=结婚；
笨笨男人+聪明女人=离婚；
聪明男人+笨笨女人=婚外情；
聪明男人+聪明女人=浪漫爱情！

☆你是天上的太阳，我是地上的高山；你是天上的月亮，我是地上的海洋；你是天上的乌鸦飞啊飞，我是地上的土狗追啊追……

☆你是风儿我是沙，你是牙膏我是刷，你是哈密我是瓜，你不爱我我自杀。

☆老公老公我爱你，我不打你，我不骂你，我用我爱的小刀一刀一刀刻死你。

☆你你你这个小妖精，令我中了你的爱情毒却迟迟不肯给我解药！小坏蛋！哦！我快要不行了！救救我吧！办法很简单：给我你的爱！

☆如果你是那鱼，我愿是渔网网着你；如果你是那山，我愿是山边的小河我要绕你；如果你是馍馍，那我就是一碗羊肉汤，我要泡你。

☆爱情是音乐，初恋是轻音乐，热恋是摇滚乐，结婚是通俗音乐，离婚是流行音乐。爱情是毒药，糖衣太美妙，浅尝了即止就好，喝下了把命都送掉。

☆爱情力量大！傻瓜也知道！面对爱情我说啥！千言万语并作一句话：我愿做个爱情大傻瓜！爱你的时候，你是西施；恨你的时候，你是僵尸！

☆爱你不一定要你的一切，那么不要你的一切怎么爱？爱的故事：上集：用钱砸你，用爱护你，用心等你！下集：钱光光，爱荒荒，心伤伤！

☆出门在外，老婆有交代，坐车莫坐第一排，菜夹不到站起来，喝酒别把胃喝坏，路边野花不要采，情人莫带屋里来。

☆爱情就像是一盆面，你得揉啊；
生活就是一张饼，既好看又要好吃；
婚姻就是一锅粥，你得慢慢熬啊；
老婆就是一盆咸菜，没有不行，多了你也

受不了。

☆"你有多爱我？"
"一毛钱之多。"
"只有这么一点么？"
"一毛钱不就是'十分'吗？"

☆初恋：心里眼中只有她。
热恋：妈妈叫我向东，爱人叫我向西，我向西。
失恋：爱人结婚了，新郎不是我。

☆爱一个人好难！爱两个人好玩！爱三个人好烦！爱四个人扯淡！爱五个人翻船！爱六个人彻底玩完！

☆一见钟情爱上你，二话不说抱住你，三天两头来找你，四下无人亲亲你，五天之内娶到你，六十年内不分离！

☆我是真的爱你，我怎么会骗你呢？我爱过的人又不是一个，她们都没有说过我骗她们。

☆这是个地老天荒的故事，在很久以前，有一个小伙子失去了他心爱的姑娘，他历尽千辛万苦来到姑娘面前，姑娘深情地对他说："……滚！"

☆男女朋友第一次约会。"对不起，我要方便一下，但不知道哪儿可以？"
"那你什么时候去我家？"
"就在你方便的时候吧。"

☆小伙子说："你是我的太阳、我的月亮，你是星座里最亮的那颗星。"
姑娘忍不住道："你这是向我求爱呢，还是在给我上天文课？"

☆我对你的爱，洪水泛滥；
你对我的爱，戈壁干旱。

☆如果上天能给我一个再来一次的机会，我会对那个女孩子说三个字：我爱你。如果非要为这份爱加上一个期限，我希望是一万年！如果你中意我请发条短信息给我，如果你喜欢我就打个电话给我，如果你爱我，那就保持沉默吧！

☆如果你想我，请给我打电话；如果你爱我，请给我玫瑰花；如果你烦我，请你说违心的话；如果你恨我，请找个新女朋友吧。如果你流泪，我愿是你手里的手纸；如果你醒来，我愿是你眼中的眼屎；如果你热死了，我愿是你身上仅剩的

布三尺。

☆如果你觉得发短信息骚扰我，可以让你肮脏的内心得到畸形变态的满足，那你继续发吧，我同情你！如果发现太太有错，一定是我看错；如果我没有看错，一定是我害太太犯的错；如果太太不认错，她就没有错。

☆亲爱的，你知道吗？当我们相视而坐的时候，那一刻是世界上最美的瞬间，就算给我个村长我也不当。

☆你有点灵气，我有点傻气；你有点秀气，我有点土气；你有点香气，我有点烟气；如果你生气，我不会发脾气。

☆你问我爱你有多深，月亮代表我的心。你问我对你有多真，没有你我就昏。

☆跟女人打交道，最终总是这个结局：应该把爱献给她；对所有的女人，都应该给予特有的爱。

☆没有什么比辩才更能引起女人的兴趣了。可怜的女人，她们完全不明白一个能听话的男友比一个能说话的男友，不知要强多少倍。

☆女人是男人前程上的一大障碍。爱上一个女人，想再做什么事情就不容易了。要便利地爱上一个女人，不受她的一点妨碍，那只有一个办法：就是结婚。

☆眼泪是女人最原始的武器，也是男人唯一无法抵抗的最厉害的武器。

☆一个女人必须了解和牢记：男人，只要他是男人，无论老幼，他都爱漂亮的女人。
摧残爱情的方式很多，不过连根拔起的狂风暴雨，却是借钱。

☆爱情实话＋爱情谎话＝爱情神话。

☆爱情让人麻痹，婚姻让人麻木。

☆亲爱的，你好吗！很对不起，我又要失约了，我就要和另外三个老光棍——孙悟空、沙和尚和唐僧到西天出差，可能要三五年才回来，等我！

☆想着你啊真是美，赛过新疆的烤羊腿。思念的你啊虽然胖，但是在我心中有分量。

☆恋爱是块砖，爱情是座山，砖不在多，有一

块就行，山不在高，守一生就行。

☆你是早上的面包，夏天的雪糕，山东人的大蒜，四川人的辣椒。遇到你心跳加快，不见你心情变坏，梦见你时间过得太快，拥有你但愿不是漫长的等待。

☆相爱时，男人把女人比作星辰、飞鸟、天使等等与天空有关的事物，恩断情绝时，男人把天空据为己有，把爱过的女人放回到地面上去。

☆早晨的太阳红彤彤，我俩的爱情一场空。中午的太阳红似火，为什么受伤的总是我？傍晚的太阳西边落，都是女人惹的祸！

☆感情已欠费，爱情已停机，诺言是空号，信任已关机，关怀无法接通，美好不在服务区，一切暂停使用，生活彻底死机！

☆好想有个太太，为我烧菜做饭。
现实却很无奈，让我仍需等待。
也因寂寞难耐，谈几次恋爱。
谁知屡战屡败，轻轻松松被踹。
其实我也奇怪，为啥总被淘汰。
历尽打击伤害，总算知道大概。
嫌我不讲穿戴，嫌我长得不帅。
嫌我个头太矮，嫌我没有气派。
熊猫长得不帅，却受世人关爱。
丑是自然灾害，矮是因为缺钙。
做人只求正派，讲啥穿戴气派！
我们这个年代，注定缺少真爱。
女人不是太坏，就是心胸狭隘。
或许除此之外，还有部分可爱。
只怕时至现在，早已有了后代。
面对这种事态，不要气急败坏。
我们除了忍耐，至少还能等待。
只要相信真爱，她就一定存在。
要么咱就不爱，爱就爱个痛快。
没有爱的灌溉，生活百无聊赖。
只有好的心态，才能保持愉快。
爱情也有好赖，绝对不可草率。
我是愿意等待，哪怕青春不在。

☆别担心你的情敌，因为会倒戈相向，给你一记回马枪的，一定是你的情人。

☆人多的地方不要去，但若该处美女数目超过总人数二分之一，则不在此限。

☆当对方说"这对彼此都好"这句话的时候，你可以断定这只有对他好。

☆事情绝非你所想象的那么顺利，若很顺利，则绝非你女友所想象的那么顺利。

☆你第一次到女友住处去，若无须脱鞋，你必穿着一双破烂鞋子；若须脱鞋，则必穿着一双有破洞的袜子。

☆礼物的价钱与你们认识的时间长短成反比。

☆当女友告诉你某处正在大减价时，则你会花上两倍于她带你去打折地方购物的金钱。

☆金钱并不会增加你的气质，但会使你交到让别人感觉你很有气质的女友。

☆你愈是想在豪华餐厅里表现自己有水准给女友看，你愈容易因喝香槟而被呛到。

☆你在百货公司看中的礼物会始终维持原价不变，直到你决定买给女友的那一天过去之后。

☆女友想要的礼物永远超过你所能负担的；若你能负担，则她想要的东西必远超过你所能想象的。

☆跳慢舞被对方踩到脚的概率，比跳快舞来得小。但一旦被踩到，则会痛上一倍。

☆无论你带了一位你多么钟情的女孩赴宴，在宴会上你必遇到一位更令你倾心的女孩。

☆带最心爱的人出门，则你必会撞见你最厌恶的人。

☆带一位美丽的女友逛街，则逛一天必碰不到一个熟人；带一位容貌平凡的女友上街，则在头两个半小时内必撞见至少一个以上的熟人。

☆若你第一次邀约女友比别人都顺利，则日后你的麻烦必比别人都棘手。

☆当你年纪大到有足够的智力追到任何女人时，你已没有足够的体力陪那么多女人了。

☆毕恭毕敬的女友会让你显得像个傻瓜，若你本身已是傻瓜，则不在此限。
　　如果你和情人吵架，三天内她会跟你通电话；如果三天内没有消息，则一星期内你会收到她寄给你的一封信；如果超过一星期而音讯全无，则你和她吵架的程度比不上她和另一情人在同一时间内吵的来得激烈。

☆你和情人吵架激烈的程度，与你事后买礼物道歉的价钱成正比。

☆凡是好的开始，必会有一个糟糕的结局；若有一个糟糕的开始，则结局会更糟糕。

☆新一代的爱情观：金钱买不到爱情，但如果有了钱，还需要什么爱情？

☆情侣在交往一年后，热情会降低百分之四十五；交往一年半后，热情会降低百分之六十五；交往超过两年的男女，其热情会骤降百分之九十！谁敢说爱情可靠？

☆恋爱仿佛读诗，迷离惝恍，一个字值得陶醉几个月；婚姻好比读报，柴米油盐，三百六十五天没有什么新鲜事；报纸不是每天来，报费必须每月付。

☆多话是女人的权利，听话是男人的义务。

☆当爱情坚强时，他们可以做任何事；当爱情衰败时，他们做得出任何事。

☆女人不喜欢奇怪的男人，只喜欢男人为了她变得奇怪；男人不喜欢坚强的女人，只喜欢女人为了他变得坚强。

☆如果女人和你谈天气，表示你们不熟，而且发展无希望；
　如果女人和你谈汽车，表示你们尚可，但她瞧不起你；
　如果女人和你谈投资，表示你们有交往的可能，只不过你需要多赚点钱。

☆爱情如同神秘的百慕大三角区，每个人都对它很好奇，但真正勇于尝试探险的却没有几个人。

☆棘手的事，人人想躲；棘手的女人，大家想碰。

☆下辈子我要做你的一颗牙，至少，我难受，你也会疼。

☆理想老公的条件：1.带的出去。2.带的回来。

☆人类如鸟，有双翼，一翼是男，一翼是女。除非两翼健壮并以共同的力量来推动它，否则，这只鸟不能飞向天空。

☆男人从不担心他的未来，直到他找到一个妻子；
　女人常常担心她的未来，直到她找到一个丈夫。

☆吃胃能消化的食物，娶自己能养活的女人。

☆夫妻俩过日子要像一双筷子：一是谁也离不开谁；二是什么酸甜苦辣都能在一起尝。

☆男人掏钱是情人关系；
　女人掏钱是夫妻关系；
　男女抢着掏钱是朋友关系。

☆令人不能自拔的，除了牙齿还有爱情。

☆高难度的爱情，是月色、诗歌、三十六万五千朵玫瑰，加上永恒；
　高难度的婚姻，是账簿、证书、三十六万五千次争吵，加上忍耐；
　高难度的人生，是以上两者皆无。

☆人的"喜新"最多最久只有30天，所以新婚燕尔就叫蜜"月"；

☆人的忍耐最多只有30天，所以工作以"月"薪为准。

☆偶有小车，有带门卫传达室的花园别墅……偶计划把传达室与储藏室的隔墙打开，布置一个温馨的新房，结婚后你负责收别墅小区的物业费，偶就出去开出租车。

☆我这个人啊，一向视金钱如粪土，嫁给我后，你生活上也不会有后顾之忧——我承包了城里十三座公共厕所，保证咱不愁吃不愁喝。

☆我是名校本科毕业生，《动物解剖学》专业博士，结婚后咱俩自己创业，到菜市开个卖肉的摊档，我砍肉，你收钱。

☆什么？废纸？那是我写的长篇抒情诗呢，是向你求婚啊……看不懂？那你给你哥哥干什么？他一个收废品的，能读懂诗吗？

☆好花插在牛粪上，谁说的？告诉我，我派兄弟砍他，别怕，嫁给我后我会罩着你的……哼，哪个小子不想混了，居然敢说我老婆是牛粪。

☆别担心，跟着我你不会受穷，毕竟我从事信托投资业的，入行都六年了，经验积累得足够丰富，只要你嫁给我，我把你我的生日加上结婚纪念日的数字买张彩票，保证能中特等奖一千万元。

☆怎么？真的不愿意嫁给我？你想好哦，我可是七家上市公司的股东呢……跟我还愁没好日子过？你真的要走了？好，不送……对了，借我一元钱坐公共汽车先，等我的股票解套后加倍还你。

☆嫁不嫁给我？嫁不嫁给我？嫁不嫁给我？就等你一句话了，同意，咱就结婚，不同意，咱就离婚。

☆哎，拿点盐来，我说，咱吃饱饭后上民政局登记领个红本本回来好不？什么？我还没求婚？我这不就是求婚嘛……谁说炒菜的时候就不能求婚啊……我还没说过那三个字？什么三个字四个字的……哎，拿壶油！

☆嫁给我吧，我用石油给你冲厕所，用百事可乐给你洗澡，用波音747接你上下班，答应我吧！

☆我一生最大的幸福，就是能在每个夜晚轻轻拥你入睡，能在每个清晨拥着你醒来。

☆你问我爱你有多深，月亮代表我的心。你问我对你有多真，没有你我就昏。

☆我发誓要娶你做老婆！这辈子别想逃出我的魔掌！最好用乌龟作我们的花车，也好长相厮守！这个期限就是一万年！年！年！

☆多少次在梦里有你的身影，多少次独自内心呼唤你，只想牵你手，漫步人生路，爱多伟大，结婚吧！

☆红色的花，白色的纱，娇羞的面颊，浅浅笑着说出一句愿意的回答，挽你的手在我臂弯，越过天涯海角，走进一个温暖地方名字叫做家。

☆香山的红叶是我的心，万里长城是我的情，故宫是我们的历史，天安门是你的位置，你知道吗！

☆如果有风有雨使我们少了浪漫的意境，你可别失望，携着手走在风雨中，我们还可以拥有浪漫的情怀。

☆你是我一生中最大的幸福，在有你的每一天里，我都能感到非常的愉快，你是我生命中的唯

一，你能嫁给我吗？！

☆把那誓言轻轻戴在你的手指，从此以后两个人要一生一世，仔仔细细看看你今夜美丽的样子，将是我未来怀抱里唯一的名字。

☆我偷听到你对上帝说你非我不嫁，所以我不想你背叛上帝嘛！

☆我觉得我们真的不适合当情人，你愿意当我老婆吗？

☆如果还是雨季，我还愿与你同行！如果已有夕阳，我愿与你共赏！如果我有钱，我愿买下所有的玫瑰和巧克力。将我的心和这一切奉献给你。

☆喜欢，就是淡淡的爱。爱，就是深深的喜欢。我希望以后不用送你回家，而是我们一起回家！

☆什么时候我才能把你娶回家啊？你的东西都快全搬到我家了。

☆亲爱的，帮我签个名吧，不过要签在户口簿的配偶栏。

☆爱情不是靠成全的。那种说什么"有一种爱叫做放手"的，全部是不着调的屁话。之所以要放手，因为根本就不在你手里，你放与不放都不相干，不是你的就不是你的。不放手也抓不住，保不齐还要搭上你一只手。

☆谈好恋爱的秘诀在于，不必严肃，但必须正经！

☆选择好男人需要方法，在尚未抓到诀窍前只要学会说"不"！

☆别将爱情搞得太像服务业，做牛做马只会累死自己！

☆情书大全在图书的分类，应该属于科幻类！

☆多少要学会一些糟蹋男人的方法，否则这么多的无聊男子该如何打发！

☆结婚前要做健康检查，恋爱时要做智力测验！

☆失恋的明显症状就是失态！

☆爱情老手，通常不会轻易将恋爱谈出结果！

☆从眼睛流露出来的爱情比较不容易造假！

☆要善待爱情，因为它不会一辈子跟着你！

☆男人心虚的反应常有两种，献殷勤和耍无赖！

☆撒娇，有时候是一种较高层次的耍赖！

☆婚姻是难度最高的爱情，因为必须边啃面包边谈它！

☆所谓外遇，就是有了爱情和面包之后，还想吃蛋糕的心情！

☆世界上没有不会做家事的男人，只有不愿做家事的丈夫！

☆做个智慧的女人，要懂得如何去爱一个男人和他的钱！

☆所谓罗曼蒂克就是帮老婆买回包心菜时会顺手带回朵玫瑰花！

☆不用怀疑，顺着红地毯的方向就能轻易地走到厨房！

☆中国国家地理编辑：你是东半球，我是西半球，我们能走在一起，便是整个地球。

☆中国历史博物馆职工：现实是今天，历史是昨天，我们相爱，昨天今天便天然的连接在一起。

☆中学数学教师：亲爱的，你是正数，我就是负数，我们都是有理数，应该是天生的一对。

☆北京电力公司职工：你是阴极，我是阳极，我们结合便能产生爱情的电。

☆美菱冰箱职工：你是苹果，我是冰箱，我的光触氧技术让你永远新鲜健康！

☆联想职工：你是显卡，我就是硬盘，我储存的内涵通过你才能显示咱们美妙人生的色彩。

☆广告公司执行人员：你是明星，我是枪手，我们的结合将是今年最成功的商业炒作。让春哥为我们作证，让绿坝为我们护航。

关于星座的爆笑事件

·星座的童年·

☆白羊座

妈妈经常叮嘱羊羊："穿裙子时不可以荡秋千；不然，会被小男生看到里面的小内裤噢！"

有一天，羊羊高兴地对妈妈说："今天我和小明比赛荡秋千，我赢了！"

妈妈生气地说："不是告诉过你吗？穿裙子时不要荡秋千！"

羊羊骄傲地说："可是我好聪明哦！我把里面的小内裤脱掉了，这样他就看不到我的小内裤了！"

（勇敢直率、敢作敢为的白羊）

☆金牛座

卖瓜小贩："快来吃西瓜，不甜不要钱！"

饥渴的牛牛："哇！太好了，老板，来个不甜的！"

（持家、想出轨又顾全自己的金牛）

☆双子座

妈妈叫双双起床："快点起来！公鸡都叫好几遍了！"

双双说："公鸡叫和我有什么关系？我又不是母鸡！"

（自我意识强烈、自行思维的双子）

☆巨蟹座

公车上，蟹蟹说："今晚我要和妈妈睡！"

妈妈问道："你将来娶了媳妇也和妈妈睡啊？"

蟹蟹不假思索："嗯！"

妈妈又问："那你媳妇怎么办？"

蟹蟹想了半天，说："好办，让她跟爸爸睡！"

妈妈：……

再看爸爸，已经热泪盈眶啦！

（恋母情结、依恋的巨蟹）

☆狮子座

狮狮去参加奶奶的寿宴。到了吃寿包的时候，狮狮问："我们为什么要吃这种像屁股的寿包？"

众人听了脸色大变。接着狮狮拨开寿包，看看里面的豆沙，说："奶奶，快看！里面还有大便！"

众人晕的晕，吐的吐。

（以自我感受为主，不怕旁人眼光的骄傲的狮子）

☆处女座

处处对肚脐很好奇，就问爸爸。爸爸把脐带连着胎儿与母体的道理简单地讲了一下，说："婴儿离开母体之后，医生把脐带减断，并打了一个结，后来就成了肚脐。"

处处："那医生为什么不打个蝴蝶结？"

（好奇心强又追求完美的处女）

☆天秤座

父亲对天天说："今天不要上学了，昨晚……你妈给你生了两个弟弟。你给老师说一下就行了。"

天天却回答："爸爸，我只说生了一个；另一个，我想留着下星期不想上时再说！"

（聪明、权衡利弊的天秤）

☆天蝎座

蝎蝎刚睡着，就被蚊子叮了一口。他起来赶蚊子，却怎么也赶不出去。没法，便指着蚊子说："好吧，你不出去我出去！"

边说边出了房间，把门使劲关严，得意地说："哼！我今晚不进屋，非把你饿死不可。"

（搞不懂、不按常理出牌的天蝎）

☆射手座

射射："爸爸，为什么你有那么多白头发？"

爸爸："因为你不乖，所以爸爸有好多白头发啊。"

射射：……（疑惑中）

射射："那为什么爷爷全部都是白头发？"

爸爸：……

（喜欢思考的射手）

☆摩羯座

一天，羯羯跟妈妈上街，走在路上，突然下起雨来。

妈妈拉过羯羯的小手，说："下雨了，快往前跑啊！"

羯羯慢条斯理地问："那前面就不下雨喽？"

（明白现实，懒得改变的摩羯）

☆水瓶座

瓶瓶问妈妈："为什么称呼蒋先生为'先人'？"

妈妈说："因为'先人'是对死去的人的称呼。"

瓶瓶说："那去世的奶奶是不是要叫'鲜奶'？"

（天生的另类、脑筋思考永远和常人不一样的水瓶）

☆双鱼座

爸爸给鱼鱼讲小时候经常挨饿的事。

听完后，鱼鱼两眼含泪，十分同情地问："哦，爸爸，你是因为没饭吃才来我们家的吗？"

（富含丰富的同情心、不分情况对象的双鱼）

·星座捡钱包·

上帝为了考验一下12星座的人，就把12个钱包（内有10000元），分别扔在了12星座的面前看看他们的反应……

☆白羊座

事件：白羊座看到钱包以后，马上捡起来，立刻满大街疯跑，大叫："谁的钱包？谁的钱包？"此话立刻招来了一大队人尾随，个个声称钱包是自己的，白羊嫌烦了，大叫道："别吵！别吵！大家分好了！"接下来那帮人便开始瓜分钱了。"你一张、你一张、你一张、他一张、我一张……（钱包因在争抢中不幸身亡）

白羊想："哈哈！天降横财！不要白不要，反正我够义气了（他对上帝够义气吗）。又有半个月生活费有着落了，嘻嘻……"（他要知道这个钱包是上帝的不知还笑不笑得出来）

上帝想：这个贪鬼！连贪财也不会！笨到家了！我一定要惩罚他！（上帝转念一想：笨有罪吗？还是算了……）

☆金牛座

事件：金牛座看到钱包后捡起来（他平时总是慢慢腾腾的，但这次他捡钱包比白羊还快），在那里边等边看钱包里有什么东西，眼冒$，一会儿计上心来（面露歼笑）。上帝来了，对金牛说："钱包是我的，还我吧！"金牛不紧不慢地说："请缴代为保管费100元，丢失保险费100元，误工费100元，精神损失费100元（这和精神损失好像没什么关系吧），捡钱包个人所得税100元（有这种税吗？金牛瞎编的吧），……共计9999元，请问您是刷卡还是付现金？"上帝气的胡言乱语地说："你抢银行呀？都给你好了！"

金牛想："哈哈！既不偷又不抢，白赚10000元！哈哈哈哈……"（好黑呀）

上帝想："这个金牛太贪了吧！！！气死我了！气死我了！"

☆双子座

事件：双子座人缘那么好，他边和朋友聊天边找主人，不出一天钱包的失主找到了。但作为酬劳，上帝听双子唠叨了一整天。

双子想："捡个钱包真好！这样既可以当回好人又多了一个话题，一箭双雕！嘻嘻……"

上帝想：真不愧是双子！捡个钱包都不忘和人聊天，死性不改！

☆巨蟹座

事件：巨蟹座捡到钱包后站了又一个小时，后来还是把钱包交到了警察局。

巨蟹想："不知这些钱要干什么用？或许是哪位老婆婆的养老钱？或许是哪位青年所有的家当？或许……可我妈妈还在医院躺着哪（癌症晚期）！我又身无分文，这钱到底该怎么办？怎么办？……"（就是这么过了一个小时）

上帝想："又诚实又孝顺，哎……"（一个月后巨蟹的母亲奇迹般的康复了）

☆狮子座

事件：狮子座捡到钱包之后，随口问了一下一个过路人："这个钱包是你的吗？"那个过路人诡秘地回答道："你是狮子呀！怎么会忘了这个钱包的主人是谁呢？"狮子结巴地回答道："对对！我知道！我知道！是你！是你！"将钱包递给他，眼睁睁地看着他离去，然后站在一边失落。这时拿走钱包的人不知正在哪里偷笑呢！

狮子想："唉！虽然荷包空空，但是为了面子，值了！"

上帝想："真是个傻子！死要面子活受罪，没了钱还没赚到面子！不值不值！"

☆处女座

事件：处女座捡到钱包后，站了17秒（搜索自己的记忆库，看看是不是自己认识人的），然后花了1.7秒跑到警察局，花了19秒看完了全世界人口（钱包）的纪录，花了12秒想事情（运用了处女座独有的超强逻辑力），花了8秒跑到上帝跟前，花了1秒把钱包交给上帝。

处女座想："这件事还不够完美！我可以花58.7秒干完的！不行！……（完美主义害死人！）"

上帝想："想什么想？"处女座跑到上帝跟前时，上帝已经看呆了，已经不知道想什么了……

☆天秤座

事件：天秤座看到钱包之后，开始衡量。衡量什么呢？如何捡才能更体面、雅观、淑女（绅士）……但他衡量完之后钱包早已不翼而飞了。

天秤想："我应该弯腰捡吗？不！撅着屁股太难看了。蹲下捡吗？不！那会像只虾米的……"（此处省略 10000 字）最后他决定不捡，因为捡钱包会把他的手弄脏的。

上帝想："我以后一定不找他给我化妆的，太慢了吧？"（牛牛高兴得说：终于有人比我慢了！）

☆天蝎座

事件：天蝎座看到钱包之后，立刻拿探雷器、探菌器、X 光、消毒水试过以后，放心得把钱拿走了（钱包被他扔在地下）。

天蝎想："赚钱也不易呀！（那是赚吗？是捡吧？）但这么多准备（这些准备也太多余了吧？疑性不改！）换 10000 元也值了。"

上帝想："这种人太多疑、多心、贪心、黑心、狠心"（把钱包都扔了）……

☆射手座

事件：射手座捡起了钱包，装进了兜里，然后她忘了。到餐馆吃完饭，结账时她发现自己忘了带钱，摸摸兜用钱包付了账，走到家又忘了钱包的事。第二天去吃饭又忘带钱……直到有一天，钱包里没钱了，被餐厅里的人乱棍打死了……

射手想："我忘了……"

上帝想："死了活该！健忘……"

☆摩羯座

事件：摩羯座因为急着去工作，连看都不看一眼就匆匆走了……

摩羯想："他都没看见想什么想。"

上帝想："这个工作狂！连钱都不看一眼！而且还是我的钱！不可理喻……"

☆水瓶座

事件：水瓶座看到钱包后大叫："偶捡过笔、捡过戳、还捡过一口大黑锅，就是没有捡钱波（外地的，口音重，请见谅），然后拿起钱包就走了（记住！他只是拿了钱包，和天蝎相反。因为他一直在家上网，所以连钱包都没捡过）。

水瓶想："这个东西新鲜！拿回家研究研究！……"

上帝想："不是吧？这么孤陋寡闻？唉！真可悲……"

☆双鱼座

事件：双鱼座捡到钱包后，一直在幻想……

还不时地流出口水（不知什么时候中国多了一条黄河），此后变得双目呆滞、双耳失聪，最后在自己的幻想中死亡……

双鱼想：这个钱包的主人是谁呢？会不会是个很帅的帅哥呢？……（谁知道她怎么想！就算知道也想不过来呀！）

上帝想：唉！早知道不给她钱包了，害她白白枉死……（但还好有一个好处：缓解了中国的旱灾）

·星座购物砍价·

☆白羊座

白羊："老板，痛快点！我付你原价的 1/2，就这样了！交个朋友嘛！……千万别送！再见……"

老板："我没想送他呀？……喂！钱没给够！"

☆金牛座

金牛："老板，你知道吗？我家有别墅两座，私车五部，佣人……可是我要告诉你的是：尽管这样，你还是要给我打八折，不然我叫保镖收拾你！"

☆双子座

双子：双子拿出一个超级计算器开始计算成本，税费……

老板也拿出个计算器，开始计算盈利、亏损……

☆巨蟹座

巨蟹："妈妈说，无商不奸，你这个奸商！"

老板："我是奸商？……"

巨蟹："那你还不知悔改？知错就改还是好孩子，打折吧！"

老板："好好好！我这就打！呜呜呜。"

☆狮子座

狮子："啥？我买东西要交钱？凭什么？你胆子不小！你敢收一个子儿试试？我……咦？老板呢？"

处处："你看！这个衣领这么大，袖子太长了，扣子不好看……总之你打折吧！"

老板终于决定打折，可处处又不要了，因为她也觉得衣服不好了，汗！

☆天秤座

天秤："老板！凡事要讲个公平、合理；可你的价格既不公平又不合理。你想一想，谁挣钱容易？我辛辛苦苦工作，每天勤勤恳恳，上个星期才迟到 0 秒就被扣除了全勤奖，还在早会上点名批评，说公司制度要严格执行。每天让我们加班的时候就没想到制度了，你说说看，多不公平……"

老板："我说，你还买衣服不？"

☆天蝎座

天蝎：阴阴地说："老板，可以打折吗？"

老板："不……（这时抬头看到了蝎蝎幽幽的目光，心中暗想：难道这就是传说中的以眼杀价吗？）好！给你打三折！"

☆射手座

射手：以闪电的速度选好衣服，以闪电的速度付款，以闪电的速度冲出商店。

老板："好久没有这么痛快的顾客了！不过……他没给够钱……"

☆摩羯座

摩羯："前天买裤子花了一百三，前天买白菜花了三毛五……老板，六块八毛五卖给我好吗？否则我这个月要超支了！"

☆水瓶座

水瓶：心中的小算盘拨得啪啪直响，一脸自信地站在柜台前，一场争辩赛要开始了。

☆双鱼座

鱼鱼：慢慢地掏出几个小钢镚儿捧在手心，可怜巴巴地望着老板，双目含泪，不言不语。

老板："你别这样看我，没用！（十分钟后）……你……算了，就打一点点。"

·星座看《名侦探柯南》·

☆白羊座

一向脾气暴躁，没有耐心的白羊，在看《柯南》的第一页的时候，心里就会想：我哪有那么多废话来和你推理啊！所以，他就直接翻到最后，看凶手到底是谁。

☆金牛座

慢吞吞又脚踏实地的金牛，按部就班地随着柯南一步一步揭开谜底。一年之后，"啊！我终于知道凶手是谁了！——咦？他刚才是如何犯罪的？"可怜我们的可爱牛牛了。

☆双子座

机灵的双子一般看一遍故事就会把内容和人物对话记个差不多，他们一般也很喜欢看这种侦探漫画。可是，他们有一个致命的特点：朋友三大车！通常是前一秒还在看漫画的他，一转眼

已经被一票朋友死党们拖走了。

☆巨蟹座

超级爱家的螃蟹一定不会放过这个待在家的理由啦！他在床上美美地翻着书，但从不对破案有兴趣，他只是很关注故事中小兰和柯南的关系。而且，这种在家的感觉真是好好哦！

☆狮子座

狮子座看《柯南》的情况会和白羊大同小异。唯一不同的是，自傲的他会边看边说："如果是我，我一定会这样那样……"就这样看完一本书后，他又会说："不怎么样，看来作者的功力也不过如此嘛！哈哈哈哈……"

☆处女座

处女座的感觉神经相当发达和细密，他关注每一个人物说过的每一句话，每一个人在他眼里都是凶手。另外，他还会注意到别人注意不到的地方，例如："小兰的衣服上少了一粒纽扣！""柯南的嘴怎么是歪的？"

☆天秤座

高雅的天秤只是偶尔会看看《柯南》，这种玩悬疑的漫画一般不是他的最爱。即使他看的话，也绝不是在推理，而是看着所有角色的服饰，嘴里念念有词："这么漂亮的衣服为什么在商场买不到呢？……"

☆天蝎座

冷冷的天蝎座比较喜欢看《柯南》，因为里面有许多恐怖的杀人场景，他认为这种场面不错，很合胃口。（啊！你是虐待狂吗？）有时竟还会埋怨作者："笨蛋，多画些恐怖的情节会死啊？"

☆射手座

射手座也喜欢看《柯南》，但是他最感兴趣的不是故事情节，而是书里的女角。"啊！这个MM好性感哟！""嘿嘿，这个也不错……"看到最后，只记住了所有的女生。"柯南？我怎么不记得有这个名字的MM？"

☆摩羯座

时间观念强而又固执的摩羯不怎么喜欢看《柯南》。他会说："哪有时间看这种东西。"但如果他看了，他会第一个推断出凶手，看到最后却发现是另一个人，他就会找理由："其实，那个人根本没有犯罪时间啊！"摩羯的固执可见一斑！

☆水瓶座

这个充满着好奇心和智慧的星座会怎样呢？他会以一种专家的目光来看《柯南》，当他看完后，会充满想象力地发表高见："我又想出了70种杀人方法，应该告诉作者。""在这里，犯人其实有时间做不在场证明的，我有办法做到让柯南看不出破绽……"（哟，有点像危险的恐怖分子……）

☆双鱼座

温柔浪漫的鱼儿最喜欢幻想，《柯南》似乎不太适合他。虽然他怕看见死者那大张着的双眼，不过他还是喜欢看在案发现场的浪漫爱情，双鱼座最爱情至上了！但糟糕的是，他常常把现实和幻想混为一谈，以至于在看过《柯南》数月后，有了严重的犯罪倾向，使身边的每一个人都如临大敌！

·与星座聊天·

这天，某人闲着没事，加了个人为QQ好友，结果被送进了青山。据报道，当时的情况是这样的：

☆白羊座（食古不化，气死人）

某人：你好吗？

白羊：这叫什么话，我不好还坐在这里上Q啊！

某人：晕，问候一下而已。

白羊：谁是而已？你的GF吗？

某人：不是啊。

白羊：那是谁？

某人：不知道呀，你叫什么？

白羊：我没叫。

某人：我是问你叫什么名字？

白羊：我没叫啊。

某人：汗，你的名字是什么？

白羊：我的名字是名字。

某人：晕死，不跟你讲了。

白羊：什么时候融化？

某人：我是说不跟你讲了。

白羊：哦。

☆金牛座（金钱本色）

某人：上了一天不累吗？

金牛：不累。

某人：不怕浪费家里的钱啊？

金牛：怕什么？

某人：上网要钱啊。

金牛：有什么办法？

某人：？

金牛：你说有什么办法可以在网上要钱？

某人：没，我是说上网要交钱。

金牛：切。

某人：你有办法不用交钱吗？

金牛：有。

某人：什么办法？

金牛：违法！

某人：滚！

☆双子座（玩人高手，莫名其妙）

某人：你好吗？

双子：当然好啦。

某人：你叫什么名字？

双子：夏紫薇。

某人：还珠格格啊，真名叫什么呢？

双子：就叫夏紫薇。

某人：汗，我还是尔康呢。

双子：那我们就是一对的。

某人：唉，当我没说，你在哪？

双子：大气层中。

某人：具体点行吗？

双子：大气层中的8个微氧原子中。

某人：我说住哪？

双子：住在家里。

某人：你家在哪？

双子：大气层中的8个微氧原子中。

某人：我问在这个城市的哪里？

双子：东边。

某人：怎么走？

双子：用脚走。

某人：算了，以后再跟你聊吧，88……

双子：拜拜！

☆巨蟹座（恋家子弟）

某人：你是谁？

巨蟹：我才不是谁！

某人：你怎么会有我的QQ？

巨蟹：我没有你的QQ！

某人：我问你怎么会加我？

巨蟹：你连自己的家都不会回？没救了！

某人：我是说你怎么会加我作QQ好友？

巨蟹：你是陌生人，不是好友。

某人：我认识你吗？

巨蟹：我怎么知道。

某人：你认识我妈？

巨蟹：我只认识我妈。

某人：啊？

☆狮子座（先把你吓死，再把你骂死）

某人：有空吗？

狮子：我很忙！很多人找我约会呢！

某人：那你还忙着上Q，快去呀！

狮子：你管这么多干什么？

某人：没，提醒你呢。

狮子：啊，你不吃醋吗？

某人：我为什么要吃醋？

狮子：你没事问什么问！

某人：晕！你好粗野呀！

狮子：你说什么，你有种再说一次！

某人：我没种。

狮子：没种就滚……

某人：……

☆处女座（超谨慎）

某人：你好吗？

处女：别这么虚伪，这年头哪有这么虚伪的问候。

某人：我是真心的呀。

处女：我还煮心呢。

某人：好毒……

处女：看吧，看吧，狐狸尾巴露出来了，马上就骂人了！

某人：啊……我无语了……

处女：你这还不语呀，都羞死人了。

某人：我是说我没话说了，无语了。

处女：你不是正在说吗？

某人：你叫什么？

处女：chunv。

某人：啊？蠢驴啊？

处女：居然敢骂人？

某人：那你叫什么名字

处女：chunv。

某人：中文名？

处女：我凭什么告诉你，你想对我做什么，你快招吧，别让我来抓你。

某人：我是好人啊。

处女：坏人贴标签，见惯不怪了，识相的给我滚一边去！

某人：呜……我很无辜呀……

处女：坏人喊无辜，小心被雷劈！

某人：算了，这样下去我不被你冤枉死才怪，拜拜！

处女：888。

☆天秤座（应付了事，走火入魔）

某人：你好吗？

天秤：不坏。

某人：哇！终于遇上个正常点的了！

天秤：我不正常吗？

某人：不，很正常！我很喜欢你！

天秤：流氓！

某人：打错了，我很喜欢哩！

天秤：哦。

某人：在干什么？

天秤：没有呀，在上 QQ，你呢？

某人：你不会看呀，上 QQ 呢。

天秤：看不见。

某人：我倒，你叫什么？

天秤：你又叫什么？

某人：某人。

天秤：哦，那我就这人。

某人：说真的啦，交朋友嘛？

天秤：交朋友？对哦，你的 QQ 是多少？

某人：……

☆天蝎座（网络鬼魂吓死人）

某人：你好吗？

天蝎：嗯。

某人：你叫什么？

天蝎：正在取呢。

某人：怎么，你还没取名吗？

天蝎：不跟你说了吗，正在取呢。

某人：晕，那叫什么？

天蝎：zhenzi。

某人：打汗字好吗？

天蝎：我打字不出汗。

某人：我说打字。

天蝎：哪个字招惹你了？

某人：没有啊。

天蝎：那你干吗打它？

某人：我说用中文把你的名字打出来。

天蝎：贞子。

某人：汗……你在看午夜凶铃吧？

天蝎：我看不见自己，除非有镜子。

某人：汗……你到底叫什么？

天蝎：贞子。

某人：不是说正在取吗？

天蝎：刚取完，贞子。

某人：啊，好吧，贞子小姐，你多大？

天蝎：什么意思？

某人：不会不懂吧，我问你多少岁。

天蝎：我生前都没有人跟我说过这句话。

某人：对不起……打搅了……

☆射手座（超级健忘精）

某人：你好吗？

射手：好呀！

某人：在干吗呢？

射手：跟你聊天呀！

某人：你还蛮可爱的嘛。

射手：我也觉得耶。

某人：叫什么？

射手：射手！

某人：汗……这么老实……

射手：谢谢！

某人：交个朋友好吗？

射手：好！

某人：好感动哦！你是个正常人！

射手：我也好感动哦！居然能跟青山病人聊天！

某人：……

射手：你等等，我去开个门。

某人：好。

某人：好了吗，呵呵。

射手：你是谁？

某人：……

☆摩羯座（糊里糊涂，搞不清楚）

某人：你蚝吗？

摩羯：？

某人：你好吗？

摩羯：我想应该好吧。

某人：你叫什么？

摩羯：山羊。

某人：……

摩羯：什么？不懂。

某人：没，我不知道说什么。

摩羯：呵呵，我也有这习惯。

某人：什么？

摩羯：打省略号。

某人：还蛮配的。

摩羯：工作期间，避免讲工作以外的话题！

某人：工作？

摩羯：我上Q是工作，老总让我上Q卖广告。

某人：我不想买广告，我想跟你做朋友。

摩羯：免谈。

某人：别这么绝情啦！

摩羯：……

某人：什么？不懂。

摩羯：没，我不知道说什么。

某人：……

摩羯：什么，我不懂。

某人：没，我不知道说什么。

摩羯：……

☆水瓶座（耍人一族）

某人：你好吗？

水瓶：当然。

某人：你叫什么？

水瓶：不知道。

某人：晕，自己叫什么都不知道。

水瓶：很奇怪吗？

某人：嗯。

水瓶：那就好，我就喜欢奇怪。

某人：倒，给我你的电话。

水瓶：要电话自己去买，我家的还要用呢。

某人：我是说，给我你的电话号。

水瓶：电话上镶着呢，拿不下来。

某人：你的电话号码是多少？

水瓶：8位数，1个#字键，1个米字键。

某人：数字啊？

水瓶：世界上的数字有无数，你要哪几个？

某人：我说电话号码的数字。

水瓶：说他干什么？

某人：说电话。

水瓶：电话是说出来的吗，我还以为是工厂做出来的呢。

某人：说你的电话。

水瓶：我们不就一直在说电话吗？

某人：你没说呀。

水瓶：我说了几十句了。

某人：晕死了！

☆双鱼座（心地善良帮助人）

某人：我希望你能给我点安慰。

双鱼：我想我能，你有什么需要帮助的吗？

某人：我前面跟个人聊天，快气死了！

双鱼：好可怜哦，5555……

某人：唉，看来你是好人哦。

双鱼：你怀疑我是坏人？5555……

某人：没有，你能安慰我吗？

双鱼：别哭。

某人：我是叫你安慰我呀。

双鱼：已经安慰了。

某人：没有。

双鱼：我叫你别哭不也算安慰了吗？

某人：切！

双鱼：切西瓜。

某人：……

·星座遇到狗狗·

☆白羊座

一步一步紧逼着狗狗……哎呀呀！（羊羊眼睛正喷火！）

"我可是骁勇奋战的，你把我当成什么啊？敢对我凶？汪汪汪汪……你叫声，我回N声！说！到底谁厉害？我又没做错什么，又不认识你！竟然惹毛我？老子本来今天心情很好，现在全被你破坏了啊！滚开！"（垃圾桶被踢翻了）

（狗狗熊熊烈火燃烧了，我先闪……）

☆双子座

突然愣住，"咦？这么繁华的城市里竟然有狼？个子好小，声音还那么像狗，敢在街上闲逛，说不定是条几乎快绝种的狼呢！"

（狗狗：冤枉啊！大人……）

于是 N 秒种后，全市区的人都知道了这个城市出现了一只"快要绝种的狼"，而可怜的狗狗现在正在国家动物园里被科学家研究……

☆巨蟹座

小蟹蹲下来，轻轻地摸着狗狗说："狗狗，你怎么独自一'狗'在这里呢？和妈妈走散了吗？好可怜啊！一定几天没吃东西了吧？5555……"

"没妈的狗儿像棵草，幸福哪里找？可惜我们家不能养你！5555……"

"（看看表）哎呀 6 点了，我该回家吃妈妈做的爱心晚餐了。这是一些骨头，你慢慢吃啊，以后要学会照顾自己，知道吗？"

（狗狗：两眼泪汪汪！是啊是啊，没有了妈妈好可怜……妈妈……你在哪里？5555……）

☆狮子座

"你不知道吧？我可是动物中的老大啊！"

（狗狗：老大是动物园园长啊！）

"身为手下，还对我大呼小叫？不尊重我！没礼貌！到底是我最有风度！哎，算了，我大人不计小人过。给你个赎罪的机会吧，给我捶捶背！"

（狗狗沉默：这人好像发烧烧糊涂了。）

狮子看狗狗不说话，于是仰天长啸："哇哈哈，果然是看到大王不敢吱声了！"

（狗狗：……）

☆处女座

"哎哟！你叫得太大声了！节奏也不稳定！应该这样叫：汪汪，汪汪，汪汪……才对嘛！"

（狗狗：我又不是在唱歌！）

"天啊！你身上有 N 根好白好白的毛，幸好不是很多。别动啊！我帮你拔下来，这些杂毛在黑色的毛毛里会很丑的，咦！你用什么沐浴液洗澡啊？怎么身上的味道这么怪？"

（狗狗：我都没闻到，你的鼻子怎么比我还厉害啊？）

"不行啦，你的沐浴液太差劲了，我告诉你啊，××牌很好用啊，还有某某牌的也不错……"

（狗狗：你准备把一辈子的口水在今天用光吗？）

☆天秤座

"你为什么对我这么凶？等我想想啊：是要和我交朋友？还是要和我打架？"

（狗狗：你在犹豫什么？）

"如果是想交朋友，我的 QQ 是……至于战争嘛我绝对反对。不过，你到底是想和我交朋友还是打架？是给你 QQ 好，还是给你上一堂理论和平的课程呢？不过你是狗，应该是想打架的可能性大点吧？不过想和我交朋友也不是不可能的啊？"

（狗狗：我快疯了，我不想和你交朋友也不想和你打架啊！）

☆天蝎座

心想："它好像就是几年前被我用弹弓整的同学家的狗？今天来找我复仇吗？不怕不怕！我有准备。（翻口袋）杀虫剂，玩具手枪……哪个能用呢？还是先用眼神把它吓退缩吧！"

（狗狗：顿时觉得好冷……他半天不说话要干吗？）

"怎么？难道他认出我来了？不行，绝对不可以让它知道这个秘密。我要想一个完美的计划……嘿嘿，你完蛋了。"

（狗狗：有史以来最冷的夏天！！！）

☆射手座

"竟然有这么可爱的小狗！我们一起玩吧？会打麻将吗？"

（狗狗：不会）

"会玩电脑吗？"

（狗狗：我傻……）

"石头、剪子、布总该会吧？好，就玩这个。几小时过后……"

（狗狗：石头……剪子……布……我快累死了！）

"看！路边有个人被楼上的人泼水耶！"

（狗狗：糟糕透了！）

"不会啊，免费洗澡嘛！"

（狗狗：可那被泼的人是你哥哥啊！）

"是吗？怕什么？夏天被泼很凉快啊！"

☆摩羯座

"谁那么没有责任把它丢在了路上？太没良心了！哎！我也没有时间管这么多了。已经很晚了，客户还在等我啊！走到车站 N 分钟，等车 N 分钟，车程 5 分钟。"

（狗狗：一寸光阴一寸金！）

"对了，你也赶快回家吧！在街上乱走会迷路的，时间很宝贵的啊！早回去就可以多睡觉了。还有啊，别做没责任心的人啊，我们要堂堂正正地做人！"

（狗狗：应该是做狗吧？已经过了 0 秒了！）

"什么？过了 0 秒！老天！我真是太耽误时间了，迟到会被客户骂成没责任心的。"

☆水瓶座

"你为什么对我那么凶的叫啊？你是公的还是母的？给我看看！你为什么有黑色的毛？还有几根白色的毛？是因为基因变异还是因为你是新型狗？狗的祖先是狼吧？那你的祖先是什么样子的？"

（狗狗：你问完了吗？）

瓶子掏出放大镜，点点头说道："我明白了。"

（狗狗：N 个问号）

次日，一种怪异最新的玩具狗诞生了！

（狗狗：为什么这玩具狗长得这么像我？）

☆双鱼座

"好可爱啊！对我叫？还叫的这么大声，难道……你对我……（开始白日梦）"

（狗狗：你想太多了！）

"好吧，那我们就去看蓝色的大海，金色的沙滩，美丽的夕阳，可爱的星星……哇！好浪漫哦！我幸福得快死掉了！"

（狗狗：我要理智，理智……）

"怎么？你好冷淡哦！你为什么不喜欢我嘛？我做错什么了吗？5555……"

"我就知道，谁都不在乎我，连狗狗也这样！"

（狗狗：谁来救我，我快被眼泪淹死了！）

·当星座当了医生·

☆白羊座

羊羊是动作派，看到病人来了立刻推着病人冲向手术室。0 分钟后哼着口哨出来了，"小 case，一个阑尾炎手术而已。"

护士提醒道："医师，好像他肚子还在流血哪。"

羊羊："什么？难道还要割除其他的地方吗？肠子、胃、肾脏还是肝肺？"

病人边吐血边爬着向外走："我觉得，车祸现场可能比这里安全一些，我要回去。"

☆金牛座

一脸微笑地走进手术室，对病人尽可能慢而清晰地说："您好，本医院竭诚为您服务。请您选择：普通话服务 English serves。"

病人伸出一根手指。

牛牛接着用更慢更清晰的声音说："医院简介。医药费查询。病房查询……其他。"病人把手指弯成"O"状。

牛牛接着说："……"

病人猛地坐了起来，大吼道："我选 0，我要人工服务！"

☆双子座

飞一样冲进手术室，对全体护士说道："这位病人被一辆奥迪 A6 以迅雷不及掩耳盗铃之势所撞倒，具体受伤位置好像是头部……哦，对不起，是脚部……"

一位护士提醒道："大夫，他的胸口在流血耶！"

双子瞪了她一眼接着说："病人的身高 75cm，体重大约 80 公斤。"

全体护士倒地。

☆巨蟹座

蟹蟹大夫冲进手术室，关切地问伤者："你知道你伤在哪儿了吗？"

病人吃力地摇摇头，蟹蟹接着说："给你三个备选答案吧！A.肋骨断裂 B.胸腔大面积出血 C.颅内出血！"

病人咬了咬牙，说："A。"

蟹蟹迷人一笑接道："你确定吗？你还可以打一个求助电话。"

病人狂吐血道："我要打给我父亲！"

"那好，你们的交流时间只有 0 秒。"

"爸，我不行了，快换医院……"

☆狮子座

狮子看到病人来了，立刻安排手术任务，但是因为太兴奋，结果就变成了这样："号，你负责观察病人心电图；号，你负责给病人电击；号，负责给病人缝合；病人，负责给病人打麻药！"

病人哭道："俺命苦呀！打麻药都得自己动手。"

☆处女座

处女做事情一向一丝不苟，你瞧，他不是正在清洗无菌手套，当然，洗完了还要洗镊子、手术刀……这时候，突然从手术室走出一个人，对着处女说："大夫，我的胳膊我自己包扎好了。我可以回去了吧。"

处女头也不回："你快走，我忙着哪，一会儿还要给你动手术。"

☆天秤座

还没等走进手术室，就被一群记者和镁光灯围住了。"秤秤大夫，听说您要为车祸受害者动手术，你可以在这里谈谈你的感受吗？"秤秤摆出了他一贯温和的微笑。

半个小时后，"秤秤大夫的医德多么高尚啊，来，我们在手术之前让秤秤大夫和他的病人合一张影吧。有人帮忙一下把病人拖，不，扶到这里来么。"

"什么，病人跳窗逃走了？秤秤大夫，请问您对这种医院暴力现象有什么看法吗？"

☆天蝎座

手术室里面整齐的排满了各式各样的刀，从长一米的古代大刀到给白老鼠做手术的小型手术刀，另一排整整齐齐地排列着从鱼叉开始到西餐上用的叉子。病人头前面还放着一瓶水银，旁边有一个风车，搁着几条绳子。病人在被麻醉之前，绝望地安慰自己："别害怕，我只不过在进手术室前来到了《满清十大酷刑》的拍摄现场而已。"

☆射手座

"你愿意感受一下我们医院的细心服务吗，你愿意在我们医院的花园里漫步吗，你愿意平安幸福地躺在我们医院的太平间里吗？请你尝试一下两车对撞的滋味吧，那一定会使你记忆深刻……"正在背广告词的射手被打断了，走到了病人面前，微笑着："你愿意……"

病人立刻跳起来就往回跑……射手无奈地耸耸肩："现在的病人，总是那么性急。"

☆摩羯座

摩羯是严肃的星座，看到病床上的病人："地球人都知道人体是对称的结构，医生有责任帮病人恢复这样的健康的身体。嗯，看他左边胸腹部有一个伤口，我们的目的就是在右边再开一个。还有，左臂骨折，那么右臂也同样。"

病人对旁边的护士说："护士，你能不能帮我找一个律师来，我想我应该写遗嘱了。"

☆水瓶座

飘然走进手术室，对护士们说："全体护士请注意，这就是受伤的患者，圆圆的并在流血的是脑袋，还有大衣里面正在流血的是肚子，你们可能看他和平时不一样，那是因为他被汽车撞过了。"

护士们用力地点头，一位护士主动上去缝合伤口，瓶瓶对她微微一笑："小红，你的中国结扎得真好。"

病人喷出了最后一口血说："那是俺的肠子！"

☆双鱼座

以最快的速度冲进手术室，对全体护士动情地说："其实……他（指患者）已经离开家在外面漂泊了多个小时了，他是多么的想家呀，多么的想他的母亲哪，多想抱抱他那未满月的孩子呀，但是现在……"

鱼鱼擦了擦眼泪接着对病人道："请您对家里的亲人说上一句话吧！表达一下此时此刻的心情！"（全体护士含泪鼓掌中），病人艰难地张开嘴："我没救了！"

·当星座撞了电线杆·

☆白羊座

揉揉被撞痛的脑门，紧接着对电线杆一顿海扁，然后满意地拍拍手走人："嘿嘿，敢撞我，我让你比我还惨！"

☆金牛座

无奈地叹道："哎……为什么撞到的不是人，是电线杆呢？撞到人的话不但不会痛，还能敲诈他一笔精神损失费，值啊！"

☆双子座

机灵的双子一般是不会撞到电线杆的，就算不小心撞上了，他们也会想着："撞到电线杆也许是好事呢！"以乐观的态度一带而过。

☆巨蟹座

关心他人的巨蟹，自己撞了电线杆，痛过了就算了；但是他一定不希望有其他人受害，或许会在电线杆上贴个大标志，以后别人就会注意啦！

☆狮子座

"切~想我堂堂狮子座，怎么会和你电线杆一般见识？原谅原谅了！"永远一身傲气的狮子，连对待电线杆都是这个样子，厉害！

☆处女座

总是过于多虑的处女座，撞一下电线杆，多痛倒是另说，这时他兴许在担心："哎呀，不知道我家的电视还能不能看了！"之类的事情……

☆天秤座

"呜呜……我好可怜呀！头上撞出大包的话会好难看的呀！不行！我要赶快回家上药才行！"爱美的秤子首先想到的永远是他的容颜。

☆天蝎座

都说天蝎最阴险，其实有的时候他们满开脱的，至少不会跟一个没有生命的电线杆过不去，不是他们不怕痛，只是觉得没什么意义而已。

☆射手座

对于顽皮的射手来说，磕磕碰碰是家常便饭，根本不足为奇；撞了电线杆他们也只会甩甩头，嘟嚷一句："哎，常有的事儿！"

☆摩羯座

视面子为心肝宝贝的摩羯，撞了电线杆都来不及顾虑疼或不疼，赶快看看旁边有没有人见到，外加以最快的速度溜之大吉啦！

☆水瓶座

"为什么会有电线杆呢？撞到电线杆头上为什么会起包呢？起了包为什么会痛呢？"一连串的疑问早就够让他忘记了疼痛。

☆双鱼座

"啊？什么？该起床了吗？叫人起床不用这么狠吧……"抬起头来才发现，原来是撞到电线杆了呀……

·当星座被侮辱·

☆白羊座

会很愤怒地说："敢侮辱我！"说完就冲上去打那个人，并且还会奋力摆脱来劝架的人说："放开我，不要拦我，让我扁他！"

（冲动指数：★★★★★）

☆金牛座

会很不在乎地对那人说："你说我是猪不代表我就是猪啊！"然后在众人惊讶的眼光中离开，像什么也没有发生一样。

（装死程度：★★★★★）

☆双子座

善辩且喜欢为人之师的双子一定会对那个人说："做任何一件事情都需要理由，侮辱别人也需要理由，我不认识你，你不认识我，你侮辱我显然是没有理由的。并且，侮辱别人是不对的，我们要学会理智，要懂礼貌，讲文明，做一个好青年，侮辱别人会给别人心灵造成伤害，尤其是会影响小弟弟、小妹妹们的健康成长。"直到侮辱他的那个人听到上吊为止。

（口才等级：★★★★★）

☆巨蟹座

一开始是努力地压抑着自己的愤怒，直到那个人侮辱了他的亲人，他终于像火山一样爆发了，并且一发不可收拾。

（爱家指数：★★★★★）

☆狮子座

自信甚至有点自大的狮子座肯定很不屑地说："跟你这种人争论，只会降低我的身份！"

（臭屁程度：★★★★★）

☆处女座

处女座的人定会很冷静、很理智地分析那个人侮辱他的原因，动机、目的，想出100条报复的方案，并依次权衡利弊，并且组织一套很经典、很完美的辩词。刚准备开口时，发现那个人早走了。

（龟毛等级：★★★★★）

☆天秤座

而天秤座呢？他们会很有绅士风度的面对侮辱，并且始终保持笑容，然后说："我们之间一定有什么误会，冤家易结不易解，我们还是坐下来谈谈吧！然后会很大方的请那个人吃饭。"

（阿沙力指数：★★★★★）

☆天蝎座

天蝎们会很不爽地喝道："你敢再说一遍？"那个人依旧我行我素，这时，天蝎们会很认真地说："×××！"然后抬腿走人，几步之后，回头丢了一句："我保留报复的权利，你会死得很难看！"

（阴险程度：★★★★★）

☆射手座

性格平静，外向，好奇地射手座定会满脸疑惑的不停地对那些围观的人说："我又不认识这个人，也没有惹他，他为什么要侮辱我呢？没有道理呀！为什么我会遇到这种人呢？"

（白痴等级：★★★★★）

☆摩羯座：

本来想把那个人海扁一顿，但还是克制住了自己，认真地看清了那个人的相貌特征，然后一声不吭的走开。一个月之后，那个人受到了N次不明袭击。

（奸诈、狡猾、暴力指数：★★★★★★★★★★★★★★★）

☆水瓶座

果断而又有反叛性格的水瓶座一定会报复，但他一定会用一种别人从未用过的手段彻底的报复。

（创新程度：★★★★★）

☆双鱼座

会很敏感地感觉到别人的侮辱，他定会冒着哪怕是触犯法律的危险，不择手段地报复……并幻想警察不会找他们麻烦。

（勇气等级：★★★★★）

·星座爆笑面试自荐语·

☆火相

白羊座：我的最大专长就是身先士卒，雇用我保证"事不延迟"。

狮子座：不是我吹牛，我的领导才能可是一流的，想找主管，舍我其谁？

射手座：别人可以做我都可以做；我可以做的别人未必可以做。雇用我，绝对稳赚不赔。

☆风相

双子座：想找个多才多艺、八面玲珑、应变能力好的人吗？雇用我准没错！

天秤座：我的专长是公关，专搞关系。只要贵公司想搞好关系，我是最佳人选。

水瓶座：贵公司缺有创意的人吗？本人毛遂自荐，绝不是空口说白话，雇用了就知道。

☆水相

巨蟹座：我生性较羞怯，不善言词表达，但保证对公司是绝对、绝对的忠心。

天蝎座：虽然我比较沉默寡言，但我很能够贯彻到底，绝不是只说不做的人。

双鱼座：我愿意随着公司的成长，给我一个机会，我一定付出我的奉献、牺牲。

☆土相

金牛座：我很有耐性，也很专心，更具有稳定性——绝不轻言辞职。

处女座：只要上级交代的事，本人一定鞠躬尽瘁，彻底服从、服务。

摩羯座：请不要以貌取人！冷漠的外表，正足以说明我是一位毅力十足的人。一个机会，我一定付出我的奉献、牺牲。

·星座对付电脑死机·

☆白羊座

二话不说，立刻开始锤打电脑，就跟电视机坏了打电视机一样，不过电脑好像不是拍一拍就会好的吧……

☆金牛座

坏了就放着吧……放到什么时候想修了，不修不可了再说吧……反正慢吞吞是金牛的习惯不是……

☆双子座

电脑一坏第一时间就是拿起电话，问了这个问那个，至于有没有结果不重要，反正电话费是暴涨了……

☆巨蟹座

干脆还是先去烧了饭以后再说吧，时间到了，不做饭的话家里人回来以后就没饭吃了，还

是这个比较重要了！

☆狮子座

我说那个谁谁谁啊！我家里的电脑坏了，过来给我看看吧，什么啊，难得有事情找你，快来啦！不早了，我等你过来！

☆处女座

立刻给电脑公司打电话，挑剔来挑剔去，数落电脑这里不好那里不好，最后人家受不了问了一句："你到底要不要修电脑啊！"这才恍然大悟，自己的本来目的是要人家来修电脑的……

☆天秤座

"坏了，是给电脑供应商打电话呢，还是给我认识的电脑修理师打电话呢？干脆给我那个会修电脑的下属打电话吧……"

☆天蝎座

立刻给会修电脑的朋友打个电话，然后神秘地说："那个你到我家来一趟吧，嗯有点很特殊的事情找你帮忙。"

☆射手座

二话不说，直接提起电脑扔到电脑公司，然后甩手去玩了，几天后才想自己的电脑还在电脑公司里。

☆摩羯座

马上给电脑公司打电话，让他们派人来看看，然后就等着人来，顺便工作一下下，免得浪费时间了。

☆水瓶座

给电脑公司的人打过电话了以后，就开始研究起来了，是什么原因电脑才坏的呢？会不会是有鬼啊？

☆双鱼座

马上给电脑公司打电话，然后泪汪汪地问电脑公司的人道："这个这个电脑坏了会不会炸啊？要是炸了我该怎么办啊？"

·星座被学校开除了·

☆白羊座

羊羊一把把通知书撕了，一溜烟冲出去了。一会儿从附近的工地提着一板砖回来了，揪着学校领导衣领大吼："你凭什么开除我？你说，快说啊？"

"那……那，这里是班吗？"

"不是！"

"那……那那……你是 XXX 吗？"

"也不是！"

"呃……呃……那我找错教室了！"

☆金牛座

牛牛很惊讶地接过通知书，然后呆呆地站在那里。

"同学，你被开除了！"

"……"

"这位同学，收拾一下走吧！"

"……"

"我知道你很难过，但也是没办法的事。"

"……"

"你不要这样啊，说话啊！"

"……"

"……"

"……"

"这位同学，看你那么老实，再给你一次机会吧！唉……"

"……"

☆双子座

双子悄悄把学校领导拉过一边，对着领导的耳朵悄悄说："你看，你如果不把我开除的话，学校每年可以增收 1 千 5 百 12 块毛 5 分哦！"

"这个嘛……"

"你再看，如果你不开除我的，学校食堂也可以增收，学校收入高了就能给学生提供更好的环境，环境好了学生好好读书就能提高升学率，提高升学率就可以升为重点学校，成重点学校您的工资也会增加哦！还有其他好处比如……"

说着说着往领导口袋里塞了两颗棒棒糖："这不算行贿吧？"

"……"

☆巨蟹座

蟹蟹一接过通知书就开始难过起来：家里一定会很难过，还有最疼我的哥哥，姐姐也会心疼的，爸爸妈妈又要操劳了。想着想着蟹蟹开始哭了起来："55555555…………"

"同学不要哭啊！"

"555555555……为什么要开除我？"

"嗨，就是因为迟到太多了啊！"

"55555555…… 我 不 是 有 意 的 啊！555555……"

"啊，怕你了，你别哭了，不开除你了还不行啊？"

"5555555……55555……"

"……"

☆狮子座

"开除我？"狮子吐了些口水在手掌上梳了梳头，整了整衣服，慢慢地走到讲台上，"同学们，今天学校要开除我，明天可能就要开除你们，你们能忍受吗？"

"当然不行，当然不行！"台下有人起哄。

"这种未经过任何审批就随意开除学生的方式，完全是蔑视我们学生的人权，你们说是吗？""对，就是，没错！"台下声音更大了。

"我们得团结起来，为保护我们学生的权利而奋斗，不能让别人随意欺负我们！我们一定要反抗！"

……

一星期以后，报纸上登出了 XX 学校学生进行大规模罢课示威游行，无奈学校最终妥协……

☆处女座

"哈哈，太好了！"（被开除了还好？）

"同学你没事吧？"领导挺担心的。

"实话说吧，这种破学校我早就不想呆了，教师素质差，学校设备陈旧，说是草坪，上面连根草都没有，这教室的桌子硬得就跟坐老虎凳似的，食堂那饭简直是恶心坏了，吃一半倒一半……"（此处省略 800 个关于处女评判学校的字）

"知道了吗，这种学校我早就不想呆了，要不是我故意的，你还想开除我？切！"

☆天秤座

秤秤收到通知书后挺委屈的回家去了。到了傍晚，学校领导家的门响个不停："领导，你不能开除咱们家秤秤，他可是个好孩子啊，只是偶尔犯错了，我是他八大姑。"

"我是他七大姨，千万不能开除他啊！"

"……"

"× 校长，秤秤这孩子挺好的，批评一下就可以了，不至于开除嘛，我是他老师，他我最了解了！"

"……"

"× 老师，您千万不能开除秤秤啊，大家都挺喜欢他的，而且团结同学，我是班长，同学们都让我来告诉您！"

"……"

☆天蝎座

"嘿嘿"蝎子笑两声就跑了！从此以后领导家怪事不断。

第一天，学校领导的车胎让人给扎了……

第二天，领导家门的锁让人给堵了……

第三天，电线让人给剪了……

第四天，全国教委收到一封关于 ×× 学校的举报信……

一星期以后，蝎子又满脸笑容地坐在教室里了。

☆射手座

射手接过通知书就笑开了："哈哈哈哈哈哈，又被开除了啊！"（好像很有经验似的）

射手一边吹着口哨整理书包一边想："嘿嘿，可以不用来上课了，明天可以睡懒觉咯！这下有时间去跟MM约会和打游戏了，哇哈哈哈哈哈哈……"

射手越想越高兴，随便整理了一下就跑出了教室。

不过他唯一没发现的是那通知书上写的是他同桌的名字……

☆摩羯座

摩羯接到通知书后狠狠下决心，以后一定要好好努力！头悬梁，锥刺骨，每天看书到半夜2点……

半年过去后，摩羯成为全市数学第一名，又过去半年摩羯站在奥林匹克竞赛第一名的颁奖台上，随后又当选为全国十佳青年，然后又获得了茅盾文学奖，进而参加GRE考试并获得了满分……

据说摩羯最后是被原来的学校用八抬大轿抬回学校的！

☆水瓶座

瓶子竖起一个指头在领导面前摇了摇："不行，你不能开除我！"

"为什么不行，你违反了校规当然能开除你！"

说完瓶子从抽屉里拿出一大摞书（看来已经准备好了）："根据宪法通则，这里没有相关内容；另外世界教科文组织也没有相关规定，而且法律对保护学生的权益方面是规定得相当严的，校规不能凌驾于法律之上哦！我很遗憾你不能开除我！"

"可是……"

"没什么可是的，你如果还有什么问题，你可以联系我的律师，OK？"

"……"

☆双鱼座

鱼鱼会非常平静地接过通知书，校长心理暗笑："哈哈，总算这么轻易就解决了。"谁知道过了一会儿，突然有一群人来了，大喊道："鱼鱼无辜，严重鄙视校长！"只见人越来越多……

最后校长被逼无奈只好大喊："OH，MYGAO！"

·星座开车爆笑版·

☆狮子座

一向有霸气的狮狮，刚刚成为驾车一族时，最容易遭到的投诉就是：在快车道上爬行，尤其是高速公路上长期低速占用超车道。狮狮如此"不顾及人民群众感受"，自然会令打算超车的人气煞了。

☆处女座

谨慎的处女新手上路，多半会谨记着教练的教诲一步步来。要是你刚好坐在副座，就会听到处女在念念叨叨"一千零一，一千零二"，你可别以为这是什么咒语，其实是处女在严格执行"两秒距离的守则"呢！

☆双子座

爱开玩笑的双子，自然是"车尾标语文化"的积极推崇者，"女司机＋磨合＋头一次＝女魔头"、"别吻我，要不我跟你急"、"前方有恶犬出没"等等字样，在双子的车窗上总是不断翻新。不过提醒一句，最近可千万别把贴了"新手上路"字样的爱车开到深圳啊，否则100大元的罚款你是掏定了。

☆巨蟹座

伤了人怎么办？伤了车怎么办？蟹蟹想到自己自从两年前考了车牌后还没摸过方向盘，就免不了心有些虚，手有些抖。怎么办呢？最安全的办法大概是到驾驶员培训公司租个"陪驾"吧！

☆白羊座

有些粗心冒失的羊羊是新车手，会比较容易犯闯单行道、闯红灯、争抢车道之类的错误。但最需要留神的是，羊羊常常一遇到不妥就急踩刹车，这样很容易造成追尾的恶果哦！

☆金牛座

总是比别人慢半拍的牛牛认为，只要把车子开得慢一点儿就不会有事，只是没料到，后面的大小车辆相继超车，对自己来说也是很危险的一件事哦，所以奉劝牛牛的车速最好保持在恰好跟住前车的速度。

☆天秤座

对于秤秤新车手来说，最大的敌人是遇到突发情况时过于犹豫，往往左闪右躲的，这样反而更容易发生危险。所以给秤秤个提议，在这种情况下果断采取制动措施将车停住，也许是更为可靠的办法。

☆天蝎座

蝎蝎新手上路，还不太习惯"眼观六路"，眼睛习惯只盯着前方，以为和前车保持一定的距离就万事大吉。其实还要多留意两边的倒后镜情况，这样能较好应付从两旁突然窜出的车辆。

☆射手座

有点懒散随意的射手，往往不太喜欢去熟记交通规则和行车路线，一看走错路了，立刻原地掉头，全然不顾两边的车辆，真是险象环生啊！

☆摩羯座

摩羯们虽说是新手但也是小心谨慎少犯错误的。然而有一个软肋不得不提醒羯羯：无论公事多么繁忙，一边握方向盘一边打手机，总是开车的大忌啊！

☆水瓶座

好心肠的瓶瓶，刚刚拿到了驾照，就忍不住担任起"教练车"的角色。打算让没摸过方向盘的朋友也尝尝鲜，结果会如何，真是让人不堪设想！

☆双鱼座

充满爱心的鱼儿，总是喜欢在车里摆放各种各样的饰物。当然了，有那么多小玩意陪自己上路是件很开心的事，但是当小玩意们在车窗前摇摇晃晃的时候，实在让人怀疑鱼儿能不能看清前方的路况呢？

·星座QQ签名档·

☆天秤座

幼儿园的时候我不谈恋爱，因为不知道什么是贼；小学的时候我不谈恋爱，因为知道没有贼心也没有贼胆；初中的时候我不谈恋爱，因为有贼胆没贼心；高中的时候我不谈恋爱，因为有贼心没贼胆；大学的时候我不谈恋爱，因为有了贼心，也有了贼胆，贼却没了！

☆射手座

大前提：所有PPMM都是我的，小前提：我MM是PPMM，结论：我MM是我的。

☆摩羯座

最后青蛙问道："为什么？我告诉过你我是一位美丽的公主，会与你共度一个星期并让你为所欲为。你为什么还不愿吻我？"男孩说道："我是一个程序员，我没时间交GF，但拥有一只会说话的青蛙简直太酷了。"

☆水瓶座

在教室睡觉，在图书馆吃东西，在食堂自习，在寝室读书。

☆双鱼座

如果，我是法官，我将判决你，终身监禁，监禁在，我的心里！

☆白羊座

偶一直很想讲一个我同学的笑话给别人听，可每次都是偶先笑翻在地，别人围着看，偶于是再也不想讲了。

☆金牛座

没有东西比爱情好，大米粥总比没有东西好，所以，大米粥比爱情好。

☆双子座

中国赤贫线以下每月拿到的补助低于上海最低生活保障金的代表；中国无权无势无房无车还要每天对臭老九卑躬屈膝、唯命是从的代表；中国无财无德无头无脸长得像傻瓜看着像弱智缺碘儿童的代表！

☆巨蟹座

猫是高贵的独特的敏感的自尊的自爱的自恋的孤芳自赏的自以为是的自言自语的自食其力的最可爱的宠物，不许说！猫是臭美的孤僻的过敏的自私的小资的狂妄的无精打采的肥头大耳的四体不勤的好吃懒做的最懒惰的废物！听明白了吗？

☆处女座

你曾经对我说，你永远爱着我。爱情这东西我明白，那"永远"是什么。

·星座请假及理由·

☆白羊座

请假人：白羊女

请假目的：买搓衣板

请假理由：巨蟹男昨天把家里的搓衣板跪坏了，要再去买一块。

老板批语：某商场正在促销，跳楼价，只卖0元，报老板我的名字还可以打九折……另：顺便给我带一块。

☆金牛座

请假人：金牛男

请假目的：陪老婆去医院

请假理由：老婆生病了，一个人去医院我不放心，老板你知道现在像你一样的人面兽心的太多了……

老板批语：夫妻情深啊！但我对你老婆没兴趣，我只爱林志玲。

☆双子座

请假人：双子男

请假目的：休息

请假理由：跪了一上午搓衣板，站不起来了……

老板批语：都提醒你很多次不要和MM搭讪了……怎么不听话呢？

☆巨蟹座

请假人：巨蟹男

请假目的：借口遛狗，真实目的见网友

请假理由：如上。另：千万别让天蝎女知道。

老板批语：友情提醒，天蝎女已经知道了，望同志保重！！

☆狮子座

请假人：狮子男

请假目的：身不由己……

请假理由：今天早上我出门的时候，刮大风，飘逸的毛发被卡住了……

老板批语：节哀顺变……人有旦夕祸福……

☆处女座

请假人：身高75家住耳朵胡同56门短头发爱干净的处女男。

请假目的：去某医院某医生那里看腰看腿看膝盖顺便看全身。

请假理由：腰疼腿疼膝盖疼哪都疼，怎么办呢？如果我不去医院的话，以后的病情就会发展，发展了以后就会扩散，扩散了我就要死了。我死了孩子怎么办，父母怎么办，老板你怎么办，学校怎么办，整个国家怎么办，全世界就要毁灭了……

老板批语：我不想成为历史的罪人……另：请不要在名字前面加那么长的前缀，谢谢。

☆天秤座

请假人：天秤女

请假目的：待在家里

请假理由：昨天周公拖梦给我，说今天出门会有血光之灾……

老板批语：周公昨天也托梦给我了，让我告诉你，他昨天走错门了，他本来要去双子男那里，结果，哎……双子男又挨老婆揍了。

☆天蝎座

请假人：天蝎女

请假目的：跟踪巨蟹男

请假理由：据探子来报，今天巨蟹男要去见一个网友，为了我的终身幸福，我一定要阻止！

老板批语：据老板的探子来报，巨蟹男会牵着旺财一起去，请小心，望顺利！

☆射手座

请假人：射手男

请假目的：我去见停职的双鱼女

请假理由：我去见停职的双鱼女。

老板批语：你真客气！

☆摩羯座

请假人：摩羯男

请假目的：帮助他人

请假理由：今天大头狮子哥出门的时候，头卡住了……另：千万别告诉他我说出去了，他很爱面子的，就怕别人说他头大。

老板批语：情有可原……

☆水瓶座

请假人：水瓶女

请假目的：

请假理由：说了你也不懂

老板批语：……是啊……说了我也不懂，何必呢？另：白羊女让我告诉你，再和双子男搭讪，你就死定了……

☆双鱼座

请假人：双鱼女

请假目的：给南瓜过生日

请假理由：家里的南瓜F56号终于一岁生日了，要去给他庆生。

老板批语：鉴于你家种南瓜，每天都有南瓜过生日，老板建议你无薪停职查看一年。

·接到歹徒电话，十二星座的不同表现·

☆白羊座

歹徒：星期日把钱放到西郊马路边第二个垃圾箱内……

羊羊：西郊？不如去东郊！你知道吗？东郊有座山，山势很险，很刺激……

歹徒已经准备好行囊去东郊过周末了。

☆金牛座

歹徒：星期日把钱放到西郊马路边第二个垃圾箱内……

牛牛：好好好！你放心！我一定准时去！你可千万别伤害我的狗狗，它是我家很重要的一员！

☆双子座

歹徒：星期日把钱放到西郊马路边第二个垃圾箱内……

双子：可是我为什么要听你的？你要说出个原因来。你不知道我挣钱也不容易吗？我6岁开始上学，学到20多岁才有了工作，可以挣钱……

☆巨蟹座

歹徒：星期日把钱放到西郊马路边第二个垃圾箱内……

蟹蟹：这个，我要和妈妈商量一下。

歹徒：你妈在我手里！

蟹蟹：那我和爸爸商量一下。

歹徒：他也在我手里！

蟹蟹：那我和姐姐商量一下。

歹徒：她也在我手里！

蟹蟹：那我和……

☆狮子座：

歹徒：星期日把钱放到西郊马路边第二个垃圾箱内……

狮子：笨蛋！你凭什么命令我？你给我听好了！星期日，把我的家人放在西郊马路边第二个垃圾箱内，否则我……

☆处女座

歹徒：星期日把钱放到西郊马路边第二个垃圾箱内……

处女座：那个地方脏死了！亏你想得出来！就在南郊的咖啡屋里吧！叫我弟弟听电话！弟弟啊！吃晚饭前洗手没？晚上睡觉前别忘了洗澡，耳朵后边也洗干净……

☆天秤座

歹徒：星期日把钱放到西郊马路边第二个垃圾箱内……

秤儿：我相信你本质不是如此，你一定是遇到麻烦了吧？真可怜！但你不要对生活失去信心！要坚强！我这里还有100元，你先拿去用吧……

歹徒早已感动的泣不成声了。

☆天蝎座

歹徒：星期日把钱放到西郊马路边第二个垃圾箱内……

蝎蝎：嗯，好的。第二个。OK。

第二天，歹徒一打开垃圾箱发现有个警察在里边，自己身后是一排警车。蝎蝎拉着家人在不远处冲自己招手……

☆射手座

歹徒：星期日把钱放到……

射手：喂！你有点效率好不好？办事要迅速！懂吗？你现在把好表，我5分钟内准到！

歹徒：我……我还没有说地点呢……

☆摩羯座

歹徒：星期日把钱放到西郊马路边第二个垃圾箱内……

摩羯：可是这个星期天我实在没时间！公司还有事……你下星期吧！

歹徒：喂！你别挂！喂！喂！

☆水瓶座

这大概是最冷静的星座了。挂掉电话就报警。冷静！

☆双鱼座

歹徒：星期日……

鱼鱼：哇！妈妈！我要妈妈！你快来啊！爸爸！呜……我怕！妈妈！

歹徒：好了好了，别哭了。我也想哭了……

鱼鱼还是不停地哭。

歹徒一咬牙，一跺脚：别哭了！我放了你家人还不行吗！

·上帝如何创造十二星座·

不过是一个夏夜，上帝太无聊，刚好出门买了两打啤酒回来，仰望着一览无余的蓝色星空喝冰啤酒的时候，忽然对着空纸盒发起呆来，觉得好像该做点什么事比较有趣。

上帝灵机一动，于是想帮纸箱做一点美化，也许他可以做点黏土雕塑，自从做了亚当与夏娃之后，他可还没机会试试看自己的手艺呢。上帝开始做起十二个星座的雕塑。

白羊座，是上帝的第一个作品，也因为是第一个创作，上帝充满了太丰盛的热情、太高的兴致以及太多的企图心，结果变成冲动下的产物。"唉，果真欲速则不达。"

上帝一边感叹，顺手做起第二个作品金牛座。开始小心翼翼，东修西修，非常务实，注入许多美好的幻想，当然动作难免温温吞吞。"不行！这样太累了。"上帝有点不耐烦，想到才做第二个就没力气，接下来怎么办？

对了，取悦自己是重要的，变化！变化！

上帝因此做了一个双子座来取悦自己。

可是双子座因为动作太快，调性有点两极，不太统一。上帝想了想，发现他忘了把感情沉淀的细腻部分表现在作品上，趁着月色，上帝喝了一口啤酒，一整夜仔细捏了巨蟹座。然而，当清晨曙光射出，巨蟹座裸身躺在阳光下，上帝忽然发觉自己可能酒喝太多，作品虽然细腻浪漫，却也只是自我陶醉而已……创作不是应该在阳光下才能充满自信发光发亮？

因此，上帝的狮子座作品，由于在太耀眼的光线下，勉强创作而成，午后一觉，上帝醒来就发现狮子座充满太强烈与太直率的雕塑刻痕，不禁遗憾。

此刻，上帝反省了五分钟，发誓："我不能再这样粗心大意，我一定要做一个全世界最完美的作品。"上帝继续埋头苦干、精雕细琢处女座下一个作品。

处女座做完，天色也黑了。

上帝觉得腰酸背痛，喝了一口冰箱的冰啤酒，端详这个作品，突然感慨："这么仔细雕琢出一个细节完美的东西，好像失去创作的写意心情了。"

原来，不过想做一个有意思的东西，不是吗？我为什么要累死自己？发觉自己太龟毛，上帝在百般矛盾中，换了想法，认为自己该兼顾知性与理性，做了天秤座。

也因为一直维持优雅姿势，做完天秤座，上帝的腰痛就发作了。痛到受不了，上帝突然想起那条可恶的蛇，竟然来破坏他第一次的精心杰作，一亚当与夏娃那两个纯洁的傻瓜，突然小小愤怒。

嗯，蛇夫座，上帝在腰上贴好日本买回来的止痛药膏，报复性地决定不理。

可，心情还是非常郁闷，上帝觉得创作也许该钟于自己的感官心情才重要，后来上帝做了天蝎座，并充分表达自己的真性情与些许想报复蛇的欲望。

做完天蝎座之后，上帝顿时气力消失，觉得自己真傻，不过是一条蛇，我那么在意干吗？还让蛇影响到我的作品？不对。我还是单单纯纯把我想做的作品好好完成才对。

只是做射手座做到一半时，电话忽然响起，上帝就去接了电话，一讲就是好几个小时。

回来再细看射手座，上帝也没任何想法再去修饰，同时认为这样直率的东西刚好表现自己此刻的真性情，也许难免疏忽，那就这样吧。

OK！既然射手座只做到一半，上帝觉得他

该抛去杂念、充满耐心好好把摩羯座完成。这一搞又到天亮，老实说，摩羯座确实是上帝还不错的作品，极具感情沉淀的力量与温厚的特色……只是上帝也累了，他真的没气力再把细微破绽修改好。

同时反省之前9个作品，事实上各有特色，反复比较之下，摩羯座好像又没那么优秀。把玩着前面的创作，上帝感觉那些作品的曼妙之处，好像已经独立成为某一种生命体，是自己再也做不出来的东西。

可不可以就此停止呢？不要再做了。连做十个作品，谁不疲劳啊？上帝都喊累。却见剩下的纸盒两块空缺的部分，上帝叹了口气。

就剩两个了，这场游戏就结束。

上帝抱着就快完成了的心情做水瓶座，心思却在一种奇异又随便又必须理性的状态下，这作品就配合上帝反省归纳的心情，工整与反叛性，当时状况，上帝心里开始对其他的事物好奇了，同时在想他的刚刚来电的好友，不知道会不会来。做完水瓶座，上帝看半天，非常疑惑，这实在不像他的作品，好像外太空来的呢。

怎么会这样？回头看一眼纸盒剩下的空格，哇！这是最后一个了。不行，一定要做出最棒的东西，这是最后的机会了。

上帝于是充满感情反省前面11个作品的优缺点，心想最后一个，我一定要好好的认真地做。就在这感怀心境下，上帝完成他最后的作品——双鱼座。

双鱼座确实表现了前面11个作品的优点，偏偏也综合前面11个作品的缺点。

上帝不知是太疲劳的因素，竟感动自己原来已充满意志力完成那么多作品，流下眼泪来，心想："这个，我一定要做到最完美。"

想时迟、那时快，门铃忽然响了，是上帝的好友玉皇大帝来访。

玉皇大帝一进门就带来两瓶啤酒与一堆黏土，跟上帝说："亲爱的，我知道你最爱做雕塑，我们来做十二生肖怎样？"

那个下午，上帝与玉皇大帝就一边喝起啤酒，一边研究起十二个动物，把双鱼座忘了。

最强悍的办公室笑话

☆一职员已两天没有上班了，当他第三天来到公司时，老板抱怨说："你这两天干什么去了？"

职员答道："我不小心从三楼窗口跌到大街上去了。"

老板气冲冲责问："从三楼跌下去要两天吗？"

☆俺公司新来一主任，那脾气可暴着呢，一天接了个应聘者的电话，开始他跟应聘的聊的也算顺利，快讲完时他说了一句："你半天都没问公司地址在哪，你怎么面试！你这人沟通非常有问题。"就挂掉了！无语……

☆一个公司，买了一台电脑，于是就放在某人的办公桌上，也是这里唯一的一台电脑。（推断是比较早期的事情）

终于有一天这个某人被领导谈话，领导就说他："这个电脑呢，虽然是放在你的桌子上，主要是你在用，但是它不是你的个人财产，你在电脑上写着'我的电脑'，影响很不好。"

于是，"我的电脑"被重命名为"我们的电脑"。

☆A：老板，想请两天假。回一趟老家（2月28日）

BOSS：可以啊！今天多少号？

A：28号

BOSS：行！3月1号记得上班啊！

☆我同事家里原来有一只小狗，因为跟那片的人很熟了，所以超市都会让它进去。

有一天，同事妈妈和它一起去买菜，过了一会儿它就往门口走，同事妈妈挺奇怪的，于是就跟着它出来，走到转弯的地方，它一直蹭同事妈妈的手，她伸过去，它在手上吐了个鸡蛋出来。

☆话说某个说话不经过大脑的同事那天在办公室接电话：

"喂，谁？哦，是妈呀？有啥事？什么？我哥生了？哦，不是不是，我想说的是我嫂子生了？真的啊？生了个啥？不对不对，我问的是生了个小子还是丫头？哦，是个小子呀，那您替我恭喜一下我哥和嫂子啊。对了，这小子有几岁了？我怎么又说错了，我想说的是有几斤几两？"

等他放下电话，办公室里已经有至少三个人把水喷在屏幕上了……

☆最近公司在说服一个老外专家来帮我们工作一两年，双方互相提了很多条件。我方承诺的其中一个条件是教会老外翻墙，保证他能正常更新他的 Facebook。

☆新到一公司，上司是女的，找我谈话，问我快40了，怎么看起来还像20出头，保养这么好？

不知道怎么脑袋短路，回了句，平时跟老婆见面少。

☆新来极品女公关，副总对其喜爱有加。某日拿了一万块让其陪某领导打麻将，反复交代一定让人家玩好，意思就是尽快输掉。孰料一小时后女公关兴高采烈地回来："我赢了近三万啊。"副总的脸绿了，无奈只得让精于世故的厅面经理去照料。半小时后厅面经理哭丧着脸回来，手里又多了一万。

副总暴怒，挽胳膊亲自上阵。结果到下班，副总把那伙人最后的4000块也赢了过来。

☆公司两同事一男一女，经常合买彩票，有次中奖了，两万多。问怎么分的时候？男的说拿来结婚吧！然后对女孩说结两次婚肯定不够，再不我们俩结婚吧？于是他们就拿了这笔钱领证拍婚纱还有定亲请客，现在小孩二岁了……从来没有听说他们谈过恋爱。

☆我们公司IT监控很严，登陆一些被禁用的程序或者网页，或是通过内部发一些IT监控认为不良的信息，都会收到邮件警告或者处分。处分一般都很严厉。

最近，一哥们A用内部即时通信工具对另一同事B发了如下信息：哥们，我下载到了希腊门视频，要不？然而，B没回复，倒是十分钟后A收到了IT监控部的信息，A十分紧张，心想完了，不知如何处分，颤颤抖抖点开信息，赫然显示：是800多M那个吗？

☆某男同事托着头，烦恼地对大家说："你们说，是不是所有小孩子都喜欢粘着他妈妈呢？我那小子，刚学说话，已经学会叫爸爸了，就是不肯叫我一声妈妈。"

☆我同事跟人争执，急了张口来了句："你以为我吃饭长大的啊？"我一直纳闷他到底吃什么长大的。

☆有一次在办公室，同事们在讨论花钱容易、挣钱难的话题。

一同事甲感慨地说："真恨不得把一分钱掰开当两半花。"

同事乙面无表情幽幽地插话说："我试过，掰不开。"

☆同事们在讨论丢东西的事。同事甲说："真倒霉，我已经被偷过三个手机了。"

同事乙说："你怎么这么不小心，我从来没被偷过什么东西。"

这时一 MM 大声："你不能这么说的，话都是反的，你现在说没被偷过，过几天就有什么东西被偷了，很灵的。"

我另一同事半天没说话，待那 MM 刚说完，他大声叫道："我从来没中过 500 万！"

☆办公室新买了咖啡机，同事甲去倒咖啡，遇上乙也去倒咖啡。甲打趣乙说："小样，你不是说你不喜欢喝咖啡，说那是腐朽的资产阶级方式的吗？"

乙慢慢吞吞模仿《求求你表扬我》里范伟的表演说："怎么滴，你，你还不、不允许我这个生活在社会最底层的劳动人民对美好生活的向往啊！"

☆同事甲跑过来找同事乙修改图纸。由于甲已经来过好几次了，所以乙有些不耐烦，抱怨说："已经修改过好几次，还要改啊！"

另一同事丙扭过头一本正经地说："同志，小改怡情，大改可是伤身啊！"（模仿《武林外传》里老白的台词：小赌怡情，大赌伤身）

☆有一天同事甲新买了一部手机，然后就在办公室跟大家展示他新买的手机，这时同事乙跑来了（上海人），习惯性的用上海话问甲说："几钿？"

我同事甲听不懂上海话，以为是问几点钟，他认真地看了看手机说："九点钟。"

☆同事们一起打牌，玩斗地主，地主的上一家出的牌让地主很难受，做"地主"的那个同事做痛苦状，这时一在旁边观战良久不语的同事爆了一句："杨白劳，看你把黄世仁逼的！"

☆我们主任是客家人，普通话讲得不标准。某日，我单位举办一个学术交流会，开会之前，主任吩咐负责接待工作的张小姐："小张，先放一个《天仙屁（配）》，活跃活跃会议气氛。"

☆某日，同事张大姐一进办公室，便笑容可掬地捧出一大包阿尔卑斯糖，靓仔阿剑大呼小叫道："张大姐，又派喜糖啊？"

张大姐两手轻提裙边，来了几步欢快的"恰恰"舞步，然后喜滋滋地说："嘿嘿，我老公最近升官，做人流主任了。"

"啊？"我们面面相怅。

"哎呀，不对，不对，是人才交流中心主任。"张大姐赶快补充。

"哦！"我们恍然大悟。

☆某星期一刚上班，碰见同事邓，我便跟他打趣道："星期六、星期天这两天怎么过的？是不是去追靓女了？"

邓叹气道："哪有时间去追靓女啊，这两天一直都在接客。"

"扑哧！"我刚喝下的绿茶喷了出来。

邓连忙解释："家里来了亲戚，我一直都在忙着接待客人。"

☆同事李是地道的广东人，讲话时习惯使用"搞"字。

某日，下班了，李对正站在最里面那间办公室门口的王说："Mr.Wang，从那边一路搞过来！"（意思是让王将办公室的门从最里间到最外间一路关好）

☆清洁工阿花人虽然很聪明，但只有小学三年级文化，经常会写些错别字。一日，阿花用地拖将实验室的地板拖得干干净净，然后写了一张纸条贴在门口：

请闲人勿进，我脱得很干净了。

——阿花

☆某日，同事王说有事要找主任，于是来到主任办公室门口，举手准备敲门，犹豫，放下，想想，鼓足勇气再举手，终于"嘭嘭嘭"敲开了主任的门。

主任问："小王啊，有什么事尽管说。"

"我，我，我……"小王满脸涨得通红，"我想请几天假带女朋友去看我父母。"

主任即刻说："好事！好事！去吧，没问题。女朋友在哪工作？"

小王一看主任点头同意请假，乐得舌头在嘴里打卷卷："妓（技）院的。"

主任表情严肃起来："小王啊，好女子到处都是，你一个博士生怎么偏偏要找一个妓院的？""不，不，主任，是广东省女子职业技术学院的，是老师。"

☆一天，我们公司的李秘书小孙的电话响起，接起电话后是一个男人操着浓重的方言大声说："喂，我找一下'艳遇'。"小孙跟着重复了一遍："你要找的人叫'艳遇'吗？"

对方答："是的，昨天来我们公司的那个。"

小孙抓着头想了好半天，回头看了看办公室里的同事，猜着问："严玉，你昨天是不是去过一家贸易公司？"

严玉点头说："是的。"

小孙猛地给了这哥们一大拍子。

快来接电话，他要找"艳遇"。

☆小李上周末和同事一起游泳，到目的地后听说泳池的更衣室太小不是很方便，小李便在酒店房间里提前把游泳衣换上，外面再套上她本来穿的连衣裙。虽然白色的裙子领子上多出两条蓝色的带子不太雅观，可就为图个方便嘛。

没有想到刚出门，小李就遇到我们公司的礼仪、公关主任。主任说："哟，小李这是新穿法啊？我还没见过穿裙子还要打领带的。"

小李当场倒地。

☆我前几天和朋友一起吃饭，酒足饭饱后，我们讨论着周末要到度假村吃"烤全羊"。哥们小冯马上扬手说："我不去了，你们去吧，我不吃羊肉的。"

我们一看桌上那碗已经被她扫尽的清汤羊肉，满脸疑问。

晕，原来他压根就不知道他刚吃的就是羊肉，他还以为是狗肉呢！

☆大家在围观一同事买的新车。

"这车市场价多少？"

"10万左右。"

"咱们×汽内部价多少？"

"5万左右。"

"那咱们什么时候生产5万的车？"

☆我们去供应商或者是客户那里，为了表示对另外一个人的尊重，通常是在他（她）的姓氏后加一个"工"字。有一次碰到一个姓童的人，当时也没多想，就称呼他为"童工"！

☆甲和乙故意互相谦虚。

甲："我知道得太少了，不及您亿万分之一。"

乙："我不知道的太多了，不及您亿兆分之一。"

丙插嘴说："你这是谦虚还是骄傲啊？根据爱因斯坦的理论，一个人知道得越多，不知道

的也就越多，你不知道的太多，也就是说你知道的太多咯？"

☆同事甲跟同事乙（女）在聊天。

甲："你小孩子多大了？"

乙："两岁啊。"

甲："哦，前年出生的？"

乙："对啊，前年出生的。"

甲："那你是去年结婚的吧？"

☆女生甲谈朋友没多久，同事乙逗她。

乙："幸福的人，真令人羡慕啊。"

甲故作幸福状："不要紧，我会同情你的。"

乙："你男朋友真帅。"

甲："嘿嘿，嫉妒了吧。"

乙："他睡觉打呼噜吗？"

……

过一会儿，就看到甲追着乙打。

☆甲和乙去踢球，甲夸乙："你踢球很像里瓦尔多，特别是传球的方式。"

乙："你说的是像里瓦尔多三岁的时候吧。"

☆甲差不多天天都加班，总监过来说："你差不多每次都是最晚走的嘛。"

甲说："因为我比较喜欢月亮和星星。"

☆同事甲威胁同事乙："你以后少惹我，小心我扁你。我从小学二年级就开始看金庸、古龙的书了！"

☆问："你认为甲的优点是什么？"

答："他善于和人打交道，比较有亲和力。"

问："那你认为你有哪些优点呢？"

答："我比较善于和甲打交道。"

☆一同事甲在电脑前检查图纸，另一同事乙坐在他后面跟他闹着玩，不时戳戳他的背，摸摸他的头，甲说："求求你不要再弄了，再弄我要叫了。"

同事乙说："你叫啊，你叫破喉咙也没人听见。"（周星驰《九品芝麻官》里的台词）

☆最近，办公室有一同事手机坏了，于是借一MM手机用，MM说："你怎么报答我？"同事一脸坏笑："你说怎么抱？"MM："你想怎么报？"

☆办公室有一个很纯的小MM。

有一次我在看电影，MM过来说："我也要看。"我拍拍腿说："坐吧。"MM说："不用了，我自己找凳子去！"

我当场笑翻了。

☆因为我刚来这里上班半年，所以同事都叫我小范，别人都是老什么老什么。

所以有一天一MM突然说："别人都是老什么，叫你小范太委屈你了，以后我就叫你老范了。"

我当时感动极了，就说："太谢谢你了，从来没有人这样叫我。"

然后MM就叫："老范！"

我说："嗯，怎么听这像我老妈叫我老爸？"

MM：……

☆前两天在办公室闲着没事，于是跟一个MM说："我们俩剪子、包袱，锤，我输了，我做10个俯卧撑；你输了，你做10个仰卧起坐，免得闲着没事。"

MM说："不行！"

我说："为什么，反正闲得无聊。"

MM说："你做俯卧撑弄不脏衣服，我做仰卧起坐会弄脏衣服的？"

我一想也是。

结果MM突然说："要做也行，我做仰卧起坐的时候你得在下面！"

我们办公室全都爆笑！

MM：……

☆我是老师，由于比较喜欢胡侃，所以，有一次没课，就跑到一MM旁边聊天，聊着聊着就说到车了。MM说她喜欢宝马，问我喜欢什么？

我说："我喜欢奔驰大卡，那样我就可以把后面装潢成一个家，那我就有了一个移动的家了。"

然后我问她："如果我有这样一辆奔驰大卡，你会不会嫁给我？"

MM说："你没有我也会嫁给你！"

搞笑的是正在她说这句话的时候，她的学生来找她问题，刚刚走到后面，可想而知，MM的脸红的不行了，更强的是，她的学生说："老师，不用不好意思……"

MM：……

☆一个刚刚到公司工作的小伙子抱着一摞文件站在碎纸机前犯愣，这时老板的秘书经过，看到后就说："真是菜鸟，连这个都不会用。"说罢抢过文件，放到机器里按动了电源，很快文件就被切碎了。

这时小伙子说："真是谢谢您了，可是复印件从哪里出来？"

女秘书：……

☆一天，人事部的张主任调到别的部门去了，他的一位朋友打电话找他，结果是别人接的："请问张主任在吗？"

"很抱歉！他已经不在人事了！"

朋友说："什么！这是什么时候的事？前天我才刚刚跟他通过电话的，怎么就不在人世了？"

☆已经是下班时间，除了总监、经理走了之外，只留下我们三个。办公室副主任探头探脑地望进来，同事正好在写诗，突然想起主任是××毕业的，文笔不错，然后问了句："金，你文笔肯定不错的哦？"他一本正经地说："嗯，黔驴技穷，江郎才尽……"

然后孙马上接话说："我文笔更好，都海枯石烂了。崩溃！"

☆中午餐厅的菜式是：白切鸡，黄豆炖子排，青椒土豆片，酱爆茄子，番茄鸡蛋汤，水果是西瓜。每天中午给总监带饭已经成了习惯，打好直接保鲜膜包好就上楼了。

这时，正好遇见金、杨、徐进电梯，杨看了会儿说："你怎么忘记打酱油了？"

"我才发觉，自己忘记了。"然后说，"那我等会电梯再下去。"

金看了会说："不用了，等会你就告诉总监，今天吃咸水鸡好了。或者说你吃上去跟咸水鸡似的，就不用下去了。"

我张大眼睛看了看他们，说："真的不用？""嗯。"他们异口同声。好吧，我难得相信他们一次，然后开始组织语言。出了电梯回办公室，看到总监的时候，我失言了，我很坦白地说："总监，我忘记放酱油了。要不，我下去再打点酱油？"

"不用了，没关系。"看来，还是实话比较安全。

☆今天下午在讨论，办公室到底是允许吸烟还是禁止，是否要贴禁烟标志？备注：办公室里六个女人，一个男人，孙便是其中一个男人。大家七嘴八舌，这时，孙说："我们办公室都是女人，不抽烟。"刷……所有的眼睛都看向他，笑疯掉，这男人基本已经被同化了。

☆每周五下班之前，我都会去趟厕所，把剩余的卫生纸半卷带回家，因为没有搭档，所以女厕的那半卷我一直没有得手。

结果：上个周六，俺加班上网至深夜，跑肚去WC（厕所），厕所里竟然没有一点儿手纸。昨天下午，俺把那半卷给拿回家了！我急忙往楼下跑，下面7层竟然也没了！俺夹着双腿往下跑，

6层、5……层！俺一个人的亲娘呀！俺竟然找不到一点儿手纸！

最后，俺跑到信箱里，拿了封信就进WC了，打开一看是张邀请卡！那可是200g的铜版纸呀！俺也只好用它了。

☆有一次，老婆回家忘了带钥匙，我让单位的快递公司把钥匙快递回家。快递公司与单位的费用是月结的，我浪费了单位的10元钱。结果那个快递公司的小子原来是兼职的，他的职业是小偷！没过两天，俺家就失窃了，而且，门窗都没有被破坏的痕迹。居委会的张大妈说："俺看见那小子了，他说是你的同事！上次送钥匙，他跟你老婆就这么说的。"

☆为了节省家里的电费，我的手机都是在单位充电的。结果单位里只有俺带着手机充电器，倒是没人说什么，可是晚上和同事出去happy的时候，他们总是对我说："俺的手机没电了，借你的手机使使？"

☆为了节省家里的水费，我每天到单位之后再洗脸、刷牙、刮胡子、如厕。结果俺抽屉里的设备这么齐全，以至于后来，业务部的小伙子出去都先到俺这里报到！拿着俺的洗发水、刮胡刀就跑厕所去了。

☆俺私吞了单位送给客户的一份小礼品—挖耳勺一个。后来，俺还不断伸出俺的黑手。结果因为俺对单位的这些东西的数量、存放位置非常熟悉，所以，俺被调工作当库管了。可气的是，俺交给领导的库房财务统计表，那个秃头主任都要在数量栏里每样各加一个零！

☆单位每个月可以报销200元的出租车费。俺每天下班之后，都锁定一辆出租车跟着它跑，司机一般都很纳闷会停下来，俺就管他要一张当天的票。结果那天的那个司机是个新手，看到俺向他挥手，一踩刹车，后面的车就顶上去了。俺也被叫到交管局去教育了一番。

☆中午吃饭的时候，俺主动给俺领导买饭，每次都是刷两次他的卡。结果前不久，领导出差了，俺照用领导的饭卡不误，结果发工资的时候，俺的奖金就没了。

☆单位新来了一批电脑，俺从退役的电脑上偷了两块16M的内存条，换了别人机器上一块32M的；再偷一块32M的，换别人一个64M的；现在俺的电脑就有256M内存了。结果俺的电脑机箱从来不盖盖儿，散热是次要原因！主要原因

是怕别人换走俺的硬件。这样俺天天只好第一个来，最后一个走。

☆俺从单位的车上偷了点汽油，回家擦了擦我的那辆二八破驴（自行车）。结果俺的那辆破驴擦过之后忒新！第二天晚上就被人诱拐走了。

☆俺时常从网上down（下载）些小说，然后打印出来，装订成册；最长的就是金庸的全套小说了。结果所有的图片都存在俺的电脑里。那天电脑出了点儿问题，c盘d盘全都共享了，当俺准备关机重启的时候，电脑显示有58台机器正连着俺的电脑！

☆那天俺在网上看到一个模特公司招人，俺就为这个公司的摄影师职位量身打了一份简历，打印出来之后，俺就兴冲冲地寄信去了。等俺回来之后，秃头主任就开大会，把俺作为思想动摇的同志狠狠教育了一番。原来，俺多打了一份简历，落在打印机那儿了。

☆俺从家里带来一个脸盆，晚上没人的时候，俺就用饮水机里的热水泡脚。结果那天晚上，俺在单位边泡脚，边上网。秃头主任突然回单位了。领导就是领导，没说自己如何如何，先劈头盖脸地骂我一通："好小子！卷着裤脚、光着脚丫、踩在地毯上……（领导喜欢卡拉ok、而且很喜欢郑智化）你以为叫你来种水稻的！"

☆俺用公款订阅了无数报纸、杂志，地址都是俺家。半年俺就卖一次废纸，来的车都是大解放。结果要说还是居委会的张大妈老谋深算，那天俺下班挺早，她把俺叫住说："咱们这栋楼的住户里，就数你是个文化人！咱们居委会打算丰富一下咱老百姓的娱乐生活，但是要高雅一些的，你给出出主意呗？"

我哪知道她葫芦里卖的什么药。就让她直话直说。原来她想让我当什么文化宣传员，建立一个居委会阅览室。俺也正愁家里的废纸太多，就答应了。没想到半年之后，大解放再来咱们这小区的时候，不找我了，人家找张大妈去了。

☆同事乙完成了一件有些难的任务，同事甲夸乙说："知道吗，世界上我就佩服两个人，一个人是你，一个人是阿道夫·希特勒。"

☆小丽上班时间在吃八宝粥，经理看见后生气地批评说："太闲了是不是？"小丽回答说："不，一点儿也不咸，这是甜的。"

☆挤公交车回家，车上听音乐。爽！上来一帅

哥,好帅啊!尤其是笑起来的时候。我对小丽说道:"那个帅哥牙齿上有菜皮!"车上立刻安静了下来。帅哥脸红地看着我:"MY GOD,忘记戴耳机了!"

☆第一天上班,有人电话找经理(女的),把电话给经理,顺便说了声:"妈有人找你,接电话。"

☆早上没事翻看公司主页,看见上面新挂了招聘的内容,就无聊的点了一下,惊愕地发现自己的岗位赫然在列……

☆前天我老板,一个男的,和真懂似的,在我的电脑后面看半天,说:"小柯,你也种菜啊?这可是上班时间!"

我收了收瓜子皮,瞅瞅他说:"张总,这是我的桌面,你见哪块菜地上站着超级玛利呢?"

☆一家公司招聘女秘书,请一位心理学家做参谋。题目是2加2等于几?第一个答等于4;第二个答等于22;第三个答等于4或者等于22。心理学家说:"第一个女子实际但保守;第二个好空想;第三个是最合适的。"然后问总经理怎么定。总经理想了一会儿说:"还是那个穿紧身衣的好。"

☆一日出差,和驾驶员聊天,因知其太太刚做胆囊切除微创手术,故询问其太太恢复状况。雷女从后座上插话:"切掉一个胆囊没什么关系,反正人有两个胆囊,切掉一个还有一个,一个就够用了。"此话一出,驾驶员惊到一脚刹车重重踩下,商务车几乎开始漂移……

☆聚餐时,店家上了大麦茶。天冷茶烫,大家啜啜有味。雷女小喝几口欢声雷动问:"这里面是什么哦,一粒粒的?"

经理和颜回道:"大麦。"

雷女复问:"为什么是一粒粒的呢?"

经理不悦回道:"因为大麦是一粒粒的。"

雷女欢笑又问:"那么为什么大麦茶不可以用稻子做呢?"

经理拖长脸回道:"吃饭……"

☆金秋十月出差去工厂,参观工厂老总自留地,长势良好的一大片稻田,金黄满眼丰收在即,雷女兴奋莫名,指着田地欢呼:"好好的麦子啊!"

工厂老板忍住,说:"那是稻子。"

雷女反问:"稻子和麦子不都应该是秋天

收吗?秋天是收获的季节啊!"

工厂老板抽搐着回答:"啊,啊,是双丰收啊……"

☆元旦要放假三天,大家都很高兴。唯雷女困惑。30号到办公室,雷女找到行政问:"明天是1月1日,但是是周五,我要不要来上班?"

行政回:"我们是按照国务院的规定来放假的,明天国务院说放假我们就都放假,你要来也没问题,你有钥匙,但我们不算加班费的。"

雷女得此回复更加困惑,返身离去,喃喃自语:"那么明天我到底要不要来上班呢?"

就此,这问题让其困惑苦恼纠结了整整一天。每一个从她身边经过的人都会被她拉住,被问:"明天我们要不要上班?"

每个人都给她回复道:"国家说放假我们就放假咯。"

终于到了五点,大家庆幸还有一小时就可以下班回家。雷女终于爆发了。

只见她站起来,冲办公室的全体同仁大叫:"你们还没有告诉我,明天到底要不要上班呢!顿时一半的同事做张口结舌状,一半的同事做以头抢地状。"只有总经理站起身,冷静非凡地回答她道:"我们是按照国务院的规定来放假的,明天国务院说放假我们就都放假,你要来也没问题,你有钥匙,但我们不算加班费的。"

雷女听闻,眨了半天眼,回:"那就是说,我明天可以不来哦?"

总经理回:"是。"

雷女做欢欣状,抚胸大快道:"那么我明天就真的可以不来了哦!"

总经理:……

☆海地地震,同事纷纷表示同情。

雷女道:"那些小孩好可怜,我都想收养一个非洲小孩子了。"

同事问:"你要收养非洲小孩干什么,是海地地震啊。"

雷女回:"海地满地都是黑人,不在非洲在哪里啊?"

同事咬牙切齿答:"在加勒比海……"

☆IT行业某公司的大龄女,大家喊她"女魔头"。她没有结婚,貌似也没有男友,她天天工作,估计没有时间恋爱,是个超级工作狂,天天加班到凌晨。传说中的她专横张扬跋扈专制,请看她的语录:

·精粹语录篇·

1."你们谁也别给我玩颓废,谁也别跟我玩报废,我比你们谁都颓废。"

2. "今天晚上不睡觉，尿血也要给我做完。"

3. 报题会时说："你们就相互抄袭吧，都说人和人在一起久了生活习惯就会相同，几个女人住在一起时间长了生理周期都一样了。"

4. 对设计说："你设计的这个视频不要太艺术，一定要庸俗，但是不能低俗，你要考虑观看的人群的整体水准。"

5. 对感情丰沛的编辑说："感情？感情能顶多少流量？"

6. "月底了，一定把流量做上去啊，立了一整月的牌坊，大家别晚节不保啊！"

7. "天寒不是寒，人心寒才是真正的寒啊。"

·工作语录篇·

1. 路过 A 身后说道："A，你别聊 QQ 了！"

A 纳闷："我没有聊啊？"

"现在没聊，以前没有聊么？"

晕死！

2. "我最看不上你们这些男人，加加班就这毛病那毛病，你看那几个女生也经常加班怎么就不生病？我们部门没有男人，也没有女人！"

有男同事听后不高兴，于是就说了一句："我们不是男人，我们是牲口！"

结果女上司得意地接过话说："我们部门只有男人和畜生！"

3. 抬头看到 B 微笑着看着电脑，训斥道："B，你现在在干什么？"

B："我？我在写 notes。"

"写 notes 还满面春风？我天天写 notes 怎么就没有表情？"

4. 会议中说："A 和 B 你们俩今天他闹肚子明天他不舒服，我就怀疑你们是串通好的，现在是什么时候了？咱们部门现在开始谁也不许生病！"

5. "你们总跟我说你们的工作总是被打断，我觉得工作总被打断的应该是我，昨天晚上 12 点多老总给我来电话，让我无论如何今天开这个会。"

6. 一天，同事 A 晚上 9 点多有事情需要走，于是跟女上司打了个招呼，女上司面露惋惜："噢，那好吧，今天就早放你两个小时。"

7. "×× 你的流量掉了你知道吗？3 天之内还没有涨回来，你就自焚去吧！"

8. "×× 你的流量马上让它涨回来。"

××："杀了我也不能马上涨回来啊？"

女上司："如果这样流量能涨，我还真的想杀了你！"

9. "这个问题能不能解决？"

同事 A："可以啊，给我点时间。"

女上司："时间，有时间我嫦娥二号都能做出来，给我去做流量。"

10. 一天，她又给某同事加任务，同事不满地说："我又不是机器人，我是有极限的。"

她回答说："机器人才是有极限的，人是没有极限的。"

某同事："我的精力是有限的。"

她："但人的潜能是无限的。"

想死的心都有，狂汗！

11. 她又给同事们安排额外的任务，同事们皱了皱眉头。她说："你们别这个表情好不好？像我把你们怎么样了似的，你们都受不了，一个个都是爹一样。"

12. 同事 A 已经请好假第二天就不来了，晚上下班的时候跟她说："我回去了，明天就不来了。"

"你工作交接了么？"

"都和 B 交接好了。"

"你明天再来一趟。"

"我明天还来做什么？"

"跟我交代一下工作。"

"我已经给你发了 notes 啊？"

"可我没有看啊？"

"你现在看一下就好了啊？"

"我现在没有工夫看，你明天再来一趟，几分钟交代清楚就可以了啊。"

"我明天不来！"

"女人要以事业为重！"

"我又不是女人！"

"是不是女人也要以事业为重，听我的没错。"

·爆笑片断篇·

1. 女上司："中午吃什么呢？"

A："我带的鱼，你吃吗？"

"吃你的？你的饭盒，你的筷子，我吃你的？我连我妈妈的碗都不用，我用你的？别自作多情。"

过了两分钟后。女上司："你今天真的带鱼了吗？"

A：看看她无语。

2. 快到中午了，她问 B："A 呢？我中午吃 A 的饭。"

B："你不怕吃到 A 的口水啊？"

她回答："口水？我连你们的白眼都吃过，还怕什么口水？"

3. "这次你们完成流量我就给你们买个……"想了半会儿，她自己接话，"算了，反正你们也看不上，你们工资都要比我高了。"

A 追问："你先说买什么吧。"

"我，以身相许……"

同事 B 说："你这哪里是奖励啊？这不是恐吓吗？"

4."这次周末大家去玩，我们部门的女生不许穿裤子，男生裤子不许在膝盖以下；女生要穿裙子，裙子不能膝盖以下，衣服要穿得像某某那样，露后背的，不能让别的部门再说我们部门的女生都跟我一样老土！"

5.年后她回公司对所有部门的同事说："我们部门结婚的女同事都不能怀孕，怀孕也要打掉！"

一结婚的女同事不满地说："这不违法么？"

"违法？违什么法，女人要以事业为重！"

6.在接一个领导电话的时候，很彪悍地吼："什么？让我表扬他？我不会表扬人的，我只会骂人！"

☆某男同事一直纠缠闺蜜，要和她发展关系，整天厚着脸皮找借口问她电话号码。闺蜜无奈，一摸口袋，上周家里老人5周年，去了次公墓，正巧买了一包面巾纸，上面有火葬场电话。遂把号码告知男同事。

隔天某男非常迷惑地向大伙诉说，打电话询问小姐是否在？对方回答："是昨天以前送来的么？昨天以前的已经烧掉了，今天的还没进炉。"

大家工作一起吃工作餐。一天中午吃麻辣豆腐，男说："豆腐不够吃。"女说："那你吃我的豆腐吧！"男说："你的豆腐真好吃！"

☆职员："先生！"

老板："什么事？"

职员："我老婆让我来要求您提拔我。"

老板："好吧！我今晚回家问问我老婆是否能提拔你。"

☆约翰对朋友说："我底下有几千名办公人员。"

朋友："那你的职位一定很高吧。"

约翰从容不迫地答："我的办公室在29楼嘛。"

☆数年前在公司做文秘，内急，慌忙冲向厕所，发现女厕所门门虚掩着，因厕所为单坑，未敢贸然进入，遂敲门试探，只闻一女声从容答道：请进！

☆某公司经理叫秘书转呈公文给老板：

"报告老板，下个月欧洲有一批订单，我觉得公司需要带人去和他们开会。"

老板在公文后面短短签下："Go a head."

经理收到之后，马上指示下属买机票，拟行程，自己则是整理行李。临出发那天，被秘书挡了下来。

秘书："你要干什么？"

经理："去欧洲开会啊！"

秘书："老板有同意吗？"

经理："老板不是对我说 Go a head 吗？"

秘书："来公司那么久，难道你还不知道老板的英文程度吗？老板的意思是：去个头！"

☆某兄喜欢吃鱼。沃尔玛的鲈鱼9块钱一斤，要是死了放冰上的就7块两条，一样新鲜。某兄下班，就赶紧跑去买，还是经常被人买走了，某兄就站鱼缸前等啊，有时候半天都不死一条。某兄就用网进去捞，用把手敲鱼的头。服务员实在看不下去了，过来跟该兄说："先生，昏过去的不算……"

☆不好，电脑中病毒了。这天我一打开电脑便发现鼠标移动十分困难，再打开任务管理器一看，CPU 使用率竟然达到100%。

"你这是中病毒了，快杀呀。"美女同事凑了过来，"你让开，我帮你弄弄。"美女同事是学计算机出身，为人热情，单位里谁的电脑出现了问题，她总是第一个赶到。

我赶忙让开位置，美女同事一屁股坐到椅子上："你没装杀毒软件？我帮你下载一个吧。"说着使劲的拖动着鼠标，屏幕上的指针慢吞吞的移动着。

她费了好大劲儿终于打开了 IE 浏览器，进入华军软件园后正准备下载金山毒霸。这时那病毒仿佛预感到危险即将来临，拼命地发作，鼠标指针立马卡住，怎么摆弄也动不了。"死机了。"美女同事摇摇头，无可奈何只好重新启动电脑。

再一次打开计算机后，这下屏幕上的指针动了，不过这次可没人去动鼠标。美女同事深吸一口气说："好狠的病毒。"这时电脑又死机了。

"你等一下，我去拿杀毒光盘来。"美女同事急匆匆地跑到她位置取了张光盘过来，塞进我的光驱。然后进入 DOS 界面开始查毒。查出病毒数为0，屏幕上显示着。这可怪了，美女同事皱起了眉头："我帮你把系统还原一下吧，上次你有做备份吧。"嗯，我点了点头，不过我在为这几日新做的文件心痛。

岂不料这病毒竟然顽固的惊人，系统还原后再次进入 Windows，依旧跟刚才一样，鼠标还是动不了。美女同事大怒："让你牛，我把硬盘格式化了，重装系统，看你再怎么牛！"说着转头望着我说，"反正系统都崩溃了，重新装系统你没意见吧。"

我心痛地说："……没意见。"

……正在格式化 c 盘……正在复制系统文件……

好不容易重装好了，美女同事松了口气，再一次进入了 Windows 界面。不过怪的是鼠标仍然动不了，依旧是死机的样子，美女同事顿时目瞪口呆。

在旁边的我终于看明白了，伸手拍拍美女同事的肩膀，沮丧地说："好妹子，麻烦你了。现在你可以去休息了，我看是我的鼠标坏了……"

☆一位上司很生气。他看了看手表对一名下属说道："你现在可以解释一下你为什么老是迟到了吗？不过，请千万别找任何愚蠢的借口！"

"很好。"这名下属抱歉地回答道，"下面的电梯里写着'仅用于12个人'，您知道，要找到另外11名同时乘坐电梯者需要花费多少时间吗？"

☆记得刚来公司初次见领导的时候，领导把我叫到办公室说跟我谈一下以后的工作情况。见我站着，领导指着桌前的椅子说："坐。"我坐定。领导先问："喝水不？"答曰："不喝。"

只见领导按下电话上的免提对前台说："给我冲杯咖啡来。"我心想，这领导也太客气了，我连忙对领导说："X总，不用麻烦了，我不喝。"

领导先是愣了几秒钟，然后大笑："臭丫头，我是给自己要的，你想得还挺美！"

一次，帮领导准备一份资料。十分钟后，我拿着资料让领导审查，审查完毕，领导挑出不少错误。我马上拿去改过，十分钟后，让领导第二次审查，又是一处不该犯的错误，领导不悦："做事要仔细一点哦。"我点头，马上去改，途中我想，这次一定不能让领导再挑出错误，二十分钟后，我自信的把文件第三次交给领导，领导看后，满意地点了点头，告诫我以后做事不要着急，不要浮躁。我一副痛改前非的样子说着领导放心之类的话。领导笑着说："没事了，你去忙吧。"于是乎我转身离开，刚转过身走了一步，就觉脚上好像有什么东西牵着一样，还没等我反应过来，只听见一声巨响，领导的电话机，连同咖啡杯一起掉到地板上。我汗……我的鞋跟绕上了领导的电话线。我连忙帮领导把东西整理好，红着脸说："对不起X总，我不是故意的。"领导倒也大度，说："没事。"我松了一口气："那我先回去了。"转身一走，只听又一声巨响，领导的电话机和咖啡杯又一次掉到地板上。我狂汗，我忘了把那该死的电话线从鞋跟上拿下去……

☆员工："老板，明天我想请一天假。"

老板："你想请一天假？"

员工："嗯。"

老板："你还想向公司要求什么？一年里有365天，52个星期。你已经每星期休息了两天，

共104天，还剩下261天工作是吧？"

员工："嗯。"

老板："你每天有16个小时不在工作，去掉174天，还剩下87天是吧？"

员工："嗯。"

老板："每天你至少花30分钟时间上网，加起来每年23天，剩下64天是吧？"

员工哑。

老板："剩下64天。每天午饭时间你花掉1小时，又用掉46天，还有18天是吧？"

员工无言。

老板："通常你每年请两天病假，这样你的工作时间只有16天。"

员工无语。

老板："每年有5个节假日公司休息不上班，你只干了11天。"

员工……

老板："每年公司还慷慨地给你10天假期，算下来你就工作1天。"

员工……

老板："而你还要请这一天假？不准假，回去吧！"

员工转身回去了。

☆昨天来了个老外，进到办公室，前台小姐左看右看，大家都在打游戏，只有自己比较清闲，于是面带微笑的上前搭话：

前台小姐："Hello."

老外："Hi."

前台小姐："You have what thing？"

老外："Can you speak English？"

前台小姐："If I not speak English, I am speaking what？"

老外："Can anybody else speak English？"

前台小姐："You yourself look. Al lpeople are playing, no people have time, you can wait, you wait, you no twait, you go！"

老外："Good heavens. Anybody here can speak English？"

前台小姐："Shout what shout, quiet a little, you on earth have what thing？"

老外："I want to speak to your head."

前台小姐："Head not zai.You tomorrow come！"

☆接到一业务电话，新加坡来的。对方开始讲英语，后来变成汉语，原来人家汉语讲得不错。最后挂电话的时候问我贵姓，要给我发传真。俺告诉他："别客气，我姓陈，尔东陈。"

过了一会儿，秘书说有一份传真不知道给谁的，俺过去看了一眼，差点晕倒。传真上赫然

写着：

Attn：Miss Chen Er dong

Subject：……

☆跑去同事的办公室，发现她的电脑正躺在桌子上，她人正在上网。一只手拿鼠标，一只手拿了一支铅笔。再仔细一看，她的电脑机箱是打开的。原来她正用手中的铅笔拨那个CPU的风扇，拨一下，风扇转一会儿，然后停下来。她又继续再拨，同时也在浏览屏幕上的网页。回头看我来了，沮丧地说："偶的CPU风扇不转了……"

☆老板面对总是有很多小问题的员工："知之为知之，不知百度知。"

☆老板："今天发工资！"

大家："Oh，YEAH！"

老板："后天中午为了庆祝我儿子考上××大学在××大酒店摆两桌，大家务必都到啊！"

大家："Oh，NO！"

☆每次想多要点工资，老板："慢慢来嘛，年轻人不要浮躁嘛！"

老板回答我为什么不招新员工的时候就说："能节约还是要节约，不富裕。"

老板："嘿嘿，我让你叫我军阀，我让你觉得白色KB。"

☆我："头，我想加薪。"

头："你加不加薪是我该考虑的事情。"

我："我呢？"

头："考虑工作的事情。"

☆大家想出去玩，给头申请。

头："某某某（负责部门账务的同事），看看账上有多少的罚款了？"

某某某："×××元。"

头："哦，大家少安毋躁，等会儿我再罚几百就可以了。"

☆每次出差，老板第一个电话第一句话："那边怎么样？"

BOSS："这个××事怎么没有做。"

我："啊，我忘了。"

BOSS："你怎么不忘了吃饭？"

我："肚子会饿。"

BOSS无语中！

☆一次我们项目部会餐，我们头多喝了几杯："大家好好干，多加加班，等把节点工期赶出来，项目部出钱大家去黄山旅游。"

大家："好好，那我们再敬领导杯酒。"

……

一个星期后，节点工期完了，早会上，我："头儿，咱们几号去旅游啊？"

头儿："去哪？我怎么不知道。"

大家："上次会餐您说的，把节点工期赶出来就集体去黄山旅游。"

头儿："噢，噢，噢，对了，我是说了，但我是说下个节点工期。"

大家：（沉默）……

☆老板："跟你讲话，就像鸭同鸡讲！"

老板的一句口头禅："找到客户就什么都好商量！"

☆一个同事刚辞职一个来月，回来向老板要剩下的工资。

老板："现在的公司还好吧？"

同事："跟这里差不多."

老板："现在知道了吧，天下乌鸦是一般黑的！"

众同事晕。

☆我们老板经常看到谁的文案废话连篇的时候这么说："最烦你们这些写流水账的，一点儿技术含量都没有！"

☆老板一时兴起，非要和采购一起出去买椅子。讲价……从200非要讲到180。卖家不肯卖，说："不行啊，这本来就已经是清仓的价格啦，我们都亏死了！！"

老板说："你就卖给我们吧！我们180都出了，你还舍不得那20块吗？"

然后，在接下来讲价中，他把上面这句话重复了10+N次，终于成功购入！回到公司，还沾沾自喜了半天。

☆那天和小老板吵架，老板劝我："有争吵才会有进步呀！"

☆前一段时间老板和老板娘闹离婚，老板娘手机铃声《离歌》，老板说那就是歌颂离婚的歌。

☆我们老总："如果我不喜欢你，我就会在你家门口狂丢烂白菜……"

☆一件小事没办妥，老板："你说你有什么理由！"

我低着头，刚有想解释的预兆，老板："你没有理由！"

于是我继续低头，不语。

老板："你看，没理由了吧！"

我心里那个寒啊……

☆我们老板，我忘掉他跟我说什么了，就记得他边大笑边用报纸狠拍我的背，瞬间，背断了……

他下手咋不分轻重啊，而且巨讨厌别人拍我，恨！

☆老板如是说："你们工作别老是为了钱嘛！"

☆一次星期六开会，在会上说："对不起大家了，今天银行行长不在不能签名，大家168元的红包就当已经心领了。"

☆不要问公司能给你什么！要问自己能给公司带来什么效益！

☆老板急匆匆叫我跟他一起出去，出去后才知道是去银行办事，走的急没拿包，身份证在里面。

老板说："你以为我叫你出来逛街吗？"

汗……

☆Boss用我的身份证开了临时户头，给里面转了十几万，取钱的时候废话超多。我埋怨说："你再说我就去给户头挂个失，让你一分钱都取不出来！"

Boss说："十几万不值啊，再说了，你长的这么奇特，跑哪都能把你抓回来！"

☆昨晚加班到晚上10点多，还没有下班。于是就给老婆发了条短信："亲爱的，我还没有下班，你睡觉了吗？"

短信发出去后不久，收到回信，是经理回的："你小子还没有下班啊，下次别叫我亲爱的，被我老婆看到就麻烦了，我的性取向很正常！"

我当即晕了，之前那条消息居然错发给我们经理了，真是丢人得不行，赶紧再发了条短信给经理说是发错了短信，说我性取向也正常，没有打算要跟他成为同志。

晚上回到家跟老婆说了这事，把她笑翻了。

真是丢脸啊，今天上班看到我们经理，都还是觉得很丢脸。

看来昨天加班太晚没有睡好，刚才居然又发错消息了，这次是在MSN上。

我正跟同事在MSN上聊昨晚发错手机消息的事，聊到一半的时候，接了个电话，就顺手把和同事的聊天窗口关了。接完电话后，点开同事的名字，继续聊，没想到是点开了经理的MSN：

我："刚才说到哪儿了？"

经理："what？"

我："昨晚发错消息的事。"

经理："没关系。"

我："是没关系，不过很丢脸的，继续讲给你听吧。后来那蠢蛋回我消息说，他的性取向很正常，肯定是把我当成同志了，真是蠢蛋。"

经理沉默了半天，估计是看到消息已经郁闷得不行了："看清楚点，我就是那蠢蛋！"

这下轮到我崩溃了……现在都还没敢再跟经理打招呼……

估计经理也崩溃了……

真是晕，我经理在MSN上叫Terry，那个跟我聊天的同事叫Terey……

☆大学毕业到一外资企业上班，专业也对口，一天上司要我写一份成本差异分析报告，本人洋洋洒洒写了两张纸，自认为很"专业"，但交给上司后，上司很不满意，说道："你分析地太'专业'了，好资料要做到傻子也能看得懂！"不禁郁闷，只恨自己智商太高。

☆同事初为人父，兴奋地跟大家讲述着儿子的种种。谈到血型："我家祖孙三代都是O型血，没想到我生的儿子却是AB型的，哈哈哈！"同事们猛然惊愕！

最牛的应聘者语录

☆有一个人很笨总找不到工作。一天他到肯德基面试。经理问："你有什么特长？"他说：我会唱歌。于是他清清嗓子唱道："更多选择更多欢笑尽在麦当劳……"

☆职业介绍所职员："请问您的学历？"
失业者："人生大学生存竞争系修学生。"

☆早上参加了交警大队的面试，主考官问我："本市的道路开挖分几期？"
我回答："三期"
主考官点头，再问我："哪三期？（具体时间）"
我很傻很天真地回答："第一期，第二期，第三期！"
八个考官全体笑翻……

☆一公司待遇颇丰，展位前人头攒动，很多应聘者被直接拒绝。一位老兄在人群中杀开一条血路，挤到桌前，挥舞双拳大吼一声："你招还是不招？"

☆到招聘会，见展位就投简历。其中一个展位实在没的投，直接投了个招副总的。招聘的MM看着我说："你觉得我们现在就把这个公司交给你，我们放心吗？"
我说："有啥不放心的，我们是双向选择嘛！"

☆到一外企应聘，人家问我选择理由，神差鬼使的，我竟然说了句："师夷长技以制夷！"遂被当场赶出。

☆面试官："你认为自己有什么优势？"
学生："我的优势很多。我的记忆力超好，曾经背过牛津大词典，第606页右边第十一行那个单词是Shit，共有66页。我的组织能力也很强，每次班里的酒会都是我组织的，我还有很强的领导能力，每次跟邻班的哥们挑CS，我带领班上的兄弟总拿冠军。"
（面试官估计崩溃了，这哥们口才一流，只是偏离了重心）
面试官："你会韩语吗？"
学生："会！我大学四年四级都没过，主攻韩语，我喜爱看韩剧，我了解韩国文化。"
面试官："那你用韩语自我介绍一下吧！"
学生："啊啦呕西呕……这、这……这怎么说啊！"
（学生面露难色，雷的面试官汗水直飙）

☆学生："为什么你们的违约金比其他公司高。"
面试官："如果我们不收取更高的违约金，岂不是人都跑光了。"

☆学生："你们是来招聘的吗？"（一美眉站在招聘会上问一家公司的负责人，我们都给她镇住了，太有档次的问题了。）
面试官："不招！我们不是来招聘的，我们是来做宣传的。"（我已经窒息了，两腿一软差点要昏厥过去，你不来招聘你跑招聘会来干吗？后面都排了几百人队了）

☆面试官："你对我们公司有了解吗？你能说出我们的几个战略产品吗？"（一重工集团的面试官问学生）
学生："当然。我关注贵公司许久了，我每天盼望着能来参加你们公司的面试，能来贵公司是我最大的荣幸。你们公司自上市以来，在短短的时间内，就研制出具有世界高端水平的电脑芯片……"（继续眉飞色舞，面试官只恨没带把菜刀，现在连抹脖子的机会都没有了，带把雨伞也行啊）

☆学生："小姐，请问你为什么将我们的简历丢在垃圾桶里？"（一个女生看见招聘人员把刚收的一大堆简历扔在身边的垃圾桶里，只拿走一小部分，奇怪地问道）
面试官："我们公司只招8个人，你看这里至少800份简历，你认为我们有这么多时间来看你们的简历吗？"
学生："把简历还我！"（其实那位女生的简历在最上面没有被扔掉，仍然坚决的拿回了简历，我也是其中一个）

☆面试官："请你自我介绍一下，一分钟！"
学生："我叫××，来自××大学，兼985

国家重点大学。我是校学生会主席。"

面试官："暂停！暂停！我很惊讶，十分钟前你们学校的学生会主席已经来过了！"

（招聘会上做假信息的比比皆是，这个假就太离谱了）

面试官："你的外语如何？能进行日常的交流吗？"

学生："通过六级，我的英文名叫Jay，what is you name？"

☆A：请简要介绍一下你自己。

Q：简历上都有，写得很详细。

A：你的简历有些什么值得特别关注的吗？

Q：封面比较漂亮，花了两元做的。

A：你为什么对这份工作感兴趣？

Q：人不能没有工作，找到一份先干着。

A：你跟其他的应聘者相比有何优势？

Q：我不认识他们。

A：你最大的优点是什么？

Q：老实，领导说干什么就干什么。

A：那么你最大的弱点是什么？

Q：太老实，领导说不干什么就不干什么。

A：为什么你认为自己适合这个职位？

Q：你们招聘广告上只有这么一个职位。

A：你的短期和长期目标是什么？

Q：短期目标是生存下来，长期目标还不知道。

A：列举一个体现你有领导能力的例子。

Q：在大学时，每次打牌都是我组织的。

A：你为什么学这个专业？

Q：瞎选的。

A：你大学阶段最大的遗憾是什么？

Q：钱不是很够花。

A：我为什么要从这么多应聘者中选你呢？

Q：你的问题为什么要我来回答。

A：你对这份工作有什么问题要问？

Q：加班的话有没有免费盒饭提供？

A：你去年的收入是多少？

Q：我去年玩了一年，没有收入。

A：你对于报酬有什么样的期望？

Q：我的期望是尽你们所能给得越多越好。

A：你觉得自己最大的成就是什么？

Q：在这个世界上活了这么多年还没有死。

A：如果你不同意上司的某个要求，你怎么做？

Q：同意。

A：怎样在一堆做不完的工作中区分轻重缓急？

Q：反正做不完，区分出来又有什么用？

A：为什么下水道的井盖是圆的？

Q：它总得有个形状吧。

A：哪些因素可能会让你失去动力或信心？

Q：奖金比别人的少。

A：团队工作和独自干活哪样效率高？

Q：那要看干什么活了，泡MM就不能团队工作。

A：你曾经做过最难的决定是什么？

Q：别人约我去做不道德的事，我考虑去不去。

A：你理想的工作是什么？

Q：我说了你能帮我实现？

A：如果你的下属各方面都比你强，你怎么处理？

Q：设法把他调到别的部门。

☆问：有一天，你接到一个客户打来电话，告诉你她的计算机不能上网了，请你分析，造成她网络故障的原因主要在哪里？请详细叙述你针对每一个故障是如何排除的。

答：一定他不懂网络是主要原因，要不就是电信的问题，至于故障排除就不用问我了，不关我的事。

☆问：什么是代理服务器软件，NAT技术和代理服务器软件有什么关系，常用的代理服务器软件都有哪些？请详细叙述他们之间的不同。

答：这个不是我的专长。

☆问：交换机和HUB之间有什么不同？请问什么情况，最容易造成交换机死机（除去硬件故障）？你是如何分析遇到的这种情况的，你该如何排除？

答：在同一类型的情况下交换机要比HUB贵，一分钱一分货。

死机的原因是天热，人热了也要中暑的嘛。

☆问：有一天，你接到一个客户的电话，客户向你投诉你们的维护质量问题，而且客户非常的生气，请问你遇到这种情况，该如何解决？

答：我会心平气和地告诉他，他打错电话了。

☆问：请详细叙述，你离开上一个公司的原因。并结合这次事件，请你分析一下，你个人方面的原因或过失主要有哪些?

答：原因很多，主要的是收支严重不平衡，我才换了个女朋友，工资不够我花。

☆问：有一天，一个客户向你详细的询问她该如何将计算机利用起来。遇到这种情况，你该如何处理？你给客户的具体的建议是什么？

答：顾客你好！我可以给你提供一整套方案，但是我家有3张口等我吃饭，你说这问题怎么解决。

☆问：有这样一个人，他大学毕业就进入到一家网络公司担任客户服务技术人员，在他任职期间，他所在的公司经历了几次非常严重的经营不景气情况，期间他的好朋友一直都力劝他离开那家公司，但是他都没有听从，反而工作更加努力，承担了更多的事情。请问，你认为他在这个单位工作5年以后会达到一个什么样的状况。对于他的这种做法，你是怎么样认为的，请详细叙述。如果是你的话，你又该如何去做？

答：据我跳槽的经验来看，一般在一个公司待不到两年，不是我炒老板，就是老板炒我，所以，我认为他自信心不足。

☆问：某一天，没有任何客户，这一天你准备怎么安排？

答：看报纸，丰富我的知识，给自己充充电。

☆问：在具体的工作中，如果遇到一个你从来都没有遇到过的故障，你该怎么处理？

答：有句话说得好，我不修理它，谁修理它。

☆问：如果客户的计算机需要重作系统，在格式化硬盘前，需要做哪些工作？

答：找个启动盘，最好是有FORMAT的。

☆问：在这么多年的学习和工作生涯中最让你骄傲和自豪的是什么事情。

答：我行！我可以！

☆问：在杭州90后飙车案中，从交通安全角度，如何看待电动车和汽车的区别？

答：相信两轮的电动车，20千米/时的速度，你连一只飞速奔跑的狐狸都追不上，永远也不会有机会到5米高空看风景。

☆三国中的名人诸葛亮、神话故事中的牛魔王、网络红人芙蓉姐姐和你一起竞聘这个岗位，你认为你们几个人谁更适合？为什么？

答：请刘备、孙悟空、芙蓉姐夫给我评评理，以他们的成就和地位，压根儿没必要和我争这个位子！

☆假如你到一家在第48楼办公的公司应聘，该公司面试主管说："假如你能从这48楼跳下去，还摔不死，我就给你工作，你怎么回答？"

答："你先试试，要是你敢跳下去还没摔死，我也免费跟你干！"

☆如何帮助你所辖区域的专卖店在流感高发期策划一个方案，把电动车卖给常坐公交车这一接触高危公共场所的人群？

答：在公交车上和朋友大谈因为没钱买电动车骑着上班，又有多少人在公交车上传染患了流感，说完还咳嗽几声。

☆假如销售总监给你一个任务，要求你在美国总统奥巴马访华期间，成功地把电动车送给奥巴马，你只有一天时间，你将如何做？

答：绝对脑残的问题，出考题的人电话号码是多少，约出去暴揍一顿！我能把车送给奥巴马还用得着来这里面试？

☆你是怎么看待"范跑跑"现象？如果他来买车，并要求给他优惠，你会答应并卖给他吗？为什么？

答：做生意当然是只认钞票不认人，要是猪坚强有钱来买，我都卖给它，优惠嘛，猪坚强来还可以谈，范跑跑来，没卖他贵已经对得起他了。

最令人发指的求职简历

☆面试人员给两位前来应征的男士一张履历表……主考官看完第一位填好的简历半天没说话，董事长差点就呕吐了。他是这样填写的：

姓名：英文的还是中文的？

年龄：这是私人问题。

身高：这跟工作有关系么。

体重：随时改变，饭前饭后都不同。

居住地：那是一个特别的地方，我生命的舞台。

电话：爱立信手机。

电子邮件：只留给漂亮和富有的女孩。

上班时间：越短越好。

应征职位：找一个不做什么实事，但能被美女包围的职位。

学历：毕业于一个你找不着的大学。

语言能力：侃大山是专长。

兴趣：睡得天昏地暗。

生日：正月初七。

经历：游戏人生。

曾任职位：高级的或者低级的都是一种经历。

婚姻状况：我正在寻找漂亮又富有的女孩，希望在你们公司能找到。

未来期望：只负责主席台讲话，并且希望尽早退休。

希望待遇：比实际工作量拿得多就行。

☆接着，他们再看第二位应征者时，主考官眼冒金花，董事长更当场晕倒：

姓名：父母取的。

年龄：不小了。

身高：很高。

体重：中等。

居住地：家里。

电话：在身上。

电子邮件：朋友帮我申请的。

上班时间：8 小时。

应征职位：一位。

学历：如果毕业的话有高中学历。

语言能力：有。

兴趣：很多。

生日：还没到吧！

经历：刚来的时候摔了一跟头！

曾任职位：小学时当过少先队小队长喔！

婚姻状况：父母已结婚。

未来期望：再找好工作。

希望待遇：希望大家都很疼我。

☆佛罗里达一位 7 岁的男孩的真实求职申请信，一公司雇佣了这位男孩，源于他太老实太有趣了。

姓名：gregbulmash

性别：还没有过，正在等我的那个她。（性别和性的单词都是 sex）

申请职位：总裁或者副总裁。但是说实话，什么职位都可以。如果我有选择的权利的话，我也不会写这封求职信。

期望薪水：年薪 18.5 万美元，另加内部认股权以及 michaelovitz 那种离职补偿金，如果这不可能的话，出个价咱们商量！

教育程度：受过教育。

前工作岗位：中层领导的出气筒。

工资：远不能体现我的价值。

最卓著的成就：我偷过数量众多的钢笔和便签本。

离职原因：不爽。

可工作时间：随时都可以。

最佳工作时间：下午：1：30—3：30 逢周一、周二和周四。

你有什么特殊技能吗：当然，但不适合公众场合展示。

我们可以联系你的前雇主吗：如果我有前雇主，我干吗来这？

你有哪些身体疾病阻碍你举起 50 磅吗：50 磅什么东西？

你有汽车吗：我觉得更恰当的问题是，你有一辆可以正常行驶的车吗？

有得过任何奖励和赞誉吗：我可能已经是彩票大奖获得者了！

是否吸烟：工作时不吸，休息时吸。

五年之后想做什么：与一个腰缠万贯的不会说话的性感金发超模居住在巴哈马群岛，她还把我当成有史以来最伟大的人物。事实上，这也正是我此时想做的。

你保证以上内容是真实有效的吗：绝对没错。

签名：白羊座。（签名的单词 sign 同时也有星座"宫"的意思）

☆个人简历

本人大专毕业，身高 180 米，五官端正，身体健康，精通电脑、编程等。今闲置在家，希望需要人才的各界老板与本人联系：

下面是本人的具体的长处介绍：

可以为爱喝酒的老板开车子；

可以为爱请客的老板发帖子；

可以为闹诉讼的老板写状子；

可以为搞筹划的老板出点子；

可以为怕事儿的老板壮胆子；

可以为逃债务的老板兜圈子；

可以为追债务的老板操刀子；

可以为没门卫的老板看厂子；

可以为搞营销的老板扯幌子；

可以为没性格的老板耍性子；

可以为开饭馆的老板刷盘子；

可以为做广告的老板画牌子；

可以为喜滋事的老板生乱子；

可以为善撒网的老板管绳子；

可以为效益差的老板找路子；

可以为慕虚荣的老板挣面子；

可以为缺哥们的老板拉杆子；

可以为作房产的老板卖房子；

可以为大企业的老板管班子；

可以为好打听的老板做探子；

可以为智商低的老板想法子；

可以为想登天的老板架梯子；

可以为搞出口的老板骗鬼子。

附言：

论智商，10 个脑筋急转弯的题，8 个我能立马解答；

论学识，10 岁时，我已经读了 8 年的书；

论文采，10 分钟内，我可以口述一篇命题短文，照录下来，最多改 8 个字就可以拿去发表；

论记忆力，10 个电话号码只报一遍，我能记住 8 个；

论耐力，上午 10 点的尿，我可以坚持到晚上 8 点再撒；

论专业技能，买 10 只股票，8 只在一年内可以翻一番……

眼下的我：

10 天有 8 天吃不饱饭；

10 个月才挣到 800 块钱；

10 个朋友，有 8 个是我的债权人；

10 月份，还用着去年 8 月份的牙膏；

10 个晚上，有 8 个晚上被"饿梦"惊醒；

10 次应聘，有 8 次连面试的机会都得不到……

未来的我：

10 个人，有 8 个认定我将大有作为；

10 个招考官，有 8 个都不如你英明；

有了你，10 个梦想，我至少可以实现 8 个……

相信您的信任与我的实力将为我们带来共同的成功！或希望我能为贵公司贡献自己的力量。

☆尊敬的领导：您好！

我叫×××，是 xx 大学 ×× 学院 ××× 科学与 ×× 研究中心 ×× 级硕士研究生。从校内网获知您单位的招聘信息，因为想和你们一起就"牛"，就递上这份简历！

我出生于一个农民家庭，贫困是我最大的财富。童年就开始下地干活儿，施肥、锄草、收割等，有时夕阳落尽才回家，有时披星戴月。我骨子里深深刻着农民艰苦朴素、吃苦耐劳、诚实勤快等精神。

大学期间，非常珍惜来之不易的学习机会，高度自我激励，思想积极上进，学习刻苦努力。具有良好的物理知识结构和一名合格教师的资格。为了完善自我知识结构，我还自学了商务英语、英语托业课程和英语口语课程、文学和写作。具有良好的口语表达能力和中文写作能力。在做学生会工作期间，我工作认真，成绩优异，以锐意进取和踏实诚信的作风及表现赢得了老师和同学的信任和支持。同时培养了我良好的沟通能力、交际能力、协商能力、策划能力、组织能力等；同时也让我看到了团队的魅力和协作的重要性。

研究生阶段在中国原子能院国家重点实验室完成国家自然基金项目（×××××××），××× 年开始处理实验数据，通过老师的指点、师兄的帮助和自己的努力，提出 xxxxxxx 存在 x 级形变，这是一种很新颖的物理思想，得到导师和同行的认可，相关成果以第一作者的身份投到 High Energy Phys. And Nucl. Phys. 除此以外还参与了另外一项国家自然科学基金（×××××××）的协作工作和教育部本科生科研培训计划项目（×××××××）的指导工作。这些工作培养了我阅读文献的能力、捕捉信息的能力、良好的洞察能力、分析问题、解决问题的能力、创新能力和独立工作的能力。

××× 年 × 月在中国科学院近代物理研究所参加全国核物理大会，让我亲自体会到学术大师严谨认真的科研态度和谦虚热情的高尚品格，这些对我今后学习工作产生了极其深远的影响。×××× 年 x 月份参加国家自然科学基金委和世界核大学承办的核能与核工程暑期学校，让我学习了不同高校学生的优点。

我曾举牌儿站过家教，摆摊儿卖过蔬菜水果，蹬三轮车推销过饮料，利用假期办过辅导班等来挣自己上学的费用。被城管没收了蔬菜我也曾十分无奈，我也曾一次次摔倒过，但不管摔的如何，从哪儿摔倒，又从哪儿坚强地站了起来，继续前行。这些经历培养了我敢闯，敢于冒险和永不屈服的精神，也让我学会了遇事要冷静思考且灵活处理。

作为一名应届毕业生，我以快速的学习能力、十足的干劲和努力快速完善自我，成为您单位一名合格的普通员工。也许我不是最好的，但我绝对是最努力的！

此致

敬礼！

您未来的员工：×××

☆史上最牛求职信

1.从事安防门禁行业，开发设计、生产、销售10多年。

2.精通MCS51系列单片机硬件软件技术。独立开发设计过多款门禁控制器，楼宇对讲门铃软硬件。部分已申请专利。

3.会C++Builder编程技术。

4.开车、采购、网络营销、售后服务等都会。

5.自主创业做生意，金融危机不好做（自己资金太少，竞争不过大企业）。可以带技术合作，也可以上班打工。开发、销售、采购、管理各工种都可以，也可兼做几个工种，全由用人单位安排。

6.带技术合作，不考虑只有一个股东的独资企业（或亲戚合股的企业）。上班打工不限企业。

申明：

1.由于自主创业没有成功，不想多说其他，如贵单位有意愿，俗话说"真金不怕火炼"，本人可先为贵单位免费试用几天（也可以约定免费试用期限等）。如认为对贵单位有用，签订合同。如没有用，分文不取。

2.带技术合作，可以先免费试用部分产品，

贵单位确认我可以帮贵单位挣到钱，再谈下一步合作计划。

问题解答

1.为什么自主创业要放弃？

答：自己资金太少，金融危机不好做，是其一。本人技术、工作能力等，自主创业不能更大的发挥，挣钱重要，但理想不能更好实现总是一大憾事。

2.为什么简历写得这么简单，连工作经历、教育背景二栏都不填？

答：真金不怕火炼，过往的历史总是过去，有多少大学本科、研究生出来，除了纸上谈兵外，干实事，什么都不会！还不如一个中学生。能不能干实事完全取决个人努力（华人首富只是高小生，有谁能说他不如学校出来的高材生会管理，会经营）。用人单位可以免费无风险试用。真金白银就在眼前，相信用人单位不会再带把尺子去给自己买鞋。

3.有人说，就算试用不用工资，但用你要投资，如失败，这个损失就大了？

答：用人单位可以把要做的项目，先分成小部分，然后步步放大，前期用不了几个钱，只是少抽几根烟而已。如用人单位还是有疑虑，前期资金可以由我来代出，双方制定检测投资能挣到钱的方法。成功用人单位把这个钱支给我，然后大家再签订用人合同。不成功用人单位什么损失都没有！

4.用人单位为什么要给你一个机会？

答：首先，用本人只有利没有任何风险。免费无风险试用直到认为本人能为贵单位获利为止。用人单位为什么不给自己一个机会，也给我一个机会呢？

最让人哭笑不得的年终总结

·一个男人写给老婆的年终总结·

☆尊敬的老婆大人：

过去的一年中，我在您的直接领导下，在岳父岳母的英明指导下，在大小姨子的集体关怀下，遵照您的指示，按照您的部署，兢兢业业、恪尽职守、摸爬滚打、积极进取，各项家庭工作均取得显著成效。据统计，至去年底，咱家的银行存款、股票市值、固定资产三项指标分别比前年增长了8%、9%、10%，超额完成了去年初制定的"三项指标增幅要达到5%"的任务，同时咱家还被本胡同评为"五好家庭"，我被本楼道评为"最称职老公"，您则光荣当选"最幸福太太"，实现了物质文明、精神文明的双丰收。

现将本人一年来的工作情况总结如下：

一、以"服务夫人"为工作重心，抓好家庭日常工作。

二、以"夫人旨意"为工作重点，抓好家庭经济建设。过去的一年中，我认真贯彻夫人去年初作出的"要把家庭经济搞上去"的重要指示，采取得力措施，加大工作力度，狠抓经济建设，终有所成，家庭三项经济指标均比前年大幅度增长。

我的主要做法是：

严格遵守财经纪律。去年，我不折不扣地执行了工资、奖金等主营收入悉数上交，再由夫人回拨零用钱的收支两条线政策，其余副业收入纳入预算资金管理，向夫人打报告审批使用，在过去的一年中，由于我财经纪律做到了不截留挪用，不挤占乱花，不隐瞒收入，不设小金库，使夫人总揽大权的地位得到了进一步巩固，家庭收入管理规范，资金专项使用。

厉行个人节约，注重自我节流。过去的一年中，我戒烟、戒酒、戒茶、戒零食、戒请客，总之，将个人吃穿用度费用降至最低，每月零用钱均有剩余。近日在网上看到一款爱国者的数码伴侣王，不但外形精美，而且功能强大。待积蓄一定时日，将购买赠与夫人，既增加家庭固定资产，又给夫人带来惊喜，一举两得。

积极探索，广开财路。一是充分发挥自身所长，笔耕不辍，投稿报刊、杂志赚取稿费。二是深入领会《麻将制胜大全》要点，掌握制胜技艺，与同事亲友小赌怡情，胜多负少，小有收获。三是苦心钻研炒股方法，向夫人申请专项资金投身股海，一级市场守株待兔，二级市场低买高卖，一年下来赢利颇多。

三、以"夫人喜好"为出发点，抓好家庭安定团结。

过去的一年，我始终以"夫人喜好"为标准，一切听从夫人，听从夫人一切，不断规范自身行为，搞好家庭安定团结，主要有：

婚前死党小黄、小李、小谢、小军、小杨诸人一向好吃懒做，行事全无章法，经常来家骗吃骗喝，以夫人不喜，我遂将彼等列入损友名单，遂一割袍断义，中断往来（注：小李因欠我债务的缘故，暂还保持联系）。

过去我好吸烟，一天两包不在话下，夫人恶之，去年伊始，我便痛下决心，誓与烟绝。如今，瘾来时，我至多点蚊香一支嗅其味以解馋。

前年我看望父母次数多于看望岳父岳母一次，夫人不悦，去年我遂积极整改，以实际行动纠正偏差，据统计，至去年底，我看望岳父岳母次数超出看望父母次数两次，在时间总量上超出5分钟，在孝敬财物总额上超出21元人民币。

央视主持人刘仪伟，风格清新，厨艺一绝，夫人爱甚，视为新好男人，我遂理一板寸头，学一口鸟腔普通话，苦研《天天厨艺》菜谱，每日推出一样特色小菜。

由于我紧紧把握"夫人永远是对的，如果夫人错了，我请参照上句执行"的方针，认真贯彻"打不还手，骂不还口，夫人一脚踹过来，我就躲着走"的基本原则，家庭安定团结局面一派大好，夫妻相敬如宾，居家气氛温馨。

在过去的一年里，我主持家庭日常工作虽取得一定成绩，但离夫人的要求仍存在大小差距，如：工作主观能动性还有待加强，工作前瞻性不足；工作尚存在畏难情绪等，在新的一年中，我将克服缺点、发扬优点，在巩固去年成绩的基础上，百尺竿头更进一步，使咱家的生活水准芝麻开花节节高，夫妻恩爱此情绵绵无绝期。

抄报：岳父、岳母抄送：大姨子、大舅子、小姨子、小舅子、各位连襟！

·网虫搞笑年终总结·

一、充满艰辛的一年

1. 身体方面

体重增加10公斤，主要集中在小腹部，凸现一大块难看的赘肉。究其原因，是坐在电脑前的时间太多，缺少锻炼。

近视增加200度，原因是盯屏太多。

出现头晕眼眩症状，医生说是轻度的神经

衰弱。那傻帽医生居然建议我今后少上网，这办得到吗？笑话！

2. 家庭方面

孩子叫我老爸的次数大约减少了1000次，平均每天3次。原因，看老子上网兴趣正浓，不敢叫我，怕被我扁。

老婆对我的热度降低15℃达到了体温37℃，接近离婚临界冰点0℃不太远了。

和老婆孩子上公园的次数创最低纪录，为1次。

忘记老婆安排的任务28次。因此被骂得狗血淋头18次。

烧干锅15次。其中有7次锅子损坏不能用了。

3. 工作方面

办公室上网被老板当场逮住51次。

被扣奖金约三万五千元。

写报告时把"女士"写成MM三次，因此被同事嘲笑达700次。

4. 网络活动方面

灌水帖9篇，跟帖15000篇。

被删3篇，被转21篇。

被好友删除158次。

抄袭被发现5次。

二、充满欢乐自信的一年

1. 结交了一大帮狐朋狗友，加入了18个群，QQ上增加美眉147人。迄今为止，这147人中叫我"哥哥"的138人，叫我"亲爱的"有9人。

2. 成功地实现从虚拟网络到现实世界的转变，和美眉见面100人次，其中达到让我动心的美女标准的11人次。

3. 丰富了情感，网恋56次。其中，按持续时间计，不超过10天的19次，一个月的29次，两个月的6次，三个月的2次。天天在"亲爱的"、"吻"、"啵"、"抱抱"中陶醉，我焕发了青春，虽然长久坐在电脑前显得憔悴，但我觉得我心理年轻了不少。

4. 增强了交际能力，聊天室聊天258次，QQ上聊天752次。和现实相反，现在敢于上前找MM交流而且脸不再红心不再跳。学会了穿马甲用恶毒的话骂我恨和醋的男人，懂得了亲热叫一声"美眉"就能讨得女人欢心的深刻道理。

三、新年的决心和计划

从以上对去年的总结，新的一年里要大展宏图，把上网事业进一步发扬光大。为此：

1. 买一个跑步机放在电脑旁，乘MM没有回话时赶紧跑上几步。

2. 在电脑上安装一个提示软件，把锅子放到火上时启动，坚决避免烧干锅事件。

3. 用请吃饭的招数搞好办公室的人际关系，以便那哥们姐们在老板出现时及时向我发出信号，争取今年少被扣奖金。

4. 争取看点书，学会抄袭不被人发现的本事。

5. 说服老婆为我买一套品牌西服，以便见网友时显得英俊潇洒。

6. 争取创单次网恋时间达4个月的新纪录。

总之，要不择手段把新年的网络工作做好，我有信心有决心，在网络上MM们动听的"哥哥"声中，变得更加年轻、更加英俊、更加自信。

让人百思不得其解的纳闷事儿

☆中午去存钱，排队时一美女在后面问我："存钱是吗？"

"嗯！"

"我正好要取钱，反正你要存，不如把钱给我，咱俩就不用排队了。"

我想想觉得有理，于是把钱给她了。

☆下午上公交车，拿出公交卡"咣当"投进投币孔里了。

☆邻居忘了带钥匙，从我家阳台翻过去，在屋里找到钥匙后，又翻回来，再打开自家房门。更令人叫绝的是，我自始至终在阳台接应着，未觉有不妥之处。唉，我俩的脑袋肯定被同一个门缝挤过。

☆还记得第一次向女生表白的时候，太紧张，于是乎"嗯，那个，××，让我做你的女朋友吧！"

☆前几天单位吃饭，一小年轻同事要了一瓶大雪碧，给大家倒了一圈，轮到自己的时候瓶子空了。于是该同事晃着雪碧瓶对服务员说："这个还有吗？"服务员屁颠屁颠地跑过来，接过瓶子仔仔细细地检查了一遍，一脸诚恳地说："没有了。"

☆和公司两个热心的女同事一起吃饭，她们张罗着给我介绍对象。

我想说："你们这两个媒婆真热情啊！"

结果一开口说道："你们两个肥婆……"

☆哥几个玩魔兽。辅导员查房，大怒，一把抢过鼠标，把桌面魔兽的快捷方式拖进回收站，清空，曰："让你再玩！"

☆今天老爸打电话到老妈的手机上，当时老妈在忙，我就接了。

我："喂。"

老爸："唉，你爸爸呢？"

我："啊？"

老爸："你爸干吗呢？"

我："额……打电话呢。"

老爸："哦，你让他打完给我回个电话。"

☆一次大家打麻将停电了，就点根蜡烛继续打，后来有人嫌热，嚷嚷："喂，把电扇打开。"大家忙劝："不行不行，蜡烛会被吹灭。"

☆有一次上计算机课，我一边给男朋友发信息，一边很勇敢的大声对老师喊："老公！我的电脑没连上！"闹嚷嚷的教室瞬间安静了。5秒之后全体爆笑。老师是个50多岁的小老头。

☆中午做饭，妈妈给我一盆胡萝卜："去，把胡萝卜切成肉丁！"

☆记得还是小学五年级时，班主任问一组第一位同学："你是什么民族？"

同学说："彝族。"然后问第二位同学："你呢？"

答："二族。"

☆米粉店里，

某："老板，来二两葱不要米线。"

老板：……

某（一边找座位，一边回头补充）："不要放葱啊！"

老板（泪流满面）："你到底是要吃米线还是要吃葱？"

☆有一次吃饭前去卫生间洗手，一看见镜子大脑突然短路，很熟练的拿杯子牙刷，把洗面奶挤牙刷上，哼着小曲刷了个牙出来了，还一边奇怪怎么今天的牙膏味道不对。

☆一次在食堂吃饭边吃边聊，突然发现自己把一块饭掉在了外面，暗自觉得浪费粮食对不起农民伯伯，就捡起来吃了。可是后来发现那饭，好像不是我的……

☆昨天游完泳，直接把后备箱打开，钥匙丢进去，然后关上后备箱……

☆去好朋友家，聊天中，她爸回来，张嘴就叫"阿姨"，尴尬中，她妈又出现，张嘴又叫"叔叔"！然后无限怀疑自己的智商……

☆一次去买热干面，前面有一对情侣正在买，老板问他们要不要放香菜，男的说不要，女的说怎么不要。

我就在旁边想："香菜，为什么男的要香菜，女的不要香菜……"

想得正出神呢，老板问我："吃什么？"我毫不犹豫地大声答道："香菜！"

☆高中时上学起得很早，早点都是老妈弄好，我放书包带学校吃，一般就是馒头包子，周日不上课老妈做了稀饭，我也不知哪根筋抽了，端起稀饭就扔书包里了……

☆某天，说到买烤鸭的人多，于是，她老人家不假思索地就说："一到了下班时间啊，那买烤鸭的人就多得不得了，就看见那窗口前一只只烤鸭在排队。"

☆打电话给财务找一个叫周春梅的出来。

我拎起电话一个激动："我是周春梅。"

周春梅："你是周春梅，那我是谁？"

☆有一次在学校吃早饭，前面一同学刷卡，机器没反应，再刷还是没有，很郁闷地说："机器坏了。"我说让我试试，刷了一下卡，机子还真没反应！他再换了个，还是一样，很气愤！收了卡刚想放包里，发现手里拿的是银行卡，我狂笑！他指指我的笑得更厉害，原来我拿的是身份证！

☆上大学的时候，有一年开学，宿舍老五在火车站打电话到宿舍看看有没有人在，打电话到宿舍老四接的。

"喂，老四啊，我老五，寝室有人吗？"

老四睡午觉迷迷糊糊地说："啊，老五啊，你打错了，这是交干（旁边的学校）。"

"啊，对不起，打错了。"

过了会儿，老五看看手机拨的号码觉得没错啊，又打回来："你老四吧，忽悠我呢，寝室有人没？"

"没。"

"哦，那我今晚住朋友家了。"

"好的，明天见。"

☆早上左手一个塑料袋里面满满是零食，右手一个塑料袋是垃圾，早上打开垃圾箱"梆"一下扔了个袋子。然后提着另一个袋子到了公司，中午饿了要吃零食的时候，打开柜子才发现里面是一袋垃圾。

☆坐地铁进闸，拿手机在闸上狂刷，还一直和后面等我的人说怎么刷不出来呢，机器坏了吧……

☆二十几年前俺老妈洋洋洒洒骑着二十八寸的凤凰男式自行车送我一岁多的妹妹上幼儿园，到了幼儿园她极度潇洒的使了招螳螂后摆腿，感觉磕着了啥。她也不为意推着车就往前走，走没几步后面有人在大喊："同志，这位同志……"俺老妈扭头一看，俺一岁多滴小妹妹保持坐姿呆呆地横倒在地上，至此之后的二十几年，俺滴妹妹死活都不肯坐俺老妈滴自行车，这个恨也恨二十多年……

☆喜欢把瓜子儿全部嗑了吃。鬼使神猜，全部嗑好后，把盘子里的瓜子儿仁一股脑倒到垃圾桶，看着另一盘瓜子壳发呆。

☆显示器待机，去晃鼠标，结果还是待机，使劲晃了半天，发现自己晃的是手机……

☆骑车去买东西，到商店车没锁就进商店了。买完东西出来，把车锁上，骑车准备走……

☆小时候喜欢咬钢笔头，有天咬着觉得不对劲，特别咸，然后发现吸了一嘴墨水。

☆有次削完苹果，长长的皮没有断，非常得意，顺手把苹果扔到垃圾桶里，拿着皮就往嘴里送！

☆炒鸡蛋西红柿的时候，拿着煮熟的鸡蛋在碗边磕了好久都不烂，还对老婆说鸡蛋坏了。

☆野炊时摸出烟盒中最后一支烟点上，直接把zippo丢到大火堆里把烟盒放回包里，仍旧烤肉，后炸出一堆火花烫坏了人衣服，还毁了碗饺子。

☆拿着手机当火机点烟，拿着手机当电视遥控器一顿按。

炒菜的时候电话响了，接完电话直接把电话放菜盆里面，结果和菜一起到锅里了，然后看着锅里的手机愣了半天才赶忙拿出来，还好当时炒的是莴笋，要是麻婆豆腐，就完了……

☆早上迷迷糊糊的起床，戴隐形眼镜，结果打开盖子直接把眼镜泼到纸篓里了，泼完之后反应过来了。

☆一次加班半夜回家，接到老妈的问候电话，本来想扔纸巾的，结果把手机扔了，就听着铃声往前走，等铃声停了才反应过来，狂叫着踹倒垃圾桶。

☆有次买东西付钱 $10.09，我给他 $11，要他等一下我有零钱，死挖了一分钱出来递给他，他十分尴尬："小姐，这没啥分别吧……"我这才反应过来……

☆刷牙时溅到了衣服上，拿纸擦了一下，擦完把牙刷给扔到垃圾桶了。

☆有次叫了外卖pizza（披萨），算了算时间坐在门口阶梯等，跟朋友通起电话来了，外卖到了问我："小姐是你们订的pizza吗？"我说："不是。"他说："的确是你们这个地址订的，你肯定吗？"我说："肯定。"他又说："你们这房子几户人家？"我说："都说没有了，不好意思，我在通电话，你能不能……？"然后他很郁闷的回车子里打电话给店里，此时我才想起，狂追！

☆记得有一次，也是下楼扔垃圾，锁门的时候觉得拿在手上很麻烦，居然鬼使神差地把垃圾袋装进我华丽丽的大包包里了。我汗。
更郁闷的是，我还一直把它背到公司！幸好没什么汤汤水水的东西！

☆有次去KFC，进门之前，边走边把钱和优惠券拿在手里，当时手里还有张纸巾，手里拿了三样东西觉得碍事，打算把纸巾丢掉，随手把什么东西丢垃圾桶里了，准备进KFC门的时候发现手里握着优惠券和纸巾，百元大钞不见了，扭头奔回垃圾桶伸手从垃圾桶里把钱捡回来了。幸亏那垃圾桶就在门口。当时就在想，要是后面有个乞丐看到我从垃圾桶里捞出张一百块非把垃圾桶给翻过来不可。

☆说个我的，有一次上街买东西，出门没多久老公就给我打电话，说路上要注意安全，要注意自己的包包和手机，因为我不止一次丢了自己的包包和手机，我全神贯注地通电话，边说边翻看自己的包包里有什么，突然我发现我的手机不在包包里，我就对着电话大喊："老公我的手机不在了。"老公在电话里说："看吧，又丢了吧，回来再说吧，我挂了。"挂了电话我才发现我的手机在我手里，我就想啊，一对傻瓜……

☆我昨天觉得浴缸上有水垢，就拿威猛先生刷浴缸，刷完随手就放到浴缸的台子上了。等晚上洗澡的时候抓起威猛先生就往身上倒，边倒还边想，这沐浴露怎么这么稀呢，谁兑水了啊，回过神来猛拿水冲啊。不知道是不是我皮厚，居然到今天还没掉皮……

☆小时候有次边写作业边吃糖，哗啦把糖豆都堆在边上，看也不看就往嘴里扔。后来吃一颗的时候觉得没什么味道，当时也没在意。等到写错

字的时候找不到橡皮，这才想起来刚才嚼的那个没味道的"糖"是橡皮擦。

☆炒鸡蛋的时候，把蛋打在外面，把蛋壳丢进锅里，后重新再做时，把鸡蛋整个丢进锅里，最后好不容易炒好了，直接倒在案板上。

☆一起去同学家做饭，他们家的调料都放一样的可乐瓶子里，一大姐抄起一瓶黄澄澄的"油"开始炒菜花，越炒泡泡越多，还以为水有问题呢，搞半天丫拿的"油"是洗洁精。

☆一次吃桂圆，扒糊涂了，一手拿肉往垃圾桶扔，一手拿皮往嘴里送。

☆有一次，我妈给我发短信，说她忘记带卡了，不能给我充值了，然后我回短信，问她带手机没有，打了一半反应过来了……

☆有次半夜，渴醒了，手就往床头柜一摸，摸到个瓶子，打开就往嘴里送，感觉怎么倒不出来，就猛吸，突然觉得嘴巴里涩涩的，马上吐了出来，然后接着睡觉，早上发现床头柜上一瓶擦身体的乳液打开着，地上还有白白的一坨……

☆我在初中的时候，一次考数学，跟老师请假上厕所，老师同意以后站起来就跑。然后听见"噼啪噼啪"的声音，一低头才发现忘把鞋穿出来了。幸好是夏天哟！

☆还有次是小学上美术课，老师让我们自己画，他就到教室后面休息去了。我好动，溜下座位，在地上爬行到许多童鞋那儿去玩。就觉得老师根本看不见自己。

☆我拿个蓝色中性水笔的芯甩着玩，甩着甩着突然觉得眼睛不对劲，仔细一看，笔芯里面防止墨水出来的油被我甩飞了，里面的墨水甩出来正飞进我一只眼睛里，虽然说是中性，但是眼睛还是不舒服，而且整个儿变蓝了，洗了半天，不适感没了，但还是蓝，连白眼珠都是蓝的，就这么带着一只蓝眼睛过了差不多三天左右才恢复。

☆在食堂吃完饭，鬼使神差地把筷子带出来了，出了食堂老远才发现手上还握着筷子，竟然挥舞着和同学说了半天的话。

☆和两个朋友去洗澡，拿着一袋衣服，一袋洗漱用品，一袋垃圾，到楼下直接把华丽丽的衣服扔垃圾桶里，带着垃圾和洗漱用品去洗澡，到了之后一边脱衣服一边聊天还说呢这澡堂子味真

难闻……然后把一袋子垃圾存好锁好，结果洗好拿出来原本应该是衣服的袋子，发现变成一袋垃圾，还在想开错柜子了？

☆我平时坐公交车都是刷 IC 卡的，有一次 IC 卡里没钱了，上车时我掏出 1 元钱，习惯性的拿到刷卡机上去刷，刷了半天没声音，再仔细一看，原来是钱，司机就一直盯着我看，那个汗……

☆有一次公司组织出去郊游，同事让我打电话去问下天气……我拿起电话直接拨了，一个男的接了电话，我还纳闷怎么声音有点熟悉，没想那么多，就问他："先生请问今天天气如何？"对方沉默了几秒，说了句：你打错了吧？汗，忘记打外线要先拨了，打给同事了……被同事笑了 N 久……

☆小学有次考试完，老师跑来问我叫什么名字，我说我叫 ABC（用个字母代替一下）。
老师扔下我的考卷，我一看，姓名栏里写着 AB 大堤……
那天考试里绝对没有出现和"大堤"有关的字眼……我脑子里为什么会突然浮现出"大堤"这两个字呢……

☆有次早上起床，洗完脸上粉，习惯性在脸上画了个 T，画完接了个电话，搁下就直接上班去了。脸上顶了个大 T 穿过整个上海到公司才被同事发现……

☆晚上准备刷牙睡觉的时候接了一个电话，回来直接把牙膏挤在手上当洗面奶，可怜我一脸的佳洁士茶爽味道。

☆洗澡，拿一条干净的小裤裤，把脏的扔盆子里。有一次短路，把干净的扔进去，后来洗完又把脏的穿上，第二天才发现。

☆提着垃圾坐公交车一直到公司，华丽丽的绕过半座城市扔进写字楼下的垃圾桶……

☆高中时寒假后开学第一周，我附近的宿舍有人带烟花鞭炮到学校，一到晚上就放，校长大怒，命政教处将凶手缉拿归案，但是敌暗我明，难以查出真凶，遂想出一办法，在凌晨集合教师保安、宿管等一干人马，直冲宿舍区翻箱倒柜，被惊醒以后，我们宿舍众人不明就里，开始起床洗漱，准备上课，竟没人看一下表，直到一起晨练的兄弟怒气冲冲的摔门而回……因为年代久远，后来有没有搜到烟花已经忘记了。

☆有一次在外面玩，付账的时候死活找不到钱包，还以为丢了，马上给银行打电话挂失，取消所有信用卡，在电话里把我的账号跟密码一字不差地报上去，自己都奇怪怎么那么好的记性，等一切都办完了后，把手机放回背包，发现钱包原封不动地在背包的暗袋里，后来的一个星期都是靠借贷过日子，直到收到新的信用卡。

☆小学还没搬家之前，洗浴间里马桶旁边是洗衣机。有一天回家浑身大汗淋漓，直接走到马桶前面把 Tee（T 恤）脱了往马桶里一丢，然后非常自然的一扭头冲洗衣机里吐了一口痰。做完这两件事情以后若无其事地走出洗浴间，进房开空调睡觉。晚上妈妈回家后被她殴了一顿。

☆初中第一次被英语老师选中做某晚会主持人，估计激动过头了，双手自然下垂，右手一直拿着话筒，口里声如洪钟一字不漏地背着串词，就是不把话筒拿起来对着说。英语老师在下面急死了。

☆高中在宿舍吃泡面，宿舍同学在讨论吃泡面喜欢什么味道，同学问我喜欢酸辣牛肉还是雪菜肉丝，我脑子里想着要说我喜欢酸辣牛肉不喜欢雪菜肉丝，不知道为什么脱口而出："我喜欢女人不喜欢男人！"同学大汗～

☆高中周日晚上坐校车回学校，和闺蜜一起进宿舍楼。这厮左手握着手机右手拿着剥剩的橘子皮，路过垃圾桶 HLL（华丽丽的缩写）地把手机往里面一丢，继续和我向前走，然后我俩分别回自己宿舍。几分钟后这厮冲进宿舍说："我手机不见啦！"我俩沿途一阵寻觅，我猛打她电话，终于在路过垃圾桶时听到了这厮手机铃声在一堆垃圾中轰鸣……

☆平常出门男朋友提东西多了，关门的时候会叫我帮提一袋，那天帮他妈买了一些吃的，刚好那天我换了几个垃圾袋，走到楼下垃圾桶，我的手一抛，那个动作流利优美啊！
最搞笑的是我当时扔的那姿势还潇洒着呢，还自个走的，我男朋友在后面瞪着眼看我（我还往前走着，不知道）
突然他大叫一声："你干吗？"
我说："什么干吗？"
"你把给我妈买的吃的扔了！"
汗，幸好当时是分好几个袋子装着……

☆话说试衣服的时候我是戴着帽子和眼镜的，所以肯定要取下帽子撒，走出店时就莫名其妙的觉得少了点什么，看看包里手机，钱包都在，然后恍然大悟的觉得眼镜没带上，返回店里说："唉呀，我眼镜掉了！"

往试衣间里去看了下，没啊，然后店员很纳闷地说："是不是隐形眼镜啊？"

我也很诧异地说："隐形眼镜怎么会掉？"

"啊，那你眼镜不是戴在脸上吗？"

汗……

俺老妈也经常干这么华丽丽的事，想当年，俺家的门锁还是那种挂锁，有一天她老人家上早班，5：30从家里出发，不知她是怎么想的，顺手就把门锁上了，把我和我老爹锁在家里面了，而且还是个工作日，早起我爹开门的时候，发现门打不开了，相当郁闷，幸亏俺邻居家有俺家钥匙，于是俺老爹给邻居奶奶打电话，让邻居奶奶给俺们开门，当时我还没起床，在床上听俺爹打电话，我都笑疯了！晚上回家跟俺娘说，她不相信，还说："我能干那事？"后来问了俺邻居她才相信了！这件事成了现在我们笑话她的大事件！

☆我老公，左手公事包加车钥匙，右手垃圾袋，出门把公事包跟车钥匙以优美的弧线扔垃圾桶里，然后提着垃圾袋在车前面发呆……

☆下班收拾办公桌，用肩膀和脸颊夹着手机打电话，两手到处翻，手机那头问："怎么还没走？"答："手机找不到了。"

☆喝塑料杯豆浆的时候，吸管插进去，塑料杯会吸瘪。同事教我用吸管再戳一个眼儿就解决问题了。于是依言又戳了个眼儿，拔出来，插进原先的眼儿喝。被骂脑残。

☆另一闺蜜，到夫家显示贤惠，饭后硬要帮公公收拾厨房，端起灶上一锅"洗碗水"哗啦倒进水池，公公阻拦不及。原来是一锅炸过东西的花生油。

☆小时候放学回家就困得睡了一觉，醒来看天快亮了，还下小雨了，赶紧收拾书包上学去。一路奇怪怎么天越走越黑，人越来越少。走着走着终于如梦方醒。

☆高中洗漱端了盆水回宿舍，结果一进门就见满屋不认识的人看着我，我想这谁啊都跑我们宿舍来了，然后端着水径直往里走放下盆，然后听一姑娘说走错了吧，我才反应过来。

☆某天刚好是我生日，看到商场门口有个乞丐，心想着今天我生日就做做善事吧，想起裤袋里有张一块钱，就掏出来扔在乞丐碗里。感觉颜色有点不对，定睛一看，马上肉疼，唉呀，是一张二十块钱。乞丐对我千恩万谢，可我还是很想上去把钱捡回来，虽然正是商场门口，人很多……

☆高中时上电脑课，进机房里要脱鞋，我当时不知在想什么，脱了鞋子脱袜子，然后开始解扣子，后来一个男同学说话声音大了点吓我一跳，才把我的魂招了回来。真是太感谢他了，还好当时是冬天。

☆我老公有次开车累了，下车抽支烟，刚点上，就看见不远处一女的狂冲过来，在他脚边捡起一张百元，然后走掉，我老公还在感叹别人眼神多好，自己就没看到云云，等坐到车里把烟放回口袋，发现是自己掏烟的时候把口袋里的百元大钞带出来，就这样眼睁睁地看着别人捡走，郁闷……

☆上次发钱，80块。我替我们组的人都领了，5个人，发钱的人就给我了一个整数。前面一个很正常，我给100块，他找我20块；捏着剩下的钱去拿给正在专心致志做实验的师姐，我："给我20，我给你100，我们只发80块。"她翻了翻钱包，还打开给我看："你看，我没20块，只有100块啊。"我看看自己手里："喔！那你给我100块，我给你20块，我正好有20块！"

师姐："嗯，好的。"

于是，她从钱包里抽出100块给我，我拿了20块给她，走人！刚走出实验室，就觉得不对了，返回去的时候，师姐手里捏着20块钱在思考着什么……

☆晚上上自习到9点多，出来发现怎么都找不到下楼的楼梯口了，该死的走廊灯还坏了，头发都立起来了，满脑子只回荡着一个声音——怎么办怎么办……我在哪里在哪里……

然后想起来，没在自己班的教室上自习，是在一楼……

晚上女朋友说我太娘了，我很火大，就跟她吵起来了，本来是想显得男人一点，结果最后控制不住哭起来了。

☆一时兴起，拿自己照片当电脑桌面，然后我的电脑就中毒了……

☆有天晚上，我父母打麻将回来，他们进家的时候我就醒了，但还是很迷糊。突然我的脚就抽筋了（估计在长个子），然后就从床上蹦起来。当时意识很模糊，只想走两步，把抽筋的感觉压下去。结果我走了两步，觉得撑不下去了，"扑通"就跪在我爸面前，吓我爸一大跳。跪了之后就觉得没抽筋的感觉了，然后又默默地站起来，反过身回房间睡觉去了。整个过程没有一句话，估计我爸当时已经石化了。

☆一个年轻人抢劫佛罗里达州的一个超级市场，店员给他的包里装钱的时候，强盗发现陈列台的酒，便要求店员把一瓶酒跟钱装在一起，店员表示法定不得向未成年销售酒精，强盗就拿出身份证明给店员看，确认后，店员给他的包里装上那瓶酒，两个小时后，强盗被逮捕归案。老外真实在啊……

☆有一次煮饭，淘完米直接把米倒进没放内锅的电饭煲中，后来拿出来吹啊吹……

☆中午打算叫楼下面馆送碗刀削面来吃吃，脑袋也不知道想什么，电话通后，我直接说："您好～麻烦送一碗刀削面。"后面就听到我妈妈的声音出现："女儿！你中午想吃刀削面啊！"

☆戴着眼镜（框式的）洗脸。镜片上一片迷茫……

☆盘算着给老妈打电话，领导突然进来，于是对他说："妈！材料找到了，给你！"

☆把钱捏在手里，然后揉成一团，抓在手里，觉得很不舒服，扔了……

☆一次好朋友结婚，头天去她家时她给我拍了张照片，我当时没看她相机里的照片，回头就忘记这回事；第二天喝喜酒的时候她拿出相机，我说看看你都拍了些什么照片，翻着照片我就发现有张照片里的人特别像我，脑子里就没反应过来，还傻乎乎地喊人家看有个女孩子长得很像我，等反应过来，觉得自己特傻，怎么会不认得自己的照片……

☆洗脚的时候也不知道在想啥，本来要脱袜子的，差点把裤子脱下，还掉进盆里……

☆从讲台往座位走，一同学的脚伸到过道上，本来想说"请让下"，结果脱口而出："谢谢！"

☆拿学校饭卡给工行的工作人员取款，工作人员看了一眼，利索的丢了出来，我又塞回去大声地说："我取钱啊。"他又利索的丢出来懒散地说："卡错了。"我讪讪地取回来，又从钱包拿了一张建行的卡递给他……

☆很小的时候，家里要烧煤的，妈妈煮好的米饭放在厨房，我拿个小铲子弄了一铲子的煤，将盛着米饭的锅盖打开，将煤一下子都倒了进去……

☆我有一次吃早点（饼和稀饭），边看新闻边吃。当时正好播的是我们那边的一场事故之类的。我看得特别认真，顺手就把遥控器拿起来啃，还把遥控器套子啃下来一块，狂嚼了半天，吐出来一看差点没郁闷死。我一直想不明白我是怎么把它啃下来的！

☆还有一次是旅游的时候，和女朋友一起去的。当时景区人特多。我顺手就把女友的手拉起来说："老婆，拉紧我的。"然后，就感觉女友的手直往下松，我以为她不好意思，便往紧拽。后来她不走了，我回过头一看，才发现是一个男的，然后旁边还有一个女的很怪异的看着我。我吓了一身的汗，干笑了几声，红着脸就溜了，郁闷死了。

☆跑完步气喘吁吁，边喝水边准备离开，结果没按好结束键跑步机停不下来，我整个人就势滑了出去，杯子里的水也洒了一地，被教练当做反面典型对旁边的人说："千万不要像她一样没停机就下来。"好丢脸啊……

☆有一次在三楼进了电梯，然后一直按3键，还奇怪为什么按不亮。另外一次是一个同事一边用遥控器开空调，一边让我帮她倒杯水，结合起来使我看到的场景非常诡异：只见她拿遥控器对着我一按，嘴里说："请你帮我倒杯水！"我发誓绝不是角度误差，空调在相反的方向。

☆家里新买的微波炉，很兴奋地用它来做鱼。弄好时间，调好火候，十五分钟后激动地打开微波炉，晕，什么都没有，鱼还在桌上。郁闷地再次操作，时间到，没等打开微波炉就发现鱼仍然在桌上。于是，决定一个星期都不再吃鱼。

☆有一次，去买水果刀，拿着刀看了又看，然后叫那个买刀的找个东西让我试一下，刀快不快，结果俺特短路的用刀割自己的大指头，血喷呀！我还高兴地说："嗯，快。"惊得那个买刀的怎么都不收钱，非要送我此刀！一转身，那个痛呀！钻心！

☆小学几年级忘了，有次上自习不认真，就拿剪刀把圆珠笔芯最前面的头给剪了，把笔芯里面的油吹出来玩，然后吹着吹着就把油给吸嘴里去了……

☆早上洗头，手机放旁边搁板上。洗完一抬头，发现手机沾了点泡沫，非常自然地拿到水龙头下面冲了20秒。冲完很干净，很满意，顺手又用毛巾把手机表面擦干。看着焕然一新的手机觉得今天实在是太美好了。两分钟后傻了，关机、开后盖、卸电池，看着水珠从手机内部淌出来……

☆一个网友今天一上线就告诉我，她从网上花10块钱买了一个所谓的减肥秘方，结果收到的就是一张纸，上面写着："荷叶若干、决明子若干等等冲泡！"这种东西google一下肯定会出来成百上千，她居然搭错了线跑去花钱买，气的头都大了！

☆去了趟武夷山，买了两百元的菜刀，算是我长这么大买的最离谱的东东了！偶也不知道当时是咋想滴，泪奔……

☆80大元买了一只石头兔子，当时觉得巨COOL，后来不见了，问我妈，她也说米见过，后来搬家的时候才发现它被我妈拿来垫杂物了，我妈大不以为然，说："就是一块黑砖而已，你不说它是兔子我根本看不出来，你说了它是兔子我也还是看不出来。啊？等一等，你说你买这黑砖花了80元，看我打不死你这个败家玩意儿！"

☆我们邻居一个叔叔谢顶，明明大家都知道了，还是买一个头发巨多的假发套戴着，一会三七分，一会四六分，那形象很是搞笑。

☆高中的时候，迷信那些中学生杂志后面的没有照片只有文字的邮购，有款据说是增强记忆效果的机器，能帮助使用者实现所读即所记，将嘴里念的即时反映到大脑里，等等。当时很好奇这会是个啥东西，自己又是文科的要背很多东西，于是汇了45块钱到河北某地。
一个星期后，我拿到了一个塑料U型管，使用是这样的：只要套在脸上，两头连着双耳，下面的空口对着嘴巴。成本不会超过一元钱……

☆单位组织的旅游，其中有去海滨的浴场，大家都没带泳衣，又很想下海，所以临时在浴场里买！
放眼望去，我鬼迷心窍地看上了一套小可爱，迷彩的分体式，但看上去就很小啊，同事提醒我，我却很固执！也不知道当时咋回事，硬是掏钱买下了，然后，存了包，去试衣服，那叫一个勒啊！死的心都有！自己的衣服已经弄湿了，只能穿这个，再出去，到柜台前，重新买过一件泳衣。大家就看见一个迷彩肉包子，站在柜台前，要买件衣服！我真想挖个洞钻啊！那件小可爱，

现在还在我家衣橱，以后，给宝宝穿吧……

☆宿舍女友与网友通上话了，那头显然很兴奋："喂，我是王小亮，你猜你是谁？"晕倒不起……

☆一日，班长通知星期六要做什么来着（那周事情多），完了我同桌猛摇我手臂："快，告诉我，星期六是礼拜几？"

☆一位参加竞选活动在民意调查中暂时落后的日本政治家，想通过制造被人暗杀的假象获得同情，赢取支持选票。他用刀在自己腿上狠砍了一刀。
但没想到这一刀砍断了动脉，在发表最后的竞选演说之前，他因失血过多一命呜呼。

☆1971年，一位亚利桑那人独自打猎时打伤了自己的腿。他决定再开一枪，鸣枪呼救。不幸的是，他这一枪打中了另一条腿。

☆17世纪时，西班牙国王菲利普三世因发烧而去世，他的高烧是由于长时间坐在炉火旁而引起的。
原因是宫廷里照看炉火的佣人没来上班，他的工作之一，就是根据炉火温度把国王的座椅往前移或往后拉。

☆1998年，一个法国人决定用一次最复杂的自杀结束自己的生命。他站在海边高高的悬崖上，先在脖子上套上索套，把绳索固定在一块岩石上。接着他又喝下了毒药，并开始自焚。最后他从悬崖上跳下去的时候，又朝自己的脑袋开了一枪。
但子弹打断了绳索，他没能被吊死。海水浸灭了他身上的火焰，巨大的下坠冲击力使他把毒药呕吐出来。
一位渔民发现了他，并把他送到医院。最终他因体温过低死亡。

☆美国纽约的一个反吸毒组织发起免费给在校小学生发放铅笔活动。他们在每一支铅笔上都印有醒目地反毒品提示语"Too Cool to Do Drugs"（聪明人不沾染毒品）。
但孩子们发现铅笔削完一截后，提示语变成了"Cool Do Drugs"（聪明人沾染毒品）。铅笔剩下最后一小截时，提示语是"Do Drugs"（沾染毒品）。

☆在1932年洛杉矶奥运会上，当法国运动员朱利·内尔打破铁饼奥运会纪录时，却被告知成

绩无效。

这并非因为他违反了什么规则，而是当他投出创纪录的一掷时，铁饼裁判员都转过头去观看撑竿跳高了。

☆在篮球比赛控球时间限制出现之前，伊利诺伊州曾经有过这样一场比赛：比赛开始不久，乔治城队罚球得了一分后，他们就把篮球藏了起来。霍马队的队员毫无办法，只好在球场上席地而坐，而裁判也只能靠看报纸打发时间。

当最终比赛时间结束时，乔治城队兴高采烈地庆祝了他们 1 ：0 战胜对手的胜利。

☆一位豪爽的乌克兰老板给手下 50 名员工各买一个传呼机作为礼物。在他驾车返回公司的路上，突然 50 个传呼机同时鸣叫起来，他因为受惊失措，导致汽车撞到电线杆上受伤。

他在医院处置完伤情后，查看了传呼机上的信息。50 个传呼机上显示的同一句话是："感谢您购买本机！"

☆1968 年，底特律市一个窃贼带着他的爱犬入室行窃。当警察赶来时，窃贼已经逃走，但他却把爱犬留在屋内。

警察非常容易地抓住了窃贼，因为他们只是对狗说了句："回家，宝贝！"

☆想起大学的一件事情来，大学期末考试，试卷上要求填写考号，我写上了 QQ 号码……

☆有次交友会要填个人信息。偶很傻很天真地把职业和生肖填反了。本来这不是什么问题！但我生肖是鸡呀……

☆医生问病人是怎么骨折的，病人说："我觉得鞋里有沙子，扶着电线杆子抖落鞋，有个傻瓜经过这儿，以为我触电了，抄起木棍给了我两下。"

☆今天平安夜，也是我生日，下班之后去买了张宽一点的床单，35 元，给了老板 100 块，老板找我 65 元，他把 10 元放最下面，50 元放中间，5 元的放最上面递给我，我顺手一摸就知道是张做工很次的 50 元。

"老板，麻烦换一张 50 元的。"

老板的意图被我发现了，脸一红，但是瞬间就消失了，他想证明点什么，拿着假钱往他那验钞机上一放，边放还边给我说："我们做生意的，怎么会收假钱。"接着就听到了验钞机"请注意，这是张……"的提示语音。这下老板的脸是真红了。

我都替他觉得尴尬，他这个时候居然当着我的面用手关了验钞机上的语音提示按钮，然后把钱再在上面过了一次，对我说："你看嘛，我说不是假钱，他没提示了嘛。"

☆想吃安眠药自杀，结果太多咽不下去，不行一个一个吃吧！结果吃了几粒居然睡着了！

☆新搬的家两个礼拜，每天遛狗，拣的流浪狗。有一天刚转了半圈，突然下雨了，是那种特别急的大雨点，于是一人一狗疯狂地往回跑，结果我跑到楼下，看到它居然跑到隔壁的门口去了，还在那里等我开门，由于雨很大，我不想跑过去带它回来，就在楼门口叫它名字，狗狗特别诧异地看着我，我叫了很久他才过来，于是进门洞。因为带着狗只好爬楼梯，开门，结果发现走错楼的居然是我。

☆刚刚看了一篇有关精神病人的专访，里面记录了一些精神病患者的世界观与人生观，忽然觉得自己非常认同他们的观点……

☆老师教学生如何设置电脑，让其无法打开农场，原因是学生的母亲每天深夜在他的房间里等着收菜偷菜，让他无法安心睡觉。

☆听朋友说平安夜街上美女免费抱。我出去抱了一下，结果被人打了。那个男疯子竟然说我非礼他老婆，晕……

☆初中时，一小女，上学途中，走着走着，忽觉有什么东西从毛衣里掉了出来，揪半天，揪出来一看，是秋衣？奇怪，穿在身上怎会掉出来？思考……原来是两件衣服一起穿，没穿好，从两件衣服之间钻了进去，故而秋衣自然没有套在身上，匆忙将秋衣塞入书包中，环顾四周……继续赶路上学……

☆大学，雨天，一小女，上公共汽车，车上，发现周围人皆盯着她看，小女面红，心里甜美，思考。最终知其原因，小女在车上仍打着雨伞……（此小女乃作者的好友）。

☆北工大车棚，一小女，推车而至，门已锁，但看车之人就在门内两米远，小女有礼貌地喊："师傅，还存车吗？"连喊三声皆不理，随后如螃蟹样横行匆忙进屋，小女怒，思考……恍然大悟，原来师傅刚才在方便……

☆俺与一位男同事，下班，同至大门前，男同事站在玻璃门前，等门自动开，门没开？遂跺脚，仍没开。身后的俺忍不住了，曰："这不是自动门。"

☆俺幼小时，和妈妈坐车，有人给我让座，妈妈让俺谢谢阿姨，俺仰视许久，不说，妈妈又提醒俺谢谢阿姨，俺仍沉默，妈妈思考……发现让坐给俺的是男性……

俺幼小时，看表，发现妈妈快至家中，速藏身于大衣柜，想等妈妈寻找，在大衣柜中听见妈妈回来了，屏住呼吸，窃喜，不知道妈妈今天要找多久，过一片刻，听到妈妈开门出去了，郁闷，继续等待，妈妈许久不回来，大衣柜里憋闷，于是灰溜溜的自己出来了……

☆俺一个朋友，奶奶去世，回老家奔丧，叔叔来接，刚一出站，见叔叔冲自己微笑，赶紧以豪爽之大笑回应叔叔。走近，发现叔叔乃哭相，痛恨自己视力不好，此时脸上的笑容依旧灿烂……

☆小学，冬天，俺与好友发现路边一片光亮如镜的冰，大喜，欲在上面玩耍，又过来几个小朋友，俺与好友怕他们也看上这块冰，赶紧保护，假装说："这块破冰，怎么一点儿都不滑。"说罢在上面假装艰难地滑两下，以证明冰很涩，就在那几个小朋友欲转身离去之际，"扑通"一声，俺的好友滑倒在冰面上……

☆俺幼年时，妈妈讲解"轻舟已过万重山"的诗句，妈妈说，那是表示船很快的意思，问俺船为什么那么快呀，俺思考许久，得意地说："我知道了，因为李白他们坐的是汽艇……"

☆大学，某男，去商店买文具，售货员推荐后，某男谢之，售货员极热情，曰："回去给您孩子用多好啊！"某男：……

·史上最囧新闻大集合·

台北一男子身份证号 123456789，多次被怀疑是假证。

上海一男子投河自杀，嫌河脏又爬上来。

北京一饭店为尽早打烊，冬天开冷风轰客。

海南一老板白天发工资给民工，晚上派人去抢。

郑州一男子高级皮带解不开，两天不敢吃东西。

俄罗斯一 240 斤妇女用体重压伤劫匪。

美国一六旬老汉以百万美元的价格申请加入黑手 party。

成都一女子用数万硬币买了一辆汽车。

北京一男子为听轿车报警声，连续划伤 22 辆车。

西安一对夫妻婚礼录像带被偷，要求再婚一次。

江苏一夫妇离婚，用竞价方式分配共有财产。

英国一 50 多岁盗贼入室作案，假肢脱落被抓。

美国一啄木鸟为保护地盘，把自己的影子当敌人，数 10 辆汽车后视镜遭殃。

沙特四女教师为上班方便，同嫁一汽车司机。

巴西一劫匪竟雇搬家公司运赃物，被抓。

萨尔瓦多两男子挖地道抢银行，引起地基崩塌，银行被毁。

因医生误诊，英国一女童 7 年没用嘴吃过东西。

乌拉圭一飞机失事幸存者，30 年前丢失的钱包，30 年后失而复得。

北京一对情侣吵架，女子吵不过打 110 声称自己被抢。

浙江一对夫妻吵架过度，妻子嗓子疼达两年。

辽宁一女生合成其母与韩国影星照，差点导致父母离婚。

杭州一小伙子为获女交警芳心，多次路口故意违章。

广西一流浪汉被车撞无恙，因其身穿四季衣服多达 27 件。

河南一倒霉小偷盗手机失手，又被长跑冠军追。

日本一 12 岁女孩在超市放火，只为观察火在超市里的形状。

美国一老太太因外卖店拒绝深夜送比萨，打

"911"多达20次，希望将店主抓了。

日本一公司要求应聘者拂晓时分在富士山山顶接受面试。

安徽一女子到南京求职未果，要Police派车送她回家。

南宁一女生报考文科，却领到理科考试准考证，无奈只能做理科试卷。

南京一雇主家26条毛巾各有用途，保姆频繁用错被解雇。

湖北红安一家两代7人心脏缺损，12年凑钱逐个补。

南京一逃犯看到墙上张贴自己的照片得意狂笑被抓，原来他看到的是通缉令。

哈尔滨一贼手被冻僵，撬不开窗被困26层空调台，求室主报警。

台湾一乞丐用讨来的钱买中400万大奖，酬谢施主10万元。

兰州一小区居民车牌被盗，排队给小偷寄钱赎回车牌。

山东两司机争看美女而出车祸，将其告上法庭，法庭判美丽无罪。

重庆女孩10年长发公车上被偷剪。

重庆一小偷偷人钱包，事后写感谢信给失主。

美国一教师为示范"多长时间能使人昏厥"，掐住一男生脖子直至其昏厥。

北京一精神病人乱扔家当，一些拾破烂者经常聚集楼下守株待兔。

陕西某乘客坐飞机，顺手偷走救生衣。

益阳某中学学生在复印店外排队等待修改成绩单。

北京天通苑堵车，居民晚上下班凌晨到家。

昆明一母亲赌博输掉儿子学费，要求游戏室退钱。

郑州一小偷潜入某单位办公室，考虑6小时不知从哪里下手。

英国一动物园企鹅被偷走做圣诞宝宝。

美国男子马路边拣硬币10年，累计10万美元。

德国一律师白天打官司，晚上抢劫，不堪双重生活自首。

印度铁路运力不足，推出挂票（乘客挂车厢外）。

英国一男子患脑疾，记忆只能维持7秒。

全球变暖冰川融化，北极熊觅食被淹死。

新西兰一空手道黑带教练猝死于10岁女童拳下。

浙江推出"灾难游"，游客可感受山洪暴发泥石流。

四川一对情侣吵架，男子吵不过，一怒将车开到河里。

遵义房产商流行聘用风水顾问，用公鸡决定楼盘价格。

台湾一对双胞胎长得太像了，太太经常认错丈夫。

天津一女子打麻将怕丈夫抢位，憋坏膀胱昏倒。

郑州一小学把学生分成三等，差生伺候优生吃饭。

南京出现"哭吧"，每小时收费50元并配备催泪弹。

武汉一4岁男孩看牙不听话，医生加收60元"不合作费"。

郑州一老太太防贼，一门上18道锁，配97把钥匙。

重庆一男子为让女友瞧得起，每天扮Police派出所上班。

广州一乘客脏话惹怒机长，赌气一小时不开飞机。

取款机不吐钱，重庆一对情侣自备凳子、水果苦守一夜。

史上最长乐曲演奏完要 639 年。

意大利举办懒汉大会，交流偷懒经验。

荷兰两同名同姓男子同时同地喜获千金取同名。

英国囚犯坐牢可以带两只宠物。

南京一 72 岁老翁嫌老伴烧菜不好离家出走，称 50 年没享过口福。

北京一汽车城保安班长嫌钱少，带领手下偷店内轿车。

重庆一派出所欠费，"110" 报警电话竟停机 20 天。

上海一家政公司保姆上岗前要做 120 道题，分数越高工资越高。

北京西站时间显示牌某天显示时间是北京时间 2032 年 7 月 25 日。

北京一电脑学校招聘广告员，要求必须会爬树。

江西一司机怀揣十本假驾照，扣之不尽。

澳洲某小镇猫宵禁，猫咪天黑上街违法。

由于海豚音有减压作用，爱尔兰拟开通"海豚热线"。

沙特一男子试图用推土机铲走银行自动提款机。

英国一饭店宣布，凡是成吉思汗的后代，免单。

☆ $CuSO_4$
一开始没味道，吐出后回味淡淡的苦涩（我的确尝过）。

☆ $BaCl_2$
极苦咸，大约相当于 $MgCl_2$ 的加强版。

☆ CCl_4
这个最恐怖了，整个嘴里感到烧塑料的味道，极浓郁，吐掉以后出现说不出的怪异甜味，直感觉全身松软（的确，闻起来还可以，尝起来就郁闷了）。

☆ Na_2O_2
一般的咸（Na 盐基本都这个味道）。

☆无水酒精
嘴里完全没味道，之后花露水的味道在鼻子里挥之不去。

☆ $FeCl_3$
凉，然后酸，与硬币放嘴里感觉差不多（Fe 盐都这味道）。

☆稀 Br_2 水溶液
极其浓重味道，感觉像汽车尾气与松节油混合的味（只能如此形容）。

☆ $Hg(NO_3)_2$
很淡的味道，有点像味精和醋混合了。

☆ H_2O_2
特辣，赶紧吐了，之后就没什么事情了。
极其微量的氰化物是苦的，宝贵资料啊。

☆我尝过溴化氢，一不小心吸进去的。味道上没什么感觉，但是非常呛，吸进去很少，但是咳了一整个下午，一直到吃晚饭都反胃，印象深刻啊！

☆大约 3 年级的一天晚饭，突发奇想，把探热针放在电饭煲里，想测一下温度。马上，玻璃渣子和滚圆的水银在饭上炸开！
嗡！头脑一片空白，也不知道当时是怎样把东西清理干净的。
那时大约知道吃水银是会中毒身亡，但因为怕挨打，硬着头皮和老爸老妈一起把饭吃完了。第二天睡醒，发觉大家都没死，真幸运！
现在回想起来真有点后怕：因为怕挨打，竟然愿意赔上一家人的性命！汗！

第四辑

看了又看的生活段子

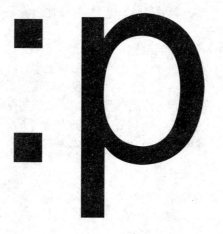

一句话也能噎死人

☆售货员对一个正在抽烟的顾客说："先生，我们这里禁止抽烟。"顾客回答："这可是在你们这里买的香烟。"售货员："那又怎么样，我们这里还卖手纸呢！"

☆农民赶驴进城，遇到个无赖问："吃饭了没有？"农民说："吃了！"无赖却说："我问的是驴！"农民转身对驴就是两耳光说："给老子不老实！城里有亲戚也不说一声！"

☆"先生，我买的这辆自行车为什么没有车灯？广告上明明有的！"
"废话，广告上还有一个小姐呢！"

☆查票员来了，老王才发觉忘记带月票，便说："我不是逃票，你看，我这张诚实的脸就是车票了。"查票员："请把脸伸过来吧，我的职责是在车票上打孔。"

☆警察在处理一个违章的司机。司机恳求道："您就把我当个屁，放了吧。"
警察笑笑说："不，憋着。"

☆市长的儿子闯红灯被抓住。"把驾驶证给我。""难道你不知道我爸是谁？""我真不知道你爸是谁。如你也搞不清，建议你回去问问你妈。"

☆食客微微一笑："我点菜时，好像没有点过苍蝇！"
侍者很镇静："但是，这道荤菜不必另外加钱的。"

☆老婆特爱吃水果，一次和老婆往家走，老婆非要买几斤苹果带回去，我说别买了，家里不是还有橘子么。老婆回了一句特噎人："橘子能吃出苹果味儿来么？"

☆一次跟单位的一个老大哥聊天，谈到歌星，我问他："周杰伦你应该知道吧？"
老大哥摇了摇头说："不太熟，没跟他喝过酒。"我无语。

☆上学时，有一次生活费花超支了，便向同寝室的学友借钱，我的同学没说借不借，朝我笑了笑问我说："你看我的脸干净么？"

☆我仔细看了看说："没脏，挺干净的。"同学笑着说："我的兜比脸还干净。"

☆一次看球赛，曼联赢了一场比赛，乐得我手舞足蹈，老婆很不理解地说："干吗呀？至于么？"我说："我兴（姓）奋！"老婆毫无表情地看了看我说："什么时候改姓了？"

☆我家住的小区有俩拾垃圾的，经常因为争夺废品口角，早上出门顺便扔垃圾袋，保证是还没走到垃圾箱，就有其中一个迎上来从你手中接下垃圾袋，甚至是手里拎着还没喝完的饮料瓶，他都会抢上前去问你"还要不要了"，特讨人厌。
一次我和邻居路过他们的地盘，上来一位指着邻居手里还没喝完的可乐瓶子问："还要不要了？"我邻居两眼一瞪，说："你说你的脸啊？"那位灰溜溜地就走了。

☆表妹失恋，我去她家看她，她正在发脾气，一张一张地撕纸，遍地纸屑。我说："不至于吧，纸又没招你，挺好的东西你撕它干吗？多浪费呀！"表妹白了我一眼说："有你的股份啊？"

☆和好朋友聊天，从过去谈到现在，惋惜当初不用功上学，没有为今天的工作创造良好的环境。我感叹道："下辈子我一定要好好读书，再也不能这么庸庸碌碌地活着！"
朋友撇了撇嘴说："切！下辈子没准儿你托生成狗呐。"一句话噎得我半天没上来气儿。

☆有一次去表姐家坐客，9岁的小外甥正在做数学题，表姐在旁边说，这孩子笨得要命，同样的题换个方法问就不会了。小外甥在那儿气呼呼地说："这能怨我么？遗传基因不好！"

☆家里有两个切菜板，一个专用切蔬菜水果，一个专用切肉类，老婆总分不清，经常用切肉类的菜板切水果，我批评她还不服气，说："那怕什么呀？我每次用完都洗干净的。"
我说："该是什么东西就必须干什么用，我买个痰盂天天给你盛饭吃你干吗？我保证干净！"

☆有一个四十岁的女生长得还不错，有一份工作，收入稳定，有一天小明就问她："你条件这么好，怎么还没结婚啊？"那女生回答："我小时候是田径队的，有一次受伤，脚底留了一个疤。"小明就问："脚底有一个疤，跟你有没有结婚有什么关系呢？"那女生回答："对啊！那我结不结婚关你什么事？"

☆有一天小明看上了一个很漂亮的女生，想要追她，结果那个女生告诉他："等一下我照一下镜子，看我是哪里长坏了，连你也要来追我？"

☆有一天小明精心打扮一番，开着一部跑车，很兴奋地要去参加联谊，他心里想，条件这么好，想必是许多辣妹心仪的对象。不料却分配了三个恐龙妹坐他车，小明气到一句话都不想说，苦着一张脸开车，不料恐龙妹们却开口了："帅哥，你心情不好哦！不然怎么都不说话？"

小明冷冷地回答："你有看过垃圾车司机和垃圾说话的吗？"

☆以前高中的时候，隔壁班同学做过一件很妙的事。有一个教得很烂的老师在他们班上课时，他举手了："老师，我要去打电话。"

"上课时间打什么电话？"老师不悦地说。

"我要去打电话报警啦！这里有人在讲台上骗钱啦！"

全班狂笑，老师则是气到说不出话来。

☆有一次，教授上课正上得不亦乐乎的时候，发现竟然有人在睡觉，就很生气地叫旁边的同学把他叫起来，没想到那个学生竟用很不屑的口气说："是你把他弄睡着的，你自己叫！"

☆某甲在上课睡觉，被很混的数学老师发现，他火大，就叫甲到黑板前面解题目。不会写的话就准备当众羞辱甲，其实甲没走到黑板老师就开始酸他了，成绩那么差还敢上课睡觉真不知羞耻，脑袋是不是放在家里，整天只会睡。没想到，那位老兄他居然会解，还解得很漂亮。老师有点下不了台，只好让他回座位不要管他好了，没想到那位仁兄居然还跟老师呛了一句："我先睡一下，你待会还有不会的再问我。"

☆美国新闻署长洛文是美国历史上第一部部长级黑人，入住华盛顿西北高尚住宅区。一天他在家门前剪草，简单穿了个T恤，一位太太驱车经过，停下来招呼他："那个黑人，剪一次草要多少钱？"洛文抬头瞟了她一眼，慢吞吞地说："那……要看情况。比如这家的太太……我替她剪草，她陪我睡觉。"

☆我是救护医生，今天一个病人对我说他只有6个月好活了，我想说点鼓励的话，安慰道："6个月，很快就过去了，坚强点！"

☆光棍节前夕收到女友的短信："祝你光棍节快乐！"我回了条："我有女朋友，我不是光棍！"又接了一条："你收到这条短信的时候，你就是了。"

☆我和老婆去卧佛寺游玩，老婆路上走不动，于是我背她。一个老婆婆看见了，严肃地说："看你也是读过书的人。老婆有病还是早点去医院，拜佛是没用的。"

☆阿花高兴地告诉小丽："经人介绍，我连续相亲十次，终于遇到一个有缘的人了。"

小丽好奇："有缘？怎么说？"

阿花很羞涩："他就是我第一次相亲的对象。"

☆老师："我们以后考试成绩以职业离地面的高度来排名。考得好的是宇航员、飞行员……以此类推。"

阿呆高兴地问："那我这次是什么级别？"老师不屑："你是盗墓级。"

☆科长：你又迟到！

女职员：我今天出门后有个男人紧紧跟着我。

科长：这为什么会让你迟到？

女职员：那个人走得很慢，所以时间就拖长了……

☆阿花：你昨天跟网友约会如何？

小丽：太恐怖了！他居然开1932年出厂的劳斯莱斯来接我。

阿花：多酷啊！这有什么恐怖的？

小丽：问题是他是车子的第一任主人。

☆散户在饭店跑堂。一日店内无肉下锅，客人纷纷离座，散户掏刀迅速割下小腿肚子。老板大惊，散户自豪："纵横股市这么多年，别的本事没有，割肉倒经常干……"

☆八戒遛马却空手而归。唐僧："马呢？"

八戒："马放了个屁被交警扣了。"

唐僧："放个屁也不至于被扣啊？"

八戒哭诉："警察说现在环保，它尾气超标！"

☆女作家海上度假日记：

第一天：我遇见了船长。

第二天：船长开始追求我。

第三天：他威胁我如果不答应就把船弄沉。

第四天：我救了700人。

☆有次跟我一朋友去吃饭，那店里的店员很拽，翻着白眼问："你们吃什么？"

我那朋友说："你们这里有什么特色菜？"店员说："什么都有！"

我那朋友急了，说："那就给我弄盘西红柿炒西红柿，不要西红柿！"

☆某人上餐厅用餐，结果菜令他很不满意，对服务生说："你们的菜怎么这么难吃，叫经理来。"

服务生："经理到路对面餐厅吃午饭还没回来。"

☆一个女孩走进一间酒吧，对店主说："你出两百元，我会为你做任何事情。"

店主说："好啊，你把这里的墙壁粉刷一遍。"

☆约翰看了游泳池的招聘救生员的广告后前去报名。游泳池的老板问约翰有何特长，约翰回答说："游泳池深2.1米，我身高2.17米。"

☆一个电工走入手术室，对一位戴着氧气罩的垂危病人说道："喂！你听好，好好深呼吸，我需要停电五分钟！"

☆母亲："依我看，我的孩子真是个神童，他有许多很独特的想法，难道不是这样吗？""是的，夫人，特别是在默写生字的时候。"

☆一男要跳楼，其妻大喊道："亲爱的别冲动，我们的路还长着呢！"男子听后，"嗖"地跳了下去。警察说："你真不该这样威胁他！"

☆太太找衣，她套了一件久未穿的裙子，照着镜子："哎呀！好像包粽子一样！"先生："那是馅儿的问题，跟包的叶子无关！"

☆两个美国中年人一瘸一拐地在街头相遇。其中一个很激动："朋友，越南，1969！"

另一个指着身后："朋友，香蕉皮，20尺！"

☆一天晚上和MM去花园散步，谈着谈着，她突然不言语了，然后盯着我说："你说话的语气怎么和我老妈一样……"

☆餐厅中，女："你到底打不打算跟我结婚？"男的沉默。女："别以为没人要我，搞火了我马上就在这找个人嫁了！"侍应生走过来："小姐你把本店的客人都吓跑了。"

☆某君开车内急，情急之下尿在空雪碧瓶里，趁堵车时奔下车想把瓶扔到垃圾桶里，被一巡警拦住："瓶里装的啥？"

"喝剩的雪碧"。

"那你喝一口给我看看！"

☆牧师："你们当中有谁正好今天过生日？"汤姆欣喜地举手。

牧师："很好，礼拜结束后麻烦你把这些蜡烛吹灭！"

☆在车站的餐厅里。"服务员，这块炸牛排我已经嚼了10分钟也没嚼烂！"

"别着急！先生。你乘的这班火车晚点3小时！"

☆巡警："你为何深夜去开每一家的门锁？"

小偷："我拾到了一把钥匙，不知是谁家丢的，所以只好每家去试一试，以便还给主人。"

☆"法官，我坚决要求离婚，我同我妻子根本没有共同语言。"

"那没关系，你们可以一同去找个翻译嘛。"

☆顾客："这电视机修理后，画面怎么总摇晃？"

修理人员："那你就外行了，那是在地震时拍的片子。"

☆爸爸见小翔做错事，火冒三丈，想揍他一顿。妈妈求情说："这次就饶了他吧！下次再惩罚他也不迟啊！"爸爸反问："你说得到简单，若是下次他不再犯了呢？"

☆"亲爱的，你只要再准备一下烤面包和咖啡，我们就可以吃早饭了。"

新娘含情脉脉地对新郎说："早饭都有点什么？"

新郎答："烤面包和咖啡。"

☆在法庭上，被告一直把手放在口袋里，法官让他要有礼貌，他回答说："我简直不知道该怎么办才好！把手放在别人的口袋里，你们惩罚我，放在自己的口袋，又说我没礼貌！"

☆MM向心仪的GG借书，还书的时候还在里面夹着一张个人照片。第二天，老实的GG将照片还给MM，说："可别再把照片弄丢了。"

☆丈夫因为赌博把家中的东西典当一空，妻子对丈夫说："你不会拿我去当抵押吧？"丈夫："当然，我怎么会拿不值钱的东西去抵押呢？"

☆街头，一个年轻人走向一个姑娘，他说："你愿意接受我的邀请，到咖啡馆里去坐坐吗？"
"不，谢谢。"
"要知道，我并不是随便什么人都邀请的。"
"要知道，我也并不是什么人都拒绝的。"

☆一个人倒垃圾，不小心掉了进去，一个老太太走过来拉起他说："城里人真浪费，不就是丑了点嘛，也不至于扔了啊！"

☆强哥对舞会上刚刚认识的女孩说："舞会结束后，我送你回家好吗？我保证不会碰你一下！"女孩眨眨眼睛："那我看你还是别送我好了。"

☆列车员："您买的是普快车票，怎么来乘特快列车？您得补票。"
乘客："为什么要补票，您可以把车开得慢些，我没钱补票，可有的是时间。"

☆存车处人员："请你交4分存车费，因为这场电影是上、下集。"
存车人："我只能交2分钱，因为我一只眼睛有毛病。"

☆彼得打电话给老板："听说主管去世了，是真的吗？"
"是真的。"
"那么，我可以接替主管职务吗？"
"你是疯子，还是白痴？"
"这是任职的条件吗？"

☆一名工人到职业介绍所："我想找份工作。因为我生了14个小孩……""什么？"介绍所职员惊讶地张大了嘴巴，"你……你还会做什么别的事？"

☆一理发员将顾客的脑袋按在水龙头上狠劲地给他洗头。顾客痛得难受，便道："外面有人吗？""干什么呀？""如果没人，你就用剃刀把我宰了算了。"

☆李四领工资发现少十块钱，气冲冲去责问。出纳："上月多给十块你着急了吗？"
李四：一次错误可以谅解，第二次绝不能容忍。

☆美国纽约一劫匪在抢劫银行时说了一句至理名言："通通不许动，钱是国家的，命是自己的！"

☆在收款处的窗口，交款人按捺不住地说："我在你们的窗口已经站了10分钟了。"收款人慢条斯理地答："我坐在窗口后面已经30年了。"

☆狱吏对犯人说："你老婆看你来了。"犯人问道："她叫什么名字？"狱吏不耐烦："你能不知道自己老婆的名字？"犯人答道："我犯的是重婚罪。"

☆有人问丘吉尔："英国有多少飞机？"
丘吉尔："你能保密吗？"
那人："能，当然能！"
丘吉尔："我也能。"

☆有人问某先生是否相信死后还有生命。"呸！"他太太说，"他连晚饭后是否还有生命都不相信。"

☆法官："我希望这是最后一次，我不想再在这里见到你了。"
小偷："怎么，先生，你要改行吗？"

☆医生说："要清除你多余的脂肪，唯一的方法就是多运动。"
病人说："我的妻子每天说话真多，她的下巴怎么还是两层？"

☆小明去饭馆吃饭，忘记带钱了。服务员威胁道："五分钟之内，你要再不付款，我就叫警察了！"
小明严肃地说："笑话，你以为警察来了会替我付钱吗？做梦去吧！"

☆小明喜欢夜里躺在床上看书，她每隔大约五分钟就关灯一次，两秒钟后重新开灯。
妈妈觉得奇怪，问她为什么？
小明说："省电，翻书时不用开灯呀！"

☆小明鼓足勇气问心仪的女孩："你喜欢什么样的男孩？"
女孩说："投缘的。"
小明摸摸头，伤心地说："头扁一点不行吗？"

☆清晨，小明对姥姥说："今天，我们要去看恐龙化石。"
姥姥说："干吗去看石头呢！你拿我的放

大镜去田地里，看看小蜥蜴不就行了，还是活的。"

☆看完一部科教片后，老师要求学生写观后感，并强调：不要尽是深受启发、极受鼓舞之类的套话，要用新词来描写自己的感受。

作文中，小明写道：看过电影后，腰不酸了，背不痛了，腿也不抽劲了，咳！这电影还真管用！

☆晚会上，小明翻唱了一首老歌，唱罢，同学们高呼："再来一遍！"小明万分激动，又唱了一遍。唱罢，台下人仍喊：再来一遍！

小明激动得热泪纵横，又唱了一遍，台下喊声依旧。

小明说："谢谢大家对我的热爱，刚才的歌已经唱了三遍了，接下来我为大家另献上一首歌吧！"

台下齐喊："不行！把这首歌唱准了再换！"

☆妈妈见爸爸和小明都不讲卫生，就在家中贴了一条标语："讲究卫生，人人有责。"

小明放学回家，看见标语，拿出笔加了一横，标语成了："讲究卫生，大人有责。"晚上爸爸回来见了，也拿出笔又加了一横，标语成了："讲究卫生，夫人有责。"

妈妈见了，晕倒！

☆办公室里一个20多岁的女孩问一个胡子拉碴的40多岁老男人同事。

女："你孩子多大了？"
男："还没小孩。"
女："那要一个呀！"
男："要也得有条件吧？"
女："那要什么条件啊？你看连大街上的乞丐都有小孩。"
男："总得有个老婆吧。"
女：……

☆同事的车牌被偷了，对方要求用钱赎回，报警警察不管，只好跟小偷谈判。

贼要求280，同事还价200，贼说220，同事说就200，贼说行。

同事："我把钱打到你账户，怎么确定你会把车牌还我？"
贼："我们是有信誉的。"
同事："我这次赎回车牌了，下次再偷我怎么办？"
贼："放心，我们是全市唯一一家成规模的，除非是外地流窜过来的，偷过一次不会再有第二次的。"

同事：晕……

☆昨天晚上K完歌，一群人打了几辆车回来，我们的车快到的时候，哥儿几个在议论："看来咱们的车是第一个到的啊！"

这时司机师傅说："对，咱们是沙发……"
我们汗……

☆姑父在卖废铜。
姑父："多少钱一斤呀？"
破烂师傅："14元一斤。"
姑父："今年怎么这么便宜，去年不是价高多了吗？"
破烂师傅："去年开奥运会，要做铜牌、银牌、金牌。"
姑父：……

☆今天，下班和同事一起去吃饭，我俩点了一盘辣椒炒鸡蛋，发现里面有根头发，然后同事就用筷子夹起头发，大喊："老板，你看看这是什么？"老板一看，哦了一声，就喊道："来呀！给这位小姐换双筷子！"

☆第一次去吃意大利比萨，不知道吃啥，就点了份38元加8元送一份芝士的套餐。餐毕，发现少了点什么，一想，原来少了份芝士，于是叫喊道："服务员，我的那份芝士怎么还没上啊？我都吃完了，还让不让人吃了？"服务员："先生，您的那份芝士已经浇在您的比萨了……"我："没事，你去忙吧……"

☆一日上完体育课，肚子饿得不行，跑到餐厅吃饭，人多，太拥挤，也乱，我就对打饭的大婶喊："我的饭速度点啊！"大婶就对里面做饭的人喊："里面的快点！要饭的等急了。"

☆那天突然接一个电话："猜猜我是谁？猜中有礼物哦！"我把可能的人都猜了一遍，还不对。后来我怒了，问："你到底是谁？不说我挂电话了！"结果那人说："我是送快递的，你有一个包裹……"当时我就吐血了。

☆公共汽车上老太太怕坐过站逢站必问，汽车到一站她就一个劲地用雨伞捅司机："这是展览中心吗？"

"不是，这是排骨！"

☆某男向某女求爱，用二胡拉了一曲《二泉映月》，事后女的说："二胡拉的不咋地，人长得倒是和瞎子阿炳挺像。"

☆运动员投篮，连五次都没投进，教练道："笨蛋！瞧我的！"也投了五次仍不进，"看见了吗？你刚才就这样投的！"

☆一起练车的一个阿姨，有天她老公骑摩托车载她回家。在路上，有个男的想要拦住他们，对他们说："我的车被前面的人偷走了，借你的车给我去追他。"

阿姨老公没理他，继续开，那个阿姨坐在后面说了句："我把我的车借给你了，我等下拿什么车去追你？"

☆某日，一位小姐打电话叫出租车。小姐："你好！我在某某路口，我要搭计程车。"
司机："那你穿着什么衣服呢？"
小姐："我穿白色上衣，蓝色裙子。"
司机："到哪里？"
小姐："到膝盖。"
司机：……

☆一个乞丐来到一个吝啬鬼家门前乞讨。
乞丐："请你给我一小块肉，奶酪或奶油。"吝啬鬼："没有！"
乞丐："面包屑也行。"
吝啬鬼："也没有！"
乞丐："那就给口水喝吧！"吝啬鬼："我们连水也没有了。"
乞丐发怒了："那你为什么还坐在家里？还不快和我一起去要饭！"

☆我们的乘法口诀很厉害的……几个科学家在一起开会，有人问11乘11等于多少，美国科学家恨不得把脚丫子搬出来数，中国科学家立即答道："121。"美国科学家立即严肃地批评道："数学怎么可以蒙呢，科学是个很严肃的话题。"然后掏出计算器按了半天，果然是121，不禁惊讶："哇，你蒙得还真准！"

☆我要女友有可口可乐的身材，女友答："2.5L的行不行？"

☆最要好的朋友对我说想恋爱了，我就带一个漂亮的MM介绍他认识。
我向MM介绍我朋友说："我朋友，帅，年轻有为，有钱，有绅士风度，最重要的是他很善解人意。"
MM惊叫地说："什么？善解人衣？"
我和朋友当场石化。

☆刚认识一个样子很斯文很单纯的MM，和她逛公园，找到一张椅子坐下。

然后看到她从包包里拿出一包香烟，我惊讶地问她："噢，你抽烟的？"
谁知她用很BS(鄙视)的眼神看着我回答说："你才知道啊？"
我晕……

☆探望一个比较好的朋友，因为熟悉所以就不买水果之类的东西去，刚进门他那5岁大的孩子问我："叔叔，有没有水果吃啊？"
我说："呵，叔叔没有买来，要不这样我给钱你买吧。"
接着就给他十块钱，谁知这孩子接过钱一脸的不高兴小声地说："才十块钱？"
呃……无语，这孩子，我真是给钱买讨厌啊。

☆美国有位作家某次到一家杂志社去领取稿费。他的文章已经发表，那稿费早就该付了。可是出纳却对他说："真对不起，先生。支票已开好，但是经理还没有签字，领不到钱。"
"早就该付的款，他为什么不签字呢？"作家有些不耐烦了。
"他因为脚跌伤了，躺在床上。"
"啊！我真希望他的腿早点好。因为我想看他是用哪条腿签字的！"

☆厂长和外商谈判。谈判中，外商鼻子发痒，打了一个喷嚏，巧的是，翻译的鼻子发痒，紧跟着也打了一个喷嚏。
厂长不高兴地对翻译说："这不用翻译，我们听得懂。"

☆约翰到一家酒吧应聘警卫。酒吧的经理问他："你有没有经验？"
"当然。"约翰就环视四周，看到一个醉醺醺的酒客走过，马上把他抓过来，随之一脚将他踢出门外。
然后得意扬扬地问经理："那请问我现在能不能见总经理了？"
"那你恐怕要稍等他一下了。因为他刚才被你踢出去了。"

☆来福自从参加普通话过级考试得了87分后，就以为自己步入了高手的行列，发誓不再说一句方言。一日回老家采访产业结构调整，四处寻村长不着，正焦急之间，忽见路边刘大爷在放羊，来福于是操着87分的普通话问老人可知道村长去向，老人好像对87分的高水平普通话不买账，半天不吭声，倒是正在低头吃草的羊忽然仰起脖子"咩"了一声。老人一鞭子抽在羊身上。来福问刘大爷为什么无缘无故打羊呢？
老人愤愤地说："自从这家伙被拖到城里

转了一圈儿回来后，就再不好好叫唤了。"

☆学校有一个光头老师以严治学生出名。有一个学生立志要整他。

一天那学生给老师打电话："喂，是 XX 老师吗？"

老师："是啊，什么事？"

学生："听说你是光头啊，我也是光头哦。"

老师：……挂断。

此学生换了一个号打过去："喂，请问是××老师吗？"

老师："啊，你谁啊？"

学生："我就是刚才那个光头哦。我头发长起来了，要用'霸王'哦。"

老师：……

☆天热了，经常有学生逃体育课。到期末考体育的时候……

体育老师："×××，你上节体育课没来吧？！"

×××："什么？我来的啊……"

体育老师："胡说，我点了名的！"

×××："我答应了的哒……"

体育老师："……我说你没来嘛……小样，我上节课根本没点名……"

☆学《荷花淀》一课的时候，语文老师激情澎湃地问我们："水生嫂他丈夫的身份是……"

"男人！"我们也激情澎湃地回答他。

☆英语老师耳朵不是很好，每次抽人起来回答问题的时候……

老师："这道题选什么？"

学生："……B 吧……"

老师："对！就是选 C！请坐下！"

☆刚学"夏威夷"这个英语单词的时候，老师叫醒一个睡觉的同学："跟我读，Hawaii。"

被叫醒的学生："啥？好安逸？"

☆去买瓜子，听到旁边一买水果的人一边拍自己的肚子一边说："老王，你看，我肚子摆出来都那么大了。"

老王："你再摆，再摆我喊城管来给你收了！"

家有强悍的老妈老爸

☆母亲劝女儿嫁给一位富有的老人，女儿激动地叫嚷着："我不和那人结婚，他太老了！"

母亲安慰道："这有什么关系呢？又不是要煮着吃的！"

☆我爸爸去火车站买票，排了半天队轮到他时，对售票员说："一张去南京的票。"（其实他在南京要买去上海的）售票员说："不用买了，你到了。"于是我爸爸就走了……于是又继续排队……

☆两兄妹都到了爱美的年龄，每天总对着镜子顾影自怜，但妈妈常常只给妹妹买漂亮衣服，哥哥为此对爸爸抱怨此事，爸爸安慰道："外销的东西要特别讲究包装！"

☆我爸为了画工程图方便，买了个硕大无比的华硕本本。

一次本本坏了，他背去维修，维修人员大惊："怎么会有这么大的笔记本电脑？"老爸大怒："这不你们产的么，莫非还是我自己做的？"

☆我爸今天去南京开会，吃饭的时候我妈说："你爸刚打电话回来，说是到宾馆了，一人一间条件不错，还有圆形的透明浴室，特暧昧。"我说："那你不担心啊？"我妈特淡定地说："有什么担心的，你爸开的是全国扫黄打非工作会。"

☆买了条裙子，第一次穿上在爸妈面前"显摆"，并向他们炫耀说自己超级喜欢上面的蕾丝边。当时我爸就来了一句："原来我用了几十年的蚊帐现在叫做蕾丝！"偶滴神啊！

☆老爹没退休前，是我家那里知名商场家电部小头头。由于职务之便，所以在我年轻的时候，经常可以拿到很多崭新的、名牌的衣物，比如：长虹的 T 恤衫，康佳的短裤，三星的夹克……

☆我问我妈："你要那么多土豆干啥呀？"

我妈说："吃呗，你忘了你小时候跟猪抢土豆吃了？"

我吓了一跳，赶紧制止我妈："这事儿可别跟外人说。"

我妈很是骄傲："怕啥呀？你忘了你赢了？"

☆我妈有天看到电视上放到麦克·杰克逊的镜头，凑上去看了半天……

冲我说了一句："这女的长得咋这么像个男的？"

☆打电话回家。我妈接的，问我是谁，我叫了一声："妈！"

我妈答应了一声，然后接着问："你是哪位？"

我抓狂："除了我之外，你难道还有别的女儿？"

☆我妈有一对同事夫妇，女的 155cm，140 斤；男的 189cm，很瘦。

我妈给我形容："他们俩站一起，就是一个铅笔一个橡皮！"

☆姥姥有一次心血来潮，非要把一个碗柜塞进比它小一点的墙空里，我觉得她虽然没读过书，平时还是挺精明一人啊，那次居然拿了把菜刀妄想把墙给砍了，她正在那专心削墙呢。

我姥爷闪进来，盯着她幽幽地说了一句："疯了吧你！"

☆某次，老妈在家卤鸡蛋，卤好后我看到一特小的鸡蛋觉得好玩，就偷吃了。

后来老妈遍寻此蛋不着，在厨房大喊："有个鸡蛋裸奔了！"

☆一天我洗完澡在地板上奔跑，拖鞋上全是水，于是就滑倒了。"咚"的一声，四体投地啊，只剩脖子还仰着，那叫一个疼啊，于是我就大吼大叫，我妈走过来问："没摔到脸吧？"

"没……"

"那就好。"于是又回屋看电视了。

此刻我还趴在地板上呐！

☆妈妈正在减肥中，吃晚饭时对我说："××，给我盛多点饭，我只能吃一碗……"

☆有一次，我妈去看我姥姥回来，我姥姥家在外地，还蛮远的，回来我就问她我姥姥怎么样了，我妈说："身体还行，就是胳膊有点不得劲了，特别是拿东西的时候，老是抖啊抖的。"

我还没接茬儿，我爸说了："嗯，精神抖

撒嘛!"

☆我外婆从来都不喜欢看电视,有一次是放部队题材的戏,当兵的身穿迷彩服,在做匍匐前进,我外婆坐得稍微远了点,视力不太好,她就大声叫我:"快来看这癞蛤蟆跳得好快啊。"

☆有一次,别人送了只小狗。我们商量给小狗起个名字。开始我爸没搭腔,突然说了句:"叫赛赛吧。"我们都觉得不错。我妈还说:"嗯,好!喜欢比赛,好胜。"过了半天,我爸说:"我的一个战友叫李赛赛。"

☆一天早上我骑着辆破自行车去上班,路上我妈给我电话,因为没戴耳机,所以我说快挂吧,我骑车呢。老人家宽容地说:"那好吧,你小心驾驶。"

☆一次,我妈妈说我是家里的太后。
我得意,什么太后啊,西太后?
我妈妈说,脸皮太厚!

☆我爸爸原先不喜欢小动物,后来养了这么多年,也从习惯变为喜欢,但是他从来不肯承认,经常当着我和妈妈的面说:"哪天你们不在家我就给掐死。"
实际上,他每天一回到家楼下,就要吹哨,然后上楼第一句话就是:"猫叫没?狗叫没?"猫狗听到我爸爸的哨声就像过电似的!

☆一次出差到北京,妈妈发短信问我,吃的什么午饭,我骗她说去全聚德吃的烤鸭。
老妈很快回了我短信:你这个狗东西,太有口福了!

☆不记得那天我妈妈是收到一个什么聚会的邀请,我爸爸就问我妈:"可不可以带情侣呀?"
我心想:晕,为什么不问带家属呢,就是怕我跟去吧,我还不稀罕呢。
我妈说:"行李?就一个晚会我带什么行李啊?"

☆晚上我和老妈两个人横躺在沙发上,我抬起腿捏了捏我自认粗壮的小腿肚,对老妈说:"妈,你说我这要是今晚睡一宿觉,明早上发现我的小腿肚子上的肉都没了该多好!"
我老妈横了我一眼,说:"这要是明早上一起来你发现你小腿变细了,床边上多出一堆肉来,还不吓死你啊!"
还有一次看《加油好男儿》,我特激动地跟老妈说:"妈,你快看看,都是帅哥。"

结果老妈特无聊地回我一句:"有啥好看的,长得帅有啥用,又不是你对象!"

☆有一日,我老妈和我去逛街,路上遇见我一同学,我同学跟我妈打了个招呼,说:"阿姨真年轻!"我妈立刻得意的大笑,赶紧抓着我那同学的手说:"走走走!咱一起去逛街!我也给你买件衣服!"

☆几年前,老妈刚用手机,短信从来不会发,某天我跟老妈短信记录如下:
妈:你杂么?(翻译:"你在干什么?")
我:啊?老妈你会发短信了啊,哈哈!
妈:哈欠(估计是打哈多按了下)
半个小时后
妈:风轻轻地吹带去我对你的思念!
我:老妈你干吗?
妈:练练发信。
我:……
之后数小时,收到我妈各种类型骚扰短信无数。
再后来,老妈打电话来:"女儿啊,倾的倾字怎么拼啊?"
我说:"QING啊,老妈你干吗?"
回答:"没事了,88!"
5分钟后,收到老妈短信:"大海呼啸!倾诉我对你的深情!"彻底吐血晕倒!

☆跟我妈坐沙发上看蜡笔小新,突发奇想,问我老妈:"小新好可爱啊!以后我要是生儿子生个小新一样的你会怎么办?"
我妈慢悠悠地转过头,极其KB地盯着我,一字一顿地说:"掐死,重生!"
我差点被花生米噎死!

☆某年世界杯,我和老爸正全神贯注地关注着赛事,老妈上前小声絮叨:"这地上是铺的地毯吧?"
两双眼睛全部呆滞!

☆最近发胖,我有事没事就叨叨减肥啊减肥……
我妈都会用一句经典的话堵我:"瘦死的骆驼比马大!你就不要想了……"

☆有次我给家里打电话,我爸接的,我就问我妈呢?我爸说我就是你妈……汗……你怎么是我妈呢?我爸解释说,每次我打电话总跟我妈说话,他想冒充我妈多跟我说句话。

☆大学暑假,我买了条裙子,到我妈面前显摆,希望她能夸我几句。我妈让我转一圈儿给她看，上下左右都看完了，我问她："咋样？"我妈说"还行，该包住的都包住了。"

☆我回家按门铃，我妈问："谁呀？"
我答："张惠妹。"（我老妈的偶像）
一日我妈外出回家按门铃，
我问："谁呀？"
我妈答："张惠妹她妈！"

☆郭富城做的那个海飞丝广告，晚上看电视的时候看到了，爸来一句："朱时茂好年轻哦！"妈侧过头来一看说："耶，还真是朱时茂啊！"

☆还有次人家送了我一个獭兔毛围巾，被我压箱底了，老妈有天突然想起来，问我："人家送你的塔利班的兔子，你怎么不用？"我暴汗啊……

☆老妈说楼上的邻居买了辆车，我问："自动的还是手动的？"
老妈思考了片刻："可能是手动的吧，前面有个方向盘。"
我当时就处于抽搐状态了……

☆我失恋，郁闷消瘦无法排解。老爸看在眼里急在心中，但几十年没做亲子教育了，一时半会儿也不知如何开导。一天又是吃不下饭，问也不答，老爸又急又疼，一拍桌子："你也是党员，我也是党员，我们党员和党员之间有什么不可以谈的！"失恋中的我硬是被这句话笑喷了饭。

☆偶爹网名老青蛙，他很喜欢这个ID，偶在博客里都这么称呼他。
摘几个偶博客里记的笑话：
昨天终于看到新娘18岁里非常经典的一场戏——天文台初吻！
赶紧叫老青蛙：快看，这就是我最喜欢的韩国演员！
老青蛙：哦
我（花痴状）：终于看到他们初吻了！
老青蛙（害羞状）：不看不看！
顺便还双手捂着眼睛。
昨天与老青蛙谈到环保，他说某国现在有一项技术，人死之后用液氮速冻至零下200多度，再拿出来，轻轻一碰就成灰了……该灰是高营养成分的化肥，可以用它种植花草，顺便也环保了。由此想到前些时另一国的环保技术，人死后火化，将骨灰高温高压，也就是人工钻石那一套程序，因为他们的实质是一样的，火化后主要成分是碳，微量其他成分能表现为不同的颜色。

最后成为钻石，或者彩钻。可以镶嵌在首饰中，以作纪念。
我：以后大家都挂着骨灰钻石，见面就说："哎，你的钻石好大啊！""嗯！这是我爹。""啊！你看她的更大，你爹是大块头么？""不是，这是我全家……"
老青蛙：做成钻石项链，挂在胸前，就真的"永垂""不朽"了！
某天去学校考试，和老青蛙一起在公交上，感叹路况不好……
我突发奇想：等咱有了钱就买飞机！到天河机场，大手一挥：这个，那个，那个，这三个不要，其他的一样来两个！上班开一架，上学开一架，上厕所开一架。
老青蛙大汗：机场有厕所！
我：我不，我就要拉到美国，日本！
老青蛙狂汗：那不是便宜他们了？
换了个新MP3，老青蛙问旧的那个怎么办，我说谁喜欢就给谁。
于是他喜滋滋地拿了去，把自己当做数码一族，每天早上必定挂好MP3再出门上班。
某日晨，老青蛙塞好耳机略带羞涩地跟我和老妈道别，老妈笑他装时尚："哪有你这样的老头子还戴耳机的？"
老青蛙急了，怎么没有？我每天搭车都看到有个满老的老头子就带着……
偶说：人家那是助听器……

☆我和妈妈都炒股，但她比我炒的时间久，是老股民，我经常问他意见。
有天我要把手上一只股抛掉，问她，她不让抛。结果第二天大跌……
我给妈妈发短信说：臭妈妈，看你不让我抛……
我妈回：臭儿子，不要紧的……
晕……我是个女的啊……

☆一个人漂泊在外，平时晚饭自己不想做，就吃馒头应付一下肚子，有一次打电话回家，老妈问："晚饭吃什么？"
我委屈的回答："吃馒头！"
谁知道老妈说："你偶尔也吃一下包子！"
本来想让老妈同情一下的，我还以为她会说："吃这个怎么行，去下馆子啊！"

☆我妈发手机短消息速度慢，过年发短消息拜年呢，妈妈让我帮她打字，这样速度快点，我按她口述的内容打好以后，妈妈说："好，发射！"

☆我老爸抽烟，我跟老妈都讨厌烟味，我跟老爸说："要不您把抽油烟机打开，在那底下抽吧。"

老爸说："那是它抽，还是我抽呀？"

☆以前有个李嘉欣做的广告：美好生活用丽涛！（MS一洗发水广告）

我妈妈在一边收拾东西，没有看电视。很疑问地对我说："美好生活用力掏？用力掏什么？"

☆老爸对小朋友说："来，外公给你讲个故事，叫'味精'填海。"

老妈在一边翻白眼："那太费钱了吧。"

☆一次晚上睡觉，顺手把我屋门锁上了，我妈早上推门推不开，结果没法烧水（电热水壶在我屋）。她又"不敢"敲门，怕把我吵醒了我发飙。

结果，我醒了以后开门就轮到她发飙，她说："你锁门干什么？怕我××你吗？"

☆一直想要PSP。

妈：那什么东西。

我：就是游戏机，地铁里一人一个。

妈：多大了还玩游戏机，不给买。

我：……

过了一天，我突然发烧，39度多不退，吃药不好。

妈叹气：再烧就把脑子烧坏了，要不买游戏机开发智力吧。

同样的，换我爸。

我：爸爸，现在走到哪里都能看到人手里拿着PSP。

爸：那个挺大的，比手机容易抢吧。

我：是啊是啊，我准备等抢的人多了去买个赃物。

爸：去吧。

☆某天我三姨过来我家玩，然后就做了面膜，是全部是白色的那种，大家知道做面膜眼睛是露在外面的，然后我三姨就从楼下走到楼上来，可能外面的灯光不是很亮，我老爸遇见我三姨了就问道："你眼圈怎么这么黑啊？"

☆老爸老妈是真格儿的"青梅竹马"，邻居，从出生就相识了。他们从不吵架，只是斗嘴。一斗嘴，青梅竹马的坏处就暴露出来了。有一回，不记得他们因为什么原因又争起来了，反正最后是老妈勃然大怒："XX（老爸的小名），你敢说你没把羊粪当成蚕豆吃过？"

老爸面红耳赤："当时是谁骗我羊粪是蚕豆的？"

老妈："我怎么知道你会信！"

☆我的姑妈是个非常热心且性格急躁的人，有一年吃年夜饭，大鱼大肉后我爸爸寻找牙签，我姑妈马上跳起来，风风火火的帮我爸爸找牙签，结果没找到。我爸痛苦的叹气时，我姑妈突然找到一小截比手腕细点的木棒，对我爸爸说："别急，我马上给你削根牙签出来，快得很……说完还真的动手开始削……在全家的生拉活拽下才停手……"

☆再说个我朋友的爸妈。

她妈有次洗澡，老半天还不见出来，也没听见水声。于是她爸在门口叫道："老婆，你在干洗啊？"

☆我跟我老妈抱怨说："你怎么把我生的那么胖？"

我老妈飞过一句："我生你的时候你才4斤多，关我什么事……"

☆和叔叔正讨论九寨沟讨论的起劲的时候，俺奶奶哈哈大笑："韭菜沟？韭菜沟有什么好看的？看韭菜？"

☆因为从小在军区大院长大，我和妹妹说得一口很好的普通话，不带地方口音。

而老爸老妈就不同了，口音很重。我和妹妹虽然不敢明着嘲笑，但常常是暗中笑得肚子痛。

有一次，老爸接电话："哦，你们什么时候开'PC'大会？×××是一定到会的。嗯，嗯……"

妹妹不敢置信地悄声问我："是什么大会？"

我答："应该是'表彰大会'。"

☆有一次给我爸打电话，由于信号不好，那天电话声音特别不清楚。

我爸喂了几声后，我听着不像我爸的声音，于是问："你是谁呀？"

我爸说："你都在叫爸了还问我是谁！"

☆来讲个我爸的，我老妈给我爸用201电话卡打电话快要没钱了，结果在通话的过程中语音提示："您的余额不足，还可以通话一分钟……"

结果我老爸慌忙对着电话说："哦，好！好！我们马上就说完了！"

☆记得一次给妈妈打电话。通了之后，我叫了声："妈！"

我妈警觉地问："谁？"

我愣了一下，乖乖地回答："你女儿。"

妈："不是的吧？你是谁？"

汗死，谁还冒充女儿喊妈玩啊！

☆有天我头脑发热买了条连衣裙，所有朋友一致唾弃我的审美，可我还是觉得也没那么难看，一天正好有约，试穿，问老妈意见，我妈说："行，挺好！"

这时我心中暗喜，觉得我还是有眼光的，最起码得到老妈的赞同，哪知道我妈接着说："反正穿出去警察也不抓！"

☆我妈坐在沙发上正看电视呢，忽然说："转眼养你20年了！要是当时不要你，一年养一头猪，我到现在也该是万元户了吧？"

☆有一次我打电话回家找妹妹，老妈正在玩游戏机，电话就在身边，一面玩一面随手就接了起来。

我："妈，是我。小×（我妹妹）在吗？"

老妈："哦，在。小×，你的电话。快来接。"

妹妹在餐厅，就喊："谁的电话？"

老妈："电信局的，哦，不是，你爸，哦，不对。哎呀，快接，反正是个女的。"

然后我听见老妈"咣当"放了电话，又在玩游戏了。

☆我妹和妹夫特懒，家里很少收拾，出奇的乱，买回来的东西随便往地下一扔。我妈从她们家回来说，她们以后的孩子不怕摔跟头，摔到哪里都有东西垫着。

☆我昨天晚上跟我妈说明天早上买菜的时候给我带点西红柿。因为怕她记不住就特别强调了两遍。

她说："知道知道！烦不烦，你看你一跟我说话我打牌就输，你瞅瞅积分都负好几千了……"

结果今天早上她买了一个西瓜放在冰箱里……

☆每次看到谢霆锋在电视上，我妈就特少女的手捧脸说："哎哟！小王子！小王子！大宝快来看啊！"我瀑布汗……

☆在很久以前。

我："妈。"（没人理）

我："妈。"（还没人理）

我："猫咪。"（依旧没人理）

我："大猫何在？"（怒了……）

妈："小猫我来了……"

☆我家餐厅窗外原来种了很多三角梅和蔷薇，

开花的时候，爬满花的窗是我们家最美的风景。有一年我回家一看，一棵花都没了，窗外护栏上一排近半米高的粗壮芦荟，坐在餐桌边看出去，像监狱似的。我惊得半天说不出话。老妈可能觉得内疚，一指老爸："是他！"老爸一挺腰杆："这是经济作物。"我咬牙切齿："它能干什么？"老爸想了想，不确定地说："去老人斑？"我就知道，这肯定是他们老年协会最新的玩具。我那原来爬满花的窗外，一直到现在都是一排尖锐如刀剑又粗又壮又高的"美国"芦荟。后来，老爸又为他的"经济作物"找到一个理由：防盗。

☆中学的时候，因为好玩，花两块钱买了一个戒指，后来回家后不知掉哪去了，第二天放学回家，我爷爷对我说："今天爷爷给你买了个铂金戒指。"我一看就是我昨天掉的那个。

☆一天，妈妈做饭把面撒到地上了。爸爸懒洋洋地路过，看到了地上白花花滴面一下子扑上去："你个败家老婆，你知道现在面多少钱一斤吗？怎么舍得往地上撒？"

妈妈头都没抬："那你舔了吧！"

☆晚上妈妈怒气冲冲地回家了，摔摔打打的，爸爸赶紧凑上去问，原来受老板的气了。

妈妈让我做晚饭，我不得不从，结果做完后我叫爸爸："做得丑是丑了点，可是味道还不错。"

爸爸瞟了一眼说："我要是吃完了蹬腿了怎么办啊？"

然后想了想，把菜推到妈妈面前说："老婆呀，还是你先蹬腿吧！"

☆周日妈妈去做足疗了，并心血来潮办了个年卡。

爸爸心里极度不平衡，说："老婆你去做足疗，我就得去做按摩，要异性按摩。"

妈妈语气平淡："是啊，你的一身皮都松了，该去紧紧了。"

我差点没把吃着的西瓜喷出来，然后我建议说："要不下周你俩一起去做足疗不就行了？"

妈妈说："不接受男顾客。"

老爸语气开始紧张："难道你们也是异性足疗啊？"

☆头发太长，去剪了一些，剪短了刘海。老妈特反对，回来后，老妈大呼："怎么剪成这个样子。"

我说："剪成什么样子了？"

老妈答："剪得像个不倒翁！"

我晕，直呼受刺激。

结果老妈说："更像天线宝宝！"

我的上帝呀！在老妈眼里我就这个样子啊！

☆一日看电视，电视上一对寂寞的都市男女，男的是文艺青年，女的是离家出走的小姐，两人遇一起。我妈突然冒了句："两人还在那唧唧歪歪干吗，干脆合伙做个小生意，过过小日子拉倒了哇！"我由衷佩服老妈的想象力。

☆原来家里有个爸妈朋友的小孩在我们这里上学，托我们照顾。这个男小朋友牙缝特宽，每天吃完饭还拿个牙签捅啊捅啊的。我爸看不过去了，说："你直接拿筷子剔吧！"

☆有次我和妈妈下楼的时候，遇到两个人，那两个人很不礼貌地盯着我看，我很生气，小声对妈妈说："真想拿锤子敲他们头！有什么可看的！"

妈妈说："这有什么？看就看吧，人家只是奇怪，这老太太怎么长得这么漂亮！"

☆我在家走路都是横着的，经常会撞到墙啊、桌角、落地扇之类。

我爸总会在第一时间问："没事吧？"

我："没事没事！"

我爸："问茶几呢？好几百块钱呢！"

☆我妈在电视里看到一个嘴唇巨厚的非洲人说："这人嘴唇怎么那么厚，切切能有一盆子……"

☆我们家老爸老妈一个严厉一个可爱，平时一个负责打我一巴掌，另一个负责揉几下。

一次老爸出差给我带了条施华洛世奇的项链。

老妈打电话给我："宝宝，老同志从欧洲给你带了条项链！"

偶狂喜，难得啊！偶那铁面老爸，赶紧问："虾米牌子的？虾米样子的？"

老妈："小天鹅牌的！"

☆有次在外公家看电视，电视里在演《同一首歌》，潘伟珀在唱歌，我妈咪就问："哎呀，这个小伙子是哪个，有点帅的嘛。"

我正要说话，外公大声地说："潘帅，潘帅啊……"

我茫然……一看，电视里的镜头是：潘伟珀的歌迷举的牌子，上面写的：潘帅。

☆我哥指责嫂子专拣软柿子捏，他岳母回头幽幽地说："我就是那个最软的柿子。"

☆我妈和我舅舅姨妈都是非常大的嗓门儿，以前暑假在家，经常我在客厅里就知道我妈下班回来进大院了。（我们家住6楼）

高中时有回跟我妈妈逛街，遇到大舅在街对面，我的老妈，就隔着隔离带和我大舅唠上了，大街上那个人来人往、车水马龙喧闹呀……

等我大舅走了，我妈居然跟我抱怨："你大舅怎么那么爱嚷嚷啊，搞得我都不好意思了。"

☆我妈妈是在农村长大的。有次大家一起回农村看外婆，走下车就看到很多狗狗在"散步"。妈妈立马提醒大家要小心狗狗，不要被咬了得"疯狗症"。

舅舅说："你不是在乡下长大的吗，还怕什么狗啊？"

妈妈说："在乡下长大又怎么样？这些狗又不认识我！"

☆我小姨父每次看电视听到刘德华唱《中国人》的时候都会说："唉，我给你说了叫你不要唱，你太瘦了。把中国人显得太弱小了，不行！这首歌应该让成龙来唱！"我小姨这时候就会接腔："我也跟你说了多少次了，当时成龙不在家，只有找刘德华了！"

☆一天，俺们一家人坐在一起谈天，也不知咋的就说到我们的长相上了，俺娘颇感自豪地说："你们都随我，长得好看，人也都聪明。"

俺们也随之附和，拍些马屁，不料俺老爹突叫："×（俺小名）。"

俺随应之："嗯，啥事啊爹？"

片刻老爷子扬扬得意曰："我傻他也照样喊我爹。"

俺真无奈了……

☆我出国前内心对未知的世界是充满了恐惧的。我爸爸为了缓解我的紧张情绪，跟我说："××，其实爸爸真觉得你特别能适应美国的生活，而且相信你很快就能和那些美国孩子混成一堆。"

当时我觉得："哟，我爸爸这么相信我哪！真高兴！"

就问他："为什么啊？为什么啊？（特兴高采烈的）"

我爸："因为你跟他们一样，整天无所事事，不求甚解。"

☆以前我妈教育我不好好学习："就一天一天跟你操心，气得我都不长个了。"

我当时就无语了……

☆工作了是周末回家，每次礼拜五下午回去，我都会问我妈，我这周瘦了没，俺老妈就喜滋滋的说，看着真有点瘦了呢，于是乎俺就屁颠屁颠乐呵呵地吃好多饭。

等第二天起床，她就会一脸疑惑地说："昨天好像是看走眼了哦……"

我黑线……

☆老爸哄小朋友吃饭："来，吃！想当年红军叔叔翻雪山过草地的时候，没有东西吃，连裤腰带都煮来吃了，你想想看，你现在的生活多幸福。"

小朋友想了想，问："那他们的裤子掉了怎么办？"

老爸一呆："这个问题，外公没有研究过。"

☆我爸看电视的时候我在他面前转悠，打扰他看电视玩。

我爸拿起遥控器冲着我按："我把你关了！"

我：……

☆前几天跟我爸讨论买啥车，奶奶边上插了句："买面包车吧，饿了还能啃两口！"

☆我跟我妈说："我喜欢加菲猫，我馋我懒我光荣。"

我爸爸说："你都光荣了20多年了，哪天你无耻一回我们看看。"

☆我爸经常嘱咐我结婚一定要生孩子，然后很悲凉的自言自语："不然以后连个上坟的都没有……"

☆我妈会喊我爸："相公、亲爱的、老公、小苹果"等等N种称呼，直接把我恶心死，喊的我爸腿软……

☆你还有两年毕业，赶紧抓紧时间找个好的，不然好的被选光了，只剩抠鼻子挖眼的啦！

☆我爸爸对我描述他失眠的样子："我像个憨狗一样坐在床边。"

☆就前几天，我妈跟我说："你去学学跳舞吧，一点气质都没有。"我说："学什么舞啊？"我妈说："那个叫什么来着，钢管舞，有空去学学吧。"

☆ 我爸：洗 澡 =wash morning 洗 碗 =wash

evening

☆我爸爸总是跟我说："社会呀，就是一片大森林，里面有狮子，有老虎，有鳄鱼，你呢，就是一只小角马，不听大角马的话，自己去瞎蹦跶，总有一天要被吃掉！"

☆我跟我妈说："这么大的人了别整天跟这撒娇。"我妈立马凑过来撒娇状："我哪有撒娇啊？"我立刻石化，边上的朋友立刻卧倒……

☆我家有红蚂蚁，小区给发了灭蚂蚁的药。我妈把药洒在墙缝里，就蹲那看，然后忽然特亢奋地喊："快来看，蚂蚁把药抬走了！这个药吃了他们都自相残杀了！蚂蚁都疯了！"

我满脑袋黑线……

☆在家和爸爸比懒。说不过我，爸爸甩了一句："卿出于懒，胜于懒！"

☆我妈有天问我，盘发髻好看还是梳辫子好看。我说："当然盘发髻了，那才像个当妈的。"我妈说："哼，你就是嫉妒我比你好看！还是扎辫子显年轻！"

我妈经常要求我称呼她为母亲，又一天她又问我盘发髻好还是梳辫子好，我说："作为一位伟大的母亲当然应该有一个高贵的发髻。"她想了想说："好！"

☆我跟我爸发短信，那段时间适逢汽油降价1毛和催促我结婚同时发生。

他问我："你不是找了个加油站的吧？"

☆有次我在刷牙，我父亲跟我在说事儿，具体什么内容忘了，反正当时我满嘴泡沫无法回应，结果他激动了，跑我跟前，很穷摇，很咆哮："你回应我一下好不好！"尾音委屈上扬，当时我就酥了，我妈一旁也几近石化，立刻以白沫飞溅回应之。

☆我爹那土人还把我的妮维雅洁面乳当洗发水用，挤了快半瓶还嚷着："洗不出沫子，没得沫子嘛！"

☆我跟奶奶去买东西，她捏着一包卫生巾问店主："这新鲜不？"

店主无比坚强地回答："当然新鲜啊！"

奶奶以为那是面包……我当时就默默走开了……

☆这几天世界田径锦标赛，今天刚结束，我

妈看到了说："姚明是不是因为受伤了所以没参加？一直没看到他。"

☆今年高考，运气好，考上不错的学校。我妈就着急了一个暑假："怎么办，这可怎么办，啊啊啊，考上了啊，考上了要怎么办？"

☆和我妈去市场，一个菜贩对一位老奶奶很没礼貌，我妈就偷折他的菜，把菜折成两半。

☆自从我跟我妈宣传名言"精神病人思维广，弱智儿童欢乐多"之后，她就一直叫我欢乐多，我只能无奈地回称她思维广。

☆我妈妈喜欢玩QQ空间，又不喜欢让人知道她去过别人的空间，所以从不在QQ上进入其他人的空间。众人皆知SOSO是腾讯旗下的，所以可以从那里面输入QQ号进入空间。而我妈妈最不擅长的就是在地址栏里输入域名。而我们家的主页是Google。所以，她一般看别人的空间时，都在Google里输入百度，点搜索（我妈妈不知道谷歌），然后点开百度，在里面搜索SOSO，再打开SOSO的界面，输入QQ号，终于进去了……

☆今天早上应黎静之约，随他们公司去秦岭野生动物园植树，植树的过程超累，我就不多说了，后来我们一家去坐那种铁笼子的车去看野兽，一开始都没什么，是些羊啊马啊，后来到了狮子老虎的区域，动物们都懒懒的不太动弹，我妈握着防护的铁栏杆，对着它们喊叫："来啊！来吃我！"

☆儿子被人打伤回家，眼睛哭得通红，父大怒说："爸爸很不高兴，要打你就打赢了回来，不打赢回来没有饭吃，要不你就别动手……"儿子闻听之后连忙说："下次我赶紧跑。"

☆上中学的女儿和父母闹别扭，一整天不说话，母亲一怒之下说："你有本事，我们这两个更年期管不了你这个青春期！"

☆小学生考了低分回家，母亲指着试卷上的题目问他："你是缺钙还是缺心眼儿，这么简单的题目也不会做？"

☆儿子惹父亲发怒，父亲举起巴掌说："今天我要不打死你，我就姓你那个姓！"而事实上，儿子和他一个姓。

☆做填空的时候看到评论说出题人比做题人

痛苦，突然就想起来我老爸。上小学的时候有一段时间语文老师布置过一个作业，要求家长每天给孩子写四个词，然后我们用这四个词为开头写句子。这么光荣的任务当然就交给老爸了，他总是特别慎重的对待这个事情。有一天他在灯下对着我的小本子坐了很久，最后得意的过来对我说："给，好好想想！"我一看本子马上就高兴的，很顺溜地大声说："高高兴兴出门去，平平安安回家来！"老爸立刻抓狂。我还很纳闷，这不是工厂墙上刷的标语么，每次坐班车都会看到的呀！

后来有看到别的小朋友的作业，很多家长写的开头都是什么：小明，小红，小芳。一个同学天天的作业基本上都是小X系列。甚至还有的开头只有一个字：啊。我为老爸对我作业的严肃认真与负责而哭泣。

☆前天晚上给老妈打电话，我唧唧歪歪说了很多对早日挣钱的渴望，老妈很平静地说："你傻了吗，要是毕业了就拿那千把块钱，等到22世纪你也买不起房子。"

☆还是电话。每次给老妈打电话的时间，她都已经卧在床上，用充满幸福感的声音告诉我她最近都经历了什么什么风波，买了什么什么吃的，在看什么什么电视。一次她告诉我刚在超市里买了两箱芦荟味酸奶，我嫉妒的说："呀，妈，你看我不在家，也没人帮你喝，你可千万别让酸奶过期了呀！"我以为她会安慰我然后让我每天也跑去买，可是老妈（笑迷迷的）说："不会啊，前两天我一次喝一盒，后两天一次喝两盒，一定不会让它们过期的！"泪奔……

☆其实我可不想和老爸通电话了，因为和他讲话没八卦听，而且他喜欢追问我的学习情况，每次结尾他都很领导的总结："在学校首先是要保重身体，健康是革命的第一本钱，其次才是学习。"如果到这里就结束了我还是会很感动的，可他老人家总是要再加上一句："身体不好，也学不好啊！"说到底还是为了学习。我抗议过一次，他很奇怪地说："光吃不做，那不就是养猪了么？"

☆俺才22岁啊，有次出门的时候，我爸开车中途遇见了我的高中同学，载了他一段。同学下车后，我爸说："发个短信问问他有没有女朋友吧，小伙子不错的……"

☆我初中和我班主任吵架，喊了家长。我爸风风火火地过来，冲我吼道："老子怎么教你的，喊你忍到毕业后再算账……"之后我老师就没管我了。

☆有一天我正在电脑上看帕萨特的图片，我妈转悠过来，我就说："妈，我结婚时你就给我弄辆这个吧！"

我妈立马掏仨钢镚儿出来朝桌子上一拍，然后贱有气势地说："我估计还得找5毛！"

呵呵，我妈给我的印象一直很文静，从来不说什么离谱的话。结果有一次，大概是我还在读初中的时候吧，我和她一起坐出租车，红灯停的时候，她突然指着马路边一个阿姨说："看到没？那个就是你老爸的初恋情人！穿红衣服的那个。"当时，我完全没反应过来，连出租车司机都转过头来，意味深长地望了我们一眼。

☆我是个穿衣服很不喜欢约束的人，经常穿一些很宽大的衣服。某晚出去买书，很鬼使神差地穿了一件收身的白色OL型衬衫，然后被我爸看到。他盯了我五秒钟，突然爆出一句："喂，你今天怎么穿得那么……"

我刚想他是不是要夸我两句，他接着说："那么冰清玉洁啊？"

我当场崩溃，难道我平时很龌龊么？

☆想起高中一女同学，她妈妈的原话是："闺女啊，你长得难看不要紧，要好好学习，将来挣了钱才能去整容……"

☆上学的时候我抱怨学校老师太烦人，作业太多，这不好那不好，我妈撇撇嘴说："你们现在的小孩，拉不出屎还怪地球引力太小。"

☆带男朋友回家，我妈说："他会看上你，就证明了他脑袋不行。"

☆夏天的时候，我经常穿着短裤在家晃悠。所以我爸爸每次都说："唉，古时候，盲人估计就是摸到你的腿了（参考盲人摸象）。"

☆和爸爸妈妈一起看《十面埋伏》，看到章子怡最后又活过来的时候，我说："怎么过了这样长时间又活了。"

我爸爸说："现在有手机应该赶快打120还能救得活。"

我妈妈说："山沟里，还下雪，信号不好……"

☆我妈常常一大早起床，然后把我叫醒，对我说："××，你继续睡吧！"我哭啊！

☆我妈第一次喝咖啡，非常仔细地品尝了后，虔诚地问我："这种锅巴味，就是你们所谓的香

吗？"

☆我说："老爹你看我都胖成啥了，腰都没了。"

老爹："谁说你没腰！你腰有得很。"我暗自窃喜……未完。

老爹："你腰粗成那样，你还敢说你没腰？"

☆爸妈吵架，我爸气得说了句："我给你滚出去！"

☆老爸最看不惯外国歌星。可是有一天，我正在看迈克·杰克逊的MTV时，赫然发现老爸站在后面看，一脸深思的表情。"爸爸，你也喜欢看这个？"

老爸摇了摇头："毛阿敏真是越来越难看了。"

☆春节后没几天就打电话给我，第一句就是："你啥时候结婚呀？"蒙，愣5秒，问："老妈你说啥？"

老妈再问："你啥时候结婚。"我说："我这不还是单身吗？结婚？"

老妈问："那你什么时候找女朋友，谈多久结婚？"

我："找到谈一年两年就结吧？"

老妈："结婚多久生孩子？"

我小心翼翼："结婚之后看吧，两年？一年？"

老妈："你现在31了，在花1年找女朋友，谈两年结婚，结婚两年生孩子？"

我："啊，咋了？"

老妈接着说了句雷死人的话："你还不抓紧，那等你孩子出生能说话了，你是想让他叫你爷爷呀？"

我的老妈呢，我有那么老么？

☆上周五接到老妈电话："儿子，你找到女朋友没呀？啥时候结婚呀？"

我晕："妈呀，哪那么快呀，我说最近您怎么这么上心呀？"

老妈："你侄女读书住校了，不需要我上心了。你哥哥嫂子都有自己的事情，我无聊，我只能关心你的终身大事了！"

我的老妈呀，合计你是无聊没事做才关心我呀？

☆昨天老妈又来电话问我找女朋友的事情，我急了："老妈。您老最近怎么了？"

老妈："最近无聊常出去溜达。"

我："嗯，然后呢？"

老妈："遇到三姑六婆什么的。"

我："嗯。"

老妈："她们总问我，你家二小子多大了？"

答："31 岁了。"

问："结婚没呀？"

答："没呢。"

问："有女朋友没呀？"

答："没呢（满心认为别人会帮忙介绍女朋友）。"

问："你没带他去医院呀？"

答：……

问："他是不是哪里有毛病呀？"

答：……

老妈落荒而逃……

回来就拿我出气："小子，你赶紧给我找个女朋友，让你妈我也有点面子行不行呀？"

我的老妈呀，你让我找女朋友就是为了让你有面子呀？

还没完，继续电话，最后："儿子，你说要不你还是到医院去一趟吧？"

我彻底倒塌……

☆停电了，我爸手机还充着电，他举着蜡烛找东西，我问他："你找什么呢？"他说："怎么充电时的那个绿灯不见了？"

☆我爹娘说，我小的时候和他们一起住宾馆，早上起来他们发现我很乖巧地拿牙刷刷牙，问题是宾馆的洗手池比我人还高，他们就问我怎么装到水的，我带他们走进厕所，指着马桶……

☆我特别喜欢小动物，但老妈特烦动物们把家里弄乱。小时候闹着让老妈在家里养一只猫。

老妈想了想，说："我只能养一个。养猫还是养你，你自己定。"

当时我一想，自己年纪尚幼没有自我谋生能力，于是只能忍气吞声再不提养猫一事。

等到终于长大了，有自己收入了，觉得应该能养得起自己了。因为跟老妈同住，于是我怯怯的旧事重提，再度递交养猫申请。老妈这次想都没想，直接脱口而出："你只能养一个。养猫还是养我，你自己定。"

我遂彻底死心了。

养猫一事，还是以后能跟老公搬出去住之后再说吧。

☆我跟老公经常以抬杠斗嘴为乐。通常情况下，胜者都是我。但是只要老妈在家里，老公一旦抬杠抬不过我了，就会向老妈告状。

于是老妈就会过来干涉："阿灰，你不要欺负啦。"

言语间完全彻底偏向老公那边，拉偏架拉

得我实在不满。于是我醋意横生，自己的老妈居然被老公抢到他那边去啦？于是抗议："老妈，到底我跟老公哪个才是你亲生的啊？"老妈微微一笑："当然你是亲生的啦。"我正高兴着，她老人家再添一句："但他不是亲生，胜似亲生。"

☆从小被教育饭碗里不许剩饭，装到碗里的就必须吃光。但是父母总想着孩子多吃点饭，饭碗里总是堆着座小山似的，我又不爱吃饭。于是每每望着饭桌上盛得满满的饭碗就非得扒拉出去一半之后才肯动筷子。

后来老妈想了个法子。先带我去参观了一下附近的老防空洞建筑，特地给我看了看防空洞的拱形结构。然后晚上回家，装上一碗饭给我，告诉我说："这碗饭底下是空的哦，我在米饭山里面挖了个防空洞。外面看着拱起来，其实里面什么都没有的。"

幼小单纯的我信以为真，捧起饭碗很开心的开始吃。吃着吃着不对劲，怎么我把那碗米饭山的尖尖都吃掉了，底下还有那么多饭？

指着还剩半碗的饭，我质问老妈："你不是说挖了防空洞么，怎么下面还有饭呢？"

老妈不慌不忙："你吃上面那层防空洞顶的时候太用力，把防空洞压塌了嘛。"

于是，很好蒙骗的我点了点头，认可了这种说法，继续卖力苦吃。

☆老爸：儿子，电脑中病毒了。

儿子（在卫生间）：什么？病毒？

老爸：电脑黑屏了。

儿子：是不是没电了呀？

老爸：可是电脑灯还亮着呢？

儿子：那是死机了，重新启动系统。

老爸：重新启动了，还是黑屏！

儿子：我在大便，你给笔记本售后打个电话，问问。

老爸找到客服电话：喂，喂。

客服：先生，您好！

老爸：喂，喂，喂，喂。

客服：您好！您哪位？

老爸：你哪位？

客服：不用问我是哪位？您哪位？

老爸：我不问你是哪位，我怎么说我是哪位？

客服：好吧，您有事么？

老爸：我没事打电话干吗，我傻呀？

客服：老同志，别着急。

老爸：我能不着急么？刚买的笔记本，就被你们给搞坏了。

客服：老同志，怎么能这么说！

老爸：怎么不能这么说！昨天刚买的电脑，

今天就不能用了。

客服：不可能！

老爸：怎么不可能！你来看看。

客服：我看不了，我在值班。

老爸：什么态度，让你们经理听电话。

客服：他出去了，有什么事情跟我说吧。

老爸：你懂啊！

客服：您不跟我说，我没办法了。

老爸：什么态度，什么态度。我看股票呢，急，不跟你小孩子争。我的电脑黑屏了。

客服：不可能。

老爸火了：怎么不可能！

客服：我没看见！

客服停了一会儿，问了一下别人，又说：抱歉，老同志，是微软的错。

老爸：谁是微软？

客服：微软就是 MICROSOFT？

老爸：帽科骚服？没听过。

客服：是 MICROSOFT。

老爸：猫科少妇？这跟动物和少妇有什么关系呀？

客服晕倒，又来个客服：老先生，我给你个电话，你问他们吧。

老爸：好。老爸一看是免费电话，就给微软打了过去。

老爸：是猫科少妇么？

客服：对不起，先生，您打错了，这里是 MICROSOFT 中国。

老爸：是呀，猫科少妇！你看你们公司，怎么起这个名字，猫科少妇。

客服晕了一下，知道是位老先生：老先生，您有什么事呀？

老爸：我电脑坏了，你看怎么办吧？

客服：您电脑坏了，找卖给您电脑的人呀？

老爸：我找了，他们让我找你！

客服：找我干啥呀？

老爸：我哪知道找你干啥？

客服：您不知道找我干啥，为啥还找我？

老爸：你个猫科少妇，我电脑坏了，不找你找谁，一定是你给弄坏的！

客服：这不可能。

老爸：什么不可能，你来看看呀。

客服：我在上班。

老爸：那你下班来看。

客服：我在美国呀。

老爸：你也太能扯了吧，我让你修个电脑，你也用不着这样推一个老头子呀。

客服：没有呀，老先生。

老爸：还说没有，快来给我修电脑。

客服：那您说说您的电脑怎么了吧？

老爸：突然黑屏了。

客服：原来是这么回事。

老爸：看，不是你们搞坏的，是谁搞坏的！

客服：您一定是用了盗版软件。

老爸：什么？软件还有倒班的？真新鲜。

客服：我是说盗版。

老爸：我懂中国话，倒班不是么？

客服：是盗版。

老爸：对，倒班。

客服，不对，是倒班。

老爸：我就是说倒班呀。

客服：不跟你犟了，总之，您用了盗版软件。

老爸：软件倒班，接班的你给我装上呀。

客服：您得买正版软件。

老爸：什么是正版？我是正着装的软件呀。

客服：正版软件就是我们公司开发的软件。

老爸：我凭什么偏用你们公司的软件，一个猫科少妇开发的，能行么？

老爸：我懂了，你们为了多卖两个钱，就搞这个卑鄙的手段！我要去告你们！

客服：……

☆本人参加中考时，因为要到县城去考试，所以要先交生活费给班主任。回家后向父亲要钱，父亲问："30 元够不够？"我回答："那我考一半就回来！"父亲后给我 60 元钱。

☆除夕看春晚，小虎队出场。我姐姐激动得要死，我妈在旁边指着陈志朋来了句："这家伙不是前几年跳楼死了么？"

童言真的很无忌

☆蚊子飞到熟睡宝宝屁股上，爸爸赶走蚊子抹上花露水。宝宝惊醒大叫："妈，蚊子刚才在我的屁股上撒了一泡尿！"

☆一个同事在家觉得后背发痒，就把他四五岁大的儿子叫来："给爸爸抓抓背。"结果杯具了：小家伙用一只手指抵住他，很正经地说："爸爸，动吧。"

☆在幼儿园里老师问一个小孩的父亲叫什么名字。"爸爸。"她答道。"不错，我知道，"老师说，"可是你妈妈怎样喊他的呢？""死鬼。"她立刻回答。

☆小明和小雨谈论网络，小雨突然若有所思地问小明："你说我是恐龙吗？"小明从头到脚仔细观察了一遍小雨，很迷惑地答道："是不是你要问我你是哪个时期的恐龙吧？"

☆病孩："妈妈，发药的阿姨为什么戴口罩？"
妈妈："给你的药很好吃，院长怕她们偷吃了。"
病孩："给那些拿刀的叔叔戴口罩是怕他们聚餐吧？"

☆电梯里小明放了个很响的屁，小毛一手捏鼻子一手指着电梯门上一牌子说："你没看到这写着'小心轻放'吗？"

☆第一天幼儿园上课，老师把一篮积木倒在桌上，让孩子自由发挥。只见丁丁把积木在自己面前排成一横排，往前一推："我和了！"

☆老李出差外地，迷路了，就走过去手摸着一个在路边玩的小孩的头问："小朋友，这是什么地方呀？"
孩子说道："这是我的头呀。"

☆刘强带着未婚妻刘芳到家里聚餐，把刘芳介绍给大家后，他的小外甥女说："舅舅，你不能和刘芳阿姨好！"
刘强问："为什么呀？"小外甥女说："你们都姓刘，那是同姓恋！"

☆乐乐："妈妈，我是怎么长大的？"

妈妈觉得教育的机会来了，说："是妈妈一把屎一把尿喂大的。"
乐乐大哭："你怎么给我吃那些呀？呜！"

☆孕妇母亲捂着肚子呻吟，男孩问："妈妈怎么了？"
母亲说："你弟弟踢我呢！他越来越淘气了。"
男孩说："你为什么不吞下个玩具给他呢？"

☆六岁的小芳很可爱，常常被班上小男生求婚。有一天，小芳回家后跟妈妈说："妈咪！今天小强跟我求婚要我嫁给他！"
妈妈漫不经心地说："他有固定的工作吗？"
小芳想了想说："他是我们班上负责擦黑板的。"

☆宠物食品公司做市场调查，接电话的是一个小孩。
调查员："你家有没有养小狗小猫或者小兔？"
小孩："没有，我妈就生了我一个！"

☆农夫巡视果园，发现一个小男孩攀上了苹果树。
"小捣蛋，你等着看，我要去告诉你爸爸！"
男孩抬头向上面喊道："爹，底下有人要和你说话！"

☆"爸爸，有人把我们的车偷走了。"
"你记得那人的模样了吗？"
"没留意看，但我把车号记住了！"

☆四岁的男孩亲了三岁的女孩一口，女孩对男孩说："你亲了我可要对我负责啊。"男孩成熟地拍了拍女孩的肩膀，笑着说："你放心，我们又不是一两岁的小孩子了！"

☆妈妈："胖妞，还不去洗澡？"
胖妞："水还没放满啊！"
小弟："你坐下去就满啦！"

☆妈妈："留神别吃下苹果里的虫子！"
儿子："为什么要我留神？该它留神我才是呢！"

☆小男孩问妈妈："妈妈，我到底是从哪里来的？"

妈妈就支吾地解释了半天生殖的过程。

儿子听完一头雾水地说："怎么会这样？我的同桌说他是从山西来的！"

☆在我小侄子四五岁时，他在家里地板拾到一元钱，很高兴地拿起来一看是"一九九二年"的钱，他不高兴地把钱丢了："这钱过期了。"

☆在我的儿子开始进托儿所后的第三天，我问他："你现在喜欢去托儿所了吧？"

儿子说道："是啊，在那里我就可以等着你来接我回家。"

☆在打开一个沙丁鱼罐头时，母亲对孩子说："有时候，大鱼会把这种沙丁鱼一口吞掉。"

兰兰："是吗，妈妈，但是，大鱼怎样把罐头打开呢？"

☆幼稚园里有两个男孩在吵架，其中一个大嚷："我回去叫我爸爸打你爸爸的脑袋。"

另一个小孩笑道："我妈妈都说，我爸爸根本就没有脑袋！"

☆一男生一路跟着女生，纠缠不休。到家后，小弟见那人还在门外不远处站着，自告奋勇去轰他走。小弟出去大喊："没眼光，看上我姐姐！"

☆一个父亲带着刚满三岁的儿子去听小提琴音乐会，看到一半时儿子突然问父亲："爸爸，那个人什么时候才能把那个大木箱子锯断呢？"

☆一次我出差，见一餐馆墙上竖写两行字："小炒，便饭。"

于是入内吃了个饱，出来见两个小学生在墙前朗读："小便炒饭。"从此我再也不吃炒饭了。

☆父亲："把窗户关上，外面很冷。"

儿子："要是关上窗户，外面就暖和了吗？"

☆小学生泪眼汪汪地站在老师面前哭诉道："我也不认为您所做的事情都是对的，可是我有因为这样，就坚持要去找您的父母谈话吗？"

☆小外甥一次生病，从医院回来后，他一直带着哭腔说："我要变成乌龟。"问他为什么要变成乌龟？答曰："乌龟有大硬壳，针扎不进去。"

☆小涛："爸爸，您会闭着眼睛写字吗？"

爸爸："这还不会！"

小涛："那好，请您闭上眼睛，在我这张考试卷上写上您的名字。"

☆小美在作文里写上长大后的愿望：首先我希望有一个可爱的孩子；其次我希望能有一个爱我的丈夫。

老师批语："请注意先后顺序。"

☆小莉报考贵族幼儿园，面试时教师取出一张十元纸币："这是什么？"

小莉："是妈妈给乞丐的废纸。"

教师："你被录取了。"

☆小孩："妈妈，爸爸怎么秃顶呀？"

妈妈："爸爸想的事情太多就秃顶啦。"

小孩："哦，原来妈妈是什么都不想的木头疙瘩呀！"

☆小芳问她的小女儿："如果爸妈有一天万一出了什么事情，你一个人最想去哪里呀？"

小女儿思索了一下，回答道："美国迪士尼乐园！"

☆小儿子询问母亲："我可以有一个弟弟吗？"

母亲解释说："现在还不行，爸爸一直都很忙！"

小儿子说："难道爸爸不可以多找几个人来帮忙吗？"

☆老先生剃光了胡子回家，邻家女孩见了说道："周伯伯！你简直不像老头子了。"

老王大喜，女孩接道："我说你的脸简直像一个老姑娘！"

☆全家驾车郊游。儿子不停地提醒父母看窗外景色。"妈妈，看，母牛！""妈妈，看，山羊""爸爸，爸爸看，漂亮女郎！"

☆皮皮："天使什么样？"

母亲："有一双翅膀，而且会飞。"

皮皮："奇怪，管家阿姨不会飞，爸爸怎么对她说你是我的天使。"

母亲："我今天就让她飞走。"

☆女儿有不满意的事表达不出来就大声嚷，我告诉她这很不好，并对她说有什么要求尽管说，我一定答应。

她回答说："妈妈，我想大声嚷。"

☆女儿："爸爸，你的算术怎么没有妈妈好？"

父亲："你怎么知道？"

女儿："你每天向妈妈报账的时候妈妈总

是说："错了！你剩下钱到哪去了？"

☆爸爸问儿子："你将来要娶谁做老婆？"

儿子："平时奶奶最疼我了，所以我要娶奶奶做老婆。"

爸爸："胡说，我妈妈怎么可以做你老婆。"

儿子："那我妈妈怎么可以做你老婆？"

☆漂亮妹妹，2岁。一日，偶打电话给她的妈妈，小家伙接的电话。出于礼貌，我也要和她寒暄一下："乖乖，妈妈呢？"

小家伙："去花果山了！"

我："乖乖，那你在做什么呢？"

小家伙："阿姨你真逗，我不是跟你打电话呢吗！"

☆同事的儿子，4岁。经典的一句话：我小的时候……

☆昨晚跟老婆视频，聊了几分钟，三岁的儿子喝完奶过来了，一来就抱着我老婆，我就说他："臭小子，又抱我老婆，你真是越来越好色了。"

儿子回了一句话，让我郁闷到现在。这句话是："我又没脱衣服。"

☆一小孩老是哭着跟在孕妇后面，孕妇终于不耐烦了，转过身问："孩子，你怎么啦？"

孩子抽泣着："大婶，我气球不见了。是不是你把它藏肚子里了？"

☆妈妈向小女儿详细讲解婴儿的诞生。女儿静默了一会儿："我们的小猫咪也是这样来的吗？"

妈妈："对啊。"

小女儿："爸爸好棒，什么都会做！"

☆妈妈："小明为什么不分给小妹糖吃？老母鸡找到小虫统统给小鸡吃，你该学习呀！"

小明："好吧。如果我找到小虫，统统给小妹吃好了。"

☆妈妈："你要哪一个苹果？"

孩子："大的，最大的。"

妈妈："孩子，你应该懂礼貌。要小的。"

孩子："难道懂礼貌就得撒谎吗？"

☆妈妈："宝宝已经四岁了，你可以自己睡了。"

孩子："爸爸都那么大了，为什么不自己睡？"

☆巴克老爹坐在公园的长椅上休息，有个小孩站在他旁边很久，一直不走，巴克很奇怪，就问：

"小天使，你为什么老站在这里？"

小孩说："这长椅刚刷过油漆，我想看看你站起来以后是什么样子。"

☆两岁半的女儿经常说一些可笑的话。一天看电视上非洲人跳舞，她突然问："妈妈，这个叔叔咋没洗脸呀？"

☆儿子4岁看见一只青蛙在跳，他就学着这只青蛙跳，跳了几下站起来说："真累啊！真难为青蛙了，每天都要这样跳。"

☆儿子3岁不到，一次抱着他在电脑前看到屏幕中有只很可爱的小狗狗，由屏幕左至右跳过去，到了最右端没了，那小子居然跳下椅子到显示器旁边找小狗狗去了……瞪着大眼睛一脸迷茫地问我："狗狗呢？"

☆小表弟很小时，一次带他做客，看到邻桌一小女孩就上前搭讪，小女孩不理他，就在一旁唱起："妹妹坐船头，哥哥我岸上走……"一桌人差点喷饭。

☆我同事得肾结石，在家休息。他小侄子问什么是肾结石，他说就是尿尿的时候有石头出来，他小侄子很忧虑地说："叔叔，你尿尿的时候一定把脚岔开，小心别砸着脚！"

☆我姐家的小孩，一次我姨问他："大的好，小的好？"

他说："大的好。"

又问："那你长大后当大坏蛋还是小坏蛋？"

回答："当大坏蛋。"笑倒一片。

☆有一天，看到一对龙凤胎，很可爱，可是分不出大小，于是就问："你们谁大谁小啊？"

女孩子神神秘秘地说："你猜猜，我们谁是哥哥谁是妹妹！"

☆有一次问一个小孩："妈妈叫什么？"她奶声奶气地终于吐出了名字。"那么，爸爸叫什么呢？"只见她兴高采烈毫不含糊地说了两个字："老公！"

☆有一次我侄子到饭店吃饭，服务员见他可爱，就跟他开玩笑说："小弟弟，等你长大了，我就嫁给你好吗？"

谁知道小鬼认真地说："不行，你男朋友要吃醋的，怕怕！"唉！那时才三岁半。

☆小时候不懂事，讲话没分寸。有次走亲戚，见到某女性长辈，招呼也没打开口就是："XX，你怎么长得这么丑啊！"听说语气贼认真！奶声奶气。从此这位长辈每年都要感慨无限地旧事重提，杯具的是，我长得越来越像她了。哽咽……这难道是报应么……

☆小时候和一小朋友在外边玩，发现一不知名小草，就告诉他说这是一南方很有名的水果树，下午再去找他玩就看见那棵草就种到了他家。

☆话说107届广交会去广州，一朋友的女儿已经三岁，可爱至极，本人还是挺喜欢小孩子滴，本人女儿3个多月。于是去吃饭的路上要求抱抱小孩，小孩一口回绝，但是表现得相当地大方，一会儿其母说累了，让叔叔抱抱，我以为机会来了，就说："小妹（那边人叫女儿都叫小妹），叔叔抱，妈妈累。"雷人的来了，小妹说："不给你抱，你想吃豆腐！"一行5人笑的那个前俯后仰的。

☆外甥三四岁的时候我给他讲排辈分。讲的多了有点乱，最后他就没耐心了。冲我发脾气大喊："那是我姥姥，不是你的妈妈！"等他妈从外面回来他赶紧就告状："我老姨非说你的妈妈是她的姥姥，还说我的爸爸的爸爸是你的老公！"

"我的妈妈是你的姥姥……（略去几百字）你爸爸的爸爸也就是你的爷爷，你妈得跟他叫老公公……"

☆大宁商业广场，会员积分都是拿了发票和会员卡去一个亭子里有专门工作人员处理的，这天人挺多，积分排队，在我前面的是一对夫妻带着五六岁的小女儿。

轮到他们时，小女儿奶声奶气地指着亭子里办理积分的GG说："爸爸，这个人是男是女呀？"

亭内的那个GG顿时石化，脸都紫啦！不就长得秀气点白净点嘛。

不厚道的我已经在后面笑得快断气，那对夫妻赶紧扯这女孩走人，我撑着墙才把会员卡递进去给那个GG的，过两小时我吃完饭再去积分，那GG不见了，估计伤心躲起来了。

☆春天到了，儿子穿的花哨了些，碰到一阿姨，见到就说："哎呀，这女孩儿长得真漂亮，眼睛大大的，这衣服这么漂亮。"

儿子酷酷地飘出一句："我是男孩！"

然后转过身对妈妈说："妈妈脱下我的裤子给她看看！"

☆儿子只会用勺子，某天一家回娘家，午饭上了一桌丰盛的菜，儿子瞪大了眼睛垂涎三尺，

但是由于妈妈的疏忽忘记备勺子，儿子拿起筷子夹了一个花生放嘴里了，还自言自语："真好吃！"我们都瞪大了眼睛惊奇地看着他。

"怎么你们不吃吗？"

"儿子，你会用筷子了啊！"

"真的啊，妈妈，我会用筷子了，爸爸拍照！爸爸拍照！"

于是乎，每顿饭用筷子时都会喊爸爸先拍照。

☆儿子：我长大了是不是成为像爸爸一样的男人啊！

妈妈：是啊！

儿子：那你小时候是不是也是个小女孩。

妈妈：是啊，儿子真聪明！

儿子：那你老了哪？

妈妈：我就成了奶奶了啊。

儿子：啊，你不是妈妈吗？

妈妈：我将来是你的小孩的奶奶啊。

儿子：哦，那我不生小孩了，让你永远是我的妈妈。

☆昨天儿子要同我睡，并说爸爸跟你睡好久了，你应该跟我睡了。我说爸爸和我是夫妻，儿子连忙说道："就他和你是夫妻，我就不是啦！"

☆记得小时候特别傻，一天我和我爸开玩笑说："我是你师傅。"

爸爸指着一旁的妈妈问道："那这位是？"我一想我是你师傅，她又是我妈，就直接回道："你师娘！"结果被他们笑了好久……

☆今天周末在姥姥家，姥姥指着家里的猫猫说怀了猫崽子了，我一看果然，肚子很大，动作懒散。这个时候刚来一会儿的小表侄突发的反应让我们目瞪口呆。

只见他声色俱厉，手指着猫猫还不停地颤抖："说，怀的谁的野种，说，你说啊！"

猫猫一脸无辜的伸鼻子闻了闻他的小手转身走开了，他还做痛苦状："家门不幸，家门不幸啊！"大家笑翻，现在的孩子啊，千万不能让他们看那些人情世故的言情电视剧……

☆本人今生头次亲身感受了交通事故，话说我这公车开的飞快跟上战场似的。排队上车时售票员大喊："快，跟上跟上！"今我坐一小型公车下一站我就要下了，突然"砰"一声和前面刚从路边起步要上路的奥迪A8相撞把后视镜撞飞。人们都犹豫着下车，轮到一小孩下时对售票员说："退我车费。"于是退给他一块。人们这才纷纷回来索要一块……

☆早晨出门，在公交车站等车，见到一个非常可爱的BB，还不是很会说话。小BB（baby，小孩）不认生，我就用手机逗他，BB看到手机上我老公的照片，指着我的手机叫道："猪猪……"

我笑翻，在一旁的爷爷一脸尴尬。事后打电话告诉老公，老公就很郁闷。

☆还是小学的时候，课堂上表演课文，乌鸦和狐狸，我演狐狸。正好那天班主任把他侄子也带到班上去了。小家伙看了我们的表演。我上初中时，有一回期末考试，两门考试之间，大家都挤在厕所里抢着上厕所，然后小学班主任的侄子出现了，他发现自己认识我，一脸兴奋地走过来："你是那个狐狸吧……"

☆有一天我哥哥跟他女儿说："你再不听话就不让你去上课！"

我姐姐的女儿接了下句，说："我也不乖！"

☆大家都知道幼儿园男孩子和女孩子都睡在一间房间里的。一次妈妈在大学里遇见一个她的学生，这个女生请妈妈和我一起去坐坐。

宿舍小小一间住着8个学生，还是高低床。我就依次问几个姐姐她们的床是哪张。突然进来一个皮肤很白的男生跟姐姐借笔记，我就问他："哥哥，你的床是哪张？"妈妈和姐姐们爆笑，男生的脸马上红的像熟透的桃子。

☆一个小弟弟来我们家玩，拿了块糖给我妈吃，我爸也逗他，说："小朋友，给叔叔块糖。"

小弟弟说："你长得丑，我不给你！"

我爸很没面子，奶奶过去安慰爸爸："你别在意，小孩子净说实话。"

☆因为我比较胖，但是大家都比较照顾我心情，不会当面说我。

有一次大家一起聚餐，同事带了她的四岁的女儿一起去，那小女孩特别活泼，我见十分可爱，就给她夹菜吃，同事就说："快谢谢阿姨。"于是小女孩特别高兴地说："谢谢胖阿姨。"我那个囧啊……然后同事就吵她，我就大方地说没事，又夹菜给小女孩，没想到她接着说了句："谢谢胖阿姨，如果胖胖阿姨你再给我夹菜，我就给你说谢谢胖胖胖阿姨。再夹菜我给你说谢谢胖胖胖胖阿姨……"我彻底无语只能干笑，同事都笑翻了……看来真的要减肥了……

☆这天我洗完头，小儿子看见了，摸着我的头发说："妈妈，你洗头了？"我说："是啊。"紧接着小儿子说："你的头洗的可真白啊！"

☆小童爸做的菜粥没吃，放在桌上凉了。

小童路过，趴在桌边看了半天，语出惊人："这是谁吐的啊？！"

☆我的女儿四岁了，那天解完大便我给她擦完PP后，我冲水，她在边上提裤子，可是大便干，水都下去了，大便还在打旋，她仰起小脸指着坐便器问我："它咽不下去？"笑得我和她哥哥直不起腰……

☆有一天姐姐带着她的儿子坐公交车出门，上车后他儿子看见一个秃顶的中年男人，立刻指着他的头对着妈妈大喊："妈妈，快看，沙和尚！"

☆一次去一个朋友家，他们家的沙发是"一二三"组合的，朋友热情地拍拍那个单人沙发对我说："老兄，过来坐这里，元帅专座。"

我坐下来也附和道："那这位子肯定是我的啦！"

谁知朋友的小女儿（幼儿园的）接着说："天蓬元帅的专座！"

大家一愣，就哄堂大笑了。这小孩子，我晕……

☆侄女今年2岁，某天她妈妈在看电视，她在旁边蹲来蹲去，想要她妈妈跟她玩，就不停叫："妈妈，妈妈，你看这，你看那……"

她妈妈就是不理她，结果那孩子停顿了一下，突然冒出一句话："大师兄，你在干吗？"

她妈妈愕然，然后爆笑！（他妈妈没在看西游记，真的！）

自此以后一发不可收拾，每次有人按她们家门铃，她就在屋里喊："大师兄回来了！"

☆和一群同学在楼下玩球，一个六岁的小屁孩过来凑热闹。我们问她："你看这些哥哥，哪个最帅啊？"

小姑娘看了一圈儿，指着一个同学："他最帅，我不喜欢戴眼镜的！"

于是一个同学把眼镜摘了下来，问她："这回呢？"

孩子看了他一眼，说："更难看了！！"

☆同学家的儿子特别可爱，经常有经典语句碰出来，他妈妈常把他的经典语句发给我们：有一天早上，他一起床就抓着小JJ嚷嚷："妈妈快来帮宝宝抓痒痒……那蚊子羞羞脸，咬人家那地方。"

☆那小男孩挂电话总是说："拜拜，明天再打！"有天晚上他妈妈上晚班，他给他妈妈开门，然后说："妈妈拜拜！明天再……"顿了一下，感觉不妥，思考了一下说："拜拜！明天再回来啊！"哈哈，叫他妈妈晚上睡大街……

☆我儿子今年6岁了，一天问我。
"妈妈，什么叫旅程呀？"
"就是出去旅游呀、玩呀的这个过程经过。"
儿子看着我，好像没太听懂。想了想问我："妈妈，那红程呢？"

☆儿子6岁生日，一大家子人一起给他过生日。顺便给我爸爸过58岁生日。（儿子11月13日生人，我父亲是11月14日。）推杯换盏之间。听到儿子问我父亲："爷爷，为什么我生日比你大一天，还要叫你爷爷呢？"
满桌人定格3秒，狂笑喷饭……

☆一家四口吃晚饭。我问老妈："今天学的历史不明白（我妈是教历史的老师）。五四运动到底是怎么引起的呢？"大啃鸡腿的弟弟（5岁）抢着说道："哥，你白痴啊，问爸爸去。爸爸教体育的。"瞬间全家人喷饭。（弟弟瞪大眼睛，作茫然状）

☆儿子三岁，刚会说话不久。一天，他神神秘秘地对我说："妈妈，爸爸和阿姨好。"我一惊，心想：童言无忌，难道先生他，我有点不寒而栗。
我忙问："哪个阿姨呀？"儿子小手拉着我就往房间走，指指墙上。我恍然大悟，那位阿姨就是结婚照中的我自己。化了妆穿了婚纱他认不出我了。

☆妈妈："皮埃尔，你想吃一块甜饼吗？"
皮埃尔没反应，妈妈又问："皮埃尔，你想吃一块甜饼吗？"
皮埃尔说："想吃，妈妈。"
妈妈说："为什么非要我问你两遍呢？"
皮埃尔："因为我想吃两块。"

☆六岁的女儿认真且严肃地问道："妈妈，桌子到底有没有腿？"
妈妈："当然有腿了，否则它如何立起来呢？"
女儿："那它为什么不走呢？"

☆我带小豆在城墙边玩，小豆忽然看见正在写生的小朋友，他看了他们半天，然后问我："叔叔，他们一定很穷吧？他们这样画的多费劲啊，为什么不买台照相机呢？那该多方便呀！"

☆晚上，爸爸妈妈正在放白天为弟弟拍摄的录像，弟弟进来看见了突然大叫："盗版！"冲上去把电视关了，然后一本正经一拍自己的胸脯说："不要看盗版，要看就要看正版的。"

☆在城东租了一房，房东有一子，六岁，调皮、机灵、可爱，尤以模仿力著称。
由于尚小，常有高级语录和行为问世，记录下来，不失一乐。
翌日回家，房东之子见了我，理直气壮的，指着说："就是这位叔叔说的。"
把其父弄得哭笑不得。原来，房东之子在我回家之前，对饭菜不满，一直要吃猫肉。问为什么，他说吃了就可以长出如他家深受他喜爱的小猫的洁白色的长毛。哦，我知道啦，昨天小家伙问我为什么我的腿上长了那么多的长毛。
我告诉他，那是因为我吃了肉，身上有毛，所以就长出来啦。

☆家里吃包子，宝宝对爸爸说："给我一个包包！"
爸爸对苗苗说："不要说包包，要说包子。"
宝宝点头表示记住了。晚上宝宝忽然指着爸爸的胳膊说："爸爸，你的胳膊让蚊子咬了一个包子！"

☆吃饭时贝贝拽了张餐巾纸先在碗里蘸了点汤，然后对着爸爸的鼻子比划一下，吃惊地说："呦，这么多大鼻涕。"

☆同事的女儿不到三岁。有一天同事睡午觉醒来发现身边的孩子不见了，一转头看见小东西坐在梳妆台前，拿她的化妆品抹了满脸，化了一个大红嘴唇，冲他妈妈龇牙一笑说："你看我是牛奶般白皙吗？"

☆我小外甥小时候很喜欢睡觉，一次睡到太阳照到他的脸，穷叫："把灯关掉！把灯关掉！"
告诉他是太阳后，又不耐烦地叫："太阳关掉！"

☆妈妈的一个同事有一个6岁的女儿，开始换牙了，她的妈妈带她拔完牙回到单位里，我妈问她："牙还疼不疼？"
那小女孩的回答让旁边的一群人统统笑翻了："啊呀，牙齿被留在医院里了，我不知道它疼不疼啊！"

☆我的小外甥女现在4岁了，趣事也是多多啊。过年全家聚会，她姥姥教了她一下午祝酒词，到了晚上酒桌上，小外甥端起酒杯开始了："嗯，先祝姥姥，姥爷，嗯，嗯……喝吧……"当场倒下一片，她全忘了：）

后来她姥姥一边说，她一边学，什么身体健康啦，工作顺利啦，这下她来劲了，一个一个来，转了一圈儿，不过瘾，说再祝一遍吧：）

☆偶外出上学，一个学期回去一次，回去后第一次去我姐家玩，小外甥女刚睡完午觉，见了我什么也不叫。

全家人都说："舅舅最亲你了，快叫舅舅。"小家伙装听不见，死活就是不叫……

于是偶跟他们商量好假装不理她，大家在聊天，谁也不去问她，过了没一会儿，小家伙蹭过来拉我的衣服，说："舅舅啊。"

我假装生气："刚才不叫我，现在晚了！"

她看起来很委屈的样子，说："舅舅啊，刚才我还没睡醒，没认出你来……"

我当场晕倒……

☆我同事有个女儿，5岁。去年过年的时候旅游的人巨多，我同事忙，他老婆带团，就把女儿放在亲戚家，一天我们打电话过去，他问女儿："你想爸爸吗？"

他女儿说："我在看电视，别烦，我有空会回来看你的……"

☆小时候，妹妹还不会走路的时候老是爬来爬去的。

有一次爬着爬着自己放了个响p，他就很好奇地回头找，找了半天没找到，然后就放声大哭了，妈妈哄了好久才熄火。

☆已经是晚上九点了，女儿却毫无睡意。

我对女儿说："约约，你要睡了，不睡长不大长不高的。"

女儿笑嘻嘻地对我说："你已经长这么大这么高了，那你可以不睡了。"我瞠目结舌。

☆我和缪朵朵的爸爸正在说笑，没注意到缪朵朵叫我们。

却听到缪朵朵一声厉喝："爸爸妈妈，你们别再淘气了！"

☆一次，一个小孩走进理发店，要刮胡子。理发师请他坐下，在他脸上涂满了肥皂，然后就走开了。

男孩等得不耐烦了，就喊道："喂，你怎么叫我等这么长时间啊？"

理发师说："在等你的胡子生出来呢！"

☆"妈妈，过母亲节时你想得到什么礼物呢？"3个孩子问道。

"我只想要3个听话的、有出息的孩子。"

"哎哟！"孩子们叫了起来，"那么我们就是兄弟6个了。"

☆"我的天啊！我再也受不了啦！"妈妈向4岁的孩子叫苦说。

"你的小弟弟整天整天地哭，我简直就不知道该怎么办！"

"怎么，妈妈，难道你收下他的时候就没有要一份使用说明书吗？"

☆学生：报告老师，今天考试我忘带铅笔了。

老师：如果一个战士上了战场却没有带枪，你会怎么想呢？

学生：我想，他一定是个军官。

☆尼克和他爸爸一起去探望祖母。在火车上，尼克总是把脑袋伸出窗外。爸爸说："尼克，安静些，别把脑袋伸出窗外！"但是尼克仍然把脑袋伸出去。

于是，爸爸很快地拿掉尼克的帽子，把它藏在身后，说："看，帽子被风吹掉了。"尼克害怕地哭了，想找回帽子。

爸爸说："咳，吹声口哨，你的帽子或许就会回来的。"尼克凑到窗口，吹起了口哨。爸爸很快地把帽子放在尼克的头上。

"哦，真是奇迹！"尼克笑了。他很高兴，飞快地把爸爸的帽子丢出窗外。

"现在，该轮到您吹口哨了，爸爸！"他快活地说。

☆两个孩子第一次在野外露宿。他们觉得为了不受蚊子叮咬而把整个身子全都蜷缩到睡袋里面去，那是很难办到的。过了不久，有一个孩子看到了有几只正在飞来飞去的萤火虫，就对他的伙伴说："我们还是投降吧。现在，那些蚊子正在打着手电筒寻找我们哪！"

☆小男孩问和他一起玩耍的小女孩："等你长大了，愿意和我结婚吗？"

"哎呀，不行。"女孩说，"我挺爱你的，可不能跟你结婚。"

"为什么呢？"

"因为在我们家里，只有自己家的人才结婚。比如爸爸娶了妈妈，奶奶嫁给了爷爷，叔叔和婶婶结的婚，都是这样的。"

☆儿子翻看相簿，好奇地问正在做饭的母亲："妈妈，和你站在一起照相的年轻人是谁？"

"什么样的年轻人呢？"

"有乌亮的头发和结实身材的年轻人。"

"傻孩子，那是你爸爸。"

"是爸爸？那么现在和我们住一起的秃头大胖子又是谁呢？"

☆一个5岁的男孩自己在马戏团聚精会神地看晚会演出节目，身边坐着的一个妇女奇怪地问他："孩子，你这么小，怎么就没有大人陪着，是你自己买的票吗？"

"不是，"小孩回答说，"是爸爸给买的。"

"那你爸爸呢？"

"他正在家里找票呢。"

☆问题：牛奶是从哪里来的？

小朋友：奶牛肚子下面有几个嘴，从那里流出来的。

继续问：那椰奶怎么来的？

小朋友：椰奶是羊奶吧。

继续问到底：羊奶是什么？

小朋友：羊奶就是酸奶吧，我们家不喝的，我们家订的是××牛奶。

☆问题：为什么小孩子是从妈妈肚子里出来的，不是从爸爸肚子里出来的？

小朋友A：女孩子是从妈妈肚子里出来的，男孩子是从爸爸肚子里出来的。

小朋友B：因为男生可爱！

小朋友C：爸爸肚子里都是啤酒，生出来的孩子都是醉的。

小朋友D：爸爸没有产假，妈妈有产假。

小朋友E：爸爸是男的，如果生孩子，就会难产。

小朋友F：爸爸生不来的，因为奶奶没有教他。

☆问题：小朋友的头发有什么用？

小朋友A：用来梳头发的。

提问小朋友B：那你的头发不能扎辫子，有什么用呢？

小朋友B：用来给理发店剃头的。

☆问题：人为什么只有两条腿？

小朋友A：因为我们不是动物。

小朋友B：人长不出四条腿。

小朋友C大笑：长四条腿就要打架了。

☆问题：怎样才能让胖子马上瘦下来？

小朋友：吃减肥饼干。

追问：吃减肥饼干不能立即瘦，怎样才能一下子变瘦？

小朋友：那不吃减肥饼干。

☆问题：怎样才能让瘦子马上胖起来？

小朋友A：喝牛奶。

小朋友B：吃很多饭就能当警察。

☆问题：为什么有气球会飞到天上去？

小朋友A：因为它有气。

追问：那为什么有的气球不能飞上天？

小朋友B：因为里面气太少。

☆问题：怎么分辨男女？

小朋友A：看头发，长头发的是女孩，短头发的是男孩。

小朋友B：偷看他（她）小便，站着的是男生，蹲着的是女生。

小朋友C：看他（她）穿什么袜子，红的是女生，蓝的是男生。

小朋友D：看眼神。

☆问题：如果朝鱼塘里扔块石头，会发生什么现象？

小朋友A：水会变成波波。

小朋友B：鱼会漂上来。

小朋友C：罚款五块。

☆问题：有个老爷爷丢了一匹马，你认为马还会回来吗？

小朋友A：不会，因为马在路上玩呢。

小朋友B：不会，马它不会看年轮。

小朋友C：不会，马去和别的马结婚了。

小朋友D：不会，老爷爷对那马不好，马去找新主人了。

☆谁记得自己刚出生时是什么样子？

小朋友A：头很小的，像一个乒乓球。

小朋友B：小时候是光光头，头发还没长出来。

小朋友C：很小的，像个热水瓶一样。

小朋友D：我生出来的时候就爬呀爬的。

☆人的鼻子有什么用处？

小朋友A：没有鼻子就不能闻出饭菜的味道，吃了就很怪的。

小朋友B：没鼻子的话，鼻毛和鼻涕就没地方住了。

小朋友C：没鼻子香水就卖不掉了。

☆头发有什么用处？

小朋友A：冬天不会被雪砸破头。

小朋友B：给理发师一点儿事做。

☆爸爸为什么要刮胡子？

小朋友 A：胡子长了喝稀饭不方便。

小朋友 B：胡子长了他的脸会疼的。

小朋友 C：长长了会变成头发的。

小朋友 D：我爸爸不刮胡子我妈妈就不喜欢他了。

☆如果小朋友一天就长成大人好不好？

小朋友 A：时间过得太快，一会会儿就要吃饭了，肚子还没消化呢。

小朋友 B：如果时间过得很快，人一会会儿就死掉了，那么世界上就没人了。

小朋友 C：如果比爸爸妈妈大了，怎么叫爸爸妈妈呢？

☆人什么时候有四条腿？

小朋友 A：扮小狗的时候。

小朋友 B：两个人抱在一起。

☆有什么办法让胖子瘦下来，让瘦子胖起来？

小朋友 A：瘦子多打拳击，胖子做靶。

小朋友 B：叫胖子多喝点水，肚子就会变得很大很大，一揿，就瘦了。

☆足球场上为什么那么多人抢一个球呢？

小朋友 A：他们没钱，只能买得起一个球。

小朋友 B：球多了来不及踢。

小朋友 C：因为球长得漂亮。

☆为什么儿童节要定在 6 月 1 日？

小朋友 A：妈妈爸爸过的节日很多，要给小朋友过点节日的。

小朋友 B：其他日子都没空。

☆火车的名字是怎么来的？

小朋友 A：它妈妈就给它起了这个名字。

小朋友 B：因为它在生气发火。

☆为什么有的气球会往上飞？

小朋友 A：能飞上天的气球都是骨头轻的。

小朋友 B：气球生气的时候就飞上去了。

☆为什么叫浦东？

小朋友：有很多鸭子跳进去，扑通扑通的，所以叫浦东。

☆钱存在什么地方比较好？

小朋友 A：存在家里，因为没人知道你存钱了。

小朋友 B：藏在皮鞋里。

☆海军帽后面的两根飘带有什么用？

小朋友 A：为了漂亮。

小朋友 B：飘带越多官越大。

小朋友 C：因为他想留小辫子。

☆过生日为什么要吃面条呢？

小朋友 A：吃了面条长得很快的。

小朋友 B：吃面条便宜。

小朋友们喜欢吃鸡的哪个部分？

小朋友 A：我喜欢吃鸡肉，因为我天天在锻炼肌肉的。

小朋友 B：我想吃鸡爪子，因为吃了鸡爪子会走路。

☆汤圆为什么是圆的呢？

小朋友 A：因为它的名字就叫汤圆。

小朋友 B：方的汤圆吃不下去，会卡在喉咙里的。

小朋友 C：因为嘴巴是圆的。

☆牛奶是哪里来的？

小朋友 A：是用奶粉冲出来的。

小朋友 B：牛小便小出来的。

☆听了《蓝色多瑙河》的音乐，小朋友有什么感觉？

小朋友 A：好像小狗在摇自己的尾巴。

小朋友 B：感觉很清凉的。

小朋友 C：有点感觉了，一只乌龟在爬。

☆《西班牙斗牛士》这段音乐讲的是什么故事？

小朋友 A：泰坦尼克号。

小朋友 B：小荷姐姐在梳辫子。

小朋友 C：有人在打架。

☆有个老爷爷丢了一匹马，你认为马还会回来吗？

小朋友 A：那匹马肯定会回来的，因为它认识自己的脚印。

小朋友 B：我觉得马到外面去结婚了，不会回来了。

小朋友 C：会回来的，因为它的押金还在老爷爷这里。

☆如果你家门口撞死一只兔子，你爸爸妈妈会怎么办呢？

小朋友 A：我妈妈会把它送到医院的。

小朋友 B：我爸爸会高兴地流口水。

☆人猿泰山到城里来可以干什么呢？

小朋友：捞月亮。

小朋友谁知道"谈心"是什么意思？
　　小朋友 A：谈心就是心像个弹簧一样在弹。
　　小朋友 B：两个人坐在沙发上谈生意。
　　小朋友 C：谈心就是一个人和对面的那个人在谈关于心的问题。

☆什么是门外汉？
　　小朋友 A：就是流汗了。
　　小朋友 B：大力士在外面站着。

☆门槛精是什么意思？
　　小朋友 A：就是用金子做的门槛。
　　小朋友 B：就是有个妖怪坐在门槛上。

☆七嘴八舌是什么意思？
　　小朋友 A：不该说的时候说，该说的时候不说。
　　小朋友 B：把舌头拔出来。
　　小朋友 C：八个人很吵，七个人很安静。

☆鹦鹉学舌是什么意思呢？
　　小朋友 A：就是它想抓八条蛇回家。
　　小朋友 B：鹦鹉学蛇的样子。

☆什么是"书生"？
　　小朋友 A：抓老鼠的人。
　　小朋友 B：叔叔生的孩子。

☆外星人长什么样？
　　小朋友 A：他的眼睛像眼睛哥哥，鼻子像河马，嘴巴像我妈妈，耳朵像鬼。
　　小朋友 B：外星人头上戴一个玻璃罩，里面能放鱼的。

☆眼镜哥哥请一位叔叔给老奶奶让座，可是这个叔叔没让座，这是为什么呢？
　　小朋友 A：他在装睡。
　　小朋友 B：他的裤子坏了。
　　小朋友有什么办法知道自己晚上有没有打呼噜呢？
　　小朋友 A：叫妈妈帮个忙，拿个镜子照着，打呼噜可以看见。
　　小朋友 B：我自己闭着眼睛听。

☆你有什么好办法让叔叔既能指挥交通又没有危险？
　　小朋友 A：给戴一个牌子，上面写上"别撞我！"
　　小朋友 B：在叔叔的头上面装一把伞，把他吊在空中，车就撞不到了。
　　小朋友 C：叔叔可以站到树上去。

小朋友 D：叔叔可以穿盔甲，人家撞他也不要紧。

☆丽丽："妈妈，我是你生的吗？"
　　母亲："是呀，宝贝儿！"
　　"那我哥哥是谁生的呢？"
　　"傻孩子，你哥哥当然也是我生的呀。"
　　"连男孩儿也是妈妈生的，那要爸爸有啥用呢？"

☆母亲带着 5 岁男孩到儿科诊所看病，那孩子一直紧紧地抓着母亲的手，女护士好不容易才把他和他母亲分开，拉过他领向检查室。"现在让我们脱下衣服，"女护士说，"先称称有多重。"
　　那孩子闻言，立即使劲地抽回了手，停下了脚步。"你自己脱衣服好了。"孩子说，"我可不想脱！"

☆有个三岁的儿子问他爸爸："为什么你是爸爸，而我是儿子呢？"
　　他爸爸回答："傻儿子，连这你也不懂，因为我比你长的高呀！"
　　儿子点头后又问："那我以后长的比你高了，是不是该你管我叫爸爸了？"

☆小孙女很爱哭，奶奶便哄她："乖孩子，别哭了，女孩子一哭，脸就会变丑的。"
　　奶奶说后，小孙女果然不哭了，但她看了奶奶很久后问道："奶奶，您从小到大哭过多少回了？"

☆父亲教儿子学算术："宝宝，一加一是多少？"
　　儿子："不知道！"
　　父亲："是两个，笨蛋！知道了吗？"
　　儿子："知道了。"
　　父亲再问："那么，我和你，加起来是几个？"
　　儿子答："是两个笨蛋！"

☆妈妈告诉明明："花儿死了就叫凋谢。"
　　不久，明明的爷爷病逝了，明明很伤心地对妈妈说："爷爷凋谢了。"

☆母亲到幼儿园接明明，明明看见豆豆的爸爸牵着豆豆就问："妈妈，豆豆的爸爸怎么生了个反义词？"
　　"什么叫生了个反义词？"
　　"她爸爸那么胖，豆豆那么瘦，老师说：'胖''瘦'是反义词。"

☆常听大人说："感情破裂"一词，宝宝似乎对这个词略有所悟。某天，宝宝低着头回家，闷声不响。妈妈问他怎么了，他脱口便说："我和小丽感情破裂了，她有口香糖，居然不给我吃！"

☆吕主任有一儿子名字叫大宝，当时刚上幼儿园。姚会计家一女儿名靓靓，年龄与大宝相仿。一日靓靓母亲带她来到单位，正巧碰到吕主任跟同事们聊天开玩笑，靓靓听到笑声目不转睛地盯着吕主任，希望讲出更多的笑话也让她也乐一乐。吕主任也有心想跟小女孩开个玩笑。

"靓靓，你千万不要叫我外公呀！"吕主任说。

"嗯。"靓靓还没搞清楚怎么回事。"你叫我外公的话，我的肚子就会痛，不相信你当着大家的面试一下。"捂着肚皮吕主任一本正经地说。

"外公。"靓靓叫了一声。"啊呀，肚皮痛了！"吕主任赶紧捂住肚子，身体蜷缩了起来。

"外公，外公"。

"哦，又痛了，别叫了，别叫了"。

靓靓在兴头上，哪会停止。周围的人已哈哈大笑。

"外公，外公，外公……"小女孩叫个不停。"痛死了，痛死了……"，吕主任捂着肚皮逃到哪儿，小女孩便大声叫到哪儿。引得整个在办公室的人哄堂持久地笑得直不起腰来。

无独有偶。一日靓靓的爸爸骑自行车带着她，在市区的主要街道上碰上吕主任爷俩。"靓靓在单位老是叫我外公！"吕主任想在儿子面前炫耀一番。

"爸爸，为什么叫你外公呀！"大宝追问。

"我说，她一叫我外公，我就肚痛，……"吕主任毫无介备地将话还未说完。"爸爸，我也要让她爸爸肚痛。"大宝气愤地没等他爸说明白，便追着靓靓和她爸爸的自行车"外公，外公，外公……"地叫个不停。吕主任望着"可爱的，懂事的"儿子，真是笑得两片嘴唇不知道怎么才能合拢。

☆在看日本动画片《聪明的一休》的时候，爸爸问10岁的儿子："你说一休为什么聪明呢？"

"因为他没有头发呀！"

"头发与智慧有什么关系呢？"

"你不是说妈妈头发长见识短嘛！"

☆儿子三岁，平时住在幼儿园，双休日接回家后，就睡在我和妻中间。上周日的晚上，他对我们说："我们班孙洁说要嫁给我。"

我大吃一惊，忙问："那你怎么办？"

"我当然要跟她结婚啦！"儿子响亮地回答！

"爸爸妈妈，咱们赶快买房吧。"

"买房干什么呀？"妻问。

"我跟她结婚用呗！对了，得给我买个两居室。"

"买两居室干什么呀？你们小两口住一居室不就行了吗？"我故意逗他。

谁知儿子却说："别以为我不懂，我们的孩子还得住一间呢！我可不想让孩子跟我一样，睡在你们大人中间。"

☆妈妈问小女儿，生日那天最想要什么礼物，女儿大声说："想要一个小弟弟。"

妈妈回答道："爸爸和妈妈也很愿意给你一个小弟弟，但在你生日之前没有足够的时间准备小弟弟。"

女儿奇怪道："那你们为什么不像爸爸的工厂那样做呢？他们有什么东西要赶的话，就会找更多的人来加班。"

☆昨天晚上看一档电视节目，里面有段主持人与五岁小女孩的对话，记录如下：

主持人："你将来想做什么呀？"

女孩："我想做淑女。"

主持人："在你心目中，淑女应该是什么样子的？"

女孩沉默了一下。主持人启发道："那你说说，淑女说话是什么样子的？"

女孩："小小声的。"

主持人："那淑女走路呢？"

女孩："慢慢的。"

主持人："吃饭呢？"

女孩："当然也是慢慢的。"

主持人："那淑女做事情是怎么样的呢？"

女孩有些不满，反问道："人家都是淑女了，还用做事情吗？"

☆遥遥是一个调皮的男孩，一天到晚把妈妈气得团团转。那天，他又把妈妈买的新帽子，放到马桶里当游船，妈妈气的说："你再不听话，我就把你的屁股打开花！"

遥遥回过头来，柔声细语地说："妈妈，屁股上开的花香不香啊！"

☆公共汽车上，一个不到六岁的女儿很认真地对她的爸爸说："爸爸，我不想死。"

"好的，只要爸爸不死，就保证你不死。"

"可是爸爸会死吗？"

"只要爷爷奶奶活着，他们会保证爸爸也不死。"

"可是爷爷奶奶会死吗？"

"那是他们的爸爸妈妈的事了，爸爸可管

不了……"

　　小女孩愣了神，爸爸刚深吸一口气，还没有来得及为刚才的急中生智自得，问题又来了："爸爸，叫妈妈给我生个小弟弟吧。"

　　"要弟弟干什么？"

　　"有人陪我玩啊。"

　　"那你跟你妈妈说说吧。"

　　"妈妈说要我跟你说。"

　　"要弟弟干什么，爸爸穷，养不起他。"

　　"可是我就是想要个小弟弟啊。"

　　"那……你可要想好了，他可要跟你一起吃苹果、巧克力，还要一起喝可乐、雪碧。"

　　"可以啊，你买两份。我们一人吃一份。"

　　"什么，都说了爸爸穷了，你要把你的一份分给他一半。"

　　"那……那我还是不要小弟弟了吧。"

　　说到这里，爸爸脑门上开始见汗，从女儿手里拿过可乐瓶子，刚想喝一口，女儿又说话了："爸爸，我不想生孩子。"

　　"哦……啊？……为什么呀？"

　　"生孩子多疼啊。"

　　"你怎么知道的？"

　　"电视里演的，都是疼得直哭啊。"

　　"哦……只要你不想生就行，你不同意就没人能叫你生孩子。"

　　"可是我们班'程程'说，不管想不想，都得生孩子。"

　　"你信他说的干什么？"

　　"爸爸，程程说了，他长大以后要跟我结婚……"

　　爸爸喝了一半的可乐全吐出来了，满车的人都笑坏了……

　　☆周末，老婆正在屋里做面膜，突听楼下邻居在喊："小梅，小梅，你家来客人啦！"

　　我老婆一听，忙躲进卧室，对4岁的儿子说："培培，你快去客厅帮妈妈招呼一下客人，你看妈妈这个样子咋能见得人嘛。"

　　懂事的儿子赶忙开门出来，对来访的客人说："我妈妈一会儿就出来。"

　　"你妈妈躲在屋里干啥呢？"客人问道。天真的培培非常爽快地回答道："我妈妈正在干一件见不得人的事。"

　　☆农夫的家在大路边。这天他看到一辆运草的大车翻倒在路边，一个小孩站在一边哭。农夫安慰小孩："别着急，你先到我家里喝口水，吃点饭，然后我帮你把车扶起来。"

　　小孩说："不行，我爸爸会不高兴的。"

　　"不要紧，他会原谅你的。"

　　小孩只好跟农夫进了家。待到吃完饭，小

孩又担心起来："我想，我爸爸已经生气了。"

　　农夫说："别害怕。你告诉我，你爸爸在哪儿呢？"

　　小孩小声说："他还压在车底下呢。"

　　☆小彬彬的爸爸是一所监狱的副所长。一天，妈妈带彬彬去买东西，结账时收银员问他是不是常和妈妈一起玩，彬彬答道："是啊，因为爸爸在监狱里。"

　　☆母亲给儿子买了一只鹦鹉，然后乘车回家。

　　在车上，儿子问母亲："这只鹦鹉是公的还是母的？"

　　"母的。"母亲回答说。

　　"你怎么知道的？"儿子又问。

　　车上鸦雀无声，乘客个个都想听这位母亲如何来回答。只见她不慌不忙地答道："你没看见这只嘴上涂了口红吗？"

　　☆妈妈今天过生日，两个孩子要她卧床休息。她闻到从厨房飘出阵阵诱人的肉香，高兴地等着孩子们给她端来早餐。可是，过了一会儿，孩子们叫她起床，她出来一瞧，只见两个孩子坐在餐桌旁，每人面前放着一大盘火腿蛋。一个孩子对她说："这就是我们送给您的礼物——我们给自己做饭了。"

　　☆父亲："小孩子不应该撒谎，我像你这么大的时候，从来没撒过谎！"

　　孩子："那你是多大开始撒谎的呢？"

　　☆居委会大妈："小孩，大冷天你一个人站在门口干什么，怎么不在屋里待着？"

　　小孩："爸爸、妈妈在吵架。"

　　居委会大妈："太过分了，你爸爸是谁？"

　　小孩："这就是他们吵架的原因。"

　　☆儿子哈利今年10岁，他有一个存钱盒，放在衣柜的抽屉里。我和妻子需要零钱时，就从他的钱盒里掏，并留下一张借条。哈利显然不喜欢这种做法。一天，有人交给我一张钱数不多的支票，我想正好可以还儿子钱了。我跑进儿子的卧室，找到钱盒，但里面只有一张小纸片，上面写着："亲爱的妈妈、爸爸，我的钱在冰箱里，我希望你们明白，我的资金已全部冻结了。"

　　☆我姐姐的孩子（三岁）有看到本地举行模特大赛报名电视广告，很高兴地问妈妈："当国家主席要报名？"

　　☆姐姐家养了一条狮子狗，小孩很亲切地叫

它"狗狗"。有一次，全家吃饺子，人比较多，一锅锅地下饺子，轮着吃，孩子的爸爸在睡午觉，因此决定先吃，等到吃完了，让孩子到卧室叫爸爸吃饭，我们在饭厅听到孩子说："爸爸，爸爸，快起床，我们都吃完了，只剩下你和狗狗了。"

☆老师给每个小朋友一个写着名字的胸牌，妈妈看见姗姗被写成珊珊，就对老师说："她不是这个珊，她是女字旁的姗。"
　　三岁半姗姗在一旁小声问："妈妈，是不是老师把我的名字写成男字旁的了？"

☆萌萌属虎，常常以大老虎自居，妈妈为了劝萌萌吃饭说："你现在只是个小老虎，只有好好吃饭长大了，才能真正成为大老虎！"萌萌听了之后问："妈妈你现在属狗，是不是等你老了就属老狗了？"

☆宝宝站在镜子旁，闭着眼睛扭来扭去，我觉得很奇怪，走过去问她："你在干什么呀？"她说："我在照镜子！"我说："那你闭着眼睛干吗？"她大声说："我在看我睡觉的模样！"

☆宝宝把百宝箱拿给奶奶看，有小羊的家、梅花鹿、做饭用的锅、大母鸡等东西，最后郑重其事地举起一只塑料鸡蛋，说："奶奶，你看，这就是大母鸡下的咸鸭蛋。"

☆爸爸出差回来，顺便去接帆帆。借了姐姐的户口簿去买飞机票，爸爸对帆帆解释了半天要没有户口簿就买不了机票，帆帆就坐不了飞机，帆帆似懂非懂点点头。上了飞机，爸爸笑着对帆帆说："从现在起我就叫你姐姐的名字啦。"帆帆笑着回答："好吧，叔叔！"

☆两岁的嘉嘉问奶奶："为什么把妈妈叫妈咪呢？"奶奶回答说："妈咪是昵称，表示你非常非常喜欢妈妈。"嘉嘉："我也非常非常喜欢爸爸，那我可以叫他爸咪吗？"奶奶觉得挺有趣，回答道："可以，只要你喜欢。"小家伙受到鼓励，小脑袋瓜转得可快了，快得奶奶都跟不上趟："奶咪，嘉咪的小汽车咪跑到沙发咪下面去了！"

☆从来没教过小陶胳膊怎么说，有一天他想让我把小胳膊抬起来，自己琢磨了半天，然后诚恳地请求道："妈妈，把你手上边的小腿抬起来！"

☆红颜命薄，此话真的不假。我那乖儿只是长得清秀些，便祸不单行。前几天跟他妈在操场玩，头上摔了个大包。回来一进家，身子尚在外，大包已进门，吓我半死。又是拿冰冷敷，又是取

药搽抹，连忙了一星期，那包才消下去。昨晚又是跟他妈出去玩，回来上楼梯儿还唱着歌。我满心欢喜地迎出去，就听"哇"的一声，儿子又摔在门前的楼梯上，哭声逆风能传十里地。儿他妈的事迹大家知道的已不少，我已知朽木不可雕，懒得教育她。她那还嘴硬，愣怪儿子走路不小心。看着宝贝儿子头上再次隆起的山头，我真不忍心再训他了。冰敷药抹之后，我和气地开导儿子："宝宝最想当解放军，是不是？满头是包怎么当啊？""那我就当炮兵吧！"乖乖，他比我嘴还贫。

☆我们5岁大的儿子迷上了摩托车，一见就情不自禁地高喊："看哪！将来我一定要有一辆！"
　　我的回答永远是："只要我活着就不行。"
　　一天，儿子正跟小朋友谈话，一辆摩托车急驰而过。他兴奋地指着大叫："看哪！看哪！我要买一辆，等我爸爸一死我就买！"

☆"妈妈，你知道谁的牙根是黑色的，而牙齿是白色的？"
　　"不知道，娜佳。你能说说看吗？"
　　"钢琴。"

☆4岁的小儿子进来挺神气地让我看他手上爬着一条蠕动的毛虫。我一见毛虫就全身一颤，可我却随口说了句逗孩子玩的话："马克，快把它弄到外面去吧，它妈妈一定在找它哩。"
　　马克转身走了出去。我以为达到了目的，谁知马克一会儿又进来了，手上爬着两条毛虫，他说："我把虫妈妈接来了。"

☆自然老师问道："我们从大自然认识到许多事实，许多例子，比如说："由于直觉的性能，一种动物不喜欢另一种动物，或者仇恨另一种动物，例如说，狗不喜欢猫，狐狸追捉母鸡，蜘蛛是苍蝇的敌人等等，有谁还能给我们举些例子呢？"
　　小安娜举手回答："例如学生和老师。"

☆父亲叫儿子去发一封信，这封信是写给在部队的朋友的。
　　"我已经把信发了。"儿子告诉父亲。
　　"什么，已经发了？"父亲惊奇地说，"你干吗不先问我一声？信封上还没写地址呢！"
　　"这我知道，"儿子说，"我想那一定是军事秘密。"

☆蒂姆家里来了一位年轻漂亮的女客人。对小安东说："来，小乖乖，去亲一下阿姨。"
　　小安东拒绝道："不行。爸爸在走廊上也想亲一下她，结果挨了一记响亮的耳光。"

☆从前有位博物学家，确实博学多才。人们向他提出种种问题，没有一个他不知道答案的。一天，有个小孩想捉弄他一下，就对他说："学者爷爷，有一种动物很特别，您肯定不知道它的名字！"

"笑话！"学者说，"那动物是什么样的？"

"你听着，"小孩说，"那家伙有3个脑袋，6只手，18只脚，5条尾巴，100只眼睛，外加一个碗口大的肚脐眼。它长着翅膀不会飞，走起路来却快如风，你说它叫什么名字？"

学者冥思苦想，三天三夜也想不出来，于是又去翻查书籍，忙了一个月也没结果，最后，还是屈尊去问小孩。

"连这个你也不知道？"小孩笑道，"书上不是写着吗，它是个妖怪。"

☆小宝在路上跌了一跤，把腿摔伤了，流了很多血。回家后，母亲一面用绷带给她包伤，一面问她："小宝，你的腿摔得这样重，当时一定哭了吧？"

小宝说："我没有哭。当时你没在旁边，我哭给谁听呢？"

☆上幼儿园的女儿刚刚学会了用"大"字来组词，她兴奋地指着家里的东西念道："大狗、大衣、大床……"，高兴地看着女儿会用"大"字拼这么多东西，只见女儿回过头对她一笑，甜甜地叫了声："大妈……"

☆晚上吃饭时，"来！吃块鸡腿，吃了它你就能跑的快些了哦！因为'吃啥补啥'啊！"

小明："真的啊！我老师说我的计算能力差，那是不是要多吃几个计算机才会好啊？"

☆有一户人家，中午儿子在家里玩，妈妈在织毛衣，爸爸则在床上看报纸。忽然，儿子拿起插头，爸爸想启发儿子，于是说："宝宝，这应该插在有两个洞的地方。"谁知，宝宝一下子插在了鼻孔里。

☆幼儿园的老师对小朋友进行启蒙教育，她拿出一张中国地图问："哪位小朋友能告诉我这是什么？"

只听有人答道："天气预报。"

老师又把一张天安门广场的大照片挂起，问："这是什么？"

所有小朋友都答："新闻联播！"

☆早晨，儿子下楼吃早餐时穿了一身颜色相称的衣服，显得十分英俊，只是领子没有拉直。"你今天的样子真帅。"我一面说一面伸手去拉直他的衣领。

"妈，不要去弄它，"他说，"等一会儿上课碰到某个人时，她会替我拉直的。"

☆小林是一个人见人爱的小学一年级学生，但很调皮。有一天，上语文课时，语文老师出了一个题目：三十年后的我。以下是小林作文中的一段：

今天天气很好，我带着我的小孩在公园里玩耍。走着走着，遇到一个浑身恶臭、衣服破烂、无家可归的老太婆，我仔细一看，天哪！她竟然是我小学时的语文老师！

☆儿子和妈妈不仅母子情深，更是知心朋友，儿子是妈妈的精神支柱，妈妈是儿子自小崇拜的偶像。儿子5岁时，一天看到电视上结婚的画面，对妈妈说："妈妈，我长大了是不是也要结婚？"妈妈说："没错。"儿子很高兴地说："妈妈一定要等着我长大，我也和妈妈结婚！"爸爸在一旁忍俊不禁小声说着："我决不会同意的！"

儿子上小学了，换了学习环境，妈妈担心儿子会不适应，每次放学回家问一些学校的情况，儿子也习惯把在学校里受到的委屈和高兴的事向妈妈诉说。一天放学后，儿子神秘而严肃的对妈妈说："妈妈告诉你一件事，一定要保密。"

妈妈答应了儿子。儿子继续说："我们的数学老师外号'著名暴君'，今天他还耍流氓了。一个女同学被男同学推倒，坐在地上哭着不起来，'著名暴君'拉她也不起来，结果把她的裤子拉掉了，这个女同学哭得更厉害，全班同学跟着大笑，一齐喊：'老师耍流氓；老师耍流氓！'老师突然大吼一声：'全体立正，不许胡说！'那个女同学吓坏了，停止了哭声，自己站起来却一动不动，原来她的裤子尿湿了。"

儿子上初中，个头高出妈妈许多，性格也比较开朗，整天和班里的男女同学疯玩，妈妈担心中学生早恋在儿子身上发生，又找不到合适的方式与儿子沟通。一天翻看儿子的手机，想从中找出点蛛丝马迹教育他，然而手机上面的联系人全是用符号或绰号，看不出什么。妈妈指着其中一个绰号叫'青山老妖'的对儿子说："我儿子长的这么帅，可不敢让青山老妖缠住，毁了你美好前程。"

儿子心领神会，知道妈妈的意思，就笑着向妈妈保证："老妈您放心，那青山老妖是男性。"过了一段时间，一次儿子的手机忘在家里，却不停的有电话打来，妈妈一看全是青山老妖打来的，去接时，对方就挂了电话，妈妈回拨过去质问，却听到一个小女生的声音："阿姨，我打错了电话。"

儿子回来后，妈妈没有骂他，笑着说："儿

子，那青山老妖，果然道行很深，名副其实，男妖竟变成了女妖。"

儿子知道了电话的事，向妈妈道歉，以后不再说谎，也与青山老妖少了来往。

☆十岁的妹妹拿了一包锅巴在院子里吃得津津有味，邻居家五岁的弟弟在旁边眼巴巴的看着，想吃又不好意思说，就问妹妹，脆不脆？我想这小屁孩还挺含蓄的，这时经典的一幕出现了，我妹妹拿了一片放嘴里，说："你听听！"

同事的女儿是个小美人胚子，从幼儿园回来她妈妈经常会问她："美人儿，今天有人这么叫你了吗？"小女孩居然叹了口气："估计他们看我看多了，也就不觉得我美了。

☆这天突然发现，我有大姨、二姨、四姨、五姨、却没有三姨。于是就去问我爸："为什么我没有三姨？"心里还想了一下：难道三姨在小的时候就死了？我爸说："你三姨就是你妈！"

☆小玛丽去到乡下祖母家，一天，她在花园里玩耍，看见一只孔雀，她从来没有见过这种鸟，望了一阵子后，她得意地跑进屋里叫道："奶奶，快来看啊，你家有一只母鸡正在开花！"

☆早上起床，拿着篮球准备出门，女儿突然对我说："爸爸，我知道，我们的中国是法元，他们的中国是美元。"听得我一头雾水，难道幼儿园就开始教他们认识货币了吗？过了一会儿，听到女儿在那里"娃哈哈，娃哈哈"地唱，终于明白了。她可能刚学了这首歌，还不会唱，应该是"我们的祖国是花园……"

☆一天午睡起床后，一个男孩愁眉苦脸的过来和我说："老师，我头好昏啊！"

摸摸他的头，温度比别的小孩稍微高那么一点点，于是打电话通知了家长。

当然，在他家长还没有来之前，午点还是要吃的。吃的是绿豆粥，也许太腻或者是身体不舒服的缘故，他胃口不好，吃了几口就不想吃了，过来跟我说："老师，我不想吃了！"

我说："为什么？"

他说："我肚子好昏！"

我昏！

休假半个月后去上班，小孩自然是对我格外亲，老找我聊天，问话。

又一个男孩对我说："老师，我知道你这么多天不来去干什么了！"

我很好奇地问了他。

他说："你那么多天不来是去生小孩了！"

我昏啊！

如果生小孩真的只要十五天，我们女人是多么的开心啊！

☆大清早，我一进教室，雅萱就过来跟我说："老师，今天我生日！我妈妈帮我订了一个蛋糕。"

另外的一个女孩就过来说："是啊，雅萱的生日蛋糕好小好小的！"

我很奇怪："你怎么知道？"

"雅萱说的啊，不过啊，小蛋糕怎么够吃呢？到我生日的时候啊，我要订一个天大的蛋糕！"

我听了觉得很好玩："天大的蛋糕？你知道天有多大吗？"

"知道啊，天就是好大好大的！"（当然，还用手很可爱的向后扩展比划着。）

我和旁边的老师哑然失笑！

☆今天的午餐菜是红枣莲米蒸鸡，小朋友吃得很欢。吃得快的孩子帮助别人把桌子上的骨头弄到碗里再扔到垃圾桶里。

一边弄还一边很高兴地说："我是骨头人，哪个要我帮他？"

其他的就说："骨头人，我这里有骨头！"

下午，我们老师在楼道里贴小朋友的绘画作品，撕下很多的粘粘纸。楼道里一片狼藉，于是叫两个小朋友来帮忙把纸捡走。

两个女孩很是得意，一边做事一边大叫："我是垃圾人，我在捡垃圾！"

我们大笑……

呵呵呵呵，那我现在在玩电脑，岂不是电脑人了？

☆今天午睡起床后，我在忙着叠被子，一个男孩子过来抱住我说："王小师！"

我莫名其妙，问他："为什么这样叫我啊？"

他很可爱的说："我想给你起个名字啊，而且，你又不老，而且又好漂亮，为什么不叫小师呢？"

我的天啊！很惊讶，不过，心里那个美啊！

☆由于要把教室里的吊饰挂好，无奈人不够高，只好站到椅子上去。

刚刚踩上去，围观的一个男孩子就叫："长高了！王老师长高了。"

我下来，他叫："变矮了。"

我再上去，他又叫："王老师又长高了！"惹得周围的孩子跟着他一起叫起来："老师长高了，又变矮了，又长高了……"

呵呵，如果我现在还可以长高啊，那是多么可喜的事情啊！

中午，班上比我年长的老师穿了一件新衣服来上班。

"哇！封老师好漂亮！"一个女孩子叫起来。

另一个也说："是啊！老师的衣服好漂亮，老师像个公主一样！"

封老师听见乐得合不拢嘴！

一下子，女孩又说："不过，封老师是老公主！"我问："为什么？"

她说："因为王老师是小公主，封老师比你老，她就是老公主了！"

这下，到我乐得合不拢嘴了！

☆小明告诉妈妈，今天客人来家里玩的时候，哥哥放了一颗图钉在客人的椅子上，被我看到了。妈妈说："那你是怎么做的呢？"

小明说："我在一旁站着，等客人刚要坐下来的时候，我将椅子从他后面拿走了。"

☆春眠不觉晓，处处蚊子咬，夜来大狗熊，谁也跑不了。

☆天上有只鹅，地上有只鹅，鹅追鹅赶鹅碰鹅。

☆爱跟不跟，板蓝根；爱理不理，狗不理。

☆我是可赛，前来买菜，茄子两毛，黄瓜一块！

☆起起起不来，来来来上学，学学学文化，画画画图画，图图图书馆，管管管不着，着着着大火，火火火车头，头头大奔儿头。奔儿头不碗窝窝眼儿，给他大碗他不要，给他小碗他嫌臊，给他尿盆他才要！

☆我有一个金娃娃，金胳膊金腿金脚丫。有一天，我到河边去刷牙，丢了我的金娃娃。我哭我哭，我哇哇地哭。

第二天，我到河边去洗脸，看见了我的金娃娃。我笑我笑，我哈哈地笑。

第三天，周扒皮进了我的家，偷了我的鸡，抢了我的鸭，最后给我个大耳刮。

第四天，红军叔叔来到我的家，还了我的鸡，还了我的鸭，最后还给我朵大红花。红花没接住，摔了大马趴。马趴没摔好，得了吧唧病，请了吧唧医生来看病。打了吧唧针，吃了吧唧药，躺在吧唧床上不许动！

☆请赐予我力量吧！我是希瑞！

☆狼的耳朵，鹰的眼睛，豹的速度，熊的力量……

☆我在马路边捡到一根烟，交到警察叔叔手里边，叔叔接过烟，对我把头点，我对叔叔说了声："叔叔，给钱！"

☆从前有座山，山里有座庙，庙里有个老和尚，老和尚在给小朋友讲故事。讲什么故事呢？从前有座山……

☆红灯儿，绿灯儿，小白灯儿。

☆小小子儿坐门墩，哭着喊着要媳妇。要媳妇干吗啊？点灯，说话儿，吹灯，做伴儿，明儿早晨给你梳小辫儿。

☆我们是害虫，我们是害虫！正义地来福灵，正义地来福灵。一定要把害虫杀死！杀死！

☆因为所以科学道理……

☆一分二分我经常得，三分四分我阿弥陀佛，五分六分我一年得一次，一百分我从来没得过。

☆太阳出来我荡秋千，荡完了秋千我荡电线，忽然来了一股高压电，我被打进了阎王殿，我给阎王点根烟，阎王夸我是好少年，一年一年又一年，我终于回到了人世间。

☆我们都是木头人，一不许说话，二不许笑，三不许露出大门牙。

☆一网不捞鱼，二网不捞鱼，三网捞个小尾（YI）巴……鱼。

☆眯细眯细是吃饭，巴格牙鲁是混蛋！

☆1988年，我学会开汽车，上坡下坡我轧死100多，警察来抓我，我逃进女厕所，女厕所没有灯我掉进粑粑坑，我跟粑粑作斗争，最后我牺牲，为了纪念我，厕所安了灯。

☆稀巴烂，炒鸡蛋……

☆从前有个理发馆，理发馆，技术高，不用剪子不用刀，一根一根往下hao，hao的满头起大包，红包绿包大紫包，回家去抹臭牙膏……

☆兔子！你等着瞧！

☆娇气包，爱小猫，小猫不爱娇气包！

☆一个丁老头，送我两弹球，我说三天还，他説四天还。买了三根葱，花了三毛三，买了一块肉，花了六毛六，买了一块搓衣板，花了九毛九。最后画出来一个老头的脸！

☆星期一的晚上黑咕隆咚，毛毛家里闹战争。妈妈指挥，爸爸抽风，奶奶跳楼装牺牲，爷爷跳进大粪坑……

☆星期一的火车我刚开门儿，蹦出了一个大美人儿。红脸蛋儿，绿嘴唇儿，头上顶着个小尿盆儿……

☆有一个地方从来不穿衣裳那就是洗澡堂，左边是男的右边是女的中间没有墙！

☆1987年我参加了马戏团，人家闲我小，给我两毛钱，一分买瓜子，二分买咸盐，还剩一毛七，买个大公鸡，公鸡不下蛋，带它上医院，医院不开门，买个小尿盆……

☆一位心地善良的老先生沿街缓缓地行走，看见一个男孩想按门铃，但怎么也够不到。于是伸手帮他按响了门铃。男孩这时对老先生说："干得好，咱们快跑吧！"

☆维利不用心听讲，老师严厉地说："假如水以每5秒2升的速度流出，土豆提高了60%，那么我多大了呢？"
"30岁。"
"你怎么知道的？"
"这不难，我姐姐今年15岁，可已经有你这么一半疯疯癫癫的啦。"

☆约翰手里拿着一张大面额钞票对妈妈说："这是在外面捡的！"
妈妈不相信，问："真是捡来的吗？"
约翰回答："真的，我还看见那人在找呢。"

☆同事老公晚上喝酒喝多了，回家趴床上呕吐，同事因为是女的，力气小，扶不起来，就抓着老公头发把头扬起来用毛巾搽脸。
同事的小孩6岁了，心疼地说："妈妈，小心点，别把爸爸给弄死了……"

☆下雨天，小明问妈妈："为什么会下雨呢？"
妈妈说："因为天上有云彩。"
小明："云彩怎么来的？"
妈妈："水蒸气到天上就变成了云彩呀！"
小明："水蒸气是什么东西？"
妈妈："你看炉子上的那锅汤了吧，那冒的热气就是水蒸气。"

好久没下雨了，小明对妈妈说："妈咪，咱们烧锅汤吧！"

☆小明第一次到海边游泳，不小心喝了一口海水，小明感到又咸又苦，就问妈妈："是谁在海里加了那么多的盐？真讨厌！"

☆妈咪说："小明太孤单了，妈咪再生一个陪你好吗？"
小明说："好呀。"
妈咪问："是要个妹妹还是要个弟弟？"
小明说："弟弟妹妹都不要！"
妈咪说："那你说该咋办？"
小明说："要个哥哥，哥哥不和我抢东西吃，还可以帮我打架呢？"

☆小明特别胆小，地震了，小明吓得嘴唇发抖，连裤子也穿不上，在幼儿园里传为笑谈。
小明不服道："哼！我那算什么，当时大地抖得比我厉害多了！"

☆我弟弟去某小学打篮球，听到一低年级女生问一个低年级男生："你到底爱不爱我？"那男生无奈道："我妈一天给我3元钱，其中两块五都让你拿去买零食了，你说我爱不爱你……"

☆老师问道："孩子们，你们想知道第一个人是怎样出现的吗？"
小伊万从后排站起来，回答道："女士，其实我们更感兴趣的是世界上第三个人是怎样出来的。"

☆儿子不会走路的时候硬要自己走，等到会走了却不爱走了，而要大人背。我说："小朋友不自己走路，就是小懒猪。"星期天，我带儿子到郊外玩耍，走了大约一个小时，儿子实在走不动了，站了一会儿喊道："爸爸，我是小懒猪，背我嘛。"

☆儿子被窗台上清脆好听的鸟叫声唤醒，问道："爸爸，小鸟在哪儿唱歌？"
我告诉他："窗台上有两只小鸟。"
儿子立即坐起来："我要给小鸟问好，和小鸟握手，请它们到我的房间住。"

☆乐乐3岁多时，有一次我和乐乐比谁跑得快，我跑在前头，她怎么也追不上我，气得哭着说："爷爷你应该跑得慢。"我问为什么，她说："你是兔子，你骄傲，你要睡觉。"说着让我坐在地上，我只能装睡，看她跑到终点才快步追上。她高兴了："爷爷是只懒兔子，我赢了！我赢了！"

天太冷，乐乐不去幼儿园了。不用早起她很高兴，我逗她："你猜一个谜语，如果猜不对，还是要去幼儿园。"她认真地听，我说："像狗不会叫，像人她会笑，是狗是人不知道，人模狗样在家泡。你猜她是谁？"她分明知道说的是她，却回答："是爷爷。"我问为什么，她说："你整天在家泡不上班，我可天天上幼儿园。"

☆一日，我约同事吃饭，同事带着他6岁的女儿妞妞一起来了。坐定后，妞妞拿出刚在超市买的橙汁准备喝。这时饭店服务员走过来说："对不起，本店不允许自带酒水饮料。"妞妞听后，乖乖地放下了饮料。饭吃到一半时，妞妞实在忍不住想要喝橙汁，只见她站起来，拿起饮料，眼巴巴地看着那个服务员，说："阿姨，我出去喝行吗？"

☆大哥的岳父岳母住在东北，我们这里习惯将东北叫做"关外"。大哥的儿子琦琦今年5岁，他问姥姥住哪儿，我们就告诉他住在关外，琦琦不明白"关外"是什么意思。一天，琦琦和邻居小朋友在一起玩，小朋友们都在说自己的姥姥住哪儿，琦琦想了很久说："我姥姥住在野外。"

☆女儿磨叽她老爸："你今天请我吃麦当劳吧？"老公最反对女儿吃快餐，他板着脸："我没钱。""那妈妈请吧？"为了统一战线，我也板着脸："我也没钱。"女儿眼珠一转："我有一个好办法：我打电话叫我姥姥请。"

☆女儿上幼儿园之后，张口是我们班老师，闭口是我们班小朋友，对集体的概念日渐加强。睡到半夜，女儿做梦，使劲地蹬她老爸："你走，你不是我们班的，你不是我们班的。"可怜的老公深更半夜被"我们班的同学"排挤到了书房去睡。

☆一个小女孩跑到柜台前，对我说："阿姨，给我一包番茄酱！"

我是男生，起码身份证上是这样写的。

于是我笑了笑，一边递给她一边对她说："没问题，小弟弟。"

小女孩愣了一下："我不是小弟弟啊！"

我："那我是阿姨吗？"

小女孩接过番茄酱匆匆跑开了！

☆小时候年幼无知，只看过我妈穿胸罩，便以为胸罩是我妈专属的东西。于是有一段时间，我每天抱着撑衣竿子去院子里把所有的胸罩都收回家。邻居女人们日来我家索要胸罩，我每天执著的守护着家门口，朝她们大喊："全是我

妈的！"

☆上小学的时候，晚上睡觉做梦，梦见和爸爸吵架，很气很气，居然气醒了。醒了之后看见旁边的爸爸，还是很火，上去啪啪两个嘴巴……

☆一个六岁男孩儿告诉他的父亲，他要娶住在街对面的那个小姑娘。父亲是一位教师，在教育孩子方面很有经验。他并没有笑话孩子。

"这可是个大事情，"父亲说，"你们俩认真地考虑过了吗？"

"当然。"男孩儿回答道。"我们俩在我的房间住一周，下一周住在她的房间。两家只是隔着一条街，如果夜里我觉得害怕，还可以跑回家。"

"东西怎么搬？"父亲问。

"我用自己的小货车，而且我们都有自己的自行车。"男孩儿答道。

男孩儿回答了父亲的所有问题。

最后，父亲给儿子出了个大难题，问："孩子怎么办？你知道，一旦结了婚可能会有孩子的。"

"这个问题我们也想到了，"小男孩儿答道。"我们暂时不打算要孩子。如果她下了蛋，我就把它踩碎了！"

☆幼儿园阿姨说："尿床一次罚款5元，尿床两次罚款6元，尿床三次罚款7元！"

小兰站起问："包月多少钱？"

小方站起来说："办VIP年卡行吗？"

☆儿子八岁，调皮捣蛋最擅长。在学校打玻璃，约同学脱别人裤子，跑到女厕所撒尿……从来就没消停的时候。

今天中午，他突然从学校跑回来，也不吵闹。一个人安安静静地跑到房间里，安安静静的。看到他这样乖，我突然脑袋发毛，决定一探究竟，结果发现了他的初恋。

我叫老婆把儿子带出去吃东西，然后我翻了半天。终于在文具盒的里面找到了一张纸条。里面内容如下：

儿子：何文丽，你好喜欢打我的小报告，你怎么那么可恶啊。

何文丽：我是班长，我不管老师要骂我的，你就不能乖一点吗？

儿子：如果我喜欢你，你还打我的小报告吗？

何文丽：那也要看我喜欢不喜欢你啊！

儿子：那你喜欢我不？我爸说我比别人都聪明呢。

（好直接！当年老子追他妈的时候，都拐

了十八道弯的。我记得只说过他讨嫌啊！）

何文丽：我现在不告诉你。（难道女孩天生就有欲拒还迎的本领？）

儿子：我帮你捉一只蝴蝶，你就告诉我好不？（利诱啊！这小子！）

何文丽：不，我要两只。我才告诉你。（不得了，顺势加码！）

儿子：好，那你告诉我，你喜欢我吗？

何文丽：有点喜欢，我喜欢和你玩，你以后不要用假毛毛虫吓我好吗？

儿子：我不吓你，我吓李琪琪。你不喜欢谁，我就帮你吓他。（红颜祸水……）

何文丽：琪琪是我的好朋友，也不要吓她啊。

儿子：好，我也不吓她。下课我们一起去玩橡皮泥好吗？

何文丽：不要，弄脏衣服，妈妈会骂我的。我要你帮我捉蝴蝶。

儿子：你叫我一声"亲爱的"我就去捉好吗？（雷，估计他听到他妈叫我这个词了）

何文丽：我妈妈才这样叫我爸呢！你又不是我爸爸。我为什么要喊啊？（天下乌鸦一般黑）

儿子：我妈妈说，喜欢的人就叫"亲爱的"。（这小妮子怎么教儿子的……）

何文丽：那你先叫我一声，我再叫你一声好吗？

儿子：谁不叫谁是小猪加小狗好吗？

何文丽：好。

儿子：亲爱的何文丽。

何文丽：亲爱的蒋磊。

……

☆儿子小表姐比他大一岁零几个月，两个人个子差不多。去年暑假两姐弟一起玩了十来天，感情挺好。忽然有一天，儿子对我说："妈妈，我长大了就娶姐姐做老婆吧！"我问："你喜欢姐姐吗？"

儿子答："不是，我懒得到外面去找了。"

☆儿子三岁时晚上发烧，我用毛巾给他降温，陪他说话，儿子感动地说："妈妈，等我长大了给你找个男朋友，让你穿上婚纱结婚！"

我一愣，说："那爸爸怎么办？"

回答："我也给他找个女朋友！"

☆儿子幼年我带他去玩，见送电设备，问我："爸爸，这是什么？"

"变压器。"

又问："变压器能干什么？"

我答："能变压呀！"

儿子反问道："能变鸡吗？"他把变压当成"变鸭"了！

☆女儿两岁左右的时候，我们问她："宝宝，你今后想上什么大学，北大还是清华？"女儿想了想，回答说："北大。"

我们正想追问她为什么要上北大，她却突然反问道："北大有滑滑梯吗？"我们笑倒。

☆儿子对妈妈说："妈妈，我们结婚！"一连说了两次，妈妈都没有听明白。

儿子扯着妈妈的衣袖说："妈妈！我们结婚！"

妈妈问："我们是谁呀？"

"就是我和你！"妈妈吃了一惊，问道："你知道什么是结婚吗？"

"不知道！""那为什么想到结婚呢？"

"奥特曼都结婚了，我就要结婚！"

"哦……"妈妈恍然大悟。

☆爸爸对要睡觉的女儿说："欣欣，晚上睡觉要盖好被子，不要把身子露出外面，小心感冒。"

欣欣："爸爸，腿能不能感冒？"

爸爸："腿当然不能感冒了。"

欣欣："那我就把腿露出外面吧。"

☆"爸爸，你可以省钱了！"

"省什么钱？孩子。"

"今年你不用再花钱给我买课本了。"

"为什么？"

"我已经留级了。"

☆"爸爸，我来演马戏团的大狗熊吧。"

"那我干什么呢？"

"您演那个陪狗熊玩的叔叔，不断地把好吃的塞到我的嘴里。"

☆三个小孩在一起吹嘘自己的爸爸。

第一个说：我爸能潜水五分钟。

第二个说：我爸能潜水十分钟。

第三个笑了，他蔑视地对那两人说：我爸自从两年前掉下水去现在还没上来呢。

☆托儿所的阿姨吼道："还不快点睡，哭什么？"

一个小女孩说："阿姨，我，我，我想家。"

"不许哭，再哭，我一脚把你踢到南头去！"

"踢我吧！"另一个小男孩说，"阿姨！我家就住在南头。"

☆老师："你爸爸才三十岁，他怎么参加过抗日战争？"

学生："那是说的我爷爷。"

老师："你搞错了，作文的题目是《我的

爸爸》。"

学生:"没错,作文是我爸爸写的。"

☆放学回家,母亲看见杰尼嘴边挂着血迹,问道:

"杰尼,你又打架了?怎么丢了两颗牙齿?"

杰尼急忙说道:"妈妈,牙齿没有丢,我把它们放在口袋里了!"

☆我和妹妹小时候在家玩,她假装一个侠女,很警觉地竖着耳朵听听外面,然后一脸警惕地跟我说:"哎,不对大头啊!"

☆前些天,领着五岁的儿子回老家参加弟弟的婚礼。老家有个习俗,在新娘快到新房时,新郎必须把新娘一直抱到新房。因为我弟弟的新房在五楼,再加上他的那些"狐朋狗友"们的"恶意阻挠",结果一路抱来,把我弟弟累得满头大汗,惨不忍睹。

回家后,儿子有些心事重重地对我说:"妈妈,我长大后不想结婚。"听了他这没头没脑的话,我愣了一下,等我回过神来,赶忙问他为什么。

"不为什么,不想就是不想呗!"在我再三地追问下,他终于吐露了实情,"媳妇太重了,我抱不动。"

☆对门邻里老陈的孩子到幼儿园的第二天,放学归来,蹦蹦跳跳,快活得像一只小鸟。我问他:"林林,识几个字了?"小家伙迷惑地望望我,摇摇头说:"大爷,路上没有掉字的呀,我没拾到。"

我笑了起来,告诉他:"林林,只要你肯动脑筋,会识字的。"林林点点头,稚嫩的脸上略有所思。

次日放学归来,林林手拿一张报纸,欢快地朝我跑来,他把报纸递给我,骄傲地说:"大爷,今天我拾到字了,好多好多呢,您看!"我感到奇妙极了,禁不住哈哈大笑起来。我接过报纸,接过童真与童心……

☆小女3岁,特别会说话。一日,我带她到附近的人工湖游玩。湖边的小草新绿,映着一湖碧水,暖暖的阳光伴随微风拂面,一派盎然春意。小女玩性大发,频频做欢呼雀跃状。

突然,她见湖面泊着一排鸭形游船,就非要玩。

于是,我上前问看船人:"师傅,这船怎么租啊?"

看船人笑着回答说:"这船是培训中心的,不租外人。"

无奈,我正要跟小女解释,突然,女儿对看船人说:"我不是外人,我是女人。"

我与看船人相视而笑。

☆某日夜间,一家人熟睡之际,我猛然醒来,伸手一摸,女儿蹬掉了被子,浑身冰凉地蜷缩在我身边。我下意识地把孩子揽入我的热被窝。过了一会儿,孩子的体温恢复到正常,我把她抱到她睡觉的位置,拉过她自己的小被子给盖上了。

突然,女儿一下子坐了起来,强睁着睡眼愤怒地看着我,然后拉开老婆的被窝钻了进去,还推着老婆的肩膀告诉说:"妈妈,爸爸把我的热被窝抢走了,还给我盖了个凉被窝。"

☆4岁的小涛被爸爸打了,耷拉着脑袋在家门口转来转去。邻居张阿姨看到了,问他:"怎么啦?"

他一脸的苦大仇深:"我要走!这日子没法过了!"

☆4岁的安安养了一只小鸭子,每天跟它说话,周日还带它到楼下散步。出门前妈妈叮嘱安安:"要注意安全。"

安安认真地说:"放心吧,妈妈。我已经告诉它,现在治安不好,不能跟陌生鸭子说话。"

☆周末,与上幼儿园的孙子到市场买菜。一路上,小家伙兴致勃勃,一会儿说小朋友的事,一会儿说小动物的事,一直没住口。可在回家的路上,突然变得沉默寡言起来。我忍不住问他在想什么。

"爷爷,你说老板鱼就是海里的老板吧?"小家伙瞅着我袋子里刚买来的老板鱼问道。

噢,原来他是在想老板鱼的事。我告诉他:"老板鱼是一种鱼的名字,不是当'老板'的鱼,是可以用来做着吃的。"

"你在家里做饭吗?"我问他。

小家伙眨眨眼睛,反问道:"我做饭?我做饭谁上幼儿园?"

☆女儿妞妞的小嘴巴可甜了,家里来了客人只要一逗她,她就会叔叔阿姨地叫个没完,还常说"叔叔你好帅啊,阿姨你好漂亮"之类的感叹句,弄得人家满心欢喜。可是自从家里养了小狗"乐乐",她就把一切赞美之辞送给了乐乐。有时她还会把人跟乐乐比,说"你不如乐乐好看",让人很是尴尬。

昨天,我的同事小丽刚烫了头发,下了班来我家闲坐。见妞妞凑上来,小丽就随口问:"宝贝,看阿姨的头发漂亮吗?"我当时担心极了,真怕女儿会说出什么不当的话来。没想到妞妞端详了阿姨一阵儿，认真地点点头说："漂亮！"

我听后刚松了一口气，女儿又开口了："耳朵旁边的卷卷儿跟我家乐乐的毛一模一样。"

☆友人在一幼儿园当"孩子王"，每逢孩子们乱糟糟得叫嚷、奔跑时，她就扯起嗓门："怎么啦，怎么啦，你们都疯了！安静，安静！"

一天，她正上厕所，一个孩子慌慌张张地跑来，使劲地敲着厕所门，大叫："老师。不好了，不好了，出大事了！"语气很是紧张。

友人在里面也顾不得文雅了，连忙紧张地问："发生了什么事？"

"老师，你一上厕所，小朋友们全疯了！"门外的小家伙气喘吁吁地说，更为可笑的是，为表示问题的严重，小家伙在话中，将"疯"的语音大大拖长了，同时还大大加重了"疯"的语调！

☆母亲："听说你们班今天改选了干部？"

女儿："是呀，我们选了新的班长，老班长现在成了'离休干部'了。"

☆3岁的儿子喜欢唱歌，也爱改歌词。他会唱《小芳》。一天，母亲给他洗好屁股，他唱道："谢谢你给我洗屁股，今生今世我不忘怀。"

☆诊所门前坐着两个小男孩。"小朋友，你哪儿不舒服？"护士问。

"我吞下了一个玻璃球。"

"你呢？"护士问另一个。

"那个玻璃球是我的。"

☆爷爷退休后学书法，开始执笔时手总抖，5岁的孙子见了，疑惑地问："爷爷，写毛笔字真的那么吓人吗？"

☆母亲带儿子上商店，先给儿子买了双鞋，然后打算给自己买一双，让售货员取6码半的，儿子抢着纠正道："应该拿7码半的，免得明年你的脚长大了穿不下。"

☆母亲的女友来家做客，晚餐后，儿子问："阿姨，你怎么还不回家？"

阿姨答："我今晚不回家，就住你们这儿了。"

儿子明白了，自语道："哦，阿姨是全托。"

☆儿子："妈妈，你去哪里呀？"

母亲："我去买老鼠药"。

儿子："老鼠病了吗？"

☆5岁的女儿不明白妈妈的肚皮为什么有一个疤痕，妈妈向女儿解释说："这是医生割了一刀，把你取出来。"

女儿想了一会儿，很认真地问妈妈："那你为什么要吃我？"

☆妈妈又怀孕的时候，邻居家的母狗快生小崽了。妈妈带着我们去看母狗生产，解释婴儿是怎样来到这个世界的。几个月后妈妈生产了，爸爸带着我们来医院看望。大家隔着育婴室的玻璃往里看时，3岁的弟弟问道："这些都是咱们家的吧？"

☆小妹从电视上学的一句话："是，老大！"颇能应付日常生活之用。如爸爸叫她端杯茶，她说："是，老爸！"

姐姐要手巾，她说："是，老姐。"

一次外婆从乡下来看她们，带了大包小包礼物，叫小妹帮忙。

她爽快答："是，老婆！"

☆女儿：哎哟！妈妈，你踩到我的脚了。

妈妈：没关系。

女儿：妈妈，你说得不对。应该你说"对不起"，我说"没关系"。

☆幼儿教师："请小朋友形容一下自己的妈妈。"

甲："妈妈脸上的雀斑像天上的星星那么多。"

乙："妈妈的眼睛像爸爸的皮鞋尖一样又黑又亮。"

丙："我像爱小花猫那样爱我的妈妈。"

丁："妈妈打扮得有点像圣诞树。"

小时候的那些"误以为"

☆小时候因为房子是用水泥一层层地糊起来的，感觉盖个房子还真不容易！

☆小时候一直以为小孩子是从肚脐里出来的……

☆小时候认为只要努力练习，就能成为武林高手。

☆小时候一直认为藿香正气水是一种又凉又好喝的汽水。

☆小时候，一直搞不明白：去时在路左边的那棵树，回来时怎么跑到路右边了？

☆小时候以为"犹抱琵琶半遮面"是道菜名——"油爆皮拌蜇面"。

☆小时候走到哪都有太阳，还真的以为是太阳跟着我走的！

☆小时候总听人说"上有天堂，下有苏杭"，就在想"苏杭"是哪个城市。直到长大了才知道，原来"苏杭"说的是苏州和杭州……

☆小时候认为电视剧里的人死了就是真的死了，害得我总是哭得很伤心。

☆小时候以为自己把头发剪了就可以去做尼姑了。那时5岁，表弟们和我抢罐头，没抢得过他们，于是伤心了，想离家出走，知道尼姑就是出家人，于是操起把剪刀就把自己头发剪了……
当时是以为，剪完头发后就能自动出家了的……

☆小时候衣服穿不上时妈妈总是说衣服小了，还真的以为衣服会缩小。

☆小时候以为红领巾是国旗的一角，一面国旗只能剪4条红领巾，剩下的就要扔掉了，觉得好浪费啊！

☆小时候还以为红领巾真的是由烈士的鲜血染成的，以为在战争年代，有一个烈士要死了，旁边赶紧来一个人拿白布染红领巾。汗……

☆小时候常看《地道战》、《地雷战》之类的黑白电影，还以为很久以前的世界就是黑白的。

☆小时候大概电影看多了，老以为大人（男性）都很会武功！

☆小时候经常听说警察又查获大量管制刀具，以为是有机关可伸缩管状的兵器，平时不用收起来，要用的时候一按开关，马上弹出来那种……

☆小时候白天看电视看到有晚上的情景就很纳闷，心想这是怎么演的？

☆小时候以为吃了西瓜子头上就会长出西瓜来，都是我妈吓我的！

☆小时候因为大人都说说谎是要被雷劈的，所以认为之所以会打雷，是因为有人说谎了。

☆小时候总以为火车是最快的交通工具。

☆小时候一直认为月亮里有嫦娥姐姐在梳头。

☆小时候以为，爸爸妈妈本来就那么大，爷爷奶奶本来就那么老，而我永远是这么小！

☆小时候上课说日本鬼子大扫荡，我一直以为是日本鬼子来给我们学校大扫除了……

☆我小时候就以为全世界的天气情况是一样的……

☆小时候我一直以为"浙江"是"浙江"。

☆小时候我同学把膀胱念成彷徨。

☆我在小学毕业时买了一本万恶的毕业册，因为上面说1月20日–2月18日的星座是水缸座……后来在很长一段时间内别人问我你是什么星座，我都说是水缸座！

无厘头的父与子

☆爸爸："有时候，一个愚蠢的人提出的问题，会使聪明的人回答不出来。小明你想一想，有没有遇到过这种情况。"

儿子："爸爸，您的这个问题我回答不出来。"

☆年轻的父亲伸出大拇指，对3岁的儿子进行智力测验："宝宝，这是几个？"

宝宝："哥俩好！"

☆小明说："爸爸，讲历史故事给人家听嘛！"

爸爸："从前，有一只青蛙。"

小明："人家要听历史故事啦！"

爸爸："好，在宋朝，有一只青蛙。"

☆小明："爸爸，寒暑表降下来了！"

爸爸："降了多少度呀？"

小明："我不知道，只看见它从墙上降到地上。"

☆"爸爸，我留级您别难过！"

"为什么？"

"我们的老师还留了两级。校长叫她下学期去教一年级了。"

☆小明："爸爸，古时候，皇帝自称寡人，那皇后该自称什么？"

父亲："傻孩子，那皇后当然称寡妇啦！"

☆爸爸在吹笛子消遣。他儿子忽然叫道："爹爹，你把笛子怎么了，你放了它吧！"

爸爸问道："你说什么？"

儿子道："好了，现在它不叫救命了。"

☆爸爸有个测谎器，他问小明数学成绩如何，小明说A，测谎器响了；又说B，机器也响了！爸爸怒了："我以前都是得A的。"这时测谎机翻倒了！

☆一个小孩在公园里玩，他父亲坐在椅子上专心看报。"爸爸，一架飞机！"儿子指着天空喊道。父亲仍然埋头看报："不要用手去摸它。"

☆爸爸今天打了我两次，第一次是因为看见了我手里两分的成绩单，第二次是因为成绩单是他小时候的。

☆爸爸："你知道海水为什么是咸的吗？"

儿子："知道。"

爸爸："你说说看。"

儿子："因为演员阿姨总爱到海边哭。"

☆爸爸："哎呀，小乖乖！你洗了一上午，洗干净了些什么？"

儿子："爸爸，我把肥皂洗干净了。"

小明："爸爸，今天外宾来我们学校，我用英语同他们交谈。"

爸爸："你才学了一点儿英语，一定听不懂吧？"

小明："可我说英语时他们也听不懂。"

☆吃饭时儿子感慨道："先进与落后在餐具上也能体现，外国人用金属刀叉，我们却是两根竹筷子。"

父亲抄起火钳："你用这个，也是金属的。"

☆吃饭时，小儿子老是不肯坐下。爸爸奇怪地问："你今天怎么啦，干吗站着吃饭？"

儿子："今天上语文课，老师说坐吃山空。"

☆父亲："刚开学考试，你怎么就得了个'0'分？"

儿子："老师说，我们一切都要从'0'开始。"

☆儿子：站在乐队前面的那个人拿着小棍棍在干什么呀？

爸爸：那些乐器发出了各种不同的声音，那个人就用小棍棍把它们搅匀了！

☆爸爸："你又把邻居的小孩给打哭了？你知道人家会说些什么吗？"

儿子："我知道，他们都说我和你小时候一模一样。"

☆父亲责备儿子："邻居很不高兴，因为你打坏了他儿子的眼睛，你说那是意外，是真的吗？"

儿子说："当然是真的，我本来想打他的鼻子。"

☆父亲在给儿子讲故事："从前有一只青蛙……"

儿子："为了庆祝我8岁生日，可以讲限

制级的吗？"

父："好！别告诉你妈。从前有一只没穿衣服的青蛙……"

☆父亲在电影院门前看到儿子，生气地说："你也不知道学习，光会看电影，我十回有九回都在这儿看见你！"

儿子说："我还比您少一次哪！"

☆父亲心血来潮测试儿子："宝贝，你晓得什么话能一语道破天机吗？"

儿子很快回答："天气预报！"

☆父亲问儿子："今早你妈妈怎么知道你没刷牙啊？"

儿子："啊，我早晨忘了把牙刷弄湿了。"

☆父亲："现在要把四个西瓜，平均分给你们五个兄弟，要怎么分好呢？"

儿子："那还不简单，把它榨成西瓜汁就是了嘛！"

☆父亲："为什么袋鼠的肚子上有个袋子？"

小孩："是用来装小袋鼠的。"

父亲："为什么小袋鼠的肚子上也有袋子？"

小孩："那肯定是装糖果用的！"

☆父亲："女儿，你就和邻居的小伙子结婚吧，他真心地爱你。"

女儿："您怎么知道？"

父亲："我借了他的钱已经半年了，但他一直没有来讨过。"

☆父亲："你小子真没出息，我像你这么大时可没撒过这么大的谎。"

儿子："那您是从什么时候开始撒这么大的谎呢？"

☆父亲："你看的是什么书？"

儿子："《红与黑》。"

父亲："什么？"

儿子："世界名著。"

父亲："那就只能看红，不准看黑。"

☆父亲："你负责教好你弟弟。"

儿子："如果他不听我的话呢？"

父亲："那就证明你无能。"

儿子："如果不听你的话呢？"

☆父亲："处罚你是因为我爱你，孩子。"

儿子："我知道，爸爸，但是我不应该得到这么多的爱。"

☆父亲："儿子，如果我像你那样，手这么脏就吃饭，你会说什么？"

儿子："我应该懂礼貌，什么也不说。"

☆父亲："阿光，碰到眼镜蛇时，该怎么办？"

阿光："先把它的眼镜打破再逃走。"

☆父："上次你考了 20 分，我打了你 20 下。看这次你考多少分。"

子："那这次您就别打我了。"

父："为什么？"

子："因为我考了 0 分。"

☆代数老师："看看你儿子怎么学数学的，90 减去 45 等于下半场！"

父亲："我回去是得好好教导他了，他竟然没考虑到加时赛的情况。"

☆暑假期间，米佳在外露宿了一个月。回来时，父亲问他："你们的帐篷漏水了吗？"

米佳想了想说："爸爸，只是在下雨时漏水。"

☆小孩看到一粒不知哪儿滚来的花生，于是从地上捡起来。父亲看到了，对孩子说："不要这样！真丢脸！给父亲半粒啦快点！"

无知造成的那些悲喜交加

☆某村妇首次进城，欲上茅厕，良久未遇，无奈求助警察："同志，前面有个公厕，请问母厕在哪？"

☆听朋友讲的，他家养鸡的，他有个弟弟20多岁了，有一天他爸想吃鸡了，就打电话让他弟杀一只晚上回家炖了，他弟弟第一次杀鸡，不敢拿刀，就拿个袋子把鸡装了一顿狂打……

☆小学的时候写日记：
"今天还有3篇日记，真开心。"
"今天只有两篇要写了，真开心。"
"今天是最后一篇日记了，真开心。"
最后被我妈发现，3天里面重新写了一个月的日记啊！！！！每篇都要有字数限定，我忍不住就泪流满面……

☆我当年上幼儿园时，午睡是三个小朋友一张床，男女混搭，班上有个乖巧可爱的小MM，大家都抢着跟她在一起，而她的标准只有一条，谁画的葫芦娃最好就跟谁在一张床……

☆小时候，有次写造句"只要……就……"，例句是：只要大家齐心协力就能把火扑灭。
然后我想写"只要我们好好学习就能为祖国作贡献"。一走神，写成了"只要我们好好学习就能把火扑灭"。

☆两人没见过羊绒衫，到羊圈去偷。
一人：唉！羊的衣服真难脱。
另一人：哦，绵羊穿的是羊绒衫，我摸到扣子了，还是软的。

☆朋友的同事去上海办事，到电信局局长家里，问局长在不在，保姆用上海话喊道："局长，有两个乡下人来找你。"
哪知道那同事听得懂上海话，便无奈地说："我们是从北京来的。"结果保姆又喊："局长，有两个从北京来的乡下人找你。"昏死！那两个家伙月薪1万多。

☆一农民父亲在儿子信中看到"网虫"一词，感觉新鲜，立即回信："你爹这辈子只见过蝗虫、菜青虫，带一公一母网虫回家，活的不行，死的也可。"

☆一老太太看完黑人百米赛后，抹着眼泪说："吓死人！几个挖煤的跪成一排被枪毙，没瞄准就开了枪，娃儿们吓得那个跑呀，绳子都拦不住哇！"

☆有两个傻子想开鞋店，听说鳄鱼的鞋值钱，他们就去河里抓鳄鱼了，还真没少抓，都40多只了。一个傻子说："大哥，抓到第50只鳄鱼它要是再没穿鞋咱就别抓了！"

☆主妇叫女仆煮鸭。女仆没有放水，将锅子烧爆了，鸭也烧焦了。主妇问她为什么不放水，她答道："鸭得了水就要游掉的。"

☆有个人问农民："这头牛怎么没有犄角？"
农民说："有的因为遗传，有的因为和别的牛顶角失去了，有的因为生病，而这头，因为它是头驴。"

☆有个女人站在一幅画像前，画中是一个衣衫褴褛的流浪汉。她高声说："想想吧！连买件像样衣服的钱也没有，却还能请得起人给他画像。"

☆有个牧师劝穷人信教。他问一个穷人："你死后愿入天堂还是地狱？"
穷人回答说："唉！看吧，哪里的玉米面便宜，就到哪里去吧！"

☆有二人坐双层公交车，一人上楼。过了一会儿，他匆匆下来："千万别坐上面，那儿没司机！"

☆一专业顾问拿到新印名片后打电话向厂商抗议：我的名片印成"专业顾门"，少了一个口！数日后收到新名片，上面印着"专业顾门口"。

☆一天下着大雨，路上有几辆消防车经过，有一些路人对话。
甲：雨下那么大。怎么可能有火灾。
乙：笨！它是出来装水的！

☆一人治棉虫时想：一喷雾器水兑一小瓶盖农药，可保一月无虫。我放一瓶药，不就可保几年了吗？隔一天去棉田一看，棉花叶子全干了。

☆小女孩第一次在电话里听到爸爸的声音时，

大声哭起来。

她母亲问道：怎么啦？

小女孩哭道：怎样才能把爸爸从这个小洞眼里救出来呢？

☆小明把本学期老师批语给爸爸，爸爸大怒：你这学期又打架！

小明：没有啊？

爸爸：你看，小明这学期动手能力大大增强，和同学们打成一片。

☆小明：我爸说人是从猴子转变过来的。

大呆：我不信！

小明：真的，我爸从来不骗我！

大呆：那回去问你爸，他以前是哪家动物园的？

☆小梅：爸爸，老虎额上有王字吗？

爸爸：有。

小梅：老虎不吃人吗？

爸爸：吃人。

小梅：那它头上的王字是谁写上去的呢？

☆乡下老太太看了歌舞团开幕，就惊叫起来：女孩子们还没穿衣服，已经开幕了。

☆我搬家时担心工人弄坏古董钟，于是决定亲自搬。当我吃力地搬钟走在街上时，一小孩跟在后面看了半天最后问："叔叔，你干吗不用手表呢？"

☆一知青下放农村，发现一头驴偷吃小麦，可他既不认识驴也不认识麦，情急之下喊道："来人啊！动物吃植物啦！"

☆孙子：爷爷，水牛是啥样子？

爷爷：水牛跟普通牛长得差不多，不同的是它喜欢在水中生活。

孙子：噢，我懂啦，它一定是喜欢吃鱼吧。

☆傻姑娘：你看我多大？

邻居：44 岁。

傻姑娘：你怎么算出来的？

邻居：我有个 22 岁的弟弟，比你傻一半！

☆萨沙从学校回来，兴致勃勃地说："奶奶，今天我在学校运动会上打破了两项全校纪录。"

奶奶："天哪！那谁来负责赔偿人家？"

☆球迷老头看电视播放的球赛，老太婆在厨房里忙活；

球赛完毕，老太婆探头问道："进了多少球？"

老头："零比零，打平了。"

老太婆："那岂不是白看了？"

☆女儿："妈妈！我明晚要跟男朋友去看流星雨耶。"

妈妈："那要记得带雨衣呀。"

☆农民到城市里，内急去厕所，看门人说："同志，给两毛钱。"

农民大方地说道："为社会主义作贡献是我该做的，两毛钱你留着吧，我不要。"

☆某君第一次坐飞机，恐惧，不敢睁眼，15分钟后睁眼，往窗外看，大叫："哎呀，飞的真高，人都像蚂蚁一样！"

邻座道："那就是蚂蚁，飞机还没起飞！"

☆一领导坐车去会情人，嫌司机开得慢，问司机："咱的车几个档？"

司机老实地回答："五个档。"

领导："你把它们都挂上，让车快点跑！"

☆某汽车配件厂的"件"字掉了偏旁成了"牛"。

一老汉拉了一头牛，嘴里嘀咕：汽车配牛，至少也该生出个拖拉机吧。

☆秘书长：总经理让我们明天出去买《四库全书》。

秘书：我们就三个库，已经都占满了。

秘书长：那就再腾出一间办公室吧。

☆妈妈对儿子说：爸爸晚上要在家里招待一位南斯拉夫人。

父亲和客人踏进家门时，孩子对妈妈悄声说：妈妈！快来看，那个夫人是男的！

☆妈妈：你为什么一个劲地翻跟头？

儿子：我刚喝完药。我喝药之前忘了把瓶摇匀，我现在正在摇匀它。

☆妈妈：你看蚂蚁多勤劳，从不浪费时间去玩耍。

儿子：不过我每次到郊外去旅行，总会遇到它们的。

☆寝室有个大哥有天说这个 wma 是谁啊，我MP3 里好多歌都是他唱的。

☆上次看一个节目，什么名字不记得了，就记得开头是个记者在火车站问人："你幸福吗？"见人就问，有人说幸福，有人说不，后来问到一个农民，记者："你幸福吗？"

农民看了记者几眼，无辜地说道："俺姓王……"

☆有次等公共汽车时，开过去一辆宝马，旁边一位高人对他身边的人说："看，刚过去那辆就是 IBM。"

☆一人把车开到修理铺并对修理工说："我的汽车每次转弯之后都会发出嘭的一声闷响。"傍晚他来取车时，看到修理单：修理费 0 元（请勿将保龄球放置在尾箱）。

☆女理发员只用了 5 分钟就给一身土气的老刘推完了。"多少钱？""3 角钱。"老刘照照镜子，拿出 5 角钱，指着参差不齐的头发说："麻烦您再给推两角钱的。"

☆客服：你好，××服务中心，请问有什么可以帮您？

农民：大妹子，俺上次买的电脑才用了一个礼拜，现在什么都一愣一愣的啊，这电脑现在用秋秋（qq）唠嗑就跟看电影里那慢镜头似的，相当的顿啊。

客服：请问您进行杀毒了么？

农民：俺每次都用那个舒肤佳洗手，绝对消毒啦。

客服：我说的不是您的手消毒，是您的电脑杀毒。

农民：这也要消毒？那也不能洗啊？

客服（无奈）：没让您洗，电脑是不能沾水的。

农民：那是用敌敌畏那种杀虫药杀毒？

客服：您电脑变慢的原因可能是中了病毒或者木马。

农民：啊？？那病毒的可能性大点，俺们家的马在外面拴着呢，它也够不着。

客服：我说的是木马，不是真马。

农民：哦，木马俺孙子也一直骑着玩呢。所以俺说不可能是木马还是病毒啦。那俺家电脑还能用几年啊？那可咋整啊，那么多钱买的不能

白花啊，你们得给俺负责。

客服：您从我们这买回去电脑都预装了杀毒软件的，可以用杀毒软件扫描一下。

农民：那你就告诉俺咋杀吧？

客服：你点开右下角的盾牌，然后点开始扫描，然后就可以进行杀毒了。

农民（10 秒钟）：点开了，一根绿条在那走，已经走了一个点儿了，还在扫？

客服（恍然大悟）：哦，我知道了，您的电脑反应慢的原因可以确定是由于杀毒软件正在做扫描或者升级，所以会有一定的卡机现象，一般进行完了就不卡了。

农民：俺一天干活，就中午和晚上这么一会儿有空，你这还给俺来个绿条儿卡着俺？

客服（不耐烦）：这个是软件服务范畴了，不属于我们的负责范围。您只能选择卸载或者继续或者调整杀毒软件扫描时间。

农民：卸载是啥？俺不懂。再说这玩意是你们装到里面的，凭啥你们不负责？就算不那个……扫描了你不是说升级也会卡嘛？

客服（无语）：那请您点击 window 的开始，然后选择控制面板，再选择添加或删除程序，选择……

农民（打断）：你那有没有容易点儿的啊，这个太复杂了，俺听的不太懂。

客服（要被逼疯啦）：没有，这个是卸载进行的必须操作。杀毒软件主要是保证您上网安全，不会碰见太多的病毒或者木马，不然您的机器中了病毒一样会慢。

农民：那不行，那还那么慢俺咋过日子？杀个毒也慢，和俺中毒差不多，都可慢了。还不如不买呢。俺要退钱，你看人家电视啥的多好，直接就能用，还不用怕反应慢。

客服（急）：你用 360 安全卫士吧。那个不卡。

农民：俺不会，那个咋整啊。

客服（生气）：傻瓜操作的。

农民：你说谁傻？

客服：我不是说您傻，傻瓜操作意思是您一看就会用了。

农民：要钱不？

客服（厉声）：不要钱！

极其"杯具"的神经病医院

☆医院为防止病人出逃外设100道墙，两精神病患者仍欲逃出医院。于是趁着夜黑努力翻墙至第30道墙下。

甲："累了么？"

乙："不累。"

于是二人继续向外翻至第60道墙下。

甲："你累了么？"

乙："不累。"

于是二人继续向外翻至第99道墙下。

甲："你累了么？"

乙："累了。"

甲："那好，我们翻回去吧！"

☆精神病人拦住护士："报密码才准过！"

守卫说："别理他们。"

电动门应声而开，病人赶紧掏笔记下"别理他们"，心里抱怨：不像话，又换密码了！

☆领导视察精神病院，病人都欢呼致意，只有一病人不理不睬。

领导："他为什么不对我打招呼？"

院长："抱歉他今天精神很正常。"

☆某精神病院，有个病人拿着一个鱼竿在一个装满清水的洗脸盆钓鱼。一个大夫为了和他套近乎就问他："你钓了几条鱼啊？"那个病人白了他一眼说："我神经你也神经啊，盆里能钓上来鱼吗？"

☆病人A："怎么样？这本书写得还不错吧？"

病人B："太好了！真是旷世巨作。一点废话都没有，简洁有力。不过有一个缺点，就是出场人物太多了！"

护士："喂！你们两个……快把电话簿放回去。"

☆一个精神病院的护士看到一个病人在写信，护士忍不住问："给谁写信啊？"

病人："写给我自己啊！"

护士："写些什么啊？"

病人："你神经病啊！我还没收到信，我怎么会知道！"

☆全精神病院病人在礼堂听参议员慰问演说。讲了半天，也无人鼓掌。参议员只好打足精神讲下去，突然，有病人站了起来大声说道："你们别听这个小子胡说八道。他是个疯子，上午刚被送进来。"

☆精神病院的病人对新来的医生说："医生，我们都很喜欢你，觉得你比以前那位医生好多了。"医生："谢谢，为什么呢？"病人："你看上去和我们的样子差不多。"

☆疯人院的一位漂亮MM被治愈康复。她走的时候，和医生护士握手，激动得一时语误："谢谢你们，把我从精神病治成了神经病。"

☆约翰见一疯子把自己假想成吊灯悬在疯人院房梁上，便问院长："你们为什么不提醒他，让他下来？"

院长："他要是下来了，我们不就没吊灯了嘛。"

☆一精神病人狂叫："我是院长，你们都得听我的！"

主治医生问他："谁说的？"

病人："上帝说的。"

听到这儿，旁边一个病人突然跳起来："我没说过！"

☆"你说你来看我，是因为你对袜子的口味使你的家人担心？""对，"病人低声说，"我喜欢羊毛袜。""这一点也没有不正常啊。"医生说，"许多人都比较喜欢羊毛袜，我自己就是这样。""真的吗？"病人欢叫道，"你喜欢清蒸的还是炒的？"

☆傻子A：铁轨越远就越窄，那么大的火车也不掉下来，走得还很好？

傻子B：傻瓜，火车不是越走越小吗？

☆两个傻瓜在一起吃腌鸭蛋，一个惊异地问：为什么这个蛋这么咸？

另一个说：幸亏你问到了我，这咸蛋是那腌咸了的鸭产生出来的。

☆希特勒到精神病院视察，希特勒大声宣布："我是阿道夫·希特勒，你们的领袖。我的力量之大，可以与上帝相比！"一个人拍拍希特勒的肩膀说道："是啊，是啊，我们开始得病时，也像你这样子。"

☆有一位精神病院的医生问患者：如果我把你的一只耳朵割掉，你会怎样？

那位患者回答：那我会听不到。

医生听了：嗯嗯。很正常。

医生又问道：那如果我再把你另一只耳朵也割掉，你会怎样？

那位患者回答：那我会看不到。

医生开始紧张了：怎么会看不到咧？

患者回答：因为眼镜会掉下来。

☆有两个神经病患者从病院里逃出来。

两人跑啊跑，爬到一棵树上。

其中一个人从树上跳下来，滚啊滚的。

然后抬起头对上面的人说：喂……你怎么还不下来啊……？

上面的那个人回答他：不……行……啊……我还没有熟……

☆精神病院有一位老太太，每天都穿着黑色的衣服，拿着黑色的雨伞，蹲在精神病院门口。

医生就想：要医治她，一定要从了解她开始。

于是那位医生也穿黑色的衣服，拿着黑色的雨伞，和她一起蹲在那边。

两人不言不语的蹲了一个月。

那位老太太终于开口和医生说话了："请问一下，你……也是香菇吗……？"

☆某精神病院听说领导要来医院视察情况，于是，院长召集所有的病人开会。在会上，院长讲道："今天下午，有很重要的领导要来参观，所有的人都要去门口欢迎。在欢迎的时候，所有病人站在医院大门口两边，要站整齐，当我咳嗽的时候，大家一起鼓掌，越热烈越好；我踩脚的时候必须全部停止，不能有一个出错。要大家都做好了，今天晚上可以给大家吃肉包子，只要有一个人弄砸了，所有的人都没有包子吃，记住了吗？"台下病人一起喊道："记住了！"

这天下午，领导准时到来，当他步入大门的时候，欢迎的病人已在门口站好了。这时，随着院长一声咳嗽，所有的病人一起鼓掌欢迎，气氛十分热烈。来参观的领导受到热烈气氛的感染，面带笑容，和大家一起鼓掌步入医院。见领导已经走进了医院，院长一踩脚，所有的掌声都停止了，非常整齐。只有这位领导还在面带笑容一边鼓掌一边前行，院长感到非常满意。忽然，从欢迎的人群里窜出来一个壮如施瓦辛格的病人，大步冲到领导面前，抡圆了给了他一个大耳光，气愤异常地吼道："你不想吃包子了？"

☆某精神病院大夫准备与一位即将出院的精神病人谈一谈，以确认该病人是否已经完全康复。

大夫：你出院以后准备干些什么呢？

病人：拿石头把你们医院的窗户玻璃全部打烂。

大夫听后发现这个病人还没有完全康复，因此决定继续治疗。又过了几个月以后，大夫觉得这个病人好像可以出院了，就决定再和他谈谈。

大夫：你出院以后准备干些什么呢？

病人：找份工作。

大夫：然后呢？

病人：挣钱。

大夫：然后呢？

病人：攒钱。

大夫：然后呢？

病人：买个橡皮筋，做把弹弓，再找些石头把你们医院窗户玻璃全部打烂。

☆两位精神病人 a 君 b 君同时康复，他们的主治医生对他们说："如果你们其中的一个人犯病了，另外一个人就要马上把他送回医院。"

突然一天，医生的电话铃响了起来，原来是 a 君："不得了了，b 君从今天早上开始爬在我家的厕所里，非说他是我的马桶。"

"快，快把他送来啊！"

a 君沉默片刻："那……我不就没马桶了吗？"

☆有一个精神病院，那里住着很多神经病。

一天，那里的院长，为了看一下患者们恢复的情况，想了一个办法。就对这些患者说，你们都过来，说着在墙上画了一个门，说："今天，你们谁把这个门打开就可以回家了。"

精神病患者们一听，便一拥而上，把那画的门围了起来，院长觉得很失望，这时他发现有一个患者还坐在原来的位置没动，觉得还行，就上前问道："你为什么不去开门？"

他看了看院长，说了一句话，院长听了后是哭笑不得。

那患者偷偷地告诉院长说："我这有钥匙。"

☆医院精神科的患者常常会对医生或护士有爱慕的情结。

某日，一位女患者向某男医生走来……

女病患：蓝医生，你爱我吗？

蓝医生沉思许久（为了不伤及病人以免病情恶化）。

蓝医生：我们呢是医生与病人的关系，因为你生病了所以我必须要好好照顾你……（为了不伤及病人，蓝医生解释了半天，终于解释完。)

女病患：蓝医生，你的意思是说你不爱我喔？

蓝医生（苦思不语）：嗯……嗯……嗯……

女患者：还好……我爱的是陈医生……

☆一个病人第一次去看医生。

"关于你的病情，你来这儿之前请教过什么人吗？"医生问。

"只问过拐角上药房的老板。"病人回答说。

那位医生最讨厌那些不是医生的人常常提出医疗方面的建议，他并不掩饰这一点："那个傻瓜给你出了什么馊主意了？"

"他让我来找你。"

☆在一个神经病医院里面，一天，天空突然下起了大雨，所有的神经病都拿着脸盆、肥皂、毛巾，冲下楼洗澡，只有一个神经病没下去，在阳台上看着，医生暗自窃喜，便上前问道："你为什么不下去和他们一起洗呢？"

神经病说："我等水热了再洗！"

☆一架飞机飞过一个精神病医院，突见驾驶员笑个不停。空中小姐很好奇地问："你为何笑得那么开心啊？"

只见他说："他们知道我逃出来，一定会气疯的！哈哈哈！"

☆哥哥：医生，我弟弟一直幻想着他是一只母鸡！怎么办啊？

医生：我看看。嗯，他看起来很严重！为什么现在才带他来呢？

哥哥：我们家的人都在等他下蛋啊！

☆在一个公园里，一个长椅上坐着两个人。其中一个在安静地看报纸；另一个在空中不停地做钓鱼动作。一会儿就招来了很多人围观，这时跑来一个警察，对看报的人说："这是你的家属吗？"

看报的人说："是，是。"

警察说："如果他神经不正常，请马上带他回家好吗？"

看报的人连连道歉道："好的，对不起，对不起！"然后急忙做划船的动作……

☆有一个记者采访一个精神病院的院长问："你们用什么方法确定患者是否完全康复呢？"院长说："我们给他一个测试，我们在一个浴缸盛满水，旁边放一个汤勺和一个大碗让他们把缸里的水排出去。"

记者不以为然地说："那当然是用大碗了！"院长看了他一眼，慢慢地说："正常的人是拔掉塞子的。"

☆某精神病院因经营颇具绩效而获各方好评，一日有记者团前来参观该院，进入院区时记者们看到了颇为奇特的景观：所有的精神病患者集中在广场上，他们双腿盘坐在一个木箱子中，木箱里面并铺有干草，医护人员巡视其中，并不停供应食物与水。

记者好奇地问："请问这是怎样的医疗方式呢？"

院长：这叫最新的"情景模拟疗法"，让他们模拟动物的休息状态，以获得身心的休息与调养。

记者：那他们现在是模拟什么动物呢？

院长：我让他们模拟母鸡。

记者：原来如此……

经过一番参访后，记者团离院前受到院方热烈的欢送。

"对了，院长，还没请教您成功的经营模式呢。"有记者问道。

"是这样的，"院长脸上不禁露出微笑，"我们出售鸡蛋的副业在市场上可是大大有名呢！"

商场里的冷笑话

☆闹市中一家妇女用品商店门口，堆了一大堆散乱的货品，女顾客翻来、翻去，如获至宝地找出她们需用的物品。

有人问老板，何不把商品堆叠整齐，老板回答："你以为我疯了？如果我把店面用品都弄整齐，她们就不会对这些用品发生兴趣了。"

☆逛超市呢，看到一收款员在很认真数一堆硬币。一小孩跑过，边跑边唱：门前大桥下游过一群鸭，快来快来数一数，二四六七八……然后收款员很郁闷地把数了一半的硬币倒回去重数……

☆百货公司自动答话机："如果您想预订或付款，请按5。如果您想表达您的不满，请按6459834822955392。祝您愉快。"

☆百货组负责人检查当日销售额，拿起一张销售票据，哭笑不得，"这是谁写的？'铝屉'写成了'铝——屁'"负责人拉着长声说。

后来的很长一段时间，大家看到那个售货员还是要忍不住地想笑出眼泪来。哎，干吗呀，人家也不是故意的。

☆"这里的营业员说话怎么那么阴阳怪气，一点也不热情！"

"这可能跟环境有关系。"

"怎么？"

"因为这里是地下商场。"

☆六个阔佬，一个日本人、一个俄国人、一个法国人、一个挪威人、一个德国人和一个美国人一同去逛商场。

因为富有，他们已经几乎没有什么需要购买的了，只有那些稀奇古怪的东西能够吸引他们的注意力。适逢商场正在大肆宣扬刚进的艺术马桶，六位富翁驻足而观。"这样新奇的马桶的确很不一般呀！买一个试试怎么样？"其中一个人提议。因为都是富翁，所以谁也不甘落后，最后每个人都打算买一套艺术马桶。

日本人比较爱干净，于是买了一套"超级卫生马桶"；俄国人比较喜欢有质感的东西，于是买了一套"花岗岩马桶"；法国人比较看中艺术，于是买了一套"彩绘马桶"；挪威人比较青睐木制品，于是买了一套"纯木马桶"；德国人比较崇尚高科技，于是买了一套"电脑全控马桶"；美国人比较偏重自由轻松，于是买了一套"音乐马桶"。

一个月后，六个阔佬相聚，谈起他们购买的马桶：

"该死的超级卫生马桶，我已经退货了，说明书上说每次使用后，马桶都会自动消毒，并在马桶圈上套上塑料薄膜，并喷涂上'已经消毒，请放心使用'字样，现在程序全乱套了，我还没有站起来，它就开始喷涂！"日本人愤愤不平。

"该死的花岗岩马桶，我也已经退货了，这些人把花岗石打磨得也太光滑了，一坐上去马上就滑了下来，摔了好几次，没法方便倒是另说，屁股都摔青了！"俄罗斯人抱怨道。

"该死的彩绘马桶，我也退货了，彩绘的印刷质量也太差了，老是掉色，马桶圈上的画儿，现在全都跑屁股上去了！"法国人骂道。

"该死的纯木马桶，我早退货了，什么质量！出厂的时候不知道有没有把关，还说完全按ISO9000进行管理，方便完一站起来，满屁股木头渣子！"挪威人火冒三丈。

"该死的电脑全控马桶，我也要退货，也不知道采用什么操作系统，老是死机，我才方便到一半，它就开始叫唤'现在马桶电脑已经死机，请您穿上裤子站起来，盖上马桶圈，盖上马桶盖，然后再揭开马桶盖，揭开马桶圈，再脱下裤子重新坐下，马桶电脑就能重新引导操作系统进入正常管理状态，谢谢！技术支持电话12345678'。"德国人简直忍无可忍。

"该死的音乐马桶，不退货不行了，本来说它存有三千首歌，方便的时候可以随机播放，结果一派胡言！十次有九次它都播同一首歌——国歌，听到国歌，我不得不马上提裤子站起来敬礼！"美国人狠狠地说。

公交地铁上的"杯具"事件

☆有一次在地铁上，我茫然地看着地铁的门缓缓地关到一半，然后打开，再关上。突然，旁边一对男女很惊奇地叫："地铁门坏啦！"我赶紧站到一个远离他们的地方。

☆基本上每次出门都会有人向我问路，偏偏我对北京一点都不了解，因此总是笑话百出。如下：

一次在地铁上，一个北方男问我："北景站哪下？"

我当时正在神游，迷迷糊糊地说："没有北影站，你是说传媒吧？"

旁边一个姐姐一脸正派加鄙视的神情，很"热情"地插嘴说："北京站直接到。"

前面一个很帅的帅哥转过头看了我一眼。

基本上如果没有帅哥在场的话怎么丢脸也没关系，可是这一刻，我很想自我毁灭或者遁形。

☆车上人多。一女士拿着一石榴对坐着的男士说："我用石榴换你的座位。"男士换了刚要吃，女生又说："别吃，下车我还要换回来呢。"

☆公共汽车上有一乘客把头伸出车窗外，司机看见了，说："那个伸脑袋的把脑袋伸回去，这车厢还放不下你脑袋啊！"

☆公共汽车上被踩了脚的绅士："当心，你看不见我的脚吗？"

某乙："别怪我呀，你想想，你的脚藏在鞋子里头，我哪能看得见呢？"

☆某君乘公车常掉钱包，一天上车前，把厚厚的一叠纸折好放进信封，后发现被偷。第二天，上车不久，觉得腰间有一硬物，一看，是昨天那个信封，上写："请不要开这样的玩笑，影响正常工作！"

☆一辆公交车上：一个乘客问另一个乘客："请问你是便衣 Police 吗？"

"不是。"那人摇了摇头。

"你有兄弟姐妹是 Police 吗？"

"没有。"

"那么你的父母呢？"

"不是，我的家人、亲朋中没有 Police。"

"哦，既然是这样，小子！把你的脚从我的脚上移开！"

☆一个人坐公交车，上车后站在车门那儿问司机："师……师……傅……到……到……南……南……南稍门……还有几……站？"（是个结巴）

司机看了他一眼，欲言又止，继续专心开车，于是那人又结巴地问了一遍，司机大哥还是不理他，这时他就有点不爽了，在那小声嘟囔。

于是车上的一个热心乘客说："你不要跟司机说话，人家要开车呢，我待会到南稍门也要下，你随我下就对了。"那人说："谢……谢……谢谢！"

车到南稍门了，那个结巴随乘客下了。

这时候司机大哥说话了："不……不……不是我……我……我……不跟他……他……说，我……我……要说……说了，他他他……还以为……我我我……学……学他呢！"

车上乘客暴汗。

☆今天出门搭公车，一个很漂亮的少妇抱着个小孩（大约 3 岁吧？）上车坐我旁边，小孩看着我叫了一声：哥哥。本人 26 岁愧不敢当哥哥。这个时候少妇开口了，没礼貌，应该叫爸爸。当时我囧啊，这个更愧不敢当了。估计他是想说叫叔叔。

☆一大早坐同事车往公司赶，等红灯时旁边停辆卡宴，是个美女，放下车窗瞄了瞄，同事很自信地说："肯定是二奶！"可能声音有点大，被美女听到了，看着有点不悦，刚好绿灯，我们撒丫子就跑，只见卡宴一脚油门追上来，放下车窗，冲我们喊："见过二奶这么早上班么？！"

☆今天回家公车非常挤，脸对脸的程度，看到一个 MM 拿着一个电话正装电池，是飞利浦的，合上盖子反过来是多普达的，开机是诺基亚的两个手但是没 N 的标志，再看机型，和 OPPO 的一样，进入系统之后发现是 WIN 的……

☆一天，在北京地铁早高峰时，我同事很淡定的看报纸，然后听到不远处有个人说了一句："你别往里挤了，这么多人！"然后过了一分半钟后，突然那个往里挤的人大喊："你打我啊！打我啊！"众人无语。

又过了大概一分钟，那个人唱上了："一个北京人啊，欺负一个陕北的残疾人啊……一个北京人啊，欺负一个陕北的残疾人啊……他要打死这个来自陕北的残疾人啊……"翻来覆去的唱，唱了好几站。参照陕北信天游的口音和唱腔。

终于有人忍无可忍了，一个女人说："别唱了！烦不烦啊！"

那个人接着唱："两个北京人啊，欺负一个陕北的残疾人啊……两个北京人啊，欺负一个陕北的残疾人啊……他们要打死这个来自陕北的残疾人啊……"

众人无语。

大概又几站后，那人一直唱个没完，车到站门开后，门口有个男声不大但是估计够狠的，说了一句："下车，你下不下车？"

然后车门关上，终于安静了……

☆一个公交青年哥哥说话很奔放的，俺上班的时候坐过几次他的车，有次人超级多，多到恨不得坐到车顶上了，还有个奶奶拼命挤啊挤。

然后司机哥哥发话了："驰娭啊～莫国拼命咯，嗯囡嘎国一身老骨头挤散哒，我不晓得拼咧。"（长沙话，"奶奶啊，不要这么拼命啦，你这一身老骨头挤散了，我不知道拼的。"）

全车晕倒……

☆一个很胖的女人上了公交车，找不到座位，只能拉着车上的拉环，不料司机一个急刹车，胖女人把拉环拉断了，并一下子扑到司机面前，司机看着她和她手上的拉环，没好气地说："集满三个，送司机签名照一张！"

☆我同学有次坐 503 路，人多到连司机都被挤着了。后来售票员也下车帮忙把乘客推上车。一阵努力过后，司机门一关绝尘而去，乘客们但见一个人在后面疯狂追车，定睛一看，竟然是售票员。大家都喊司机，让他停车，但是人太多了，看得见售票员在追车的人都在后门附近，声音完全传不到司机那里去。直到又到了站，司机没有听到人报站，才发现把售票员落下了。一开门那个售票员气喘吁吁地上车，劈头就给了司机一顿痛骂，因为她就那样奔了一站的路。

☆我一女同学在公交车上碰到一个人拿着个手机特大声地喊："喂，我那 10 万块钱你给我划过来了没有啊……"

我那同学巨郁闷，特烦这种人，就拿出手机来："喂，妈，怎么回事儿啊？我那 50 万生活费汇过来没有啊？啊？刚汇完啊？行，行，好的。"

☆深夜，一公交车最后一班后准备交车，司机回头看，还有一位白衣的女士，坐在最后一排。司机继续开车，看看倒车镜，那女的没了，大惊。

赶忙急刹车，回头一看，又坐那里，司机心虚的又转过头继续开车，小心的又看看倒车镜，女人又没有了，巨惊，赶忙又急刹车，回头一看，那女人又出现了。

司机面临崩溃，一身冷汗，转过头继续开车。第三次司机又看看倒车镜，那女人又不见了，司机已经崩溃了，又是一个急刹车，但没有在转过头去，这时那个女人缓慢地走到了他的面前，头发凌乱，满脸是血，滴在他的脚上，司机身体已经僵硬了，不敢转过头去看她。那女人用很低沉的声音说："老娘和你有仇啊？老娘一蹲下绑鞋带，你就急刹车，一蹲下绑鞋带，你就急刹车！"

☆下班了想给公交卡充值，下地铁问卖票的大姐：您这儿能充值吗？

大姐：充不了，对面儿那口儿能充。

我走上去，过马路，再下地铁问卖票的大姐：您这儿能充值吗？

大姐：充不了，对面儿那口儿能充。

我：啊？不会吧？刚才对面儿的人让我过来的。

大姐：不会吧。（看了我一眼）小伙子，刚才就是你问的我，你从那边上去，怎么又从这边下来了！

☆坐地铁，不是高峰时间，进站的人很少，看到有个人拎了个大蛇皮袋，从楼梯下来就在进站的地方犹豫，我也没多想，把包放在上面照了下（公交卡在包里，懒得拿出来），就进站了，雷人的事情发生了，那个一直在犹豫的人，跟在我后面，把拎着的大蛇皮袋也在上面照了半天……

☆乘公车不是照那个交通卡，会发出 2 元的声音嘛，上次我看到一个老头子，在我后面，我照了一下之后，机器叫 2 元。后来老头子不知道随便拿了个什么卡，照了一下，自己叫了一声"2元"，声音怪异。后来司机就说，你叫没用的，拿卡出来照！要么付钱！

☆一农民刚进城，买了张 IC 卡却不知如何用法，于是上车后拿给司机看了一哈，司机道："suo 一下！"（太原话"说"和"刷"同音，皆为"suo"）

该农民小声对着刷卡机说道："IC 卡……"司机不耐烦道："快 suo！"

农民以为说得不够完整，于是大声道："公交公司 IC 卡……"全车的人笑晕了。

☆一个外地人拿一张 50 元的票子，在售票员面前晃着："见过没？见过没？"

卖票的傻了，干脆拿出一张 100 的 Show 了一下："你见过没？"

最后才搞明白，那人是想去"建国门"！

☆前天下午乘公交车回家，上车后发现钱包里没有一元零钞，一着急，便掏出一张十元大票放进投币口。后来越想越觉得窝囊，于是便跟司机商量，能不能让我守在门口，将下一站乘客本应投进投币口的钱据为己有？司机同意了。车很快驶到下一站，很多人争着上车。我挡在门口，对第一位乘客说："把钱给我。"

对方一愣："凭啥？"

三言两语也解释不清，我就说："给我就行了，别的不用管。"

对方瞅瞅司机，司机点头默许。于是，一元钱到手。

依法炮制，很快收了八个一元钱。接着上来一位大汉，虎背熊腰，剃着板寸，露着刺青。见我拦着他，怒道："干吗呢？哥们儿？"

我说："一会儿再跟你说，先把钱给我。"

对方眼珠子都圆了："说啥呢？"

我说："把钱给我！"

对方张大了嘴，冲司机问："这小子干吗的？"

大汉堵在门口，后面的人上不来，而车厢里的人急着发车，所以大家七嘴八舌地嚷起来了："啰唆什么呢！快给钱！"

大汉很快瘪了下去。只见他从口袋里掏出钱包递过来，哭丧着脸说："老大，身上就这点钱，你们人多，我服了。"

☆早上上班赶公共汽车，到站台的时候，汽车已经启动了。于是我只好边追边喊："师傅，等等我！师傅，等等我呀！"这时一乘客从车窗探出头来冲我说了一句："悟空，你就别追了。"

☆我上班的时间挤地铁，一天，有一个40几岁的男人一定要挤进来，挤不进来还倒退两步，然后狂奔冲进来，他说这是助跑。

☆我同学在1号线上帮人家让座，人家说不坐，我是讨饭的，我要走动。

☆某日坐地铁，听得一小美眉低声问站在她前面的一男生："下车吗？"男生回头说："车还在开，你叫我怎么下去？"

☆公交车在等红灯时，一男子叫道："司机，开一下门，我要下车。"

"这里是站牌吗？"司机怒道。

"就因为这里不是站牌我才给你说一声。"司机无语。

☆一天在公交车上，由于拥挤，一男一女发生了碰撞。

时髦女郎回头飞眼道："你有病啊？"

男子觉得莫名其妙，回道："你有药吗？"

车上人窃笑！

女子觉得生气回道："你有精神病啊？"

男子冷面对道："你能治啊？"

全车人爆笑！

公交司机停车，趴在方向盘上大笑！

☆公交车上超挤，有一女人站在门口，从车后面挤过来一个男人要下车，跟那女的说了一句"让一下，下车"，那个女的没有动。男人挤过去时就踩到她了。

结果那女人好厉害，不停地骂："神经病啊你！神经病啊你！"还超大声，搞得全车都在看呀。

男人一直没有说话，下车时忍不住了，回头对那女人说："复读机呀你！"

全车人爆笑！

后边有几个搞笑的小孩，不停的演刚才的一幕，

甲说：你神经病呀你！

乙说：你复读机呀你！

全车人爆笑！

后来，有个小 MM 也要下车，挤过去说："偶想下去，偶不是神经病！"

全车人再次爆笑！

那个女人没有说话，可是从边上飘来一句话："你是不是没电了？"

全车人爆笑不止！

☆一日公交上突闻一女的叫骂声，仔细一听原来是手机被偷了，本以为她骂一会儿就算了，没想到骂的话越来越难听，把偷他手机人的七大姑八大姨祖宗十八代一并问候了，车上其他人都皱起眉头，这时车到站开门，一男的下车后掏出一手机扔向那女的曰："手机还给你，嘴巴太狠了！"

☆武汉 BH（剽悍）的公交车，已经闻名天下了，可是我有位武汉的同学更猛，硬是练就了在飞速的武汉公交车上站着吃早饭的本事！注意啊：不是包子油条啥的，是一碗用方便碗装着的牛肉面或热干面什么的。

有一天早上，我和她一起从她家出来，要去学校，上车前一人一碗热干面，捧着就上了公交，没有位子了，俩人一人抱一柱子站着。她对我说："听我的口令啊，叫你吃你再吃！"

我："哦！"

车子开得很猛，她说："吃！我们就马上

往嘴里塞面条。"

突然要转弯,她说:"停!我赶紧抱柱子,嘴巴上还吸溜着一根面条。妈呀,好猛的一个急转弯,如果没有柱子,恐怕我早被甩到阿拉伯去了。"

她又说:"警报解除,快吃!"于是我们又埋头苦干。

吃完了面,我对她佩服指数急剧上升,我说:"喂,这么多次站着吃,有没有失手过啊?"

她说:"有,唯一的一次,整碗热干面直接扣在我自己脑门上。"

我爆寒……

☆一天,我和表哥去赶公交车,好不容易等来一辆,可车上的人太多了,前门根本就挤不上。我们只好在前门刷了卡,从后门上车,可车上的人实在太多,后门也挤不上。

于是,司机大哥就和我们商量:"我先发动车,慢点开,你们跟在车后面跑跑。"我和表哥这个纳闷啊:这算什么办法啊?可也没有办法,只有跟在车屁股后面跑。眼看车开出大概有十来米,忽然一个急刹车,车上的乘客把持不住身体,全部倒向车的前面去了,后门一下子腾出好大一块地方。这时,司机大哥得意地招呼我们:"快上,快上!"

☆有次坐45路,人很多,上了一个约30岁的男的,手里抽着烟,他一上车,司机就叫他把烟灭了,结果他直接把烟往投币箱里扔,可以想象,司机当时那个晕,问他为啥把烟丢箱里,他说是你喊我把烟灭了的嘛,他把投币箱当烟灰缸了!全车人都笑翻了……

☆早上上班的时候,公交车上人超级多。

第二站上来一个小美女,后边跟一个男的。看他们应该是不认识的样子。好几站了都没有说话。

小美女个子应该在60cm左右,我是78cm,基本比她高一头。小美女手里拿的那种包装好的豆浆,就站在我的前面。由于特别挤,小美女站在中间,根本抓不到扶手,可能是怕豆浆挤洒了,把装豆浆的纸杯高高地举过肩膀,还时不时地喝一口。

我早上没吃早点,闻着豆浆的味道实在饿得受不了。她喝一口,然后就举过肩膀缓一下。吸管刚好离我的嘴不远,最多就是3cm左右。

过了一会儿,我实在忍不住了,张嘴就吸了一小口,很轻的,小美女没有发现,然后她又拿过去喝了一口,然后举过肩膀,我又吸一口。

就这样不一会儿,豆浆应该没有了,但是我不知道啊。她自言自语地说了句:"什么世道啊,

卖豆浆的都骗人,装这么少,没几下就快喝完了。"当时我差点笑喷。

她又把纸杯举到肩膀的时候,我按部就班地去吸了一下,结果,因为里面不多了,我吸的时候发出了"咕噜噜咕噜噜"的声音。

小美女猛地一回头,我当时就石化了,嘴里正含着她的吸管,僵硬在那里,当时那个尴尬啊,跳车的想法都有了。

小美女说:"你干吗啊?好喝不?要不要我给你买一杯?看你穿得这么帅气不像是穷人啊。"

我:"……"

现在想起来还怕啊。下一站小美女下车了,周围几个人一直在看我,我自我解嘲地说:"是我女友,和我开玩笑呢。"

我话刚说完。和小美女一起上车的那男的就开口了:"说什么呢,兄弟,豆浆都让你喝了,人你也想要啊。是我的女友好不好?"

我:"啊?那你怎么不下车?"

那兄弟说:"她到了,我又没到,我还有好几站路呢。你是不是有点太恬不知耻了,豆浆都喝了,人这么多,我就不说什么了。我女友你也想要。是我的好不好?"

我低声地说:"是你的,是你的,我不要。"刚好到站了,我就跳了下来。浑身的汗啊。

太慌张了!太纠结了!太心神不宁了!

☆今天坐公交,上公车就给一刷卡的老大爷雷倒了,只清脆的一声提示:"学生卡!"

☆早上乘地铁遇到个牛人,地铁上,突然一个哥们儿的电话铃声大作,众乘客一听:"爷爷,那孙子又给您来电话了!爷爷,那孙子又给您来电话了!爷爷,那孙子又给您来电话了!"只见那哥们儿慢慢悠悠地掏出手机,接听:"喂,爸,什么事?"

☆"早都不往门口挤,这又不是宝马,多坐一会儿能咋?"司机刚把车门关上,有两个坐在最后一排的男子好像突然反应过来,扒开层层人群冲到后门,让司机开门说要下车。司机边开门边嘟嚷说。

"给我台大黄蜂,我一巴掌掀出条道儿走!"

原来师傅也是变形金刚迷。

"我这咋也是'乌龟',比'蜗牛'快些。"有乘客抱怨司机开得慢,说司机简直开"蜗牛",司机幽幽吐出一句。

"你穿那么高跟的鞋,带着'凶器'上车,踩着人家咋办!"

车上人多,司机师傅喊着让门口的人往里

面挪点。

"倒数第二排那位，别装睡了，赶紧起来让座！"

有乘客坐在车上打盹，没注意身边站着位老人，司机提醒。

"把你们的'尾巴'都拉到前头来，小心被车门夹着！"

其实是在提醒你，把背在后面的挎包挪到胸前，你身后有贼。

"后面的人，别乱吐痰、乱扔纸，别以为我看不见！"

司机其实想用这个办法让大伙注意，多往自己四周瞅瞅，打乱小偷的阵脚。

☆早上上班坐地铁，人多特别挤！旁边有一个女孩子长得非常卡哇伊正在发短信，我无意看了一眼，发现她写道："今天车上人很多，很挤。"一会儿我想起个事自己笑了几声。一会儿无意回头一看，看到这个女孩继续写道："旁边还站着一个白痴。"

☆早上公车上，一个人从包里掏手机看时间，然后说了句："××。"还以为他时间来不及了，再仔细一看，他手里拿着一个空调遥控器。

☆公交车上不知是谁放了一个臭屁，大家都在猜测，售票员发话了："那个放屁的同志没买票吧？"话音刚落，一时髦女子果然中计，大声回道："我买票了！"

☆乘客："售票员同志，车厢里的椅子怎么这么脏啊？"

售票员："这是头趟车，等拉完这趟乘客，下趟就干净啦。"

☆女人：能让个座儿吗？我是个孕妇。

男人：请坐！

女人：谢谢！

男人：冒昧地问一句您怀孕几个月了？

女人：大概50分钟吧！

☆在公共汽车上，一个男子发觉有人在偷他的钱包，他干脆指着口袋里的工作证对小偷说："麻烦你，顺便把这个也拿出来吧，我是警察。"

☆地铁上空位比较多时，我最多看过连续换了4次座位的人……

☆今天坐公交车，有一站司机问了一句："关后门了啊！"没人回答，于是他就关了后门，起步。这时车厢里发出一个女生弱弱的一声："开

门！"司机恼怒地刹车，"咣当"打开后门，吼道："要下快下！"车上人都看着后门，半天却没有人下，面面相觑不知怎么回事。这时车载电视里的女人又发出一声："开门啊！"

☆坐公汽，我坐在前排靠窗的位置。半小时后，我把头伸出窗外。后排也有一哥儿们，头伸在窗外。我对他喊："把头缩进去。"那哥儿们看来不是盏省油的灯，横着眼睛说："去，关你屁事。"我缩回头，那哥儿们也缩回，我转头非常礼貌地对他说："请再不要把头伸出窗外。"我第二次把头伸出窗外。估计那哥儿们特有自尊，他觉得，你能伸，我也伸得，就又一次把头伸出窗外。我再也憋不住，呕了，脏物糊了那哥儿们一脸。那哥儿们狂叫一声，我旁边的朋友，膀大腰圆，对那哥儿们说："叫什么叫，人家给你打过招呼的。"

☆某天出门时给好友打了一个电话，让她和我一起出来，然后我上公交车，顺便拨个电话给她："小M你到了吗？现在出门了吗？"

然后好友小M曰："我正坐公交车呢！"

我说："我坐的10×路公车，你坐哪个？"

好友大喜："我也是！"

我感觉不对劲，看到对面的人看神经病一样看着我，下意识往后一看，发现好友小M坐在我身后的座位上："你到了吗？你到了吗？怎么不说话，喂？"

☆有一次乘坐45路去钟楼，中途上了位中年妇女。车上当时人不多，可她就是靠着我和另一个MM站着，我下意识地将自己的包包放在了身前，可旁边的MM却浑然不觉地看着窗外。不久，那位中年妇女一只手伸进了MM的包包，说时迟那时快，我突然放了一个响屁，又臭又响啊，惹得满车人看我，羞得我恨不得找个洞钻啊。不过，熏得中年妇女赶紧缩回了手去捂鼻子！哈哈！

☆一位乘客对乘务员说："我要到顿卡斯。"乘务员说："这趟车星期二不能停顿卡斯，不过，老兄，我们在顿卡斯换轨时，速度会减慢，我把车门打开，你跳下去就是了。车虽然开得不快，可你跳下去后要跟着往前跑，否则会把你卷进车轮的。"

当火车到顿卡斯时，车厢门打开了，这人跳下火车就往前飞跑，由于心情紧张，他一直跑到了前二节车厢的门前。就在这一瞬间，车厢门打开了，一位乘务员又把他拖进了车厢。列车又恢复了正常速度。

这位乘务员说："老兄，你真幸运，星期

二我们这趟车在顿卡斯是不停的！"

☆我在公交车里听到别人打电话到电台点歌，有一个男人打电话进去说："我是外地人，现在回家的车票买不到了，只好在北京过年了。我想点首歌！"

主持人问他："你想点歌送给谁？"

我当时还想这还用问，肯定是远方的父母亲人了，谁知道他却回答说："我想点一首陈小春的《算你狠》，送给北京站工作人员以及所有票贩子！"

☆今天单身节啊，有人吃不饱有人撑死。想起来和朋友的小侄子一起坐公交车，那屁小孩沿路很多动，车到一小区站，异常兴奋，手指小区，大声说道："我爸爸的二奶以前就住这里。"全车哗然，朋友镇定自如，说："臭小子，告诉你很多次了，二奶奶不能简称二奶！"

飞机上最无厘头的事件

☆飞机落地了，由于广播的乘务员老想着赶班车去东直门，于是广播成了："女士们，先生们，我们的飞机已经抵达首都北京东直门机场！"旅客疯了……

☆飞机抵达纽约，应该是肯尼迪机场，最后广播成了："我们已经抵达纽约肯德基机场！"

☆飞机上，一位乘客问邻座："刚才机长说了些什么？"邻座回答："机长说，拉斯维加斯就要到了，请大家系好钱袋。"

☆回到北京，落地前乘务员要做好签封工作，刚签封完就有旅客要可乐，乘务员说："我们都封了。"结果客人很不理解："我就要个可乐，你们就疯（封）啦？"

☆飞机机械故障延误了，过了一会儿又可以走了，旅客问为什么？乘务员说："没事儿，就换了一个敢开的机长。"

☆乘务员："女士们，先生们，飞机马上就要起飞了，请你们系好安全带。请你们不要谈论飞机票的贵贱，因为安全带的保险系数有大小。"

☆飞机落地了，还在滑行，旅客就都站起来拿行李，为了安全，要广播："女士们，先生们，我们的飞机还在滑行，请您坐好，并关闭头顶上方的行李架。"结果一着急，广播成了："女士们，先生们，我们的飞机滑得还行……"
这时候，"丁——东"内话响了，机长说："谁夸我呢？"

☆乘务员广播："女士们，先生们，请您坐在跑道上，系好安全带，我们的飞机马上就要起飞了……"

☆话说，飞机起飞的时候，轰鸣声甚大，坐在头等舱的空乘对另一空乘说："看，那个旅客的鼻毛露出来了！"
另一空乘没有听见，大声问道："什么？"
此空乘又大声重复一遍还是没有听到，只见那个旅客走过来，说："小姐，她说，我的鼻毛露出来了！"

☆一天，乘务长和一乘务员迎客，上来一名外国黑人，乘务长小声地对乘务员说："你看那外国人可真黑啊！"第2秒钟外国黑人回头对乘务长说："就你白！"

☆旅客："小姐，把我的行李放上去！"
乘务员："先生，对不起。我自己一个人抬不动，一起好吗？"
旅客："你不是天使吗？天使还放不上去？"
乘务员："你是上帝都放不上去，我天使能放上去吗？"

☆空乘：我们有雪碧可乐矿泉水请问你需要喝什么？
旅客：饮料！
空乘：今天为您提供的热早餐有面条和点心，请问你需要哪一种？
旅客沉思半晌：米饭！

☆前几天飞广州，上来大帮小红帽旅行团，收餐时见餐盘中餐盒统统被小红帽扣留，准备带回家作纪念，于是一乘务员耐心解释：这些都是必须回收的餐具，麻烦各位配合我们回收，有人上缴。但仍有个别假寐，拒不交出，再劝，又上缴几只，仍有个别顽固分子，坚持说已交给乘务员。于是另一乘务员忍无可忍，大声对那名乘务员说："难道他们就不知道，下飞机时，门口会报警吗？"此言一出，全数上缴！

☆乘务员正在供餐，到一位旅客前问道："先生，我们有鸡肉米饭和鱼肉米饭，请问您吃哪种？"
旅客答道："排骨！"
乘务员又重复一遍，旅客依然答道："排骨！"
这时，乘务员问："我们有鸡排骨和鱼排骨，您吃哪种？"

☆呼唤铃响。
空姐：您好，请问有什么可以帮您的吗？
旅客：能要一杯水吗？
空姐：当然可以，矿泉水吗？
旅客：有果汁吗？
空姐：有，橙汁和桃汁请问需要哪一种？
旅客：有可乐吗？

空姐：有，需要加冰吗？
旅客：那给我一杯茶吧！

☆一天飞 737-700，一位后舱旅客上卫生间，站在卫生间门口一阵猛摇，乘务员好心提醒道："先生，请往里推。"只见那位乘客用食指轻轻一戳，乘务员又说道："推。"乘客再戳。乘务员："用力推！"乘客一愣，猛吸一口气，对着卫生间一阵猛吹！乘务员们笑倒一片，急忙帮他开门道："您太经典了，我是说用力推，不是用力吹！"

☆乘务员手拿两壶咖啡给客舱送去，一位旅客指着窗外问话："小姐，这是什么湖啊？"
乘务员答道："咖啡壶。"
旅客笑倒一片……

☆乘务员：请问牛和鱼您喜欢哪种？
旅客：好的，我要牛和。
乘务员：是牛，和鱼。
旅客：哦，那我要和鱼。

☆乘客男第一次坐飞机，按动呼唤铃。
乘务员：先生，请问有什么需要帮助吗？
乘客男默然。
乘务员：这是呼唤铃，如果有什么需要再按它，我们会帮助您！
乘客男点点头。还没等乘务员回到座位，只听呼唤铃又响了。只见乘客男站起来，嘴对着呼唤铃大声喊道："可乐加冰！"

☆一架载着两百多名乘客的飞机平稳地飞行在高空。这时，广播里传来机长愉快的声音："女士们，先生们，我是你们的机长，欢迎大家乘坐我们的航班，我想告诉大家的是……啊！天哪！"他发出这声 KB 的叫声后，广播里就没有声音了。所有的乘客都吓坏了，连空姐也害怕的说不出话来。
过了一会儿，广播终于又响了，还是机长："女士们，先生们，对不起，方才让大家受惊了。这里确实发生了一个小小的意外，但不是飞机，乘务员给我倒咖啡的时候，不小心把咖啡洒在了我的衬衣上，不信你们来看都湿透了！"
这时，机舱里响起一个乘客怒气冲天的抱怨声："衬衫湿了算什么，你看看我的裤裆！"

☆导航员："请报告你的高度、位置。"
飞行员："我大约 8 米高，现在正坐在驾驶员的座位上。"

☆乘务长在机门口迎客，上来一位年轻小伙儿。

空姐问："欢迎您登机，请问您是什么座？"
小伙儿高兴地说："我是天蝎座，您呢？"
"我是巨蟹座，我是问您坐哪一个座位？"

☆有个很讨厌的男旅客拿到配餐中的苹果问乘务员："这个苹果怎么吃啊？"
乘务员回答："啃皮。"

☆乘务员："您好，请问喝点什么？"
旅客不好意思道："不喝，不喝。"
于是乘务员小声地说道："免费的哦。"
旅客："啊？免费的啊！我要一杯橙汁，一杯可乐，一杯咖啡，还要……"
于是边说边从包里拿出一个瓶子说道："再给我灌点豆浆在里面！我要把飞机票喝回来。"

☆一个旅客捧着吃得干干净净的餐盘（连根菜叶都没剩下）说："小姐，你们的餐食太差了，简直就是狗食！"

☆旅客："我要一杯可乐。"
乘务员不确定地问道："你是可乐吗？"
旅客："不是！"
乘务员："那你是？"
旅客：我是人，我要可乐！

☆旅客问："小姐，这是波音什么型号？"
答："空客 320。"
旅客："我问你是什么型号？"
答："320。"
旅客：（比较大声）我问你是波音什么号？
答："是空中客车 320。"
旅客："你怎么这么犟呢！是波音几几几！"
答："320。"
旅客："你说波音 320 不就行了，乘务员连这都不知道！"

☆厕所里有马桶纸（垫马桶的纸），一个小红帽进去了，出来后他把马桶纸套在了脖子上而且很得意，兴奋的向团员们跑了过去说："快去厕所带个这，一会儿吃饭滴不到身上！"一瞬间，满飞机的马桶纸……

☆乘务员："先生，我们有米饭和面条两种，请问你需要那一种？"
旅客："要要！"
乘务员："要哪一种呢？"
旅客："有什么？"
乘务员："米饭和面条两种，请问您需要哪一种？"
旅客沉思半天，问："米饭是什么做的，

面条是什么做的？"

乘务员："米饭是大米做的，面条是面粉做的！"

旅客："那，来米饭吧！"

倒！

☆乘务员："先生您是喝橙汁还是喝苹果汁？"

旅客："你们这儿的橙汁有苹果味儿的吗？"

☆320飞机上，乘务员在收餐盘，大多数乘客都递上餐盘便于乘务员收取。一靠窗的乘客无动于衷，空乘伸手够不着，便对他说："麻烦您把餐盘递一下好吗？"

那乘客傲慢地说道："你是服务员，还是我是服务员？"

乘务员答道："我是服务员，但我不是长臂猿！"

☆某次非洲劫机，罪犯非指着小册子说："这里明明写着最大航程×××千米，可以飞到澳大利亚，你为什么说飞不到？"

☆一个三四岁的英国小女孩从前舱跑过来，好像在寻找什么，乘务员MM热心上前询问："Hi, how are you？"（嗨，你好吗？）

没想到小女孩回过身去，用汉语大声叫道："妈妈快来！这里有座位！"

☆旅客："小姐，这飞机怎么像玩具似的？"

旅客身后的另一名旅客回答："这玩具你家有吗？"

提问旅客无语。

服务饮料时，乘务员MM问："您喝点什么？"

乘客："有牛奶吗？"

乘务员MM："有。"

乘客："有酸奶吗？"

乘务员MM："……那只有等牛奶过期了。"

☆某日迎客时，一位先生拿着登机牌过来问我："小姐，能把后备厢打开吗？我有点冷，想穿件衣服！"

☆旅客："小姐，你这飞机里怎么这样臭啊？"

空姐："先生，因为我们的飞机正在穿越臭氧层……"

结果被投诉。

☆上来一个30多人的帽子团，几乎全是老人，只有一个30多岁的男人。那男人进来后看了看飞机大声喊："前面风大，老人都往后面坐！"

☆一个坐在767-300洗手间旁边位置的客人，叫住乘务员MM：

"嗨！小姐，叫大师傅给我炒个鱼香肉丝！"

乘务员MM答："对不起先生，飞机上的餐食都是事先配好的，飞机上也不能炒菜。"

旅客生气地叫："别骗人了！"他指着洗手间："我都听见炝锅炒菜的声音了！"

☆一次是下午3：40的飞机，飞行时间1个小时。

送饮料时一旅客对新乘务员MM说："小姐，能给我一份饭吗？我饿了。"

新乘务员MM看看表说："现在几点了，你在家也这点儿饿呀？你要是在家不饿，怎么到这儿你就饿呀！"

一起送饮料的老乘务员MM立刻晕倒……

☆一旅客手拿着机上的毛毯走过来问："小姐，请问这个可不可以带走啊？"

答："抱歉，这是飞机上提供给旅客使用的毛毯，不能带走。"

那旅客一脸不悦地说："可我表姐上次坐飞机都拿了两条回家！"

☆一名乘客换上拖鞋后，把皮鞋装进塑料袋放进行李架里。起飞后有个老太太打开行李架给小孙女拿零食，没想到那双鞋掉下来砸在老太太脸上。她坐下对孙女说："乖，咱不吃这零食了，有股咸鱼味！"

☆有一天两位旅客闲聊：

"你说这飞机是什么排气量呀？"

"你怎么这么笨呢！当然是0嘛！"

☆旅客问："小姐啊，客舱里有苍蝇啊，它们坐飞机怎么都不买机票啊？！"

答："它们是机组的。"

☆一男乘客叫住我说："你们飞行高度是不是不对啊？怎么我的手表上显示才4000FT……"我当时无语。回过神以后说："要量真实高度，就请将头和手伸出窗外……"这回换他无语了。

☆乘务员MM和安全员发餐中："米饭、面条您要哪一种？"

……发到最后一位旅客只剩面条了。

乘务员MM非常抱歉地正想对这位旅客解释，话还没出口，只听该旅客语重心长地说："姑娘，这次面条下多了，下次一定要注意！"

只听安全员说："不好意思，主要今天锅小了点儿。"

☆客舱传来一个呼唤铃的声音，乘务员MM立即朝那位旅客走了过去：

问："先生，请问您有什么事情需要帮助吗？"

答："小姐，我们的飞机怎么还不起飞？"

乘务员MM疑惑地朝窗外看去，外面白云朵朵："先生！我们已经起飞了。"

答："你骗人！起飞了，飞机的翅膀怎么还不收回去？"

☆空姐劝乘客系安全带：

"上次飞机迫降没系安全带的都摔得血肉模糊。"

问："那系了安全带的呢？"

答："没事，都坐得好好的，跟活人一样。"

☆飞机上，我跟一对父女坐一排。孩儿她爹，看着30岁出点儿头。女孩儿，长得挺机灵，看着也就一二年级。空姐发食品了，小女孩儿一拿到，非常高兴的打开吃，估计是饿坏了。

她爹："你谢谢阿姨没？"

小姑娘很可爱地说："谢谢阿姨。"

她爹："跟阿姨说，阿姨你真漂亮。"

小姑娘顿时语气变了："阿姨，我爸说你真漂亮。我爸就喜欢你这类型的。"

她爹愣了一下，空姐乐了，说："你问问爸爸是要牛肉饭还是鸡蛋面？"

小姑娘依然那腔调："不用，他看见美女比吃饭强。"

她爹很尴尬地说："牛肉饭吧。"

然后，空姐走了。这父女俩又说上了，可语气完全不是父女，而是那种特熟的哥们儿跟姐们儿逗贫的那种，小姑娘说话也特小大人儿。她爹："我刚才是那么说的吗！"

小姑娘："得啦，我还不知道你想什么啊！你能不这样嘛！我妈一不在，你就开始，你觉得你这样儿有劲吗？"

她爹脸儿都绿了："吃你的！再废话我以后不带你出来！"

小姑娘："哎呦，您趁早甭带我出来。我现在就觉得我跟这儿特多余。我说你也行了啊。你这样的能找着我妈你就知足吧。都说闺女是爸上辈子的情人，我就奇了怪了，我上辈子怎么看上你了！"

她爹听了跟那儿气得噔噔的……旁边人都跟那儿低头乐。

☆一架飞机将坠机，人们抢着逃生，最后只剩一个学生和驾驶员。

驾驶员："别管我，只有一个伞包了，你快跳吧。"

学生："哪里，还有一个，刚刚一个伯伯背的是我书包。"

☆某人带一尊关公像坐飞机，为表恭敬专门为之购一张机票并在座位上安排妥帖。时间到了却迟迟不见起飞，一会儿机场喇叭呼唤道："关云长同志，请速登机！"

☆有一次我们搭乘小客机旅行，服务员问我前面的旅客说："请问要不要晚餐？"他问："有什么选择？"服务员答："选择要或不要。"

☆早上公交车身边坐着一位戴口罩的MM而且是靠窗的位置，现在不是流感闹得很凶吗，所以也就没觉得有什么。大家都知道现在冬天了人多，公交车窗户也都关着，车上的气味自然差了一些，大家都皱着眉头。可那MM的神态倒很自然，只见她从兜里掏出一支吸管放在嘴角边，并把窗户打开一道缝隙，贪婪地吸着外面的空气……此举绝非一般人啊。

☆一个人不管坐什么车，都要靠着窗户的。一天，要去坐飞机了，他拿登机牌的时候跟那个小姐说他想要一张靠窗户的，小姐跟他说没有了。登机后，他随便找了一个靠窗的座位坐了下来，突然来了一个人，对他说："这是我的座位。"他说："我就喜欢这个座位，我就是不让。"那个人苦苦哀求，无济于事，于是很气愤地说："那好吧，飞机你来开吧！"掉头就走！

☆去包头，俺的座位靠走道，旁边是一位60多岁的老大爷。起飞后他要上厕所，俺忙站起来让路，但见他潇洒地踩着俺的座位一步迈到过道上。俺愣了好一会儿，才忙拿报纸盖住座位以防万一。老大爷回来后瞄了眼报纸，不满地说："这报纸俺还没看呢！"说罢，拿起报纸，又一脚踩在俺的座位上走进去。

☆去上海，俺依然坐靠过道，旁边是个大胖哥，估计体重不下250斤，一路上他上了三趟厕所。前两次俺给他让出位置，他迅速起身刚刚迈了一步，飞机马上剧烈地颠簸，俺十分狼狈地抱住前座的靠背。第三次，胖哥迟疑了很久，终于抵不住生理的需要，连声"对不起"便起身。俺不满地再一次站起来。胖哥缓缓站直，慢慢地挪出来。他还未站稳，飞机又一阵更为剧烈地颠簸。胖哥无辜地望着俺："阿拉动作这么慢，这回绝对和阿拉没关系。"

☆去南京，俺的座位在中间。一左一右像老外。俺本想趁机练练英语，不料他们说一口不知名的鸟语，唧唧喳喳半天俺一句都听不懂。飞机里热，他俩不约而同地脱了外套穿短袖。腋窝那股刺鼻的味道熏了俺一路，连午饭都免了。这是俺的减肥计划唯一实施的一次。

☆去西安，俺终于要到了经济舱的第一排。宽敞不说，两边又是漂亮的空姐，俺高兴得合不拢嘴。飞机11点半到港，乘客没有午餐，但空姐们有。左边吃的鸡肉饭，右边吃的牛肉面，外加两道水果。俺的口水禁不住诱惑，分泌得如泉涌一般。被逼无奈，俺假装上厕所，在后面过道待了半个多小时。

☆去昆明，俺又是靠过道，里面是位去旅游的大哥。供午餐时，俺和他一份都吃不饱，相继喊着要各加一份饭。可惜只剩一份，俺先跟空姐说的，所以心安理得地享受了。那大哥不服，向空姐要了三听啤酒。结果俺吃饱了，他也喝醉了，吐了俺一身。俺明白了：飞机上的盒饭不能免费加，得靠洗衣服去换。

☆去重庆，俺坐在中间座位，旁边靠窗坐着一位PP的MM，乌黑的头发光可鉴人。俺幸福地和她聊天，直到把她聊得睡着了。她低垂的脑袋慢慢地靠到了俺的肩膀上，让俺幸福得发晕。可触电的感觉没有10分钟，飞机就下降了。上了出租车俺才发现，MM刚刚焗过黑油，俺媳妇花2000多块钱给俺买的崭新的白衬衫就此"报销"了。

☆从东京回北京，俺选了个靠窗的位置，一对老年夫妇坐在旁边。俺说英语，他们摇头；俺说日语，他们回应，但那大阪郊区音俺可听不懂。俺于是说俄语，他们苦笑。这时，老大娘开口了，唠叨了足足一分钟，俺不明白但总算大概猜出她说的是菲律宾语，只得摇头。老大爷在旁边忍不住低声道："你说了半天客家话他都没听懂，大概是东南亚人吧！"俺这回听清了，那是一口标准的普通话。

让警察崩溃的司机

☆一名警察要一位超速行驶的男士把车停在路边，之后开始了下面的问话调查：

警察：我能看一下你的驾驶执照吗？

司机：我没有驾照，因为第五次酒后开车，我的驾照被吊销了。

警察：我可以看看你车子的牌照吗？

司机：这不是我的车，是我偷人家的。

警察：车是偷的？

司机：对。但是让我想一想……我想起来了，车主的牌照……噢，放在仪表签盘上的小柜子里面了。当我把我的手枪放进小柜子里时，我看见过车牌照。

警察：仪表盘上的小柜子里有一把手枪？

司机：是的，先生。我杀了这部车的女主人，把她放进车后边的行李箱里，然后，把我的枪放进了那个小柜子里。

警察：你是说后备厢里有一具女尸？

司机：是的，先生。

听到这里，警察大惊，立刻向警察局呼叫求援。很快，这部汽车被一群警察包围了。一名警官走向司机，去处理这一紧急情况。

警官：先生，我能看一下你的驾照吗？

司机：当然可以，给。

警官：车是谁的？

司机：我的，警官先生。这是我的牌照。

警官：你能打开仪表盘上的小柜子让我看看里面的手枪吗？

司机：我可以打开小柜子，长官。但是，里面没有什么手枪。

小柜子打开了，里面果然没有手枪。

警官：我被告知你车尾的行李箱里藏着一具尸体。你不介意打开它吧？

司机：没问题。

行李箱打开了，没有发现尸体。

警官：我不明白这是怎么回事。那名让你停车的警察说，你没有驾照，车是偷的，小柜子里有一把手枪，后备厢里装着一具尸体，难道是我们这位警察谎报吗？

司机：那当然！他还谎报我超速行驶了呢。

☆路边停着一辆宝马，属违章停车。警察过来，贴条儿，抄单子。

哥们儿从商场出来："你不就是警察么，牛什么啊？不会就会贴条儿、抄单子么！"

警察看他一眼，没说话，继续抄单子。

"你牛就甭贴条儿，直接叫拖车拖走！"

警察看他一眼，还没说话。

"牛什么啊！除了贴条儿吓唬我们你们还会什么！有本事你拖走！"

警察抄完单子，打电话，叫拖车。

拖车来了。警察看着那哥们儿。

"嘿，你还真牛啊！你真牛，你拖走啊！借你俩胆儿！"

警察一摆手，拖走了。

警察看他两眼，想劝劝他，往后别这么叫板。

哥们儿一翻白眼儿："待会儿你等车主来了你告诉他，你把他的车拖走了！"

☆交通警察看到一个司机在大街上吃力地推着汽车，就走过去问："先生，是不是出了什么故障或者是没汽油了？"

"哦，不是这样的，只是因为刚才我发现忘记带驾驶执照了。"

☆西安、北京、上海的司机违章被交警抓住后，据说反应各有不同：

西安司机一般要据理力争，争个面红耳赤。

上海司机自认倒霉。

北京司机一般求饶："警察大叔，大爷，大婶，大姨，你就把我当做屁给放了吧！"

☆警察：遇到绿灯要怎样？

司机：开过去。

警察：遇到红灯要怎样？

司机：停下来。

警察：那遇到黄灯呢？

司机：跟他拼拼看啦！

最无语的交通事件

☆前几天和女朋友晚上打车回家，那年轻帅气的出租车司机开的那叫一个猛，过转盘转弯的时候差点来个漂移。我当时脚趾头都抓紧了，我就很委婉地说："帅哥，你以前是开F1赛车的吧。"

我女朋友："瞎说，人家以前开飞机的。"

司机很认真地说："其实我以前是开挖掘机的……"

我汗……

半天我女朋友悠悠地冒了一句："哦，怪不得，以前憋坏了吧……"

☆某女开着长闯棚跑车，但车速只有25–30千米/时，突然一交警蹦出来拦停她的车。小姐愕然："我违章了吗？"交警："你这尊容请开快点吧！"

☆两车相撞，甲指着乙恶狠狠地说："瞧瞧我的车牌号！00544（动动我试试）！"

乙也不甘示弱："你瞧瞧我的车牌号！44944（试试就试试）！"

☆一司机大雾天晚上迷了路，隐约见路边一路标，可雾太大看不清写的什么，于是决定爬上去看看。好不容易爬到顶上，终于看清了上面的字：有雾当心。

☆ "罚款！这里是单行道。"

"我马上掉头。"

"这里禁止掉头。"

"那我停在这。"

"对不起，这里严禁停车。"

"那你出个价吧，如果不低这车就归您了。"

☆有老师闯红灯，交警拦住，老师说："拜托，我教课要迟到了。"交警："你是老师？谢天谢地，我等20年了，把不再闯红灯写100遍。"

☆某日，路上行驶，见前面一车上贴：新手，老纯了！随后，我便在车后写道：杀手，老狠了！

·令人喷饭的汽车窗后标语·

大龄女司机，多关照！

超级面瓜闪亮登场。

人老车新，离我远点！

新手（女）。

您是师傅随便超。

奥拓车：别欺负我小，我哥是奥迪。

新手手潮，越催越面。

女司机＋磨合＋头一次＝女魔头。

当您看到这行字时，您的车离我太近了。

开不好瞎开，挤我跟你急！

手心冒汗。

人老车破又磨合。

出租车：大修磨合，欢迎超车！

一小面贴的是：面中面。

新车上路，内有杀手。

我见过一大婶开车，后面贴了一个："您就当我是红灯。"

一挡以上不会挂，熟练中。

刹车油门分不清，都好使！

别看我，看路！

您着急，您先走。

我是肉肉，车是磨磨，大家都叫我们"肉夹馍"。好吃！别尝！

驾龄两年，第一次摸车！看着办！

有本事从我头上过！

嫌慢？你去当宇航员！

本车除火控外基本配置与坦克相同。

谁能告我刹车在哪？急！

中国最后一台可以公路行驶的蒸汽机车。

跟我干啥？当心我挂倒挡。

司机曾轻易摆平超级塞亚人，看着办！

最欠扁的脑筋急转弯

问：有一个人和一只老虎被分别绑在两棵大树上，绑老虎的绳子下面有一棵蜡烛，就快把绳子烧断了，如果绳子被烧断，老虎就会把人吃掉，结果人说了一句话，就没被老虎吃掉，请问他说了什么？

答：他说："happy birthday！"然后老虎就把蜡烛吹灭了……

问：谁知道富士山在什么地方？
答：第二象限，因为（-4，3）……

问：茉莉花、太阳花、玫瑰花哪一朵花最没力？
答：茉莉花，因为"好一朵没力（美丽）的茉莉花。"

问：猩猩最讨厌什么线？
答：平行线，因为平行线没有相交（香蕉）。

问：橡皮、老虎皮、狮子皮哪一个最不好？
答：橡皮，因为橡皮擦（橡皮差）。

问：哪位历史人物最欠扁？
答：苏武，因为苏武牧羊北海边（被海扁）。

问：什么动物能贴在墙上？
答：海豹（海报）。

问：哪两个字母放在一起会爆炸？
答：ok 嘣。

问：蓝色的刀和蓝色的枪，打一成语。
答：刀枪不入（blue）。

问：身穿着金色衣服的人，打一成语。
答：一名惊（金）人。

问：数字"3"在路上走呀走，翻了一个跟斗，接着又翻了一个，打一成语。
答：三番两次。

问：一条狗过了独木桥之后就不叫了，打一成语。
答：过目不忘（汪）。

问：第十一本书，打一成语。
答：不可思议（book11）。

问：牛狗羊比赛赛跑，跑到终点后，牛狗都喘得不得了，只有羊不喘气，打一成语。
答：扬眉吐气（羊没吐气）。

问：一只蜜蜂叮在挂历上，猜一成语。
答：风（蜂）和日丽（日历）。

问：一只熊走过来，猜一成语？
答：有备而来（有 bear 来）。

问：羊给老鹰打电话，猜一成语？
答：阳奉（羊 phone）阴违（鹰"喂"）。

问：松下为什么没索尼强？
答：panasonic（怕了索尼哥）。

问：A 和 C 谁比较高呢？
答：C 比较高，因为 ABCD（A 比 C 低）。

问：麒麟飞到北极会变成什么？
答：冰淇淋（冰麒麟）。

问：12345678 哪个数字最勤劳，哪个数字最懒惰？
答：1 懒惰；2 勤劳。（1 不做 2 不休）。

问：怎样使麻雀安静下来？
答：压它一下，因为鸦雀无声（压雀无声）。

问：小白加小白等于什么？
答：小白兔（TWO）。

问：如果有一台车，小明是司机，小华坐在他右边，小花坐在他后面，请问这台车是谁的呢？
答："如果"的。

问：有一匹狼来到了北极，不小心掉到冰海中，被捞起来时变成了什么？
答：槟榔。

问：四个人在屋子里打麻将，警察来了，

却带走了 5 个人，为什么？

答：因为他们打的人叫"麻将"。

问：一天，一块三分熟的牛排在街上走着，突然他在前方看到一块五分熟的牛排，可却没有理会他。他们为什么没打招呼？

答：因为他们不熟。

问：有一个胖子，从高楼跳下，结果变成了什么？

答：死胖子。

问：巧克力和西红柿打架，巧克力赢了。为什么呢？

答：因为巧克力棒。

问：丹丹是小狗的名字还是小老虎的名字？

答：小老虎，因为虎是丹丹（虎视眈眈）。

问：什么牌子的汽车最讨厌别人摸？

答：宝马 BMW（别摸我）。

问：鸡的妈妈是谁？

答：纸，因为直升机（纸生鸡）。

问：有 ABCD……26 个字母，如果 ET 走后剩多少个？

答：21 个，因为 ET 开走了 UFO。

问：天的孩子叫什么？

答：我材（天生我材）。

问：风的孩子叫什么？

答：水起（风生水起）。

问：哪种动物最没有方向感？

答：麋鹿（迷路）。

问：有位妈妈生了连体婴，姐姐叫玛丽，那么妹妹叫做什么？

答：梦露（玛利莲梦露）。

问：谁给刘德华喝忘情水？

答：啊哈（阿哈，给我一杯忘情水……）。

问：为什么多啦 A 梦一辈子都生活在黑暗中？

答：因为它伸手不见五指。

问：谁想起妈妈的话就会哭？

答：爷爷（夜夜想起妈妈的话呀，闪闪的

泪光，鲁冰花）。

问：铅笔姓什么？

答：萧，因为削（萧）铅笔。

问：历史上哪个人跑得最快？

答：曹操，因为说曹操曹操到。

问：米她妈是谁？

答：花，因为花生米。

问：30~50 哪个数字比熊的大便厉害！

答：40，因为事实（40）胜于雄（熊）辩。

问：什么东西天气越热，它爬得越高？

答：温度计。

问：什么动物，你打死了它却流了你的血？

答：蚊子。

问：谁天天去医院？

答：医生。

问什么照片看不出照的是谁？

答：X 光照片。

问：一对健康的夫妇，为什么会生出一个没有眼睛的后代？

答：公鸡母鸡夫妇生的蛋，蛋没有眼睛。

问：王老太太整天喋喋不休，可他有一个月说话最少，是哪一个月？

答：二月。

问：什么布剪不断？

答：瀑布。

问：制造日期与有效日期是同一天的产品是什么？

答：报纸。

问：好马不吃回头草是什么意思？

答：后面没有草吃了。

问：谁是兽中之王？

答：动物园园长。

问：只能一个人去做的事是什么？

答：做梦。

问：什么动物天天熬夜？

答：熊猫，你没见它眼圈都熬黑了。

问：美丽的公主结婚以后就不挂蚊帐了，为什么？
答：她嫁给了青蛙王子。

问：每对夫妻在生活中都有一个绝对的共同点，那是什么？
答：那就是同年同月同日结婚。

问：亚当和夏娃结婚后最大的遗憾是什么？
答：没人来喝喜酒。

问：早晨醒来，每个人都会去做的第一件事是什么？
答：睁眼。

问：什么枪把人打跑却不伤人？
答：水枪，发令枪。

问：相同内容的书，为什么小高要同时买两本？
答：送人。

问：什么东西有五个头，但人不觉得它怪呢？
答：手，脚。

问：什么东西晚上才生出尾巴呢？
答：流星。

问：什么英文字母最多，人喜欢听呢？
答：CD。

问：飞机在天上飞，突然没油了，什么东西最先掉下来？
答：油量表指针。

问：什么东西愈生气，它便愈大？
答：脾气。

问：一年四季都盛开的花是什么花？
答：塑料花。

问：什么地方的路最窄？
答：冤家，因为冤家路窄。

问：什么时候有人敲门，你绝不会说请进？
答：在厕所里。

问：一只饿猫从一只胖老鼠身旁走过，为什么那只饥饿的老猫竟无动于衷继续走它的路，连看都没看这只老鼠？
答：瞎猫遇到死耗子。

问：冬天，宝宝怕冷，到了屋里也不肯脱帽。可是他见了一个人乖乖地脱下帽，那人是谁？
答：理发师。

问：有两个人，一个面朝南，一个面朝北的站立着，不准回头，不准走动，不准照镜子，问他们能否看到对方的脸？
答：当然能，他们是面对面站着的。

问：林老生大手术后换了一个人工心脏。病好了后，他的女友却马上提出分手，为什么会这样？
答：因为没有真心爱她。

问：如果有人向你问路，你最怕听到哪一句话？
答：这里是地球吗。

问：黑鸡厉害还是白鸡厉害？为什么？
答：黑鸡，黑鸡会生白蛋，白鸡不会生黑蛋。

问：三更半夜回家才发现忘记带钥匙，家里又没有其他人在，这时你最大的愿望是什么？
答：门忘锁了。

问：黑头发有什么好处？
答：不怕晒黑。

问：如果明天就是世界末日，为什么今天就有人想自杀？
答：去天堂占位子。

问：有一头头朝北的牛，它向右转原地转三圈，然后向后转原地转三圈，接着再往右转，这时候它的尾巴朝哪？
答：朝下。

问：为什么一瓶标明剧毒的药对人却无害？
答：只要你不去喝它。

问：有一种东西，买的人知道，卖的人也知道，只有用的人不知道，是什么东西？
答：棺材。

问：有人说，女人像一本书，那么胖女人像什么书？
答：合订本。

问：被鳄鱼咬和被鲨鱼咬后的感觉有什么不同？

答：没有人知道。

问：时钟什么时候不会走？

答：时钟本来就不会走。

问："先天"是指父母的遗传，那"后天"是什么？

答：明天过后的那天。

问：离婚的主要起因是什么？

答：结婚。

问：放一支铅笔在地上，要使任何人都无法跨过，怎么做？

答：放在墙边。

问：为什么自由女神像老站在纽约港？

答：她不能坐下。

问：为了怕身材走样，结婚后不生孩子的美女怎么称呼？

答：绝代佳人。

问：牧师无论如何都不能主持的仪式是什么？

答：自己的葬礼。

问：什么人始终不敢洗澡？

答：泥人。

问：有一个专门教坏人的地方，但警察却从来不管，这是为什么？

答：那是监狱。

问：第一次世界大战发生在什么时候？

答：亚当和夏娃打架的时候。

问：拥有很多牙齿，能咬住人的头发的东西是什么？

答：发夹。

问：身子里面空空洞洞而却拥有一双手的是什么？

答：手套。

问：下雨天不怕雨淋的是什么？

答：雨衣或雨伞。

问：时钟敲了十三下，请问现在该做什么呢？

答：该去修理了。

问：有一只公狗在沙漠中突然死掉了，请问为什么？

答：找不着电线杆和大树，憋死了……

问：有一种水果，没吃之前是绿色的，吃下去是红色的，吐出时却是黑色的，请问这是什么水果？

答：西瓜。

问：有一个年轻人，他要过一条河去办事；但是，这条河没有船也没有桥。于是他便在上午游泳过河，只一个小时的时间他便游到了对岸，当天下午，河水的宽度、流速及他的游泳速度都没有变，可是他竟用了两个半小时才游到河对岸，为什么？

答：两个半小时就是一个小时。

问：有一种布很长很宽很好看，就是没有人用它来做衣服也不可能做成衣服，为什么？

答：瀑布。

问：有一辆没有开任何照明灯的卡车在漆黑的公路上飞快地行驶，天还下着雨，没有闪电、没有月光也没有路灯；就在这时，一位穿着一身黑衣的盲人横穿公路！在这千钧一发之际，汽车司机紧急的刹车了，避免了一次恶性事故的发生。为什么会是这样呢？

答：漆黑的马路是公路的颜色，当时是白天。

问：请你把九匹马平均放到十个马圈里，并让每个马圈里的马的数目都相同，怎么分？

答：把九匹马放到一个马圈里，再在这个马圈的外头套上九个圈，这样每个马圈里就有九匹马了。

问：市里新开张了一家医院，设备先进，服务周到。但令人奇怪的是，这儿竟一位病人都不收，这是为啥？

答：因为是动物医院。

问：有一个穿着泳装的女人，她在松软的沙滩上漫步，这一切虽然都很正常，但是，你会发现她的身后竟然没有脚印！这是为什么？

答：她在倒着走。

问：小郭很爱唱歌，就连用牙刷、牙膏刷牙时，他也与众不同，竟还在放声大唱，结果还可以把牙刷得很干净，你说为什么？

答：他是刷假牙。

问：一个人从一个五十米高的大厦上跳楼自杀，重重地摔在了地上，为什么没被摔死？
答：他在半空就已经吓死了。

问：有一位大师武功了得，他在下雨天不带任何防雨物品出门，全身都被淋湿了，可是头发一点没湿，怎么回事？
答：他是和尚没头发。

问：小王过十三岁的生日，为什么桌子上有十四根蜡烛？
答：那晚停电，有一根是用来照明的。

问：借什么可以不还？
答：借光。

问：为什么彤彤与壮壮第一次见面就一口咬定壮壮是喝羊奶长大的？
答：因为壮壮是一只羊。

问：五月五日是我国的传统节日——端午节，是伟大诗人屈原投江的日子，那么你知道五月十二日是什么日子吗？
答：屈原烧头七的日子。

问：孔子与孟子有何不同？
答：孔子把儿子背在身上，孟子把儿子扛在头上。

问：迄今为止，你所见到的最大的影子是什么？
答：黑夜，它是地球的影子。

问：司机小李看到电线杆子上蹲着一只猴子，为什么他规规矩矩地把车停下来？
答：他把猴子屁股当成红灯了。

问：小丽与小王是同桌同学，也住在同一条街，他们每天一起上学，可是每天他们一出门就一个向左走，一个向右走，这是怎么一回事？
答：她们住对门。

问："达可号"开始驶向波涛汹涌澎湃的大海，虽然它可容纳50人，但这次却只坐20个人。据在海上巡逻的人说，"达可号"在离港仅40分钟后便突然开始下沉。据后来的调查指出，"达可号"突然下沉，并非因为它有破洞或发生爆炸破坏之类的事故，那么原因是什么？
答："达可号"是一艘潜艇。

问：如果有机会让你移民，你一定不会去哪个国家？
答：天国。

问：有一只蜗牛从新疆维吾尔自治区爬到海南省为什么只需三分钟？
答：它在地图上爬。

问：什么事你明明没有做却要受罚？
答：做作业。

问：为什么有一个人经常从十米高的地方不带任何安全装置跳下？
答：跳水运动员。

问：小王因工作需要常交际应酬，虽然每天都很早回家，可妻子还是抱怨不断，这是为什么？
答：他每天凌晨回家。

问：车祸发生不久，第一批警察就赶到了现场，他们发现司机完好无损，翻覆的车子内外血迹斑斑，却没有见到死者和伤者，而这里是荒郊野外，并无人烟，这是怎么回事？
答：这是一辆献血车。

问：什么官不仅不领工资，还要自掏腰包？
答：新郎官。

问：油漆工的徒弟叫啥？
答：好色之徒。

问：家有家规，国有国规，那动物园里有啥规？
答：乌龟。

问：小明在街上散步时见到一张百元大钞和一块骨头，它却拣了一块骨头，为什么？
答：因为它是一条狗。

问：有一个人一年才上一天班又不怕被解雇，他是谁？
答：圣诞老人。

问：世界上除了火车啥车最长？
答：塞车。

问：小明对小华说："我可以坐在一个你永远也坐不到的地方。"他坐在哪里？
答：小华的身上。

问：睡美人最怕的是什么？
答：失眠。

问：孔子是我国最伟大的什么家？
答：老人家。

问：毛毛说 10+4=2，老师也说对，为什么？
答：他算的是时间。

问：什么东西比乌鸦更讨厌？
答：乌鸦嘴。

问：胖妞生病时，最怕别人来探病时说什么？
答：多保重身体。

问：看见三个金叫"鑫"，看见三个水叫"淼"，看见三个人叫"众"，那么看见三个鬼应该叫什么？
答：叫救命。

问：什么贵重的东西最容易不翼而飞？
答：人造卫星。

问：世上什么东西比天更高？
答：心比天高。

问：小红口袋里原有 10 个铜钱，但它们都掉了，请问小红口袋里还剩下什么？
答：还剩下一个洞。

问：青蛙跳得比小草高，但青蛙为什么跳得比树高？
答：因为树不会跳。

问：猴子每分钟能掰一个玉米，在果园里，一只猴子 5 分钟能掰几个玉米？
答：一个都掰不到。

问：有种动物，大小像只猫，长相又像虎，这是什么动物？
答：小老虎。

问：哪儿的海不产鱼？
答：辞海。

问：楚楚的生日在三月三十日，请问是哪年的三月三十日？
答：每年的三月三十日。

问：用什么可以解开所有的谜？

答：谜底。

问：一个不会游泳的人掉进了水里却没有淹死，为什么？
答：穿着救生衣。

问：明明是个近视眼，也是个出名的馋小子，在他面前放一堆书，书后放一个苹果，你说他会先看什么？
答：什么都看不到。

问：你能做、我能做、大家都能做，一个人能做、两个人不能一起做。这是做什么？
答：做梦。

问：你知道上课睡觉有什么不好吗？
答：不如床上睡得香。

问：牙医靠什么吃饭？
答：嘴巴。

问：你的爸爸的妹妹的堂弟的表哥的爸爸与你叔叔的儿子的嫂子是什么关系？
答：亲戚关系。

问：哪项比赛是往后跑的？
答：拔河。

问：当地球爆炸时，什么地方最安全？
答：地狱。

问：一群惧内的大丈夫们正聚集在一起商量怎样重振男子汉的雄风，突然听说他们的老婆来了，大家四处逃窜，唯独一人没有跑，为什么？
答：吓死了。

问：森林中有十只鸟，小明开枪打死了一只，其他九只却都没有飞走，为什么？
答：鸵鸟。

问：铁锤锤鸡蛋为什么锤不破？
答：锤当然不会破了。

问：一个人被老虎穷追不舍，突然前面有一条大河，他不会游泳，但他却过去了，为什么？
答：昏过去了。

问：世界拳击冠军却很容易被什么击倒？
答：瞌睡。

问：口吃的人做什么事最亏？

答：打长途电话。

问：梁山伯和祝英台变成了一对比翼双飞的蝴蝶之后怎样了？
答：生了一堆毛毛虫。

问："Kiss"是动词、形容词还是名词？
答：连词。

问：换心手术失败，医生问快要断气的病人有什么遗言要交代，你猜他会说什么？
答：其实你不懂我的心。

问：男人在一起喝酒，为什么非划拳不可？
答：敬酒不吃吃罚酒。

问：有一位老太太上了公车，为什么没人让座？
答：车上有空座。

问：什么时候太阳会从西边出来？
答：发誓的时候。

问：有个刚生下的婴儿，有两个小孩和他是同年同月同日生的，而且是同一对父母生的，但他们不是双胞胎，这可能吗？
答：可能，他们是三胞胎。

问：既没有生孩子、养孩子，也没有认干娘，还没有认领养子养女就先当上了娘，请问，这是什么人？
答：新娘。

问：有一个人，他是你父母生的，但他却不是你的兄弟姐妹，他是谁？
答：你自己。

问：冬天里，不通过加热，如何才能把冰立刻变成水？
答：把冰的两点去掉。

问：什么东西不能用放大镜放大？
答：角度。

问：人在什么情况下会变得目中无人？
答：眼睛瞎了。

问：什么酒价格最贵？
答：喜酒。

问：一个学生住在学校里，为什么上学还经常迟到？
答：家所在的学校不是他上学的学校。

问：大象的左耳朵像什么？
答：右耳朵。

问：在船上见得最多的是什么？
答：水。

问：看了不能买，买了不能用的是什么？
答：棺材。

问：报纸上登的消息不一定百分之百是真的，但什么消息绝对假不了？
答：报纸上的年、月、日。

问：什么时候看到的月亮最大？
答：登上月球的时候。

问：有一根棍子，要使它变短，但不许锯断、折断或削短，该怎么办？
答：拿一根更长的棍子跟它比。

问：读完北京大学需要多少时间？
答：读完"北京大学"四个字有1秒钟够了吧。

问：爸爸问小明，什么东西浑身都是漂亮的羽毛，每天早晨叫你起床，小明猜对了，但却不是鸡，那是什么？
答：鸡毛掸子（爸爸每天早晨用鸡毛掸子把小明打起来）。

问：给你一本杂志和一个火柴盒，你能使杂志只有三分之一放在桌边而不掉落下来吗？
答：把杂志在三分之一处掀开，让页数的三分之一搭在桌面卡放在边沿上就行了。

问：比细菌还小的东西是什么？
答：细菌的儿子。

问：阿里巴巴和四十大盗的故事是东方夜谭还是西方夜谭？
答：都不是，是"天方夜谭"。

问：六岁的小明总是喜欢把家里的闹钟整坏，妈妈为什么总是让不会修理钟表的爸爸代为修理？
答：妈妈让爸爸修理的不是闹钟，而是小明。

问：一只瞎了左眼的山羊，在它的左边放一块狗肉，在它的右边放一块牛肉，请问它会先吃哪一块？

答：都不吃，山羊吃素。

问：老高骑自行车骑了十千米，但周围的景物始终没有变化。为什么？

答：因为他骑的是室内健身车。

问：为什么女人穿高跟鞋后，就代表她快结婚了？

答：因为穿高跟鞋走得慢，很容易被男人追上。

问：为什么老王家的马能吃掉老张家的象？

答：因为他们正在下象棋。

问：黑人和白人生下的婴儿，牙齿是什么颜色的？

答：婴儿还没有长齿。

问：小张说的相声大家都喜欢听，为什么他有的时候说话却要付钱？

答：打公用电话当然要付钱。

问：铁放到外面要生锈，那金子呢？

答：会被偷走。

问：中国人最早的姓氏是什么？

答：姓善。《三字经》上说得很明白，"人之初，姓本善"吗！

地球上什么东西每天要走的距离最远？

答：地球。

某地发生了大地震，伤亡惨重，收音机里不断传出受灾情况以及寻人启事，一位老大爷一直在注意收听收音机的报道。有人问他："收音机里播放过你孙子的消息了吗？"

他回答说："没有。"

接着他又说："但我知道我孙子肯定平安无事。"请问他是怎么知道的？

答：他孙子就是收音机里的播音员。

问：小明家住在五楼，可是电梯坏了，他自己也没有走楼梯，他却上了五楼回到家里，这可能吗？

答：妈妈背着他上的楼。

问：高水壶与矮水壶哪个水壶装水多些？

答：矮的装水多些，因为高水壶没有矮水壶的水嘴高，水装多了会从水嘴流出来。

问：什么时候最好还是要高高举起你的双手？

答：当有人用枪指着你的头的时候。

问：什么样的轮子只转不走？

答：风车的轮子。

问：先有男人，还是先有女人？

答：先有男人，因为男人是先生的，所以叫先生。

问：三个孩子吃三个饼要用3分钟，九十个孩子九十个饼要用多少时间？

答：也是3分钟，九十个孩子同时吃。

问：什么门永远关不上？

答：足球门。

问：全世界死亡率最高的地方在哪里？

答：床上。

问：网什么时候可以提水？

答：当水变成冰时，用网当然可以提了。

问：小华说他能在1秒钟之内把房间和房间里的玩具都变没了，这可能吗？

答：把眼睛闭上，再没有别的方法。

问：在什么时候1+2不等于3？

答：算错了的时候。

问：一对健康的夫妇，很不注意计划生育，生了三个孩子，这三个孩子都只有一只右手，为什么？

答：人不可能有两只右手。

问：爷爷送给小明一份生日礼物，小明一脚把礼物踢好远，爷爷却说踢得好，为什么？

答：爷爷送的是足球。

问：桌子上有蜡烛和煤油灯，突然停电了，你该先点燃什么？

答：先点燃火柴是当务之急。

问：最坚固的锁怕什么？

答：钥匙。

问：什么时候睁一只眼闭一只眼比较好些？

答：射击的时候。

问：太平洋的中间是什么？

答：是"平"字。

问：一头公牛加一头母牛，猜三个字？
答：两头牛。

问：什么水要按计划发放？
答：薪水。

问：火柴盒内只剩一根火柴棒。A先生想点亮煤油灯，使煤炉起火，并烧热水的话，应该先点何物较佳？
答：应先点燃火柴棒。

问：一位服装模特儿小姐，即使在平日也穿着未经发表的新款服饰，但她常常看到穿着和她完全相同服饰的人。这是为什么？
答：因为她看到的是映于镜子内的自己。

问：为什么大雁秋天要飞到南方去？
答：如果走，那太慢了。

问：在狩猎公园的池子中，鳄鱼正咬住管理员的帽子游走；只见池子外的所有管理员都一起叫骂着。但是，并没有人的帽子不见了！为什么？
答：鳄鱼把戴此帽子的管理员吞下去了。

问：纸上写着某一份命令。但是，看懂此文字的人，却绝对不能宣读命令。那么，纸上写的是什么呢？
答：纸上写着"不要念出此文"。

问：一架空调器从楼上掉下来会变成啥器？
答：凶器。

问：电影院内禁止吸烟，而在剧情达到高潮时，却有一男子开始抽烟，整个银幕笼罩着烟雾。但是，却没有任何一位观众出来抗议，这是为什么？
答：这是因为抽烟的男子，是电影中出现的人物。

问：马路上发生车祸碰撞事件，当警察立刻赶往时虽然司机全力相助，一人却已死亡。依司机的说法，此人并非死于车祸，而是因肺癌丧命。因同坐车的只有司机和死者二人，根本没有目击者；但是，警察却立刻明白，司机并没有说谎。这是为什么？
答：因为此司机是以灵柩车运送这位死于肺癌的人。

问：妻子："糟糕，亲爱的，你送给我的钻石戒指，落到红茶里去了……"结果，戒指又平安回到妻子的手上，而且一点也没有弄湿的痕迹。这难道是奇迹吗？
答：因戒指是掉入红茶的茶叶罐中。

问：A君与B君的家均位于新兴的住宅区，相距只有一百米。此地除这两家之外，还没有其他邻居，而且也没有安装电话。现在A君想邀请B君"来家里玩"，在不去B君家邀约的情况下，以何种方法能最早通知B君？假设A君身边装着十张画图纸、奇异笔、胶带与放大镜。
答：他只要大声吼叫就可以了。

问：住在山谷中的志明，突然想吃泡面，便支起小锅来烧水。水快开了才发现家里的泡面已吃完了，急急忙忙到山脚下的杂货店去买。30分钟后回到家，发现锅里的热水全都不见了。这究竟是为什么？
答：因锅中的热水已变成冷水了。

问：有对一模一样的双胞胎兄弟，哥哥的屁股有黑痣，而弟弟没有。但即使这对双胞胎穿着相同的服饰，仍然有人可立刻知道谁是哥哥，谁是弟弟。究竟是谁呢？
答：这对双胞胎本身。

问：为什么人们要到市场上去？
答：因为市场不可能来。

问：什么东西在倒立之后会增加一半？
答：6。

问：某富翁的左右邻居都养狗，一到晚上，这两条狗就吠叫不停。无法忍受这种折磨的富翁，便出搬家费一百万元，希望左右邻居搬走。的确，两个邻居是连狗一起搬家了，但是一到夜晚，富翁还是可听到完全相同的狗吠声。这是为什么？
答：因为这两位邻居互相交换住屋。

问：前些日子，小高与双亲头一次出国旅行，他们三人来到完全陌生的国度。由于语言不通，他的父母显得不知所措。而只有小高未感受到丝毫不方便，仿佛仍在自己的国家中，这是什么道理呢？
答：原来小高仅是一名婴儿。

问：徐先生犯了一个大错误。当他在太太面前，掏口袋的一刹那，一些袋内的酒吧火柴盒、未中奖的马票，以及旧情人的照片等，均散落一地。他在慌张之余，为了避免吵架，双手各遮起一件东西。试问，他所遮起最有效的东西是什么？

答：遮住太太的右眼及左眼。

问：一百个男人无法抬起的物体，却有一女子可单手举起，此物体究竟为何物？

答：鸡蛋（仅一颗鸡蛋，一百个人无法抬起）。

问：中国古贤人曾将蓝色外衣，浸泡于黄河中，结果产生何种现象？

答：沾湿。

问：有辆载满货物的货车，一人在前面推，一人在后面拉，货车还可能向前进吗？（限时问：3分钟）

答：可能，此货车在下坡时。

问：船边挂着软梯，离海面2米，海水每小时上涨半米，几个小时海水能淹没软梯？

答：水涨船高。水不会淹没软梯。

问：妈妈叫大雄赶快起床上学校，因为就快迟到了！但是昨天被殴打的大雄，说什么也不肯去，只表示已经"没法子了！"这是为什么？

答：因为大雄是学校的教师。

问：草地上画了一个直径十米的圆圈，内有牛一头，圆圈中心插了一根木桩。牛被一根五米长的绳子拴着，如果不割断绳子，也不解开绳子，那么此牛能否吃到圈外的草？

答：能，因为题中并没说牛被拴在木桩上。

问：为什么现代人越来越言而无信？

答：打电话多了，写信少了。

问：有一位刻字先生，他挂出来的价格表是这样写的：刻"隶书"4角；刻"仿宋体"6角；刻"你的名章"8角；刻"你爱人的名章"2元。那么他刻字的单价是多少？

答：每个字两角。

问：有两个棋友在一天下了9盘棋，在没有和局的情况下他俩赢的次数相同，这是怎么一回事？

答：他俩所下的9盘棋，不都是他俩之间下的。

问：一个并非神枪手的人手持猎枪，另一个人将一顶帽子挂起来，然后将持枪人的眼睛蒙上，让他向后走一步，再向左转走一步，最后让

他转身对帽子射击，结果他一枪打中了帽子，这怎么一回事？

答：另一个人将帽子挂在他的枪口上。

问：有爷俩、娘俩和兄妹俩，只有6个烧饼，但却每人分得了两个，这是为什么？

答：他们只有3个人：儿子，母亲，舅舅。

问：有两个孩子的父母相同，出生年月日也完全相同，但他们并不是双胞胎，他们是什么关系？

答：多胞胎中的两个。

问：有一次，老李买了一只狗，买了一篮子骨头，他休息时，用一根5米的绳子将狗拴在路边树上，将骨头放在离狗8米的地方，但过了一会儿，他发现骨头被狗叼走了，你知道为什么吗？

答：狗在树的另一端，骨头在这一端时，它们相距8米。

问：桌子上有10支点燃的蜡烛，先被风吹灭了3支，不久又一阵风吹灭了2支，最后桌子上还剩几支蜡烛？

答：5支，因为其他没被风吹灭的都燃完了。

问：一位卡车司机撞倒了一个骑摩托车的人，卡车司机受重伤，但摩托车骑手却没事。这是为什么？

答：卡车司机在步行。

问：地球末日来临。地球上最后一位男人正坐在书桌前写遗书，突然听到敲门声，是幽灵、外星人、动物吗？全都不是。更不是因风或石子等无生命的东西发出的声音，那么是谁发出的敲门声呢？

答：女人。

问：1，2，3所能组成的最大数是多少？

答：3的21次方。

问：进动物园看到的第一个动物是什么？

答：售票员。

问：阿红与丈夫生的婴儿牙齿是什么颜色的？

答：婴儿没有牙齿。

问：为什么警察对闯红灯的汽车司机视而不见？

答：汽车司机在步行。

问：古时候，什么人没当爸爸就先当公公？
答：太监。

问：什么帽不能戴？
答：螺丝帽。

问：今天下午到旺角看电影，到了旺角，半个人也看不见，为什么？
答：人有很多个，就是没有半个。

问：小明拿了一百元去买一件七十五元的东西，但老板却只找了五元给他，为什么？
答：他只拿了八十元给老板。

问：身份证掉了，怎么办？
答：拾起它。

问：有一座大厦发生火灾，陈先生逃到顶楼后，想跳过距离只有1米的隔壁楼顶，结果却摔死了，为什么？
答：因为高度相差太远。

问：失恋的黄先生在一个月黑风高的晚上，走上街头，迎面过来两辆飞车，他站在两个车灯中间，车子呼啸而过，人竟毫发无损，为什么？
答：迎面而来的是两辆并行的摩托车，而非汽车。

问：有一艘船限载50人，船上已有49人后，再加上一个孕妇上了船，结果船沉入海中，为什么？
答：那是一艘潜水艇。

问：阿强和阿燕裸体死在一间密室中，现场只留下一摊水和一些碎玻璃，请推测他们的死因？
答：阿强和阿燕是金鱼，它们因为水缸被打破，缺水而死。

问：公共汽车来了，一位穿长裙的小姐投了4元，司机让她上车；第二位穿迷你裙的小姐，投了2元，司机也让她上车；第三位小姐没给钱，司机也照样让她上车，为什么？
答：她用的是月票。

问：提早放工回家的小李，一进卧室，看见隔壁的小刘与自己老婆睡在床上，但小李却毫不动怒，为什么？
答：小刘是女孩子。

问：为什么白鹭鸶总是缩着一只脚睡觉？

答：缩两只脚就会跌倒。

问：动物园中，大象鼻子最长，鼻子第二长的是什么？
答：小象。

问：一只凶猛的饿猫，看到老鼠，为何拔腿就跑？
答：跑去追老鼠。

问：小张开车，不小心撞上电线杆发生车祸，警察到达时车上有个死人，小张说这与他无关，警察也相信了，为什么？
答：小张开灵车。

问：两个人分五个苹果，怎么分最公平？
答：榨成果汁。

问：一间牢房中关了两名犯人，其中一个因偷窃，要关一年；另一个是强盗杀人犯，却只关两个星期，为什么？
答：因为杀人犯要拉去枪毙。

问：拿着鸡蛋丢石头，但鸡蛋却没破，为什么？
答：左手拿鸡蛋，右手把石头丢出去，鸡蛋当然安全无恙。

问：IX这个罗马数字代表9，如何加上一笔，使其变成偶数？
答：加上S一笔=SIX，6是偶数。

问：在一间房子里，有油灯、暖炉及壁炉。现在，想要将三个器具点燃，可是你只有一根火柴。请问首先应该点哪一样？
答：火柴。

问：在香港生活的人，是不是可以埋葬在广州呢？
答：活人是不能埋葬的。

问：现在有两枚市面常用的硬币，面值共为六毛，其中有一枚不是一毛，请问两枚硬币面值各为多少？
答：一枚不是一毛，那么另一枚就是一毛，所以两枚是一毛和二毛。

问：一年里，有些月份像一月份有三十一日的，也有些月份像六月份有三十日的。请问，有二十八日的总共有那几个月份呢？
答：每个月都有二十八日。

问：电单车时速 80 千米，向北行驶。有时速是 20 千米的东风，请问电单车的烟，朝哪个方向吹？

答：电单车是没有烟的。

问："狼来了！"这个故事给人有什么启示？
答：同一个大话只能说两次。

问：有一个字，我们从小到大都念错，那是什么字？
答：错。

问：有两对母女，到餐厅吃午餐，每人各叫一个 70 元的套餐，付账时却只付 210 元，为什么？
答：两对母女是外祖母、母亲和女儿三人，所以她们只是付三个餐的钱。

问：有一个人头戴安全帽，上面绑着一把扇子，左手拿着电风扇，右手拿着水壶，脚穿溜冰鞋，请问他要去哪里？
答：去精神病院。

问：文文在洗衣服，但洗了半天，她的衣服还是脏的，为什么？
答：她是在洗别人的衣服。

问：什么时候，四减一等于五？
答：一个四边形，有四只角，切去一只角等于五只角。

问：阿明给蚊子咬了一大一小的包，请问较大的包，是公蚊子咬的，还是母蚊子咬的？
答：公蚊子是不咬人的。

问：警方发现一出智慧型的谋杀，现场没有留下任何线索，也没有目击者，但警方在一小时后宣布破获，为什么？
答：因为凶手自己向警方自首的。

问：什么东西越洗越脏？
答：水。

问：小明每天写信给他的女朋友，共寄了七封，但他的女朋友珍妮，每天却只收到一封信，为什么？
答：因为小明有七个女朋友。

问：什么时候，时代广场的大钟会响 20 下？
答：该修理的时候。

问：王先生养了一只很漂亮的孔雀，有一天，王先生的孔雀在先生的花园里生了一只蛋，请问这只蛋应属于谁的？
答：孔雀的。

问：南来北往的两个人，一个挑担，一个背包，他们没争也没吵，也没有人让路，却顺利地通过了独木桥，为什么？
答：南来北往是一个方向，当然可以顺利通过独木桥。

问：书店买不到的书是什么书？
答：秘书。

问：有一样东西，你只能用左手拿它，右手却拿不到，这是什么东西？
答：右手。

问：什么水取之不尽，用之不竭？
答：是你的口水。

问：打什么东西既不花力气，又很舒服？
答：打瞌睡。

问：在一次监察严密的考试中，有两个学生交了一模一样的考卷。主考官发现后，却并没有认为他们作弊，这是什么原因？
答：两张考卷都是白卷。

问：阿宝被关在密闭的房间里，只有一扇门，但他费尽力气也不能把门拉开，请问阿宝怎样才能走出这间房呢？
答：阿宝把门推开就可以走出这房间。

问：月亮上去过外星人吗？
答：地球的宇航员登上过月球。

问：小明总是马马虎虎，他同时写了十封信，装完信封他检查了一下，发现有一封信装错了，爸爸说他又马虎了，为什么？
答：如果装错了，要同时错两封，不可能只错一封，检查时小明又马虎了。

问：冬冬的爸爸牙齿非常好，可是他经常去口腔医院，为什么？
答：因为他是牙科医生。

问：什么地方开口说话要付钱？
答：打电话。

问：小王走路从来脚不沾地，这是为什么？

答：因为穿着鞋子。

问：情人卡、生日卡、大大小小的卡，到底要寄什么卡给女人，最能博得她的欢心呢？

答：信用卡。

问：小王中午时候去开会，为什么半个人影也没看到？

答：影子是没有半个的。

问：小刘是个很普通的人，为什么竟然能一连十几个小时不眨眼？

答：睡觉的时候。

问：两个人同时来到了河边，都想过河，但却只有一条小船，而且小船只能载1个人，请问：他们能否都过河？

答：能，他们两人分别在河的两边。

问：什么人生病从来不看医生？

答：瞎子。

问：什么东西经常会来，但却从没真正来过？

答：明天。

问：汽车在右转弯时，哪一个轮胎不转？

答：备用胎。

问：人在什么情况下会七窍生烟？

答：火葬。

问：为什么两只老虎打架，非要拼个你死我活绝不罢休？

答：没有人敢劝架。

问：小王是一名优秀士兵，一天他在站岗值勤时，明明看到有敌人悄悄向他摸过来，为什么他却睁一只眼闭一只眼？

答：他正在瞄准。

问：当今社会，个体户大都靠什么吃饭？

答：嘴。

问：有一只羊，一年吃了草地上一半的草，问它把草全部吃光，需要多少年？

答：它永远不会把草吃光，因为草会不断生长。

问：我不会轻功，用一只脚搭在鸡蛋上，鸡蛋却不会破，这是为什么？

答：另外一只脚站在地上。

问：小红与妈妈都在同一个班里上课，这是为什么？

答：妈妈是小红班上的班主任。

问：什么事你明明没有做却要受罚？

答：做作业。

问：什么事每人每天都必须认真地做？

答：睡觉。

问：拿破仑在指挥军队战斗时大喊："冲啊！"而士兵们却纹丝不动，为什么？

答：士兵们听不懂汉语。

问：一个老人头顶上只剩三根头发，有一天他要参加重要盛会，为什么他仍忍痛拔掉其中一根头发呢？

答：因为他要梳中分。

问：除了动物园能看见长颈鹿，还有哪儿能看见？

答：考场。

问：小明知道试卷的答案，为什么还频频看同学的？

答：因为小明是老师。

问：锦蛇，蟒蛇，青竹丝，哪种最长？

答：青竹丝三个字最长。

问：小明家的鸡在小亮家里下了一个蛋，蛋是谁的？

答：蛋是鸡下的，当然是鸡的。

问：为什么母鸡的腿比公鸡的短？

答：因为母鸡要生蛋，腿长了会把蛋弄碎了。

问：小明的成绩单星期一才会发，为什么星期天晚上他就因为成绩被爸爸训了一顿？

答：因为他爸爸是他的老师。

问：满满一杯饮料，怎样才能喝到杯底的饮料？

答：用吸管吸。

问：什么东西加上十还是十个，减去十个，还是十个？

答：戴手套。

问：杰克应该把游艇开到红海去，却到了黑海，为什么？

答：他患了色盲病。

问：狐狸精最擅长迷惑男人，那么什么"精"男女一起迷？

答：酒精。

问：什么样的山和海可以移动？

答：人山人海。

问：什么只能加不能减？

答：年龄。

问：小桦每次跑步都跑最后，但这次却在体育考试上拿了个第一，为什么呢？

答：倒数第一。

问：农夫养了10头牛，为什么只有19只角？

答：因为一只是犀牛。

问：当你向别人夸耀你的长处的同时，别人还会知道你的什么？

答：知道你不是哑巴。

问：别人跟阿丹说她的衣服怎么没衣扣，她却不在乎，为什么？

答：因为她的衣服只有拉链没扣子。

问：闪电和电有什么不同？

答：闪电不收费，电收费。

问：一向准时的老处女在上班途中，发现被一名男子跟踪，心中暗惊，而当她赶到办公室时，竟意外地迟到了，为什么？

答：因为那跟踪者走得太慢。

问：什么东西人们都不喜欢吃？

答：吃亏。

问：要想使梦成为现实，我们干的第一件事会是什么？

答：醒来。

问：一架飞机坐满了人，从万米高空落下坠毁，为什么却一个伤者也没有？

答：没有伤者，都摔死了。

问：警察面对两名歹徒，但他只剩下一颗子弹，他对歹徒说："谁动就打谁。"结果没动的反而挨子弹，为什么？

答：因为不动较好打。

问：胖胖是个颇有名气的跳水运动员，可是有一天，他站在跳台上，却不敢往下跳。这是为什么？

答：因为那天水池里没有水。

问：刮风的晚上，停电了，晓晓上床睡觉时忘了吹蜡烛，第二天醒来时，蜡烛居然还有很长一支没有燃完，怎么回事呢？

答：被风吹熄了。

问：如果你有一只下金蛋的母鸡，你该怎么办？

答：打一打自己的嘴巴，不要做梦了。

问：胖姐阿英站上人体秤时，为何指针却只指着5？

答：指针已转过一圈了。

问：如何把撒在地上的芝麻迅速捡完？

答：把鸡叫起来。

问：一个警察有个弟弟，但弟弟却否认有个哥哥，为什么？

答：因为那警察是女的。

问：刚买的袜子为什么会有一个洞？

答：没有洞怎么穿进去。

问：小华在家里，和谁长得最像？

答：镜中的小华。

问：用椰子和西瓜打头，哪一个比较痛？

答：头比较痛。

问：什么东西转动不需要动力？

答：地球。

问：大家都不想得到的是什么？

答：得病。

问：什么人最不怕冷？

答：雪人。

问：有一个非常棒的网站，提供在线杀毒、软件、音乐、MTV等，为什么却很少有人去呢？

答：因为知道的人太少。

问：一条狗总也不洗澡，为什么不生虱子？

答：狗只会生小狗。

问：什么鸡没有翅膀？

答：田鸡。

问：邻居老李家的屋顶为什么有时漏雨，有时不漏雨？

答：下雨漏，不下雨不漏。

问：王先生到16层楼去谈生意，但他只搭到8层楼，然后再步行爬楼梯上去，为什么？

答：王先生个子太矮，按不到16楼的电梯按键。

问：什么东西当你说到它的名字，就把它打破了？

答：沉默。

问：袋中装的球除去2个以外都是红色球，除去2个以外都是黄色球，除去2个以外都是蓝色球，问袋里有几个球？

答：3个球。

问：有一只蜗牛爬一堵高60尺的墙，如果它每天白天爬上5尺，晚上却滑下3尺，问它需要多少天才能爬到墙顶部呢？

答：29天，因它最后一天已跳到墙顶，所以不会滑下三尺。

问：一个跳伞运动员从百米高空跳下，为什么人们半天也不见他呢？

答：因为他掉海里了。

问：小李薪水很低，可为什么天天一掷千金？

答：他是银行的运钞员。

问：世界上什么东西最大？

答：是眼皮。只要把眼一闭，全世界都被它遮住了。

问：你能用左手画圆圈，右手画正方形吗？

答：先用右手画正方形，再用左手画圆圈就可以了。

问：一天里，时钟的长短针有多少次完全重叠？

答：它们的长度不同，所以不可能完全重叠。

问：一天晚上，A君在家读一本有趣的书，他的妻子把电灯关了。尽管屋内漆黑一团，A君仍然手不释卷，读的津津有味。这是什么道理？

答：A君是盲人，他读的是盲文书。

问：珍什么家务都不会做，脾气又坏，他爸妈为什么还拼命催她结婚？

答：其目的是为了嫁祸于人。

问：后天的大前天的后天，也就是昨天的昨天的大后天，到底是哪天？

答：是明天。

问：什么瓜不能吃？

答：傻瓜。

问：什么东西很像你的左耳？

答：你的右耳。

问：什么老鼠只有两只脚？

答：米老鼠。

问：一幢大楼失火，很多人围观，却无人报警，为什么？

答：是消防演习。

问：一位即将被枪决的犯人，他临死前最大的愿望是什么？

答：没子弹。

问：哭和笑有什么共同之处？

答：笔画都是十画。

问：老王整天和妇女们在一起，却受人尊敬，为什么？

答：因为他是妇产科医生。

问：老王已经年过半百为什么总爱围着女人转？

答：老王是推销化妆品的。

问：爱吃零食的小王体重最重时有50公斤，但最轻时只有3公斤，为什么？

答：那是他刚出生的时候。

问：钻进钱眼里的人最终会怎样？

答：最终会死。

问：今天卖报的老吴卖了20份报纸，但只收入几毛钱，为什么？

答：他卖的是旧报纸。

问：什么东西使人哭笑不得？

答：口罩。

问：东东与一辆飞驰而来的汽车相撞，汽

车被撞坏了，他却安然无事，为什么？

答：相撞的是辆玩具汽车。

问：读一年级的东东没有学过外文，为什么也会写外国字？

答：他写的是阿拉伯数字。

问：女人们在不知不觉中丢失掉的东西是什么？

答：美貌。

问：老张二十多年一直卖假货，为什么大家却认为他是大好人？

答：老张卖的是假发（假牙）。

问：老张是一位出色的小说家，为什么有一次他连续写了一个月，连一篇小说的题目都没写出来？

答：他这次没写小说，写的是散文。

问：谁经常买鞋自己不穿却给别人穿？

答：卖鞋的人。

问：为什么结婚的人要先拍结婚照？（用一成语回答）

答：一拍即合。

问：什么戏人人都演过？

答：游戏。

问：什么东西整天走个不停？

答：时间。

问：有什么方法使自己看起来永远年轻？

答：看照片。

问：有一家叫"友朋小吃"的面包店，每当小朋友经过时都急急忙忙地跑开去，为什么？

答：因为小朋友将"友朋小吃"看成"吃小朋友"！

问：什么越多越有钱？

答：钞票。

问：什么样的铃不会响？

答：哑铃。

问：公共汽车上，两个人正在热烈的交谈，可围观的人却一句话也听不到，这是因为什么？

答：这是一对聋哑人。

问：什么东西叫"父亲"时不会相碰，叫"爸爸"时却会碰到两次？

答：上嘴唇和下嘴唇。

问：一个自讨苦吃的地方在哪里？

答：药店。

问：什么样的强者千万别当？

答：强盗。

问：怎样才能用蓝笔写出红字来？

答：写个"红"字。

问：为什么王爷爷擦桌子，怎么也擦不干净？

答：因为王爷爷的眼镜花了。

问：小莫是个出了名的仿冒名牌大王，为什么他能逍遥法外而又名利双收呢？

答：他专门在电视上模仿名人的动作和声音。

问：小明花了整整十个小时在历史课本上，可第二天妈妈还是骂他不用功，为什么？

答：他把课本当枕头睡。

问：空调除了降温以外，还能用来做什么？

答：用来升温。

问：喝什么东西可以让人变成鬼？

答：酒。（酒鬼）

问：一个人在什么情况下，才处于真正的任人宰割的地步？

答：在手术台上时。

问：小光的外语水平很差，为什么他却和别人大说特说？

答：和不懂外语的人说话。

问：大街上，有个人仰着头站着。旁边的人以为天空中有什么好看的东西，都跟着往天上看。可天空中什么也没有。你猜那人怎么说？

答：我的鼻血总算止住了。

问：平时吃完饭都是爸爸洗碗，可今天爸爸为什么吃完饭却不洗碗？

答：今天是在饭馆吃的饭。

问：有一种东西，上升的时候会下降，下降的时候会上升，你知道这是什么吗？

答：跷跷板。

问：小刚捡了 3 个钱包交给了警察叔叔，而叔叔并没有表扬他，为什么？
答：他捡的是别人扔掉的坏钱包。

问：拖什么东西最轻松？
答：拖鞋。

问：每当第一缕阳光射进窗户时，小张就起床了，但家里人还是叫他"懒虫"，为什么？
答：因为小张卧室的窗户朝西，他是下午才起床。

问：小发行量的报是什么报？
答：电报。

问：爸爸买了一支笔，却不能写字，为什么？
答：是电笔。

问：有一种船从来没下过水，为什么还是船？
答：是宇宙飞船。

问：什么时候会看到最多的星星？
答：被揍得七荤八素的时候。

问：东东说他能轻而易举地把一只倒悬的杯子装满水，而且不用任何东西挡住瓶口，他是怎样做的呢？
答：将杯子倒扣在装满水的盆子里。

问：马亚买了新音响，电源开了录音带也放了，为什么没有声音呢？
答：因为停电。

问：月亮什么时候不发光？
答：月亮本来就不发光。

问：什么人肚子最大？
答：宰相，因为宰相肚里能撑船。

问：哪种牛不吃草？
答：蜗牛。

问：中国的国内盛产什么？
答：玉。"国"字是玉。

问：为什么阿郎穿着全新没破洞的雨衣，却依然弄的全身湿透？
答：因为当时天气很热，他汗流浃背。

问：有一个人到国外去，为什么他周围的人几乎都是中国人？
答：外国人到中国。

问：树上有十只鸟，打死一只，还剩几只？
答：一只也没有，全被吓飞了。

问：为什么警察对闯红灯的汽车司机视而不见？
答：汽车司机当时并未开车呀，他是昨天闯的红灯。

问：老师说蚯蚓切成两段仍能再生，小东照老师话去做，蚯蚓却死了，为什么？
答：小东把蚯蚓竖着切成两半了。

问：为什么暑假往往比寒假长？
答：热胀冷缩嘛。

问：生了病，打针跟吃药，哪一种比较痛苦？
答：细菌比较痛苦。

问：阿呆从热气球上掉下来，却没有受伤，为什么？
答：还没起飞。

问：谁都不能写好的字是哪个字？
答："坏"字。

问：没头没尾的马是什么马？
答：鞍马。

问：什么东西裂开之后，用精密的仪器也找不到裂纹？
答：感情。

问：你妈妈小时候有没有打过你？
答：没有（你妈妈小时候怎么可能打得到你）。

问：把火熄灭最快的方法是什么？
答："火"字上加一横。

问：小亮要当警察追随父亲的足迹，他父亲是干什么的？
答：小偷。

问：真理的位置在哪里？
答：真理无所不在。

最无聊的冷笑话

☆从前有个人钓鱼，钓到了只鱿鱼。

鱿鱼求他：你放了我吧，别把我烤来吃啊。

那个人说：好的，那么我来考问你几个问题吧。

鱿鱼很开心说：你考吧，你考吧！

然后这人就把鱿鱼给烤了……

☆我曾经得过精神分裂症，但现在我们已经康复了。

☆一留学生在美国考驾照，前方路标提示左转，他不是很确定，问考官："turn left？"

考官答："right"

于是……挂了……

☆有一天，绿豆自杀从5楼跳下来，流了很多血，变成了红豆；一直流脓，又变成了黄豆；伤口结了疤，最后成了黑豆。

☆小明理了头发，第二天来到学校，同学们看到他的新发型，笑道："小明，你的头型好像个风筝哦！"小明觉得很委屈，就跑到外面哭。哭着哭着，他就飞起来了……

☆有个人长得像洋葱，走着走着就哭了……

☆小企鹅有一天问他奶奶："奶奶奶奶，我是不是一只企鹅啊？"

"是啊，你当然是企鹅。"

小企鹅又问爸爸："爸爸爸爸，我是不是一只企鹅啊？"

"是啊，你是企鹅啊，怎么了？"

"可是，可是我怎么觉得那么冷呢？"

☆过桥米线为何比一般米线贵？因为含过桥费。

☆音乐课上，老师弹了一首贝多芬的曲子。

小明问小华："你懂音乐吗？"

小华："是的。"

小明："那你知道老师在弹什么吗？"

小华："钢琴。"

☆提问：有两个人掉到陷阱里了，死的人叫死人，活人叫什么？

回答：叫救命啦！

☆提问：布和纸怕什么？

回答：布（不）怕一万，纸（只）怕万一。

☆有一天，有个婆婆坐车，坐到中途，婆婆不认识路了，就用棍子打司机屁股说："这是哪？"

司机："这是我的屁股……"

☆一个鸡蛋去茶馆喝茶，结果它变成了茶叶蛋；

一个鸡蛋跑去松花江游泳，结果它变成了松花蛋；

一个鸡蛋跑到了山东，结果变成了鲁（卤）蛋；

一个鸡蛋无家可归，结果它变成了野鸡蛋；

一个鸡蛋在路上不小心摔了一跤，倒在地上，结果变成了导弹；

一个鸡蛋跑到人家院子里去了，结果变成了原子弹；

一个鸡蛋跑到青藏高原，结果变成了氢弹；

一个鸡蛋生病了，结果变成了坏蛋；

一个鸡蛋嫁人了，结果变成了混蛋；

一个鸡蛋跑到河里游泳，结果变成了核弹；

一个鸡蛋跑到花丛中去了，结果变成了花旦；

一个鸡蛋骑着一匹马，拿着一把刀，原来他是刀马旦；

一个鸡蛋是母的，长得很丑，结果就变成了恐龙蛋。

☆主持人问：猫是否会爬树？

老鹰抢答：会！

主持人：举例说明！

老鹰含泪：那年，我睡熟了，猫爬上了树……后来就有了猫头鹰……

☆甲：那个人在干什么？

乙：他在发抖。

甲：他为什么要发抖呢？

乙：他冷呀。

甲：哦，原来发抖就不会冷啦。

乙：……

☆有个香蕉先生和女朋友约会，走在街上，天气很热，香蕉先生就把衣服脱掉了，之后他的女朋友就摔倒了……

☆一个香肠被关在冰箱里，感觉很冷，然后看了看身边的另一根，有了点安慰，说："看你都冻成这样了，全身都是冰！"结果那根说："对不起，我是冰棒。"

☆从前，有一个棉花糖去打了球打了很长时间，他说："好累啊，我觉得我整个人都软下来了……"

☆有位跳水运动员的动作难度很大，他做了一个转体三周接前空翻三周半接后空翻一个月。

☆MM找大学迷路了，遇见一位文质彬彬的教授。
MM：请问，我怎样才能到大学去？
教授：只有努力读书，才可以上大学。

☆高考化学题：A和B可以相互转化，B在沸水中可以生成C，C在空气中氧化成D，D有臭鸡蛋气味，问A，B，C，D各是什么？
答：A是鸡，B是生鸡蛋，C是熟鸡蛋，D当然是臭鸡蛋。

☆提问：3个头一只脚的是什么东西？
回答：3个头一只脚的怪物！

☆提问：蚂蚁去沙漠，为什么沙子上没有留下他的脚印，而只留下一条线呢？
回答：因为它是骑脚踏车的！
再问：蚂蚁从沙漠回家了，他没有通知任何人，但是他家人却知道他回来了，为什么啊？
再答：看见他停在楼下的脚踏车……

☆有一天，一个女吸毒犯被抓到警局，警察看见她的手上有刺青，就问她："你干吗把你男朋友的名字刺在手上，他叫小良是不是？他有没有吸毒啊？快说！"
只见那个女吸毒犯抬起头带着愤怒的眼神对警察说："这是恨啦……"

☆一天，小美和她男友开车出去兜风，车快没油了，刚好旁边有个加油站，开过去的时候，突然一阵狂风把她男友的帽子刮跑了。
小美的男友对她说："我去捡帽子，你帮我加油。"
男友刚跑开不远，就听到小美在他后面大喊：加油！加油！

☆有一个胖子，从高楼跳下，结果变成了，死胖子……

☆有一只鸭子叫小黄，一天它过马路时被车撞了一下，大叫："呱！"从此它就变成了小黄瓜……

☆小明：阿康，有一只鲨鱼吃下了一颗绿豆，结果它变成了什么？
阿康：我不知道，答案是什么？
小明：嘿！嘿！答案是"绿豆沙（绿豆鲨）"，你很笨喔！

☆老师问一同学怎么减少白色污染？
同学答：把饭盒做成蓝色！

☆飞机上，一位空中小姐问一个小女孩说："为什么飞机飞这么高都不会撞到星星呢？"
小女孩回答道："我知道，因为星星会闪啊！"

☆Q：非洲食人族的酋长吃什么？
A：人啊！
Q：那有一天，酋长病了，医生告诉他要吃素，那他吃什么？
A：吃植物人！

☆冰箱里有两根香肠，过了很久，一根香肠抖了一下："哇！好冷啊！"另一根香肠十分惊奇地说："咦？你是香肠怎么会说话？"

☆有一天，有只公鹿越跑越快，跑到最后，它就变成高速公鹿了。

☆有一天，老师带一群小朋友到山上采水果，她宣布说："小朋友，采完水果后，我们统一一起洗，洗完可以一起吃。"
所有小朋友都跑去采水果了。
集合时间一到，所有小朋友都集合了。
老师："小华，你采到什么？"
小华："我在洗苹果，因为我采到苹果。"
老师："小美你呢？"
小美："我在洗番茄，因为我采到番茄了。"
老师："小朋友都很棒哦！那阿明你呢？"
阿明："我在洗布鞋，因为我踩到大便了。"

☆老师在课堂上对小明提问，小明站起来却一声不吭。
老师："小明？"
老师："小明？"
老师："小明！你怎么回事啊？你到底知

不知道答案啊？好歹吱一声啊！"

　　小明："吱……"

　　☆据说五毛与五毛的婚姻是最牢固的，因为它们能凑一块！

　　☆提问：如何让饮料变大杯？
　　回答：念大悲咒。

　　☆从前有一只鸟，他每天都会经过一片玉米田，但是很不幸的，有一天那片玉米田发生了火灾，所有的玉米都变成了爆米花，小鸟飞过去以后，以为下雪，就冷死了……

　　☆自然课老师问："为什么人死后身体是冷的？"
　　没人回答。
　　老师又问："没人知道吗？"
　　这时，有个同学站起来说："那是因为心静自然凉。"

　　☆有一天，小强问他爸爸："爸爸，我是不是傻孩子啊？"
　　爸爸说："傻孩子，你怎么会是傻孩子呢？"

　　☆小明回家时，隔壁的狗突然跑出来咬他，他一气之下拿起竹子要打它，狗的主人看到小明打他的狗，就不高兴地说："打狗也要看主人，没听过吗？"
　　这时小明就说："好！我会一边看着你，一边打你家的狗。"

　　☆虫虫：小花，你用我的铅笔了吗？
　　小花：没有，我没用。
　　虫虫：你真没用？
　　小花：我真没用！
　　虫虫：唉，你是第17个承认自己没用的人了。

　　☆提问：蚂蚁从喜马拉雅山上摔下来后是怎么死的？
　　回答：饿死的。因为太轻，所以飘下来要很久……

　　☆从前，有一匹马，它跑着跑着就掉进了海里。所以，它变成了"海马"；
　　这匹马的另外一匹马朋友，为了要去找掉到海里的马，结果却掉到河里。后来，它就变成了"河马"；
　　第三匹马是匹白马。它为了要找失踪的两个朋友，来到了交通混乱的城市。它连续被好几辆车子给辗过，使得身上出现好几条黑条纹，结

果它变成了"斑马"；
　　第四匹马为了找寻前面三个同伴，有一天，它来到一间工厂，结果被改造成"铁马"；
　　后来，那些马还是难逃被吃的命运，通通被作成了"沙琪马"……
　　最后，为了纪念这个笑话，有人将它编订成课，我们叫它"马赛课"！

　　☆小明欠地下钱庄20万，小明苦苦哀求他多宽限几天，钱庄的人说："明天一定要还，不然的话，剁掉两只手指；后天的话，再剁4只；第3天的话……"
　　小明："是不是不用还了。"
　　钱庄的人："NO，到时候你就变成小叮当了。"

　　☆有个人一天碰到上帝，上帝突然大发善心打算给那人一个愿望，上帝问："你有什么愿望吗？"
　　那个人想了想说："听说猫都有9条命，那请您赐给我9条命吧！"
　　上帝说："你的愿望实现咯！"
　　一天，那个人闲着无聊，想说去死一死算了，反正有9条命嘛！于是就躺在铁轨上，
　　结果一辆火车开过去，那人还是死了。
　　这是为什么呢？
　　因为那辆火车的车厢有10节……

　　☆一个家伙到医院去检查，并做了许多测试。
　　医生说："有好消息、也有坏消息！看过你的测试结果后，我发现你有潜在的同性恋倾向！而且难以根治！"
　　这个家伙说："我的天啊！那好消息呢？"
　　医生腼腆地说："我发现你还蛮可爱的耶！"

　　☆一个猎人带着猎狗去打猎，在林子里遛了一天都没有猎物。
　　天黑了，不甘心的他还是不停骑马在林子里转，马忽然说："你都不让我休息，想累死我啊？"
　　猎人听到吓了一跳，立刻从马背上滚下来，拉着猎狗就逃跑，跑到一棵大树下喘气时，狗拍拍胸口对他说："吓死我了，马居然会说话！"
　　于是猎人当场被吓死了……

　　☆提问：狼、老虎和狮子谁玩游戏一定会被淘汰？
　　回答：狼。因为：桃太郎（淘汰狼）。

　　☆一天A拣了一面镜子对着镜子照了照说："这里边的人好面熟啊！"
　　B说："是吗？我看看（接过镜子）我啊！

我你都不认识了啊？"

☆番茄A和番茄B去逛街。
B问A：我们去哪？
A不回答。
B又问：我们去哪？
A还是不回答。
B又问了一次。
番茄A转过头对番茄B说：我们不是番茄吗？为什么我们会说话呢？

☆从前，有一只白猫和一只黑猫。一天，白猫掉到水里去了，黑猫把它救了上来，然后白猫对黑猫说了一句话。
提问：这句话是什么？
答案：是"喵"。

☆A：你知道我昨天晚上在网吧干什么吗？
B：在干吗？
A：上网呗！
B：……

☆草船中
鲁肃："这样真的可以借到箭吗？孔明先生？"
诸葛亮："相信我。"
鲁肃："可是我还是有些担心……"
诸葛亮："没必要。"
鲁肃："可是，你不觉得船里越来越热么？"
诸葛亮："这么说起来是有一点热……有什么不对劲吗？"
鲁肃："是啊，我担心敌人射的是火箭……"

☆小骆：爸爸，为什么我们要有驼峰呢？
驼爸：因为沙漠中没有水，有驼峰才可以储存水分啊！
小骆：爸爸，为什么我们要有长长的毛呢？
驼爸：因为沙漠中风沙大，我们必须靠它阻挡风沙，才看得见啊！
小骆：爸爸，为什么我们要有厚厚的蹄呢？
驼爸：因为沙漠中都是沙，这样我们才站得稳啊！
小骆：爸爸，最后一个问题，那我们在动物园干吗呢？

☆有个人的名字叫"杜子藤。"
老师点名时间："杜子藤呢？"
同学说："他肚子疼。"

☆我女朋友约我去她家看电影。到了她家之后，她用签字笔在墙上写了"电影"两个字，我

们两个就坐在马桶上看了起来。

☆某清晨，以严厉著称的某长官问晨练小兵："你冷吗？"
小兵答："不冷！"
长官恼："那你颤颤什么？"
小兵答："冻的！"

☆恶心妈妈抱着恶心哭得很伤心，为什么呢？
因为恶心死了……

☆有一个路人跑过去拍一个小孩子的肩膀并问他："这里是哪里啊？"
小孩回答说："这里是我的肩膀。"

☆冬天很冷，大雪封山，一个猎人遇到一头熊。
猎人说："我饿了。"
熊说："我也饿了。"
然后他们都不饿了。

☆提问：钢铁人死了变成什么？
回答：铁轨（铁鬼）。

☆老师："小明，请上来做这道二元一次方程。"
小明："老师，我只有1元……"

☆听朋友说他大学时候一个EQ较低的男孩，终于遇到了一个喜欢的女孩，两个人开始交往。
一次女孩生病了，男孩陪她去医务室打点滴。
十分钟过去了，二十分钟过去了，都没有动静。
男孩寻思要打破沉寂，就问："冷么？"
"冷。"
"冷，我给你焐焐？"
女孩脸红了，小声地说："好！"
然后男孩起身，用手捂住了点滴瓶。
好温暖的故事啊……

☆话说小时候仗着大几岁老是欺侮妹妹。一天晚上，爸爸过来给我们盖被子，赫然发现三岁的妹妹直直的坐在黑暗中望着熟睡的我！
"你怎么还不睡觉？"爸爸问。
妹妹急忙说："嘘！小点儿声，一会等她睡熟了揍她！"

☆这人一上了年纪就容易耳背，记得小时候在奶奶家，有天上午我爷爷准备去钓鱼，刚出家门就碰见了隔壁家的老大爷。
老大爷对我爷爷说："钓鱼去啊！"
我爷爷说："不是啊！我钓鱼去。"

然后老大爷说："哦，我还以为你要去钓鱼呢？"

我石化了……

☆刷碗没注意，把碗摔地上了，还好还好，只在边上掉了个角，成了个小缺口。

然后继续刷碗。右手没注意，从缺口划过……破了。

就想：真的有这么快吗？手都能弄破了。然后我用左手试了试，也破了。

心想：的确够快，这个碗要是用来吃饭，嘴不就惨了？

然后，我用嘴试了试。

于是，嘴唇，也破了……

☆买双手套，老板要 35，我说 30 我就要了，老板不依非要 35，讲了几个来回不肯让步，我想想就算了，给了张 50 的，他很麻利地找了我 35……

☆前几天坐飞机，上机后发现旁边坐一美女，根据搭讪原则，我脱口问道："你在哪儿下？"

☆今天老板让我把网吧里的 CS 全删除了，我忙活了一晚上。至于为什么要删除 CS 呢？其实起因是这样的。今天公安局的临时检查，之前已经得到过风声，一连几天我都当了清道夫，把 18 岁以下的任何生物统统赶出了网吧。所以远远地看着警察叔叔们来时，我和老板都没什么紧张的。然而可惜的是。当警察叔叔们刚刚踏足网吧的大门时，网吧里正在打 CS 的一帮人正好在兴奋的大叫："警察来了！警察来了！警察都进狗洞了！兄弟们上！干掉他们！"好吧。我承认，那一刻，不只警察叔叔们的脸绿了，老板和我的脸色，也绿得可怕。

☆有个人有一个手机和一个小灵通，有一天换了个新手机卡，有同事问她新买的号码是多少，她说忘记了，就用换过卡的手机拨自己的小灵通。

拨号的时候继续和同事聊天，小灵通响了之后，她拿起来问："喂？……喂？……你说话啊，不说话我挂了！"

在场的同事全部石化。

之后她按了挂断，然后说："神经病，打过来又不说话。"

☆新年会餐，有几张桌子是有姓名牌的，其余的大家随便坐。然后就听到一女的说："你去前面坐啊，那里有你的牌位。"我顿时崩溃……

☆有次半期考，我们年段有个同学在厕所里发短信被段长抓了，但是他死活不肯供出同党，段长非常淡定地用他的手机群发了短信——"来二楼男厕所拿答案。"

然后，同党们就从四面八方赶来了，全军覆没……

☆傻根钱被骗子骗光，在家乡只好帮人打杂卖水产，从此市场里整天回荡着他响亮的叫卖声：田虾、乌贼！田虾、乌贼！

☆姓庞的和姓谢的结婚，生的孩子叫螃蟹。

☆一大学生被敌人抓了，敌人把他绑在了电线杆上，然后问他："说，你是哪里的？不说就电死你！"大学生回了敌人一句话，结果被电死了，他说："我是电大的！"

☆一个顾客指着刚买的菜叹息道："唉，这熘肉怎么才这么几片肉？"

另一位顾客接茬道："肉要是不会溜，能叫熘肉片吗？"

☆男女朋友一起去逛街，

女朋友：哎哟，脚好酸哦。

男朋友很紧张：怎么了？是不是踩到柠檬了？

☆父子二人坐公交车。

儿子：爸爸，什么时候到啊？

父亲：停了就到了。

儿子：什么时候停啊？

父亲：到了就停了。

☆从前有一颗软糖，在街上走了很久，突然说："我的脚好软哦！"

☆男：你喜欢我吗？

女：你猜！

男：喜欢！

女：你再猜！

☆大学师姐，上教育心理学，迟到，走进教室，斜瞄了黑板一眼，老教授生气中，就叫师姐回答黑板的问题。师姐支吾半天说了：《性感与性理论》，这也太难讲了啦！全班人仰马翻！（注：教授原题《论理性与感性》）

☆提问：小明被人从 13 楼扔下去，为什么没事？

答案：因为小明是个饭盒……

☆一个心理医生在治疗一个心理不正常的小孩。

有一天，这个小孩哭闹着说："我要吃蚯蚓！"

医生听了，便说："为什么要吃蚯蚓？"

小孩说："因为那个是面条。"

为了要找出这个小孩心理不正常的原因，医生便叫护士到外面的花园挖了两只蚯蚓回来。医生说："蚯蚓来了！你吃呀！"

小孩说："不要！我要油炸的！"

医生心想："这个小孩，怎么那么怪！"

为了找出他心理偏差的原因，便又叫护士去将蚯蚓油炸。炸好了，医生端着盘子，拿给小孩，医生说："来，吃吧！"

小孩说："我只要吃一条，另一条要医生吃！"

医生心想："管他的，先骗他吃再说。"

小孩这时又接着说："医生要先吃，我才要吃！"

这下，医生头大了，但为了治疗这个小孩，医生只好硬着头皮，将其中一条蚯蚓给吃了！

突然，小孩开始号啕大哭，边哭边说："你把我要吃的那一条蚯蚓给吃了，我不要吃了啦！"

☆同样的网络环境下，好人和坏人一起看网络视频，谁的比较顺畅？

答案是坏人的比较顺畅。因为……好人卡……

☆提问：请问巧的妈妈是谁？

答案：熟能。（熟能生巧）

再问：熟能的女婿是谁？

答案：投机。（投机娶巧）

☆上课老师总是推荐我们一本书："我推荐你们一本书，作者是外国人，叫张浩。"

我们惊讶啊，这年头中国人都出国了，连国籍都改了。

然后我们都对此人表示了强烈的鄙视，坚决不买此书。

后来一同学说：那个外国人名字叫JohnHull……

☆有一对男女朋友，他们开车去喝酒，喝完后，在开车回家的路上，被警察临检了，警察叫他们摇下车窗，然后闻一闻，问说："你们车上怎么有酒味？"

男生答："没有啊！我们车上只有两位而已，哪里有九位（酒味）？"

然后……

☆我认识一修鞋的，他常在东城出没，所以很多年后他有个绰号"东鞋"。后来，东鞋吸毒了……

☆话说我们这边的理发店，找师傅剪完，都会被递名片，这一天，俺同小鱼去剪发，剪完师傅递来张名片，说："下次电话预约吧。"

小鱼低头一看，说："哟，笔名儿不错哟。"

师傅一头雾水，俺仔细一看，上书："发型总监：×××（周一休）"

☆诸葛亮死后，魏延谋反。

杨仪没办法，只能打开丞相留下的锦囊，里面说让魏延在阵前大喊三声谁敢杀我，自有杀他之人出现。

杨仪如计而行，对魏延说："你大声说三遍谁敢杀我，我就投降。"

魏延不明就里，得意扬扬大叫了三声，身后一人忽然拨马冲了上来，厉声喝道："我敢杀你。"手起刀落，把他斩于马下。此人正是马岱。

蜀中大将不少，为何诸葛亮独独选中武艺不算顶尖的马岱来对付魏延呢？

原来，因为马岱字丁琳，专治魏延。

☆一个留学生在国外的高速公路出车祸了，连人带车翻下悬崖，交警赶到后向下喊话道："How are you？"（你还好吗？）

留学生答："I'm fine, thank you！"（我很好，谢谢你）

然后交警走了，留学生就死了。

☆一个顶针在路上走，走着走着突然说，我顶啊！

一个雪糕在路上走，走着走着突然说，我寒啊！

一个指南针在路上走，走着走着突然说，我怎么找不着北啊？

一个可乐罐在路上走，走着走着感觉很无聊，突然说，我好可乐啊！

一个暖气在路上走，顺手帮助了路人，走着走着突然说，我好热心啊！

一个钥匙在路上走，走着走着突然说，我是屈原啊！吾将上下而求锁啊！

一个电表在路上走，走着走着突然说，我是文人啊！众里寻他千百度啊！

一个打火机在路上走，走着走着突然说，我的肚子里全是气，想发火啊！

☆男孩女孩正在暧昧期的时候，女孩收到了美国杜克大学的offer，在机场登机通道口，女孩焦急的张望那个念兹在兹的身影。而当那个熟悉的身躯真的出现在自己身前的时候，女孩却不敢对视对方眼里的依恋。

"如果你开口叫我留下，我就放弃留学。"女孩暗暗下定了决心。只见男孩拿出一个包装精美的礼物盒，里面是一块停针的机械表。男孩把表温柔的戴在了女孩的腕上，上好了发条，松手，停止的表针又开始了画圈。

"是啊，每个人都会有新的开始，何必执著于此时此刻呢？"女孩想，甩甩手，快步走进了登机通道，心里再也没有一丝犹豫，只是一瞥间，那个抽泣的背影稍稍触动了心弦。60年后，女孩已是雪染双鬓，正在波士顿的家里收拾着细软准备搬家。外面的美国老伴正在哄着孙子们乖乖坐进汽车。突然箱底的那块机械表赫然出现在了她的面前，记忆忽然回到了60年前那个机场临别，"女孩"怔了一会儿叹了口气，擦了擦表面，给表上了发条，松手，停止的表针又开始了画圈……

老伴在外面喊了多声没听到"女孩"回应，进屋一看，只见她拿着一块式样老旧的表泪眼婆娑。

是什么意思呢？就是当年男孩想表达的意思是：表走了！

巨冷！

☆湘北的流川枫在神奈川的名声很响，一半是因为篮球打得好，另一半是因为该人实在是太酷了。此君对所有人一视同仁不假辞色，不要说笑容难得奉送一个，便是说起话来也是能用两个字就坚决不用三个字。

某日在英语课上，新来的老师误打误撞要流川枫同学起立朗读课文一篇，流川枫同学一看课文，有上百字之多，这如何使得，便摇了摇头："不会。"

年轻老师想起念过的教育心理学，亲切鼓励："没关系，大胆地念。"

流川不耐烦起来，据实以告："太长。"

老师猝不及防愣在当场，想发作又恐失去风度，耐下心来说："那你念一段好了，剩下的让后面的同学念。"

流川枫拿起书，念了一句："Lesson Two."念罢朝老师点点头，坐下了。

教室里盲目崇拜的小女生倒下一片，这怎一个"酷"字了得？

一来二去，男生们不免怨声载道，这流川枫无节制地要酷，搞得本校外校神奈川各中学的小女生们人人心惶惶、魂不守舍，视其他男生若无物，长此以往哪还有大家的活路？

陵南的仙道乃是神奈川另一大帅哥，不过采取和流川枫截然相反的风格，亲切开朗，助人为乐，周围的人如沐春风。

一日和同学课余打混，又听得兄弟们纷纷抱怨流川枫，仙道仔细听听，发现在流川枫众多让人吐血的行为里，别的不提，最可恨的便是这惜字如金的作风。

仙道颇不以为然："这有什么？他是凑巧没碰上需要多多说话的机会而已。"他话音刚落，立刻有好事的人设了赌局，打赌看仙道能不能让流川枫变得非常饶舌。很没有面子的，仙道赢的赔率是一赔十。仙道微笑："原来大家对我这么没信心。"

有几个意志薄弱的家伙在仙道柔和的压力下几乎将钱压在仙道赢那边，但一念及流川枫那毫无表情的面容，犹豫再三还是压在了仙道输上。仙道拂袖而去。

放学的时候，流川枫照例来找仙道打球，冰冷冷地说："一对一。"仙道亲切地说："我正有此意。"然后拉流川枫去打了一晚上台球，将流川枫赢了个落花流水。

第二天放学的时候，流川枫照例来找仙道打球，并冷冷地说："一对一，篮球。"

仙道非常亲切地说："我正有此意。"然后拉流川枫去打了一晚上电脑篮球游戏，将流川枫赢了个落花流水。

第三天放学的时候，流川枫照例来找仙道打球，并冷冷地说："一对一，篮球，在场地上。"仙道笑眯眯地非常亲切地说："我正有此意。"

然后拉流川枫去借爱知县爱知中学的篮球场打球，结果路途遥远只能坐长途汽车，到了爱知县天已经全黑了，只好坐末班车回来。不过好在一路的风景还不错，流川枫也睡得很香。

第四天放学的时候，流川枫照例来找仙道打球，冰冷冷地说："一对一，篮球，场地上，在你家旁边的小公园。"仙道开心得很："和我想到一块去了。"

然后坐着流川枫的自行车一同走，途中去了超市（买晚饭便当）、海边（吃晚饭便当）以及陵南（仙道后来想起来忘了东西在学校里），等流川枫骑着自行车将仙道带到那里，流川枫已经累得快动不了了，仙道又将流川枫赢了个落花流水。

第五天，……

第六天，……

……

这一天放学的时候，流川枫照例来找仙道打球，说："仙道，我们去打篮球吧，我今天来的路上看见一个小球场很好，也没什么人，只有四五个人在打球。我问了他们，他们顶多打到6点，我们可以接在他们后面用。他们说那个球场晚上的灯很亮，打到10点没问题。你现在能走了吗？所有要带回家的东西都拿了吗？明天要交的作业都做了吗？你仔细想好了，别现在以为都做了，待会又想起来没做。你现在想起来，还来得及和同学借个作业抄抄，回头等回了家你再想起来，到哪里找同学去，人家也回了家了。你今天晚上要吃什么？我今天不要吃太辣的，也不要吃太咸的，最好也不太甜。今晚海边是不能去了，我听了天气预报，风有七级……"

说明——人都是被逼出来的，流川枫也可以变唐僧。

☆一群伟大的科学家死后在天堂里玩藏猫猫，轮到爱因斯坦抓人，他数到100睁开眼睛，看到所有人都藏起来了，只有牛顿还站在那里。

爱因斯坦走过去说："牛顿，我抓住你了。"

牛顿："不，你没有抓到牛顿。"

爱因斯坦："你不是牛顿你是谁？"

牛顿："你看我脚下是什么？"

爱因斯坦低头看到牛顿站在一块长宽都是一米的正方形的地板砖上，不解。

牛顿："我脚下这是一平方米的方块，我站在上面就是牛顿/平方米，所以你抓住的不是牛顿，你抓住的是……帕斯卡！"

☆我同事的奶奶和我同事的父母住在一起，在一个很小的镇上。

有天晚上，同事父母吃完晚饭出门了。就奶奶一个人在房间里做做家务，休息休息。他父母刚出去一会儿，奶奶就听到敲门声。

"咚咚……"

奶奶出去开门，打开门一看，门外一个人都没有……

奶奶有些奇怪，出去左右看了看……还是没看到有人。

于是奶奶就进房间去了。

一会儿，又听见有人敲门，

"咚咚……"

奶奶又去开门，打开门一看！

还是没有一个人！

奶奶心想，是不是哪个小孩子和她开玩笑，又进了房间，又过了一会儿，敲门的声音又响起来了……

奶奶有点慌，也有点火。她出去"噌"的打开门却发现门外还是一个人都没有！

奶奶就进了房间，心想，是不是儿子儿媳最近和谁闹矛盾，人家来搞鬼。在接下来的时间里，敲门声一直断断续续，但是奶奶一直待在自己房间没去开门。

直到……

几个小时后，同事的父母回家了，奶奶就去问他们："你们最近有没有和谁闹矛盾？今天晚上一直有人敲门，可是我去开门，外面一直没有人！都快吓死我了！"

同事的父母仔细想啊，好像没和谁闹矛盾啊，难道是谁家的小孩无聊捣鬼？那也没这么好耐心敲几个小时啊。

忽然，同事的父亲想起了什么！只见他走向奶奶的身后的电脑前，打开屏幕一看！

回头说道："我出门的时候忘了关QQ了……"

☆一天，王先生发现自己5岁的儿子小明行为有些古怪。快到傍晚的时候，他一个人站在窗口向外挥手，口中似乎还念念有词。

王先生悄悄走到小明身后，却听到小明说："公公再见，公公再见……"

王先生向窗外一看，什么人都没有。一连几天都是如此，每到这个时间，小明就站在窗口，重复着那句让王先生毛骨悚然的话。

终于，王先生忍不住了，他把儿子叫过来："小明，你每天这个时候都在跟谁说再见啊？"

"公公啊。"小明一脸天真。王先生一听头皮都炸了，"哪……哪个公公？"

"太阳公公啊！"

☆一天，Nokia约了iPhone一起去逛街，回来之后变成了Noka和Phone。Motorola见状大惊："你们的i呢？"Noka和Phone小声说："我们听街上有人在唱'只要人人都献出一点i……'于是……"

☆下午逛花市，看见一间宠物店里卖的袖珍小蜥蜴很漂亮，花斑鳞片大眼睛，问店主这叫什么品种，店主（20来岁，貌似宅男）相当淡定地回答："亚克蜥。"

☆一对夫妇共生8胎，依次为桂花、茶花、梅花、菊花、黄花、草花、野花，最后一个叫没钱花。

☆手机逛街，遇见公用电话："你看你还带尾巴，一看就是没进化好！"公用电话说："你也好不到哪，起码我是独立的，你却依赖着别人走来逛去！"

☆职工："今天馒头怎么这么黑？"

炊事员："这是夜班做的。"

☆一天，在东方广场约网友MM见面，

不想显得太土，约在星巴克。

等MM时觉得不买点东西不合适，

就到柜台点咖啡。

服务员问："您要点什么？"

当天没戴眼镜，咖啡厅灯光昏暗，我使劲看价牌，还是看不见……就说了一句："看不清楚！"

服务员："好的，卡布奇诺！"

于是我就喝到了在星巴克的第一杯 Cappuccino……

☆"沪市！沪市！我是深市！我方伤亡惨重！几乎全军覆没！你方损失如何？"

"深市！深市！我是沪市！我军已全部阵亡！这是录音，不用回复！"

☆熊对能说：穷成这样啦，四个熊掌全卖了。

兵对丘说：兄弟，踩上地雷了吧，两腿咋都没了。

王对皇说：当皇上有什么好处，你看，头发全白了。

比对北说：夫妻何必闹离婚呢？

巾对币说：戴上博士帽就身价百倍了。

臣对巨说：一样的面积，但我是三室两厅。

日对曰说：该减肥了。

"马"对"骂"说：给你两张嘴被你用来说粗话的！

"吕"对"侣"说：还是有人陪不孤独啊！

"门"对"闷"说：把心关在家里的感觉不舒服吧？

☆有个人正在崎岖的乡间公路上开着车，突然遇到一个年轻人在拼命的奔跑，三只硕大的狗号叫着紧追不舍。于是那人来了个急刹车，向年轻人喊道："快上来！快上来！"

年轻人喘着粗气说："谢谢！您太好了，别人看我带了三只狗，都不愿意让我搭车。"

☆阿月要亲自下厨煮饭，问正在打麻将的母亲："要洗多少米？"妈妈没有听到阿月的问话，一面将手里的牌打出，一面说道："九筒！"结果那一锅饭让她们家足足吃了一星期。

☆晚上去吃麻辣烫，吃的正高兴，一 MM 突然在身后问："请问哪个是生菜？"

另一 MM 回答："没下锅前她们都是啊……"

☆小辉很郁闷：我大学四年捡了四只猫了，咋就捡不到个女朋友呢？

网友给他出主意：你给新捡的猫，起名字就叫"女朋友"不就得了？你就能说，我捡到"女朋友"了！

☆某当红小说家和 fans 聊天时，谈到自己用胡萝卜治夜盲症的方法：先给兔子吃，然后我再吃兔子！

☆JOHN 为什么翻译成"约翰"？我觉得翻译成"囧"比较好！

学校请来区里的专家给学生上性知识讲座，结果专家扯了一下午计划生育工作进展，最后为了增加趣味性捎带提到女娲造人的传说，他问道：谁知道女娲为什么要用黄土造人？

台下无人响应，专家有点尴尬，就点了他面前的一个女生回答，女生小声说："是不是她不知道怎么造人？"专家启发道："那她为什么不知道怎么造人呢？"女生答："是不是因为听了您的讲座？"

☆某男生天生狐臭，自卑不已，每次出门都要在腋下抹好多香水遮盖。一天他睡过头，惊醒后来不及抹香水急忙跑去教室，本想从后门溜进去，没想还是被逮了个正着。老师很生气，严肃地说："跟你们说多少次了不要迟到！这样非常影响正常教学——这位同学更过分，迟到就算了，怎么还带了羊肉串？"

☆MM：老师，我有心脏病，申请不参加军训。

辅导员：你有校医院的证明吗？

MM：……这还要证明？

辅导员：当然！除了肉眼能判断的外伤，其他的都要证明。

MM：好吧，我头发分叉。

☆某高校斥巨资把西南门修缮一新，意欲建设成学校的标志性建筑。在命名商讨会上校长发言说："既然是西南门，不如就取一个'未'字，既暗合了十二地支方位，又很雅致。"与会者赞叹鼓掌，校长对自己的才智表现很满意。副校长也不甘落后，赶紧说："我校向来以交通专业见长，不如再取一个'佑'字，既暗合了詹天佑的名氏，又有保佑祝福之意。"与会者赞叹鼓掌，副校长对自己的才智表现也很满意。党委书记心中着急，唯恐得不到重视赶紧说道："不如再取一个'新'字，既突出了是新校门，又有欣欣向荣之意，还很有时代感！"与会者热烈鼓掌，党委书记对自己的才智表现非常满意。一个月后新校门建成了，匾额上书四个磅礴金字：《新佑未门》

☆小强最近诸事不顺，心情很郁闷，看到路边有个算命摊就想算一卦。

算命老婆婆对他说："我这儿不看手相不看面相只看脚相。"小强心想：此人说不定是个世外高人，二话没说把鞋袜都脱了下来。

老婆婆看了一会儿，口中低低惊呼了一声，小强急忙询问如何，婆婆沉吟道："你可知道你左脚下有七颗红痣？"小强点头。

婆婆又说道："你又可曾听说过'脚踏七星'乃帝王之相、天子之命？"

小强兴奋得满面通红狂喜道："那您看我这是什么？"

婆婆思量了一会儿答道："你这……就是有七颗痣而已。"

☆有一丑女，内心非常少女，尤其喜欢风花雪月小资情怀的东西。某天，她约朋友小叙，盯着窗外摇曳叮当的风铃竟痴了，朋友大窘，问她要不要去医院，她摆手作少女陶醉状道："听说每当风铃响起，便是有天使经过……"说完柔情万种地盯着风铃看，忽然一阵旋风刮过，风铃不堪重负哐当坠地！丑女大惊，朋友平静地说："别看了，天使被你吓到了。"

☆鸡蛋国大公主比武招亲，方式很简单：跳楼，谁摔不碎谁就赢了。

二楼的时候，大部分都通过，只有几个碎了。

三楼的时候，50%的鸡蛋都碎了。

四楼的时候，90%的鸡蛋都碎了。

五楼的时候，只剩下两只鸡蛋，一只率先跳了下去……碎了，另一只鼓足勇气也跳了下去……也碎了。

结果全国的鸡蛋都碎了，鸡蛋公主只好独身一辈子。

鸡蛋公主孤独终老，她死后人们为了纪念这一位有着传奇经历的公主——全国鸡蛋为她而死——决定保留她的遗体。一个月之后，公主被腌成了咸鸡蛋，永远地保留了下来。

蚯蚓爸爸和小蚯蚓到野外郊游，忽然在群山峻岭中发现一栋肃穆古老的房子，两蚯蚓好奇，就进去了。五分钟后，两蚯蚓失望地出来了，蚯蚓爸爸说："还以为有什么宝藏！这么大的房子就摆了个咸鸡蛋……呸！还有点臭！儿子，别吃了，快吐了！"

某天小强走在路上，一位老者把他拉住说："年轻人，你印堂发黑，恐怕最近有杀身之祸！"小强不屑地说："最烦你们这些算命的，上次还有人说我是'帝王之相'呢！"老者没有介意他的无礼，还是提醒他："你要小心天灾！"小强根本不信，扭头就走，五分钟后，他在自家楼下被全国的鸡蛋砸死了。

☆科大有个学生，马上大四毕业了，依然没有工作，没有女友。于是，他去算命。

"你啊，将一直穷困潦倒，直到四十岁……"

学生听了眼睛一亮，心想有转机，于是问："然后呢？"

"然后你就习惯这样的生活了……"

☆美国《西雅图时报》很负责任地写下"超级女声"的英文全称：

Mongolian Cow Sour Sour Yogurt Super Girl！

（蒙古的牛酸酸酸奶超级的女孩！Mongolian Cow Sour Sour Yogurt= 蒙牛酸酸乳）

该报网站第一个回帖者留言：记者大哥，请问你四级过了没有？

☆早些年有一次手机欠费，遂拨1860咨询如何缴费，答复："对不起，您的电话已停机，详情请垂询1860。"

☆有一个货车，车上载有一只狗、一只猫和一匹马。

司机开着车在公路上飞驰着。突然司机发现前方有一个大石头，由于躲闪不及……车翻了。

没多久便有人报了案。

警察来一看："哦，好可怜的小猫，腿都断了。"于是他掏出手枪结果了那只猫。然后走向那只狗。"可怜的狗，背骨都折了。"又一枪打死了那只狗。最后走到马的面前说道"三条腿全断了。"又一枪打死了那匹马。

这时候，司机挣扎着从已经摔的变了形的驾驶室里爬出来。警察走过去问道："先生，您感觉如何？"

司机一听，连忙跟跟跄跄地站了起来："报告警察先生，我从没感觉如此的好，现在我的感觉棒极了。"

☆军长命令所有人去对面的山报到：

第一个人迟到了，他说："报告队长！我骑自行车，自行车坏了，我换汽车，汽车坏了，我骑马，马死了，我走来的！"

第二个人也迟到了，他说："报告队长！我骑自行车，自行车坏了，我换汽车，汽车坏了，我骑马，马死了，我走来的！"

第三个人也迟到了，又说："报告队长！我骑自行车，自行车坏了，我换汽车，汽车坏了，我骑马，马死了，我走来的！"

第四个人来了，他说："报告队长！我骑自行车，自行车坏了，我换汽车……"

还没说完，军长大声咆哮："你不要告诉我，汽车坏了你骑马，马死了，你走过来的！"

第四个迟到的说："报告队长！不是，是路上的死马太多，车子开不过来……"

愚人节的"整人"方案

☆某单位贴出公告：从即日起，我单位所有工作人员工资上浮40%，请于4月31日9：00~17：00至财务领取1~4月的差缺部分。

☆脸冲电梯的角落站立，不说任何话，不做任何动作，无论停到哪一层都不下电梯。电梯启动之后，掏出一副听诊器开始仔细探查电梯四壁。

☆教室黑板上的通知：×××老师因病不能讲课，请同学们自由学习。

☆取鱼香肉丝、麻婆豆腐等糊状菜搅拌装瓶（或直接使用八宝粥）。到酒吧等公共场合（喝八宝粥的请在教室里）喝酒，一人装作不胜酒力呕吐状，顺势将菜糊倒出，其他人迅速掏出勺子猛吃，并作享受状。旁观者绝对有呕吐的。

☆把鸡腿吃完后，剩下的骨头，再插到鸡屁股里，让别人吃。

☆买一瓶可乐，喝掉一半后，掺入醋、酱油、盐、芥末等佐料，精心调制一份色泽正常的怪味可乐。遇到熟人就装作正在喝，然后大方地把"可乐"递上去……

☆买一包夹心饼干，最好是那种什么白色的夹心，不要买什么巧克力的。买回后轻轻掰开，用牙签把中间的夹心全弄掉，然后涂牙膏上去。涂好后放在外面吹一下再放回包装袋，不然会有很重的牙膏味，吃的人就很容易察觉。

☆贴出小告示，写上你朋友的名字和他的联系电话，上面写些诸如"我这有很好的××东西出售啊，价格很低，请尽快与本人联系……"

☆要耍人趁早做好准备，平日多准备些世界级名牌的手袋、盒子等（有实物更好），然后算准购物狂常出没的时间地点守株待兔，同时不经意的左手擒着 adidas、NIKE，右手拐着 ELLE，再拿着 ESPRIT 装成经过的样子，寒暄之后大侃今日何等运气，这些专卖店打二折三折（再唾沫横飞地描述一番）、门都要挤烂了再不去没有之类的后，急匆匆地告别并告诉他自己回去放东西去抢购……

☆把一支香烟的烟丝小心的拿出，注意不要把烟纸弄坏，再把辣椒末放入，再放上烟丝整理好，然后放在某个爱抽烟的人经常去的地方，让他自己拿不要管他，只管等着看好戏就行了。

☆2006年的愚人节的前一天晚上，那时我还是学生，在我们学校的海报板上贴了一份海报，具体内容是某某公司为适应发展，作大范围的广告宣传活动，特到贵大学聘双休业务员若干名，日薪40RMB，有意者请到某号楼某某某寝室报名。名额有限，欲报从速！
第二天中午，我们寝室门口来客络绎不都来打听此事，结果没有一人知道其中内情，还在我的寝室里苦等。每想到这儿，我就感到过意不去，直到我回到寝室，他们才恍然大悟，天门大开！

☆叫你的朋友先扎个马步，姿势要正确，嘴里叼张白纸，注意这是发功前的姿势，接着你要把他从这个房间变到另一房间，一切准备就绪，你可以很无奈地说上这么一句话："大变活人嘛！我是不会了，不过活人大便就是这样。"

☆我想，现在大家都在防备在愚人节被别人愚弄，我觉得最好的方法：就是将一件真事，装作煞有介事的告诉他或她。而且在这一天的话里，要特别强调，这是真的。哈哈！

☆找一管绿色的牙膏，把牙膏挤出一部分，不要松手，顺势把芥末管对准牙膏管挤，同时持牙膏的一方松手吸，完毕后纹丝不动地将牙膏再放回原位。

☆站在马路中间，很认真的向一个方向看着，你就会看到从你身边经过的人都会向你看的那个方向看过去，尽管那边什么都没有……

☆将电脑桌面变成一无所有的整蛊方法：
1. 在自己的电脑上新建一个记事本文件，输入以下内容：
"regedit
（空一行）
[HKEY_CURRENT_USER \ Software \ Microsoft \ Windows \ CurrentVersion \ Policies \ Explorer]

"NoDesktop "=dword：00000001// 屏蔽桌面

"NoSetTaskbar "=dword：00000001// 屏蔽开始菜单和任务栏"

2. 保存所输入内容，并保存为"NoDesktop.reg"注册表文件。

3. 将文件复制到对方电脑里，放在什么地方都可以，单击右键，点击"合并"，系统弹出对话框，点击"确定"就可以了。

4. 关闭对方电脑。

整盅效果：对方再次启动电脑后，电脑上的桌面图标、任务栏、开始菜单等都会消失。桌面上空空如也，被整的哥们肯定会坐在电脑前纳闷半晌。

消除方法：

1. 在"开始"，"运行"中输入"regedit"回车进入注册表编辑器。

2. 在注册表编辑器的"编辑"，"查找"中输入以下内容：

"［HKEY_CURRENT_USER ＼ Software ＼ Microsoft ＼ Windows ＼ CurrentVersion ＼ Policies ＼ Explorer］"然后在右侧窗口中将"NoDesktop"和"NoSetTaskbar"删除。

3. 下载一个令电脑屏幕不断旋转的整盅软件，然后趁同事或同学不注意的时候偷偷复制到对方的电脑里，然后起一个诱惑其点击运行的名字，如："快点我！"、"送给你的礼物"、"给你一个惊喜"、"不点你准后悔"等。一旦对方双击程序运行后，整个屏幕就像被放到甩干桶中一样，不停地旋转，估计对方的表情也好不到哪里去……

4. 唯一的消除方法是——重启机器。

☆走在一个两边有树或者电线杆的路上（校园里面经常会有这样的马路），忽然向后一仰头，捂着脸，假装被绷在两边树上的看不见的细线或铁丝绊到了脸上，然后小心翼翼的低下头，假装从下面钻过去。接下来你就可以看着后面的人怎么干了……

☆两个人假装抬着一块玻璃，向迎面走来的人走去，你就可以注意到很多人会赶快绕过去，不敢从你们中间穿过。

☆走到一个没有门的门口，进门的时候假装被玻璃撞到，捂着脸，"推"开门走进去……

☆聊天室里看到很熟悉的网友，忽然对他（她）说：你平常都是用红色的，怎么今天用了蓝色？

网友：没有呀！我用的就是红色呀！

自己：不是吧！明明是天蓝色的呀，是不是你选错了？你再试试！

网友：等等……

几十秒后……

网友：好了吗？

自己：没有呀！还是蓝色呀！我前几天也出现过这种情况，我当时退出又进来就好了！你退出再进来试一下吧！

网友：好的，你等等我……

（此方案只适用于通常聊天都用同一个颜色的网友）

☆在聊天室里对网友说：我看不见你的话，怎么都是乱码？

网友：不会吧！

自己：你说什么？还是一堆一堆的乱码！

网友：等等，我重进一下……

QQ 上对网友说：咦，你怎么换了这么难看的一个头像？

网友：没有呀！我一直用的都是像被刚刚扁了一顿的那个爆眼珠啊！

自己：不是呀！现在我的 QQ 上你明明是那个难看死了的凯蒂猫呀！

网友：哦，会不会是我女朋友改的，等等我重启 QQ 就好了……

☆在聊天室里网友抱怨：怎么今天网速这么慢？说一句话好大一阵才能显示出来！

自己：哦，是吗？我倒知道一种能加快网速的方法，也是前几天一个老网友告诉我的！

网友：快说快说！

自己：找到机箱上那个小一点的名叫 reset 的键，然后按下去！

网友：等等……

☆电话响的时候，接起电话说："你好，我不在！请在电话"嘟"完三声后挂机或留言。"

紧接着："嘟 ~~~~~ 嘟 ~~~~ 嘟 ~~~~~~ 嘟 ~~~~~~~ 你等什么呢？都"嘟"了四声了你怎么还拿着电话？"

对方：%%—$#%@$#&（ ）##@#@#$%%^

☆电话响了，拿起电话说："我出去了！要留言请按 1，不留言请按 2，有重要事情请按 3，只是想和我随便聊聊请按 4，要请我吃饭请按 5，要请我去卡拉 OK 请按 6，要叫我去春游请按 7，要和我一起去上网请按 8，要和我去踢球请按 9，如果你是长途就赶快挂机……"

对方：^&**%$##@@（ ）$#@@#$$@！！

☆打电话给朋友说：这里是电信局检测。请您配合我们的工作。

朋友：哦，我该怎么做？

自己：请你喊一句：无厘头万岁！谢谢！

朋友：什么？屋里头怎么？

自己：无厘头万岁！

朋友：屋里头万岁！

自己：谢谢！现在请你用换用另一只手拿电话，再喊一遍！

朋友：%^&*%$#$$@#%^&&&

☆给在外地的朋友发短信："今天出差来到你这里，晚上一起吃顿饭。约你晚上七点在XX餐厅见面，我手机没电不带了，就在那等你，不见不散。"

☆网友总结防愚宝典：

"在这一天，凡事都先用脑子想一想，然后再决定下一步的行动。"愚人节，一个人心惶惶的日子，为了避免被愚到，有网友总结出"愚人守则"逃避被愚。

第1招：顺水推舟

愚人节骗人招数中最常见的就是朋友通知你马上去做什么事情。这时候你不妨顺着他的话说下去，最好比他说的还要真，还要严重，不自觉地和他对换角色，让他进入云里雾里，辨不清东南西北，最后反倒愚者自愚了。

第2招：装傻充愣

许多男生在愚人节时遭到女生袭击，这一招就是教给男生如何"反袭击"的秘技。当你身边漂亮的女生在愚人节这一天向你暗送秋天的"菠菜"时，可不要轻易接招，要小心菠菜里裹着的"定时炸弹"。

第3招：战线同盟

如果有人在这一天想骗你但是被你看穿了，你大可以将他收服，然后成立统一战线联盟，合二人之力去开创更为广阔的天地，骗倒更多人。

第4招：借花献佛

如果愚人节这一天领导也来凑份子，可是一件不大好对付的事，毕竟是领导，深了不是，浅了也不好，可怎么办？不用发愁，我们有防骗兵法！如果领导向你发难，比如骗你说某某病了，让你掏钱去给他买东西，你可以假装不知真相，先按照他的指示去做，然后把他的指示告诉大家，再告诉大家由领导结账，这时，在大家的拥护声中，生米已经煮成熟饭，在愚人节里，他也多半不会介意。

第5招：百变金刚

这可是愚人节这天最有可能发生的被愚状况，要注意了。如果接到电话，称你的电话费、手机费、住房贷款等费用没有及时缴纳，要做出惩罚时，先认真听听讲话人的声音是不是熟人，朋友很可能用这种方法愚你一下子。如果听出声音果然是熟人，不妨将计就计，给他来个大变身，换个身份假装其他人，让他以为拨错电话号码。

可怜又可悲的醉汉

☆一个醉汉被交警扣留，律师前来保释。

律师质问交警："一个人跪在马路中间就能证明他喝醉了吗？"

交警答曰："不能，但他要把马路中间的那条白线卷起来。"

☆年轻人半夜抄近路回家，掉进新挖好的坟穴里。一个醉汉摇摇晃晃闯进坟场，听到坟穴下面有人呼叫："我在这里快要冻僵了。"醉汉："我说呢！你把盖在身上的土踢开了，能不冻僵吗？"

☆一个人喝醉了酒，走在路上。他突然把头冲向一个人，问："我头上有几个包？"那个人说："五个。"他说："啊哈，我离我们家还有四个电线杆的路程。"

☆妻："你怎么用吸管喝酒呢？"

夫："是的！医生不是叫我离酒远点吗？"

☆两个酒鬼闲聊，"我真该死。我把曾结过婚的事告诉了老婆。""我更该死！我酒后失言，把我打算再结婚的想法也说给我老婆听了。"

☆某醉汉名言：半斤酒，漱漱口；一斤酒，照样走；斤半酒，扶墙走；两斤酒，墙走我不走。

☆醉汉被人送到医院。准备手术时发现他衣服里别着一张字条，上面写着："敬爱的医师：我不过是喝多了点，只要让我睡一会儿就好了，可别再打我盲肠的主意，要知道，你们已经取过两次了。"

☆"我要是醉成你这个样子，我就开枪打死自己！""厂长阁下，您要是醉成我这个样子，您肯定打不中自己，因为您一定会连枪都拿不稳。"醉汉反驳道。

☆醉汉看有只装满东西的麻袋。就用脚踢个不停，嘴里还嘟囔着："这到底是啥东西呀？"小偷被踢得受不了了就说了一句："冬瓜。"那醉汉听了又狠狠地踢了一脚说了一句："该死的冬瓜，让老子猜了半天。"

☆小酒馆柱子上绑着一个暴跳如雷的年轻人，

"喂，这是怎么回事？""他喝醉了酒闹事。"老板回答。"老板，请你再准备一根绳子吧。"

☆"为什么不自我约束一下呢？在酒瓶上画线，不超过这一条线，不是很好吗？""是啊！这种办法我也实施过……可是，画线的地方远得很，还没有喝到那地方，我就已经醉得不省人事了！"

☆一醉汉超速驾车，巡警截住他，正要盘问，醉汉趁机跳上车跑了。次日，巡警找到醉汉："先生，请你把警车还给我，你的车已经停在门口了。"

☆醉汉走到自动装置前，他一次又一次地投入硬币，直到他面前出现了一大堆馅饼。售货员问："这么多怎么还不够么？"醉汉大声嚷道："我正走运，我老是赢！你竟想让我罢手？"

☆一个醉汉手握着酒瓶摇摇晃晃地撞在一位行人身上。行人很不高兴地说："你没有眼睛吗？怎么看不见人？""恰恰相反，我把你看成两个人啦，我是想从你俩中间走过去。"

☆醉汉两只耳朵全是水泡。"该死的，我老婆把烧烫了的熨斗放在电话机旁，铃声一响，我错把熨斗当听筒了。""那另一边又是怎么搞的？"醉汉眼睛一瞪："这边烫痛了不要换一边吗？"

☆一斗牛士在乡间喝醉酒，后抄近路赶往赛场，已有一头公牛卧在场上。斗牛士马上握住双角与之剧烈搏斗，最后公牛落荒而逃。事后斗牛士对朋友们说："刚才我喝得的确多了一点，不然非把自行车上的那小子拽下来不可！"

☆一醉汉拦住路人问几点钟。别人告诉他已经是晚上 11 点了。醉汉摇摇晃晃地说："真奇怪，怎么我问每一个人的时间都不同？"

☆凌晨，醉汉摸索了半天，也没能把钥匙插入到锁眼里。巡警看见此景后问他："先生，需要我帮你吗？""那太好了，老伙计，"醉汉高兴地说，"你只需要帮我把房子抓住，别让它摇晃就行了，别的事我自有办法。"

☆夜班接线员，一夜连续10次接到同一个男人打的一句醉话："请问酒店的酒吧间什么时候开门？"接线员第11次听到这话时气坏了，没好气地说："记住，蠢货，早上9点开门！""早点开门吧。"醉汉哀求说，"我被锁在酒吧里了，我想离开呀！"

☆某酒吧凡有客人闹事，就把猩猩放出来抓其出去丢在停车场上。一位农夫醉，只好把猩猩放出来，酒吧的人只听乒乒乓乒乱响。过了好一会儿，农夫歪歪斜斜地走进来说："……有的人……哼！只不过穿了件皮大衣，就自以为了不起！！"

☆四个醉鬼摇摇晃晃地走在大街上。一个说道："我先去'大都会'收保护费。""那我只有去'百货'了。"又一位得意地说："哎，我只有去'斑尼路'了。"第三位很不满意。"那我们在哪集合呢？"最后一位问。一路人大声道："公安局！"

☆在酒吧间，两个老朋友相遇了。"你在这里干什么？要知道，医生不是不许你再喝酒了吗？""是的。可是要知道，那个医生不久前已经去世了。"

☆一个醉汉打电话去问报社，为什么没有发表他亲戚的新闻，善于处理难题的编辑耐心地请他打开当天报纸，然后问："你看报纸里还有空白位置发表你亲戚的新闻吗？""没有。"醉汉回答说。"那就是为什么没有发表的原因。"

☆两个醉鬼跌跌撞撞地走进动物园，来到狮子笼前看狮子。突然，笼内的巨兽冲着他们发出了可怕的吼声。"喂，我们走吧！"其中一个人胆怯地说。"要走你自己走，"另一个说，"我正在欣赏精彩的电影呢！"

☆夜里两位喝醉酒的男人一起回到自己的村子。"看，小偷从你家的窗户进去了！""小声点，别吱声，让他进去吧。妻子以为是我回来了，会给他颜色看的。"

☆深夜乡间道上。一强盗恶狠狠地对醉醺醺的酒鬼说："要钱还是要命？要命，留下二两银子来！"酒鬼哆嗦着回答："老爷，您留我半条命吧！给我留下一两银子，我明天还要打酒喝呢！"

☆一个酒徒脚朝天手撑地"走"进了酒吧间，大声嚷道："伙计，给我来一杯上等白兰地。"掌柜道："你何苦这样走路呢？"酒徒答："我太太昨晚逼我发誓，今后决不再涉足酒吧了！我要信守诺言。"

☆有父子都是酒鬼。父亲在外喝醉，回家盯着儿子生气地说："奇怪，你怎么变三个了？这幢房子决不留给你！"儿子在家也喝得烂醉，顶嘴："那更好！像这样摇摇晃晃、来回打转的房子，给我，我还不要呢！"

☆醉汉走到野外非常高兴地打开一装满宝贝的小箱子，宝贝上面放了一面镜子。一眼看见镜子里面有一个人。他非常惊讶害怕，连忙拱手道："我还以为是一只空箱子，不知道有你在箱子里，请莫生气！"

☆打报警电话的人自称从夜总会出来后，发觉自己车里的方向盘、刹车、加速器等等让小偷给卸去了。电话铃又响："实在对不起，先生，用不着来了。我是用车内电话打的。我喝多了，刚才两阵冷风吹来，我才发现自己原来是坐在车内的第二排座位上。"

☆"看，又迟到了！我要是醉成像你这样，我就去跳楼！"醉汉也勃然大怒："得了，厂长。你要是醉成我这样，你肯定跳不了楼，因为你连窗户在哪都找不到。"

☆一个酒鬼上了车，走到军官身边，说要买张车票。军官没理会他。说："朋友，我不是售票员，我是海军军官。""那么，"醉汉答道，"把船停下来，我要搭公共汽车。"

☆一醉汉撞进了一间酒吧，叫道："各位新年好！"

老板提醒他："现在都三月了！"

醉汉嘟囔着："哦！糟糕，我在外面游荡了这么久。"

☆一醉汉上了出租车，途中，司机发现醉汉把衣服一件一件全脱下了，便说："先生，还没到你的房间呢！"醉汉一听恼火了："你为什么不早说呢？刚才我已经把皮鞋脱在门外了！"

☆醉汉捡了一面镜子，对着镜子说："这是怎么回事？这个人好面熟啊！"他的同伴走了过来，说："让我来看看！……笨蛋，你怎么连我都不认识了？"

☆有个酒鬼梦见一瓶美酒，便想把它温热了喝，正要跑进厨房热酒，梦醒了。他非常懊恼地说："可惜，可惜，刚才没早点凉着喝掉！"

☆一苏格兰酒鬼，后裤袋里插瓶威士忌在街上行走，不巧被车撞了。他边起身边摸口袋，感到有点潮湿。他嘀咕道："天啊，但愿那是血！"

☆两个醉汉走在铁轨上，一个抱怨："这楼梯怎么没个完。"

另一个哼了一声说："它的扶手还这么低。"

☆我爸爸是出租车司机，前几天一个晚上，他拉一个喝醉酒的男人回家，结果到了郊区某小区，那个醉鬼就是不给钱，我爸着急，毁了好几十块钱呢！

醉鬼也急眼了，说："我打你，你信不信？！"然后像疯子一样狂跑进小区，一转眼就没影了。

我爸郁闷的回到家，发现，那个人掉了460元钱在后座上。

☆一个盲人乞丐戴着墨镜在街上行乞。

一个醉汉走过来，觉得他可怜，就扔了一百元给他。

走了一段路，醉汉一回头，恰好看见那个盲人正对着太阳分辨那张百元大钞的真假。

醉汉过来一把夺回钱道："你不想活了，竟敢骗老子！"

盲人乞丐一脸委屈说："大哥，真对不起啊，我是替一个朋友在这看一下，他是个瞎子，去上厕所了，其实我是个哑巴。"

"哦，是这样子啊。"于是醉汉扔下钱，又摇摇晃晃地走了……

☆醉汉走进一家商店买花瓶，见柜台上有一倒扣的杯子，拿起来看了看说："这花瓶怎么没口？"然后将杯子翻过来看，又说："怎么连底儿也没有！"

☆一醉汉在墙角放声大哭，巡警问他出什么事了。

醉汉："我想在这里小便，不知怎么尿个不停！"

警察过去一看，原来是墙角的水龙头没关。

☆一司机酒后驾车，被交警拿下："酒后驾车，要重罚！"

司机回答："罚就罚，说！罚三杯还是五杯？"

☆单位年底欢聚，一个平时很沉稳的同事那天喝得眼睛血红。领导见势不好，赶紧让我把他送回家。可等我伸手招来出租车，这同事却死活不

上车，反而兴致勃勃地坐在了马路沿上。只见他抬起头，很豪壮地对着天空说："谁说天上的星星数不清，今天晚上我就要把它们都数出来！"

☆去饭店吃饭，有个哥儿们中途去厕所，回来后很神秘的告诉我们："这家酒店的生意太好了，连厕所里都摆着两桌！"

大伙正奇怪的时候，一伙人冲了过来，揪起那哥儿们就要打。我们当然不干了，问他们："他又没惹着你们，你们打他干什么？"

"打他干什么？我们饭吃得好好的，可这家伙跑到我们包房里撒了泡尿就走。"

☆我老爸，酒醉后总爱和人打赌，有一次他深夜不回，我们去各酒馆找他。找到他时，他正在大街上嚷嚷着要和另一个人比手表的优劣。吵到最后，他老人家把手腕上的欧米茄脱下，往街对面一扔，然后急步走过去捡起来兴奋地大叫："你看，我的手表还在走，你也来试试？"

☆有位大侠跟一帮人喝完酒，约了去某某家。走着走着，一个人就走丢不见了，另一个就去找他。大家先到某某家，坐下，过了一会儿走丢的那个人来了，很神气地给大家说他碰上劫匪了，让他连打带吓用砖头把劫匪给砸跑了。话刚说完，去找他的那个人也到了，气急败坏地说走丢的那家伙用砖头砸他，砸得他抱头鼠窜。

☆有一次，我的一个外地的朋友到青岛办事，朋友们去饭店聚了一下，结果他喝得有点高，到了酒店后，死活不肯把房间钥匙拿出来，没办法，我们只好去酒店前台另想办法。等我们和服务员一起回到房间门口的时候，只见他正津津有味地把自己的钱包里的钞票、信用卡、名片之类的玩意一张一张整整齐齐地摆在地上。看到我们后，他兴奋而欣喜地说："来来来，我给你们算上一卦！"

☆昨天晚上9点多我出去吃夜宵，看见前面围了不少人，嘻嘻哈哈的，就凑上去看。原来地上有两个人，一前一后，正在往前爬，还是标准的"匍匐前进"姿势，只是速度比较慢，两个人都是一身的酒味儿。就在大家都在笑的时候，前面那位突然做了件让所有人晕倒的事：他转过身，朝后面那位招了招手，喊道："跟上！跟上！"

☆上回和几个朋友出去吃饭，结果一个喝高了，我就用摩托车送他回去，天冷，他被风吹得一直流鼻涕，他用手一搽然后往我身上一抹说："看，我流鼻血了，快送我去医院吧。"说完就不停地把鼻涕往我身上抹，接着还哭了起来：

"我流了这么多血，我就快死了，你快送我去医院吧。"这还不算，后来到路口遇红灯，我一停他就对着边上的 TAXI 车窗狂吐口水说："我都吐血了，你都不送我去医院，那我最后求你给我爸打个电话，就说儿子不孝，先走一步了。"说完还大声的哭喊起来，把我给羞的啊……

☆听朋友说他们几个有一回喝多了出去吐，一个吐完另一个跟他说："瞧你吐的多难看，看我给你吐个杨贵妃！"然后就开始狂吐。

☆大学同学晚上聚会，有一朋友喝多了，我们几个扶他回宿舍。在路上他蹲着呕吐，刚好有一辆摩托车从对面过来，车灯正对着我们，这时这个哥们吐完抬起头来，说了一句："这么快啊，太阳出来了……"

☆小李是小明的室友，性格腼腆，苦恋一美貌女生，却始终不敢表露心迹，终日借酒浇愁。一日，酩酊大醉，向小明等哭诉其相思之苦。有朋友怂恿曰："为何不放大胆子去博一场？"众人均鼓掌叫好。
　　小李顿时豪气横生，拨通电话，找到那个女孩，大声说："我爱你，爱你爱得都快要发疯了……你知道我是谁吗？"
　　"不知道。"
　　"那就好。"
　　说罢，小李"啪"的一声，挂断了电话。

☆某大学某宿舍为学长庆祝生日，在小饭店狂饮，一个个不胜酒力，大醉，陆续蹒跚回宿舍。一睡上铺的 GG 脚发软，无法爬上去，就在下铺睡上了。下铺的老兄回宿舍见已有人睡，说了一句"你睡啦"，于是就往下铺的床底下睡了。第二天醒来，发现少了一个人，在床底下传来打呼声，大家狂笑，笑晕……

☆老李每次喝酒回家后总是吐酒，因此跟老婆不知生了多少气。这天半夜老李又醉醺醺地回家敲门。老婆听动静便知道老李又喝醉了。便呵斥道："死鬼，吐完酒再进屋！"于是就听见老李"哇哇"的吐酒声。
　　良久，老婆问："吐完没有？"
　　老李答："完了！"
　　于是老婆将门开开，老李跌跌撞撞进屋，上床倒头便睡，第二天老婆起床早，开门后大喊："死鬼！昨晚喝完酒吃东西了吗？"
　　老李惺忪地答："吃了！"
　　"吃的什么？"
　　"水饺！"
　　"行啊！还知道是水饺，什么馅儿的？"

"…………"
　　"哼！你能知道才怪呢。吐的全是整个的水饺！"

☆一兄弟，特讲义气，一次酒后（平均每人两瓶），众人均晕头转向，其中一人更是倒地睡去。义气的兄弟忙上前去，躺在倒地的兄弟旁边，用力将其拉到自己的身上："兄弟！要睡睡我身上，千万别着凉！"

☆老同学聚会，一兄弟酒醉。这时同学问："几点了？"酒醉的兄弟从口袋里拿出了一串钥匙看了一眼，然后从容地说："9 点 40"……

☆有一哥们，啤酒喝高了，他睡上铺，好不容易把他抗到上铺，后来我们睡下了，半夜这哥们居然掉床下了居然还没有醒，这也到罢了，后来让尿憋醒了，还以为在上铺，然后在地板上到处找床沿，还自言自语："这怎么就下不去呢？床怎么就这么大呢？"

☆某君好酒，一日在外喝得大醉，后拦一的士回家，刚好驾车的是一位女士，某君上车后，就混混糊糊的说了地方，过了一会儿，他就开始解领带，女司机以为是他喝酒后热的，就没在意，可是他居然在解衬衣的扣子，然后脱下就放在前排的椅子上，这时女司机就停下车，问某君："你干什么啊？想非礼啊！"某君大惊说："你是谁啊？在我家里干什么啊？我是有老婆的！"女司机哭笑不得。

☆我一死党，有回喝醉了上厕所，半天没回来，我去看，老兄正在拍女厕所门，大声问："喂，我说你们怎么不开门啊？"吓的里面的姑娘那个尖叫。他老兄看见我还问："你们几个在里面干什么？为什么不给我开门哪？"

☆一人酒后回家，到门口咋看咋不像是自家门，心想走错了，于是下楼到大街上喊一人力车："请把我送到＊小区＊楼 306 室房门口！"
　　等车夫把他送到，惊呼："这地儿我来过呀！"

☆一人醉卧路边，酣睡！醒来不知归途，打电话让老婆来接，老婆问所在何处，答："大路睡在我身旁！"

☆街边，一条狗用罢醉汉身边的美味，意犹未尽，一下一下舔醉汉的嘴。似醒非醒的醉汉说："亲爱的，别亲了，等我睡一觉……"

☆某日喝酒，一哥们出去小便，扶着小树，完事后，系皮带时把小树系在里面，这哥们使劲挣脱，却无济于事，嘴里还在说："别拉我，咱们再划12拳！"

☆一位朋友，一日在某处饮酒，归途中，忽不识路，电话至其夫人曰："来接我回家。"夫人问："你在哪？"我朋友道："废话！我知道在哪，还打电话给你？！"

☆一个醉鬼走路不小心，一只脚插进路边的沟里，继续走……
一警察提醒："兄弟你醉啦！"
醉鬼："你确定我是醉了？"
警察："确定！"
醉鬼："你确定就好，我还以为是自己腿瘸了哪！"
醉汉在马路中间，欲卷起路中间的白色隔离线，摇摇晃晃，揭了多少次，骂骂咧咧："是谁丢的？警察也不管……"

☆一醉汉从三楼滚到大街上，引来许多人围观。
这时警察走过来问道："这么多人围在这里干吗？"
醉汉答："不知道啊，俺也是刚到的！"

☆有个酒鬼一天到别人家喝酒，喝在兴头上，对客人们说："你们凡是路远的，只管先回去吧，不要再陪着我了。"
客人们听他这样说，都散去了，只有主人陪着他继续喝酒。这人对主人说："你也路远，先回吧，别陪我了。"
主人说："我是这里的主人，现在只有我一个人陪你了。"
这人说："你还要回卧室去睡，我今天就在这酒桌上睡了。"

☆一个好酒之徒碰到一个朋友，死乞白赖地要到朋友家去喝酒。朋友说："我家太远了。"
"不要紧，再远也不过二三十里路吧。"
"我家很狭窄，不好待客。"
"能让我有个地方张开嘴就行。"
"我家连酒杯都没有。"
"我习惯整瓶喝！"

☆有一个酒徒，每次饮酒必醉，醉了就到处呕吐。一日酒醉，经过一家公馆门口，酒涌上来，便直向那门口吐去。守门的喝道："你这酒鬼，怎么对着人家门口吐？"
酒徒道："谁叫你的门口正对我的口？"

守门人不觉失笑道："我的门口做了很久，并不是今天才开来对你的口的。"
酒徒指着自己的嘴巴："我这口也有二十年了。"

☆警察把一名醉鬼送到门口，对他说："这的确是你的家吗？"
"如果你替我开了门，我就马上证明给你看！"警察打开门带他进去。
"你看见那架钢琴吗？那是我的，你看见那架电视机吗？那也是我的。"他们又上二楼。
"这是我的睡房，你看见那张床吗？睡在那张床上的女人是我的太太，你看见和她睡在一起的人吗？"
警察疑惑地说："怎样？"
"那就是我。"

☆有一回，酒鬼到酒家去喝酒，喝了老半天。仆人催促他快回家去，说："天阴下来，快要下雨了，赶在下雨之前走吧。"
酒鬼杯不离手地说："下起雨来，躲还来不及，走什么？"果然，雨下起来，好一会儿才雨过天晴。
仆人又催："天晴了，快回家吧。"酒鬼说："既然晴了，那还急什么？"

☆一天，有个酗酒者被押进警察署。
"你怎么又上这儿来了？"警察问。
"是两个警察送我来的，先生。"
"又多喝了酒吧？"
"是的。不过这回不是我，而是他俩。"

☆一醉汉归家对妻子说："咱家闹鬼了。"妻子问何以见得？醉汉道："我一开卫生间的门，灯就亮了，而且阴风阵阵、寒气逼人。"妻子甩手一巴掌骂道："你又尿冰箱里了吧！"

☆我朋友有次喝醉了，据他妈说，他在厕所，右手拿电话状，左手按着镜子，和镜子中的"入狱者"深情对视道："吃得好不好啊？最近监狱管得严吗？争取早日出来啊……"

☆一次和朋友喝酒，从下午喝到晚上，白的喝不动就全换成红酒了，最后我一手举着杯中酒，一手拍着他的肩膀，刚要说掏心窝的话，他把嘴里以及未吸收的红酒全吐身上了，他愣了一秒，抱头大哭，那叫一个撕心裂肺，我无奈地说："不就吐了我一身吗？没事，咱谁跟谁，别哭！"
他抬起头对我说："我吐的是血，一定是得了绝症了……"
我当时就无语了……

☆饭馆喝酒，一哥们高了，去外面公共厕所，半天不见人回，派人察看，原来，在两个蹲坑之间的地上睡着了。

☆一日在川菜馆大喝，一哥们神志不清，去厕所大呕特呕，并指着吐出的辣椒说："我都吐血了。"另一哥们抱着鱼头汤的大瓷盆呕吐，足吐了两大盆，搞的一群人以后一见盛汤的大瓷盆就反胃。

☆一哥们喝多了被送去急救，临床一濒死病人正在输氧，陪床的我一动就踩在他的氧气管上，踩一次病人就猛地从床上直起身来，搞得像回光返照一样。

☆夏日傍晚，八个人在喝了一箱龙津纯啤、一瓶古井、两瓶洋河大曲后，互相搀扶着出了酒店。不知谁给一人买了一支雪糕，大家没吃几口，都纷纷把雪糕放在头上，据称很解酒。

☆一次，一位室友喝多了，竟然用脚踹着上铺床板，有节奏地唱着《一封家书》和《打靶归来》，又把室友骂了一遍，诸如老大，什么东西，诸如此类。后来我们灌醋，他又喊冷；我们将八床棉被盖在他身上，他又喊热；再后来，用棉被裹着送去了医院。第二天，哥们醒来第一句话："我怎么在医院。"后来哥们披着红棉被，只穿小三角裤衩，光着脚，对着寝室阳台，沐浴早晨的阳光，大踏步从操场走了回去，活脱脱一个蝙蝠侠。哥们据称再也不喝酒了，可在答谢救命之恩的宴会上，又高了。

☆上班后喝酒，一姐们高了后，要我们拉着她过马路沐浴着小雨，走到XX旁的小河，她竟然要跳下去游泳。

☆我在别人家喝高了后，进了厕所，插上门，小解后，竟然看不见了，手在门周围摸了x圈也没摸到门闩，后来就什么都不知道了，直到第二天醒来躺在别人家床上。这一段记忆就从我人生中消失了。别人告诉我，我进了厕所后就只听见我挠门，至于后来，门怎样打开，我的拉链有没有拉上，就成了他们的谈资，惨啊。最惨的是，我还在过生日的MM床上大吐特吐，喝酒害死人啊。

☆大学时有次喝多了，从前门走回寝室，结果半道倒在某个系的草丛里了，挣扎半天才起来……还有多次（同学语），我喝多了回来坐寝室外的塑胶垃圾桶上瞪着过道里和楼梯上来来往往的人，还多次骚扰捧着电话在过道里和MM

聊天的同学，这些我都不记得，但是同学说我每次都记得把垃圾桶翻过来坐，没一次忘过，铁证是偶寝室门外的垃圾桶让大爷换了好多次新的，最后大爷烦了干脆不放了……

☆这是听同学说的，说他们有一次和战友喝完酒，晚上，一个兄弟多了，因为他骑着自行车，都要送他，可是那兄弟就是说没醉，自己骑上车就走，另一群人就在后边跟着他送他，突然这个哥们下车了扛起自行车向前迈了两步，然后又骑上，并回头说："哥儿们，小心点这有一条沟，别送了。"我的同学就纳闷：挺好的马路怎么有条沟呢？于是就过去看，原来是路灯杆子的影子，映在地上黑了一条，那个哥们居然看成一条沟……

☆有一回跟朋友出去喝酒，一兄弟喝多了，走在路上看到一个收破烂的，他走上去就指着别人问："上次我喝多了是不是你打我？"

☆我隔壁的，喝醉酒后就换了套整齐的衣服，站在自己家门口，开始唱《红太阳》！唱之前还给大家鞠躬！

☆我的一个朋友，喝醉后把垃圾桶套在头上，一边走路一边还在唱歌！

☆一次一朋友喝多了，还不让我们送，自己骑车回家（共4人），就这样他在前面骑，后面偷偷地跟了3个人（都骑车），过立交桥的时候，前面的自行车龙头一歪，人从桥上掉到桥下（7~8米高），后面的接着1个1个往下掉，4个人在下面叠罗汉（包括偶啦），还一觉睡到天亮……

☆上次和一帮当兵的朋友去喝酒，结果有个哥们喝高了，回来时路过某大酒店，门口停着一个大奔，他说："我来看看这奔驰上头有报警装置没有？"接着上去就对着那大奔屁股"嘭嘭"两脚，人家车门还开着呢，里边还有俩人，都把头伸出来朝他傻不愣登地望着，还好那天一群人都穿的是军装，人家没敢说什么。而我们把他拖回来时，他还一个劲嚷嚷："这啥破车？报警装置都没有？还奔驰呢！……"

☆我中专的室友，有一次放假前一起喝酒，后来喝多了，上到3楼楼梯口，看到走廊上有水，突然摆脱扶他的两个兄弟，说了一句："我要游到我们宿舍去！"然后就一个前扑动作，扑到走廊上做起蛙泳的动作，周围人倒！

☆大学时一哥们儿，一次喝多了，嚷着非要我们陪他打麻将不可，几圈下来，他便趴在桌上呼呼大睡了起来。我们几个朋友费尽了九牛二虎之力，好不容易才将他弄上了车。到了十字路口，遇上红灯，这哥们儿突然醒了，他眯缝着眼睛，指着红绿灯笑了起来："咦？我说怎么老是和不了牌，原来三筒都跑到这里来指挥交通了！"说完，又倒下去继续大睡……

☆一个哥们儿，是个网虫，常常在醉得昏天黑地之后仍然不忘开机上线。一次在朋友家聚会，这位仁兄又喝多了。结果二话不说，跑到人家书房里打开了电脑。过了十几分钟，书房里传来了仁兄不满的叫声："老大，你——你们家的光电鼠咋一点也不好使呢？"朋友说家里的电脑是只老鼠标，哪有什么光电鼠标！结果，我们跑进去一看，乖乖，他正握着一个透明的烟缸在电脑桌上来回磨蹭，烟缸里还有个未燃完的烟头，原来如此。

☆我的朋友有意思，有一次喝多了，买西瓜，非管卖西瓜的伙计要吸管，卖西瓜的人看他膀大腰圆的，害怕了，紧解释，告诉没有吸管，我朋友不干了："你不就是要钱吗？我给你钱，你把吸管赶紧拿来，做生意这么不地道，吸管还得单卖！"

☆那天晚上在朋友家喝酒，一高兴多喝了几杯，后半夜两点多才摇摇晃晃上了出租车。等到了住的小区我傻眼了，并排七八栋楼，哪个是我家呀？我憋足劲喊了一嗓子："邻居们，你们好！都把灯打开！"说真的，我嗓门不高，可是夜深人静声音就传远了。我看见周围的几个楼都亮起了灯光。我乐了，看样子有门了，我又喊道："把窗户打开，把头伸出来。"我故意停顿了几秒，看见窗户里探出了不少脑袋，才喊出了最关键的七个字："看看我是谁家的！"

☆我一同学，喝高了，单位的女同事送他去医院。到了医院，护士给他打针，他拉着女同事的手说："我最怕打针了，你要是不让护士给我打针，我明天就娶你！"后来他醒之后，那个寒啊！

☆我哥哥单位发年终奖金，他和几个要好的同事一起上饭店庆祝了一通。酒足饭饱之后，哥哥出来用车钥匙开自行车，却无论如何都打不开。哥哥心想，可能是因为自己喝多了，手发抖的缘故吧？反正今天发了挺多钱，干脆打个车回家得了。于是他把那辆自行车放到出租车的后备厢里，乘出租车回到了家。第二天醒酒后，哥哥来到楼下一看，坏了！他还得打车再把自行车给拉回去。原来，咋晚上被他拉回家的是同事小李的自行车！

☆某一次，在上级机关的一次检查验收活动后，为了给各位"领导"送行，一场"昏天黑地的送行酒"是必不可少的，为了给各位领导留下一个好印象，也是因为在上级面前施展诸多"酒艺"，一再替几位顶头上司喝酒。猛哥不可避免地喝多了……

局长为了照顾猛哥，特意让自己的小车司机开车送猛哥回家，送到了猛哥所住的楼下后，猛哥执意坚持要到三楼自己的家中，司机回家后，就脚步趔趄，一摇三晃的自己上得楼来。在这期间猛哥的大脑被风一吹，醉意就更大了，到了自己家门口，猛哥已经是神志模糊了，摸摸索索中掏出了钥匙，醉意阑珊地插入了一个孔洞中，但不知为什么，钥匙在这个洞中转了一圈又一圈，就是打不开房门……

脑子一片混乱的猛哥，在一次次努力之后，钥匙也不知转了多少圈，心里还想，怎么平时很好开的房门，就是打不开啊！时间越久，猛哥的意识也越来越迷糊，实在支持不住的猛哥，腿一软就瘫倒在自己家的房门前睡着了……等到了天亮，猛哥的妻子一开门才发现猛哥醉倒在自己家的门前，睡了一夜。

猛哥的妻子不住的埋怨猛哥，但猛哥却辩解说，自己为了不影响妻子和儿子休息，就想自己打开房门，但不知为什么就是打不开房门……

猛哥的妻子听说后，也感到很诧异，就叫猛哥把钥匙拿出来，自己要试一试，猛哥就说，不是在门上吗？等到猛哥的妻子一找，却发现，猛哥把钥匙插在了门边的一个砖缝中，怪不得怎么转也打不开呢……

☆某一次我们同学聚会时，因为都知道猛哥的酒量惊人，特别是有几个猛哥在学生时代暗恋的女同学在场，有些兴奋更有些伤感的猛哥在众位同学一而再、再而三的劝酒下，又喝高了……

我们几个同窗好友，把猛哥送到楼下，就各自回家了。但留下来醉眼蒙眬的猛哥怎么看也不像自己住的楼房，认为自己走错地方了，就决心步行回家，不成想这一走，猛哥看什么地方也不像自己的家，酒意不住上涌，猛哥这一走就是二十里地出去了，等到酒劲过去，猛哥才一下梦醒过来，找对了方向，准备回家，走了几步，才觉得因为步行得太久，穿的皮鞋太咯脚了，不得已脱下自己的皮鞋，一手拎着一只皮鞋，迈上回家之路……

领导们的爆笑发言

☆某领导来视察，和颜悦色地对着一个正在打字的同事说："好样的，不用急，慢慢来！最重要是快！"

☆某领导视察监狱，对犯人说："我的公民们。"但想到进监狱就不是公民了，改口："我的囚犯们。"仍觉不妥，最后说："很高兴看到你们这么多人在这里。"

☆小张：科长，对批评您不介意吧？

科长：绝不，反而很喜欢。

小张：是啊，真诚的批评好处很多。

科长：重要的是我想知道谁对我不满。

☆某教育局领导到某中学抽考，在大会上向学生宣布："为了公平，今年我先抽考一年级，明年是二年级，后年是三年级。"众生崩溃。

☆某领导在对职工做学习雷锋精神的报告时念稿曰："雷锋没有死！"（众笑，议论纷纷）

秘书在一旁小声提示道："精神，精神！"

领导得意扬扬地接着对台下说："对！还精神着呢！"

☆第二天要开会，领导就叫秘书写了一份讲话稿，但秘书在异地。

秘书说："我已发到网上了，你讲话时打开网址就可以看到了。"

开会时，领导打开电脑，按秘书给的网址输入，然后傻了，网页显示：根据当地法律法规，此网页无法显示！

☆校长和英语老师一起去法国某中学访问，校长在礼堂讲话，英语老师做翻译。

校长："各位老师们，同学们！"

英语老师："Ladies And Gentlemen！"

校长："各位女士们，先生们！"

英语老师，想了下说："Good morning！"

校长："早上好！"

英语老师：……

☆某领导在报告会上说："正像毛主席说过的'小小寰球，有九只苍蝇碰壁'。"

秘书赶紧纠正："几只。"

领导说："九只啊，我不是说了吗？"

☆某领导专机飞过太平洋时，遭遇风暴，飞机地板被掀起，领导与一干随从保镖反应敏捷，牢牢抓住能抓住的东西，统统吊在高空飞行的飞机上。大家咬牙切齿，使出吃奶的劲，紧握不放，就像烤鸭架上的鸭子一样晃来晃去。但大家都还有一种劫后余生的暗喜。

突然，一道雷电击中飞机，飞机成了滑翔机，慢慢往下滑落。有经验的飞行员说："飞机载重过大，如果载重轻100公斤的话，应该可以有拉起的希望。"

大家面面相觑，但最后都无声地注视着肥胖而又年迈的领导。

领导明白了大家的意思，想了想，说："好吧，不过我还有几句话要说。"

大家脸上露出了幸福的微笑，洗耳恭听，思索着怎么回去传达这些话。

领导清了清嗓子，顿了一下，说："我的话说完了。"

大家照例啪啪地鼓起了掌。

……

于是领导安全的返航了。

☆发言原稿：在加快公路建设的过程中，各有关部门和乡镇行动迅速。（例子领导举）

领导："在加快公路建设的过程中，各有关部门和乡镇行动迅速，例子领导举。"

☆某镇举行医院门诊大楼落成剪彩仪式，县里的大小领导们坐了一主席台，主持人由该镇镇长担当。

上午9时，仪式正式开始。

镇长："请县政府徐县长、县卫生局张局长、县医院陈院长、镇党委李书记参加剪彩！"

此等人全部就位后，留着最中间的位置，满脸笑容地等他隆重请出县委书记王书记，县委王书记也在台上做好了起身剪彩的准备。

镇长："下面，让我们以最热烈的掌声，有请县委王书记下台！"

爆笑医生集锦

☆医生检查了一番说："你这是盲肠发炎。"

病人："医生，请您再查。"

医生："你是医生还是我是医生？"

病人："您是，可我的盲肠已经切掉了！"

☆酒鬼："医生，我没钱买酒了，帮帮忙，给我开点药酒吧。"

医生："药酒没有，只有别的酒。"

酒鬼："行，我反正什么酒都能喝。"

医生："碘酒怎么样？"

酒鬼："……"

☆病人："我家门外的狗整晚叫，我要疯了。"医生开了些安眠药。一周后病人更憔悴，说："我追了5天追到狗，它怎么都不吃安眠药。"

☆一个人找到医生说："大夫，我每天从您这里取的这服中药数量怎么有多有少？"

医生说："没关系，反正是你一个人用。"

☆牙医："你的牙上有个大洞！有个大洞。"

病人："是有个洞，可是你也不用说两遍呀。"

牙医："我只说了一遍。那是回音，是回音。"

牙医："你喜欢在你的牙洞里用什么作为填充物？"

病人："巧克力！"

牙医："你能不能帮帮忙惨叫几声？候诊室里还有那么多病人，我怕赶不及四点钟去看球赛。"

☆一个拳击运动员对医生说："我失眠了有什么办法能治？"

医生："你在睡前数数，从1数到99就行了。"

运动员："这办法我试过，但每当数到9我就会从床上跳起来。"

☆"我有点不明白，"她说，"我比约定时间早来5分钟，你马上给我看病，看的时候又那么长。你的吩咐我每句话都听得懂。我连你写的药方每个字都能认得出。你究竟是不是真的医生？"

☆"医生，我的假牙装得好吗？"

"好极了，你又可以像以前那样无所顾忌地大嚼东西了。"

"不，我关心的是不是它看起来像真的一样么？"

"非但看起来像，就是痛起来也像真的一样。"

☆医生问病人哪不舒服，病人："既然你收了诊金，那就该由你来找！"医生："好吧，我去请位兽医来。只有这家伙才能不向病人提问就做出诊断。"

☆一人看完病，医生递给他一张开好药的处方："请把这个处方收好。每天早上服一次，连服三天。"回到家里，把处方仔细地裁为三张。每天早上他都按时吃一张。

☆父："医生，药水多配几瓶好吗？"

医："一瓶足够了，有别的小孩感冒了？"

父："我这小孩，要他喝一勺，我们也得陪他喝一勺。"

☆"你得了一种罕见的传染病，"医生对病人说，"我们准备把你隔离，你只能吃薄煎饼。""薄煎饼能治我的病吗？""不能，因为门缝下只能塞进去薄煎饼。"

☆一个男人得了棒球执著病，心理医生正为他治疗。"事情坏透了，我完全睡不着觉。一合眼我就看见自己成了投手，或者满场跑垒，这样我起床时比上床时更疲惫不堪。我怎么办？"患者说。"你为什么不试着幻想拥抱着一个美丽的姑娘？"医生说。"你疯了吗？那我怎么击球？"

☆胸透，医生大叫："快来，快来，我干了二十年了，今天总算碰上一个——看，心脏是不是长右边了！"病人扭过头："不能吧，咋没人跟我说过呢？""谁让你背对着我的，给我转过来！"

☆一精神病人患盲肠炎要到医院开刀，医生想趁这机会消除他胃里有个啤酒瓶的幻觉。手术后，医生高举一个啤酒瓶说："我们总算把它拿出来了。""你们拿错了，我肚子里的啤酒瓶不是这个商标的。"

☆一位重病患者去找一位名医看病，护士："起码要三个星期后才能轮到你。""没准我活不到那个时候呢！""哦，那没关系，"护士说，"到时候，你可让家里人代你取消预约。"

☆病人："医生，我的耳朵里长了一只郁金香！"

医生："这怎么可能？"

病人："我说的也是。当初明明在里边种的是胡萝卜种子嘛！"

☆青年医生："我明天就要挂牌营业了，您能否向我传授一些经验？"

中年医生："账单要写得清楚些，而药方不妨写得潦草一点。"

☆某病人在上手术台前问医生："一旦手术失败，你会因此而受罚吗？"医生答曰："会扣我一个月的奖金。不过您不必担心，我昨天炒股票刚赚了四千元！"

☆女孩暗恋医生，每天都去找这位医生看病。可是，这个女孩一个星期都没出现，医生正觉得奇怪时，她终于又出现在医院门口了。医生很好奇地问她："为什么这几天都没来？"女孩答道："因为我生病了。"

☆"师傅，我照您的推拿术，才推了几下，病人就受不了跑掉了。""没关系，我再教你几手擒拿，病人就跑不了了。"

☆病人去医院打针，一进门就表扬护士："昨天你打的针一点儿都不疼，水平真高。"他请护士再给他打一针，却迟迟不见护士动手，他提着裤子问："你在干什么？"护士说："我在找昨天那个针眼。"

☆一位妇产科的护士问一位医生："不知您有没有注意到，最近有许多双胞胎出生，这是什么原因呢？"医生想了想，说："这是因为最近社会治安太差了，他们不敢一个人出门。"

☆医生："大约要花八万块钱，手术后您会年轻得像少女。"

客户："那也太贵了！有没有便宜的方法？"

医生："一个眼部去皱手术，再加面纱和头巾。只需要五千块钱，也足以让你迷住男人。"

☆患者："昨晚做了个梦，梦见我是一头牛在吃草。"

医生："你放心，这很正常，每个人都会梦到，梦境和现实是不一样的。"

患者："可是我肚子难受……而且起床时发现我床上的草席不见了一半……"

☆有人看病，医生吩咐检查小便。那人从家里提来满满一大瓶。医生检查后，写上了"并无异常"。回到家里，他宣布："我没有糖尿病，你也没有，爸爸、妈和孩子们全都没有。"

☆医生不学无术，病家花费不少总是治不好病，主人就叫仆人去骂医生，半天才回来，主人问骂过了没有，仆人说："没有。"问："为啥不骂？"答："我看到打他骂他的人一大堆，我挤不上去，没骂成。"

☆大夫："我给了这位太太两次麻醉。"

同事："两次？那是为什么？"

大夫："第一次为的是手术，第二次为的是她不谈这次手术。"

☆医生看了半天病人的喉咙，问："你用盐水漱过口吗？这对你有好处。"病人顿时不快起来："漱过，前天我去海里游泳，差一点儿就呛死了。"

☆病人很担心自己的脑袋。经调光检验后，他问医生："调光显示我脑部有什么？"医生："什么也没有。""真的这么严重！"

☆"我睡觉的时候，嘴巴总是合不拢，太痛苦了。"医生观察了一会儿，对病人说："实在抱歉，没有任何药能解决你的问题。因为你目前的肥胖，使你的皮肤显得太少，当你一闭上眼，你的嘴巴就被拉开了。"

☆一个头发稀疏的人去找医生，说："您能不能给我点什么，使我保留我的头发呢？"医生热心地说："拿去吧。"说罢，递给他一个小塑料盒。

☆"我太痛苦了。在梦里我总是看见成群的鬼蹲在我家的栅栏上，每天晚上免不了如此，我该怎么办呢？"医生问："你的那些栅栏是木头的吗？"病人点点头。医生干脆地说："赶快回去，把栅栏削尖！"

☆医生给神父拔牙，对他说："复活节就到了，不收您的钱，当做我送给您的节日礼物吧。"神父说："这也好，不过，请您千万不要对别人说起此事！不然的话，教区里其他的人就会都不给我送过节礼物，而都来拔我嘴里剩下的牙齿了，那可怎么办！"

☆小明生病了。老爸忙着打电话告诉医生。"医生。在你来以前。我该先做哪些准备呢？""把钱准备好。"医生十分肯定地回答。

☆ "医生，请问一下，听说吃红萝卜可以预防近视是真的吗？""你怀疑啊！……你有看过小白兔戴眼镜喔？"

☆有个医生沉默寡言，可他既不叫病人开口，自己也不说话，就动手治疗。邻居们对他夫人说："您先生真是名医高手，您脸上多光彩啊。"夫人说："是不是名医我不知道，不过以前很长时间，他一直干兽医。"

☆医生："坦率地说，你的病真叫我们伤脑筋。不过我们会在尸体解剖时查明是什么病的。"

☆一位病人去找他的心理医生说："大夫，想想我的处境吧，我最好的朋友跟我的太太一起跑了，他们已经走了一个多月了。我想念我的朋友多难受啊。"

☆ "医生，我吃了这些药丸后会好些吗？""从来没有病人回来说过……"

☆一个鼻子插着黄瓜，左耳插着胡萝卜，右耳插着香蕉的病人去医院看病。他问医生说："医生，我到底出了什么毛病？""这很明显，"医生自信地回答说，"你吃东西的方式不对。"

☆一个中年妇女到医院去看病，当医生问她的年龄时，她说："已满20岁了。"医生听了这话，在诊断书上写道："口齿清楚，已失去记忆力。"

☆病人对医生说："我行为不检点，医生！我的良心一直困扰不安。"医生理解地说："那你一定需要些什么东西来增强你的意志力。""其实啊……"病人说，"我更想知道要什么东西可以减弱良心。"

☆病人被推进手术室，看到医生护士都戴着面罩，便紧张地问："你们为什么都戴面罩啊？""万一出了差错，你谁也认不出啊。"

☆病人把食指碰碰头又碰碰腹部："我碰这儿痛，碰这也痛，我到底得了什么怪病呢？"
医生回答："我想你是食指骨折了。"

☆病人："我周围人居然不认可我的身份！气死我了！"
医生："别着急，请您慢慢从头说起。"
病人："好的，在最初的六天，我创造了天与地……"

☆年轻人不小心吞下乒乓球，进医院。他要求局部麻醉以便能清醒地看到手术过程。医生这儿开一刀，那儿开一刀，杂乱无章。"为什么你在不同的地方切这么多刀呢？""因为乒乓球总是在你的肚子内弹来弹去。"

☆ "您能告诉我吗？为什么您从手术室里跑出来？"院长问一个万分紧张的病人。"那位护士说：'勇敢些，阑尾手术很简单！'""这话难道不对吗？""唉！可这句话是对那个正准备给我动手术的大夫说的！"

☆医生在彻底检查完了之后说道："你的健康状况糟透了！你眼里有水，肾里有石头，动脉里有灰……""现在你只要说：我脑袋里有沙子，那么我明天就开始盖房子！"

☆修女满脸怒气从诊所里冲出来，钱也未付就走了。"我给她检查了一下，然后告诉她说她怀孕了。""医生，"接待员叫道，"那不可能！""当然不可能，"医生答道，"不过，这样就治好了她的打嗝。"

☆病人的家属问："你究竟会不会看病？"医生说："那当然，我看过的病人，从没有说过我不好。"这时，路过这家诊所的一个人说："难道那些死人会开口吗？"

☆护士："医生，不好了！刚才那个病人吃了我们给她的药，一出诊所的门就晕倒了！"医生："赶快，把她的身体翻个个儿，摆成是刚刚进门的样子！"

☆ "这样吧，你回去洗一次热水澡，然后在室外走动两个小时，但一定不要穿衣服。""这样就能治我的病吗？""不。不过，这样你准能染上肺炎，而我们对肺炎从诊断到治疗都是最拿手的。"

☆牙医每次给病人手术前总要同他们谈一会儿话，解除他们的紧张感。同一位当警察的病人谈了几句后，便问他是否有什么问题。"我只有一个问题，"警察不安地说，"我从没给过你罚款单吧，是不是？"

☆病人："拔一颗牙要多少钱？"
医生："3块钱。"病人："您可真会赚钱，3秒钟就要赚3块钱。"
医生："如果您愿意的话，我可以用慢动

作来给您拔牙，那么可以拔上半个小时。"

☆"我晚上老是睡不着，躺在床上，总感觉床下有人；躺在床下，又感到床上有人，如此上上下下，真把人折磨死了！"医生听完她的话，立即给她提供了一个医治妙方："将四条床腿锯掉！"

☆病人："谢谢你，医生。谢谢你昨天把增强记忆的办法教给了我。"
医生："噢，有这回事么？"

☆医生深夜三点被电话铃闹醒。话筒里传来哀求的声音："医生，我的失眠症又犯了，请问该怎么办？"医生恼火地说："抓紧话筒，听我给你唱一支催眠曲！"

☆一人在整个拳击比赛中，一直眉开眼笑。他身旁的人问他："你也是拳击师吗？"回答道："不，我是牙科医生。"

☆老猎手穿套宽条黑白相间、十分显眼的帆布服去猎鹿。不料，他被新手射伤；医生："伤者身上的宽条子大家老远便可以看见，为什么你只隔30米，还对他开枪呢？"新手说："我以为他是斑马！"

☆"医生，请你不要说什么医学名词，简单明了地说我生了什么病就行。"
"好吧，简单明了地说你生了懒病。"
"那么，现在请你把那个医学名词告诉我，我好回去向老板交代。"

☆医生给妻子看病，他把医生请进里屋。不久，医生探出头来问："有螺丝刀吗？"一会儿，又要钳子。接着，又要锤子。这人终于忍不住了："我妻子到底得了什么病？"医生："不知道，我的药箱还没打开啊！"

☆某君住院，第一天是眼科，第二天是喉科，第三天是呼吸系统，第四天是消化器官。第五天进病房的是一个带着铁桶、布片和刷子的人。病人不安地问："今天还要检查什么？""不，我是来抹玻璃窗的。"

☆躺在手术台上的患者，不安地对年轻医生说："我很害怕啊，这是我平生头一回开刀。"医生回答说："我也是平生头一回开刀呀。"

☆医院妇产科病房里有句标语："生命的最初5分钟是最危险的。"有人在后面加了一句："最后5分钟也十分危险。"

☆"我是个穷人，我只有一个姐姐，她是一个修女，也很穷，请你把我安排在三等病房好吗？""修女可不穷，因为她和上帝结婚。""那好，就请您把我安排在一等病房吧。等我出院时，您把住院费的账单给我姐夫寄去就行了。"

☆医生诊断后在处方上写了一个大大的"！""我以为只是轻微抱病，难道竟这么严重，医生要打起'感叹号'来？"于是连忙请问护士小姐。护士小姐淡然地答道："没什么，打点滴！"

☆一人去看心理医生，自称被同伴轻视。医生："你凭什么会有这种感觉呢？"该人："很多人见过我都认不出我，或者记不起我的名字！"医生："不至于这么严重吧，啊！又忘了，刚才你说你姓什么？"

☆医生："你太幸运了，你能康复全靠老天帮忙。"住院病人："你说我康复是老天帮助？谢天谢地，本来我还以为要付钱给你呢？"

☆"上帝既然把盲肠赐给人，那就一定是有用的……""当然有用，"医生说，"要是人类没有那讨厌的盲肠炎，我靠什么买汽车，送女儿到国外留学？"

☆两个医生碰面，其中一个矮个子满脸阴郁。"怎么了？"另一个问，"你刚治好了一个疑难病人，很成功嘛。"矮个子说："我实在想不清，究竟是用什么药把他治好了。"

☆小伙子把医生撞倒了。医生大怒，举手就要打。小伙子忙说："您用脚踢我吧！请千万别用手打。"医生问："为什么？"小伙子说："人家说您用脚踢丧不了命，可一经您的手就没命了。"

☆"医生说，他用两个月的时间就可以使我下床。""那他做到了没有？""在第五天他就使我下床了……""怎么回事？""他给我看了住院费用的单据……"

☆主任医师大发雷霆："这已是你这个月里损坏的第三个手术台，史密斯先生！请你以后开刀不要开得这样深！"

☆急诊部门口挂着一个指示牌，用很长的篇幅列举了各种细则，在哪儿找看护，怎样联系。看护来之前做些什么等等。最后写着：如果你真有时间把这个细则读完，那么你的病就不是急诊，明天上班后再来吧。

☆ "我真不明白怎么回事。住院后，一个说我是阑尾炎，另一个说我是胆结石。" "结果是他们争论不休，互不相让。最后只好用猜硬币正反面的办法决出正误。结果把我的扁桃腺割了。"

☆ "医生。"他万分焦急地问，"我的手治愈后，能不能弹钢琴啊？" "那准行，"医生向他保证。"那么，这倒是个奇迹。医生，我以前从来不会弹。"

☆ 医生治死了人，被人捆绑住送官府。夜里乘人不备，医生挣脱绳索，游水过河逃回家中。见到自己儿子正在读诊脉之书，便忙说："儿子啊，读书还可以缓一缓，还是先学会游泳更重要。"

☆ 医生为了使拔牙的病人镇静下来，叫他喝一杯酒。接着他又喝了一杯。"好了吧？鼓起勇气来！"医生鼓励道。"哼！"病人拉开架势，喊道："看你们谁敢动我的牙齿！"

☆ 刚手术完醒来的病人问："我怎么了？"
医生回答说："您遇到了车祸，刚手术过。"
"那我是在医院了？"病人说。
医生回答："准确地说，是您的大部分在医院里。"

☆ 医生对护士说："你去问那位受伤的太太的名字，好通知她家里。"
护士一会儿回来后说："病人说不用了，家里人知道我的名字。"

☆ 医生："上次给你开的药对你有帮助么？"
病人："好极了，我的叔叔把药当成他的了，服用不久便死了，我成了他那一大笔财产的继承人。"

☆ 医生："请问您大便规律吗？"
老头："很规律，每天早上八点钟准时大便。"
医生："那还有什么问题？"
老头："问题是我每天早上九点钟才起床。"

☆ 医生："我想给你开药方，可是怎么找不到我的笔了呢？"
病人小心地提醒："医生，你不是把它放进我的胳肢窝里了吗？"

☆ 医生："喂！快醒醒！"
病人："什么事？"

☆ 医生："时间到了，该服安眠药了。"
病人："啊，我差点忘了。"

☆ "医生，医生，我在吹口琴时，不小心把它吞下去了。"
"喔，乐观些让我们来采取补救措施吧！对了，现在你可以改弹大钢琴。"

☆ 一医学院学生问图书管理员："有没有解剖学最新的书刊？"
"解剖学还要最新的，难道说最近几年人类的骨骼又出现什么新变化了吗？"

☆ 一医迁居，谓四邻曰："向来打搅，无物可做别敬，每位奉药一帖。"
邻舍辞以无病，医曰："但吃了我的药，自然会生起病来。"

☆ 某医院急诊室送来一位病人。病人痛得厉害，服了一片止痛药，仍疼痛不止。家属问："药为什么不见效？"医生一边诊断一边说："噢，原来他患的是胃穿孔，止痛片可能从穿孔的地方漏出去了……"

☆ "我有坏消息告诉你，"医生对病人说，"你危在旦夕。" "天啊！"那人惊惶地说，"我还能活多久？" "十……"医生说。"十什么？"病人插嘴，"十天？十个月？十年？" "九，"医生说，"八，七，六……"

☆ 紧急护理课以后。路上看到一个人躺在汽车的旁边一动也不动，就问道："我是医院的紧急救护医生，我可以帮你吗？"躺在地上的那个人动了一下身子，说道："好吧，你能帮我医好这个没气的轮胎吗？"

☆ 某人问医生："请问医生，我怎样才能活到100岁？" "第一，戒酒。" "我从不喝酒。" "第二，戒色。" "我一点不讨女人喜欢。" "第三，少吃肉。" "我是个素食者！" "那么您为什么想活这么久呢？"

☆ "不管你治好或治死她，你都可以不必打官司便可拿到钱。"医生悉心医治，病人还是死了，医生要求家属付诊费。"你治好了她吗？" "没有。" "那你把她治死了！？" "当然没有！" "那么，我就不欠你分文。"

☆ 医生做不出诊断，于是小心翼翼地问病人："请告诉我，这毛病您以前也有过？" "是的。"病人答，医生说："那么就清楚了，您的老毛病又犯了。"

☆"我们这里有个规定，哪个医生看死一个病人，就在他的诊所里放一个气球。"我到一家只放 10 个气球的诊所。医生说："到后面排队去，我今天才开诊，真太忙了。"

☆病人："大夫，你真的认为我得的是肝炎吗？有时候，医生按肝炎治疗，病人却死于其他病。"医生："我治疗肝炎时，病人就死于肝炎。"

☆"大夫，你一定得帮助我。"他恳求道，"我那种非偷不可的老毛病又犯了。""哦，看在老天的份上。"精神科医生回答说，"就偷两只烟灰缸，到早晨再给我打电话吧。"

☆"你的血压很高。"医生在为病人做完检查后说。"大夫，这我猜得到，这准是因为我钓鱼引起的。""钓鱼怎么会使血压升高？依你之见怎么才能使血压下降呢？""这好办，只要不在禁止钓区钓鱼。"

☆一医生对女儿说："我说你那男朋友是个没出息的家伙，这话你告诉他了吗？""我对他说了，他一点儿也不生气，他说你误诊也不是头一回了。"

☆"请告诉我他死去的原因吧。""太可怕了，经解剖发现，他是暴饮暴食死的。""啊，难道他就没想到这可怕的后果吗？""唉，真遗憾，"医生回答，"我忘记解剖他脑袋了。"

☆问："精神病人和神经病人有什么区别？"答："精神病人认为 2 加上 2 等于 5，而神经病人认为 2 加上 2 等于 4，但他们都为吃不准而苦恼。"

☆医生对病人说："您需要多吃些鱼，因为鱼身上含有较多的磷。""大夫，可我只是想请您帮我把病治好，而并不想在夜里发光！！"

☆"听说您这儿，可以诊断秃顶病因？能帮我瞧瞧吗？""哦！我明白你的病因了，珠穆朗玛峰顶上长毛吗？没有。那是因为高山缺氧，所以你的病情恕我无能为力。"

☆"为什么您在给病人看病时，总要特别详尽地询问他常喝什么酒，根据酒的牌子就能判断病人的健康状况吗？""不，当然不是。但是根据酒的牌子可以判断病人的经济状况，然后依此来确定门诊的费用。"

☆护士为患者注射完毕，问道："你是做什么工作的？"患者回答说："和你一样。""噢，那么说咱们是同行了。""不！咱们是同工种不同行，我是钉鞋的。"

☆"大夫，我丈夫的智力出现了一种怪毛病。有时，我跟他谈了好几个钟头，可是突然发现，他一点儿也没听进去。""太太，这不是毛病，您丈夫真幸运，他具有男人最稀有的品质之一。"

☆找名医看病，名医给他看完病开药时说："大的一天吃两片，小的一天吃一片。"回家的路上，暗暗称赞道："名医果然名不虚传，他不但给我看了病，还知道我有两个孩子，一个'大的'，一个'小的'。"

☆一个精神病患者向心理医生报告自己的病情。"我总怀疑自己是条狗。""你有这样的想法多长时间了？""从我还是条小狗的时候就开始啦。"

☆阳台上喝酒，都高了，提议打扑克。主人说："我去买。"于是拉开窗户"走"了出去。另一人说："我也去！"第三人猛然醒悟："这是阳台啊！我得去拉他们。"第四人大惊："你一个人怎么拉得动！……从一个窗口里接二连三地掉下来 4 个人……"

☆病人："我做了阑尾手术之后，体重减轻了差不多 15 公斤。"外科医生："瞧你说的，哪有 15 公斤重的阑尾。"

☆正是医科大学五年级实习阶段，大家分在不同的医院，较少机会见面。一日，一女生忽见两男同学，便问："你们从哪儿回来？"答曰："从精神病院！"

☆"我开的安眠药粉你给他吃了吗？""是的，医生。您说，应该给他吃十美分那么多的药粉。可是我没有十美分一个的硬币，于是我用十个一美分的硬币来量给他吃，可他直到现在还睡着呢！"

☆"你这左眼病情不轻，眼珠黑白不清，可能是精神系统紊乱。""大夫，我这左眼是假眼，主要是看右眼。""怪不得左眼无神，至于右眼嘛，唯一的治疗办法是多休息，一只眼哪能过分劳累呢。"

☆"你哪儿不舒服？"眼科医生问一个长发少年。"医生，我有些视力不好。""是啊，我根本看不见你的眼睛，你去理发馆挂号吧，然后再到我这里来。"

☆病人："大夫，我舌头扎了根刺！"大夫："怎么扎的？"病人："一瓶酒洒在地板上了……"

☆病人用难辨字迹的处方，有两年时间，每天早上把它作铁路通行证出示给检票员，进了数次电影院，看了多次棒球和音乐会，用它冒充老板的字条得到了一次提升。他女儿在钢琴上照其演奏，获音乐学院奖。

☆帮医生送专业用品去医院，包括一副骨骼标本。十字路口，注意到邻车道上的司机对车后座上的东西很好奇，于是乘还未变灯解释道："我送它去医院。"那位司机遗憾地说："恐怕太晚了点吧！"

☆患者妻子："大夫，帮帮忙吧！我丈夫出了工伤，总以为自己是电梯。"精神病科医生："把你丈夫带来，我们马上给予治疗。"患者妻子："我无法把他带上来，他说他是高速电梯，这层不停。"

☆护士的工作就是问病人对什么东西过敏就写张标签绕在病人的手腕上。一妇女说她不吃香蕉。几个小时之后，一个怒气冲冲的男人走进护士办公室，吼道："是谁给我妈妈贴上'香蕉'标签的！"

☆病人顽固地反对做手术，他说："既然上帝把盲肠放在这里，那一定是有他的道理的。""当然。"医生回答道，"上帝把你的盲肠放这里，就是为了我能够把它拿出来呀！"

☆"我本来希望当一名运动选手，代表国家参加国际性比赛。""为什么没有实现呢？""因为我这个人记性不好，常常把东西搞混。有一次，我还把垒球误当做铅球扔呢！""那你现在做什么？""在药房当配药员。"

☆有个被狗咬伤的人，赶忙到医生那里上药。医生正收拾东西，准备下班。"看看几点了，怎么这时候才来？"医生满脸不快。"我是知道的，医生，"那人说，"可是，狗不懂啊！"

☆病人："我头痛得快要裂开了！！"医生当时不知道在想什么，说了一句连自己都不懂的话："试着用胶水粘起来！"

☆医生："得了这种病的人十分之一是能好

的。"

病人："太可怕了，你说我会好的，是在骗我。"

医生："别怕，你可是我的第十个这样的病人，前九个都已经死了。这样一个简单的算术问题难道你得不出答案吗？"

☆"我知道你是个非常成功的医生，病人没什么毛病，你也有办法告诉他有什么毛病。"妻子说。"那算什么！"丈夫显得很得意，"我的成功是因为我是个专科医生，我能训练病人在我的诊所里生病。"

☆黄大夫是专攻不孕症的妇产科医生，他行医多年，治愈众多久婚不孕的妇人。一日，某名感恩的病人送来一块匾额以表谢意，上书：无中生有。

☆医生："有什么不舒服的地方吗？"
患者："一呼吸就特别疼。"
医生："好吧，我会让你不呼吸。"

☆医生："恭喜你，朋费尔先生！"
病人（激动地）："我快康复了吗？"
医生："不，你康复不了。不过，几天之后你将死于一种新发现的病种，我们将以你的名字命名它。"

☆有个医生，每次从坟地走过都要用手蒙着脸。"你为什么要这样呢？"有人问他。"在死者面前，我感到很羞愧。"他回答说。"为什么呢？""这些死者中，有很多人……都在我门下就过医！"

☆有一天在手术房里，主治医生对实习医生说："以后手术不准带水果进来。"实习医生疑惑地问道："为什么呢？"主治医生说："我刚刚不小心把一颗扒了皮的荔枝，植入病患者的眼里了。"

☆医生："其实检查一个人是否精神失常很简单。"
记者："怎么查？"
医生："只要问他1+1=？就行了。"
记者："哦，正常人一定会说2！"
医生："不，他们会骂我把他当白痴。"

☆检验男性精神病人是否可以出院的方法，请年轻漂亮、性感的助手告诉病人："祝贺你！大夫说你完全康复了，明天就可以出院见你的妻子了！"如病人高兴，他还得住上一段日子；如不想出院，拿棍子打他出去。

☆"大夫，手术成功的可能性有多少？"

"哦，我连这一次，已经有九十七次的手术经验了。"

"那我就放心了。"

"嗯！我也希望成功一次。"

☆患者："大夫，我咳嗽得很重。"

大夫："你多大年纪？"

患者："七十五岁。"

大夫："二十岁时咳嗽吗？"

患者："不咳嗽。"

大夫："四十岁时咳嗽吗？"

患者："也不咳嗽。"

大夫："那现在不咳嗽，还要等到什么时候咳嗽？！"

☆病重的老人即将死去，"你的病已经很严重了！"医生告诉他，"我相信你必然想知道事实，现在你还想见什么人吗？"虚弱的老人点了点头，用几乎听不见的声音说："是的！我想看另一位医生！"

☆"为什么选择去攻读皮肤科呢？""那你就不懂了，首先，病人绝不会在半夜把你叫起来去出急诊；其次，所有的病人都不会致死；最后，他们也永远不会治好，所以就总得来请你去诊治。"

☆"我给人治病已经有 30 年了。在这期间，我给他们开过各式各样的处方，然而最终我得出结论：医治人们各种疾病的最佳良药是爱情。""要是这也不奏效呢？""那就把剂量加大一倍。"医生回答。

☆医生："这是一个很大的决定，您真的下决心要接受输精管切除手术吗？"

客户："没办法，这是大家的决定，15 比 1。"

☆孩子发烧了，医生开了药，小孩子回家吃了药，烧不但没退，病情还恶化了，最后小孩子去世了。父母到医院找医生理论，医生摸了摸小孩子冰冷的尸体说："你们真会冤枉人！你孩子的烧不是已经退了吗？"

☆一醉汉到医院看病。"对不起，"医生最后说，"我暂时不能找出你不舒服的原因……这大概是酗酒引起的。"醉汉善解人意地点点头，"我很理解，医生，等过两天你清醒一些，我再来吧。"

☆某人脚趾感染，一瘸一拐到医院去看医生。医生说："为什么不早来？这样会很危险。"某人说："我很忙，没有时间。""要是你的脑袋生病，还敢拖延吗？""那不一样！脑袋只有一个，脚趾头可是有十个。"

☆一位年轻人对着一个小男孩恳切地说："叫医生，快叫医生！"男孩问年轻人："你感到不舒服？""不，我很好。"年轻人回答，"而且刚刚从医学院毕业……"

☆病人："半个月前，我用蜡壳包裹着吞下一枚金戒指，请帮我把它取出来。"

医生："天哪！当时怎么不来动手术？"

病人："当时我并不急着用。"

☆有个妇女觉得自己太笨，就去找医生拿药。医生收了她 5000 元之后把药给了她。三个星期之后，药剂量加倍。一个月后，妇女回来对医生说："大夫，我总觉得自己被骗了，你的药根本没效！"大夫："哈！现在你终于变聪明了！！"

☆一位老实的乡下绅士来到城里看牙医。医生说要打麻醉，那位绅士马上掏他的钱包。牙医："先生，现在不用付钱。"绅士："哦，我只是想确定一下被麻醉前还有多少钱。"

☆医生领着十五个在医院实习的去察看病人。那位病人看见这么多个人浩浩荡荡的围在他床边被吓傻了，拉着医生直问："医生，我是不是快不行了。"

☆某医院骨科资料室内的资料员因买东西付的价钱过高，于是很伤心欲绝地道："我要去跳楼，你们都别拉我。"某医生在身后大喊："小心别把骨头摔坏了，我还要留着做骨架标本呢！"

☆两名精神病医生在一起聊天。"我曾经遇到一位病人，他总相信他有一位富有的叔叔在南美洲，会留给他一大笔财产，所以他每天什么也不干，就在等通知他去领遗产的信。""结果怎样？""我花了八年的时间治好了他，但是，那可恶的信来了！！！"

☆医生："告诉你一个坏消息和一个好消息。"

病人："什么坏消息？"

医生："我们得截去你的双脚。"

病人："那好消息呢？"

医生："对面病室的一个病人要买你的全部鞋子。"

病人："医生，我妻子毫无道理地监视我和我秘书，搞得我心神不宁。"

心理医生："你妻子是干什么的？"

病人："结婚之前她是我前任秘书。"

☆ "看到你今天勇敢的表现，我们一致同意你已痊愈，可以出院，恭喜你！！"精神病说："我的确是没有病！！因为我后来还把俺在浴缸里救起来的那个人，用绳子吊起来，让他在后院的晒衣场晾干呢！"

☆一位医生想检验一下他的小病人是否知道自己身体各部位的名称，他指着小家伙的耳朵，问："这是你的鼻子吗？"只见那小家伙马上转向他的妈妈，说："我看，我们需要另找一个医生了。"

☆外科和内科大夫赶电梯，电梯关门。外科大夫把头伸过去夹在两扇门之间，而不是用手撑开门。"你难道没有想到，把头夹在门里是一种很奇怪的让电梯停下来的办法吗？""不奇怪。我的手要留下来做手术。"

☆ "为什么病人一个接一个出院，难道有什么秘方吗？""有！通货膨胀！"

☆医生在墙上画了个窗户，说："谁能从这个窗子爬出去，我就放他出去。"精神病人们争先恐后。有个病人却不动，医生说："你为什么不过去呢？"那个病人低着声音说："我怕，这里是六楼！"

☆修理工应召去医生家修理电视机，发现他那台电视机用了十年，已经破旧不堪了，医生用幽默的口吻说："你开个处方吧。"修理工对着电视机默默看了一阵儿，然后回答："我看只能写验尸报告去。"

☆ "大夫，请问有什么能根治白发的方法吗？""根治白发的良方就是彻底秃顶。"

☆ A："医生说我只能再活六个月，所以我说我打算不交医药费啦。"

B："医生有何反应？"

A："他说再让我多活三个月。"

☆妇人："医生，我的体重已经超过九十公斤了，我该怎么办？"

医生："这是很简单的头部运动，从左到右，再从右到左。"

妇人："一天做几次呢？"

医生："不一定，只要是有人请你吃东西时，你就做做这个运动，直到那人离开为止。"

☆ A："请张开嘴。"

B："大夫，谢谢！"

A："为什么谢我呢？"

B："因为我丈夫老是叫我闭嘴！"

☆医生："你的身体弱，那要多吃铁质的东西。"

老妇："我已经没有牙齿了，稍微硬一些的东西也吃不来，我不能接受你的劝告。"

☆一个牙医为患者打麻药拔一颗极不整齐的怪牙时，说："坐好，坐好，放松，不要怕，一点儿都不痛的，马上就好了！"张开嘴巴的患者说："少来这套，骗我，我自己也是牙医！"

☆护士："先生，你父亲做了心脏手术，现在情况如何？"

儿子："还好，但是他说他有两颗心脏在跳。"

护士："噢，那就对了，做手术的外科医生还在寻找他的手表呢。"

☆精神病人沮丧地说："我是只棕黑色斑点的哈巴狗，您必须帮助我，我真不知怎么办……""现在，"医生指着诊疗台，"你必须先躺下来，我们好好研究你的错觉根源。""噢！医生，我实在不能！我是不准爬到家具上去的。"

☆阿婆从来不去看医生。可是有一次，她不得不去请医生替她诊治。事后医生对她说："两星期后请你再来一次。"她依时到了，但拒绝付诊费，她说："先生，奇怪了！！这次是你请我来的呀！"

☆ "哎呀，我吃的那些生蚝好像不大对劲。""那些蚝新鲜吗？"医生一面按病人的腹部，一面问。"我也不知道。""那你剥开蚝壳时肉色如何？""什么？要剥开壳吃的？"

☆彼尔知道初诊要三元钱，而复诊只要一元。于是他走进诊所，对医生说道："我又来了。"医生给他看了一下，说，"就吃上次开的药吧。"

☆ "我动手术了，"一个人对他的朋友说，"但医生把一块海绵留在我的肚子里了。""那是不是很不舒服？""也不，就是总感到口渴。"

☆候诊室里坐着一位忧心忡忡的病人，当医生传唤他时，他满面愁容地说："医生，怎么办？我昨天误喝下一瓶汽油！"医生回答他说："喔，没关系啦！记得这几天不要抽烟！"

☆想当名医拜师。老师说："常用中药不过百十种之多，只要掌握了各种药物的性质，就能医治天下百病。"这人回家写了个药方，交给了老师，自己行医去了。上写："百种药材，掺和一块，共研细末，以水为丸，天下百病，永不再来。"

☆一位病人向医生诉说左脚痛得很。医生说："这大概跟你年纪大有关系。""不可能，你说的不对。"病人说，"我的右脚与左脚是同岁的，为什么右脚不痛？"

☆患者沮丧地说："我一定患了不治的肝病。"医生肯定地说："胡说！你怎么会知道患上那种病的。患那种病的人并没有不适的感觉。""天哪！"患者喘着气说道，"我的情形，正是这样！"

☆医生安慰病人说："请相信我，你没什么大毛病。你需要新鲜空气，我建议你多散散步，走动走动。你是干什么工作的？""邮递员，大夫。"病人回答。

☆冥王派小鬼访名医，并且说："你看门前没有冤死鬼的医门就是。"每过一医门，冤鬼到处都是，最后见医门边只有一个冤死鬼在徘徊，说："这里一定是名医无疑。"一问，原来是昨天新挂牌开张的。

☆医生瞪着凶狠的眼睛问病人："你感到哪里不舒服？"

"我心里感到难受。"

"有多长时间了？"

"从见到您开始。"

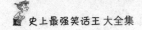
军营里的笑话

☆军医官："你现在的体重是58公斤，过去最重时是多少？"

士兵："60公斤。"

军医官："那最轻时呢？"

士兵："35公斤。"

☆小兵："我有急事要见长官。"

卫兵："口令！"

小兵："可不可以通融一下？"

卫兵："不可以。"

小兵怒骂道："你这只看门狗。"

卫兵："答对了，请进！"

☆新兵刚拿到制服，看见有个身穿制服的人迎面而来，连忙立正敬礼大声说："长官早。"

对方答道："早，邮政局人员竭诚为您效劳。"

☆"喂，中士，"士兵奇怪地问，"在我们这个技术发达的世界，部队里一定有削土豆的机器吧？""当然，"中士回答，"你正好就是那个最新式的机器。"

☆班长要求新兵听树在说些什么。过了一会儿新兵回报不知道，班长要求新兵再听一次。这次新兵从树后跑回来说："树说有话要跟班长讲。"

☆士兵汇报说，当他开着汽车的时候，前面突然闯出一个醉汉司机，于是两辆车狠狠地撞在了一起。这时指挥员问士兵："你怎么知道对方是醉汉？""因为我看见他驾驶着一棵树往前跑。"士兵答道。

☆年轻的士兵收到了一封家乡来信，却是一张白纸。"这是怎么回事呢？""事情是这样的，在我离开家乡时我同未婚妻吵了一架，从那以后，我们一直谁都不跟谁讲话。"

☆"你们连队伙食如何？"长官问。"报告长官，米饭里泥土太多。"一个士兵回答。"你们入伍是为了保卫国土，怎能挑剔伙食？""是的！这样让我们天天吃掉国土对吗？"士兵反问。

☆中士："为什么士兵在战地兵营里走动时不能抽烟？"

新兵："您问得对，中士先生！为什么不能？"

☆士兵训练，指挥官对士兵们说："你们都躺下，把腿举起来，像蹬自行车一样运动。"几分钟后，一个士兵突然停止了运动。指挥官问他："你为什么停下来？"士兵回答："自行车在自动地转呢。"

☆"你们机场有多少飞机？""你知道问这个问题的性质吗？难道你不懂军人应该保守秘密吗？一个士兵怎么可以随便向陌生人透露我们机场有50架轰炸机呢？"

☆母亲来看望刚当兵的儿子，问她所在的部队训练是否严格。儿子说："您还记得和我一起入伍的沃克吗？在上课的时候他死了，我们只得扶撑住他，直到教官训话结束了，才让他倒下！"

☆军官正在对新战士进行考试："假如在一个漆黑的夜晚，你正在站岗放哨时，突然有人从背后把你紧紧抱住，你该说什么？"一个战士答道："亲爱的，放开我。"

☆军事演习中，奉命等待直升机的到来，但是，飞机始终未到。队长上前询问种菜老妇："大娘，您看到一只铁鸟飞过？"大娘想了想，说："铁鸟没看到，直升机倒是看到过一架。"

☆"如果有士兵失足落水，你怎么办？""我会立刻发警报并抛个救生圈给他。""如果是个军官，譬如说我呢？""我坚信你们自我解决问题的能力比士兵强。"

☆一新兵因路不熟便问一老汉，老汉指明道路。几日后，新兵又接到任务再去，偏他记忆不好又在老地方迷了路，正巧又碰到了上次的老汉，遂再问路，老汉大惊："同志，你还没找到啊？"

☆一将军在训练士兵操练立正，稍息，左右转等，练了几分钟，有个士兵杰克走出队列，不满地对将军嚷嚷："我烦透了，您在几分钟内改变了十几次主意！"

☆"为什么长得高大英俊的都排在前列，矮的反而全放到后排去了？""报告将军，"营长回答道，"我是摆水果摊出身的！"

☆"小伙子，让我们握握手，你可以写信告诉家人，说你同上校握过手了，他们一定会为此感到骄傲的，小伙子，你爸爸是干什么的？"士兵说："报告长官，我爸爸是将军。"

☆教官示范如何徒手从敌人那里夺过枪来打死对方。然后问："若你在巡逻时碰到一个徒手的敌人，你该怎么办？"士兵想了一下，说："我就赶快把枪扔了，这样他就拿不到枪来杀我了。"

☆中尉决定亲自查看他的哨兵是如何执勤的，接近哨卡时，他碰巧听到下面的对话："站住！什么人？""是朋友，带着一瓶酒。""过去吧，朋友！待着别动，威士忌！"

☆军士喝了四瓶烈酒，侍者拒绝卖酒给他。"听着！再给我来瓶威士忌，否则可别怪我不客气，我会把这该死的酒吧砸个稀巴烂！"说完，他朝柜台砸了一拳——地震爆发了。当军士清醒过来笑了："大家怎么不早告诉我，我原来如此强壮！"

☆士兵说："糟糕透了，这样的成绩简直使我想开枪自杀。"上校说："你想开枪自杀？那太好了。不过你要尽可能多地带足子弹。"

☆连长把杰克叫过来说道："你去查查比尔参军前是干什么的？那小子每次打了靶，总要把指纹擦掉！"

☆两个退伍的通信兵求职。必须考试。于是铅笔"滴滴答答"地敲桌子互相通报重要答案，正当他们"滴滴答答"地作弊时，监考老师也敲起桌子来。那一串"滴滴答答"的声音是说："咱们原是一支部队的！"

☆某军区5个士兵在跑道上已经准备好参加100米跑。只等裁判员一声枪响了。只听"啪"一声枪响，你猜怎么了？5个士兵都不约而同的，举起了双手，嘴里都吼道："别开枪，我投降！！"

☆新兵训练回来，班长就问小王打靶打得怎么样。"十发子弹，只中一环"。小王不好意思地说。"嗨，比我才多一环！"班长道。

☆"喂，你怎么老是迟到？""报告，我总是睡过了头。""什么？"军官勃然大怒，"如果每个士兵都睡过头，世界将会变成什么样子！""那就永远不会发生战争了。"

☆一日晚，训练场上，队长一声令下，众人齐刷刷把枪放下，只有Z君正在走神，慢了半拍。队长大怒，无奈个矮，无法于枪林中认出是何人，问道："是谁？""是我。"队长更怒："屁话，'我'是谁？"

☆中尉："喂，你有没有两块钱零钱？"士兵："哥们儿，你运气不错！"中尉："是谁教你这样称呼长官的？！再来一次，你有没有两块钱零钱？"士兵："没有！长官！"

☆"最快乐的事就是把鞋子擦得锃亮。""为什么？"父亲问。"因为……"威尔说，"这意味着我的脚不在鞋子里。"

☆我给在空军基地服役的儿子寄曲奇饼干。第一次，我认真的在标签上写上"曲奇饼干"。但一个月后儿子抱怨说他并未收到饼干。第二次，我写上"健康食品"，结果不到一周他就来电话说已收到了。

☆"当时我看见一个敌人，我毫不犹豫地冲上去，一刀就砍下了他的手臂。""你真勇敢！"长官夸奖，"那你怎么不砍下敌人的脑袋呢？"士兵犹豫地说："可是，可是我看见他的时候，他就没有脑袋了啊！"

☆炮兵连长向营长报告："报告营长，敌人太狡猾了，隐蔽的地方简直让你意想不到，我们该怎么办呢？""笨蛋，向那意想不到的地方开炮！"

☆一日，某连士兵在田里装葱。忽然，领导下来视察，连长赶忙说："报告首长，我连全体官兵正在装葱。"领导莫名其妙地说："我只知道装蒜怎么还有装葱的？？"

☆"你擦枪从哪儿开始？""报告长官，"士兵回答，"我先看枪号。"山姆很奇怪："看枪号？什么意思？""免得替别人擦了枪！"

☆"当地是埋有许多地雷的危险区域，行动要特别小心。"
"万一踩上了地雷，应该怎样做？"
"按照标准程序，你应该凌空跃起大约60米高，然后分散降落在方圆100米的地面上！"

☆新兵训练中心，班长教士兵投手榴弹，班长说："手榴弹投出去后，一定要马上卧倒。如果不卧倒，你们知道会怎样！""班长会骂！"新兵齐声说。

☆ "如果打起仗来，你们国家可动员多少人作战？""50万人。"瑞士军官坚定地答道。"如果我们派百万大军进入你们国境，你们怎么办？"德国军官威胁道。"那我们只好每人打两枪。"

☆ 上校说，部下家里有丧事，要婉转一点通知他们。过了一个星期，他的一名部下刚死了祖母，便把所有的士兵集合起来宣布道："凡是祖母仍健在的，向前走一步走……喂！你站在那里不要动！"

☆ 新兵正在操练。班长命令道："抬起左腿，伸向前方！"有一个人因为紧张而把右腿伸了出去，结果和旁边士兵的左腿并了一起。班长十分恼火，喊道："是哪个该死的把两条腿都抬起来了！"

☆ "将军！前方石堆中有一个狙击手，不过他的枪法很烂，这几天开了好多枪，可是都没有命中人！""既然发现狙击手，为什么不把他干掉？""将军！你疯了吗？难道你要叫他们换一个比较准的吗？"

☆ "你为什么不聚精会神听我讲话？"布莱克回答："我在聚精会神听呢？""那你重复一下我刚才讲的。""好的，将军。"布莱克答应道，"你为什么不聚精会神听我讲话？"

☆ 教官："小李，为什么你的棉被总叠得比小王差？"
小李："报告长官，小王入伍前是做豆腐的，而我参军前是做花卷馒头的。"

☆ 某军首长发表处理好官兵关系的讲话，稿子乃由秘书写成。在一页纸快念完时，首长曰："军官要爱护士"场下一片大哗。首长亦觉奇怪，遂翻下页，大声补充曰："这里还有一个兵！"

☆ 招兵面试。问："1+1=？"
甲："3。"
"错。"
"5。"
"错。"
"7。"
"错，你走吧！"
成绩：没受过教育，但能够随机应变，录取！
乙面试，问："1+1=？"
"3。"
"错。"
"3。"
"错。"
"3。"
"错，你走吧。"
成绩：没有受过教育，但立场坚定，录取！
丙来也被这么问，丙坚定的回答是"2"。
成绩：受过教育，但来历不明，为了安全起见，不要录取他！

☆ 军中物质紧缺。处长视察供应情况。走到油料库附近，在地上发现一个烟头。军需处处长说："这是谁的烟头？！"下士看了看四周，欣喜地说："看来谁的也不是，上校同志，赶快拣起来吧！"

☆ 导弹基地特意向市民代表开放，军官指着尖端仪器骄傲地说："有什么不明白都可提问。"只听一妇女问："你们是用什么蜡把地板打得这么亮的？"

☆ "你如果不喝酒，可能已经升到上等兵，说不定已经当军官了。"
"报告上尉，"小兵回答，"我只要一杯酒下肚，就觉得自己是上校了！"

☆ 连长给士兵训话，老兵实在听不进去，遂入梦乡，连长看见就停住了，边上的人推了老兵一把，老兵睡眼蒙眬地问："这畜生嚼完了？"

让你无语的墓志铭

☆欢迎光临，有事敲门。

☆我都死了，你们还要来烦我！

☆我这里一缺三，就缺你了。

☆看什么看？不回帖的人早晚你也和我一样！

☆欢迎你，地表人。

☆我没死，不信进来坐坐？

☆我终于死了……

☆谁来陪我？

☆来吧……

☆我曾经像你们一样，你们总有一天也会像我一样。

☆终于可以失掉身体80%的水分，可以变瘦了！

☆一个铁面无私的财产查封官，这回查封的，是他自己。

☆此地以人为本！

☆我的博客用户名是：×××，密码是：×××，帮我继续更新吧……

☆感谢你们来看我，今晚12点我一定亲自登门感谢。

☆我是不是走错地方了？嗯？

☆谢谢你来看我，我会时常上去看你的。

☆先这样吧……

☆爱我的人和我爱的人啊，我终于走了，你们的烦恼也随我消失了吧？

☆今年过节不收礼，收礼只收脑白金。

☆自从来到这里，我觉得你们要对阴间再认识！

☆我，不想清醒但却清醒，想糊涂但却不糊涂！

☆小事招魂，大事挖坟。

☆小样儿，要给过路费的哦……

☆人生就像灌水，灌水灌得太多就会被封杀，人生活得太长就会在这里长眠，如果你被封杀了就来着灌水吧。

☆现在好了，该我起来，你躺下了。

☆响应号召，提倡火葬！

☆下面真好！

☆我一辈子都花在为人填补蛀牙上头，现在这个墓穴得由我自己填进去啦。

☆如果可能，请把我叫醒……

☆这世界我曾经来过……

☆别老盯着我的房子，你也会有一间的！

☆老子终于不用怕鬼了！

☆终有一天等到你！弟兄们，我先走！

☆牧师，帮我复活一下下，谢谢，坐标是：×××

☆生活就是一碗菠菜汤，别犹豫，进来吧！

☆老子是被活埋的！

☆这辈子我对不起很多人也有很多人对不起我。我对不起的人可以来此羞辱我；对不起我的人可以来此缅怀我。如果真的很想我就下来陪我……

☆哈哈，偶在这里！

☆睡觉中，请勿打扰！

☆看到这行字者与我同行！

☆我不住在这里！

☆陪聊，提供夜间上门服务。

☆核污染区，请勿靠近。

☆此地无银300两……

☆我就住下面，有空来聊聊？我不会搬家的，别担心！

☆您好走，恕我不站起来了……

☆感谢政府为我解决了住房问题！

☆招待不周，恕不远送……

☆此人以后再也不能灌水了……

☆走过路过不要错过，进来休息一下嘛……

☆就让思念从此毁灭，就让灾难不再重现，当爱变得如此真切，从此魂销魄散在三界。

☆发布违规信息，永久封杀！

☆做鬼也要厚道。

☆这是我挖的最后一个坑（警告挖坑者）。

☆以前我活着，现在我死了！

☆有事call我，手机：130××××××××，或者加我QQ：×××××××

☆想看鬼么？就在你身后。

☆有的人死了，他还活着：我！

☆请帮我扫扫院子，谢谢！我会托梦给你的。

☆我是怎么死的？

☆不要偷吃我的祭品！

☆给爷笑一个，要不……爷给你笑一个？

☆终于不用流泪了。

☆我转世在美国，现在电话还没设定，E-mail：×××@×××××.com

☆基因重组中，请稍候二十年……

☆有人打cs么？记得叫我……

☆庸医墓志铭："先生初习武，无所成；后又经商，亦无所获。转学岐黄医术三载，执业多年，无一人问津。忽一日，先生染病，试自医之，乃卒焉。"

☆我来到这世上，四处看了看，不太满意，就回去了。

☆哎，空间太小了，翻个身都困难。

☆我从前是个胖子，现在和所有躺着的人一样有骨感！

☆旺铺转让，价格面议。

☆我将全部都洒了，尘归尘，土归土。

☆虽欠你的钱没还，可是这是我最后一个家了！！

☆世间没有什么可留恋的，于是我走了……

☆我觉得我还可以再抢救一下！

☆×××到此一游……

☆我有时出来走走……

☆一居室，求合租，面议。

☆看什么，有种当面提意见！

☆赤条条的来，赤条条的去，不带走一个硬币。

☆醒也无聊，睡也无聊，生也无聊，死也无聊。

☆有事请敲碑，听到"嘀"的一声后请留下你的口讯。

方言口音的爆笑误解

☆警察：阿婆，你叫什么名字？
阿婆：安室奈美惠。
警察：你是安室奈美惠？我还木村拓哉咧！
阿婆：没错，俺是赖美惠。

☆有个江南人到京城去，在城内把一块手帕弄丢了，问一个粗暴的男人道："你见我帕否？"
男人大怒道："我见千见万，为何见你怕！"

☆一日，去广东佛山出差，见路边一老太乘凉，便上前问路。谁知伊指手画脚半天，却不知所云。一中年人过来笑道："她说她不懂你的方言。"

☆外乡青年去东北某城市出差，向一位当地人打听这儿的可住宿的宾馆有多少，东北人回答说："贼多，贼多！"吓得年轻人连夜就离开了这里。

☆一个新婚不久的"胡小姐"去办理户口手续，承办人办好之后，将卷本交给她，为了避免误拿，所以顺便问一下："小姐，你姓胡吗？"
胡小姐很娇羞地说："不好意思说啦！"
此人有些纳闷，但还是再次问："怎么会呢？小姐，你姓胡吗？"
那小姐只好红着脸说："很美满啦！"
原来此人将"姓胡"说成"幸福"了，以致胡小姐错会其意。

☆放学了，同学们陆陆续续被家长接走了，只有校门口还稀稀落落地站着几十个低年级的同学。保安朝门口大声说了一声："来来来，小朋友们'dēn'到校门里面去，都'dēn'里面去咯！"
我和一些低年级同学们走进了校门。只看他们纷纷蹲着，有一个小女孩还不情愿地说："干吗要蹲着呀？"
然后，有一个男孩就去问保安叔叔："为什么要蹲着呀？"
这时，我已经完全弄明白怎么一回事了：嘉兴人说"到里面去"前面会加一个"dēn"，这个字恰好和汉字"蹲"有点相似。所以这些低年级小朋友误解了保安叔叔的意思，以为要蹲着呢！

☆我们有一个女数学教师，四川人，普通话还可以，可就是"吻"和"问"总是分不清。

有一次她给我们讲完一道题问大家说："大家听明白了吗？不明白的话可以起来'吻'我。"同学们一听都惊讶了，都你看看我，我看看你的，没一个人起来。
她又说："怎么，不好意思起来'吻'是不是呀？"
同学们一听更是愕然了，有的同学快笑出来了。老师一看还是没人问就说："都这么大了，还不敢'吻'呀？好了，不会的等下课后到我办公室，没人的时候'吻'我。"
哈哈！同学们最终还是没忍住笑了出来。

☆有两个云南人到北京去玩，听说北京烤鸭很出名，就决定去吃。刚坐下，其中一个就对服务员说："去拿两只烤鸭来甩甩！"等了一会儿，他们见那个服务员提了一只烤鸭在他们面前晃了晃，就走了。有一个等不及了，就把服务员叫来问为什么不给他们上烤鸭，那个服务员说："你不是叫我提只烤鸭来甩甩的么？"
注：（"甩甩"在云南方言中指的是"吃"）

☆某士兵被俘虏了，敌人答应满足他三个愿望再杀他。
士兵说："我要和我的马说几句话。"敌人答应了。
次日，马回来了，带回来一个美女，士兵和美女共度良宵。
敌人说还有两个愿望，士兵说："我要和我的马说几句话。"敌人答应了。
次日，马回来了，又带回来一个美女。士兵又和美女共度良宵。
敌人说你还有最后一个愿望，士兵还是说："我要和我的马说几句话。"
敌人很奇怪就前去马厩偷听，看到士兵揪着马耳朵，大叫："我是叫你去带一个女（旅）的人来，不是一个女的人！"

☆有些广西人讲普通话，咬字不准，常常带明显的地方口音，普遍的是将空读成公，口读成狗，风读疯，由此闹出以下笑话：
有个朋友远到而来，主人上了一盘田螺招待，席间夹起一颗一看说："公的！"便弃之，又夹起一个又道："又是公的！"
朋友非常惊讶，心想：厉害！广西人厉害！连田螺的公母都看得出来！

又有一次，也是请朋友吃饭，广西人有点感冒，发现自己坐在空调风口下，便说："我感冒，不能坐在疯狗边。"讲完就换坐了。

朋友不乐意了："啥意思？我是疯狗？"

☆赴五台山采风，因路途较远，起得又早，大伙儿均摇摇晃晃地进入了梦乡。突然，一粤籍老总大喊大叫起来："活象，活象！哗，这么多的活象！"

晋北大地，车水马龙，人多兽稀，哪来那么多大象呢？大家纷纷起身探头，向车外张望。

真是不看不知道，一看真奇妙！哪有什么"活象"，迎面走来的明明是一群和尚。

☆有一次，一个南通人去外地出差，住宾馆的时候不知道宾馆一般都把被子放在壁橱里，于是叫服务员来，问一问被子在哪里。

南通人："小姐，这个屁放在哪里呢？"（小姐，这个被放在哪里呢？）

服务员很是奇怪，说道："你放的屁，我怎么知道啊！"

南通人很着急，又说道："小姐，吾吻你，这个屁到底放在哪里呢？"（小姐，我问你，这个被到底放在哪里呢？）

服务员很生气地说："你下流，你自己放的屁，还要吻我？"

于是争执不下，服务员找来经理，经理耐心了解清楚后才知道这个南通人要的是被子，最后问题解决了，但是这个南通人最后还不忘再说一句："小姐，我到底吻你下呢，这个事情是，是你先爱我的，还是吾先爱你的？"（小姐，我最后问你下，这个事情，是你先惹我的还是我先惹你）

这个服务员当场无语。

☆某珠三角地区市领导信誓旦旦地在新闻发布会上表示："我们要坚决地拒绝（自觉）接受人大的监督。"

全场哗然。

☆某潮汕地区领导热情地带领外省来参观的客人上船游览时，很认真地说："今天风大浪大，

大家要吃点避孕（避晕）药，免得头晕。"

众人脸红。

然后，该领导又热情地招呼大家："来来来，请到床头（船头）来，坐在床头（船头）看娇妻（郊区），真是越看越美丽啊！"

☆广州某事业单位领导表扬一位资深员工工作出色，他感慨地说："毕竟是老人渣（老人家）啊。"

从此，单位里的年轻人便有样学样，表扬那些比自己年长的同事了。

☆有一次，潮汕地区某官员以火锅设宴，招待上面来的高级嘉宾，他举起筷子在滚烫得冒烟的火锅里一边搅拌，一边笑容可掬地说："大家别客气，滚了（煮开）就吃，吃了再滚（煮开）。"

☆一个说白话的广东人到广西柳州的肉市场买五花肉。刚好有新上市的肉。

摊主问："买肉吗？"

广东人说："买。"于是摊主操刀就切。

广东人看着肉说："厚（好）。"本想切三斤的摊主只好把刀移了移，改切一斤。

广东人又说："厚（好）。"摊主很无奈，下手的刀又移了移，改切半斤。

广东人还在摸着肉说："厚（好）。"这下摊主火了，把刀往砧板一扳高声喊道："厚死马厚，你来割看。"

☆一个在北京的四川打工者生病了去医院，医生问他怎么了，哪儿不舒服，他回答说："我凉到了"（意思是"我感冒了"），而医生却听成"他娘到了"。

然后，他又想问医生问题，就说："医生，我想亲吻（请问）你一哈。"

这个医生是个女同志，于是吓了一跳。

终于，说清楚了以后，他又想上厕所，于是又问："你们医院的茅嘶（厕所）在哪个塌塌（哪儿）？"

结果医生很惊讶说："你认识我们医院的毛师傅吗？"

喝水时勿看的爆笑对话

☆甲：我有两个坏习惯，令我感到很困扰。第一个坏习惯是裸睡。

乙：这也没什么呀！第二个坏习惯呢？

甲：梦游。

☆顾客："我买9两肉。"

小贩："9两肉不好算账，您干脆割一斤吧。"

顾客："其实一样的，我每次要一斤，你也只给我9两。"

☆一救生员向游客抗议：我已注意你三天了，你不能在游泳池小便。

游客：可是每个人都在游泳池小便。

救生员：没错！先生，但只有你站在跳板上……

☆胖妇去买首饰，选好戴在手上问："我买这夜光手环。"

服务员："这不是手环，但也是夜光的。"

胖妇："那是什么？"

服务员："夜光呼啦圈。"

☆旅客向酒店经理投诉说："账单上有泳池附加费，但这里却没有泳池！"

经理："不错。这些钱就是用来建泳池的。"

☆旅馆里老婆想洗澡却担心："某些旅馆藏有隐藏式的录影机，万一真被拍到可怎么办？"

老公答道："放心！你的身材即使被拍到也会剪掉的！"

☆旅店老板领旅客去看他的房间。

旅客毛骨悚然："您快瞧哪，臭虫在墙上列队行进。"

老板："难道您还想看到狗熊在墙上游行？"

☆路人问一个小孩子道："小弟弟请问你，这两条路通什么地方？"

孩子道："东边一条，可以通我的家。西边的一条，却不通我的家。"

☆路人甲："请问殡仪馆往哪里走？"

路人乙："你只要站在路中央，待会有人会送你去。"

☆两位先生打猎，一位举枪射击，一只野鸭应声落地。另一位说："好枪法！不过这一枪完全多余，从那么高的地方掉下来，摔也摔死了！"

☆两位朋友在交谈，"你怎么竟自己打起字来啦，你不是有一位很熟练的打字员吗？"

"你还不知道？我跟她结婚了。"

☆两少女捡到了阿拉丁神灯，灯神愿满足每人一愿望。

甲抢先说："我的愿望是乙的2倍。"

乙不慌不忙："我希望我的身材是38、24、38。"

☆两个农家的孩子在聊天，一个突然问："你家的牛会抽烟吗？"

另一个说："牛怎么会抽烟？"

第一孩子："哦，那么，也许是你家的牛棚着火了。"

☆两个流浪汉被逮捕了，法官问第一个："你住哪里？"

他说："田野、森林、山丘、海滩。"

法官问另一个："你住哪里？"那人说："我住在他隔壁。"

☆警察甲："刚才有位男子违规停车，我就问车子是他的吗？他说是他祖母的。"

警察乙："真的？"

警察甲："没错，我问他时他叫了声他奶奶的。"

☆小偷正在河边给鸡拔毛，警察走过来，小偷忙把鸡扔到了河里。

警察问："你在干什么？"小偷说："那只鸡要过河去，我在这里帮它看衣服。"

☆小孙家电话后两个号码是14，觉得不吉利，丈夫说道："4是8的一半，是半发，你我两人如果有一人发了也是大好事。"

☆小姐："画家先生，您能为我画一张很美的画像吗？"

画家："当然，小姐，您一定会认不出您自己的。"

☆小孩哭着来找妈妈，妈妈问道："怎么了宝贝？"

孩子："爸爸不小心用榔头砸到自己手指头了。"

妈妈："那你哭什么？"

孩子："因为我刚才笑了。"

☆女作家："我真气极了！好好写成的稿子，被3岁的孩子撕破了。"

友人："嗬！3岁就已经认得字了么？"

☆女子对媒人说："你骗人！他有只眼睛是瞎的，你以前为什么不告诉我？"

媒人道："怎么没告诉你？你们第一次见面，我便说：'他一眼就看中你了。'"

☆女佣："十分抱歉，小姐要我告诉您说，她不在家。"

访客："没关系，你就告诉她，我并没来过！"

☆女售票员和丈夫一起乘凉，两人回家时女的先进门，就把门关上了，丈夫在外面大吼："我还在外面呢！"

妻子道："吵什么，等下一班车吧！"

☆女侍："您回来了呀！好晚哦！"

猎人："田先生回来了吗？"

女侍："他还没回来耶！"

猎人："是嘛？那个果然不是熊。"

☆女士："一年前我丈夫上街去买土豆，从此再没回来，你说我该怎么办？"

警察："我说你怎么那么傻？你就别等他的土豆，改做别的菜吧。"

☆求救电话："救火！"

消防队接线员问："在哪里？"

"在我家！"

"我是说我们该怎样去你家？"

"你们不是有救火车吗？"

☆强盗："不许动。"

破产服毒自杀者："少废话，我马上就要不动了。"

☆乞丐："以前给一百现在只给五十？"

善心人："以前我是单身，现在结了婚，必须省点。"

乞丐："你怎么可以拿我的钱去养你老婆。"

☆漂亮女人："这种布料怎么卖？"

男售货员："一尺一个吻。"

漂亮女人："好吧，我要十尺。"

布料包好后，漂亮女人："（向后一指）我奶奶付款。"

☆球迷："你怎么让一个老头去当守门员呢？"

教练："这个老头守了几十年的仓库大门，一次都没失误过，经验丰富，所以我就派他上场。"

☆审讯者问疑犯："见过这刀子吗？"

"当然。"

"这么说你认得这刀子！"

"一连3个星期了，您每天都把它拿给我看，我能不认得它吗？"

☆审问官很严厉地询问小偷："当你在偷珍珠时，你不会感到不安吗？"

小偷："会呀！我实在很担心这条珍珠项链，是不是真货。"

☆神父："我的孩子，为你深重的罪行忏悔吧。否则，天堂的大门对你将是关闭的。"

惯偷："别担心，天底下还没有我打不开的门。"

☆绅士："请问，最后一趟火车什么时候开往伦敦？"

列车员："最后一趟？恐怕您今生没有福气见到它吧。"

☆孙："奶奶！你年轻时一定不是美人。"

奶奶："胡说！我在年轻时，的确是个美人。"

孙："美人薄命，你怎么可以活到80岁？"

☆"昨天我太太发现了我的私房钱。"

"你们吵架了吗？"

"没有，她说结婚五年来终于找到了我们共同的嗜好。"

☆"总而言之，我要知道谁是这个家的主人？"一个丈夫怒气冲冲地说。"如果你不知道，你会比现在快乐得多。"他的妻子答道。

☆甲："这次闹水灾，音乐救了我一命，音乐真宝贵啊！"

乙："哦！是人家听见你美妙的歌声，就来救你了吗？"

甲："不，当我被洪水冲走时，刚好我的钢琴漂过来，我就爬上去了。"

☆吃客："为什么这碗菜里都是泥？"

侍者："这是最新鲜不过的菜，刚从泥里拔出来的。"

☆餐厅里，客人："有火鸡吗？"

服务员："我就是伙计。"

☆算命的对顾客说："跟你最接近的一个人，恐怕对你非常失望。"

顾客："你说得非常对，我忘记带钱包了。"

☆司机经过一个山村时向一位居民打听："请问，此地哪里可以找到汽车配件？"

"往前走，过了那个急转弯处有个峡谷，那下边多的是。"

☆书店里一位顾客："我想买本书，里面没有凶杀，没有爱情，没有侦探，没有百万富翁，也没有妙龄女郎。"

店员："有，火车时刻表。"

☆妻子同丈夫商量："我想在钢琴上放一座音乐大师的塑像，你看谁最合适？"

丈夫："根据你的水平，我选贝多芬。"

"为什么？"

"因为他是聋子。"

☆儿子对爸爸说："我以后要当足球明星！"

爸爸对儿子说："不，儿子！你长大还是当一名裁判吧，因为再精彩的进球如果被判成越位的话，也只能认倒霉。"

☆儿子回家对父亲说："老师今天说我'有其父必有其子'"。父亲气愤地骂儿子："你今天一定做了什么混账事！"

☆砖瓦厂长："你们这是糕点厂吗？"

糕点厂长："是啊，什么事？"

砖瓦厂长："我们想来取取经，你们的糕点是怎么做得那样硬的？"

☆贼师父骂徒弟道："你可真称得上是个白痴！我们费了整夜时间打开所有的保险箱，可里面全是空的，现在你才说这是家造保险箱的工厂！"

☆一位失眠病人去看医生："大夫，我这几天都没睡好，尤其是昨天晚上，整个晚上没闭眼。"

"那怪谁？"大夫说，"我不闭眼我也睡不着！"

☆"亲爱的，我非常非常想念你！你那浓密的金色卷发，浅蓝色的大眼睛，高高的颧骨，你右手上的那块伤疤，你一米六五的身高，你的一切一切，总是浮现在我的眼前……"

"这真是一封罕见的情书！你的未婚夫是干什么的？"

"他在警察局工作，专写寻人启事。"

☆有个人懒得出奇，妻子要切面条，叫他借个面板。他说："不用，在我背上切吧！"

妻子切完面条问他："痛不痛？"

他说："痛，但我懒得吱声。"

☆病人："我很担心，这次手术恐怕要花费很多钱。"

医生："你别害怕，你可以留下遗嘱，叫你的继承人把你的手术费也继承下来。"

☆在一酒吧间里顾客在喝酒。他总是两杯两杯地喝。招待员问他："为什么你不要一杯大的？"

顾客笑着说："我已经戒酒了，一杯不喝。"

☆发明家向朋友夸耀："我发明了一种机器人，简直和人一模一样！"

朋友问："它从不出错吗？"

发明家："不，但是当它犯了错误时，会把责任推到其他机器人的身上！"

☆甲："古人最聪明。"

乙："为什么？"

甲："古人写书是从上到下，读时就像在连连点头；今人写书是从左到右，不论文章如何好，都连连摇头，好像通篇都在胡说八道。"

☆一近视眼买了只烤鸭搭在肩上，满街找卖大饼的，他来到一卖凉席的摊前说："你的饼真大，来一张！"卖凉席地骂道："就你那眼神还玩鹰呢！"

☆甲升经理很高兴，乙："经理不新鲜，现在卖豆浆的都是经理。"甲不信，打电话到饭馆："豆浆部经理在吗？"接线生："你问糖浆部还是白浆部？"

☆甲妇："如果你的老公有外遇，你会怎么样？"

乙妇："我会睁一只眼，闭一只眼。"

甲妇："喔，你真大方啊！"

乙妇："不，我是用枪瞄准他。"

☆一农民头一次打的，他怕城里的出租司机宰客，到站时拿出螺丝刀边剔牙边问："多少钱？"

只见司机拿出一把菜刀边刮胡子边说："你看着办吧！"

☆A："你头上那个肿块是怎么回事？"

B："我要走进一座大厦时，看见门口有个告示，因为我近视，于是我就凑过去看。"

A："告示上说什么？"

B："小心：门向外开！"

☆大夫说："是的，你说得对你是近视眼，是近视眼。"

青年听到这句话非常高兴。"尊敬的大夫，那么我可以免服兵役了？"

大夫摇摇头说："不……我写上了可参加肉搏战。"

☆一小偷在第二次来商店偷东西时被警察抓住了。警察问："你不知道要被抓的吗？"

小偷摇摇头说："我见上面写着'欢迎您再来'！"

☆儿子：爸爸我想看最恐怖的书。

爸爸：现在还不能看。我看十年了还觉得很恐怖。

儿子：什么书？

父亲：叫结婚证书，男人看了都觉得恐怖。

☆游客："大师，请问那边的草房子是厕所吗？"

和尚："除了那间草房子，其余的地方都是厕所。"

☆甲："我决定去做结扎手术。"

乙："你爱人同意吗？"

甲："我爱人倒没什么意见，昨天我征求了孩子们的意见，他们最后以10：3同意了！"

☆一死囚被押上绞刑架，他哀求把绞索套在他腰上，千万不要套在脖子上。他说："我脖子那儿特别怕痒，要是把绞索套在脖子上，我会笑死的。"

☆法官望着被告说："我是不是曾经见过你，你好像有些眼熟。"

被告说："是的！法官，您忘啦？二十年前，是我介绍尊夫人跟您认识的。"

法官咬牙切齿地说："判你二十年有期徒刑。"

☆甲女："你的嘴唇怎么会严重烫伤呢？"

乙女："因为近视不戴眼镜。"

甲女："这个样子就会烫成这样吗？"

乙女："我又误把汽车点烟器当成口红了。"

☆医生吩咐病人："黄色药丸治胃痛，白色药丸治心脏病。清楚了吗？"

病人说："清楚了，只希望那些药丸清楚它们该到什么地方去。"

☆钓鱼人："有鲜鱼吗？我想买几条。"

鱼贩："卖光了，只剩下一块鲨鱼肉了。"

钓鱼人：噢，算了！我总不能回家对太太说，我钓到一块鲨鱼吧。"

☆麦克喜欢开快车，一次出了车祸，他从昏迷中醒来呻吟着："这是什么地方？"

"103号。"有人答。

麦克："病房还是监狱？"

☆一年轻美貌女子，问一救火员："你为救我脱险，一定花了不少力气吧？"救火员："可不是，为此我打退了三个救火员！"

☆胖女士："我最讨厌自动报体重的电子秤！"

旁人问："为什么？它会大声报出你的体重？"

胖女士愤怒地说："不！它每次都大叫一次只限一人！"

☆甲："您知道吗？我丈夫在乒乓球决赛中受了伤。"

乙："可从来没有谁看见过他打过球啊？"

丙："是的。他是在看比赛中喊坏了声带。"

☆一女士去拍快照。拍完后便去取自动冲洗的照片，看完惊叫："我怎么照得像只猴子！"

后面的妇人冷冷道："那是我的，你的还要等。"

☆"会不会痛啊？我怕痛！""放心好了，我做了二十年的护士……"

"太好了，我放心了！"

然后护士一针扎下，只听到一声惨叫，护士才缓缓接道："没有一次不痛的！"

☆某学生回家对其父说："老师夸赞我的作文通顺。"

父亲问："为什么？"

子答："前次老师说我的作文'狗屁不通'，而这次老师说我的作文'放狗屁'！"

☆女："明天是我生日，你送我什么礼物？"

男："和去年一样。"

女："去年你送我什么？"

男："和前年一样。"

女："前年是送什么呢？"

男："前年我不认识你，所以什么也没送。"

☆在宣传丧葬移风易俗活动中，某电视台现场采访死者之妻："你打算采用海葬吗？"此妇连连摇头，说："不行，他不会游泳。"

☆在警察局里，警察问被殴的伤者："你能描述打你的人的相貌吗？"那人回答："当然可以，我就是因为形容他的样子而挨揍的！"

☆在富翁的葬礼上，一年轻人哭得死去活来。不明真相的人们问："是你父亲吗？"年轻人哭得更厉害了："不是，为什么他不是我父亲啊？"

☆有一樵夫准备去森林里砍柴，妻子嘱咐他说："森林里最近强盗出没，我看你还是带着枪好了。"樵夫说："笨！我可不想连枪都一起被抢走！"

☆有一家人请客，没有什么菜。

客人："有没有灯？请借来用用。"

主人："要灯做什么？"

客人："没有灯，桌上的东西，我一点儿也看不见。"

☆有一个外国人只会说很好、更好两句中国话，仆人来说："我要请假两星期。"

外国人说："很好。"

仆人说："因为我父亲死了。"

外国人说："更好。"

☆有一个乞丐喃喃地对天祈祷着什么。有人问他："您为自己祈祷什么呀？"

乞丐："我祝愿自己是这座城市里唯一的乞丐。"

☆有位小偷被抓获，法官说："你已多次偷窃，怎么恶性不改呢？"小偷说："我曾接受过两次输血，后来发现那个输血给我的人原来是个惯贼。"

☆有位太太走进一家商店，指着化妆品对店主说道："这有什么用处？"这个店主回头叫另一个年轻的女子说道："妈，你来让她看一看你的皮肤！"

☆有人问指挥官："在您的部队里，为什么宁愿要那些结了婚的士兵呢？"指挥官："因为结了婚的士兵即使挨了骂，也能唯唯诺诺地执行命令。"

☆游泳者："贵厂生产的救生圈使我很快学会了游泳。"

厂长："多蒙夸奖。"

游泳者："救生圈一见水就撒气，我只好拼命地游，结果学会了游泳。"

☆顾客："退货，赔偿精神损失。"

售货员："生发水不灵吗？"

顾客："是太灵了，我被抓去跟动物园的猩猩住好几天了。"

☆约翰："我求你一件事，你能为我保密吗？"

大卫："当然可以。"

约翰："近来我手头有些紧，你能借给我一些钱吗？"

大卫："不必担心，我就当没有听见。"

☆A："亲爱的，快去琴房练钢琴！练完后我给你 1 英镑买巧克力吃。"

B："可隔壁的邻居说，如果我不练琴，他们将给我 2 英镑。"

☆顾客："我要买一磅牛油，要跟上次买的一模一样。"

店主："我荣幸地听到顾客对本店的牛油有这样好的印象。"

顾客："不是这样，我家来了很多朋友要吃茶点，妈妈正设法使他们下次不敢再来。"

☆丈夫："今天真运气，我买了一把锁，我付了钱打开一看，里面还有两把钥匙呢，但他忘了跟我收钥匙钱了。"妻子一听很高兴，忙说："轻声点，别让旁人听见。"

☆理查德："您是约翰吗？我是理查德，我向您道歉。今天早晨我们激烈争论时，我叫您见鬼去。"

约翰："是的。"

理查德："那您现在别去了。"

☆A："你难道不知道严禁狩猎吗？"

B："这我知道，我实在是因为遇到了一件不幸的事，想来这里自杀。只是因为开枪时手抖得很厉害，不知怎么，子弹竟误落到了野鸭身上。"

☆A："这里严禁钓鱼你不知道吗？"

B："这我知道。是这个小坏蛋非要偷吃我

忘在水里的渔竿上的鱼食不可，气得我把它拉上岸来，罚它在我的水桶里待一会儿，过一会儿我也就回去了。"

☆爷爷说："唉，我读书时，历史成绩总是100分，而你才90分。"

孙子感到很委屈："哎，爷爷，你读书的时候，历史要短得多啊！"

☆A："为什么你不把自己的脑袋忘了。"
B："如果忘掉脑袋，那我的帽子往哪儿戴？"

☆甲："有那么20年，我和我妻子都非常愉快，但是后来……"
乙："后来怎么样了？"
甲："我们相遇了！"

☆甲："我妻子常提起她以前的丈夫，真气人！"
乙："你真幸运，我妻子常提她将来的丈夫！"

☆甲："喂，你介绍给我的那个女演员，似乎是一个心肠很硬的姑娘。"
乙："心肠硬？你要以硬对硬，钻石就能打动她的心。"

☆甲："抱歉，我的鸡吃了你种的菜。"
乙："没事，我的狗已经把你的鸡吃了。"
甲："怪不得我从狗的肚子里发现了鸡骨头。"

☆甲："昨天在街上，我见你女友咳嗽得很厉害，引来很多路人的注意。"
乙："她不是真咳嗽。"
甲："咦，那是为什么？"
乙："因为她昨天又换了一身新衣服。"

☆甲："我买了台洗衣机。"
乙："喔，解放了你的劳动力。"
甲："不，解放了我的精神，这下衣服再洗不干净，我爱人就没说的了。"

☆甲："我买到一张假电影票，这种人可真够缺德的！"
乙："票呢？"
甲："我又转卖给别人了。"

☆甲："我可以算是从基层干起，一直爬到顶峰的青年。"
乙："真了不起，你是干什么的呢？"

甲："以前擦皮鞋，现在是理发师。"

☆甲："我今天遇到了大雄。"
乙："谁？"
甲："高中同学！我们那时都想进医学院！"
乙："他不是因为没考上自杀了吗？"
甲："今天我解剖的尸体就是他！"

☆甲："我家有个不成文的规定，我和老婆吵架，不论如何，睡觉前都要和好。"
乙："不错，你们遵守吗？"
甲："记得有一个礼拜，我俩谁都没睡觉。"

☆甲："我发现一颗影坛恒星。"
乙："什么叫影坛恒星？"
甲："几乎每一部电影都不止一次出场。"
乙："谁呀？"
甲："大海。"

☆甲："我到埃及看过人面狮身像，羡不羡慕啊？"
乙："有什么了不起，我家有一大堆人头马。"

☆甲："喂，你踩我脚了！"
乙："好吧，请您把脚挪开，让我踩在地上。"

☆甲："听说你昨天去看话剧了。那个剧是快乐的结局吗？"
乙："是的，每个观众都为它能及早演完而高兴。"

☆甲："听说你们陶瓷厂奖金很多。"
乙："因为近年常有人照顾我们生意。"
甲："谁？"
乙："电影界的朋友呗！如今电影里人物一动感情就爱摔碗。"

☆甲："说起来还是情场中的失败者啊，你这可怜虫！"
乙："从另一面看，我是胜利者呢！她退还赠品的时候，把别人的礼物也混在里面了。"

☆甲："什么人是失败者？"
乙："就是从尿床者身上移植了一个肾脏的人。"

☆甲："什么蛋最贵？"
乙："鸡蛋。"
甲："不，脸蛋最贵。我已给了我女朋友5000元钱，可她妈说，凭她女儿的脸蛋，再给5000元也不多。"

☆甲："如果哥伦布早早结婚，他就发现不了美洲大陆。"

乙："为什么？"

甲："因为他有妻子后，妻子就会问他：'你到哪里去？和谁一起去？'"

☆甲："请问酒是谁发明的？"

乙："嗯，一位古人，姓高名粱。"

☆甲："您是驯狮员吗？"

乙："是的。"

甲："为何那些凶猛的狮子不吃您？您的身材看起来很瘦小呢。"

乙："是啊，那些狮子都在等着我胖起来。"

☆甲："你知道破案片的特点吗？"

乙："曲折和惊险。"

甲："只答对一半，应是曲折的爱情和惊险的武打。"

☆甲："你知道吗？我正在培育新品种，让鸽子与鹦鹉杂交。"

"为什么？"

甲："如果鸽子迷了路，那它就可以自己问路了。"

☆甲："你知道惊险在电影中如何解释吗？"

乙："我早研究过了，叫做惊在意料之中，险在情理之外。"

☆甲："你怎么一天到晚老是玩？"

乙："晚上光睡觉，没空玩嘛！"

甲："你怎么累成这样子啊？"

乙："我跟在公车的后面跑回家省了两块钱。"

甲："你怎么不跟在计程车后面跑呢？那样的话不是可以省更多？"

☆甲："你有没有穷亲戚呢？"

乙："我一个也不认识他们。"

甲："那么阔亲戚呢？"

乙："他们没有一个认识我。"

☆甲："你为什么要和张先生解除婚约？"

乙："算命先生说我会生两个孩子，但却说他会生四个，你想，他多了两个孩子，是跟谁生的？"

☆甲："你为何把别人的小麦倒入自己的麻袋里？"

乙："我是个半疯的人。"

☆甲："你为何不把自己的倒入别人的麻袋里？"

乙："那我就成了全疯啦！"

☆甲："你是怎样运用现实主义和浪漫主义的呢？"

乙："这个嘛，对奖金我多采用现实主义，对劳动纪律我一般采用浪漫主义。"

☆甲："你什么职业？"

乙："我开洋货店的。"

甲："为何不卖国货？"

乙："我卖的全是国货，只因生意不好不能赚钱，倒养几个伙计，所以叫养伙店。"

☆甲："你什么时候能还欠我的钱？"

乙："那谁知道？我又不是先知。"

☆甲："你那只会说话的鹦鹉呢？"

乙："别提了，想不到我养了一星期，它就死了。"

甲："是病死的？"

乙："它和我太太比赛说话，说到力竭而死。"

☆甲："你们旅馆只有一百多个床位，去年竟有十万人来光顾，真叫人惊讶。"

乙："这有什么奇怪的，绝大多数人都是看一眼就走了。"

☆甲："你可知道，人类先有男人还是先有女人？"

乙："先有男人。"

甲："根据什么？"

乙："这都不知道，我们的男人称先生，不就是一个铁证吗？"

☆甲："你对父母包办婚姻有何看法？"

乙："我嘛，反对父母包办婚姻，主张父母包办婚事。"

☆甲："你不是在火化场做得好好的，怎么会被辞退呢？"

乙："都怪我多嘴！"

甲："你说了什么吗？"

乙："那一次我问旁边的家属要烤几分熟！"

☆甲："男人和女人看橱窗的方式有什么不同？"

乙："很简单，女人看物品，男人看物价！"

☆甲："老王他们实在太浪费时间了。"

乙："为什么？"

甲："他们整夜打麻将，到天亮才休息。"

乙："你怎么知道？"

甲："我在旁边看了一整夜！"

☆甲："今天你一个人出来的么？"

乙："内人歇斯底里发作了！"

甲："为了何事？"

乙："因为我一个人出来。"

☆甲："家人一点都不关心我。"

乙："去年冬天你感冒发高烧，全家人不是都整天围在你床边？"

甲："那几天我家暖炉坏掉了，他们过来取暖！"

☆甲："活着真累，到处都是广告。"

乙："可以用我公司的广告消除器。使用它你就能回到一个没有广告的时代，价格便宜，而且是最新技术。"

☆甲："过去我媳妇表里不一，当着别人的面对我一种态度，背着人又一种态度。"

乙："现在好了吧？"

甲："现在当着别人的面她也敢骂我了。"

☆甲："给你也来杯葡萄酒吗？噢，不，你可是参加了戒酒协会的。"

乙："没关系，今天戒酒协会不开会！"

☆甲："歌手唱歌的时候，为什么一只手戴着手套，另一只手不戴手套呢？"

乙："这才是真正的露一手。"

☆甲："告诉你一个好消息，经过一段时间的刻苦学习，我的一篇习作终于被一家晚报采用了。"

乙："是什么文章？"

甲："一则遗失声明。"

☆甲："当我领工资后，你猜我会怎么办。"

乙："交给老婆。"

甲："不，存到银行。"

乙："这才是男子汉。"

甲："然后把存折交给老婆。"

☆甲："苍蝇不敢落在你脸上。"

乙："为何？"

甲："坑洼太多怕崴脚。"

乙说："苍蝇也不敢落在你脸上。"

甲："为何？"

乙："太光滑，苍蝇怕劈叉。"

☆甲："唉，我失败了。"

乙："没关系！失败并不可耻！嗯！"

甲："失败并不可耻！"

乙："对！因为可耻的是失败的那个人。"

☆顾客："我的菜怎么还不上？"

侍者："请你再等一等。"

顾客："为什么还要叫我等？"

侍者："菜里有几个苍蝇，所以等你打了防疫针后吃。"

☆顾客："请问，琵琶好学吗？我想买一把。"

营业员："好学，最简单了，你一弹就响。买一把去吧！"

☆顾客："您曾经对我说过，用这台收音机我可以收到所有的电台。"

售货员："您收听不到？"

顾客："收到了，可总是同时收到。"

☆顾客："你在街头卖食品，应该加一个防尘罩。"

售货员："用不着，我卖的都是风味乡土小吃。"

☆顾客："你们这餐具是不是总也不消毒？"

店员："从来没装过毒品，消的什么毒！"

☆顾客："你们这1两的包子怎么这样小？"

售货员："刚出锅时挺大的。"

顾客："现在怎么小了呢？"

售货员："你不懂热胀冷缩吗？"

☆顾客："你们卖的酒怎么没有酒味啊？"

服务员："啊，真对不起，忘记给您掺酒了。"

☆顾客："你们饭馆的米饭真不错，花样繁多。"

服务员："不就一种吗？"

顾客："不，有生的，有熟的，有半生不熟的。"

☆顾客："买一斤肉丸子。"

售货员："请交八两粮票。"

顾客："买肉丸子怎么还交粮票？"

售货员："一斤丸子里有八两剩馒头。"

☆顾客："理发多少钱？"

理发师："十元。"

顾客："这样贵！我是一个快秃顶的人。"

理发师："我当然知道。3元是理发的，另

外 7 元是找头发的。"

☆顾客："老板，你们这附近有钻井队吗？"
　　老板："问这个做什么？"
　　顾客："想钻钻，看包子馅儿在什么地方。"

☆顾客："吃了贵店的元宵，使我想起唐朝一位大诗人的名字。"
　　服务员："请问这位诗人是谁？"
　　顾客："李（里）白。"

☆服务员对豪饮狂欢的年轻人说道："不要这样大喊大叫！隔壁先生说他不能看书了。"
　　年轻人："你去告诉他，他应该感到惭愧，我五岁就能看书了。"

☆弗雷德趁摊主不注意时，拿起两瓶酒撒腿就跑。摊主发现后边追边喊："往哪里跑？"
　　弗雷德边跑边回答："你不用追了，我到警察局自首去！"

☆夫："咱们儿子聪明，这全都是我遗传给他的。"
　　妻："一点儿也不错，我的还自己保留着。"
　　夫："你出去带那只狗，是想以它作对比显示出你的美貌吧？"
　　妻："你真糊涂，那我还不如带你出去更好！"

☆导演："观众对我最近的新片有何评价？"
　　放映员："放映时电影院里真是悲喜交集！只要影片中的女主角痛哭流涕，观众就笑得前仰后合。"

百看不厌的小笑话

☆老师教小明认字。老师拿起一张卡片："妈妈。"

小明："妈妈。"

老师换了张卡片："爸爸。"

小明没念。

老师重复："爸爸！"

小明："干吗？"

老师吐血！

☆老师家访，问学生："你们家幸福吗？"

学生骄傲地答道："幸福！"

父亲过来给了他一记耳光："小子，谁让你改姓的！"

☆这天，一个邮递员向一个灯塔的管理员抱怨说："每次为了送张贺卡给他都得乘船往返！"管理员听了很不满意地说道："你要是还再抱怨的话，我就要订阅日报啦！"

☆一人来到饭馆吃茶叶蛋，尝蛋是臭的，便前去质问经理。经理便对大师傅大声吼道："谁让你们给顾客坏蛋的！坏蛋只能用来做蛋糕！"

☆年轻人前来应聘古玩店售货员。老板捡起一小块木屑，问道："这是什么？""乾隆皇帝用过的牙签。""好极了，你现在就开始工作吧！"

☆一对恋人在公园，男："我终于懂得了爱因斯坦的相对论了，就是相对而言，我在等你时，时间变得特别长；你一到，时间又变得特别短了。"

☆一对浪漫情侣在散步，女的指着天边的火烧云说："亲爱的，看，多美的黄昏！"男的凝视着色彩斑斓的天空，半天蹦出一句："有啥啊，不就一彩屏吗？"

☆一丑女疯狂暗恋一男生。某日此男生对该女说："我每晚不看你照片我都睡不着觉。"丑女大喜。男生接着说："因为看一眼就吓昏过去了。"

☆一长相很安全的胖妇，跑到交警面前："有个男的一直在跟踪我。"交警打量了胖妇一下说："我想他可能一时喝醉了，等一下就没事了！"

☆一奔驰托一拖拉机与宝马飙车。交警发现后报告："两车时速已超过 180 千米，最牛的是拖拉机，一直跟在奔驰后面，开着转向灯要求超车！"

☆一人在外地迷了路，向一个小孩问路。小孩："给我 10 块钱，我就对你说实话。"那人付了 10 块钱。小孩："说实话，我也不知道。"

☆夜深了，孩子睡觉时哭了起来。父亲决定唱一段催眠曲哄他。结果刚唱了几句，隔壁就传来抗议声："还是让孩子哭吧！"

☆演员甲焦急地找导演："不是说武大郎的角色让我演么，怎么又换人了？"导演不耐烦地说："跟你讲多少次了，演武大郎你身高不够。"

☆演员对经理人说："演出很成功，观众掌声经久不息。"经理人："下个星期再演出时就困难了，天气预报说下周要降温，这样蚊子会少多了。"

☆演员："导演，请你给我一杯真的白兰地，没有真的酒，我很难演出逼真的感情来。"

导演："那好，不过明天服毒那场戏，就看你的了！"

☆学者："你懂文学吗？"

船夫："不。"

学者："那你的生命就失去了四分之一了！"

船夫："你会游泳吗？"

学者："不。"

船夫："那你的生命就要完蛋了！"

☆新婚的女子对心理医生说："为啥我的老公结婚前和结婚后差别那么多？"心理医生一本正经地对她说："你有听说过钓到的鱼还给它鱼饵的吗？"

☆小婴儿抓起一张报纸，放到嘴里嚼着，小孩的爸爸看见了，得意地笑着对别人说："这孩子将来一定是大文学家，这么小就会咬文嚼字了。"

☆小魏打电话给同学，同学妈妈："他不在，请问你贵姓？"

小魏："姓魏。"

同学妈妈："魏什么？"

小魏："我不知道为什么，我爸爸姓魏，我就跟着姓魏。"

☆小王上班很懒散，经理教训道："我不知道你状况，但我对你只有一个建议：如果你是单身，就请尽快结婚；如果已结婚，就赶快离婚！"

☆小王痴迷《水浒》，一日课上读到兴头不禁忘乎所以。老师抄起粉笔头掷去正中其头。全班大笑，小王亦笑："不期这厮竟使得好暗器！"

☆舞会后女儿问："爸爸，可不可以等等汤姆？"

老爸故意问女儿："为什么要等汤姆？"

她回答："跳舞时他一直踩我，我要等他出来揍他！"

☆ A："我这一生只恋爱过一次，但这份感情给我留下了终生的痛苦……"

B："怎么，你爱的女人和别人结婚了？"

A："不，她嫁给了我。"

☆我曾在游园会上点了份饮料叫做"温柔的慈悲"，标价 120 元一份。结果却是一小瓷杯的乌龙茶，杯上写着"温柔"二字……

☆我在训练狼狗做动作，正巧友人来访，狼狗作势欲扑，吓得友人直抖。我见状急喊："坐下！"不料坐下的不是狗，而是友人。

☆我认识一个演员，他在戏没有演出之前，就到台前来向观念鞠躬谢幕。他这样做的目的是以免戏演完了再去谢幕，台下就没有观众了。

☆我家楼下小店新来一店员，做事总像在背口诀。某次顾客买一瓶酱油，我听到店员行云流水般回答："收您十元找您五元，请问您要吸管吗？"

☆晚餐时，五岁的女儿问："妈妈，你怎么会和爸爸结婚呢？"妈妈看看爸爸，然后说："看吧！连孩子都觉得奇怪。"

☆推销员正在派发传单，但路人不予理睬，忽从远处跑来一人，问推销员要了很多传单，推销员正高兴，却见那人飞快跑进不远处的厕所。

☆"你看，这是我生平看到的最丑的一幅画像。"丈夫连忙拉过妻子，小声说："你过来吧，

亲爱的，这不是画像，这是一面镜子。"

☆沙漠中，旅行者向一个驼队问路。"是这样的，"驼队的向导说，"一直向南行进，到下周二咱们再向右转……"

☆瑞士入境处的公路旁竖着一块牌子，上面写着："请司机多加注意。当前，医生与殡仪馆的工作人员正在休假。"

☆如何训练守门员？教练指着球门拦网对守门员说："看见这网了吗？价钱可不便宜，你要是让球把它撞坏了。就得从你的工资里扣钱赔上。"

☆脾气暴躁的父亲经常开车带家人去玩。一次没去，母亲代为开车出去，回来后小女儿说："今天太棒了，这次路上我们连一只'畜生'也没看到！"

☆胖子在酒吧饮酒时，一个外地人透过玻璃门仔细地看他。胖子正要发作，外地人突然敲了一下玻璃问酒保："这块玻璃难道是个放大镜吗？"

☆胖者想减肥，医生建议他每天跑 8000 米，跑 300 天就能减 34 公斤，300 天后胖者打电话说："医生我真的减下来了，但我离家有 2400 千米了。"

☆暴发户邀请朋友参观他的三个游泳池，介绍道："第一个装冷水，第二个装热水，天气冷时用，第三个不装水，我有一些朋友是旱鸭子。"

☆报名参加海军的年轻人被问道："你会游泳吗？"他愣住了。过了一会儿说："怎么回事，难道船不够用吗？"

☆傍晚，一对初恋青年男女相约去电影院。姑娘："你最喜欢看什么影片？"小伙子："《姑娘望着我》，你呢？"姑娘："《南洋富翁》。"

☆半夜电话响了，主人拿起来接听，但对方没有回应，连着几次主人恼了："你神经病啊！"对方回话了："对不起先生，我在试重拨键。"

☆有个小女孩打电台热线要给妈妈点歌，广播主持人感动地说："多么懂事的孩子啊！你想点什么歌？"小女孩说："辛晓琪的《女人何苦为难女人》……"

☆验光师教新来的伙计开价："他问多少钱，

你就说 600 元，如果他眼睛都不眨一下，你就说这是镜架的价格，镜片 400 元，如果他还不眨眼，你就说：一片。"

☆"谨告——这些书难读，需要高深的学问。"图书馆这个架子上太难读懂，又从来没有人看的书很快就全部借出去了。

☆美国的汉字研究学家在中国考察后回国抱怨："中国人太不谦虚了，我刚出机场就看见一个大牌子：中国很行（银行）！结果后面还有农业很行，工商很行……"

☆您简直想象不到，我妻子爱唠叨到了什么程度！她一天到晚嘴就没有闲的时候。去年她去海滨疗养了半个月，回来后连她的牙都晒黑了。

☆某球员连接球都接不稳。练习传接球时，另一球员给他传了一个好球，怕他接不稳，于是喊了一声"接稳"，结果球砸在他头上，只听他说："和谁？"

☆一天回家，四个孩子正在吵闹。太太见我回来很高兴："你终于回来了！"我也高兴以为孩子们怕我。谁知太太接着说："家中只有你听话，乖！快去帮我买袋盐！"

☆被告向他的辩护律师许诺说："如果你有本事使我可以只蹲半年监狱，那么你将得到额外的 1000 美元酬金。"结果，他终于如愿以偿，律师一边收钱一边说："这可真是棘手的活儿啊，本来法官们想无罪释放的。"

☆一群燕子在房檐下啄泥筑巢，垒成后燕子们在房顶大叫，院里的孩子好奇，去问爸爸。爸爸答道："唉，包工头躲起来了，没给人家工钱。"

☆某老太生前爱打麻将，死后儿女提议送麻将陪葬，一女却担忧："万一人手不够她来叫我们怎么办？"

☆女："亲爱的，咱们马上就要结婚了，买本书送我作纪念吧。"男："好。营业员同志，请你拿本'菜谱'。"

☆一哥们正一面用双手捧着个电炉，一面将脸孔深深地凑上去……大惊，猛喝道："你想干吗？"只见他一脸茫然地回过头来，嘴上叼着一杆刚刚冒出火星的香烟，含糊地嘟囔了一声："点烟！"

☆一姑娘学骑车。忽然发现前面有一老头，心里很是慌张。不禁喊道："老头，别动！"老头站住。姑娘把老头撞倒在地。老头爬起来，对姑娘说："原来你要我站住，是为了瞄准了当靶子撞啊。"

☆一青年骑车穿胡同。一不小心，前轮钻入一老头胯下。老头紧紧抓住车把，连声喝道："停车，停车……"奈何车没闸，带着老头撞上一堵墙。老头心有余悸，惴惴不安地说："坐车不用付钱吧？"

☆湖边，一个画家正在画画，身后来了一男一女两口子。他们看了一会儿，最后丈夫以无可辩驳的口吻对妻子说："看见了吧，亲爱的，不买一个相机，该有多苦恼哇！"

☆某学生学习小提琴，这天打开琴盒，发现里面放着一把冲锋枪，遂大惊失色："坏了，我爸拿着我的小提琴去银行了！"

☆从前有一姑娘叫乔妮娜，她和一个叫沙德的相爱了，他们在一起看星星。当流星划过天空时，他们将这颗流星命名为："乔妮娜沙德星！"

☆"听说昨天你和老婆闹别扭了，怎么收场的？"
"当然是她跪下求我！"
"不会吧！她怎么求你的？"
"她说：'我不打你了，快从床底下出来吧！'"

☆张生与他心仪的女孩共进午餐，突然，女孩大叫一声"张郎"，张生幸福得晕过去了，醒来后发现自己碗里有半只蟑螂。

☆管申请驾照的人去管结婚证书后失业了，原因是他习惯性地问："你们是为了娱乐还是为了商业用途？"

☆一伙贼抢银行被拍下录像。小贼说："大哥，咱电影梦终于圆了！"老大怒道："笨蛋！你用点脑子好不好，戴着面具，谁知道咱们是哪个腕儿。"

☆一人在酒吧喝了半杯酒突然内急，又怕酒被别人喝掉。于是在纸上写道：我在杯里吐了口痰。回来酒还在，他很高兴，但纸条上多了几字：我也吐了一口！

某君因通宵搓麻，因此上班时间偷偷睡觉。睡正香时电话铃突然响起，此君被吵醒，迷迷糊糊拿起电话："喂，你好，我是谁？"

☆我决定送你一个礼物：请在桌前坐好，放一笔记本在桌上，然后下巴放在本子上，这就是我送你的笔记本垫脑了！收好了，不许傻笑！

☆张三吝啬，家里发现老鼠也只去邻家借鼠夹用，又舍不得面包，拿画满食物的广告单放夹子上就睡了。不料次日早去一看，夹子上也只放了张老鼠的照片！

☆一男家养一猫，烦，遂将此猫抛弃。然此猫认家，几次弃之均未成功。一日此男驾车弃猫，当晚致电其妻："猫回家了吗？"妻曰："回来了。"男吼道："让它接电话，我迷路啦！"

☆甲和乙二人颇讲文明用语，上车时甲不小心踩了乙一下。甲真心道歉："真对不起！"乙："谢谢！"甲笑容可掬地说："不用谢，这是应该的！"

☆某人练习跳伞后摔断了脚。大夫问："你怎么搞的呢？降落伞不安全吗？"此人一脸无辜地答："安全是安全，可是跳到半空后天上不下雨了，我就把他收起来了！"

☆猪八戒外出化缘，鼻青脸肿的回来，唐僧问："怎么回事？"八戒说："我问人要果冻吃被打的。"悟空问："怎么说的？"八戒说："明天的明天，你还会送我水晶之恋么？"

☆一个当秘书的女子出庭作证。法官严厉地问："你知道作伪证会得到什么结果吗？"
秘书道："知道，上司说给200克朗和一件水貂皮的大衣。"

☆有一个小女孩头长得像板儿砖，一天问妈妈："我的头像板儿砖吗？"她妈不知道怎么说，就说你去井里照照吧，她刚到井边，就听井底有人喊："孙子，你扔一试试！"

☆一女买肉。拣肥肉翻来翻去没买，沾两手油。回家后用水洗手熬一锅汤，说："没花钱就让全家喝一顿。"丈夫生气道："为何不洗在缸里？可多喝几顿！"

☆一家有三兄弟，大的叫流氓，老二叫菜刀，老三叫麻烦，一天老三丢了，老大带老二去报警，到了警局，老大说："我是流氓，今天带菜刀来是找麻烦的。"

☆发生交通意外，许多人围观，一名记者挤不进去，灵机一动，大喊："我是伤者的儿子，请让让！"围观者果然让开一条路，那位记者过去一看，压死的是一只狗！

☆某人一天与3个大汉打架。回来以后便吹牛："我让他们打了两个小时硬没把我打倒。"别人问："怎么回事？"他说："他们把我绑树上打的。"

☆推销员推销自动刮脸机："只要投一个硬币进去，把脸伸进机器里，一下就刮好了。"顾客问："可人的脸型不一样啊。"推销员说："第一次确实是这样的。"

☆有人把吃过的甘蔗渣随意丢在地上。有个馋鬼拾来嚼，嚼来嚼去，也嚼不出汁水，便大骂道："哪个馋鬼，嚼得一点汁水也没留。"

国外经典笑话荟萃

☆一原始部落仍有吃人的陋习，于是一旅行家就把文明的生活教授给部落。几年后，旅行家再次到部落考察发现，他们改用西餐叉子来吃人了。

☆一小姐在地下通道看见一男子张着双臂向她走来。她立刻飞起一脚，只听"哗啦"一声，男子长叹："这已是让人踹碎的第三块玻璃了。"

☆一位披头散发、满脸络腮胡、毛烘烘的男子在椅子上坐下来。"怎么理发？"理发师问。"剃头，刮脸，我想看看自己的本来面目。"

☆一位太太摔倒了，首相扶住了她。"先生，我怎么感谢您呢？""下次大选投我的票就好。""不过我膝盖摔坏了，脑袋可没坏。"

☆一位男士问："您这儿有没有名为《男人应是一家之主》的书？"女店员微笑答道："很抱歉，我们这里不卖童话书。"

☆一位警官追问刑警为什么跟踪犯人却让犯人逃走了。"我一直跟踪着犯人，直至他进了电影院。可是这部电影我上星期已看过了。"

☆一位架子工出身的局长接受记者的采访。"请问，你觉得当局长和当架子工有什么相同之处？""爬到一定的高度，还想继续往上爬。"

☆一位负心的姑娘给她的情人写信，要求解除关系。不久，她就接到了回信："不行。我正忙着和女朋友约会，没工夫考虑这个问题。"

☆一顾客投诉旅馆地板上有只死蟑螂。经理："请冷静点，那只蟑螂已经死了。"顾客："死的没什么，但那些抬棺者让我觉得很恶心！"

☆一个英俊的小伙子走进一位老太太的房间，他道歉说："对不起，我一定是走错了房间。"老太太回答说："那倒不一定，不过是迟了四十年。"

☆一个一心想当歌唱家的女孩向音乐老师问道："我的声音有前途吗？""噢，这个，碰到火警，你的声音倒可以派上用场。"

☆一个苏格兰人来到足球售票处拿出50便士买票。售票员说："还差50便士。""我只看我们苏格兰队啊，另外的队我一眼都不会看。"

☆一个穷读书人冬天穿着夹衣。有个穿棉衣的人问他道："这么寒冷的天，为什么还穿夹衣？"穷书生说："穿单衣更冷。"

☆一个青年冲下码头，一个箭步跳上了离岸三尺的渡船，说道："总算赶上了这班船！"旁边的人笑着说道："我们的船正在靠岸呢！"

☆顾客："服务员，你端上来的这只鸡怎么会是一条腿长一条腿短呢？"服务员："那有什么关系？你难道想同它跳舞吗？先生。"

☆一个胖妇人看到附近窈窕的妙龄女子吃着东东。问侍者："那个女孩子吃什么呀！"侍者说："减肥餐啊！""哦，那给我来两份减肥餐好了！"

☆一个年轻人想戏弄一下售票员，问道："我只买小孩票行吗？"售票员瞧了一眼年轻人说："20便士，谢谢，这里只论年龄而不论智力付钱。"

☆一个卖煤的和一个卖鸡蛋的打架，引得众人旁观，问其原因，卖鸡蛋的说："大家评评理，有他这样的吗？我一喊：鸡蛋！他马上就喊：卖煤喽！"

☆一个顾客气愤地跑进裁缝店，指着店主给他设计的时装说："我站在街道拐角打哈欠，两个寄信的家伙把信塞进我嘴里了！"

☆一个股票投资者在海边闭目养神，一个管理员说："先生，涨了，快走！"投资者："慢走，大好机会，立刻通知代理商，将股票全部清仓！"

☆一妇人到宠物店："哪里能买到一条活鲨鱼？"店员不解："你要活鲨鱼干吗？""邻家的猫老是到我鱼池偷金鱼，我要给它些教训！"

☆一妇人到报馆为丈夫登讣文，广告员说："我们是按寸收费，每寸5元。"妇人吃惊地说："那岂不是要花一大笔钱？我丈夫有6.5尺长啊！"

☆一愤世嫉俗的学子在哲学系的黑板上写下了一句名人名言：上帝死了……尼采。没过多久，有人在下面跟了一句：尼采死了……上帝。

☆一位妇女坚持要唱阿根廷不要为我哭泣。一曲终了，一位老人在一边默默流泪。
"您是阿根廷人吗？"
"不，我是一个音乐评论家。"

☆一位妇女挤上公共汽车后说："哪位英俊的先生让个座位给我？"五个青年同时站起来。

☆一位父亲对他的朋友说："我简直无法想象像我儿子能够做什么，他是那么不可靠。"他的朋友说："到气象台搞天气预报吧！"

☆"贝西，这次的作文是你做的吗？""我不知道。""你怎么会不知道呢！"老师生气地说，"说实话，到底谁帮你做的？""我确实不知道。""说实话，我那天晚上很早就睡了。"

☆一位从影多年的演员，从来没走红过。平时喜欢踢足球，但上场比赛老被判举红牌。他形容自己是影剧界常青树，足球场上的红牌球员。

☆一位参加宴会的客人说道："我觉得在宴会结束前先离开是非常不礼貌的！"另一位先生说道："您说的没错！我总是待到被主人扔出去为止！"

☆一商人乘出租车外出，汽车在盘山公路突然打滑，司机吓得大叫："刹车不灵，我该怎么办？"商人冲他大喊："快关上计价器，你这个笨蛋！"

☆一日与友买吉他弦，友只想买一根，乃问："有没有单卖的琴弦？"营业员肃然道："我们没有丹麦的琴弦，不过有日本的。"

☆一人走夜路，另一人对他说："先生，您能借我点钱吗？我上有老，下有小，可怜可怜我吧，我太穷了，穷得只剩这把枪了。"

☆一人排长队上厕所。总算前面只剩一人了，他说："憋不住了，能让我先上吗？"前面的人半晌挤出一句："你至少还能说话！"

☆一人慌张地跑进一家餐店："请问，我昨天在这吃完午饭后，是否留下一把伞？""什么样的呢？"侍者问。"什么样的都行，我这人不讲究。"

☆一人到外地探亲丢了地址，就发电报回家："知道三叔家的地址吗？"几小时后得到回电："知道。"

☆一人参加饕餮比赛，狂吞了一只鸡、九个汉堡、一大块苹果馅饼，最后赢得冠军。下台前他对别人说："别告诉我老婆，要不我该吃不到午饭了。"

☆一青年缠着某作家，要他介绍写作的最佳方法。作家回答说："请用方格稿纸，一格一字。"

☆青年把自己的画让女友欣赏。女友："不错，和我弟弟画的水平不相上下。"青年："你弟弟是搞美术的吗？"女友："不，他是三年级小学生。"

☆一篇电影评论文章中写道："这部影片的结尾真是出人意料！它正好是大家一致认为不该结束的时候结束的。"

☆一朋友不安地说："昨夜我做梦游玩意大利，还吃了意大利面条。"我说："那怎么了？""今天起来，我发现我睡衣的带子不见了。"

☆一位妇人在升降机中分娩，非常难为情。护士说："没有关系的，这不算什么啦，两年前还有一位太太，在医生大门口就生下小孩子的。"不料这位妇人竟哭了起来，说："那位太太也是我啊！"

☆一女士进一宠物店，要买一件小狗的毛衣。售货员请她带小狗来，以便查看尺寸。
小姐："不行，我是想在它生日那天，给它一个惊喜。"

☆一女生得到男友订婚戒指，但没有一人注意。终于，当大家聊天时候，她突然站起来大声说："真热呀，我看我还是把戒指脱下来吧。"

☆一女孩指着蛋糕问师傅："师傅怎么卖？"师傅答道："师傅不卖，蛋糕六毛钱一个。"

☆一女孩奇丑，每每照镜都很感叹。这一天对着镜子哭了。一男孩走过来安慰她："你还哭？那我们每天看着你岂不是该自杀了？"

☆工头看到巴柯先生在车间抽烟，非常生气。"巴柯先生，工作时间你不能抽烟。""是的。当我抽烟时，我就停止工作。"

☆一位华贵的太太在挑水果，她的哈巴狗用舌头舔苹果，摊主以礼貌的态度请女主人注意她的哈巴狗。女顾客以严厉的口吻向她的狗喝道："安哈，不准再舔，这些苹果还没有洗过。"

☆一男子问一女子说："你用的唇膏是不是叫'红色闪电'那种？""对呀！你怎么这样在行？""不久之前，我就被这样的闪电电过。"

☆法官："你竟敢在大白天闯进人家行窃！"被告："您前次审判我时，也是这么气愤地说：'你竟敢在深更半夜潜入民宅行窃！请问法官，我该什么时候工作合适呢？"

☆巴克："我真不明白，那么多人死在海里，可是还有那么多人出海。"比尔："那么多人死在床上，可是你每天晚上还要上床。"

☆巴赫把仆人辞退了，朋友见到他时问："你为什么要辞退他呢？"巴赫："他把我的衣服拿到户外拍灰尘时用木棍乱打一通，一点儿节奏也没有！"

☆一母亲给电台打电话称自己生了八个孩子，但值班的话筒出了问题，值班员没听清："您能再重复一遍吗？"母亲："别逗了，那我可受不了。"

☆一名棒球好手走在路上，忽然见到一只小猫在树上摇摇欲坠。他赶忙奔去将小猫接个正着，然后朝一垒方向扔去。

☆一美女汽车没油了，路边某壮男自告奋勇帮她把车推到加油站，经过长途跋涉，他们终于到了一加油站。美女："换一家，他们服务态度特差！"

☆一没经验的地产推销员问老板是否可以给一个恼怒的顾客退款，顾客发现新买的地皮是在水下。老板："不行，你去说服他并卖给他一条船！"

☆在法庭上，法官在审问窃贼："你老实交代，你是怎么打开那个保险柜的？""这可不能告诉您，法官先生，"窃贼说，"因为本庭上在座的说不定就有想吃我这碗饭的。"

☆一老农讲述城里见闻："有许多漂亮女子。"妻子："你根本没想我！"老农："怎么没想！一想起你我就啐了一口，结果让人罚了我5块钱！"

☆一块墓碑上写道："这里躺着一位律师，一位正直的人。"众人议论纷纷："没有想到这么小的一块地方竟然埋得下两个人！"

☆一家人特懒，活都交给狗做，客人见狗拖地惊讶，狗说："没办法，他们懒。客人惊讶狗会说话，狗说嘘："他们知道了还要我接电话。"

☆一家人看戏买的是楼上的票，小迈克总是趴在栏杆上往下看，父亲对妻子说："看着孩子别让他掉下去！楼下一等票，要补票就麻烦了。"

☆四位绅士聚在一起赌钱。开赌前，他们对约翰说："你去瞧瞧门外有没有警察。"约翰去了整整十分钟，才气喘吁吁地跑进来说："门外没有警察，所以我特地去局里喊来一个！"

☆经常迟到的珍妮，今天又迟到了。不过，珍妮的妈妈让她带了一张纸条给经理，上面写着："很抱歉，我女儿经常迟到。这是因为我家有三个妙龄女郎，而镜子却只有一面。"

☆小汤姆在家娇养惯了，第一天上学回家，妈妈担心地问汤姆："在学校好吗？没有哭吧？"汤姆回答："我才没有哭呢！老师哭了。"

☆语法课上，约翰思想开了小差。突然老师问道："约翰，你能说出两个代词吗？"约翰站起来，摇摇头说："谁？我？"

☆5岁的约翰与妈妈在人群中失散。他哭着向人们打听："您没看见一位妇女吗？她身边带着一个长得非常像我的小男孩。"

☆"您要向我借2万克朗，施坦因先生。您能给我保证吗？""我的保证是君子之言。""好吧，借给您，但是您把那位君子带来我看看。""您的工厂有多少职工？""十二个……或者确切的讲：十一个，因为总有一个人蹲在厕所里。"

☆"快起床，懒虫！你看，太阳都起床了，你还睡！""废话！太阳六点钟就睡觉了，我十点钟才睡。"

☆奥运会拳击赛结束后，记者们对卫冕冠军进行采访："你相信护身符的魔力吗？""我当然相信了。否则的话，我也不会总戴着藏有马掌的拳击手套了。"

☆A："我对孩子的教育非常细心，每当和妻子争吵时，我总是让孩子们去散步。"

B："怪不得你孩子个个身体很棒。"

☆ A："几天前，我遇见了一位姑娘，我看见她第一眼就爱上她了。"

B："那好啊！可是你为什么没娶她呢？"

A："我又看了她第二眼。"

☆语法老师："约翰尼，'我爱，你爱，他爱'这意味着什么？"一个学生回答："我认为，在这种情况下，总有一个人被打死。"

☆"嗨，史蒂夫，上回送你的粽子味道如何？""味道是很不错啦，可是你们不觉得那外头包的生菜硬了一点？"

☆"法官，我坚决要求离婚，我同我妻子根本没有共同语言。""那没关系，你们可以一同去找个翻译嘛。"

☆ A："别的女孩子过情人节都会收到鲜花，而你连一朵花都不送给我。Why？"

B："不要这样，我只是不想让你看起来更惨。"

☆有个跳伞员问教练员："如果我跳出来时，降落伞打不开，我该怎么办？"教练员："那不要紧，你只要把它送回来就行了。"

☆一位胖太太对老公说："我要去游泳。据说，这样可以减肥。"老公："胡说八道，你瞧鲸鱼。"

☆一名教练在东京的商店里寻找运动衣的拉链。他用手势向一位女售货员比划好一阵子。终于，女售货员明白了，拿出了一把用于剖腹的剑放到柜台上。

☆一个牙膏广告商走到一位日本相扑选手跟前问："先生，你知道健康牙齿的七个特征吗？"相扑选手："不，我只知道一个：坏牙齿是吃不出我这样的肚子的。"

☆跳伞训练前，教练最后叮咛一位学员："别紧张！没有什么大不了的。如果你第一次跳伞就打不开的话，只能说明你不适合从事跳伞运动。"

☆球迷尼克打开电视，屏幕上刚好打出足球赛的字样。就在这时，门铃响了，尼克打开门，按门铃的女友上前搂着他的脖子说："我决定嫁给你。""为什么现在呢？能不能改个时间？"

☆教练正在给新学员讲课，高山滑雪课共由三部分组成：一、学会穿滑雪板，二、学会从上向下速降，三、学会拄拐杖走路。

☆一个小偷到一人家后一无所获，正欲离开，主人说："请关好门。"小偷不屑地说："你家根本就不用关门。"

☆老师问杰克："请你告诉我，什么时候摘苹果最好？"说完他转身对其他学生说："不准提示！"杰克站起来，不假思索地回答："下雨的时候最好。因为园丁待在屋里，狗也不在园子里。"

☆内阁总理病了。他在医院里接到一份慰问电：议会祝你早日康复，187票赞成，186票反对。

☆牧师讲道时说："愿上天国的人请起立。"除了一个人全都站起来了。牧师问："难道你不想上天国？"那人答道："想，不过我现在还不想去。"